범우비평판 한국문학 42-①

이효석 편

분녀(외)

책임편집 강진호

범우

국립중앙도서관 출판시도서목록(CIP)

분녀(외) /지은이:이효석; 책임편집:강진호. -- 파주 : 범우, 2007
    p.; cm. -- (범우비평판 한국문학 ; 42-1 - 이효석 편)

ISBN 978-89-91167-32-2 04810 : ₩18000
ISBN 978-89-954861-0-8(세트)

810.81-KDC4
895.708-DDC21   CIP2007002427

발
간
사

한민족 정신사의 복원
―범우비평판 한국문학을 펴내며

한국 근현대 문학은 100여 년에 걸쳐 시간의 지층을 두껍게 쌓아왔다. 이 퇴적층은 '역사'라는 이름으로 과거화되면서도, '현재'라는 이름으로 끊임없이 재해석되고 있다. 세기가 바뀌면서 우리는 이제 과거에 대한 성찰을 통해 현재를 보다 냉철하게 평가하며 미래의 전망을 수립해야 될 전환기를 맞고 있다. 20세기 한국 근현대 문학을 총체적으로 정리하는 작업은 바로 21세기의 문학적 진로 모색을 위한 텃밭 고르기일 뿐 결코 과거로의 문학적 회귀를 위함은 아니다.

20세기 한국 근현대 문학은 '근대성의 충격'에 대응했던 '민족정신의 힘'을 증언하고 있다. 한민족 반만 년의 역사에서 20세기는 광학적인 속도감으로 전통사회가 해체되었던 시기였다. 이러한 문화적 격변과 전통적 가치체계의 변동양상을 20세기 한국 근현대 문학은 고스란히 증언하고 있다.

'범우비평판 한국문학'은 '민족 정신사의 복원'이라는 측면에서 망각된 것들을 애써 소환하는 힘겨운 작업을 자청하면서 출발했다. 따라서 '범우비평판 한국문학'은 그간 서구적 가치의 잣대로 외면 당한 채 매몰된 문인들과 작품들을 광범위하게 다시 복원시켰다. 이를 통해 언어 예술로서 문학이 민족 정신의 응결체이며, '정신의 위기'로 일컬어지는 민족사의 왜곡상을 성찰할 수 있는 전망대임을 확인하고자 한다.

'범우비평판 한국문학'은 이러한 취지를 잘 살릴 수 있도록 다음과 같은 편집 방향으로 기획되었다.

첫째, 문학의 개념을 민족 정신사의 총체적 반영으로 확대하였다. 지난 1세기 동안 한국 근현대 문학은 서구 기교주의와 출판상업주의의 영향으로 그 개념이 점점 왜소화되어 왔다. '범우비평판 한국문학'은 기존의 협의의 문학 개념에 따른 접근법을 과감히 탈피하여 정치·경제·사상까지 포괄함으로써 '20세기 문학·사상선집'의 형태로 기획되었다. 이를 위해 시·소설·희곡·평론뿐만 아니라, 수필·사상·기행문·실록 수기, 역사·담론·정치평론·아동문학·시나리오·가요·유행가까지 포함시켰다.

둘째, 소설·시 등 특정 장르 중심으로 편찬해 왔던 기존의 '문학전집' 편찬 관성을 과감히 탈피하여 작가 중심의 편집형태를 취했다. 작가별 고유 번호를 부여하여 해당 작가가 쓴 모든 장르의 글을 게재하며, 한 권 분량의 출판에 그치는 것이 아니라 작가별 시리즈 출판이 가능케 하였다. 특히 자료적 가치를 살려 그간 문학사에서 누락된 작품 및 최신 발굴작 등을 대폭 포함시킬 수 있도록 고려했다. 기획 과정에서 그간 한번도 다뤄지지 않은 문인들을 다수 포함시켰으며, 지금까지 배제되어 왔던 문인들에 대해서는 전집발간을 계속 추진할 것이다. 이를 통해 20세기 모든 문학을 포괄하는 총자료집이 될 수 있도록 기획했다.

셋째, 학계의 대표적인 문학 연구자들을 책임 편집자로 위촉하여 이들 책임편집자가 작가·작품론을 집필함으로써 비평판 문학선집의 신뢰성을 확보했다. 전문 문학연구자의 작가·작품론에는 개별 작가의 정신세계를 더욱 구체적으로 살펴볼 수 있는 한국 문학연구의 성과가 집약돼 있다. 세심하게 집필된 비평문은 작가의 생애·작품세계·문학사적 의의를 포함하고 있으며, 부록으로 검증된 작가연보·작품연구·기존 연구 목록까지 포함하고 있다.

넷째, 한국 문학연구에 혼선을 초래했던 판본 미확정 문제를 해결하기 위해 최선의 노력을 기울였다. 특히 일제 강점기 작품의 경우 현대어로 출판되는 과정에서 작품의 원형이 훼손된 경우가 너무나 많았다. 이번 기획은 작품의 원본에 입각한 판본 확정에 특별한 노력을 기울여 근현대 문학 정본으로서의 역할을 다했다.

신뢰성 있는 선집 출간을 위해 작품 선정 및 판본 확정은 해당 작가에 대한 연구 실적이 풍부한 권위 있는 책임편집자가 맡고, 원본 입력 및 교열은 박사 과정급 이상의 전문연구자가 맡아 전문성과 책임성을 강화하였다. 또한 원문의 맛을 최대한 살리기 위해 엄밀한 대조 교열작업에서 맞춤법 이외에는 고치지 않는 것을 원칙으로 했다. 이번 한국문학 출판으로 일반 독자들과 연구자들은 정확한 판본에 입각한 텍스트를 읽을 수 있게 되리라고 확신한다.

'범우비평판 한국문학'은 근대 개화기부터 현대까지 전체를 망라하는 명실상부한 한국의 대표문학 전집 출간을 목표로 한다. 따라서 권수의 제한 없이 장기적이면서도 지속적으로 출간될 것이며, 이러한 출판 취지에 걸맞는 문인들이 새롭게 발굴되면 계속적으로 출판에 반영할 것이다. 작고 문인들의 유족과 문학 연구자들의 도움과 제보가 지속되기를 희망한다.

2004년 4월

범우비평판 한국문학 편집위원회 임헌영·오창은

알러두기

1. 이 책에 실은 작품은 발표 당시의 잡지(혹은 단행본)에 실린 것을 저본으로 하고, 전집(《이효석 전집》, 1983년, 창미사)을 참조해서 정본을 만들었다. 전집이 발간된 이후 발굴된 작품과 일어로 된 작품은 《새롭게 완성한 이효석 전집》(2003년, 창미사) 및 《이효석 단편 전집》 1, 2(2006년, 가람기획)을 참조하였다. 발표 원문과 전집 사이에 발견되는 차이는 전집에 의거해서 조정하였다.

2. 어려운 어휘나 사투리, 일본어 등에는 주석을 달아서 가독성을 높였다. 어휘 풀이는 국립국어연구원의 《표준국어대사전》을 참조하였다. 표기는 가급적 원문의 분위기를 살리면서 표준어 표기법을 따랐으며, 대화는 원문을 최대한 수용하고자 하였다.

3. 수록 순서는 단편소설, 중편소설, 콩트, 수필, 평론으로 하였고 발표 연대순에 의거해서 실었다. 발표 연월일은 각 작품 뒤에 밝혀 놓았다.

단편소설

도시와 유령

어슴푸레한 저녁 몇 리를 걸어도 사람의 그림자 하나 찾아볼 수 없는 무인지경인 산골짝 비탈길, 여우의 밥이 다 되어버린 해골 덩이가 똘똘 구는 무덤 옆 혹은 비가 축축이 뿌리는 버덩의 다 쓰러져가는 물레방앗간, 또 혹은 몇백 년이나 묵은 듯한 우중충한 늪가!

거기에는 흔히 도깨비나 귀신이 나타난다 한다. 그럴 것이다. 고요하고 축축하고 우중충하고. 그리고 그것이 정칙[1]일 것이다. 그러나 나는 아직도 그런 곳에서 그런 것을 본 적은 없다. 따라서 그런 것에 관하여서는 아무 지식도 가지지 못하였다. 하나 나는—자랑이 아니라—더 놀라운 유령을 보았다. 그리고 그것이 적어도 문명의 도시인 서울이니 놀라웁단 말이다. 나는 그래도 문명을 자랑하는 서울에서 유령을 목격하였다. 거짓말이라구? 아니다. 거짓말도 아니고 환영도 아니었다. 세상 사람이 말하여 '유령'이라는 것을 나는 이 두 눈을 가지고 확실히 보았다.

어떻든 길게 말할 것 없이 다음 이야기를 읽으면 알 것이다.

동대문 밖에 상업학교가 가제假製[2]될 무렵이었다. 나는 날마다 학교 집

---

1) 일정한 규칙이나 법칙.
2) 임시로 대강 만듦.

터에 '미쟁이'로 다니면서 일을 하였다. 남과 같이 버젓하게 일정한 노동을 못 하고 밤낮 뜨내기 벌잇군으로밖에는 돌아다니지 못하는 나에게는 그래도 몇 달 동안은 입에 풀칠을 할 수 있었다. 마는 과격한 노동이었다. 그러므로 하루라도 쉬어본 일은커녕 한 번이라도 늦게 가본 적도 없었다. 원수같이 지글지글 타내리는 여름 태양 아래에서 이른 아침부터 저녁때까지 감독의 말 한마디 거슬리는 법 없이 고분고분히 일을 하였다. 체로 모래를 쳐라, 불 같은 태양 아래에 새까맣게 타는 석탄으로 '노리'를 끓여라, 시멘트에다 모래를 섞어라, 그것을 노리로 반죽하여라 하여 쉴새없는 기계같이 휘몰아쳤다. 그 열매인지 선물인지는 알 수 없으나 우리들이 다지는 시멘트가 몇백 간의 벌집 같은 방으로 변하고 친구들의 쨍쨍 울리는 끌 소리가 여러 층의 웅장한 건축으로 변함을 볼 때에 미상불 우리의 위대한 힘을 또 한 번 자랑하지 않을 수 없었다. —어리석은 미련둥이들이라…… (1행 생략) ……. 어떻든 콧구멍이 다 턱턱 막히는 시멘트 가루를 전신에 보얗게 뒤집어쓰고 매캐한 노린 냄새와 더구나 전신을 한바탕 쪽 씻어내리는 땀 냄새를 맡으면서 온종일 들볶아 치고 나면 저녁 물에는 정말이지 전신이 나른하였다. 그래도 집안 식구들을 생각하고 끼니거리를 생각하면 마지막 힘이 났다. 일을 마치고 정신을 가다듬어가지고 일인 감독의 집으로 간다. 삯전을 얻어가지고 그 길로 바로 술집에 가서 한잔 빨고 나면 그제야 겨우 제 세상인 듯싶었던 것이다.

술! 사실 술처럼 고마운 것은 없었다. 버쩍버쩍 상하는 속, 말할 수 없는 피로를 잠시라도 잊게 하는 것은 그래도 술의 힘이었다.

그날도 나는 술김에 얼근하였었다. 다른 때와 같이 역시 맨꽁무니에 떨어진 김서방과 나는 삯전을 받아들고 나서자마자 행길 옆 술집에서 만판 먹어댔다.

술집을 나와보니 벌써 밤은 꽤 저물었다. 잠을 자도 한잠 너그러지게 잤을 판이었다. 잠이라니 말이지 종일 피곤하였던 판에 주기조차 돌아놓으니 사실이지 글자대로 눈이 스르르 내리감겼다. 김서방과 나는 즉시 잠자리로 향하였다.

잠자리라니 보들보들한 아름다운 계집이 기다리고 있는 분홍 모기장 속 두툼한 요 위인 줄은 알지 말아라. 그렇다고 어둠침침한 행랑방으로 알라는 것도 아니다. 비록 빈대에는 뜯길망정 어둠침침한 행랑방 하나 나에게는 없었다. 단지 내 몸뚱이 하나인 나는 서울 안을 못 돌아다닐 데 없이 돌아다니면서 노숙露宿을 하였던 것이다. (그래도 그것이 여름이었으니 말이지 겨울이었던들 꼼짝없이 얼어 죽었을 것이다.) 따라서 세상에 못 볼 것을 다 보고 겪어왔었다. 참말이지 별별 야릇하고 말 못 할 일이 많았다. 여기에 쓰는 이야기 같은 것은 말하자면 그 중에서 가장 온당한 이야기의 하나에 지나지 못한다.

어떻든 김서방—도 이미 늦었으니 행랑 구석에 가서 빈대에게 뜯기는 것보다는 오히려 노숙하기를 좋아하였다—과 나는 도수장屠獸場[3]께를 지나서 동묘 앞까지 갔다.

어느 결엔지 가는 비가 보실보실 뿌리기 시작하였다. 축축한 어둠 속에 칙칙한 동묘가 그 윤곽을 감추고 있었다. 사방은 고요하였다.

"이놈들 게 있거라!"

별안간에 땅에서 솟은 듯이 이런 음성이 들렸다. 나는 깜짝 놀라—는 대신에 빙긋 웃었다.

"이래 보여두 한여름 동안을 이런 데루 댕기면서 잠자는 놈이다. 그렇게 쉽게 놀라겠니."

하는 담찬 소리를 남겨놓고 동묘 대문께로 갔다. 예기한 바와 다름없이 거기에는 벌써 우리 따위의 친구들이 잠자리를 차지하고 있었다. 그래

---

3) 도살장.

도 꽤 넓은 대문간이지만 그 속에 그득하게 고기 새끼 모양으로 오르르
차 있었다. 이리로 눕고 저리로 눕고 허리를 베이고 발치에 코를 박고 드
르렁드르렁 코를 골고.

"이놈들 게 있거라!"

"아이그 그년……."

"이런 경칠 자식 보게."

엎치락뒤치락 연해연방 잠꼬대소리가 뒤를 이었다. 그러면 이쪽에서
는,

"술맛 좋다!"

하고 입맛을 쩍쩍 다시는 사람도 있었다. 그 바람에 나도 끌려서 어느 결
에 쩍쩍 다시려던 입을 꾹 다물어버리고 나는 어이가 없어 웃으면서 김
서방을 둘러보았다.

"어떡 할려나?"

"가세!"

"가다니?"

"아 아무데래두 가 자야지."

김서방 역시 웃으면서 두 손으로 졸린 눈을 비볐다.

"이 세상에선 빠른 게 첫째야, 이 잠자리두 이젠 세가 나네그려, 허허
허."

하면서 발꿈치를 돌리려 할 때이다. 나는 으레히 닫혀 있어야 할 동묘 안
으로 통한 문이 어쩐 일인지 반쯤 열려 있는 것을 발견하였다. 나는 앞선
김서방의 어깨를 탁 쳤다.

"여보게, 저리로 들어가세."

"어디루 말인가?"

김서방은 시원치 않은 듯이 역시 눈만 비볐다.

"저 안으로 말야. 지금 가면 어딜 간단 말인가. 아무데래두 쓰러져 한

잠 자면 됐지."

"그래두."

"머, 고지기한테 들킬까봐 말인가? 상관 있나 그까짓 거 낼 식전에 일찍이 달아나면 그만이지."

그래도 시원치 않은 듯이 머리를 긁는 김서방의 등을 밀치면서 나는 안으로 들어갔다. 중문턱까지 들어서니 더한층 고요하였다. 여러 해 동안 버려두었던 빈 집터같이 어둠 속으로 보아도 길이 넘는 잡풀이 숲 속같이 우거져 있고 낮에 보아도 칙칙한 단청이 어둠에 물들어 더한층 우중충하고 게다가 비에 젖어서 말할 수 없이 구중중한 느낌을 주었다. 똑바로 말이지 청안에 안치한 그림 속에서 무서운 장사가 뛰어 내닫지나 않을까 하고 생각할 때에 머리끝이 주뼛하여지는 것을 어찌할 수 없었다.

거진 옷을 적실 만하게 된 빗발을 피하여 앞뜰을 지나 넓은 처마 밑에 이르렀다. 그 자리에 그대로 푹 주저앉아 겨우 안심한 듯이 숨을 내쉬었다.

그때이었다.

"에그, 저게 뭔가 이 사람!"

김서방은 선뜻 나의 팔을 꽉 잡았다. 그가 가리키는 곳에 시선을 옮긴 나는 새삼스럽게 놀라지 않을 수 없었다. 별안간에 소름이 쪽 돋고 머리끝이 또다시 주뼛하였다.

불과 몇 간 안 되는 건너편 정전正殿 옆에! 두어 개의 불덩어리가 번쩍번쩍하였다. 정전의 탓이었던지 파랗게 보이는 불덩이가 땅을 휘휘 기다가는 홀쩍 날고 날다가는 꺼져버렸다. 어디선지 또 생겨서는 또 날다가 또 꺼졌다.

무섬 잘 타기로 유명한 왕눈이 김서방은 숨을 죽이고 살려달라는 듯이 나에게로 바짝 붙었다.

"하 하 하 하⋯⋯."

나는 모든 것을 다 이해하였다는 듯이 활연히 웃고 땀을 빠지지 흘리고 있는 김서방을 보았다.

"미쳤나, 이 사람!"

오히려 화기가 버럭 난 김서방은 말끝도 채 못 마쳤다.

"하하하 속았네, 속았어."

"⋯⋯."

"속았어, 개똥불을 보고 속았단 말야, 하하하."

"머 개똥불?"

김서방은 그래도 못 미덥다는 듯이 그 큰 눈을 아직도 휘둥그렇게 뜨고 있었다.

"그래 개똥불야 이거 볼려나?"

하고 나는 손에 잡히는 작은 돌멩이를 하나 집어들었다. 그리고 두어 걸음 저벅저벅 뜰 앞까지 나가서 역시 반짝거리는 개똥불을 겨누고 돌을 던졌다.

하나 나는 짜장 놀랐다. 돌을 던지면 헤어져야 할 개똥불이 헤어지긴커녕 요번에는 도리어 한군데 모여서 움직이지도 않고 그 무슨 정세를 살피는 듯이 고요히 이쪽을 노리고 있지 않은가!

나는 또 숨을 죽이고 그곳을 들여다보았다. 오— 그때에 나는 더 놀라운 것을 발견하였다. 꺼졌다 또 생긴 불에 비쳐 헙수룩한 산발과 똑똑지 못한 희끄무레한 자태가 완연히 드러났다. 그제야 '흥 흥' 하는 후렴 없는 신음 소리조차 들려오는 줄을 알았다.

"에그머니!"

나는 순식간에 달팽이같이 오므라졌다. 그리고 또 부끄러운 말이지만 겨우 정신을 차렸을 때에 나는 동묘 밖 버드나무 밑에 쓰러져 있는 내 자신을 발견하였었다. 사실 꿈에서나 깨난 듯하였다. 곁에는 보나 안보나 파랗게 질린 김서방이 신장대 모양으로 벌벌 떨고 있었다.

밤이 이슥하였는데 집으로 돌아가기도 무엇하니 나머지 밤을 동대문께 가서 새우자고 김서방이 제언하였다.

비는 여전히 뿌리고 있었다. 뒤에서 무어가 쫓아오는 듯하여 연해연방 뒤를 돌아보면서 큰 행길에 나섰을 때에는 파출소 붉은 전등만 보아도 산 듯싶었다.

허둥허둥 동대문 담 옆까지 갔었다.

고요한 담 밑에는 아무것도 없었다. 모든 것을 집어삼킨 캄캄한 어둠 밖에는—물론 파란 도깨비불도 없다.

'애초에 이리로 왔더라면 아무 일두 없었을걸.'

후회 비슷하게 탄식하고 어디가 어디인지 분간할 수 없어서 "에라 아무 데나" 하고 그 자리에 푹 주저앉았다. 하자—

나는 놀라기 전에 간잎이 싸늘해졌다. 도톨도톨한 조약돌이나 그렇지 않으면 축축한 흙이 깔려 있어야만 할 엉덩이 밑에—하나님 맙소사!— 나는 부드럽고도 물큰한 촉감을 받았다.

뿐이 아니다. 버들껑하는 동작과 함께 날카로운 소리가 독살스런 땡비 같이 나의 귀를 툭 쏘았다.

"어떤 놈야 이게!"

나는 고무공같이 벌떡 뛰었다. 그리고는 쏜살같이—그 꼴이야말로 필연코 미친놈 모양이었을 것이다—줄행랑을 놓았다.

김서방도 내 뒤에서 헐레벌떡거렸다.

"제발 사람을 죽이지 마라."

김서방은 거의 울음겨운 목소리로 부르짖었다.

"이놈의 서울이 사람 사는 곳이 아니구 도깨비굴이었던가."

나 역시 나중에는 맡길 데 없는 분기가 솟아올랐다.

그러나 또 한편으로는 한없이 어리석고 못생긴 우리의 꼴들을 비웃고도 싶었다. 잘 알지는 못하지만 세상에 원 도깨비나 귀신치고 몸뚱어리가 보들보들하고 물큰물큰하고—아니 그건 그렇다고 해두더래도 "어떤 놈야 이게!" 하고 땡비 소리를 치다니 그게 원…… 하고 의심하여온 때에는 더구나 단단치 못하게 겁을 집어먹은 것이 짝없이 어리석게 생각되었다. 그렇다고 그 자리에서 또 발을 돌려 그 정체를 탐지하러 갈 용기가 있었느냐 하면 그렇지도 못하였다.

하는 수 없이 보슬비를 맞으면서 수구문 밖 김서방네 행랑방까지 가지 않으면 안 되었다. 가제나 덕실덕실 끓는 식구 틈에 끼어서 하룻밤의 폐를 끼쳤다. —고 하여도 불과 두어 시간의 폐일 것이다—막 한잠 자려고 드러누웠을 때에는 벌써 날이 훤히 새었었으니까.

이렇게 하여 나는 원 무엇이 씌었던지 하룻밤에 두 번씩이나 도깨비인지 귀신한테 혼이 났다. 사실 몇 해수는 감하였을 것이다. 그러나 대체 누구를 원망하면 좋았으리요? 술 먹고 늑장을 댄 나 자신일까, 노숙하지 않으면 아니 된 나의 운명일까, 혹은 도깨비나 귀신 그것일까, 그렇지 않으면 그 외의 무엇일까……. 나는 이제야 겨우 이 중의 어느 것을 원망하는 것이 마땅하다는 것을 똑똑히 깨달았다.

어떻든 유령 이야기는 이만이다. 하나 참이야기는 이로부터다.

잠 못 자 곤한 것도 무릅쓰고 나는 열심으로 일을 하였다. 비는 어느 결에 개어버렸던지 또 쪽쪽 내려찌는 태양 아래에서 시멘트 가루를 보얗게 뒤집어쓰고 줄줄 흐르는 땀에 젖어가면서.

그러는 동안에도 나는 전날 밤에 당한 무서운 경험을 머릿속으로 되풀이하여보지 않을 수 없었다. 도깨비면 도깨빈가 보다 하고만 생각하여 두면 그만이었지마는 그래도 그것을 그렇게 단순하게 씩 닦아버릴 수는 없었다.

'대체 원 도깨비가…….'

하고 요리조리로 무한히 생각하였다. 하나 아무리 생각한다 하더라도 결국 나에게는 풀지 못할 수수께끼에 지나지 못하였다.

하는 수 없이 나는 점심시간을 타서 친구들에게 그 이야기를 하였다. 모두들 적지 않은 흥미를 가지고 들었다.

"머 도깨비?"

이층 꼭대기에 시멘트를 갖다주고 내려온 맹꽁이 유서방은 등에 메었던 통을 내려놓기도 전에 눈을 휘둥그렇게 떴다.

"내가 있었더라면 그까짓 걸 그저……."

벤또를 박박 긁던 달냉이 최서방은 이렇게 뽐냈다.

그러나 가장 침착하게 담배를 푹푹 피우던 대머리 박서방만은 그다지 신통치 않은 듯이,

"그래 그것한테 그렇게 혼이 났단 말인가……. 딴은 왕눈이 따위니까."

하면서 믿지 않게 싱글싱글 웃으면서 김서방과 나를 등분으로 건너보았다. 그리고,

"도깨비 도깨비 해두 나같이 밤마다야 보겠나."

하고 빨던 담배를 툭툭 털더니 이야기를 꺼냈다.

"바로 우리집 옆에 빈집이 하나 있네. 지금 있는 행랑에 든 지가 몇 달 안 되어 모르긴 모르겠으나 어떻게 된 놈의 집이 원 사람이 들었던 집인지 안 들었던 집인지 벽은 다 떨어지구 문짝 하나 없단 말야. 그런데 그 빈집에 말일세."

여기서 박서방은 소리를 한층 높였다.

"저녁을 먹구 인제 골목쟁이를 거닐지 않겠나. 그러면 그때일세. 별안간 고요하던 빈집에 불이 하나씩 둘씩 꺼졌다 켜졌다 하겠지. 그것이 진서방(나를 가리켜 하는 말이다) 말마따나 무엇을 찾는 듯이 슬슬 기다가는 꺼지고 꺼졌단 또 생긴단 말야. 그런데 그런 불이 차차 늘어가겠지.

그리곤 무언지 지껄지껄하는 소리가 나자 한쪽에서는 돈을 세는지 은방망이로 장난을 하는지 절걱절걱하다간 또 무엇을 먹는지 쭉쭉 하는 소리까지 들리데. 그나 그뿐인가. 어떤 날은 저희끼리 싸움을 하는지 씨름을 하는지 후당탕하면서 욕지거리, 웃음 소리 참 야단이지. 그러다가두 밤중만 되면 고요해지지만 그때면 또 별 괴괴망측한 소리가 다 들려오데."

박서방은 여기서 말을 문득 끊더니,

"어때 재미들 있나?"

하고 좌중을 둘러보면서 싱글싱글 웃었다.

"정말유 그게?"

옴크리고 앉았던 달냉이 최서방은 겨우 숨을 크게 쉬면서 눈을 까불까불하였다.

"그럼 정말 아니구 내가 그래 자네들을 데리구 실없는 소리를 하겠나."

하면서 박서방은 말을 이었다.

"하나 너무 속지들은 말게. 그런 도깨비는 비단 그 빈집에나 진서방들 혼난 데만 있는 것이 아닐세. 위선 밤에 동관이나 혹은 종묘께만 가보게. 시글시글할 테니."

나의 도깨비 이야기를 하여 의심을 풀려던 나는 박서방의 도깨비 이야기로 하여 그 의심을 더한층 높였을 따름이었다. 더구나 뼈 있는 그의 말과 뜻있는 듯한 그의 웃음은 더한층 알지 못할 수수께끼였다.

"그럼 대체 그 도깨비가 무엇이란 말유"

"내가 이 자리에서 길다케 말할 것 없이 자네가 오늘 저녁에 또 한 번 가서 찬찬히 살펴보게. 그러면 모든 것이 얼음장같이……"

할 때에 박서방의 곁에 시커먼 것이 나타났다.

"무슨 얘기 했소"

일인 감독의 일할 시간이 왔다는 것을 고하는 듯한 소리였다.

"오소오소 일이 해야지."

모두들 툭툭 털고 일어났다.

나도 하는 수 없이 박서방에게 더 캐묻지도 못하고 자리를 일어나서 나 맡은 일터로 갔다.

그날 저녁이다.

결국 나는 또 한 번 거기를 가보기로 작정하였다. 물론 김서방은 뺑소니를 치고 나 혼자다. 뻔히 도깨비가 있는 줄 알면서 또 가기는 사실 속이 켕겼다. 하나 또 모든 의심을 풀어버리고 그 진상을 알려 하는 나의 욕망은 그보다 크면 컸지 결코 적지는 않았다. 나는 장차 닥쳐올 모험에 가슴을 벌떡이면서 발에다 용기를 주었다.

'그까짓거 여차직하면 이걸로.'

하고 손에 든 몽둥이—나는 만일의 경우를 염려하여 몽둥이 하나를 준비하였던 것이다—를 번쩍 들 때에 나는 저절로 흘러나오는 미소를 금할 수 없었다. 도깨비를 정복하러 가는 유령장군같이도 생각되어서 사실 한다하는 ×자 놈들이면 몰라도 무엇을 못 먹겠다고 하필 가난뱅이 노숙자들을 못살게 굴고 위협과 불안을 주는 유령을 정복하여버리는 것은 사실 뜻 있고도 용맹스런 사업일 것이다—고 나는 생각하였다.

어떻든 장차 닥쳐올 모험에 가슴을 벌떡이면서 발에다 용기를 주었다.

어두워가는 황혼 속에 음침한 동묘는 여전히 우중충하였다.

좀 이르다고 생각하였으나 나오기를 기다리면 되지 하고 제멋대로 후둑후둑 뛰는 가슴을 가라앉히고 아직도 열려 있는 대문을 서슴지 않고 들어섰다.

중문을 들어서 정전 앞으로 몇 발짝 걸어갔을 때이다.

전날 밤에 나타났던 정전 옆 바로 그 자리에 헙수룩하게 산발한 두 개의 그림자가 있었다. 그러나 나는 벌써 어리석은 전날 밤의 나는 아니었다.

'원 요런 놈의 도깨비가……'

몽둥이를 번쩍 들고 사실 장군다운 담을 가지고 나는 그 자리까지 달려갔다.

하나!

나의 손에서는 만신[4]의 힘이 맺혔던 몽둥이가 힘없이 굴러 떨어졌다 ─유령 장군이 금시에 미치광이 광대 새끼로 변하여버렸던 것이다.

"원 이런 놈의……."

틀림없던 도깨비가 순식간에 두 모자의 거지로 변하다니! 이런 기막힌 일이 어디 있단 말인가.

다음 순간 그 무엇을 번쩍 돌려 생각한 나는 또다시 몽둥이를 번쩍 들었다.

"요게 정말 도깨비장난이란 거야."

하나 도깨비란 소리에 영문을 모르는 두 모자는 손을 모으고 썩썩 빌었다.

"아이구, 왜 이럽니까."

이건 틀림없는 사람의 목소리였다.

"나가라면 그저 나가라든지 그래 이 병신을 죽이시렵니까. 감히 못 들어올 덴 줄은 알면서도 헐 수 없이……."

눈물겨운 목소리로 이렇게 사죄를 하면서 여인네는 일어나려고 무한히 애를 썼다. 어린애는 울면서 그를 붙들었다.

역시 광대에 지나지 못한 나는 너무도 경솔한 나의 행동을 꾸짖고 겨우 입을 열었다.

---

4) 온몸.

"아니우, 앉아 계시우. 나는 고지기두 아무것두 아니니."

"네?"

모자는 안심한 듯한 동시에 감사에 넘치는 눈으로 나를 치어다보았다.

"어젯밤에 여기에 아무것도 나오지 않았소?"

무어가 무언지 분간할 수 없는 나는 이렇게 물었다.

"네? 나오다니요? 아무것두 나오지는 않았습니다. 그리구 단지 우리 모자밖에는 여기 아무것두 없었습니다."

여인네는 어사무사하여서 이렇게 대답하였다.

"그럼 대체 그 불은?"

나는 그래도 속으로 의심하면서 주위로 눈을 휘둘렀다.

"무슨 일이나 생겼습니까? 정말 저희들밖에는 아무것두 없었습니다. 그리구 저희는 저질른 것두 없습니다. 밤중은 돼서 다리가 하두 아프길래 약을 발르려고 찾으니 생전 있어야지유. 그래 그것을 찾느라구 성냥 한 갑을 다 거 내버린 일밖에는 아무것도 없었습니다."

하고 여인네는 한쪽 다리를 훌떡 걷었다. 그리고 눈물이 그 다리 위에 뚝뚝 떨어지기 시작하였다.

나는 모든 것을 얼음장 풀리듯이 해득하기는 하였으나 여기서 또한 참혹한 그림을 보지 않으면 안 되었다. 그의 훌떡 걷은 한편 다리! 그야말로 눈으로는 차마 보지 못할 것이었다. 발목은 끊어져 달아나고 장딴지는 나뭇개비같이 마르고 채 아물지 않은 자리가 시퍼렇게 질려 있었다.

"그놈의 원수의 자동차…… . 그나마 얻어먹지도 못하게 이렇게 병신을 맨들어놓고…… ."

여인네는 울음에 느끼기 시작하였다.

"자동차에요?"

"네, 공원 앞에서 그놈의 자동차에…… ."

나는 문득 어슴푸레한 나의 기억의 한 귀퉁이를 번개같이 되풀이하였다.

　달포 전.

　어느 날 밤이었다.

　그날도 나는 이유 없이—가 아니라 바로 말하면 바람 쏘이러—밤 장안을 헤매고 있었다. 장안의 여름 밤은 아름다웠다.

　낮 동안에 이글이글 타는 해에 익은 몸뚱아리에 여름 밤은 둘 없이 고마운 선물이었다. 여름의 장안 백성들에게는 욱신욱신한 거리를 고무풍선같이 떠다니는 파라솔이 있고, 땀을 들여주는 선풍기가 있고, 타는 목을 식혀주는 맥주 거품이 있고, 은접시에 담긴 아이스크림이 있다. 그리고 또 산 차고 물 맑은 피서지 삼방이 있고, 석왕사가 있고, 인천이 있고, 원산이 있다. 그러나 그런 것은 꿈에도 못 보는 나에게는 머루알빛 같은 밤하늘만 치어다보아도 차디찬 얼음 냄새가 흘러오는 듯하였다. 이것만 하더라도 밤 장안을 헤매이는 것은 무의미한 일은 아니었다. 게다가 무엇보다도 거리 위에 낮 거미 새끼같이 흩어진 계집의 얼굴의 화려한 분 냄새만 맡을 수 있는 것만 하여도 사실 밤 장안을 헤매이는 값은 훌륭히 될 것이었다.

　그러나 장안의 여름 밤을 아름다운 꿈으로만 생각하는 것은 큰 실수이다. 거기에는 생활의 무거운 짐이 있다. 잔칫집 마당같이 들볶아치는 야시에는 하루면 스물네 시간의 끊임없는 생활의 지긋지긋한 그림이 벌려져 있었다. 거기에는 낮과 다름없이 역시 부르짖음이 있고, 싸움이 있고, 땀이 있었다.

　그러나 아무튼지 간에 가슴을 씻겨주는 시원한 맛은 싫은 것은 아니었다. 여름 밤은 아름다웠다. 그런고로 나는 공원 앞 큰 행길 옆에 사람이 파도를 일으키면서 요란히 수물거리는 것은 구태여 볼 것 없이 술김에 얼근한 주객이나 그렇지 않으면 야시의 음악가 깽깽이 타는 친구를 둘러싸고 있는 것이려니 생각하고,

"흥 여름 밤이니까!"
혼자 중얼거리면서 무심코 그곳을 지나려 하였다.
그러나 사람들의 수물거리는 품이 주정꾼이나 혹은 깽깽이꾼의 경우
와는 달랐다.
그리고 무엇보다도,

　　노자 노자
　　젊어 노자
　　먹구 마시구
　　만판 노자

하는 주객의 노래는 안 들렸다. 그렇다고 밤사람을 취하게 하는 '아름다
운' 깽깽이 노래도 들려오지는 않았다.
"그러문 대체……."
나의 발길은 부지중에 그리로 향하였다.
'머? 겨우 요술꾼 약장수야!'
나는 거의 실망에 가까운 어조로 이렇게 중얼거리고 대수롭지 않은 듯
이 발길을 돌이키려 할 때이다. 사람들의 수물거리는 틈으로 나는 무서
운 것을 보았다.
군중의 숲에 싸여서 안 보이던 한 채의 자동차와 그 밑에 깔린 여인네
하나를 보았다. 바퀴 밑에는 선혈이 임리하고 그 옆에는 거지 아이 하나
가 목을 놓고 울면서 쓰러져 있었다. '자동차 안에는' 하고 보니 아니나
다를까 불량배와 기생년들이 그득하였다.
"오라질 년놈들!"
"자동찰 타니 신이 나서 사람까지 치니."
"원 끔찍두 해라."

이런 말마디를 주우면서 나는 어느결에 그 자리를 밀려져나왔었다.

"그래 당신이 그……."

나는 되풀이하던 기억의 끝을 문뜩 돌려 이렇게 물었다.

"네, 그렇답니다. 달포 전에 그 원수의 자동차에 치어가지구 병원엔지 무엔지를 끌구 가니 생전 저 어린것이 보구 싶어 견딜 수 있어야지유. 그래 한 달두 채 못 돼 되루 나오지 않았어요. 그랬더니 이놈의 다리가 또 아프기 시작해서 배길 수 있어야지유. 다리만 성하문야 그래두 돌아댕기면서 얻어먹을 수는 있지만……."

여인네는 차마 더 볼 수 없는 다리를 두 손으로 만지면서 울음에 느꼈다.

나는 그의 과거를 더 캐물으려고도 하지 않았다. 아니 묻지 않아도 그의 대답은 뻔한 것이었다.

"집이 원래 가난했습니다. 그런데다가 남편이 죽구 나니……."

비록 이런 대답은 안 할지라도 그 운명이 그 운명이지 무슨 더 행복스런 과거를 찾아낼 수 있었으리요.

나의 눈에는 어느결엔지 눈물이 그득히 고였었다. '동정은 우월감의 반쪽' 일는지 아닐는지는 모른다. 하나 나는 나도 모르는 동안에 주머니 속에 든 대로의 돈을 모두 움켜서 뚝 떨어지는 눈물과 같이 그의 손에 쥐어주었다. 그리고는 아무 말 없이 부리나케 그 자리를 뛰어나왔었다.

이야기는 이만이다.

독자여 이만하면 유령의 정체를 똑똑히 알았겠지. 사실 나도 이제는 동대문이나 동관이나 종묘나 또 박서방 말한 빈 집터에 더 가볼 것 없이 박서방의 뼈 있는 말과 뜻 있는 웃음을 명백히 이해하였다.

그리고 나는 모두 나와 같은 운명을 가진 애매한 친구들을 유령으로 생각하고 어리석게 군 나를 실컷 웃어도 보고 뉘우쳐보기도 하였다.

독자여 뭐? 그래도 유령이라고? 그래 그럼 유령이라고 해두자. 그렇게 말하면 사실 유령일 것이다—살기는 살았어도 기실 죽어 있는 셈이니!

어떻든 유령이라고 해두고 독자여 생각하여보아라. 이 서울 안에 그런 유령이 얼마나 많이 늘어가는가를!

늘어간다고 하면 말이다. 또 되풀이하는 것 같지만 첫 페이지로 돌아가서—

어슴푸레한 저녁, 몇 리를 걸어도 사람의 그림자 하나 찾아볼 수 없는 무인지경인 산골짝 비탈길 여우의 밥이 다 되어버린 해골 덩이가 똘똘 구르는 무덤 옆, 혹은 비가 축축이 뿌리는 버덩의 다 쓰러져가는 물레방앗간, 또 혹은 몇백 년이나 묵은 듯한 우중충한 늪가!

거기에 흔히 나타나는 유령이 적어도 문명의 도시인 서울에 오히려 꺼림없이 나타나고 또 서울이 나날이 커가고 번창하여 가면 갈수록 유령도 거기에 정비례하여 점점 늘어가니 이게 무슨 뼈저린 현상이냐! 그리고 그 얼마나 비논리적, 마술적 아지 못할 사실이냐! 맹랑하고도 기막힌 일이다. 두말할 것 없이 이런 비논리적 유령은 결코 있어서는 안 될 것이다.

그러면 어떻게 하면 이 유령을 늘어가지 못하게 하고, 아니 근본적으로 생기지 못하게 할 것인가?

현명한 독자여! 무엇을 주저하는가. 이 중하고도 큰 문제는 독자의 자각과 지혜와 힘을 기다리고 있지 않는가!

(1928. 7)

노령근해

동해안의 마지막 항구를 떠나 북으로 북으로! 밤을 새우고 날을 지나
니 바다는 더욱 푸르다.

하늘은 차고 수평선은 멀고.

뱃전을 물어뜯는 파도의 흰 이빨을 차면서 배는 비장한 행진을 계속하
고 있다.

마스트 위에 깃발이 높이 날리고 연기가 찬바람에 가리가리 찢겨 날린
다.

두만강 넓은 하구를 건너 국경선을 넘어서니 노령연해의 연봉이 바라
보인다―하얗게 눈을 쓰고 북국 석양에 우뚝우뚝 빛나는 금자색 연봉
이.

저물어가는 갑판 위는 고요하다.

살롱에서 술타령하는 일등 선객들의 웃음소리가 간간이 새어나올 뿐
이요 그 외에는 인기척조차 없다.

배꼬리 살롱 뒤 갑판 은은한 뱃전에 의지하여 무언지 의론하는 두 사
람의 선객이 있다. 한 사람은 대모테 쓴 청년이요 한 사람은 코 높은 '마
우자'이다.

낙타빛 가죽 샤쓰 위에 띤 검은 에나멜 혁대이며 온 세상을 구를 만한 굵은 발소리를 생각게 하는 툽툽한 구두가 창 빠른 모자와 아울러 그를 한층 영웅적으로 보이게 한다.

연해주의 각지를 위시하여 네르친스크 치타 방면을 끊임없이 휘돌아치느니만큼 그들에게는 슬라브족다운 큼직한, 호활한 풍모가 떠돈다.

'마우자'는 대모테 청년과 조선말 아닌 말로 은은히 지껄인다.

냄새 잘 맡는 ××는 빨빨거리며 어디든지 안 쫓아오는 곳이 없다.

정신없이 의론하다가도 그들은 가끔 말을 그치고 살롱 쪽을 흘끗흘끗 돌아본다.

—거기에는 확실히 ××에서 쫓아오는 친구가 있을 것이다.

푸른 바다는 안개 속으로 저물어간다.

어디서 나타났는지 흰 갈매기 두어 마리 끽끽 소리치며 배 앞을 건너 안개 속으로 사라진다.

갈매기 소리 사라지니 갑판 위는 더한층 고요하다.

뻥끼 냄새 새로운 살롱에서는 육지 부럽지 않은 잔치가 열렸다.

국경선을 넘어서 외지에 한걸음 들여놓았을 때에 꺼릴 것 없이 진탕으로 마시고 얼근히 취하는 것이 그들의 하는 상습이다.

흰 탁자 위에는 고기와 과일 접시가 수없이 놓였고 술병과 유리잔이 쉴새없이 돌아다닌다.

대개가 상인인 만치 그들 사이에는 주권 이야기, 미두[1] 이야기가 꽃피었다.

그들에게는 모든 것이 유리한 시장에서 어떻게 하면 싫도록 돈을 짜내 볼까 하는 것이 대머리를 기름지게 번쩍이는 그들의 똑같은 공론이다.

---

1) 현물 없이 쌀을 팔고 사는 일. 실제 거래를 목적으로 하는 것이 아니고 쌀의 시세를 이용하여 약속으로 만 거래하는 일종의 투기 행위.

'서의 명령이니 쫓아만 오면 그만이지 바득바득 애쓰며 직무를 다할 것은 없다'고 생각하는 ××의 친구도 한편 구석에서 은근히 어떻게 하면 배를 좀 불려볼까 하는 생각에 똑같이 취하고 있다.

유쾌한 취흥과 '유쾌한' 생각에 그들은 마음껏 즐겁다.

술병이 쉴새없이 거품을 쏟는다.

유리잔이 쉴새없이 기울어진다.

흰옷 입은 보이가 쉴새없이 휘돌아친다.

'놈들 도야지같이 처먹기도 한다.'

취사장에서 요리 접시를 나르던 보이는 중얼거리며 윈치 옆을 돌아올 때에 남몰래 요리 접시 두엇을 감쪽같이 빼서 윈치 뒤에 감춰두었다.

'놈들의 양을 줄여서 나의 동무를 살려야겠다.'

살롱 갑판에서 몇 길 밑 쇠줄 사다리를 타고 내려간 곳에 기관실이 있다.

흰 식탁 위에 술이 있고 해가 비치고 뻥끼 냄새 새로운 선창에 푸른 바다가 보이고 간혹 달빛조차 비끼는 살롱이 선경이라면 초열과 암흑의 기관실은 온전히 지옥이다―육지의 이 그릇된 대조를 바다 위의 이 작은 집합 안에서도 역시 똑같이 노골적으로 드러내놓고 있다.

어둡고 숨차고 '보일러'의 열로 찌는 듯한 이 지옥은 이브를 꼬이다가 아흐레 동안이나 아래로 아래로 떨어진 사탄의 귀양간 불비 오는 지옥에야 스스로 비길 바가 아니겠지만 그러나 또한 이 시인의 환영으로 짜놓은 상상의 지옥이 이 세상의 간교로 짜놓은 현실의 지옥에야 어찌 비길 바 되랴.

얼굴을 익혀가며 아궁 앞에서 불 때는 화부들, 마치 지옥에서 불장난 치는 악마들같이도 보이고 어둠 속에 웅크린 반나체의 그들은 마치 원시림 속에 웅크린 고릴라와도 흡사하다.

교체한 지 몇 분이 못 되어 살은 이그러지고 땀은 멋대로 쏟아진다.

폭이 두 간에 남지 않는 좁은 데서 두 간에 남는 긴 화저로 아궁을 쑤시면 화기와 석탄재가 보얗게 화실을 덮는다.

다 탄 끄르터기를 바케쓰에 그뜩그뜩 담아내고 그 뒤에 삽으로 석탄을 퍼 던지면 널름거리는 독사의 혀끝 같은 불꽃이 확확 붙어오른다.

둘째 아궁과 셋째 아궁마저 이렇게 조절하여놓으면 기관실은 온전히 불붙는 지옥이다.

아궁 위의 여섯 개의 보일러는 백 파운드가 넘는 증기를 올리면서 용솟음친다.

불을 쑤시고 또 석탄을 넣고…….

땀은 쏟아지고 전신은 글자대로 발갛게 익는다.

양동이에 떠온 물이 세 사람의 화부 사이에서 볼 동안에 사라지고 만다. 사실 물이라도 안 마시면 잠시라도 견뎌나갈 수가 없다.

북국의 바다가 오히려 이러하니 적도 직하의 인도양을 넘을 때에야 오죽하랴.

—이렇게 하여 배는 움직이는 것이다. 살롱은 취흥을 돋우리만치 경쾌하게 흔들리는 것이다.

교체한 지 반시간만 넘으면 화부의 체력은 낙지 다리같이 느른해진다. 부삽 하나 쳐들 기맥조차 없어진다. 보일러의 파운드가 내리기 시작한다.

먼 브리지에서 항구의 계집을 몽상하던 선장은 전화통으로 소리친다.

"기관에 주의!"

"속력을 늘여라!"

역시 항구 계집의 젖가슴을 환상하던 기관장은 이 명령에 벌떡 일어나 화실로 좇아온다.

"무엇들 하느냐!"

화부는 느릿느릿 아궁에 석탄을 집어넣는다.

"무엇 해 일하지. 너이들같이 편한 줄 아니."

그러나 이것이 입 밖에 나오지는 않았다. 폭발은 마땅한 때를 얻어야 할 것이다.

"부지런히 해라 이놈들아!"

기관장의 무서운 시선이 화부들의 등날을 재촉질한다.

'부삽으로 쳐서 아궁 속에 태워버릴까. 삼 분이 못 되어 재가 되어버릴 것이다.'

이 똑같은 생각이 세 사람의 머릿속에 똑같이 솟아올랐다.

깊은 암흑.

이 세상과는 인연을 끊어놓은 듯한 암흑의 공간.

—철벽으로 네모지게 이 세상을 막은 석탄고 속은 영원의 밤이다.

간단없는 동요, 기관 소리가 어렴풋이 흘러올 따름.

이 죽음 속에 확실히 허부적거리는 동체가 있다. 허부적거릴 때마다 석탄 덩이가 와르르 흩어진다.

"으—."

"아—."

이 원시적 모음의 발성은 구원을 부르는 소리라느니보다는 자기의 목소리를 시험하려는, 즉 생명이 아직 남아 있나 없나를 시험하여보려는 듯한 목소리이다.

"으—."

"아—."

기맥이 쇠진하여 그 자리에 쓰러졌는지 잠시 고요하다.

와르르 흩어지는 석탄 더미 위에 성냥불이 켜졌다.

푸른 인광은 석탄 더미 위에 네 활개를 펴고 엎드린 청년의 초췌한 얼굴을 비춰인다.

허벅숭이 밑에 끄스른 얼굴은 푸른빛을 받아 처참하고 저 혼자 살아 있는 듯한 말똥한 눈동자에는 찬바람이 횤횤 돈다.

"물!"

절망적으로 외치면서 다시 불을 그었다.

불빛에 조각조각 부서진 빵조각과 물병이 보인다.

흔드는 물병 속에는 한 방울의 물도 없다.

물병을 던지고 청년은 허둥지둥 일어서 또 외친다.

"물!"

"물!"

"무—울!"

어둠 속에서 미친놈같이 그는 싸움의 대상도 없이 혼자 날뛴다. 아니 싸움의 대상이 없는 것은 아니다. ××이 없는 것은 아니다. 그러나 눈앞에 보이는 것은 어둠뿐이요 기갈뿐이다.

석탄 덩이가 어둠 속에서 날린다.

두 주먹으로 철벽을 두드리는 소리 난다.

그러나 세상과 담쌓은 이 암흑의 공간에서 아무리 들볶아친다 하여도 그것은 결국 이 버림받은 공간에서의 헛된 노력에 지나지 못할 것이다.

—독에 빠진 쥐의 필사적 노력이 독 밖의 세상과는 아무 인연을 가지지 못한 것같이.

"아—앗!"

"물 물 무—울!"

그는 몸을 철벽에 부딪치면서 마지막 힘을 내었다.

급한 걸음으로 쇠줄 사다리를 타고 내려오는 발자취가 있다.

발자취 소리는 석탄고 앞에서 그쳤다.

회중전등의 광선이 달덩이 같은 윤곽을 석탄고 문 위에 어지럽게 던진다.

광선은 칠 벗은 검붉은 뺑끼 위에 한 점을 노리더니 그곳이 마침 열쇠로 열렸다.

찬바람이 얼굴을 스치고 어둠이 앞을 협박한다. 회중전등의 광선이 석탄고 속을 어지럽게 비추더니 나중에 한가운데에 쓰러져 있는 처참한 청년의 얼굴 위에 머물렀다.

"물!"

"물!"

두 팔을 내밀면서 그는 부르짖는다.

세상과 인연 끊겼던 이 암흑의 공간에 한 줄기의 광명을 인도한 사람은 살롱의 보이였다.

"미안하네."

하면서 그는 청년을 붙들고 그의 입에 물병을 기울인다.

"술을 따러라 잔을 날러라 하면서 놈들이 잠시라도 놓아야지."

보이는 사과하는 듯이 그를 위로한다.

정신없이 물을 켜던 청년은 입을 씻고 숨을 내쉰다.

"정신을 차리고 이것을 먹게!"

보이는 가져왔던 바스켓을 열고 가지가지의 먹을 것을 낸다.

고기, 빵, 과일, 그리고 금빛 레테르 붙은 이름 모를 고급 양주―일등선객의 요리를 감춘 것이니 범연할 리 없다.

"그들의 한 때의 양을 줄이면 우리의 열 때의 양은 찰 걸세."

고마운 권고에 청년은 신선한 식욕으로 빵 조각을 뜯으면서 동무에게 묻는다.

"대관절 몇 리나 남었나?"

"눈 꾹 감고 하루만 더 참게."

"또 하루?"

"하루만 참으면 목적한 곳에, 그리고 자네 일상 꿈꾸던 나라에 깜쪽같이 내리게 되네."

"오— 그 나라에!"

청년은 빵 조각을 떨어트리고 비장한 미소를 띠우면서 꿈꾸는 듯이 잠시 명상에 잠겼다가 감동에 넘쳐 흘러내리는 한 줄기 눈물을 부끄러운 듯이 손등으로 씻는다.

"그곳에 가면 나도 이놈의 옷을 벗어버리고 이제까지의 생활을 버리겠네."

"아! 그곳에 가면 동무가 있다. 마우자와 같이 일하는 동무가 있다!"

울려오는 배의 동요에 석탄 덩이가 굴러내린다.

파도 소리와 기관 소리가 새롭게 들려온다.

"그럼 난 그만 가보겠네. 종일 동안만은 충실해야 하잖겠나."

동무는 자리를 일어선다.

"하루! 배나 든든히 채우고 하루만 꾹 참게. 틈나는 대로 그들의 눈을 피해 내 또 한 번 오리."

회중전등을 청년의 손에 쥐이고 입었던 속옷을 한 꺼풀 벗어 몸을 둘러주고는 그는 석탄고를 나갔다.

두 층으로 된 삼등 선실은 층 위나 층 아래가 다 만원이다.

오래지 않은 항해이지만 동요와 괴롬에 지친 수많은 얼굴들이 생기를 잃고 떡잎같이 시들었다.

누덕 감발[2]에 머리를 질끈 동이고 '돈 벌러' 가는 사람이 있다—돈 벌기 좋다던 '부령 청진 가신 낭군'이 이제 또다시 '돈 벌기 좋은' 북으로 가는 것이다. 미주 동부 사람들이 금나는 서부 캘리포니아를 꿈꾸듯이

---

2) 발싸개.

그는 막연히 금덩이 구르는 북국을 환상하고 있다.

'부자도 없고 가난한 사람도 없고 다 같이 살기 좋은 나라'를 막연히 찾아가는 사람도 많다. 그 중에는 '삼 년 동안이나 한 닢 두 닢 모아두었던 동전'으로 마지막 뱃삯을 삼아서 떠난 오십이 넘은 노인도 있다.

'서울로 공부 간다고 집 떠난 지 열세 해만에 아라사에 가서 객사한' 아들의 뼈를 추리러 가는 불쌍한 어머니도 있다.

색달리 옷 입고 분바른 젊은 여자는 역시 '돈 벌기 좋은 항구'를 찾아가는 항구의 여자이다. '돈 많은 마우자는 빛깔 다른 조선 계집을 유달리 좋아한다'니 '그런 나그네는 하룻밤에 둘만 겪어도 한 달 먹을 것은 넉넉히 생긴다'는 돈 많은 항구를 찾아가는 여자이다.

이 여러 가지 층의 사람 숲에 섞여서 입으로 무엇인지 중얼중얼 외는 청년이 있다.

품에 지닌 만국지도 한 권과 손에 든 노서아어의 회화책 한 권이 그의 전 재산이다.

거개 배에 취하여 악취에 코를 박고 드러누운 그 가운데에서 그만은 말끔한 정신을 가지고 로서아어 단어를 한 마디 한 마디 외어간다.

'가난한 노동자' — 베드느이 라보–취이.'

'역사' — '이스토–리야.'

'전쟁' — '보이나.'

책을 덮고 눈을 감고 다시 한 마디 한 마디 속으로 외워간다.

'깃발' — '즈나–먀.'

'아름다운 내일' — '크라시브이 자브트라.'

창구멍같이 뻥 뚫린 선창에는 파도가 출렁출렁 들이친다.

흐린 유리창 밖으로 안개 깊은 수평선을 바라보는 젊은 여자 그에게는 며칠 전 항구를 떠날 때의 생각이 가슴속에 떠오른다.

—윈치가 덜컥덜컥 닻 감는 소리 항구 안에 요란히 울렸다. 닻이 감기

자 출범의 기적 소리 뚜— 하고 길게 울리며 배가 고요히 움직이기 시작하니 부두와 갑판에서 보내고 가는 사람 손 흔들며 소리 지르며 수건 날렸다. 어머니도 오빠도 이웃 사람도 자기를 보내는 사람은 아무도 없었으나 배와 부두의 거리가 멀어지자 그에게는 눈물이 푹 솟았다. 어쩐지 다시 돌아오지 못할 길을 마지막으로 떠나는 것 같아서 배가 항구를 벗어나 산모롱이를 돌 때까지 정든 산천을 돌아보며 그는 눈물지었다. 눈물지었다! 눈물을 담뿍 뿜은 깊은 안개 선창 밖에 서리었고 갤 줄 모르는 애수 흐린 가슴속에 서리었다.

대모테와 '마우자'는 무언지 여전히 은근히 지껄이며 삼등 선실 안으로 들어와 각각 자리로 간다.

로서아어에 정신없던 청년은 '마우자'를 보자 웃음을 띄우며 무언지 말하고 싶은 충동을 금할 수 없는 듯하다.

"루스키 하라쇼!"

"루스키 하라쇼!"

능치 못한 말로 되고 말구 그는 이렇게 호의를 표한다.

'마우자' 역시 반가운 듯이 웃음을 띄우며 그에게로 손을 내민다.

밤은 깊었다.

바다도 깊고 하늘도 깊고.

깊은 하늘 먼 한편에 별 하나 반짝반짝.

연해의 하늘에 굽이친 연봉도 깊은 잠 속에 그의 윤곽을 감추었다.

높은 마스트 위의 붉은 불 푸른 불이 잠자는 밤의 아련한 숨소리같이 빛날 뿐이요 갑판 위는 고요하다. 고요한 갑판 난간에 의지하여 얕은 목소리로 수군거리는 두 개의 그림자가 있으니 대모테와 '마우자'이다.

인기척 없고 발자취 소리 끊어진 갑판 위에서 그래도 그들은 가끔 뒤를 둘러보며 무언지 은근히 의론한다.

뱃전을 고요히 스치는 파도 소리가 때때로 그들의 회화를 끊을 뿐이
다.

(1930. 1)

깨트러진 홍등

1

"여보세요."

"이야기가 있으니 이리 좀 오세요."

"잠깐 들어와 놀다 가세요."

"너무 히야까시[1] 마시고 이리 좀 와요."

"앗다 들어오세요."

"여보세요."

"여보세요."

"여보세요."

……

저문 거리 붉은 등에 저녁 불이 무르녹기 시작할 때면 피를 말리우고 목을 짜내며 경칩의 개구리 울고 외치던 이 소리가 이 청루에서는 벌써 들리지 않았고 나비를 부르는 꽃들이 누 앞에 난만히 피지도 않았다.

'상품'의 매매와 홍정으로 그 어느 밤을 물론하고 이른 아침의 저자같

---

1) ひやかし. 사지는 않고 물건을 구경하거나 값을 물음.

이 외치고 들끓는 '화려한' 이 저자에서 이 누 앞만은 심히도 적막하였다.

문은 쓸쓸히 닫히었고 그 위에 걸린 홍등이 문 앞을 심히 비취고 있을 따름이다. 사시장청 어느 때를 두고든지 시들어본 적 없는 이곳이 이렇게 쓸쓸히 시들었을 적에는 반드시 심상치 않은 일이 일어났음이 틀림없었다.

2

몇백 원이나 몇천 원 계약에 팔려서 처음으로 이 지옥에 들어오면 너무나 기막힌 일에 무섭고 겁이 나서 몇 주일 동안은 눈물과 울음으로 세상이 어두웠다. 밤이 되어 손님을 맡아가지고 제 방으로 들어갈 때에는 도살장으로 끌리는 양이었다. 너무도 겁이 나서 울고 몸부림을 하면 어떤 사람은 가여워서 그대로 가버리고 어떤 사람은 소리를 치고 주인을 부르고 포악을 부렸다. 그러면 주인이 쫓아와서 사정없이 매질하였다. 눈물과 공포와 매질에 차차 길든다 하더라도 일 년 열두 달 하루도 안 내놓고 밤새도록 부대끼고 나면 몸은 점점 피곤하여가서 나중에는 도저히 체력을 지탱하여갈 수 없었다. 그러나 병이 들어 누웠을 때면은 미음 한 술은커녕 약 한 첩 안 달여주었다. ―몸 팔고 매 맞고 학대받고…… 개나 도야지에도 떨어지는 생활을 그들은 하여왔던 것이다.

사람으로서 대접을 못 받아오는 그들이 불평을 품고 별러온 지는 이미 오래였다. 학대받으면 받을수록 원은 맺혀가고 분은 자라갔다. 비록 그들의 원과 분이 어떤 같은 목표를 향하여 통일은 되지 못하였을망정 여덟이면 여덟 사람 억울한 심사와 한 많은 감정만은 똑같이 가졌던 것이었다.

유심히도 피곤한 날이었다.

오정 때쯤은 되어서 아침들을 마치고 나른한 몸으로 층 아래 넓은 방에 모였을 때에 누구의 입에서든지 이런 탄식이 새어나왔다.

"우리가 왜 이렇게 고생을 하는가."

말할 기맥조차 없는 듯이 모두 잠자코 있는 가운데에 봉선이라는 좀 나이 어린 창기가 뛰어 나서며 말하였다.

"너나 내나 팔자가 기박해서 그렇지 않으냐? 그야 남처럼 버젓한 남편을 섬겨서 아들딸 낳고 잘살고 싶은 생각이야 누가 없겠니 마는 타고 난 팔자가 기박한 것을 어떻게 하니."

무엇을 생각하는지 한참이나 잠자코 있던 부영이라는 나 찬 창기가 이 말에 찬동하지 못하겠다는 듯이 항의를 하였다.

"팔자가 다 무어냐. 다 같이 이목구비를 갖추고 무엇이 남만 못해서 부모를 버리고 동기를 잃고 고향을 떠나 이 짓까지 하게 되었단 말이냐. 이렇게 많은 사람이 왜 모두 그런 기박한 팔자만 타고났겠니."

"그것이 다 팔자 탓이 아니냐."

"그래도 너는 팔자구나……. 아무리 생각해도 나는 팔자밖에 우리를 요렇게 맨들어놓은 무엇이 있는 것 같더라."

경상도 어느 시골서 새로 팔려와 밤마다의 울음과 매에 지친 채봉이가 뛰어 나서면서 쉬인 목소리로 외쳤다.

"내 세상에 보다보다 × 팔아놓는 놈의 장사 처음 보았다. 문둥이 같은 놈의 세상!"

눈물 많은 그는 제 입으로 나온 이 말에 벌써 감동이 되어 눈에 눈물이 글썽하였다.

부영이가 그 뒤를 이었다.

"그래 채봉이 마따나 문둥이 같은 놈의 세상! 우리를 요렇게 맨들어논 것이 기박한 팔자가 아니라 이 문둥이 같은 놈의 세상이란다."

"세상이 우리를 기구하게 맨들었단 말이냐?"

봉선이는 미심한 듯하였다.

"그렇지 않으냐. 생각해보려므나. 애초에 우리가 이리로 넘어올 때에 계약인지 무엇인지 해가지구 우리를 팔아먹은 놈이 누구며 지금 우리가 버는 돈을 푼푼이 뺏어내는 놈은 누구냐. 밤마다 피를 말리우고 살을 팔면서도 우리야 돈 한 푼 얻어보았니."

"그야 그렇지."

"한 사람이 하룻밤에 적어도 육 원씩만 번다고 하여도 우리 여덟 사람이 벌써 근 오십 원 돈을 버는구나. 그 오십 원 돈이 다 뉘 주머니 속으로 들어가고 마니. 하루에 단 오 원어치도 못 얻어먹으면서 우리 여덟이 애쓰고 벌어서 생판 모르는 남 좋은 일만 시켜주지 않았니."

한참이나 있다가 봉선이가 탄식하였다.

"그러고 보니 우리가 멍텅구리가 아니냐."

"암 그렇구말구. 우리는 사람이 아니고 물건이란다. 놈들의 농간으로 이리저리 팔려다니며 피를 짜 놈들을 살찌게 하는 물건이란다."

"니 정말 그런고?"

"생각해봐라. 곰곰이 생각해보려므나 안 그런가."

"그건 우리가 멀건 천치 아이가."

"천치란다. 멀건 천치란다. 팔자가 기박하고 이목구비가 남만 못한 것이 아니라 이런 천치 짓을 하는 우리가 못났단다."

"……"

"우리가 사람 같은 대접을 받아왔나 생각해봐라. 개나 도야지보다도 더 천하게 여기어오지 않았니."

부영이의 목소리는 어쩐지 여기서 떨렸다.

"먹고 싶은 것 먹어봤니, 놀고 싶을 때 놀아봤니, 앓을 때에 미음 한 술 약 한 모금 얻어먹었니. 처음 들어오면 매질과 눈물에 세상이 어둡고 기한이 되어도 내놓지 않는구나."

어느덧 그의 눈에는 눈물이 돌았다. 그러나 떨리는 목소리로 여전히 계속하였다.

"저 명자만 해두 올 때에 계약한 돈을 다 벌어주지 않었니. 그리고 기한이 넘은 지도 벌써 두 달이 아니냐. 그런데두 주인은 어데 내놓나 보아라. 한 방울이라도 더 우려내고 한 푼이라도 더 뜯어낼려고 꼭 잡고 내놓지 않는구나."

이 소리를 듣는 명자의 눈에는 눈물이 괴었다. 기어코 참을 수 없이 그만 울음이 터져나오고야 말았다.

채봉이도 따라 울었다.

나 어린 봉선이는 설움을 못 이겨서 몸부림을 치면서 흑흑 느끼기까지 하였다.

이렇게 하여 이윽고 각각 설운 처지를 회상하는 그들은 일제히 울어버리고야 말았던 것이다.

부영이만은 입술을 징긋이 깨물고 울음을 억제하면서 말 뒤를 이었다.

"우리는 사람이 아니다. 이 개나 도야지만도 못한 천대를 너희들은 더 참을 수 있니. 꾸역꾸역 더 참을 수 있겠니."

"......"

"이 천대를 더들 참을 수 있겠니?"

"참을 수 없으면 어이하노."

채봉이는 눈물 섞인 목소리로 한탄하였다.

부영이는 한참 동안이나 대답이 없었다.

그러다가 마침내 그는 좌중을 돌아보면서,

"울지들 말아라. 울면 무엇 하니."

하고 고요히 심장에서 울려내는 듯이 한 마디 또렷또렷이 뱉어냈다.

"울지 말고 우리 한 번 해보자!"

"무얼 해보노."

"우리 여덟이 짜고 주인과 한번 해보자!"

"해보다니 어떻게 한단 말이냐."

눈물 어린 얼굴들이 일제히 부영이를 향하였다.

"우리 원이 많지 않으냐. 그 원을 들어달라고 주인한테 떼써보자꾸나."

"우리 원을 주인이 들어준다디."

채봉이 생각에는 얼토당토않은 듯하였다.

"그러니까 떼써서 안 들어주면 우리는 우리 할 대로 하잔 말이다."

"우리 할 대로?"

눈물에 젖은 눈들이 의아하여서 다시 부영이를 바라보았다.

"모두 짜고 말을 안 들어주면 그만이 아니냐. 돈을 안 벌어주면 그만이 아니냐."

"그렇게 하게 하겠니."

"일제히 결심하고 죽어도 말 안 듣는데 제인들 어떻게 한단 말이냐."

"옳지!"

"그렇지!"

그들은 차차 알아들갔다.

마침내 부영이의 설명과 방침을 잘 새겨 들은 그들은 두 손을 들고 기쁨에 넘쳐서 뛰고 외쳤다.

"좋다!"

"좋다!"

"부영아 이년아, 니 어디서 그런 생각 배웠나."

"그전에 공장에 다니던 우리 오빠에게서 들었단다. 그때 공장에서도 그렇게 해서 월급 오르고 일 시간 적어지고 망나니 감독까지 내쫓았다더라."

"니 이년아 맹랑하다."

"우리도 하자!"

"하자!"

"하자!"

수많은 가냘픈 주먹이 꿋꿋이 쥐이고 눈물에 흐렸던 방 안은 이제 계획과 광명에 활짝 개어올랐다.

이렇게 하여 결국 그들은 어여쁜 결심을 한 끈에 맺어 일을 단행하게 되었다. 이때까지 이 세상에서 받아온 학대에 대한 크나큰 원한과 분이 이제 이 집 주인과의 대항이라는 한 구체적 형식으로 표현되었던 것이다.

처음인 그들은 일의 교섭을 부영이에게 일임하였다. 부영이는 전에 오빠에게서 들은 것이 있어서 구두로 주인과 담판하기를 피하고 오빠들의 예를 본받아서 요구서 비슷한 것을 작성하기로 하였다.

여덟 사람들 입에서 나오는 수많은 조목 중에서 대강 다음과 같은 요구의 조목을 추려서 능치는 못하나 대강 읽을 줄 알고 쓸 줄 아는 부영이는 한 장의 종이를 도톨도톨한 다다미 위에 놓은 채 그 위에 연필로 공을 들여서 내려적었다.

一. 기한 넘은 명자를 하루라도 속히 내놓을 일.

一. 영업 시간은 오후 여섯 시부터 새로 두 시까지로 할 일. (즉 두 시 이후에는 손님을 더 들이지 말 일.)

一. 낮 동안에는 외출을 마음대로 시킬 일.

一. 한 달에 하루씩 놀릴 일.

一. 처음 들어온 사람을 매질하지 말 일.

一. 앓을 때에는 낫도록 치료를 하여 줄 일.

이렇게 여섯 가지 조목을 적고 그 다음에 만약 이 조목의 요구를 하나라도 안 들어주면 동맹하여 손님을 안 받겠다는 뜻을 간단히 쓰고 끝에 여덟 사람의 이름을 연서하고 각각 제 이름 밑에 지장을 찍었다.

　다 쓴 뒤에 부영이가 한번 읽어주었다. 제 입으로 한 마디 떠듬떠듬 뜯어들 읽기도 하였다.

　다 읽은 뒤에 그들은 벌써 일이 다 되고 주인이 굽실굽실 끌려오는 듯하여서 손을 치고 소리 지르고 한없이 기뻐들 하였다. 전에는 생각지도 못하였던 합력[2]의 공이 끔찍이도 큰 것을 처음으로 안 것도 기쁜 일이었다.

　뛰고 붙으며 마음껏 기뻐들 한 끝에 그들은 제비를 뽑아서 공을 집은 사람이 요구서를 주인한테 가지고 가서 내기로 하였다.

3

　"아 요런 년들."

　"아니꼬운 년들 다 보겠다."

　"되지 못한 년들."

　"주제넘은 년들."

　주인 양주는 팔짝 뛰면서 번차례로 외치면서 방으로 쫓아왔다.

　"같지 않은 년들 이것이 다 무어냐."

　요구서가 약오른 그의 손끝에서 바르르 떨렸다.

　"너이 할 일이나 하구 애초에 작정한 돈이나 벌어주면 그만이지, 요 꼴들에 요건 다 무어냐."

　한 사람 한 사람씩 노리면서 그는 떨리는 손으로 요구서를 쪽쪽 찢어버렸다.

---

2) 흩어진 힘을 한데 모음.

"되지 못한 년들, 일일이 너이들 시중만 들란 말이냐. 돈은 눈꼽만큼 벌어주고 큰소리가 무슨 큰소리냐."

분은 터져오르나 주인의 암팡스런 말에 모두들 잠자코 있는 사이에 참고 있던 부영이가 마침내 입을 열었다.

"당신이 그럼 우리를 사람으로 대접해왔단 말요."

"이년아 그럼 너이들을 부잣집 아가씨처럼 대접하란 말이냐?"

"부잣집 아가씨구 빌어먹을 것이구 당신이 우리를 개나 도야지만큼이나 여겨왔소."

"그렇게 호강하고 싶은 년들이 애초에 팔려오기는 왜 팔려왔단 말이냐."

"우리가 팔려오고 싶어 팔려왔소."

"그러게 말이다. 한껏 이런 데 팔려오는 너이 년들이 무슨 건방진 소리냐 말이다."

"이런 데 팔려오는 사람은 다 죽을 거란 말요. 너무 괄세 말구려."

"요 꼴들에 괄세는 다 무어냐 같지 않게."

"같지 않다는 건 다 무어야."

"아, 요런 년 버릇없이."

팔짝 뛰면서 그는 부영이의 따귀를 찰싹 갈겼다.

순간 약오른 그들의 얼굴에는 핏대가 쭉 뻗쳐올랐다.

"이놈아 왜 치니."

"무슨 재세[3]로 사람을 함부로 치느냐."

"너한테 매여만 지낼 줄 알았더냐?"

"발길 놈아."

"죽일 놈아."

---

3) 어떤 힘이나 세력 따위를 믿고 교만하게 굶.

그들은 약속한 바 없었으나 약속하였던 것같이 일제히 일어서서 소리 높이 발악을 하였다.

"하 같지 않은 것들."

주인은 '같지 않아서' 보다도 예기치 아니한 소리 높은 발악에 기를 뺏겨서 목소리를 낮추고 주춤 물러섰다.

"이때까지 너이들 먹여 살린 것이 누구냐. 은혜도 모르고 너이들이 그래야 옳단 말이냐."

"은혜? 같지 않다. 누가 누구의 은혜를 입었단 말이냐."

"배가 부르니까 괜 듯만 싶으냐. 밥알이 창자 속에 곤두서니까 너이들 세상만 싶으냐?"

"두말 말고 우리 말을 들어줄라면 주고 안 들어줄라면 그만이고 생각대로 하구려."

"흥 누가 몸이 다나 두고 보자. 굶어 죽거나 말거나 이년들 밥 한 술 주나봐라."

이렇게 위협하면서 주인은 방을 나가버렸다.

"원 나중엔 별것들 다 보겠네."

한쪽 구석에 말없이 서 있던 주인 여편네도 중얼거리며 따라나갔다.

4

이렇게 하여 주인과 대전한 지 사흘이었다.

식료는 온전히 끊기었었다.

사흘 동안 속에 곡식 한 톨 넣지 못한 그들은 기맥이 쇠진하였다.

오늘은 명자는 이층 한구석 제 방에서 엎드려 울기만 하였다.

며칠 동안 손님을 안 받으니 몸이 거뿐하기는 하였으나 그 대신 배가

고파서 견딜 수가 없었다.

"공연히 이 짓을 했지. 이 탓으로 나갈 기한이 더 늦어지면 어떻게 하나."

고픈 배를 부둥켜안고 엎드렸다 일어났다 하면서 그는 걱정하였다.

이 생각 저 생각에 설어지면 품에 지닌 사진을 몇 번이고 몇 번이고 꺼내보았다. 사진을 들여다보면 그는 재 없이 한바탕 울고야 말았다. 그러나 눈물이 마를 만하면 그는 또다시 사진을 꺼내보았다.

이 지옥에 들어온 지 삼 년 동안 그 사진만이 그의 유일한 동무였고 위안이었다. 그것은 정든 님의 사진이 아니라 그의 어렸을 때의 집안 식구와 같이 박은 것이었다. (그의 집안은 그때에는 남부럽지 않게 살았던 것이다.) 아버지 어머니가 뒤에 서고 그는 어린 동생들과 손을 잡고 앞줄에 서서 박은 것이다. 추석날 읍에서 사진쟁이가 들어왔을 때에 머리 빗고 새 옷 입고 박은 것이었다. 벌써 칠 년 전이다. 그 후에 어찌함인지 가운이 기울기 시작하여 집에 화재가 난다 땅이 떠내려간다 하여 불과 사 년 동안에 가계가 폭삭 주저앉았던 것이다. 그리하여 삼 년 전에 서리서리 뒤틀린 괴상한 연줄로 명자가 이리로 넘어오게까지 되었었다. 고향을 끌려나올 때에 단 한 가지 몸에 지니고 나온 것이 곧 이 한 장의 사진이었다.

어머니 아버지가 보고 싶을 때마다 동생들이 생각날 때마다 그는 사진을 내보고 실컷 울었다. 집도 절도 없는 고향에 지금 아버지 어머니가 있을 리 만무할 것이다. 그릇이고 쪽박 차고 알지 못하는 마을을 헤매이고 있을는지도 모른다. 그러나 그것도 저것도 고향에 가야 알 것이다. 얼른 고향에 가야 그들의 간 곳도 찾아낼 수 있을 것이다.

이렇게 생각하는 그는 하루도 몇 번 사진과 눈 씨름하면서 얼른 삼 년이 지나 계약한 기한이 오기만 고대하였다. 그러나 삼 년이 지나 기한이 넘어도 주인은 그를 내놀려고 하지 않았다.

이 생각 저 생각에 분하고 원통하여서 오늘도 종일 사진을 보며 울기만 하였다.

사진 보고 생각하고 울고 하는 동안에 오늘 하루도 다 가고 어느새 밤이 되었다.

명자는 눈물을 씻고 일어나서 커튼을 열었다.

창 밖에는 넓은 장안이 끝없이 깔렸고 암흑의 거리거리가 층층의 생활을 집어삼키고 바다같이 깊다.

그 속에 수많은 등불이 초저녁의 별같이 쏟아져서 깜박깜박 사람을 부르는 듯하였다.

명자는 창을 열고 찬 야기를 쏘이면서 시름없이 거리를 내려다보았다.

그 속은 어쩐지 자유로울 것 같았다. 속히 이곳을 벗어나 저 속에 마음껏 헤엄쳐볼까 하고도 그는 생각하였다.

매력 있는 거리를 한참이나 바라보다가 그는 다시 창을 닫고 커튼을 쳤다.

새삼스럽게 기갈이 복받쳐왔다.

그는 그 길로 바로 곧은 층층대를 타고 내려가 층 아랫방으로 갔다.

넓은 방에는 사흘 동안의 단식에 눈이 푹 꺼진 동무들이 맥없이 눕기도 하고 혹은 말없이 앉았기도 하였다.

"배고파 못 살겠다."

명자는 더 참을 수 없어 항복하여버렸다.

말없는 그들도 따라서 외쳤다.

"속 쓰리다."

"배고프다."

"이게 무슨 못 할 짓인고."

"×를 팔면 팔지 내가 배 곯구는 몬 살겠다."

누웠던 부영이가 일어나서 그들을 진정시키려고 쇠진한 의기를 채질하였다.

"사흘 동안 굶어서 설마 죽겠니. 옛날의 영악한 사람은 한달이나 굶어도 늠실하였다드라."

"옛날은 옛날이고 지금은 지금이 아니냐."

"지금 사람이 더 영악해야 하잖겠니. 저희가 아쉬운가 우리가 꿀리나 어데 더 참어보자꾸나."

부영이가 이렇게 말하면,

"죽든지 살든지 해보자!"

"더 참어보자!"

하는 한 패와 그래도,

"못 살겠다."

"못 견디겠다."

"배고파 죽겠다."

하는 패가 있었다.

"그다지도 고프냐?"

부영이는 이제 더 달래갈 수는 없었다.

"눈이 뒤집히는 것 같고 몸이 뒤틀리는 것 같아서 못 살겠다."

"그럼 있는 대로 모아서 요기라도 하자꾸나."

부영이는 치마춤을 뒤지더니 백통전을 두어 잎 방바닥에 던졌다.

"자, 너이들도 있는 대로 내놓아라. 보자."

치마춤에서들 백통전이 한 잎 두 잎씩 방바닥에 떨어졌다.

그것은 손님을 받을 때에만 가외로 한 잎 두 잎 얻어둔 것이었다.

볼 동안에 여남은 잎 모인 백통전을 긁어모아서 부영이는 채봉이에게 주었다.

"자, 너 좀 가서 무엇이든지 먹을 것을 사오려므나."

채봉이는 돈을 가지고 건너편 가게에 나가서 두 팔에 수북이 빵을 사들고 들어왔다.

5

"년들 맹랑하거든."

하루도 채 못 가 항복하리라고 생각한 것이 사흘이나 끌어왔으니 주인
은 놀라지 않을 수 없었다. '년들의 소행이 괘씸' 하기도 하였으나 애초
에 잘 달래놓을 것을 그런 줄 모르고 뻗대온 것이 큰 실책인 듯도 생각되
었다. 하룻밤이 아까운 이 시절에 사흘 밤이나 문을 닫치는 것은 그에게
곧 막대한 손해를 의미한다. 더구나 다른 누보다도 유달리 번창하는 이
누이이만치 더욱 큰 것이다. 숫자적 타산이 언제든지 머릿속을 떠날 새
없는 주인은 한 시간이 아까워 견딜 수 없었다. 더구나 밤이 시작됨을 따
라 밖에서 더욱 요란하여지는 사내들 노래를 들으려니 한시도 더 참을
수 없어서 그는 또 방으로 쫓아왔다.

"애들 배 안 고프냐."

목소리를 힘써 부드럽게 하였다.

"우리 배고프든 안 고프든 무슨 상관이요."

용기를 얻은 봉선이는 대담스럽게 톡 쏘아붙였다.

"공연히 그렇게 악만 쓰면 너이만 곯지 않느냐. 이를 때에 고분고분히
잘 들으려므나. 나중에 후회 말구."

"우리야 후회를 하든지 말든지 남의 걱정 퍽 하우."

이제 빵으로 배를 다진 그들은 쉽게 넘어가지는 않았다.

"제발 그만들 마음을 돌려라."

"그럼 우리의 원을 들어주겠단 말요."

"아예 그런 딴소리는 말고 밥들이나 먹고 할 일들이나 해라."

"딴소리가 다 무어요. 우리의 원을 들어주겠느냐 안 들어주겠느냐 말요."

"자, 일어들 나거라. 벌써 사흘 밤이 아니냐."

"사흘 아니라 석 달이래도 우리는 원을 이루고야 말 테예요."

"글쎄 너이들 일이 됐니. 밥 먹여 살리는 주인한테 이렇게 대드는 법이 세상에 어데 있단 말이냐."

"잔소리는 그만두어요. 우리의 원을 들어주겠으면 주고 싶으면 그만이지 딴소리가 웬 딴소리요."

부영이가 한 마디 한 마디 또박또박 캐서 들이밀었다.

"너이 년들 말 안 들을 테냐."

누그러졌던 주인이 별안간에 빨끈하였다. 노기에 세모진 눈이 노랗게 빛났다.

"얼리니까 팬 듯만 싶어서 년들이."

"앗다 얼리지 않으면 어떻게 할 테요. 어떻게 할 테야."

"그래도 그년이."

"그년이란 다 무어야."

"아, 요런 년."

주인은 팔짝 뛰면서 부영이의 볼을 갈겼다. 푹 고꾸라지는 그의 머리통을 뒤미처 갈기고 풀어진 머리채를 한 손에 감아쥐면서 그는 큰소리로 그들을 위협하였다.

"이년들 다들 덤벼봐라."

그러나 약오른 것은 그만이 아니었다.

동무가 이렇게 얻어맞고 창피한 욕을 당하는 것을 보는 그들은 일시에 똑같이 분이 터져올랐다. 전신에 새빨간 핏대가 쭉 뻗쳤다. 그러나 너무도 악이 복받쳐서 한참 동안은 벌벌 떨기만 하고 입이 붙어 말이 안 나왔다.

"이년들 다들 덤벼라."

놈은 머리채를 징긋이 감아쥐면서 범같이 짖었다.

"이놈아 사람을 또 친단 말이냐."

"너 듣기 싫으면 피차 그만이지 왜 사람을 치느냐."

"몹쓸 놈아!"

"개 같은 놈아!"

맥은 없으나마 힘은 모자라나마 그들은 악과 분을 한데 모아 일제히 놈에게 달려들었다. 놈의 옷자락도 붙들고 놈의 따귀도 치고 놈의 머리도 들고 놈의 다리에도 매달리고 놈의 살도 물어뜯고 그들은 악 나는 대로 힘자라는 대로 벌 떼같이 놈의 몸에 움켜붙었다.

나 찬 몸에 힘이 좀 부치기는 하였으나 원체 뼈대가 단단하고 매서운 사나이라 놈은 몸에 들어붙은 그들을 한 손으로 뿌리쳐 뜯기도 하고 발길로 차서 떨어트리기도 하면서 여전히 부영이의 머리채를 휘어잡은 채 이 구석 저 구석 넓은 방 안을 질질 몰고 다녔다.

밑에서 밟히고 끌리는 부영이의 입에서는 피가 흘렀다. 이리저리 끌리는 대로 넓은 방바닥에 핏줄이 구불구불 고패를 쳤다.

이윽고 한쪽에서는 분을 못 이기는 울음소리가 터져나왔다.

"몹쓸 놈아 쳐라."

"너도 사람의 종자냐?"

"벼락을 맞을 놈아."

"혀를 깨물고 꺼꾸러져도 남지 않을 놈아!"

"사람을 죽이네!"

"순사를 불러라!"

그들은 소리를 다하고 악을 다하였다. 나중에 주인 여편네가 기급을 하고 쫓아왔다.

옷이 찢기고 멍이 들고 피가 흘렀다.

그것도 저것도 다 헤아리지 않고 그들은 온갖 힘을 다하여 이를 악물고 놈과 세상과 접전하였다.

6

　"문 열어라."
　"자고 가자."
　밤이 익어감을 따라 문밖에서는 취객들의 외치는 소리가 쉴새없이 높이 났다.
　"다들 죽었니."
　"명자야."
　"부영아."
　"채봉아."
　문 두드리는 소리가 새를 두고 흘렀다. 그래도 안에서 대답이 없으면 부서져라 하고 난폭하게 한참씩 문을 흔들다가는 무엇이라고 욕지거리를 하면서 다른 곳으로 가버렸다.
　이렇게 한 떼 가버리고 나면 다음에 또 한 떼가 나타났다.
　"문 열어라."
　"웬일이냐 사흘이나!"
　"봉선아."
　"채봉아."
　"봉선아."
　방에서는 모두들 맥을 잃고 누웠었다.
　극렬한 싸움 뒤에 피곤―하였다느니보다도 실신한 듯이 잔약한 여병졸들은 피와 비린내와 난잡 속에 코를 막고 죽은 듯이 이러 저리 눕고 있었다. 분이 나서 쌔근쌔근—하지도 못하였던 것이다. 그러기에는 너무나 기맥이 쇠진하였었다. 말없이 죽은 듯이 그들은 다만 눕고 있었다. 그러나 그들은 한 사람도 아직 그들이 졌다고는 생각하지 않았다. 잠시 피곤할 따름이다. 맥이 나면 놈과 또다시 싸워야 할 것이다—고 그들은 생각하고 있었다.

"봉선아."

"내다, 봉선아."

"너 이년 나를 괄세하니."

"봉선아."

"봉선아."

밖에서 부르는 소리가 하도 시끄럽기에 봉선이는 일어나서 방을 나가 문을 열었다.

"봉선아, 너 이년 나를 몰라보니."

하면서 달려드는 사내는 자기를 맡아놓고 사주는 나지미⁴⁾였다. 그러나 봉선이는 오늘만은 그를 반가운 낯으로 대하지 않았다.

"아녜요. 오늘은 안 돼요."

하면서 그를 붙드는 사내를 밀치고 문을 닫치려 하였다.

"안 되긴 왜 안 된단 말이냐. 사흘이나."

사내는 그를 붙들고 놓지 않았다.

"주인 녀석과 싸우고 벌이 않기로 했어요."

"주인과 싸웠어?"

사내들은 새삼스럽게 그의 찢긴 옷, 헝클어진 머리, 피 흔적을 자세히 들여다보았다.

"자, 다음날 오구 오늘들은 가세요."

---

4) *なじみ*. 친숙함. 친한 사이.

"아니 왜 싸웠단 말이냐."

"주인 놈이 몹쓸 녀석이라우……. 우리 말을 들어주기 전에는 우리가 일을 하나 봐라."

"주인이 몹쓸 놈이어서 싸웠단 말이냐."

봉선이는 주춤하고 뜰을 내려서서 목소리를 높였다.

"사람을 굶기고 그 위에 죽도록 치고……. 주인 놈이 천하에 고약한 놈이지 지금 저 방에는 죽도록 얻어맞고 피를 토한 동무들이 죽은 듯이 눕고 있다우."

하면서 방을 가리키는 그의 눈에는 눈물이 핑 돌았다.

봉선이의 높은 목소리에 이웃집 문전에서 떠들고 흥정하고 노래하던 사내와 계집들이 한 사람 두 사람씩 옹기종기 이리로 모여들었다.

봉선이는 설워서 견딜 수 없었다. 맡길 곳 없는 설움을 이제 이 많은 사람 앞에서 마음껏 하소연하여보고 싶었다.

그는 뜰에 올라서서 두 손을 들고 고함을 쳤다.

"들어보시오! 당신들도 피가 있거든 들어보시오! 우리는 사람이 아니요. 우리가 사람 같은 대접을 받아온 줄 아오. 개나 도야지보다도 더 천대를 받아왔소. 당신네들이 우리의 몸을 살 때에 한 번이나 우리를 불쌍히 여겨본 적이 있었소. 우리는 개만도 못하고 도야지만도 못하고, 먹고 싶은 것 먹어봤나 놀고 싶을 때 놀아봤나 앓을 때에 미음 한 술 약 한 모금 얻어먹었나. 처음 들어오면 매질과 눈물에 세상이 어둡고 계약한 기한이 지나도 주인 놈이 내놓기를 하나, 한 방울이라도 더 울려내고 한 푼이라도 더 뜯어낼려고 꼭 잡고 내놓지 않는다. 우리는 사람이 아니다. 사람이 아니고 물건이다. 애초에 우리가 이리로 넘어올 때에 계약인지 무엇인지 해가지고 우리를 팔아먹은 놈 누구며, 지금 우리의 버는 돈을 한 푼 한푼 다 빨아내는 놈은 누군가. 우리는 그놈들을 위해서 피를 짜내고 살을 말리우는 물건이다. 부모를 버리고 동기를 잃고 고향을 떠나 개나

도야지만도 못한 천대를 받게 한 것은 누구인가. 누구인가."

그는 흥분이 되어서 그도 모르게 정신없이 이렇게 외쳤다. 며칠 전 부영이에게서 들어두었던 말이 이제 그의 입에서 순서는 뒤바뀌었을망정 마치 제 속에서 우러나오는 말같이 한마디 한마디 뒤를 이어서 쏟아져 나왔던 것이다. 장황은 하나 그는 이것을 다 말하지 않고는 배길 수 없었다. 그는 여전히 흥분된 어조로 계속하였다.

"다 같은 이목구비를 갖추고 무엇이 남보다 못나서 이 짓을 하게 되었나. 이 더러운 짓을 하게 되었는가. 남처럼 버젓하게 살지 못하고 왜 이렇게 되었는가? 우리의 팔자가 기박해서 그런가. 팔자가 무슨 빌어먹을 놈의 팔잔가."

사흘 전에 부영이에게 반대하여 팔자를 주장하던 그가 이제 와서 확실히 팔자를 부정하였다. 그는 벌써 사흘 전의 그는 아니었다. 사흘 후인 이제 그는 똑바로 세상을 볼 줄 알았던 것이다.

"이 문둥이 같은 놈의 세상이, 놈들의 농간이, 우리를 이렇게 기구하게 만들지 않았는가."

봉선이가 주먹을 쥐고 이렇게 높이 외치자 사람 숲에서는 여러 가지 소리가 들려오고 가운데는 감동하여 손뼉 치는 사람도 있었다.

"옳다!"

"고년 맹랑하다."

"똑똑하다."

같은 처지에 있으니만큼 그 중에 모여 섰던 이웃집 창기들에게는 봉선이의 말이 뼈 속까지 젖어 들어가서 그들은 감격한 끝에 길게 한숨도 쉬고 남몰래 눈물도 씻으면서 얕은 목소리로 각각 탄식하였다.

"정말 우리는 사람이 아니다."

"개만도 못한 천대를 받아오지만 않니."

"부모 형제 다 버리고 이것이 무슨 죄냐."

"몹쓸 놈의 세상 같으니."

맡길 곳 없는 설움을 이제 이렇게 뭇 사람 앞에서 마음껏 하소연한 봉선이의 속은 자못 시원하였다. 동시에 여러 사람 앞에서 한 번도 지껄여본 적 없고 남이 하는 연설 한마디를 들어본 적 없는 무식하고 철모르던 그가 어느 틈에 이렇게 철이 들고 구변이 늘었는가를 생각하매 자기 스스로 은근히 탄복하지 않을 수 없었다.

그는 이를 악물고 높은 구변으로 계속하였다.

"우리는 이 천대를 더 참을 수 없다. 천치같이 더 속아 넘어갈 수 없다. 우리는 일제히 짜고 주인 놈과 싸웠다. 놈은 우리의 말을 한마디도 안 들어주고 우리를 사흘 동안이나 굶기면서 뒵데 우리를 때리고 차고, 죽일 놈 같으니. 지금 저 방에는 죽도록 얻어맞은 동무들이 피를 토하고 누워 있다. 저 방에, 저 방에."

하면서 가리키는 그의 손을 따라 사람들은 그쪽을 향하였다.

정신없이 지껄인 바람에 잠깐 사라졌던 분이 이제 또다시 그의 가슴에 새삼스럽게 타올랐다. 그는 악을 다하여 소리 소리쳤다.

"주인 놈이 죽일 놈이다. 우리가 다시 일을 하나봐라. 다시 이 짓을 하나봐라. 우리는 벌써 너에게 매인 몸이 아니다. 깍정이 같은 놈 다시 돈 벌어주나봐라."

주인이 바로 눈앞에 있는 것처럼 그는 눈을 노리고 욕을 퍼부었다.

분통이 터져서 전신이 바르르 떨렸다.

"다시 일을 하나봐라. 이놈의 집에, 이 더러운 놈의 집에 다시 있는가 봐라."

그는 이제 집 그것을 저주하는 듯이 터지는 분과 떨리는 몸을 문에다 갖다 탁 부딪쳤다.

문살이 부서지며 유리가 깨트러졌다.

미친 사람같이 그는 허둥지둥 다시 일어나 땅에서 돌을 한 개 찾아 들더니 '봉학루'라고 쓰인 문 위에 달린 붉은 등을 겨누었다.

다음 순간 뎅그렁 하고 깨트러진 홍등이 땅에 떨어지기가 무섭게 으싹하고 조밥이 되어버렸다.

해끗한 유리 조각이 주위에 팍삭 날고 집 앞은 순식간에 암흑으로 변하였다.

잠시 숨을 죽이고 그의 거동을 살피던 사람들은 어둠 속에서 수물거리기 시작하였다.

"봉선아, 너 미쳤구나!"

"주인 놈을 잡아내라!"

"잘 깼다. 질내 이놈의 짓을 하겠니."

"동맹파업이다."

"잘했다!"

"요 아래 추월루에서도 했다드라!"

깨트러진 홍등, 어두운 이 문전을 중심으로 이 밤의 이 거리, 이 저자는 심히도 수물거리고 동요하였다.

(1930. 4)

마작철학

1

　내려찌는 복더위에 거리는 풀잎같이 시들었다. 시들은 거리 가로수街路樹 그늘에는 실업한 노동자의 얼굴이 노랗게 여위어가고 나흘 동안…… 바로 나흘 동안 굶은 아이가 도적질할 도리를 궁리하고 뒷골목에서는 분 바른 부녀가 별수없이 백동전 한 잎에 그의 마지막 상품을 투매하고 결코 센티멘털리즘에 잠겨본 적 없던 청년이 진정으로 자살할 방법을 생각하고 자살하기 전에 그는 마지막으로 테러리스트가 되기를 원하였다—.

　도무지가 무덥고 시들고 괴로운 해이다. 속히 해결이 되어야지 이대로 나가다가는 나중에는 종자도 못 찾을 것이다. 이 말할 수 없이 시들고 쪼들려가는 거리, 이 백성들 가운데에 아직도 약간 맥이 붙어 있는 곳이 있다면 그것은 정주사네 사랑일까? 며칠이나 갈 맥인지는 모르나 이 무더운 당장에 그곳에는 적어도 더위는 없다. 대신에 맥주 거품과 마작麻雀과 유흥이 있으니 내려찌는 복더위에 풀잎같이 시들은 이 거리, 서늘한 이 사랑에서는 오늘도 마작판이 어우러졌던 것이다. 삼간이 넘는 장간방長間房의 사이를 트고 아래 윗방에 두 패로 벌린 마작판을 싸고 전당포 홍전위, 정미소 심참봉, 대서소 최석사, 자하골 내시 송씨, 그 외에 정체 모를 수많은 유민들이 둘러앉아서 때 묻은 마작쪽에 시들어가는 그들의 열정을 다져서 마작판을 탕탕 울린다.

"펑!"

"깡!"

그러나 흥겨운 이 소리가 실상인즉 헐려가는 이 계급의 단조한 생활을 상징하는 풀기 없는 음성으로밖에는 들리지 않았다. 한 곳에 맥주 한 병씩을 걸고 날이 밝도록 세월 없이 마작판을 두드리는 그들의 기력 없는 생활의 자멸을 재촉하는 단말마적 종소리로밖에는 들리지 않았던 것이다.

"펑!"

"깡!"

"홀나!"

양동이에 얼음을 깨트러 넣고 그 속에 채운 맥주를 잔 가득 나누고 마작쪽이 와르르 흩어지니 판은 또다시 시작되었다.

"오늘이나 소식이 있을까."

판 한 모에서 대전하고 있던 정주사는 마작과는 관계없는 딴생각에 마음을 은근히 앓으면서 홍중 쪽을 정성스럽게 모아들였다. 그는 끗수의 타산으로가 아니라 본능적으로 어쩐 일인지 홍중을 좋아하고 백판을 극도로 싫어하였다. 홍중으로 방을 달면 길하고 백판으로 달면 흉하다는 이 비논리적 저 혼자의 원리에 본능적으로 지배를 받으면서 이것으로써 은근히 마음먹은 일을 점치는 것이다. 그 심리는 마치 연애에 빠진 계집아이가 이기든지 말든지 간에 남몰래 트럼프의 화투장을 정성껏 모아들이는 그 심리와도 흡사하였다.

정주사는 오늘도 아들의 편지를 고대하면서 홍중으로 방짜기에 애를 썼다. 그러나 재수 없는 백판만 여러 쪽 들어오고 홍중은 판판이 한 쪽도 들어오지는 않았다. 그래도 그는 추근추근히 세 쪽이나 들어온 백판을 헐어내버리면서도 수중에 한 쪽도 없는 홍중을 한 장 두 장 판에서 모아 들이기에 헛애를 썼다.

결과는 방 달기가 심히 늦고 남이 벌써 "훌나!"를 부를 때에도 그는 방은커녕 엉망진창인 수많은 마작쪽을 가지고 미처 주체를 못 해서 쩔쩔 매었다. 그러나 물론 그는 "훌나!"를 바라는 바도 아니오, 맥주를 아끼는 터도 아니었다. 다만 홍중으로 훌륭하게 방 한 번 달기가 원이었다. 그러나 종일 마작판을 노려도 홍중은 안 들어오고 편지는 안 오고―그의 마음은 말할 수 없이 우울하였다.

"에, 화난다!"

마음 유하게 판에 앉았던 정주사도 나중에는 화가 버럭 나서 마작쪽을 던지고 벌떡 자리를 일어났다.

"운송(정주사의 호), 요새 웬일이오?"

같이 놀던 친구들은 정주사의 은근한 심정은 모르고 그의 연패하는 것이 보기 딱해서 그의 손속[1] 없는 것을 민망히 여겼다.

"최석사, 대신 들어서시오."

옆에서 바라보고 있던 최석사에게 자리를 사양하고 정주사는 웃목에 서 있는 넓은 침대에 가서 몸을 던지고 마작 소리를 옆 귀로 흘리면서 자기 스스로의 생각에 잠겼던 것이다―정주사의 사랑하는 외아들이 일확만금을 꿈꾸고 새 실업을 꾀하여 동해안으로 떠난 것은 벌써 작년 봄이었다. 대학을 마친 풋 지식을 놀려두기보다는 아버지의 뜻을 이어 수년 전부터 동해안 일대에 왕성히 일어난 정어리업에 기울였던 것이다. 바다 일이라는 것이 항상 위험하기는 위험한 것이나 천여석지기의 자본을 시세 좋은 정어리업에 들여 밀면 만금이 금시에 정어리 쏟아지듯 쏟아

---

1) 노름할 때 힘들이지 아니하여도 손대는 대로 잘 맞아 나오는 운수.

질 것이다—고 생각한 그는 대번에 삼백석지기에 넘는 옥토를 은행에 잡히고 이만여 원의 자본금을 낸 것이다.

십여 척의 어선과 어부를 사고 수십 채의 그물을 사고 해변에 공장을 세우고 기름 짜는 기계를 설치하고 공장 노동자와 수백여 명의 능률 노동자를 써가면서 사업을 시작하였던 것이다. 얼떨떨한 흥분과 모험감으로 일 년 동안을 계속하여 분주한 어기漁期를 지내놓고 연말에 가서 이익을 타산하여보았을 때에 웬일인지 예측과는 딴판으로 수지가 가량없이 어긋났다.

결국 이만여 원을 배와 공장에 깔아놓았을 뿐이요, 한 푼의 이익도 건지지는 못하였던 것이다. 그러나 첫술에 배부른 법 없는지라 첫 사업의 첫해인만큼 모든 실패를 서투른 수단과 노련치 못한 풋 지식의 탓으로 돌려보내고 금년에는 일 년 동안에 얻은 경험을 토대로 사업을 확대하여 또 삼백여 마지기의 옥토를 같은 은행에 잡히고 이만여 원을 내서 배를 늘리고 공장을 늘려서 한층 더 큰 규모로 일을 시작하였다. 그러나 뉘 알았으랴, 금해금이 단행되고 금융계와 모든 사업계에 침체가 오자 무서운 불경기의 조수는 별수없이 정어리업에까지 밀려오고야 말았다.

물화상통과 금전융통의 길이 끊어지니 정어리의 시세는 대중없이 폭락되었다. 닷 말들이 한 자루에 2원 60전 하던 정어리가 금년에 들어서는 1원 30전으로 폭락되고, 기름 한 통에 2원 80전 하던 것이 금년에는 1원 50전으로, 정어리 비료 한관시가〔一貫時價〕 5원이 2원 50전으로— 도대체 반값으로 폭락되었다. 이 대세는 도저히 막아내는 장사가 없었다.

정주사는 앞도 못 내다보고 공연히 사업을 확대한 것을 후회하였다. 그러나 저질러놓은 것을 이제 와서 한탄한들 무슨 소용이 있으리오. 흥하든 망하든 하는 데까지는 해보아야 할 것이다. 다만 한 가지 애처로운 것은 그의 아들의 고생하는 꼴이었다. 유약한·몸으로 편안한 집을 떠나

낯설은 해변에 가서 폭양에 쪼여가면서 갖은 신고를 다 하리라고 생각하매 아버지의 마음은 한시도 편한 적이 없었다. 자기 혼자 시원한 사랑에서 친구들과 맥주 내기 마작을 울리는 것이 죄스럽게도 생각되었다. 게다가 요사이는 어찌 된 일인지 아들에게서 한 장의 소식도 없었다.

이 어려운 시세에 고기라도 많이 잡혀야 할 터인데 과연 많이 잡히는지, 배와 공장에도 별 고장이 없는지, 더위에 몸도 성한지 모든 것이 퍽도 궁금하였다. 봄에 잠깐 집에 왔다 간 지 벌써 넉 달이나 되었으니 이 여름에 또 한번쯤 다녀가도 좋으련만 이 바쁜 시절에 그것도 원하기 어려운 일이었다.

이래저래 정주사는 요사이 매우 걱정이다. 마작의 홍중을 모아 친구 몰래 은근히 점쳐보았으나 오늘도 역시 길패는 얻지 못하였던 것이다—.

침대에 누운 정주사는 괴로운 심사와 가지가지의 무거운 생각을 이기지 못하여 바로 누웠다 돌아누웠다 하면서 긴 한숨을 내쉬었다.

"펑!"

"홀나!"

어우러진 두 패의 마작판에서는 마작 울리는 소리가 맹렬히 들렸다.

'밤이나 낮이나 모여서 펑들만 찾으니 우리네 살림에도 머지않아 펑이 날 것이다!'

침대 위에서 마작에 열중된 친구들을 내려다보는 정주사에게는 돌연히 이런 생각이 떠올랐다. 그 순간 가련한 친구들과 자기 자신의 자태가 머릿속에 전광적으로 번적였다.

'오, 악몽이다!'

정주사는 우연한 이 생각에 스스로 전율하고 불길한 환영을 떨쳐버리려고 애쓰면서 돌아누워 시선을 문득 푸른 하늘로 옮겨버렸다.

2

종일 동안 들볶아치던 포구는 밤이 되니 낮 동안의 소란과는 반비례로 심히 고요하였다. 하늘도 어둡고 바다도 어둡고 뾰족한 초생달이 깊은 하늘에 간드러지게 걸리고 언덕 위에 우뚝 서 있는 정어리 공장 사무소 창에서 흐르는 등불이 어두운 해변의 한 줄기의 숨소리와도 같다. 규칙적으로 몰려오는 파도의 소리가 쇄— 쇄— 들려올 뿐이다.

'정구태 온어鰛魚 공장 사무소'라고 굵게 쓰인 간판 달린 언덕 위의 공장 사무소 안에는 젊은 주인공이 등불을 돋아놓고 이슥하도록 장부 정리에 열중하고 있다. 옆방 침실에서는 공장의 감독 격으로 있는 최군과 서기 격으로 있는 박군의 코 고는 소리가 높이 들렸다. 코 고는 소리에 이끌려 건듯하면 저절로 내려감기는 두 눈을 비벼가면서 낮 동안의 피곤도 무시하여버리고 그는 장부 정리에 열중하였다. 장부의 숫자를 대조하여가는 동안에 정신도 차차 맑아갔다.

등불에 비취는 그의 얼굴은 검어 무뚝뚝하게 보였다. 그러나 그것도 원래 그런 것이 아니라 이태 동안이나 해변에 서서 바닷바람과 폭양을 쏘였음으로였다.

연전에 서울 있어서 카페에나 돌아다니고 기생들과 자동차나 몰고 할 때에는 그도 얼굴빛 희고 기개 높은 청년이었다. 그것이 두 해 여름이나 해변에서 끄슬고 타고 하는 동안에 이렇게 몰라볼 만큼 풍골이 변하였던 것이다. 카페에서 술 마시면 울고 기생 앞에서 발라맞추던 연약하던 그의 성격도 껄끄러운 뱃사람들과 접촉하는 동안에 어느덧 굵직하고 거칠게 변하였던 것이다.

장부에 가늘게 적힌 숫자와 주판 위에 나타나는 액수를 비교하여가는 그의 얼굴은 차차 흐려지고 암담하여갔다.

'괴상한 일이다!'

까만 주판알을 떨어버리고 다시 놓고 또다시 놓아보아도 장부의 숫자와는 어림없이 차가 났다.

'이 숫자의 차는 어데서 생겨났는가?'

이것을 궁리하기보다는 그는 먼저 이 너무나 큰 차이에 다만 입을 벌리고 놀랐다. 그러나 주판에 나타난 수는 엄연히 그를 노렸다.

작년 봄 사업을 시작하기 전에 조용한 그의 서재 책상 위에서 주판을 잘각거리고 장래를 응시하였을 때에 그의 얼굴에는 상기된 미소가 떠올랐다. 서재 책상 위에서 잘각거리는 주판은 미인의 눈맵시와도 같이 사람을 항상 황홀케 하는 법이다. 뜨거운 차에 혀를 꼬부리는 그의 얼굴에는 흥분된 혈색이 불그스름하게 빛났으니 주판의 까만 알이 화려한 그의 미래를 약속하였기 때문이다. 성공—일확 만금, 사치한 문화주택, 피아노, 자가용 고급차 '하드손' 한 대, 당당한 청년 실업가, 화려한 꿈의 전당이 그의 머릿속에 끝없이 전개되었다.

그러나 주판의 농간을 그 어찌 알았으랴.

서재 책상의 주판은 그를 온전히 속여버리고야 말았던 것이다. 일 년 전에 그를 황홀케 하던 주판은 이제 이 해변 사무소에서 그를 비웃고 있다. 끝없이 화려하게 전개되던 꿈의 전당은 이제 그의 눈앞에서 와르르 헐어져버렸던 것이다. 그뿐 아니다. 파산, 몰락, 장차 닥쳐올 비참한 이 과정이 그의 눈앞을 캄캄하게 가리웠다.

그는 장부와 주판을 던져버리고 책상에서 머리를 들고 몸을 펴서 교의에 장긋이 전신을 의지하였다. 눈앞에는 창밖으로 캄캄한 어둠만이 내다보였다.

'나의 앞길도 이렇게 어두우렷다!'

하는 생각에 잠겼는지 그는 뚫어져라 하고 어둠 속을 바라보았다. 그러나 결국 보이는 것은 어둠뿐이요 들리는 것은 늠름한 파도 소리와 옆방에서 나는 최군과 박군의 코 고는 소리뿐이었다. 일 년 전의 그 같으면 이 애타는 마음에 울었을 것이다. 그러나 이제 그는 못생기게 울지 않았다. 이것 하나가 바다에 와서 얻은 득이라면 득일까.

창밖에서 시선을 옮기고 그는 교의를 일어서서 담배를 태워 물고 잠 안 오는 울울한 마음에 사무소를 나왔다.

언덕을 내려와서 해변으로 걸어가는 그의 다리는 맥없이 허전허전하였다.

기울어진 초승달 밑에서 사만 금을 집어삼킨 검은 바다는 탐욕의 괴물 같이 이빨을 갈면서 그를 향하여 으르렁거렸다.

일순 그는 불쾌하여서 바다에서 몸을 돌려 포구로 향하였다. 잠들어 고요한 포구는 그를 대하여 으르렁거리지는 않았다. 그러나 거기에도 그의 '적'은 기다리고 있으니, 그를 상대로 살아가는 수백 명의 부녀 노동자들과 공장 노동자는 임금 문제로 그와 다투었다.

그는 마지막으로 하늘을 우러렀다. 그러나 하늘 역시 그에게는 적이었다. 북으로 모여드는 검은 구름—언제 쏟아질지 모르는 위험한 날씨이니 한바탕 장황히 쏟아지기만 한다면 정어리가 바다에서 끓는다 하더라도 배는 낼 수 없는 터이다.

하늘을 우러러도 바다를 향하여도 포구를 대하여도 어느 것 하나 그에게 적 아닌 것이 없다. 그리고 이 모든 적의 배후에는 시세의 농간을 부리는 더 큰 괴물이 선웃음 치고 있는 것을 그는 당장 눈앞에 보는 듯하였다. 이 모든 적을 상대로 싸워 나갈 생각을 하니 앞이 아득하였다. 그러나 이제 이대로 주저앉을 수는 없는 터이니 싸울 데까지는 싸워나가야겠다고 그는 이를 갈고 '거룩한 결심'을 하였다.

촉촉한 모래를 밟으며 으슥한 해변을 거니는 그에게는 낮 동안에 무심하던 해초 냄새가 이제 새삼스럽게 신선하게 흘러왔다. 신선한 해초 냄새에 그는 문득 오래간만에 건강한 성욕을 느꼈다. 서울에 멀리 떨어져 있는 아내의 생각이 간절히 났다. 뒤를 이어 오랫동안 소식 안 보낸 아버지의 생각도 났다.

3

해변의 낮은 길고 북국의 바다는 쪽잎같이 푸르다. 푸른 바다를 향하여 반원형으로 딸린 포구는 푸른 생활을 싣고 긴 하루 동안 굿을 하듯이 들볶아친다.

바닷물 찰락거리는 넓은 백사장—그곳은 포구 사람들의 살림터로 아울러 싸움터이니 거기에서 그들은 종일 동안 부르짖고, 땀 흘리고, 청춘을 허비하고, 죽음을 기다리고, 일생을 계산한다.

무거운 해와 건강한 해초의 냄새를 맡으면서 적동색으로 그을린 수백여 명의 부녀 노동자는 백사장 군데군데에 떼를 짓고 정어리배가 들어오기를 초조히 기다렸다. 배가 들어와야 그들에게는 할 일이 생기는 것이니 어부가 잡아들인 정어리를 그물코에서 따서 어장에까지 나르는 것이 곧 그들의 노동인 것이다.

"어째 배가 애이 들어오?"

"마—."

"저기 들어옵네. 우승기 날리며 배 들어옵네."

"옳소, 옳소!"

먼 수평선 위에 나타난 검은 일점을 노리던 수백의 눈은 일시 빛나고 백사장에는 환희와 훤조가 끓어올랐다.

검은 일점이 그의 정체를 드러내놓기에는 꽤 긴 시간이 걸렸다. 거의 반시간이 넘어서야 그럴듯한 선체와 붉은 돛과 선두에 날리는 우승기가 차차 드러났다. 남풍에 휘날리는 붉은 돛을 감아내리더니 배는 노를 저어 포구로 향하였다. 선두에는 우승기 외에 청기 홍기가 휘날렸다. 청기 홍기는 어획의 풍산을 의미하는 것이니 백사장에는 새로운 환희의 소리가 높이 났다.

"뉘 배요?"

"명팔이 배 애이요."

"우승기 달고 우쭐했소!"

"저-기 또 배 들어오."

"저기 애이요. 하나 둘 서 너……."

"야—."

수평선 위에는 연하여 검은 점이 나타나더니 그것이 차차 커지며 일정한 거리에 와서 일제히 돛을 내리고 굵은 노를 저으면서 역시 포구를 향하여 일직선을 그었다.

기다리던 배가 들어옴을 볼 때에 정구태 공장 사무소에서도 각각 출동의 준비를 하였다.

젊은 공장주도 어젯밤 우울은 씻어버린 듯이 새로운 기쁨을 가지고 밀짚모자를 쓰고 고무장화를 신었다.

박과 최를 거느리고 사무소를 나와 언덕을 내려왔을 때에 배는 쌍쌍이 뒤를 이어 포구 안으로 들어왔다.

배는 말할 것도 없이 거의 모두 구태네 배였다. 그는 금년 봄에 사업을 확장할 때에 그의 영업 정책상 포구 안에 산재하여 있는 수많은 군소 어업자의 태반을 매수하고 배와 공장을 거의 독점하다시피 하여버렸던 것이다. 따라서 이 포구 안의 정어리 업자라면 정구태가 첫손가락에 꼽혔고 백사장에 모이는 주인 없는 수백여 명의 부녀 노동자들도 기실은 정구태에게 전속하여 있는 셈이었다.

"공장주 나옵네."

떠들고 뒤끓던 부녀 노동자들은 젊은 공장주를 위하여 길을 틔었다.

그들 사이에는 형언하기 어려운 기쁨이 떠돌았다. 그것은 배가 들어오기 때문이다. 날마다 몇 차례씩 당하는 일이지만 이 기쁨만은 언제든지 변치 않고 일어나는 것이니 해변 사람 아니면 맛볼 수 없는 기쁨이다. 허연 고기를 배 속에 그득히 잡아 싣고 순풍에 돛을 달고 쌍쌍이 노를 저어 들어올 때 그것은 서로 이해관계는 다를지라도 뱃사람 자신들에게나 공장주에게나 부녀 노동자들에게나 똑같은 기쁨을 가져왔다. 생산의 기쁨이라고 할까—속일 수 없는 기쁨이다.

포구 안에 들어온 배가 차례차례로 해변 모래 기슭에 바싹 대었을 때에 그들은 벌 떼같이 일제히 그리로 몰렸다.

검붉게 탄 웃통을 드러내논 뱃사람들은 배에서 내려서 밧줄을 모래밭 기둥에 든든히 매놓고 모래 위에 부대 조각, 멱서리 조각 등을 넓적하게 펴고 배와의 사이에 널간으로 다리를 놓고 그 위로 고기 달린 그물을 끌어내려 육지로 옮겼다. 한데 이은 여러 채의 그물이 한 줄에 달려내려와서 부대 조각 위에는 허연 고기의 산을 이루었다. 이 고기 더미를 둘러싸고 부녀 노동자들은 그 주위에 각각 알맞은 곳을 차지하고 볼 동안에 원을 그렸다.

—부녀 노동자 가운데에는 열두어 살씩 먹은 소녀가 가장 많으나 그 외에 열 칠팔 세 되는 처녀도 있고, 삼십을 넘은 부녀도 있고, 혹은 육십에 가까운 노파도 섞여 있었다. 그들은 순전히 일한 분량에 의하여 임금을 받는 것이니, 즉 그들은 대개 동무들과 몇 사람씩 어울리거나 혹은 두 모녀가 어울려서 함지에 고기를 따 담아가지고 감독 있는 어장까지 날라서 큰 나무통에 한 통씩 채우는데 대개 십오 전씩의 임금을 받으니 이것을 어우른 동무들과 똑같이 분담하는 것이다.

그러니 배가 잘 들어오고 고기가 잘 잡혀서 하루 종일 일하게 된다 하여도 한 사람 앞에 불과 몇십 전의 임금밖에는 배당되지 않는 것이다. 그러므로 순전히 이것으로 생활을 도모하여나가는 그들에게는 한 푼이 새롭고 아까운 것이다. 그들은 될 수 있는 대로 능률을 올려서 서로 다투어 가면서 재치 있게 부랴부랴 일을 하는 것이다…….

여섯 척의 배에서 내린 여섯 개소의 그물 더미로 각각 분배되니 수백여 명의 노동자는 거의 다 풀렸다. 백사장 위에 일렬로 뭉친 여섯 개의 떼는 꿀집을 둘러싼 여섯 개의 벌 떼와도 흡사하였다.

그들은 이렇게 쉽게 여섯 개소를 뭉치기는 뭉쳤으나 일은 즉시 시작하지 않았다. 오늘은 일을 시작하기 전에 기어이 공장주와 따질 일이 있었으니 그것은 임금 문제였다. 이때까지 한 통 임금 십오 전씩 하던 것을 오 전을 내려 십 전씩을 공장주 측에서 며칠 전부터 굳게 주장하여 나중에는 어업조합에까지 걸어서 결정적 시행을 보게 되었던 것이다. 정어리 시세가 떨어졌으므로라는 '당연한 이유'를 내세우나 이 '당연한 이유'가 부녀 노동자들에게는 곧 주림을 가져온다는 것을 공장주도 모르는 바 아닐 것이다. 그들은 하는 수 없이 며칠 동안 십 전 임금에 복종하여왔으나 그것으로 인하여 현저히 생활에 위협을 받는 그들은 더 참을 수 없어서 오늘은 공장주와 철저히 따져볼 작정이었다. 비록 아직 통일적 행동으로 동원되도록 조직은 못 되었으나 그들은 똑같은 항의를 다같이 가슴속에 감추고 있었던 것이다.

"오늘은 한 통에 얼매요?"

그들은 공장주를 붙들고 임금 결정을 요구하였다.

"조합에서 작정한 것이 있지 않소. 십 전이요, 십 전."

젊은 공장주의 태도는 퍽도 뻑뻑하였다.

"십 전 아이 되오."

그들은 이구동성으로 항의하였다.

"이 무서운 세월에 십 전도 과하오."

"야 이 나그네, 십 전 통에 이 숱한 사람이 굶는 줄은 모르는가! 오 전 더 낸다고 당신네야 곧 굶어죽겠슴나?"

"굶든지 말든지 조합에서 정한 것을 내가 어떻게 한단 말요."

"조합놈 새끼들 마사[2]놓겠다!"

수백 명은 일시에 소란하여지면서 분개하였다.

"자, 어서들 일이나 하시오."

"십오 전 아이 주면 아이 하겠소."

"일하기 싫은 사람들은 그만두시오."

"옳소! 그만두겠소꼬. 누가 꿇리나 두고 봄세. 야들아, 오늘은 일들 그만두어라!"

극히 간단하였다. 공장주의 거만한 태도에 분개한 그들은 둘러쌌던 원을 풀면서 벌 떼같이 어지럽게 백사장에 흩어졌다.

"일하는 년들 썩어진다!"

집안 형편이 하도 딱해서 그런 대로 여기서 일하여볼까 하던 부녀들도 이 위협의 소리에 겁이 나서 자리를 비실비실 떠나버렸다.

노동자가 헤져버린 백사장에는 손대지 않은 여섯 개의 그물 더미가 노동자를 기다리면서 우뚝우뚝 서 있을 뿐이다.

그들의 집단적 행동에 공장주는 새삼스럽게 놀랐다. 이렇게 뻣뻣하게 나올 줄은 예측하지 못하였던 것이다. 그들을 다시 부르자니 같지 않고 그들 대신에 새 노동자를 불러들이자니 이 포구 안에서는 불가능한 일이요 그는 어쩔 줄 모르고 황망히 날뛰었다.

그날 저녁 야학은 다른 때보다 일찍이 끝났다.

맨 뒷줄에 앉아 하루 동안의 피곤을 못 이겨 공책에 코를 박고 있던 순야는 소란한 주위의 이야기 소리에 문득 눈을 떴다. 백여 명의 학생들— 이라고 하여도 십여 명의 사내아이를 제하면 전부가 낮 동안에 해변에

---

2) '부수어'의 방언.

서 볶아치던 부녀 노동자이었다—은 공책을 덮고 자리에서 수군거렸다.

1. 우리는 왜 가난한가.
1. 정어리 삯전 십 전 절대 반대.
1. ·········.

국문으로 칠판 위에 크게 쓰인 이 토막토막의 글을 순야는 눈을 비벼가면서 공책 위에 공들여 베꼈다. 국문을 가제 깨친 그는 이 단순한 글줄을 읽고 쓰는 데 오 분이 넘어 걸렸다.

"그럼 이 길로 바로 장개 앞 해변으로들 모이시오."

순야가 칠판의 토막글을 다 베끼고 나자 강선생은 그들에게 이렇게 분부하였다. 그가 졸고 있는 동안에 무슨 이야기가 있었는지 별안간 장개 해변으로 모이라는 이 분부에 순야는 영문을 몰랐다. 그러나 소란한 이 자리에서 그는 어쩐지 알 수 없이 가슴이 울렁거렸다.

백여 명의 야학생들은 제각각 감동과 흥분을 가지고 교실을 나와 마당에 쏟아졌다. 그들은 한 사람도 빼놓지 않고 즉시 장개 해변으로 향할 생각이었다. 강 선생의 명령이라면 절대로 복종이었다. 그만큼 그들은 어디서 들어왔는지 고향조차 모를 강선생을 퍽도 존경하고 사모하였다.

눈이 매섭고 영악한 한편에 강선생은 학생들에게는 극히 순하고 친절하고 의리가 밝았다. 어디로부터서인지 돌연히 이 포구에 나타난 지 벌써 일 년이 넘도록 그는 한푼의 이해관계도 없는 수많은 그들을 모아놓고 충실히 글을 가르쳐주어 왔다. 그는 어쩐지 조합 사람이나 면소 사람들과보다도 뱃사람이나 노동자들과 더 친하게 굴었다. 새빨간 표지의 톱톱한 책과 깨알 쏟은 듯한 꼬부랑 양서를 열심으로 공부하는 반면에 그는 간간이 해변에 나와 바람을 쏘이며 이런 사람들과 오랫동안 여러 가지 이야기에 잠길 때가 많았다. 그리고 밤만 되면 학생들을 모아놓고 열심으로 글을 가르쳐주었던 것이다.

어느 모로 뜯어보든지 이런 촌구석에 와서 박혀 있을 사람이 아닌 이 정체 모를 강선생은 그들에게는 알지 못할 수수께끼였다, 그는 가령 말하면 공장주 정구태와 같이 이 포구로 돈 벌러 온 것은 아니다—그들 중에 어떤 사람은 아무 관련도 없으나 가끔 이렇게 강선생과 공장주를 비교하여보았다. 한 사람은 그들을 위하여주고 한 사람은 그들을 얼리우고 빼앗아간다. 즉, 강선생은 그들의 동무요, 정구태는 그들의 원수이라—고 그들은 생각하고 판단하여왔던 것이다.

—순야는 이제 이렇게 강선생에 대한 가지가지의 생각에 잠기면서 동무들과 휩쓸려 고요히 잠든 포구의 앞 모래밭을 지나 약 삼 마장 가량 되는 장개 고개로 향하였다,

"진선아, 이 밤에 장개에 가서 무스거 한다디?"

길 가운데서 순야는 동무에게 물어보았다,

"너 괴실(교실이라는 말)에서 선생님 말 아이 들었니. 정어리 삯전 올릴 운동을 한다드라."

"운동이 무스기야?"

순야는 '운동'이라는 말의 뜻을 몰랐다,

"정어리 뜯는 삯전을 요즈막에 십 전씩 아이 했니. 그것을 되로 십오 전씩 올려달라고 재주(공장주)와 괴섭(교섭)하기로 했단다."

"재주가 뭐 장개에 있다니?"

"재주에게는 내일 말하기로 하고 오늘은 장개에 가서 우리끼리만 의론한단 말이다. 나래(이따가) 가보면 알 일이지."

동무의 설명에 순야는 이 밤에 장개로 가는 목적이 대강 짐작되었다. 그리고 아까 칠판에 쓰였던 토막글의 뜻도 알 듯하였다. '정어리 삯전 십 전 절대 반대'의 '절대 반대'라는 말을 몰랐던 것이다. 이제 대강 그

뜻이 짐작되었던 것이다.

어지러운 발소리를 고요한 밤하늘에 울리면서 흥분된 일단이 장개 고개를 넘어서니 먼 어둠 속에 장개의 작은 마을이 그럴 듯이 짐작되었다. 고개 밑 넓은 해변 모래밭에서는 붉은 횃불이 타올랐으니 그곳이 곧 그들의 목적하고 온 곳이다. 파도 소리 은은한 캄캄한 해변에 붉게 타오르는 횃불을 멀리 바라볼 때에 그들의 가슴은 이유 모를 감격에 울렁거렸다. 오늘 밤에는 파도 소리조차 유심히도 은은하다.

고개를 걸어내려 모래밭까지 다다랐을 때에 그곳에는 벌써 횃불을 둘러싸고 백여 명의 동무들이 모여 있었다. 그들은 야학생들뿐이 아니라 낮 동안에 해변에 나와 같이 일하는 부녀 노동자들의 거의 전부가 망라되어 있었던 것이다. 강선생도 물론 벌써 와 있었고, 그뿐 아니라 역시 정구태 공장에서 일하는 군칠이와 중실이, 그 외 그들과 같이 일하는 여러 명의 남자 노동자들도 와 있었다. 전부 이백여 명이 넘는 그들은 횃불을 중심으로 모래밭 위에 첩첩이 둘러앉았다.

"올 사람 다들 왔소?"

바로 횃불 밑에 선 강선생은 좌중을 휘돌아보고 말을 이었다.

"밤이 이슥한데 미안은 하나 오늘 이곳까지 이렇게 모이게 한 것은 다른 것이 아니라 여러분에게 있어서 가장 시급하고 중대한 정어리 삯전 문제에 대하여 의론하고 앞으로 밟을 길을 작정하려는 생각으로였소."

이것을 서언으로 하고 그는 숨을 갈아 쉬더니 단도직접으로 요건에 들어갔다.

"공장에서 일하는 분은 나중으로 밀고 정어리 따는 이들 중에 한 통 십 전에 반대하는 이들 손들어보시오!"

말이 떨어지기도 전에 수많은 손이 한 사람도 남기지 않고 그들은 다 손을 들었고 가운데에는 두 손을 한꺼번에 든 사람도 있었다. 그럴 줄 모르고 강선생이 이 어리석은 질문을 한 것은 아니었다. 일하여나가는 순서상 그들의 다짐을 더 한 번 굳게 하려고 그렇게 질문한 것에 지나지 않았다.

"손들 내리시오."

"십 전 삯전에는 절대로 반대합시다. 대체 남의 사정 모르는 것은 재주이니 아무리 시세가 폭락하였다 할지라도 어디서 그 벌충을 못 대서 하필 가난한 노동자들의 간지러운 삯전을 줄여버리니 이 얼마나 더럽고 추잡한 짓이오. 그의 욕심은 만금을 벌자는 무도한 탐욕이요 여러분의 욕심은 다만 그날그날 목숨을 이어나가는 정당한 요구가 아니오? 시세의 폭락도 그에게는 다만 만금을 못 벌게 하는 폭락이지만 오 전 삯전 내리는 것은 여러분에게는 곧 죽음을 가져오는 것이 아니오? 이 가련한 노동자의 사정은 못 살피고 가증스러운 재주 편에만 가담하여 그의 말만 솔곳이 듣고 수백 명의 삯전을 멋대로 작정하는 어업조합 놈들도 죽일 놈이요. 이것은 참으로 노동자의 이익을 위한 우리들의 조합이 아니기 때문이요. 여러분! 여러분은 재주와 같이 이 조합에도 철저히 대항하여야 되오!"

알아듣기 쉽게 말하자고 애쓰면서도 그는 이보다 더 쉽게는 말할 수 없었다. 그러나 이것으로써 족하였다. 그들의 가슴을 울리는 '아지'[3]의 효과는 충분히 있었던 것이다.

"옳소!"

"강선생님 말이 맞았소!"

"십 전 반대, 십오 전 좋소꼬!"

그들은 비록 박수는 할 줄 몰랐으나 이런 찬동의 소리가 뒤를 이어서 맹렬히 들렸다.

"십 전 반대, 십오 전 찬성! 이 여러분의 요구를 실시케 하려면 여러분

---

3) 선전.

은 어떻게 하여야 되겠소?"

강선생은 이렇게 반문하여놓고 차근차근 그 방법을 설명하였다.

"이때까지 이왕 일하여준 것은 그만두고 내일로 즉시 여러분은 재주에게 이 요구를 들어달라고 담판하여야 할 것이오. 그러자면 여러분이 제각각 떠들기만 해서는 효과가 없으니 여러분 가운데에서 몇 사람의 대표를 추려서 그가 직접 재주에게 가서 정식으로 교섭을 하여야 할 것이오."

말이 끝나자 또 찬동의 소리가 뒤를 이어서 요란히 들렸다.

"그러나 여기에 한 가지 난관이 있으니 그렇게 정식으로 교섭을 하여도 재주가 요구를 안 들어주는 때에는 여러분은 어떻게 할 터이요?"

강선생은 침착하게 그들의 열정의 도를 시험하였다.

"안 들어주면 일을 아이 하겠소꼬!"

"재주 썩어지지!"

"조합을 마사놓겠소꼬!"

그들은 열렬하게 의기를 토하고 결심의 빛을 보였다.

"재주가 요구를 안 들어주면 일하지 않겠다는 분은 그 자리에 일어서 보시오."

그의 말이 떨어지기가 바쁘게 이백여 명의 노동자는 일제히 그 자리에 일어섰다. 물론 한 사람도 주저하는 사람은 없었던 것이다.

"손을 들고 맹서하시오!"

서슴지 않고 손들이 일제히 높이 들렸다. 이만하면 유망하다고 은근히 기뻐하는 강선생은 그들을 그 자리에 다시 앉히고 침착한 어조로 그들의 결심을 다졌다.

"여러분, 지금 이 자리에서 맹서하였소! 이 중에 한 분이라도 비록 굶어죽는 한이 있을지라도 이 맹서를 어기면 안 될 것이오. 무릇 어떠한 사람과 대적할 때에는 일치와 단결의 힘이 필요한 것이오. 하나보다는 열,

열보다는 백, 백보다는 천…… 이렇게 수많은 것이 한데 굳게 뭉치면 자기의 생각지 못한 큰 힘이 생기는 법이니 그 힘 앞에는 제아무리 강한 것이라도 필경은 몰려 넘어질 것이오. 여러분도 이것을 굳게 믿고 맹서를 어기지 말고 끝까지 버티어나가야만 여러분의 뜻을 이룰 것이오!"

횃불을 빨갛게 받은 수백의 얼굴이 강선생의 말이 끝나기까지 조금도 긴장을 잃지 않고 결의와 맹서에 엄숙하게 빛났다.

—이렇게 하여 으슥한 이 해변에서는 포구 사람 잠자는 동안에 비밀 회합이 무사히 끝났던 것이다.

끝으로 강선생은 그들 중에서 네 사람의 교섭원을 뽑았다. 공장의 군칠이, 중실이, 부녀 측에서는 임봉네와 일순네—이 네 사람은 모든 사람의 환영리에 기쁜 낯으로 책임을 맡았다. 내일 아침 배 들어오기 전에 네 사람은 다음의 세 가지 요구를 가지고 재주와 직접 담판하기로 하였다.

1. 정어리 뜨는 임금 한 통에 십오 전씩 하소.
1. 기름 짜는 임금 육두 한 통에 십 전씩 하소.
1. 비료 가마니 묶는 임금 매개에 삼십 전씩 하소.

나중에 일어날 여러 가지 시끄러운 장해를 피하기 위하여 그들은 이 조목을 구두로 담판하기로 하고 요구서는 작성치 않았던 것이다.

질의를 다 마친 그들이 강선생을 선두로 긴 열을 지어 장개 고개를 넘어 다시 포구로 향하였을 때에 밤은 어느덧 바다 멀리 훤한 새벽을 바라보았다.

이튿날 아침—.

포구 안 백사장에는 일찍부터 수백의 부녀 노동자들이 도착, 수물거렸다. 전날 밤의 피곤도 잊어버리고 그들은 이제 조마조마한 마음으로 공장 사무소로 담판 간 네 사람의 교섭위원과 공장주의 대답을 기다리고 있었던 것이다.

백사장에 끌어올린 배를 중심으로 혹은 배 속에 앉기도 하고 혹은 기대기도 하여 별로 말들도 없이 그들은 언덕 위의 공장 사무소만 한결같이 바라보고들 있었다.

강선생도 그들과 연락을 취하려고, 그러나 보기에는 아무런 낙도 없는 듯이 혼자 떨어져서 해변을 거닐고 있었다.

"아즈바이네 나옵네!"

언덕 위를 바라보고 있던 그들은 일시에 부르짖었다. 사무소를 나와 부지런히 해변으로 걸어 내려오는 네 사람을 바라보는 그들의 가슴에는 형언할 수 없는 감정이 떠올랐던 것이다.

"어찌 됐소?"

"무스기랍데?"

해변에 다다르기가 바쁘게 네 사람을 둘러싸고 결과를 묻는 그들은 그러나 이미 불리한 결말을 짐작하였다.

"야, 과연 도모지 말을 아이 듣습데."

중실이는 숨을 헐떡거리며 분개하였다.

"한 가지도 아이 들어줍든가?"

"들어주는 게 무스기요. 저는 모르겠다고 하면서 자꾸 조합에만 밉데."

임봉네는 괘씸하여서 입에 거품을 품겼다.

그러자 언덕 위에서는 조급하게 사무소를 나오는 공장주가 보였다. 그는 그러나 해변으로는 내려오지 않고 어디론지 포구 쪽으로 급하게 걸어갔다.

"어디엘 가는가. 이리 오쟁이코."

"마— 알 거 있소……. 엥가이 뿔이 뿌룩 나야지. 그 자리에서 볼을 콱

줴박을까 했소."

군칠이는 멀리 공장주를 향하여 헛주먹질을 하였다.

"그래 아즈바이네 무스기랬소? 모다 일 아니 하겠다고 했소?"

"야— 그러니 우리보고 무스기라고 하는고 하니 어전 공장 일을 그만 두랍디다."

공장주는 몇 사람 안 되는 공장 노동자쯤은 포구 안에서 즉시 새로 끌어올 수 있다는 타산 아래에서 중실이와 군칠이 외 수명의 공장 노동자를 전부 해고시킨 것이었다.

"일 있소? 일 아이하면 그만이지!"

네 사람을 둘러쌌던 부녀 노동자들은 흩어지면서 제각각 수물거렸다.

"그러면 여러분, 여러분은 어젯밤에 맹서한 것같이 이 자리를 움직이지 말고 공장주가 여러분의 요구를 들어줄 때까지 한 사람이라도 결코 일을 하여서는 안 될 것이오. 그리고 이따 배 들어온 뒤에 몇 사람은 공장으로 가서 새로 들어올 노동자에게 우리의 뜻을 알리고 결코 일을 하지 말도록 권유하도록 할 것이오!"

강선생은 수물거리는 그들을 통제하고 그 자리에 그대로 진을 친 채 끝까지 공장주와 대항하기로 하였다.

그러는 동안에 아침 배가 들어왔다. 여러 척의 배는 전날에 떨어지지 않는 풍부한 수확을 싣고 쌍쌍이 들어와 해변에 매였다.

포구에 갔던 공장주는 다시 사무소에 가서 감독을 거느리고 해변으로 내려왔다.

그들의 뒤를 이어 주재소의 부장과 순사 세 사람이 역시 해변으로 따라 내려오는 것을 그들은 보았다. 그러나 그것은 무슨 일로인지 그들은 도무지 생각지 않던 영문 모를 일이었다.

"삯전은 여러 번 말한 바와 같이 단연코 한 푼도 올리지는 않겠으니 그런 줄들 알고 일하고 싶은 사람은 하고 싫은 사람은 그만두시오. 그것은 당신네 생각대로들 하시오."

백사장에까지 이른 공장주는 노동자들을 보고 비웃는 듯이 의기 있고 다구지게 말하였다.

그러나 노동자들은 그것도 들은 체 만 체하고 다만 결의의 빛을 보일 뿐이요, 요란하게 대꾸는 하지 않았다. 그것은 그의 말에 관심을 갖기보다도 더 시급한 일이 목전에 일어나고 있었기 때문이었다―공장주를 따라온 부장과 순사는 말도 없이 강선생과 중실이, 군칠이, 임봉네, 일순네, 즉 네 사람의 교섭위원을 잡아끌었던 것이다.

"무엇 때문에?"

거기에는 아무 설명도 없이 그들은 자꾸 다섯 사람을 끌기만 하였다.

영문 모르게 장수를 빼앗기는 수백의 군중들은 불길한 예감에 겁내면서 이 장면을 둘러싸고 실랑이를 쳤으나 아무 소용도 없이 다섯 사람은 불의의 ×의 손에 끌려갈 뿐이었다.

그러나 그들에게는 이제 아까 공장주가 급한 걸음으로 포구로 향하던 뜻을 짐작할 수 있었다. 주재소에 가서 꿍꿍 수작을 대고 모든 것을 꼬여바친 공장주의 비열한 행동을 알아챈 그들은 극도로 분개하였다.

"그놈 새끼 더러운 짓을 한다이."

"행세가 고약한 놈이오."

"그 썩어질 놈 쳐죽이오!"

"공장을 마서버리오!"

격분에 타오르는 그들은 아무에게도 지휘는 안 받았으나 마치 지휘를 받은 듯이 두 패로 풀려 한 패는 해변 공장주에게로, 또 한 패는 언덕 공장 사무소로 맹렬히 밀려갔다. 너무도 격분된 그들은 분을 못 이겨 폭행에 나왔던 것이다.

감독의 제제도 아무 힘없이 언덕 위에 밀린 파도는 사무소를 둘러쌌다.

"돌을 줍어라!"

"사무소를 마서라!"

그들은 좍 흩어졌다.

돌이 날랐다.

사무소 유리창이 깨트러졌다.

빈 사무소 안에 와르르 밀려 들어간 그들은 책상을 깨트리고 공장 장부를 찢어버렸다.

"조합으로 몰려가오!"

사무소 습격이 끝나자 그들은 또다시 일제히 어업조합으로 밀려갔다.

거기서도 사무소에서와 똑같은 일이 일어났다. 돌이 날랐다. 창이 깨트러졌다.

"썩어질 놈들, 처먹고 배때기가 부르니 한 통에 십 전이 무스기야."

"한 사람이 부자되고 이 수백 명 사람은 굶어 죽어도 괘이찮탄 말이냐."

돌연한 습격에 어찌할 바를 모르는 이사와 감독과 서기들은 조합 사무실 안에서 날아 들어오는 돌과 고함에 새우 새끼같이 오그라졌다.

들은 다시 해변으로 발을 옮겼다. 그러나 요번에는 산산이 흩어지는 않고 무의식간에 긴 행렬을 지었다. 전날 밤에 강선생을 선두로 장개 고개를 넘어올 때 같은 긴 행렬을 지었던 것이다. 그들의 가슴은 이제 복수의 쾌감에 끓어올랐다. 다행히 주재소가 멀리 떨어져 있는 까닭에 그들은 별로 피해도 입지 아니하고 사무소와 조합을 습격하여 계획하지 않은 시위 행동을 즉흥적으로 보기 좋게 하였던 것이다. 행렬의 열정에 발맞추는 그들의 가슴은 높이 뛰었다.

해변에 이르렀을 때에 거기에는 동무들만 수물거리고 공장주와 감독은 어디로 뺐는지 보이지 않았다.

배에서 내린 허연 그물 더미가 모래 위에 여러 더미 노동을 기다리며 척척 뭉쳐 있었다. 그러나 그들은 이제 노동을 제공하지는 않고 도리어 발길로 고기 더미를 박차버렸다. 요구가 관철되기 전에는 고기가 썩어지는 한이 있더라도 결코 노동을 제공하지는 않을 것이다. 발길에 차인 정어리가 햇빛을 받아 은빛으로 빛났다.

4

달포를 두고 내려찌는 장마는 마침 오 년 이래의 기록을 깨트러버리고야 말았다. 집이 뜨고, 사람이 상하고, 마을이 흩이고, 백성의 마음이 불안하였다.

그러나 그것이 마작꾼에게는 아무 영향도 미치지 않았으니 재동 정주사 집에서는 이 긴 장마 동안 하루도 번기는 법 없이 낮상 밤상으로 마작이 울렸고 장마가 지나간 이제까지 변치 않고 계속되어왔던 것이다. 빈 맥주병이 가마니 속으로 그득그득 세 가마니를 세이고 아침마다 사랑마루에는 요리 접시가 어지럽게 널려 있었다.

그러나 정주사에게는 이 긴 장마가 스스로 다른 의미를 가졌으니 그는 장마와는 무관심으로 마작을 탕탕 울리기에는 마음이 허락지 않았다.

마작꾼과 떨어져 침대 위에 누워서 신문을 뒤적거리는 정주사의 가슴 속은 심히 안타까웠다. 그것은 그러나 집이 뜨고 마을이 흩은 것을 슬퍼하여서가 아니라 보다도 더 중한 이유로이니, 즉 시골서 경영하는 정어리업에 막대한 손해를 입었기 때문이었다. 달포지간의 장마는 고기잡이를 온전히 봉쇄하여버렸고 그 위에 폭풍우는 바다에 나갔던 다섯 척의 어선과 어부를 그림자도 남기지 않고 집어삼켜버렸던 것이다.

— 어선 오 척 유실.

오늘 아침에 정주사는 아들에게서 이런 전보를 받았다. 다섯 척이면 여러 천 원의 손해이다. 그리고 달포동안 고기잡이 못 한 데서 생긴 손해 역시 막대할 것이다. 그나 그뿐인가. 그는 달포 전 장마가 시작하기 전에는 아들에게서 또 다음과 같은 전보를 받았던 것이다.

짐작하건대 이 파업에서 생긴 손해 역시 적지 않을 것이며 이 모든 손해 위에 폭락된 시세는 여전히 계속되니 이 일을 장차 어떻게 하면 좋을 것인가, 정주사는 기가 막혔다.

신문을 던지고 한숨을 지면서 정주사는 드러누운 채 끙끙 속을 앓았다.

"홀나!"

마작판에서는 흥겨운 소리가 나더니 뒤를 이어 요란한 휜소[4]와 마작 흩어지는 소리가 들렸다. 마작쪽은 잘그닥 잘그닥하고 경쾌한 소리를 내면서 다시 쌓였다.

"운송, 내려오시오. 한 상 합시다."

최석사가 판에서 빠지자 심참봉은 침대 위의 정주사를 꾀었다.

"필경 망하기는 일반 아니오. 망해서 빌어먹게 될 때까지 짱이나 부릅시다그려!"

심참봉의 자포자기의 이 말은 정주사에게는 뼈저리게 들렸다. 역시 불경기의 함정에 빠져 여러 해 동안 경영하여오던 정미업을 마침내 며칠 전에 폐쇄하여버린 심참봉의 요사이의 태도와 언사에는 어두운 자포자기의 음영이 떠돌았다. 그는 폭리를 바란 바 아니었으나 드디어 오늘의 파산을 보고 정미소의 문까지 닫아버렸던 것이다. 이것은 곧 자기의 전도를 암시하는 듯도 하여서 정주사는 심참봉의 자포적 언사를 들을 때마다 가슴이 뭉클하였던 것이다.

"내려오시오, 운송!"

---

4) 뒤떠들어서 소란함.

"어서들 하시오."

정주사는 억지로 사양하여버리고 침대 위에서 돌아누웠다. 머릿속에는 여전히 여러 가지 생각이 피어올랐다.

─규모 무섭던 심참봉이 드디어 저 꼴이 되고 말았다. 나의 앞길은 며칠이나 남았을까. 머지않아 같은 꼴이 되어버릴 것이다. 아니 심참봉과 나뿐만이 아니라 쪼들려가는 우리의 앞길이 모두 그럴 것이 아닌가. 요사이 종로 네거리에 나서면 문 닫히는 상점이 나날이 늘어감을 우리는 볼 수 있고, 손꼽는 큰 백화점에서도 종을 울리며 마지막 경매를 부르짖는 참혹한 꼴들이 보이지 않는가. 그러나 다시 남촌으로 발을 돌릴 때에 거기에서 우리는 무엇을 보는가. 그곳에는 그래도 활기가 있다. 큰 백화점이 더욱 번창하여 감을 본다. 〈히라나〉와 〈미쓰꼬시〉의 대진출을 본다. 작은 놈은 망해가고 큰 놈은 더욱 커지며 한 장사가 공을 이루매 만 명 병졸의 뼈 말리는 격으로 수만의 피를 뽑아 몇 놈의 살을 찌게 하니 이것이 대체 무슨 이치인고─

정주사가 좀 센티멘털한 마음에 자기 자신을 비참한 경우에 놓고 이러저리 뒤틀어 여기까지 생각하여왔을 때에 밖에서 별안간 대문 열리는 소리가 나며 낯선 젊은 양복쟁이 한 사람이 들어왔다.

정주사는 침대에서 벌떡 일어나고 마작하던 친구들도 조심스럽게 마작을 중지하였다. 맥주병이나 혹은 돈푼을 거는 관계상 그들은 낯선 사람을 경계하지 않으면 안 되었던 것이다.

"여기에 박태심이라는 사람 오지 않았소?"

양복쟁이는 마작놀이는 책하지 않고 마작하던 사람들을 둘러보며 이 개인의 이름을 불렀을 뿐이었다.

그러나 불리어 자리를 일어서는 박씨의 얼굴은 어쩐 일인지 금시에 빛이 변하였다. 그것을 보는 친구들도 알지 못할 불길한 예감을 느꼈다.

"나는 종로서에서 온 사람이오. 일이 좀 있으니 이 길로 바로 서에까지

같이 갑시다."

양복쟁이는, 아니 형사는 어쩐 일인지 박씨를 날카롭게 노렸다.

평소에 말이 많고 선웃음을 잘 치던 박씨는 이 자리에서 별안간 얼굴이 파랗게 질리며 입술이 부들부들 떨리는 것을 친구들은 똑똑히 보았다.

"무슨 일입니까."

방 안에서 떨면서 주저하는 박씨를 형사는 다시 노렸다.

"무슨 일인지 가봐야 알지, 제가 진 죄를 제가 몰라? 괴악한5) 사기한 같으니!"

파랗게 질린 박씨는 다시는 아무 말 없이 허둥지둥 두루마기를 걸치면서 뜰로 내려섰다.

그 잘 떠들던 박씨가 이제 고양이 앞에 쥐처럼 숨을 죽이고 형사의 앞을 서서 문을 나가는 것을 보는 친구들은 몹시 딱한 생각이 났다.

"대체 무슨 일일까?"

친구를 잃은 그들은 의아하고 불안한 가운데에서 친구의 일을 궁금히 여겼다.

'괴악한 사기한'이라니 그가 무슨 사기를 하였단 말인가. 하기는 며칠 전부터 그는 돈 백 원이 꼭 있어야 하겠다고 말버릇처럼 하여오기는 왔다. 그리고 직업도 없고 수입도 없는 순진한 유민인 그가 대체 어떻게 나날이 살아왔는지 그것이 친구들에게는 한 수수께끼였다. 오늘의 형사는 말하자면 이 수수께끼를 풀어낼 한 갈래의 단서이었던 것이다.

즉 기적적으로만 알았던 그의 생활의 배후에는 그 어떤 불순한 수단이 숨어 있었던 것을 그들은 알았던 것이다. 그들의 마음은 암담한 동시에 친구의 일이 자기들의 일과 다름없이 불안하여졌다. 사실 이 남아 있는

---

5) 말이나 행동이 괴이하고 흉악한.

그들 가운데에 박씨와 같은 운명을 가진 사람이 또 있을지 없을지는 온전히 보증할 수 없는 일인 까닭이다.

"결국 마작꾼을 또 한 사람 잃었구나!"

심창봉의 자포적 탄식에는 헐려가는 이 계급의 운명이 역력히 반영되어 있는 듯하였다.

정주사는 그날 밤 오래간만에 다방골 첩의 집을 찾아갔다. 비도 비려니와 이럭저럭 마음이 상해서 그는 이 며칠 동안 첩의 집과 발을 끊었던 것이다.

"왜 그 동안 안 오셨어요?"

첩은 전날에 기생의 몸이었던 것만큼 아양과 애교를 다하여, 그러나 남편이 며칠 동안 자기를 버렸다는 것이 괘씸하여서 샐쭉하면서 정주사를 책하였다. 그러나 기실 속 심정으로는 퍽도 반가웠던 것이다. 그만큼 그날 밤 식탁에는 손수 그의 공과 정성을 다 베풀었다. 그의 어머니—인 동시에 어멈인—를 시켜서 사온 고급 위스키 한 병까지 찬란한 식탁 위에 올랐던 것이다.

"오늘 보험회사에서 왔다 갔어요."

식탁 옆에 앉아 그에게 술을 따라 바치던 첩은 문득 생각난 듯이 일어나 의걸이 서랍에서 한 장의 종잇조각을 집어내어 남편에게 보였다.

"다 귀찮다!"

종잇조각을 펴본 정주사는 그것을 다시 구겨 옆으로 던져버리고 술잔을 쭉 들이켰다. 그것은 '일금 팔십오 원' 의 생명보험료 불입 고지서였다. 연전에 첩을 새로 얻었을 때에 그는 지금의 이 조촐한 와가瓦家 한 채를 사서 모녀에게 맡기고 호톳한 살림을 따로 벌리는 동시에 첩을 끔찍이도 사랑하고 귀여워하는 마음에 비싼 보험료를 치르면서 첩을 생명보험에까지 넣어주었던 것이다. 그러나 그것도 지금 와서는 모두 그에게 귀찮았다. 사실인즉, 팔십오 원이란 돈도 그에게는 지금 아까웠던 것이다.

"술은 그만 하시고 일찍 주무시지요."

첩은 보험료에 관하여서는 더 말이 없이 얼큰한 남편을 위로하면서 술상을 치웠다. 그리고 어머니는 건넌방으로 쫓고 안방에 두 사람의 잠자리를 틉틉하게 폈다.

정주사는 며칠 만에 처음으로 옷 벗은 첩의 몸을 품안에 안았다. 흥분의 절정에서 눈을 가늘게 뜬 첩은 법열을 못 이겨서 그의 몸 밑에서 정열이 배암같이 탄력 있게 꿈틀거렸다. 그러나 정주사는 별로 신기한 기쁨과 새로운 흥분은 느끼지 않았다. 늘 맡던 그 살 냄새, 늘 느끼던 그 감촉, 늘 쓰던 그 기교, 그뿐이요, 그 외에 신기한 자극과 매력을 느끼지 못하였던 것이다.

두 사람에게만 허락된 이 절대의 순간에서도 정주사는 오히려 사업과 재산 생각에 마음을 빼앗겨버렸던 것이다.

심참봉의 밟아온 길, 오늘 박태심이가 당하던 꼴, 그에게 닥쳐올 장래—술과 계집에 마음껏 취하여보리라고 마음먹었던 이 밤의 정주사는 이제 품 안에 아름다운 계집을 안은 채 이런 무거운 가지가지의 생각에 천근 같은 압박을 한결같이 느꼈던 것이다.

여름이 지나고 가을도 깊어가니 고기잡이는 바야흐로 번창기에 들어갈 때이다. 늦은 가을의 도시기—그것은 여름 동안 해변에서 수백 리 떨어진 먼 바다에 흩어져 있던 정어리 떼가 해변으로 와글와글 몰려들어 오는 때이니 정어리업자가 생명으로 여기는 일 년 중의 가장 중한 때이다. 모든 손해와 타격 가운데에서 한 줄기의 희망의 실마리를 붙이는 것도 곧 이때이다. 배 속에 퍼담고 또 퍼담아도 끊임없이 뒤를 이어 와글와글 밀려오는 고기 떼, 그물이 모자라고 배가 모자라고 사람이 모자라는 판이니 해변 사람들의 흥을 가장 북돋우는 때이다. 그러나 대자연의 장난과 해류의 희롱을 그 뉘 아랴. 무슨 바람 어떤 해류의 장난인지 이 해의 바다는 도시기에 이르러도 고기 떼를 해변으로 와글와글 밀어들이지는 않았다. 여러 해 동안 정들었던 정어리 영업자들을 바다는 돌연히 배반하여버렸던 것이다. 바다는 푸르고 하늘은 유유하고 파도는 찰락거리고—모두 여전하다마는 포구의 활기만은 여전하지 않았으니 지나간 해의 가을같이 활기 있게 들볶아치지는 않았던 것이다. 언덕 위 공장에서는 가마가 끓고 고기가 짜이고 해변 모래밭에서는 정어리 뜯는 소리가 끓어오르기는 하였으나 그것은 도시기의 활기 그것은 아니었다.

애타는 마음에 해변에 나가지 않고 공장 사무소에 앉은 채 해변을 바라보는 공장주의 가슴에는 1년 동안 받은 수많은 상처가 이제 또다시 생생하게 살아나왔다.

—시세 폭락, 폭풍우, 노동자들의 파업, 활기 없는 도시기…… 그 중에서도 폭풍우와 도시기의 천연적 대세에서 받은 상처보다도 시세 폭락과 노동자의 파업에서 받은 상처는 더욱 컸던 것이다. 강선생을 괴수로 일어난 수백 노동자의 파업에 공장주는 사업의 불리를 각오하면서도 세부득 한 걸음 물러섰던 것이다. 노동자들의 단결이 굳었고 이 포구에서는 불시에 그들을 대신할 노동자들을 끌어오지 못하였기 때문이었다. 별수없이 그들의 세 가지의 요구 조건은 벼락같이 관철되고 파업을 일으킨 다음날부터 노동은 다시 활기 있게 시작되었던 것이다. 그러나 그 공장주는 파업에서 받은 경제적 타격을 애석히는 여기지 않았다. 그는 이제 파업이라는 행동을 다른 의미, 다른 각도로 해석하게 되었던 것이다. 수많은 노동자들의 단결에서 생기는 위대한 힘! (중략) 두려운 한편 부러운 힘이다—.

또 한 가지 그의 가슴을 울리는 것은 시세 폭락의 배후에 숨은 농간의 힘이었다. 불같이 닥쳐온 어유 시가의 대중없는 폭락은 서구 '노르웨이' 근해에서만 잡히는 고래 기름의 풍족한 산액이 조선 정어리 기름의 수

출을 압도하는 자연적 대세라느니보다 실로 일본에 있는 대자본의 회사 합동유지合同油脂 글리세린 회사의 임의의 책동인 것을 그는 알았던 것이다. 이 폭락 대책을 강구하기 위하여 도道 당국과 총독부 수산과에서는 각각 기술자를 보내어 실정을 조사시키고 정어리업 대표들을 참가시켜 어비제조간담회니 폭락방지대책협의회니 등을 열었으나 결국 정어리업자들에게는 그럴듯한 유리한 결과는 지어주지 못하였던 것이다. 대재벌의 힘, 무도한 것은 이것이라고 그는 생각하였다. 노동자들이 그를 미워한 것같이 그는 이제 이 대재벌을 미워하였다. 노동자에게서 미움을 산 그는 실상인즉 대재벌의 손에 매어 있고 꿀려 있는 셈이었다. 위에서는 대재벌, 밑에서는 노동자의 대군, 이 두 힘 사이에서 부대끼는 그의 갈 길은 어디이든가. 위 아니면 밑, 이 두 길 중의 한 길을 취하여야 할 것이다. 그러나 새삼스럽게 윗길을 못 밟을 바에야 그의 길은 뻔한 길이 아닌가―.

이렇게 명상에 잠기면서 한결같이 해변을 바라보는 공장주의 눈에서는 이제 눈물이 푹 솟았다. 그러나 그것은 감상의 눈물도 아니요, 분함의 눈물도 아니요, 감격과 희망의 눈물이었으니 해변에서 떼를 짓고 고함치며 노동하는 수많은 노동자들―그 속에서 그는 새로운 철학을 발견하였던 것이다. 그는 사업에 실패하였다. 그러나 그것이 그다지 원통치는 않았다. 더 큰 마음과 넓은 보조로 앞길을 자랑스럽게 밟으려고 결심한 그가 이제 흘리는 눈물은 흔연한 감격의 눈물이었던 것이다. 그에게 바른길을 틔어준 이태 동안의 해변 생활, 그것은 대학에서 배운 사업의 이론과 비결 이상 몇 곱절 그에게 뜻있는 것이었다.

강선생! 그는 오래간만에 문득 강선생 생각이 났다. 모든 것을 집어치우고 오늘 밤에는 서울로 떠날 것이다. 떠나기 전에 강선생과 만나 이야기라도 실컷 해보겠다는 충동을 느낀 그는 이제 자리를 일어나 눈물을 씻고 사무소로 나갔던 것이다.

재동 사랑에는 한 사람 두 사람 줄어가는 마작꾼 숲에서 정주사가 흩어지는 마작쪽에 '헐려가는' 철학을 절실히 느낀 것은 바로 이때였던 것이다.

(1930. 8. 9~20)

약령기

해가 쪼이면서도 바다에서는 안개가 흘러온다. 헌칠한 벌판에 얇게 깔려 살금살금 기어오는 자줏빛 안개는 마치 그 무슨 동물과도 같다. 안개를 입은 교장 관사의 푸른 지붕이 딴 세상의 것같이 바라보인다. 실습지가 오늘에는 유난히도 넓어 보이고 안개 속에서 일하는 동물들의 모양이 몹시도 굼뜨다. 능금꽃이 피는 시절임에도 실습복이 떨리리만큼 날씨가 차다.

쇠스랑으로 퇴비를 푹 찍어올리니 김이 무럭 나며 뜨뜻한 기운이 솟아오른다. 그 속에 발을 묻으니 제법 훈훈한 온기가 몸을 싸고 오른다. 학수는 그대로 그 위에 힘없이 풀썩 주저앉았다. 그 속에 전신을 묻고 훈훈한 퇴비 냄새를 실컷 맡고 싶었다.

"너 피곤한가 부구나."

맥없는 학수의 거동을 바라보고 섰던 문오가 학수의 어깨를 치며 그의 쇠스랑을 뺏어들고 그 대신 목코[1]에 퇴비를 담기 시작하였다.

"점심도 안 먹었지."

"……."

---

1) 주머니 모양으로 된 안강망 통그물의 앞 모서리에 댄, 여러 코를 한데 묶은 것.

"······ (중략) ······배우는 학과의 실험이라면 자그마한 실습지면 그만 이지 이렇게 넓은 땅을 지을 필요가 있나. ······ (중략) ······"

혼잣말같이 중얼거리며 문오는 퇴비를 다 담고 나서,

"자, 이것만 갖다 붓고 그만 쉬지."

학수는 힘없이 일어나서 목코의 한끝을 메었다.

제삼 가족의 오늘의 실습 배당은 제이 온상溫床의 정리였다. 학수는 온상까지 가는 길에 한 시간 동안에 날른 목코의 수효를 속으로 헤어보았다. 열일곱 번째였다. 그 사이에 조금이라도 게을리 하여서는 안 되는 것이다. 퇴비를 새로 만드는 온상에 갖다 붓고 나니 마침 휴식의 종이 울린다.

"젖 먹은 힘 다 든다. ―실습만 그만두라면 나는 별일 다 하겠다."

옆에서 새 온상의 터를 파고 있던 삼학년생이 부삽을 던지고 함정 속에서 뛰어나온다. 그도 점심을 못 먹은 패였다. 흐르는 땀을 손등으로 받아 뿌리면서 물을 켜러 허둥지둥 수도 있는 곳으로 걸어갔다.

학교를 둘러싸고 있는 사면의 실습지 구석구석에 퍼져서 삼백여 명의 생도는 그 종적조차 모르겠더니 휴식 시간이 되니 우줄우줄 모여들어 학교 앞 수도를 둘러싸고 금시에 활기를 띠었다.

온상을 맡은 가족은 그곳으로 가는 사람이 적고, 대개 그 자리에 주저앉아 땀을 들였다. 학수도 문오도―같은 사학년인 두 사람은 각별히 친밀한 사이였다―떨어지지 아니하고 실습복 채로 땅 위에 주저앉았다.

"능금꽃이 피었구나."

확실한 초점 없는 그의 시야 속에 앞밭에 능금나무가 어리었다. 흰 꽃에 차차 시선이 집중되자 '능금꽃'의 의식이 새삼스럽게 마음속에 떠올랐다.

"―아니, 마른 가지에."

보고 있는 동안에 하도 괴이하여서 학수는 일어서서 그곳으로 갔다.

확실히 마른 가지에 꽃이 피어 있다! 그 알 수 없는 힘의 성장을 경탄하고 있을 때에 등 뒤에서 부르는 소리에 그는 뒤로 돌아섰다.

남부농장에서 실습하던 같은 급의 창구가 온상 옆에 서 있다.

"꽃구경 하고 있다."

싱글싱글 웃으며,

"능금꽃 필 때 시집가는 사람은 오죽 좋을까."

괭이자루를 무의미하게 두드리고 앉았던 다른 동무가 문득 생각난 듯이,

"아, 참, 금옥이가 쉬이 시집간다지."

창구가 맞장구를 치며,

"마을의 자랑거리가 또 하나 없어지는구나. 두헌이가 ×으로 넘어갔을 때 우리는 마을의 자랑거리를 하나 잃었더니 이제 우리는 마을의 명물을 또 하나 잃어버리는구나. 물동이 이고 울타리 안으로 사라지는 민출한[2] 자태도 더 볼 수 없겠지."

"신랑은 ×× 사는 쌀장수라지. —금옥이네도 가난하던 차에 밥은 굶지 않겠군."

"우리도 섭섭하지만 정 두고 지내던 학수 입맛이 어떤가."

싱글싱글 웃으면서 창구는 학수를 바라본다. 빈 속에 슬픈 기억이 소생되어 학수는 현기증이 나며 정신이 흐려졌다.

"헛물만 켜고 분하지 않은가. —그러나 가난한 학생에게는 안 준다니 할 수 없지만."

창구의 애꿎은 한마디에 학수는 별안간 아찔하여지며 정신을 잃고 그 자리에 쓰러졌다.

핏기 한 점 없는 해쓱한 얼굴로 뻣뻣하게 쓰러지는 학수를 문오는 날

---

2) 모양새가 밋밋하고 훤칠하다.

쌔게 달려와서 등 뒤로 붙들었다. 창구가 달려와서 그의 다리를 붙들었다.

"웬일이냐."

보고 있던 동무들이 우르르 모여들었다.

"—가끔 빈혈증을 일으키니."

"주림과 실습과 번민과—이 속에서 부대끼고야 졸도하기 첩경이지."

그 어느 한편을 부축하려고 가엾은 동무를 둘러싸고 그들은 우줄우줄하였다.

"공연히 실없는 소리를 했더니 야유가 지나쳤나 부다."

창구는 미안한 생각을 금할 수 없어서 몇 번이나 사과하는 듯이 말하면서 문오와 같이 뻣뻣한 학수를 맞들고 숙직실로 향하였다.

다른 가족의 동무들이 의아하여 울레줄레 따라왔다. 감독선생이 두어 사람 먼 데서 이것을 보고 좇아왔다.

숙직실에 데려다 눕히고 다리를 높이 고였다. 웃통을 활짝 풀어헤치고 물을 축여 가슴을 식히고 있는 동안에, 핏기가 얼굴에 오르면서 차차 피어나기 시작한다. 십 분도 채 못 되어 의사가 달려왔을 때에는 학수는 회복하고 눈을 떴다. 의사가 따라주는 포도주를 반잔쯤 마시고 나니 새 정신이 들었다. 골이 아직 띵하였으나 겸연쩍은 생각에 학수는 벌떡 일어났다.

"겨우 마음놓았다. 사람을 그렇게 놀래니."

창구는 정말 안심한 듯이 웃으며,

"실없는 말 다시 안 하마."

"감독선생께 말할 터이니 실습 그만두고 더 누워 있어라."

문오는 학수 혼자 남겨두고 창구와 같이 실습지로 나갔다.

숙직실에 혼자 남아 있기도 거북하여 학수는 허둥지둥 방을 나와 마음 편한 부란기孵卵器[3] 당번실로 갔다.

훈훈한 빈방에 누워 있으려니 여러 가지 생각과 정서가 좁은 가슴속을 넘쳐 흘러나왔다.

'병아리만도 못한 신세!'

윗목 우리 속에서 울고 돌아치는 병아리의 무리—그보다도 못한 신세라고 학수는 생각하였다.

'병아리에게는 나의 것과 같은 괴로움은 없겠지.'

창밖으로는 민출한 버드나무가 내다보였다. 자랄 대로 자라는 밋밋한 버드나무—그만도 못한 신세라고 학수는 생각하였다. 아무 생각 없이 순진하게 자라야 할 어린 그에게 너무도 괴로움이 많다. 그 가지가지의 괴로움이 밋밋하게 자라는 그의 혼을 숫제 무지러뜨린다. 기구한 사정에 시달려 기개는 꺾어지고 의지는 찌그러진다. 금옥이, 서로 정 두고 지내던 그를 잃어버리는 것은 피차에 큰 슬픔이었다. 성 밖 능금밭에서 만나던 밤, 금옥이도 울고 그도 울었다. 그러나 학수의 괴로움은 그 틀어지는 사랑의 길뿐이 아니다. 집에 가도 괴롭고 학교에 와도 괴롭고, 가난과 부자유—이것이 가지가지의 괴롬을 낳고 어린 혼의 생장을 짓밟았다.

생각하고 있는 동안에 두 눈에는 더운 것이 넘쳐나왔다. 뒤를 이어 자꾸만 흘러나왔다. 웬만큼 눈물을 흘리면 몸이 가뿐하여지건만 마음속의 서러운 검은 구름이 풀리지 않는 이상 눈물은 비 쏟아지듯 무진장으로 흘러내렸다. 흐릿한 눈물 속으로 학수는 실습을 마치고 들어온 문오의 찌그러진 얼굴을 보았다.

"너무 흥분하지 말아라."

어지러운 그의 꼴이 문오의 눈에는 퍽도 딱하였다.

"……금옥이 때문에?"

"보다도 나는 학교가 싫어졌다."

---

3) 달걀이나 물고기의 알을 인공적으로 까는 기구.

"학교가 싫어진 것은 지금에 시작된 일이냐? 좋아서 학교 오는 사람이 어디 있겠니. 기계가 움직이듯 아무 의지도 없이 맹목적으로 오는 데가 학교야. 그렇다고 학교에 안 오면 별수가 있어야지."

"즐겁게 뛰노는 곳이 아니고 사람을 ××하는 곳이야."

"흙과 친하라고 말하나 (중략) 흙과 친할 수 있는가."

"어디로든지 먼 곳으로 가고 싶어."

"가서는 어떻게 하게? 지금 세상 가는 곳마다 다 괴롭지, 편한 곳이 어디 있겠니?"

"너무도 괴로우니 말이다."

"가버리면 집안 사람들은 어떻게 하겠니. 꾹 참고 있는 때까지 있어보자꾸나."

"······."

"오늘 밤에 용걸이한테 놀러나 갈까."

문오는 학수를 데리고 당번실을 나갔다.

아침.

조례시간에 각 학년 결석 보고가 끝난 후, 교장이 성큼성큼 등단하였다.

엄숙하게 정렬한 삼백여 명의 대열이 일순 긴장하였다. 교장의 설화가 있을 때마다 근심 반 호기심 반의 육백의 눈이 단 위로 집중되는 것이다.

"다달이 주의하는 것이지만······."

깨어진 양철같이 울리는 첫마디를 들은 순간 학수는 넉넉히 그 다음 마디를 짐작할 수 있었다.

"번번이 수업료 미납자가 많아서 회계처리에 대단히 곤란하다······."

짐작한 대로였다. 다달이 한 번씩 이 말을 들을 때마다 학수는 마치 죄진 사람같이 마음이 우울하였다. 다달이 불과 몇 원 안 되는 금액이지만 가난한 농가의 자제에게는 무거운 짐이었다. 교장의 설유가 있을 때마다 매 맞는 양같이 마음이 움츠러졌다.

"이번 주일 안으로 안 바치면 단연코 처분할 터이니……."

판에 박은 듯한 늘 듣는 선고이지만 학수의 마음은 아프고 걱정되었다.

종일 동안 마음이 우울하였다.

때도 떳떳이 못 먹는 처지에 그만큼의 돈을 변통할 도리는 도저히 없었다. 달마다 괴롭히는 늙은 아버지의 까맣게 끄스른 꼴을 생각만 하여도 가슴이 저렸다. 가난한 집안을 업고 가기에 소나무같이 구부러진 가련한 꼴이 그림같이 그의 마음속에 들어붙어 떨어지지 않았다. 일 년 동안이나 공들여 길렀던 돼지는 달포 전에 세금에 졸려 팔아버렸다. 일 년 더 길러 명년 봄에 팔아 감자밭을 몇 고랑 더 화리맡으려던 아까운 돼지를 하는 수 없이 팔아버렸다. 그만큼 세금의 재촉이 불같이 심하였던 것이다.

그날 일을 학수는 지금까지도 잘 기억하고 있다. 면소에서는 나중에 면서기가 '술기'(수레)를 끌고 나왔다. 어머니는 그것이 소용없는 일인 줄 알면서도 욕지거리를 하였다. 아버지는 뜰 앞에 앉아 말없이 까만 얼굴에 담배만 푹푹 피웠다. 밥솥을 빼어 실은 '술기'가 문 앞을 굴러나갈 때 어머니는 울모퉁이까지 따라나가며 소리를 치며 울었다. 하는 수 없이 아버지는 다음날 아끼던 돼지를 팔고 밥솥을 찾아내었다. 돼지를 없애고 어머니는 세 때나 밥술을 들지 않았다. 그때 일을 학수는 잊을 수가 없다.

'돼지도 없으니 이달 수업료를 어떻게 하노.'

걱정의 반날을 지우고 집에 돌아갔을 때 밭에 나간 아버지는 아직 돌아오지 않았다.

호미를 쥐고 뜰 앞 나물 밭을 가꾸고 있는 동안에 아버지가 돌아왔다. 그러나 피곤하여 맥없는 그 꼴을 볼 때, 귀찮은 말로 그를 더 괴롭힐 용기가 나지 않았다.

가난한 저녁상을 마주 대하고 앉았을 때, 아버지 쪽에서 무거운 입을 열었다.

"요사이 학교 별일 없니?"

"늘 한 모양이지요."

"공부 열심히 해라. 졸업한 후 직업에라도 속히 붙어야지, 늙은 몸으로 나는 더 집안을 다스려갈 수 없다."

그것이 너무도 진정의 말이기 때문에 학수는 도리어 적당한 대답을 찾지 못하였다.

"날씨가 고약해서 농사는 올해도 또 낭패될 것 같다. 비료도 몇 가마니 사서 부어야겠는데 큰일이다. 작년에도 비료를 못 쳤더니 땅을 버렸다고 최직장이 야단야단 치는 것을 올해는 빌고 빌어서 간신히 한 해 더 얻어 부치게 되지 않았니."

학수는 다시 우울하여져서 중간에서 밥숟갈을 놓아버렸다.

"암만해도 돼지를 또 한 마리 사서 기를 수밖에는 도리가 없다. 닭을 쳐도 시원치 못하고 그저 돼지밖에는 없어. ─학교 돼지 새끼 낳았니?"

아버지는 단 한 사람의 골육인 아들에게 모든 것을 이야기하고 의논하였다.

그러나 농사일에 정신없는 아버지 앞에서 학수는 차마 수업료 말을 꺼내지 못하였다. 물을 마시고는 방을 뛰어나갔다.

밤이 이슥하였을 때, 학수는 울타리 밖 우물에 물 길러 온 금옥이에게 눈짓하여 성밖에서 만나기로 하였다.

달이 너무도 밝기에 따로따로 떨어져 학수는 먼저 성 밖으로 나가 능금밭 초막 뒤편에 의지하여 금옥이가 나오기를 기다렸다.

보름달이 박덩이같이 희다. 벌판 끝에 바다가 그윽한 파도 소리와 함께 우련한[4] 밤 속에 멀다. 윤곽이 선명한 초막의 그림자가 그 무슨 동물과도 같이 시꺼멓게 능금밭 속까지 뻗쳐 있고 그 속에 능금나무가 잎사귀와 꽃이 같은 푸르스름한 빛으로 우뚝 솟아 있다. 달밤의 색채는 반드시 흰빛과 묵화 빛만이 아니다. 달빛과 밤빛이 짜내는 미묘한 색채—자연은 이것을 그 현실의 색채 위에 쓰고 나타난다. 이것은 확실히 현실을 떠난 신비로운 치장이다. 그러나 달밤은 또한 이 신비로운 색채뿐이 아니다. 색채 외에 확실히 일종의 독특한 향기를 품고 있다. 알지 못할 그윽한 밤의 향기—이것이 있기 때문에 달밤은 더한층 아름다운 것이다. 인류가 태고 적부터 가진 이 낡은 달밤—낡았다고 빛이 변하는 법 없이 마치 훌륭한 고전古典과 같이 언제든지 아름다운 달밤!

그러나 괴롬 많은 학수에게는 이 달밤의 아름다운 모양이 새삼스럽게 의식에 오르지 않았다. 금옥의 생각이 달보다 먼저 섰던 것이다. 만나는 마지막 밤에 다른 생각 다 제쳐버리고 금옥이를 실컷 생각하고 그 아름답고 안타까운 마지막 기억을 마음속에 곱게 접어두고 싶었다.

초막 건너편 능금나무 사이에 금옥이가 나타났다. 능금꽃과 같은 빛으로 솟아보이는 민출한 자태와 달빛에 젖은 오리오리의 머리카락—마지막으로 보는 이런 것이 지금까지 본 그 어느 때보다도 더한층 아름다웠다.

"겨우 빠져나왔어요."

너무도 밝은 달빛을 꺼리는 듯이 손등으로 얼굴을 가리고 금옥이는 가까이 왔다.

"요새는 웬일인지 집안 사람들이 별로 나의 거동을 살피게 되었어요. 날이 가까웠으니 몸조심하라고 늘 당부하겠지요."

학수는 금옥이의 손을 잡으면서,

"며칠 안 남았군."

---

4) 형태가 약간 나타나 보일 정도로 희미한.

"그 소리는 그만두세요."

"그날을 기다리는 생각이 어떻소?"

"놀리는 말씀예요."

"놀리다니, 내가 금옥이를 놀릴 권리가 있나?"

"그렇지 않아도 슬픈 마음을 바늘로 찌르는 셈예요."

"누가 누구의 마음을 찌르는고!"

"팔려가는 몸을 비웃으려거든 그날이 오기 전에 나를 어떻게든지 처치해주세요."

"아, 어떻게 하면 좋은가! 나같이 힘없고 못생긴 놈이 또 있을까!"

말도 끝마치기 전에 학수에게는 참고 있던 울음이 탁 터져나왔다. 목소리가 높아지며 어린아이 모양으로 엉엉 울었다. 금옥이의 얼굴도 달빛에 펀적펀적 빛났다.

그는 벌써 아까부터 학수의 눈에 뜨이지 않게 눈물을 흘리고 있었던 것이다.

"어떻게든지 처치해주세요."

느끼는 목소리로 간신히 말하고 얼굴을 학수의 가슴에 푹 파묻었다. 울음소리가 별안간 높아졌다.

"처치라니, 지금의 나에게 무슨 힘이 있고 수단이 있나? 도망—그것은 이야기 속에나 나오는 일이지, 맨주먹의 우리가 어떻게 그것을 하노."

학수는 가슴을 쥐어뜯었다.

"그것도 할 수 없다면 두 가지 길밖에는 없지요. 불쌍한 집안 사람들의 뜻은 어길 수가 없으니 그날을 점잖게 기다리든지, 그렇지 않으면 내 한 목숨을 없애든지……."

금옥이의 목소리는 떨렸다. 며칠 동안에 눈에 띄우리만큼 여윈 것이 학수의 손에 닿는 그의 얼굴 모습으로도 알렸다. 턱이 몹시 얇아지고 손목이 놀라리만큼 가늘어졌다.

"어떻게 하면 좋은고."

학수는 괴로운 심장을 빼내버린 듯이 몸부림을 쳤다.

"사람의 일이란 될 대로밖에 안 되는 것 같아요. —이것이 우리들이 만나는 마지막이 될는지도 모르지요."

울음 속에서도 금옥이의 태도는 부자연스러우리만큼 침착하다.

아무 해결도 없는 연극의 막을 닫는 듯이, 달이 구름 속에 숨기고 파도 소리가 별안간 요란히 들린다.

눈물에 젖은 금옥이의 치맛자락이 배꽃같이 시들었다.

모든 것을 단념한 후의 무서운 괴롬과 낙망 속에 금옥이의 혼인날이 가까워왔다. 능금밭 초막에서 만난 밤 이후 학수는 다시 금옥이를 만나지 못한 채 그날을 당하였다.

통곡하는 마음을 부둥켜안고 학교에도 갈 생각 없이 그는 아침부터 바닷가로 나갔다.

무슨 심술로인지 공교롭게도 훌륭한 날씨이다. 너무도 찬란히 빛나는 햇빛에 학수는 얼굴을 정면으로 들기가 어려웠다. 한들한들 피어난 나뭇잎이 은가루같이 반짝반짝 빛났다. 굵게 모여와서 깨트러지는 파도 조각에 눈이 부셨다. 정어리 냄새와 해초 냄새와—그의 쇠잔한 가슴에는 너무도 세인 바다 냄새가 흘러왔다.

포구에는 고깃배가 들어와 사람들의 요란히 떠드는 소리가—생활의 노래가 멀리 흘러왔다. 사람 자취 없는 물녘에는 다만 햇빛과 바람과 파도 소리가 있을 뿐이다. 끝이 없는 먼 바다의 너무도 진한 빛에 눈동자가—전신이—푸르게 물드는 듯도 하다. 두 다리를 뻗고 앉아서 학수는 모래를 집어 바다에 뿌리면서 금옥이와 같이 물녘에서 놀던 가지가지의 장면을 추억하였다. 뿌리는 모래와 함께 모든 과거를 바다 속에 묻으려는 듯이 이제는 눈물도 없고 울음도 나오지 않았다. 다만 빠직빠직 타는 속에 바닷바람도 오히려 시원찮았다.

주머니 속에 지니고 왔던 '하이네'의 시집을 집어냈다. 금옥이와 첫사
랑을 말할 때 책장이 낡아버리도록 읽던 '하이네'를 이제 마지막으로 또
한 번 되풀이하고 싶었다. 그것으로서 슬픈 첫사랑의 막을 내릴 작정이
었다.

수없는 사랑의 노래와 실망의 노래—아무 실감 없이 읽던 실망의 노
래가 지금의 그에게 또렷한 감정을 가지고 가슴속에 울려왔다. 다음 시
에 이르렀을 때 그는 그것을 두 번 세 번 거푸 읽었다. 그것은 곧 학수 자
신의 정의 표시요 사랑을 묻은 묘의 비석이었다.

　　낡아빠진 노래의 가락가락 음과
　　마음을 괴롭히는 꿈의 가지가지를
　　이제 모두 다 장사 지내버리련다.
　　저 커다란 관을 가져오너라……. 그리고 열두 사람의 장정을 데려오너라.
　　'쾨룬'의 절간에 있는
　　'크리스톱' 성자의 상像보다도 더 굳센 열두 사람의 장정을.
　　장정들에게 관을 지워서 바다 속 깊이 갖다 버려라.
　　이렇게 큰 관을 묻으려면 커다란 묘가 필요할 터이지.

여기에서 그만 슬픔의 결말을 맺고 책을 덮어버리려다가 그는 시의 힘
에 끌리어 더욱더욱 책장을 넘겨갔다. 낮이 지나고 해가 기울었다. 연지
찍고 눈을 감은 금옥이가 채 밑에서 신랑과 마주 앉아 상을 받고 있을 때
였다. 학수는 모래 위에 누운 채 몸도 요동하지 않고 시에 열중하였다.

　　가느다란 갈대 끝으로 모래 위에 쓰기를,
　　'아그네스, 나는 너를 사랑하노라!'

그러나 심술궂은 파도가 한바탕 밀려와,

이 아름다운 마음의 고백을 여지없이 지워버렸다.

약한 갈대여. 무른 모래여.

깨어지기 쉬운 파도여. 너희들은 벌써 믿을 수 없구나.

어두워지니 나의 마음 용달음치네.

억세인 손아귀로 '노르웨이' 숲 속에서

제일 큰 전나무 한 대 잡아 뽑아다

타오르는 '에드나'의 화산 속에 담가,

새빨갛게 단 그 위대한 붓으로

어두운 하늘에 줄기차게 써볼까.

'아그네스, 나는 너를 사랑하노라!'

　학수는 두 번 세 번 거듭 여남은 번 이 시를 읽었다. 읽을수록 알지 못할 위대한 흥이 솟아나왔다. '아그네스'를 '금옥이'로 고쳤다가 다시 여러 가지 다른 것으로 고쳐보았다. '동무'로 해보았다. '이 땅'을 놓아보았다. 나중에는 '세상'으로 고쳐보았다. 그것이 무엇이라고 꼬집어 말할 수 없는 위대한 감격이 가슴속에 그득히 복받쳐 올라왔다.

　"백두산 꼭대기에서 제일 큰 참나무 한 대 뽑아다 이 가슴의 열정으로 시뻘겋게 달궈가지고 어두운 하늘에 줄기차게 써볼까. 그 무엇이여, 나는 너를 사랑하노라!고."

　모래를 차고 학수는 벌떡 일어났다. 저물어가는 바다가 아득하게 멀고 쉴새없이 날아오는 파도빗발에 전신이 축축이 젖었다.

　그날 밤에 학수는 며칠 전 문오와 같이 찾아갔던 후로는 다시 만나지 못한 용걸이를 찾아갔다. 오래 전에 빌려온 몇 권의 책자도 돌려보낼 겸.

　독서에 열중하고 있던 용걸이는 책상 앞에서 몸을 돌리고 학수를 맞이하였다. 좁은 방에는 사면에 각색 표지의 책이 그득히 쌓여 있다. 그 책의 위치가 구름의 좌향같이 자주 변하였다. 책상 위에 펴 있는 두터운 책의 활자가 아물아물하게 검고 각테안경 속에 담은 동무의 열정이 시꺼멓게 빛났다. 열정에 빛나는 그 눈. 바다 같은 매력을 가지고 항상 학수의 마음을 끄는 것은 그 눈이었다. 깊고 광채 있고 믿음직한 그 눈이었다. 학교에 안 가도 좋고 눈에 띄이게 하는 일 없이 그는 두 눈의 열정을 모아 날마다 독서에 열중하는 것이 일과였다.

그가 서울을 쫓겨 고향으로 내려온 지 거의 반년이 넘는다. 근 사 년 동안 어떤 사립학교에서 공부하다가 작년 가을에 휴교사건으로 학교를 쫓겨난 후 즉시 고향으로 내려온 것이다. 학교를 쫓겨났다고 결코 실망하는 빛 없이 도리어 싱싱한 기운에 넘쳐 그는 고향을 찾아왔다. 부끄러워하는 대신에 그에게는 엄연한 자랑의 티조차 있었다. 그 부끄러워하지 않고 겁내는 법 없는 파들파들한 기운에 학수들은 처음에 적지 아니 놀랐다. 그들의 어둡고 우울한 마음에 비겨볼 때 용걸이의 그 파들파들한 기운과 광채는 얼마나 부러운 것이던가. 같은 마을에서 같은 어린 시절을 보낸 그들을 이렇게 다른 두 길로 나누어놓은 것은 용걸이가 고향을 떠난 사 년 동안의 시간이었다. 사 년 동안에 용걸이는 서울서 무엇을 배우고 무엇을 하고 그의 굳은 신념은 무엇에서 나왔던가를 학수는 문오와 같이 그의 집에 자주 드나드는 동안에 듣고 짐작하고 배워왔다. 마을에서는 용걸이를 위험시하고 각가지의 소문을 내었으나 그는 모든 것을 모르는 체하고 싱싱한 열정으로 공부에 열중하였다. 그 늠름한 태도가 또한 학수들의 마음을 끌고 잡아 흔들었다.

"요사이 번민이 심하지?"

용걸이는 학수의 사정을 대강 알고 그의 괴로움을 짐작할 수 있었다.

"아니 오늘 잔칫날 아닌가?"

다시 생각하고 용걸이는 검은 눈에 광채를 더하여 숭굴숭굴 웃었다.

학수에게 아무 대답이 없으니 용걸이는 웃음을 수습하고 어조를 변하였다.

"그러나 그런 개인적 번민은 누구에게나 한두 가지씩은 다 있는 것이네."

이어서,

"가지가지의 번민을 거치는 동안에 차차 사람이 되지."

경험 많은 노인과 같이 목소리가 침착하고 무겁다.

성공하지 못한 용걸이의 과거의 연애사건을 학수도 잘 알고 있다. 근 일 년을 넘은 연애가 상대자의 의사와 그 집안의 반대로 깨어지고 말았다. 물론 그들의 반대의 이유가 용걸이의 가난에 있다는 것은 말하지 않아도 확실한 것이었다. 용걸이의 번민은 지금의 학수의 그것과 같이 컸었고 그의 생각에 큰 변동이 생긴 것도 이때부터였다. 그는 이를 갈고 독서에 열중하였다. 그러는 동안에 배척받은 열정을 정신적으로 바칠 다른 큰 것을 발견하였던 것이다.

"개인적 번민보다도 우리에게는 전 인류적 더 큰 번민이 있지 않은가."

드디어 이렇게 말하게까지 된 것이다.

"그러기 때문에 나도 오늘에는 개인적 번민을 청산하고 새로 솟는 위대한 열정을 얻었단 말이네."

하고 학수는 해변에서 느낀 감격이 사라질까를 두려워하는 듯이 흥분한 어조로 그 하루를 해변에서 지낸 이야기와 하이네 시에서 얻은 위대한 감격을 이야기하였다.

"하, 그렇게 훌륭한 시가 있던가—읽은 지 오래여서 하이네도 이제는 다 잊어버렸군."

하이네의 시를 듣고 용걸이도 새삼스럽게 감탄하였다.

"백두산 꼭대기에서 제일 큰 참나무 한 대 잡아 뽑아다 이 가슴의 열정으로 시뻘겋게 달궈가지고 어두운 하늘에 줄기차게 써볼까. 짓밟힌 ×

××이여 나는 너를 사랑하노라!고."

'백두산'의 구절이 조금 편벽된 것 같다고는 하면서도 용걸이는 학수가 고친 이 시의 구절을 두 번 세 번 감동된 목소리로 읊었다.

"용걸이 있나?"

이때에 귀 익은 목소리가 나며 문이 펄떡 열렸다.

들어온 것은 성안의 현규였다.

"현균가?"

학수는 그의 출현을 예측하지 않았기 때문에 오래간만의 그를 반갑게 바라보고 있다.

"공부 잘하나."

현규는 한껏 이렇게 대꾸하면서 학수를 보았다. 그만큼 그들의 관계와 교섭은 그다지 친밀한 것이 못 되었다. 그가 들어왔기 때문에 학수와 용걸이의 회화가 중턱에서 끊어졌고 또 학수가 있기 때문에 용걸이와 현규의 사이도 어울리지 아니하고 서먹서먹한 것 같았다.

현규—그도 역시 용걸이와 같은 경우에 있었다. 학교를 중도에서 폐한 후로부터는 용걸이와 같은 길을 걷게 되었던 것이다. 두 사람은 자주 만났다. 그러나 그것은 결코 사람들의 눈에 역력히 띄이지 않게 교묘하게 하였다. 용걸이는 학수를 만나보는 것과는 또 다른 의도와 내용으로 현규와 만나는 것 같았다.

오늘 밤에도 그 무슨 일로 미리 약속하고 현규가 찾아온 것이 확실하리라 생각하고 학수는 그만 자리를 일어섰다.

"그러면 이번에는 이것을 가지고 가서 읽어보게."

나가는 학수에게 용걸이는 두어 권의 작은 책자를 시렁에서 뽑아주었다.

그것을 가지고 학수는 집을 나갔다.

기울어지는 반달이 흐릿하게 빛났다.

좁은 방에서 으슥하게 만나는 두 사람의 청년—그 뜻깊은 풍경을 학수는 믿음직하게 마음속에 그렸다.

무슨 새인지, 으슥한 밤중에 숲속에서 우는 새소리를 들으면서 희미한 밤길을 더끔더끔 걸었다.

이튿날 학수는 수업료 미납으로 정학 처분 중에 있는 줄을 번연히 알면서도 오후부터 학교에 나갔다. 그날 학우회 총회가 있는 것을 안 까닭이다. 학우회에는 기어이 출석할 생각이었다. 예산 편성 등으로 가난한 그들에게 직접 이해관계가 큰 총회를 철모르는 어린 동무들에게 맡겨 망치고 싶지 않았던 것이다.

실습을 폐하고 총회는 오후부터 즉시 시작되었다. 사월에 열어야 할 총회가 일이 바쁜 까닭에 변칙적으로 오월에 들어가는 수가 많았다.

새로 선 강당은 요란하게 불어올랐다. 학생들은 하루 동안 실습이 없어진 그 사실만으로 벌써 흥분하고 기뻐하였다.

천장과 벽과 바닥의 새 재목 빛에 해가 비쳐 들어와 누렇게 반사하였다. 그 속에 수많은 얼굴이 떡잎같이 누르칙칙하게 빛났다. 재목 냄새와 땀 냄새에 강당 안은 금시에 기가 막혔다. 발 벗은 학생이 많았다. 가끔 양말을 신은 사람이 있어도 다 떨어져 발허리만에 걸치고 있는 형편의 것이었다. 냄새가 몹시 났다. 맨발에는 개기름과 땀이 지르르 흘러 무더운 냄새가 파도같이 화끈화끈 넘쳐 밀려왔다.

여러 번 창을 열고 공기를 갈면서 회가 진행되었다.

교장의 사회가 끝난 후에 즉시 각부 예산 편성 결정으로 들어갔다. 학교에서 작성한 예산안 초안을 앞에 놓고 와글와글 떠들기 시작하였다. 부마다 각각 자기의 부를 지키고 한 푼의 예산도 양보하지 않았다. 떠들고 뒤끓으며 별것 아니요 벌 떼의 싸움이었다. 하다못해 공책 한번 쥐어본 적 없는 아무 부에도 속하지 않는 중간층의 학생들은 이 부에도 저 부에도 붙지 못하고 중간에서 유동하였다. 두 시간 동안이 지나도 각부의 예산은 결정되지 못하였다.

뒷줄 벤치 위에 숨어 앉은 학수는 무더운 화기에 정신이 얼떨떨하였다. 지지할 만한 또렷한 한 부에 속하지 않은 그는 한마디도 입을 열지 아니하고 싸우는 꼴들을 냉정히 바라보고 있을 뿐이었다. 생각으로는 운동의 각부보다도 변론부, 음악부, 학예부 등을 지지하고 싶었으나 예산 편성이 끝난 후 열을 토하고 ××지 않으면 안 될 더 중대한 가지가지의 조목을 위하여 그는 열정의 낭비를 피하고 입을 꾹 다물었다. 해마다 문제되는 스포츠 원정비의 적립을 철저히 반대할 일…… (중략) …….

이것이 제일 중요한 조목이었다. 다음에 '학우회 기본금과 입회금의 적립반대, 가족실습의 수입 이익은 가족에게 분배할 일……' 등등의 일반 학생의 이익을 위하여 싸워 뺏지 않으면 안 될 여러 가지 조목이 그의 가슴속에 뱅 돌고 있었다.

거의 네 시간이 지났을 때에야 겨우 예산이 이럭저럭 결정되고 선수 원정비 시비에 들어갔다.

서울과의 거리가 먼 까닭에 스포츠, 더욱이 정구와 축구의 원정에는 막대한 비용이 들었다. 빈약한 학우회비만으로는 도저히 지출할 수 없는 까닭에 기왕에는 기부금 등으로 이럭저럭 미봉[5]하여왔으나, 금년부터는 매월 학우회비를 특별히 더하여 원정비로 채우려는 설이 학교 당국에서부터 일어났다. 이 제의를 총회에 걸어 그 시비를 결정하자는 것이었다.

교장의 설명이 있은 후 즉시 운동부장인 ××이가 직원 좌석에서 일어섰다. 개인 개인의 산만한 운동보다도 규율 있는 단체적 스포츠가 필요함을 그는 역설하고 그럼으로서 원정비 적립을 지지하라는 일장의 설화를 하였다.

---

5) 일의 빈 구석이나 잘못된 것을 임시변통으로 이리저리 주선하여 꾸며냄.

학생들의 의견도 나기 전에 미리 뭇 의견의 방향을 결정하려는 그 심사가 괘씸하여서 학수는 벌떡 자리에서 일어서서 첫소리를 쳤다.

"지금의 학우회비로서 지출할 수 없다면 원정은 그만두자. 우리들의 처지로 새로이 회비를 더 내서까지 원정을 갈 필요가 있는가?"

회장이 물 뿌린 듯이 고요하다.

어린 학생들은 대개 어떻게 하는 것이 옳을지를 몰라 갈팡질팡하는 때가 많다. 그것을 잘 아는 학수는 절실한 인상으로 그들을 바른 방향으로 인도하겠다고 그 자리에 선 채 말을 이었다.

"지금의 수업료도 과한 가난한 농군의 자식인 우리들에게는 다만 이 이십 전이 결코 적은 돈이 아니다. 지금의 수업료조차 못 내서 쩔쩔매면서 이 위에 또 더 바칠 여유가 있는가. 철없는 행동은 모두들 삼가자!"

그가 앉기가 바쁘게 다른 학년의 축구 선수가 한 사람 일어서서 잘 돌아가지 않는 혀로 원정의 필요를 말한 후, 기왕에 원정 가서 얻어온 우승기—그것을 영구히 학교의 것으로 만들 작정이니 원정을 후원하라고 거의 애걸하다시피 하였다.

우승기—이것이 철모르는 눈을 어둡히고 이끄는 것임을 문득 느끼고 학수는 한층 목소리를 높였다.

"그렇게 말하는 너부터 잘 생각해보아라. 한 사람의 선수를, 한 사람의 영웅을 내기 위하여 이 많은 사람이 마음에도 없는 희생을 당하여야 옳단 말이냐. 한 사람의 선수가 우리에게 무엇을 가져왔나, 우승기? 아무 잇속 없는 한 폭의 허수아비에 지나지 못한다. 학교의 명예? 대체 무엇 하는 것이냐. 그 따위 명예가 우리에게 무슨 이익을 갖다주었나. 우승기, 명예…… 일종의 허영에 지나지 못하는 것이다. 동무들아, 선수 원정을 반대하자! 원정비 적립을 반대하자!"

"옳다!"

"원정비 반대다!"

동의의 소리가 이 구석 저 구석에서 일어났다.

××이의 얼굴이 붉어지고 직원석이 수물수물 움직였다.

하급생 좌석에서 어린 학생이 일어서서 수물거리는 시선과 주의를 일신에 모았다. 등 뒤에 커다란 조각을 댄 양복을 입은 그는 이마에 빠지지 흐르는 땀을 씻으면서 가느다란 목소리를 내었다.

"실습, 그것이 우리에게는 훌륭한 운동이다. 이 외에 무슨 운동이 더 필요한가. 알맞은 체육이면 그만이지 우리에게 그 이상의 기술과 재주는 필요하지 않다. 가난한 우리는 너무도 건강하기 때문에 배가 고픈데 이 위에 더 운동까지 해서 배를 곯릴 것이 있는가?"

허리춤에서 수건을 뽑아서 땀을 씻고 한참 무주무주하다가 걸어앉았다. 그 희극적 효과에 웃음소리가 왁 터져나왔다. 수물거리는 당 안을 정리하려고 학수는 다시 자리를 일어서서 목소리를 더한층 높였다.

"옳다 …… (30자 생략) …… 괴로워하는 집안 사람들을 이 위에 더 괴롭힐 용기가 있는가. 수업료가 며칠 늦으면 담임선생이 불러들여 학교를 그만두라고 은근히 퇴학을 권유할 때, …… (25자 생략) …… 우리는 우리들의 처지를 생각하여야 한다."

같은 형편과 생활에서 나온 절실한 실감이 동무들의 가슴을 뒤집어 흔들었다.

"그렇다."

"원정비 적립을 그만두자."

찬동의 소리가 강당을 들어갈 듯이 요란히 울렸다.

"학수, 학수!"

요란한 가운데에서 별안간 날카로운 고함이 들렸다. 직원 좌석이 어지럽게 동요하고 그 속에서 ××이의 성낸 얼굴이 학수를 무섭게 노렸다.

"학수, 너는 당장에 퇴장하여라. 수업료도 안 내고 가만히 와서 총회에 출석할 권리가 없다."

(원문 2백 줄 생략)

　그는 아무 일도 안 일어났던 듯이 시치미를 떼고 천연스럽게 집으로 돌아갔다. 정주에서 어머니가 뛰어나왔다.

"학수야."

　끄스른 얼굴과 심상치 않은 목소리에 학수는 황당한 어머니를 보았다.

"학수야, 금옥이가……."

　어머니가 달려와서 그의 옷자락을 붙들었다.

"금옥이가……."

　어머니의 눈에 그렁그렁하는 눈물을 보고 학수는 놀라서,

"금옥이가 어떻게 했단 말예요?"

"……떠났단다."

"예?"

"바다에 빠져서."

"금옥이가 죽었단 말예요? 금옥이가……."

"대체 어떻게 된 노릇이냐. 혼인날 종일 네 이름만 부르더니 밤중에 신방을 도망해 나갔단다."

"그래 지금 어디 있어요? 지금 어디."

"금옥이네 집안 식구들은 지금 모두 바다에 몰려가 있다. 아까 포구 사람이 달려와서 시체를 건졌다고 전했단다. 지금 모두 해변에 몰려가 있다."

"바다…… 금옥이."

　학수는 엉겁결에 허둥지둥 뛰어나갔다. 바다로 향하여 오 리나 되는 길을 줄달음쳤다.

　며칠 전에 학수가 사랑을 잊으려고 하이네를 읽으며 하루를 보낸 바로 그 자리를 금옥이는 마지막의 장소로 골랐던 것이다. 가지가지의 추억

을 가진 그곳을 특별히 고른 그 애처로운 마음을 학수는 더한층 슬피 여겼다.

물녘에는 통곡 소리가 흘렀다. 집안 사람들은 시체를 둘러싸고 가슴을 뜯으며 어지럽게 울었다.

얼굴을 가리운 시체—보기에도 참혹한 것이었다. 사람의 몸이 아니고 물통이었다. 입에서는 샘솟듯 물이 흘러나왔다. 혼인날 입은 새 복색 그대로였다. 바다에서 올린 지 얼마 안 되는지 전신에서 물이 지어서 흘렀다. 그 자리만 모래가 축축이 젖어 있다.

미칠 듯한 심사였다.

학수는 달려들어 그 자리에 푹 쓰러졌다. 수건을 벗기고 얼굴을 보았다. 물에 씻기운 연지의 자리가 이지러진 얼굴에 불그스레하게 퍼져 있다. 흡뜬 흰 눈이 원망하는 듯이 학수를 보았다.

"금옥이……."

얼굴이 돌같이 차다.

"왜 이리 빨리 갔소."

가슴이 터질 듯이 더워지며 눈물이 솟았다.

"학수, 어쩌자고 이럭해놓았소."

금옥이의 어머니가 원망하는 듯이 학수를 보며 들고 있던 한 장의 사진을 주었다.

"학수의 사진을 품고 죽을 줄이야 꿈에나 생각했겠소."

받아보니 언제인가 박아준 그의 사진이었다. 학수 대신에 영혼 없는 사진을 품고 간 것이다.

겉장을 벗기니 물에 젖어 피어난 글씨가 흐릿하게 읽혔다.

학수. 나는 가오. 태산같이 막힌 골짜기에서 나는 제일 쉬운 이 길을 취하였소. 당신에게만 정을 바친 채 맑은 몸으로 나는 가오. 혼자 간다고 결코 당신을 원망하지 않으리다. 공부 잘해서 가난한 집안을 구하시오.

"결국 내가 못난 탓이지……. 그러나 이렇게 쉽게 갈 줄이야 몰랐소."

학수는 시체를 무릎 위에 얹고 차디찬 얼굴을 어루만졌다.

"금옥아, 학수 왔다. 금옥아, 눈을 떠라."

어머니는 마주 앉아서 찬 수족을 만지면서 몸을 전후로 요동하며 울었다.

"학수, 생사람을 잡았으니 어쩌잔 말이오. 그러면 그렇다고 혼인 전에 진작 말이나 해주었더면 좋지 않았겠소? 금옥이가 갔으니 어떻게 하면 좋소."

통곡하는 소리가 학수의 뼛속을 살근살근 갈아내는 듯하였다.

"집으로 데리고 갑시다."

학수는 눈물을 수습하고 일어났다.

"금옥아, 이 꼴을 하고 집으로 다시 들어오려고 나갔더냐?"

금옥이의 아버지가 시체를 일으켰다.

"내가 업지요."

들것에 메우기가 너무도 가엾어서 학수는 시체를 등에 업었다.

돌같이 무거웠다. 중량밖에는 아무 감각이 없는 무감동한 육체였다. 똑똑 떨어지는 물이 모래 위와 길 위에 줄을 그었다.

조그만 행렬이 길 위에 뻗쳤다.

어두워가는 벌판에 통곡 소리가 처량히 울렸다.

짧은 그의 생애가 너무도 기구하여서 학수는 금옥이의 옆을 떠나지 않고 그를 지켰다.

피어오르는 향불의 향기—일전에 능금밭에서 마지막으로 만났을 때 맡은 달밤의 향기와 너무도 뼈저린 대조였다.

촛불에 녹은 초가 눈물과 같이 흘러내렸다.

(이 소설은 부득이한 사정으로 중간에서 6회를 오늘로서 최종회를 끝을 막겠습니다. —《심천리》편집자)

금옥이의 장삿날이 왔다.

진한 안개가 잔뜩 끼어 외로이 가는 어린 혼과도 같이 슬픈 날이었다.

너무도 짧은 장사의 행렬이었다. 빨리 간 그의 청춘과도 같이 너무도 짧은—. 시집에서는 배반하고 나간 그의 혼을 끝까지 돌보지 아니하였고 장례는 전부 친가에서 서둘러 하였다.

상여 뒤에는 바로 학수가 서고 그 뒤에 집안 사람들이 따라 섰다.

짧은 행렬이 건듯하면 안개 속에 사라지려 하였다. 외로운 영혼을 남몰래 고이 장사지내버리려는 듯이.

앞에서 울리는 요령소리조차 안개 속에 마디마디 사라져버렸다.

학수의 속눈썹에도 안개가 진하게 맺혀 눈물과 함께 흘러내렸다.

어린 초목의 잎이 요령 소리에 떨리는 듯이 안개 속에서 가늘게 흔들렸다.

산모롱이를 돌아 행렬은 산골짜기로 들어갔다.

묘지까지 이르렀을 때에 상여는 슬픔과 안개에 푹 젖었다.

주검을 묻는 것이 첫 경험인 학수에게는 그것이 너무도 끔찍한 짓같이 생각되어 뼈를 긁어내는 듯도 한 느낌이었다.

젖은 흙 속에 살이 묻혀지는 것이다. 사람의 의식儀式으로 이보다 더 참혹한 것이 있는가. 퍼붓는 눈물이 흙을 적시었다.

'너도 같이 가거라.'

학수는 지니고 왔던 하이네 시집을, 해변에서 금옥이를 생각하며 읽던 그 시집을 금옥이의 관 위에 같이 던졌다. 금옥이를 보내는 마지막 선물로 그의 관 위에 뿌려 줄 꽃 대신으로 생전에 같이 읽던 노래를 던져주었다. 그것은 동시에 그의 슬픈 과거를 영영 장사지내버리는 셈도 되었다. 그는 장사지내는 하이네 시집 속에서 '백두산 꼭대기에서 제일 큰 참나무 한 대 뽑아'의 위대한 열정을 얻은 것과 같이 금옥이의 죽음에서도 슬픔만이 온 것이 아니라 말할 수 없는 일종의 힘이 솟아나왔다.

'그대의 혼을 지키면서 나는 나의 힘이 진할 때까지 일하고 싸워보겠다.'

시집과 관이 흙 속에 완전히 사라졌을 때에 학수는 그 위에 다시 흙을 뿌리며 피의 눈물과 말의 슬픔으로 그 조그만 묘를 다졌다.

어느덧 황혼이 짙어 안개가 더 깊었다.

'나도 떠나겠다.'

어느 때까지 울어도 슬픔은 새로워질 뿐이지 한이 없었다.

학수는 시에서 얻은 열정과 죽음에서 얻은 힘을 가지고 묘 앞을 떠났다.

그러나 뒷걸음질하여 마을길로 돌아서지 아니하고 고개를 향하여 앞으로 앞으로 걸음을 떼어놓았다.

"어디로 가오?"

금옥이네 식구들이 물었다.

"고개 너머 먼 곳으로 가겠소."

"먼 곳이라니."

"이곳에서 무엇을 바라고 살겠소?"

대답하고 학수는 속으로 혼자 중얼거렸다.

"용걸이가 걸은 길을 밟도록 먼 곳에 가서 길을 닦겠소이다."

그들과 작별하고 학수는 고개로 향하였다.

고개 너머 정거장에서 기차를 타고 어디로든지 향할 작정이었다.

'어디로? 너무도 막연하다. 그러나 항상 막연한 데서 일은 열리고 시작되는 것이 아닌가. 막연한 모험과 비약— 이것이 없이 큰일을 할 수 있는가.'

고개 위에 올라서니 거리가 내려다보이고 그 속에 정거장이 짐작되었다.

'아버지는? 집안 사람은?'

고향을 이별하는 마지막 순간에 그에게는 여러 가지의 생각이 한꺼번에 솟아올랐다.

'내가 학교를 충실히 다닌다고 아버지와 집안을 근본적으로 건질 수 있을까? 차라리 이제 가서 장래의 큰길을 닦는 것만 같지 못하다.'

중얼거리며 주먹을 지그시 쥐었다.

'아버지여, 금옥이여, 문우들이여, 고향이여— 다 잘 있으오. 더 장한 얼굴로 다시 만날 날이 있으오리.'

눈물을 뿌리고 학수는 고향을 등졌다. 한 걸음 두 걸음 고개를 걸어 내려가는 그의 마음속에서는 결심이 한층 더 새로워질 뿐이었다.

(1930. 9)

돈

옛성 모롱이 버드나무 까치둥우리 위에 푸르둥둥한 하늘이 얇게 드리
웠다.

토끼 우리에서는 하얀 양토끼가 고슴도치 모양으로 까칠하게 웅크리
고 있다. 능금나무 가지를 간들간들 흔들면서 벌판을 불어오는 바닷바람
이 채 녹지 않은 눈 속에 덮인 종묘장種苗場 보리밭에 휩쓸려 도야지 우리
에 모질게 부딪힌다.

우리 밖 네 귀의 말뚝 안에 얽어 매인 암도야지는 바람을 맞으면서 유
난히 소리를 친다. 말뚝을 싸고도는 종묘장 씨돈(種豚)은 시뻘건 입에 거
품을 뿜으면서 말뚝의 뒤로 돌아 그 위에 덥석 앞다리를 걸었다. 시꺼먼
바위 밑에 눌린 자라 모양인 암도야지는 날카로운 비명을 올리며 전신을
요동한다. 미끄러진 씨돈은 게걸덕거리며 다시 말뚝을 싸고 돈다. 앞뒤
우리에서 응하는 도야지들 고함에 오후의 종묘장 안은 떠들썩한다.

반시간이 넘어도 여의치 않았다. 둘러싸고 보던 사람들도 흥이 식어서
주춤주춤 움직인다. 여러 번째 말뚝 위에 덮쳤을 때에 육중한 힘에 말뚝
이 와싹 무지러지면서 그 바람에 밑에 깔렸던 도야지는 말뚝의 테두리를
벗어져서 뛰어났다.

"너무 어려서 안 되겠군."

종묘장 기수가 껄껄 웃는다.

"─황소 앞에 암탉 같으니 쟁그러워서 볼 수 있나."

"겁을 먹고 달아나는데."

농부는 날쌔게 우리 옆을 돌아 뛰어가는 도야지의 앞을 막았다.

"달포 전에 한번 왔다 갔으나 씨가 붙지 않아서 또 끌고 왔는데요."

식이는 계면쩍어서 얼굴이 붉어졌다.

"아무리 짐승이기로 저렇게 어리구야 씨가 붙을 수 있나."

농부의 말에 식이는 다시 얼굴을 붉혔다.

"빌어먹을 놈의 짐승."

무안도 무안이려니와 귀찮게 구는 짐승에 식이는 화를 버럭 내면서 농부의 부축을 하여 달아나는 도야지의 뒤를 쫓는다. 고무신이 진창에 빠지고 바지춤이 흘러내린다.

도야지의 허리를 매인 바를 붙들었을 때에 그는 홧김에 바를 뒤로 잡아낚으며 기운껏 매질한다. 어린 짐승은 바들바들 뛰면서 소리를 친다. 농가 일 년의 생명선─좀 있으면 나올 제일기분 세금과 첫여름 감자가 나올 때까지의 가족의 양식의 예산의 부담을 맡은 어린 짐승에 대한 측은한 뉘우침이 나중에는 필연코 나련마는 종묘장 사람들 숲에서의 무안을 못 이겨 식이의 흔드는 매는 자연 가련한 짐승 위에 잦게 내렸다.

"그만 갖다 매시오."

말뚝을 고쳐 든든히 박고 난 농부는 식이에게 손짓한다.

겁과 불안에 떨며 허둥거리는 짐승을 이번에는 한결 더 든든히 말뚝 안에 우겨넣고 나뭇대를 가로질러 배까지 떠받쳐올려 꼼짝 요동하지 못하게 탐탁하게 얽어매었다.

털몸을 근실근실 부딪치며 그의 곁을 감돌던 씨돈은 미처 식이의 손이 떨어지기도 전에 '화차'와도 같이 육중하게 말뚝 위를 엄습한다. 시뻘건 입이 욕심에 목메어서 풀무같이 요란히 울린다. 깔린 암돈은 목이 찢어져라 날카롭게 고함친다.

둘러선 좌중은 일제히 웃음소리를 멈추고 일시 농담조차 잊은 듯하다.

문득 분이의 자태가 눈앞에 떠오르자 식이는 말뚝에서 시선을 돌려 딴 전을 보았다.

'—분이 고것 지금은 어데 가 있는구.'

—제이기분은 새려 일기분 세금조차 밀려오는 농가의 형편에 도야지보다 나은 부업이 없었다. 한 마리를 일 년 동안 충실히 기르면 세금도 세금이려니와 잔돈푼의 가용 용돈쯤은 훌륭히 우러나왔다. 이 도야지의 공용[1]을 잘 아는 식이가 푼푼이 모은 돈으로 마을 사람들의 본을 받아 종묘장에서 가제 난 양도야지 한 자웅을 사온 것이 지난 여름이었다. 기름이 자르르 흐르는 새까만 자웅을 식이는 사람보다도 더 귀히 여겨 가제 사왔을 무렵에는 우리 안에 넣기가 아까워 그의 방 한구석에 짚을 펴고 그 위에 재우기까지 하던 것이 젖이 그리워서인지 한 달도 못 돼서 숫놈이 죽었다. 나머지의 암놈을 식이는 애지중지하여 단 한 벌의 그의 밥그릇에 물을 받아 먹이기까지 하였다. 물도 먹지 않고 꿀꿀 앓을 때에는 그는 나무하러 가는 것도 그만두고 종일 짐승의 시중을 들었다. 여섯 달을 기르니 겨우 암도야지 티가 났다. 달포 전에 식이는 첫 시험으로 십 리가 넘는 읍내 종묘장까지 끌고 왔었다. 피돈 오십 전이나 내서 씨를 받은 것이 종시 붙지 않았다. 식이는 화가 났다. 때마침 정을 두고 지내던 이웃집 분이가 어디론지 도망을 갔다. 식이는 속이 상해서 며칠 동안 일이 손에 잡히지 않는 것이었다. 늘 뾰로통해서 쌀쌀하게 대꾸하더니 그 고운 살을 한 번도 허락하지 않고 늙은 아비를 혼자 둔 채 기어코 도망을 가버렸구나 생각하니 분이가 괘씸하였다. 그러나 속 깊은 박초시의 일이니 자기 딸 조처[2]에 무슨 꿍꿍 수작을 대였는지 도무지 모를 노릇이었

1) 공효. 공을 들인 보람이나 효과.
2) 제기된 문제나 일을 잘 정돈하여 처치함.

다. 청진으로 갔느니 서울로 갔느니 며칠 전에 박초시에게 돈 십 원이 왔느니 소문은 갈피갈피였으나 하나도 종잡을 수 없었다. 이래저래 상할 대로 속이 상했다. 능금꽃 같은 두 볼을 잘강잘강 씹어먹고 싶던 분인만큼 식이는 오늘까지 솟아오르는 심화를 억제할 수 없었다.

"—다 됐군."

딴전만 보고 섰던 식이는 농부의 목소리에 그쪽을 보았다. 씨돈은 만족한 듯이 여전히 꿀꿀 짖으면서 그곳을 떠나지 않고 빙빙 돈다.

파장 후의 광경이언만 분이의 그림자가 눈앞에 어른거리는 식이는 몹시도 계면쩍었다. 잠자코 섰는 까칠한 암도야지와 분이의 자태가 서로 얽혀서 그의 머릿속에 추군하게 떠올랐다. 음란한 잡담과 허리 꺾는 웃음소리에 얼굴이 더한층 붉어졌다. 환영을 떨쳐버리려고 애쓰면서 식이는 얽어매었던 도야지를 풀기 시작하였다. 농부는 여전히 게걸덕거리며 어른어른 싸도는 욕심 많은 씨돈을 몰아 우리 속에 가두었다.

"이번에는 틀림없겠지."

장부에 이름을 올리고 오십 전을 치러주고 종묘장을 나오니 오후의 해가 느지막하였다.

능금밭 건너편 양옥 관사의 지붕이 흐린 석양에 푸르둥절하게 빛난다. 옛성 어귀에는 성안으로 드나드는 장꾼의 그림자가 어른어른한다. 성안에서 한 채의 버스가 나오더니 폭 넓은 이등 도로를 요란히 달려온다. 도야지를 몰고 길 왼편 가로 피한 식이는 피뜩 지나는 버스 안을 살펴본다. 분이를 잃은 후로부터는 그는 달아나는 버스 안까지 조심스럽게 살피게 되었다. 일전에 나남에서 버스 차장 시험이 있었다더니 그런 데로나 뽑혀 들어가지 않았을까? 분이의 간 길을 이렇게도 상상하여보았기 때문이다.

'장이나 한 바퀴 돌아올까.'

북문 어귀 성 밑 돌 틈에 도야지를 매놓고 식이는 성에 들어가 남문거리로 향하였다.

분이가 없는 이제 장꾼의 눈을 피하여 으슥한 가게 앞에 가서 계면쩍은 태도로 매화분을 살 필요도 없어진 식이는 석유 한 병과 마른 명태 몇 마리를 사들고 장판을 오르락내리락하였다. 한 동리 사람의 그림자도 눈에 띠지 않기에 그는 곧게 성밖으로 나와 마을로 향하였다.

어기적거리며 도야지의 걸음이 올 때만큼 재지 못하였다. 그러나 이제 매질할 용기는 없었다.

철로를 끼고 올라가 정거장 앞을 지나 오촌포 행길에 나서니 장 보고 돌아가는 사람의 그림자가 드문드문 보인다. 산모롱이가 바닷바람을 막아 아늑한 저녁 빛이 행길 위를 덮었다. 먼 산 위에는 전기의 고가선이 솟고 산 밑을 물줄기가 돌아내렸다. 온천 가는 넓은 도로가 철로와 나란히 누워서 남쪽으로 줄기차게 뻗쳤다. 저물어가는 강산 속에 아득하게 뻗친 이 두 줄의 길이 새삼스럽게 식이의 마음을 끌었다. 걸어가는 그의 등 뒤에서는 산모롱이를 돌아오는 기차 소리가 아련히 들린다. 별안간 식이에게는 이상한 생각이 들었다.

'이 길로 아무 데로나 달아날까.'

장에 가서 도야지를 팔면 노자가 되겠지. 차타고 노자 자라는 곳까지 달아나면 그곳에 곧 분이가 있지 않을까. 어디서 들었는지 공장에 들어가기가 분이의 소원이더니, 그곳에서 여직공 노릇 하는 분이와 만나 나도 노동자가 되어 같이 살면 오죽 재미있을까. 공장에서 버는 돈을 달마다 고향에 부치면 아버지도 더 고생하실 것 없겠지. 도야지를 방에서 기르지 않아도 좋고 세금 못 냈다고 면소 서기들한테 밥솥을 뺏길 염려도 없을 터이지. 농사같이 초라한 업이 세상에 또 있을까. 아무리 부지런히 일해도 못살기는 일반이니……. 분이 있는 곳이 어디인가……. 도야지를 팔면 얼마나 받을까. 암도야지, 양도야지…….

"얏!"

날카로운 소리에 번쩍 정신이 깨었다.

찬바람이 휙 앞을 스치고 불시에 일신이 딴 세상에 뜬 것 같았다. 눈 보이지 않고, 귀 들리지 않고—잠시간 전신이 죽고 감각이 없어졌다. 캄캄하던 눈앞이 차차 밝아지며 거물거물 움직이는 것이 보이고 귀가 뚫리며 요란한 음향이 전신을 쓸어 없앨 듯이 우렁차게 들렸다—우뢰 소리가…… 바닷소리가…… 바퀴 소리가……. 별안간 눈앞이 환해지더니 열차의 마지막 바퀴가 쏜살같이 눈앞을 달아났다.

"앗, 기차!"

다 지나간 이제 식이는 정신이 아찔하며 몸이 부르르 떨린다.

진땀이 나는 대신 소름이 쪽 돋는다. 전신이 불시에 비인 듯이 거뿐하다. 글자대로 전신은 비었다. 한쪽 팔에 들었던 석유병도 명태 마리도 간 곳이 없고 바른손으로 이끌던 도야지도 종적이 없는 것이다.

"아, 도야지!"

"도야지구 무어구 미친놈이지, 어디라구 후미끼리(건널목)를 막 건너."

따귀를 철썩 맞고 바라보니 철로 망보는 사람이 성난 얼굴로 그를 노리고 섰다.

"도야지는 어찌 됐단 말이오."

"어젯밤 꿈 잘 꾸었지. 네 몸 안치인 것이 다행이다."

"아니 그럼 도야지가 치었단 말요."

"다음부터 차에 주의해!"

독하게 쏘아붙이면서 철로 망꾼은 식이의 팔을 잡아 나꿔 후미끼리 밖으로 끌어냈다.

"아 도야지가 치였다니 두 번이나 종묘장에 가서 씨받은 내 도야지 암 도야지 양도야지……."

엉겁결에 외치면서 훑어보았으나 피 한 방울 찾아볼 수 없다. 흔적조차 없다니—기차가 달룽 들고 간 것 같아서 아득한 철로 위를 바라보았으나 기차는 벌써 그림자조차 없다.

"한방에서 잠재우고, 한그릇에 물 먹여서 기른 도야지, 불쌍한 도야지……."

정신이 아찔하고 일신이 허전하여서 식이는 금시에 그 자리에 폭 쓰러질 것도 같았다.

(1933. 10)

독백

　아침에 세수할 때 어디서 날아왔는지 버들 잎새 한 잎 대야물 위에 떨어진 것을 움켜드니 물도 차거니와 노랗게 물든 버들잎의 싸늘한 감각! 가을이 전신에 흐름을 느끼자 뜰 저편의 여윈 화단이 새삼스럽게 눈에 들어왔다. 장승같이 민출한 해바라기와 코스모스―모르는 결에 가을이 짙었구나. 제비초와 애스터[1]와 도라지꽃―하늘같이 차고 푸르다. 금어초, 카카리아, 샐비어의 붉은빛은 가을의 마지막 열정인가. 로탄제―종이꽃같이 꺼슬꺼슬하고 생명 없고 마치 맥이 끊어진 처녀의 살빛과도 같은 이 꽃이야말로 바로 가을의 상징이 아닐까. 반쯤 썩어져버린 홍초와 글라디올러스, 양귀비의 썩은 육체와도 같은 지저분한 진홍빛 열정의 뒤꼴, 가을 화초로는 추접하고 부적당하다―가을은 차고 맑다. 마치 바닷물에 젖은 조개껍질과도 같이.

　나의 두 귀는 조개껍질이 아니나 그리운 바닷소리가 너무나 또렷이 들려온다. 이것도 가을 하늘이 지나쳐 맑은 탓이겠지. 화단을 어정거릴 때에나 방에 누웠을 때에나, 그 무엇을 생각할 때에나, 한결같이 또렷이 울려오는 바닷소리―궂은비 같은 바닷소리―느껴 우는 울음과도 같은

---

1) aster, 과꽃

바닷소리—가을 바다는 소리만 들어도 처량해. 어저께 저녁 바닷가 모래밭을 거닐 때에도 등에 업은 어린것만 아니라도 처량한 소리에 이끌려 그대로 푸른 바다 속에 걸어 들어갈 뻔하지 않았던가. 그러지 않아도 산란하고 뒤숭숭한 심사가 바닷소리를 들으면 그대로 미쳐버릴 듯도 하다. 그러면서도 날마다 바다를 찾는 가을의 모순된 마음. 어지러운 마음을 꿰뚫고 한 줄기 곧게 뻗치는 추억의 실마리. 그 추억의 실마리에 조개껍질을 무수히 끼어서 그에게 보냈건만—소포 속에 조개껍질을 포기포기 싸서 멀리 그에게 차입하여 보냈건만 국한된 네 쪽의 벽 안에 갇혀 있는 그가 그것을 받았는지 어쨌는지. 받았으면 조개껍질을 귀에 대고 오죽이나 바닷소리를 그리워할까. 손바닥만한 높은 창으로 좌향달은 별을 치어다보면서 오죽이나 고향을 그리워할까. 서대문에서 묵은 지 두 해요, 서대문에서 다시 대전으로 넘어간 지 반년이다. 서울에 있어서 차입 시중을 들던 나는 대전까지 좇아갈 수는 없어서 그가 그리로 떠난 다음 날 하는 수 없이 반대의 방향인 이 고향으로 내려온 것이다.

얼크러진 실뭉치같이 어수선하던 사건과 마음. 그 속에서 모든 것이 꿈결같이 흘렀다.

지금 와서는 뒤숭숭한 마음속으로 삼 년 동안이나 손가락 하나 대어보지 못한 남편의 육체에 대한 열정이 송곳같이 날카롭게 솟아오를 뿐이다. 모든 분한과 원망이 한 줄기의 이 육체적 열정으로 환원된 듯도 하다. 싸늘한 가을임에 불구하고 마음의 불길은 뜨겁게 타오른다. 화단에 피어 있는 새빨간 샐비어—이것의 표정이 나의 마음을 그대로 번역하여놓은 것이 아닐까. 조개같이 방긋이 벌어진 떨기 사이로 불꽃같이 피어오르는 한 송이의 붉은 꽃—이것이 곧 나의 마음의 상징인 것이다. 이것도 모두 남편과 나와의 육체적 거리가 가져온 것임을 생각할 때 마음은 더한층 안타깝게 뒤끓는다. 가을이 짙을수록 꿈자리가 어지럽고 머리가 띵하고 전신에 뜨겁게 열이 솟는다. 골을 동이고 자리에 누우면 가슴이 죄여지고 모르는 결에 입에서 신음 소리가 새어난다. 대낮에 홀연히 잠이 들었다가 부끄러운 꿈을 꾸고 얼굴을 붉히며 깜짝 놀라 깨나는 때가 많다. 복받치는 열을 식히려 하는 수 없이 날마다 바다로 향한다. 바다로 가는 길에 종묘장을 지나게 되고 종묘장을 지날 때에 반드시 도야지 우리의 그것이 눈에 뜨이는 것이다. 이 무례한 도야지 우리의 풍속—이것이 마치 마법사와 같이 나의 민첩한 마음을 활활 붙여준다.

사실 타오르는 나의 마음의 동요가 모두 야릇한 도야지우리의 풍속의 죄가 아닌가도 생각한다. 거기에는 원시의 욕망 이외의 아무것도 없다. 그러나 그 원시의 자태가 사람의 일면과 흡사함을 볼 때에 나는 일부러 면을 쓰는 사람의 꼴을 밉게 생각할 때조차 있다. 우리 밖에는 날마다 씨돗을 끼고 여러 마리의 도야지가 네 귀로 짠 말뚝에 매였다. 육중한 씨돗은 울고 고함치는 도야지 사이로 돌아다니면서 기관차와도 같이 한 마리씩 엄습하였다. 힘과 부르짖음과—거기에는 생활의 최고 노력의 표현이 있는 것이다. 그 금단의 풍경을 나도 모르게 한참이나 물끄러미 바라보고 섰다가 문득 정신을 차리고 나는 황당하게 그곳을 떠나는 것이다. 그 꼴을 누구에게 들키지나 않았을까 하고 한참 동안은 얼굴을 푹 숙인 채 종종걸음으로 재게 걷는다. 붉어진 얼굴이 쉽사리 꺼지지 아니하고 전신이 불같이 탄다. 바닷가까지 허둥허둥 한달음에 내걷는다. 도장같이 가슴속에 찍힌 새빨간 풍경이 생생한 꽃같이 살아서 바닷바람에도 쉽게 꺼지지 않았다. 그리고는 타는 몸—바닷물에 빠지기 전에는 그것이 식을 리 없다. 번번이 왜 그것을 보았던가 하고 후회하면서 결국 또 보는 것이다. 그것은 일종의 마술이다—이렇게밖에는 생각할 수가 없다. 오늘 그곳을 지날 때에도 나는 역시 그 풍경에 눈을 감지 않았던 것이다. 바다에 이르니 마음이 산란하고 추억이 날카로웠다. 모래 위에 발자취가 어지럽고 상기된 눈동자에 바다가 무더웠다. 벌판을 휘돌아 집에 돌아왔을 때까지 몸은 식지 않았다. 대야에 물을 떠놓고 그 속에 주워온 조개와 손을 담았으나 아침의 싸늘하던 대야의 감각은 먼 옛날의 기억과도 같이 아득하게 사라져 있지 않은가. 저물어가는 뜰 한구석에서는 깻잎 냄새가 진하게 흘러왔다. 그 높은 향기 또한 가지가지의 추억을 품고 있는 것이다. 허전허전 걸어가서(그 맥없고 휘뚱휘뚱한 꼴이야 마치 도깨비나 허수아비의 그것과도 같지 않았을까) 깻잎을 뜯어 주먹 위에 얹고 손바닥으로 치니 부드럽고 둥글둥글한 음향이 저녁의 적막을 깨트렸다. 이 깻잎의 음향 역시 가지가지 옛이야기를 가지고 있다. 깻잎 으끄러진 냄새가 콧속을 화끈 찔렀다. 그 냄새에 더운 몸이 한층 무덥고 괴롭다. 이 고요한 저녁에 네 쪽의 벽 속에 웅크리고 앉은 남편의 회포인들 오죽할까. 더구나 서울 있을 때에는 별것을 다 차입해달라고 청하던 그가 아니던가. 그의 청대로 차입하는 책갈피에 몸의 털을 두어 오리 뽑아서 넣었더니 태워먹었는지 삼켜버렸는지 지금의 나의 감정 같아서는 삼 년 전에 그가 수군거리고 돌아다닐 때에 그를 붙들고 말렸더면 하는 안 된 생각조차 난다. 동무들이 이 소리를 들으면 얼마나 나를 비웃고 꾸짖을까. 그러나 이것은 거짓 없는 마음인 것이다. 나는 지금 어색한 투갑을 입은 영웅 되기보다도 한 사람의 천한 지어미 됨에 만족하는 것이다. 그리운 남편에게도 이것을 원하는 것이다. 어색한 영웅과 천한 지아비 —어느 것이 더 뜻있고 값있는 것인가는 다른 문제다. 뜻과 값의 문제를 떠나서 지금의 나의 심회는 솔직하게 똑바로 솟아오른다. 사람이란 진실을 말하기가 하늘의 별을 따기보다도 어렵다. 마음속과 입 밖에 내놓는 말과의 사이에는 항상 먼 거리가 있다. 이제 천한 지어미에 만족하는 나의 고백은 한 점의 티끌도 거짓도 없는 새빨간 마음 그대로이다. 영웅의 투갑을 버릴 때에 사람의 마음이 이렇게까지 진실하게 됨은 그러나 대체 무슨 까닭인고.

높은 창에 비치는 별을 바라보면서 괴롭게 몸을 뒤틀고 앉았을 남편의 꼴을 생각하니 이 마음 쓰리고 안타깝다. 별이라니 벌써 가을 하늘에 별이 총총 돋았네. 저것이 '오리온'인가. 빛이 제일 청청하고 밝으면서도 일상 청승맞고 처량한 것이 저 별이야. 견우와 직녀성—긴 강을 사이에 두고 오늘 밤에는 왜 저리 흐리고 슬픈 꼴을 지니고 있는가. 서로 빤히 건너다보면서도 해를 두고 서로 보지도 못하는 이 땅 위의 인간은 어쩌란 말인고.

아니 방에 누인 어린것이 몹시 울고 있네. 어느 틈에 깨어났노. 아비를 알 나이에 얼굴조차 모르고 지내는 어린것의 꼴이 울 때에는 한층 측은히 생각된다. 젖도 벌써 이렇게 지었네. 가난한 젖이나 먹고 무럭무럭 자라기나 하여라. 별안간 요란한 이 벌레 소리! 가을벌레는 무슨 까닭으로 또 이렇게 청승맞게 우노. 모르는 결에 내린 이슬에 전신이 촉촉이 젖었네. 이슬이 눅고 하늘이 맑고 밤이 차건만 나의 몸은 아직도 덥다. 화단 위의 샐비어는 밤기운에 오므라졌건만 나의 마음의 붉은 꽃은 아직까지도 조개같이 방긋이 열린 채 닫혀지지 않는구나. 익을 대로 익은 능금송이 같은 새빨간 별이 열린 조개 틈으로 엿보고 있다. 그가 그 밑에 잠들어 있을 먼 남쪽 하늘이 붉게 타오르누나. 그렇게 맑던 하늘이 아니 그것이 정말인가, 나의 눈의 착각인가. 왜 이리 정신이 어지러운가. 이러다가 미치지나 않을까. 머릿속이 어질한 품이 크게 병들 것도 같다. 괴로운 이 밤을 또 어떻게 새우노⋯⋯.

❧《삼천리》1933년 12월호에 〈가을의 서정〉으로 발표. 1941년에 박문서관에서 간행된《이효석단편선》에는 〈독백〉으로 개제.

수탉

을손은 요사이 울적한 마음에 닭 시중도 게을리하게 되었다. 그 알뜰히 기르던 닭들이 도무지 눈에도 들지 않으며 마음을 당기지 못하였다. 모이는새로에 뜰 앞을 어른거리는 꼴을 보면 나뭇개비를 집어 들게 되었다. 치우지 않은 우리 속은 지저분하기 짝 없다.

두 마리를 팔면 한 달 수업료가 된다. 우리 안의 수효가 차차 줄어짐이 그다지 애틋한 것은 아니었다. 도리어 제때 가질 운명을 못 가지고 우리 안을 헤매는 한 달 동안의 운명을 벗어난 두 마리의 꼴이 눈에 거슬렸다. 학교에 안 가는 그 한 달 수업료가 늘려진 것이다.

그 두 마리 중에서도 못난 한 마리의 수탉—가장 초라한 꼴이었다. 허울이 변변치 못한 위에 이웃집 닭과 싸우면 판판이 졌다. 물어 뜯기운 맨드라미에는 언제 보아도 피가 새로이 흘러 있다. 거적눈인데다 한쪽 다리를 젓는다. 죽지의 깃이 가지런하지 못하고 꼬리조차 짧았다. 어떤 때는 암탉에게까지 쫓겼다. 수탉 구실을 못 하는 수탉이 보기에도 민망하였으나 요사이 와서는 민망한 정도를 넘어보기 싫은 것이었다. 더구나 한 달의 운명을 우리 안에 더 붙이게 된 것이 을손에게는 밉살스럽고 흉측스럽게 보일 뿐이었다.

학교에 못 가는 마음이 몹시 답답하였다.

능금을 따고 낙원을 쫓기운 것은 전설이나 능금을 따다 학원을 쫓기운 것은 현실이다.

농장의 능금은 금단의 과실이었다.

을손들은 그 율칙을 어긴 것이다.

동무들의 꾐에 빠졌다느니보다도 을손 자신 능금의 유혹에 빠졌던 것이다. 능금은 사치한 욕망이 아니다. 필요한 식욕이었다.

당번은 다섯 명이었다. 누에를 다 올린 후라 별로 할 일 없이 한가하였던 것이 일을 저지른 시초일는지 모른다. 잡담으로 자정이 되기를 기다렸다가 일제히 방을 나가 어둠 속에 몸을 감추고 과수원의 철망을 넘었다.

먹다 남은 것을 아궁지 속에 넣은 것은 감쪽같았으나 마지막 한 개를 방구석 뽕잎 속에 간직한 것이 실책이었다.

이튿날 아침 과수원 속의 발자취가 문제되었을 때 공교롭게도 뽕잎 속의 그 한 개가 발견되었다.

수색의 길은 빤하다. 간밤의 다섯 명의 당번이 차례로 반담임 앞에 불리우게 되었다.

굳게 언약을 해놓고서도 어느 때나 마찬가지로 그 어디로부터인지 교묘하게 부서진다. 약한 한 사람의 동무의 입에서 기어이 실토가 된 모양이었다. 한 사람씩 거듭 불려 들어갔다.

두 번째 호출이 시작되었을 때 을손은 괴상한 곳에 있었다.

몸이 무거워 그곳에 들어간 것이 아니라 얼마 동안의 귀찮은 시간을 피하려 일부러 그런 곳을 고른 것이었다.

한 사람이 들어가 간신히 웅크리고 앉았을 만한 네모진 그 좁은 공간—거북스럽기는 하여도 가장 마음 편한 곳도 그곳이었다. 그곳에 앉았으면 마치 바닷물 속에 잠겨 있는 것과도 같이 몸이 거뿐한 까닭이다.

밖 운동장에서는 동무들의 지껄이는 소리, 웃음소리, 닫는 소리에 섞여 공 구르는 가벼운 소리가 쉴새없이 흘러와 몸은 그 즐거운 소리를 타고 뜬 것 같다.

을손은 현재 취조를 받고 있을 당번의 동무들과 자신의 형편조차 잊어 버리고 유유히 주머니 속에서 담배를 한 개 집어내서 불을 붙였다. 실상 인즉 담배도 능금과 같이 금단의 것이었으나 율칙을 어김은 인류의 조상이 끼쳐준 아름다운 공덕이다. 더구나 그곳에서 한 모금 피우기란 무상의 기쁨이라고 을손은 생각하는 것이었다.

이것도 그곳의 특이한 풍속으로 벽에는 옷을 입지 않을 때의 남녀의 원시적 자태가 유치한 필치로 낙서되어 있다. 간단한 선 서투른 그림이면서도 그것은 일종의 기쁨이었다.

을손도 알 수 없는 유혹을 받아 주머니 속에서 무딘 연필을 찾아 향기로운 연기를 길게 뿜으면서 상상을 기울여 그림을 그리기 시작하였다.

능금을 먹은 위에 담배를 피우며 낙서를 하며—위반을 거듭하는 동안에 을손은 문득 학교가 싫은 생각이 불현듯이 들었다—가령 학교에서 능금 딴 제자를 문초한 교사가 일단 집에 돌아갔을 때 이웃집 밭의 능금을 딴 어린 아들을 무슨 방법으로 처벌할 것이며 그 자신 능금을 따던 소년 시대를 추억할 때 어떤 감상과 반성이 생길 것인가. 또 혹은 학교에서 절제의 미덕을 가르치는 교사 자신이 불의의 정욕에 빠졌을 때 그 경우는 어떻게 설명하여야 옳을 것인가—마치 십계명을 설교하는 목사 자신이 간음의 죄에 신음하는 것과도 흡사한 그 경우를.

가깝게 생각하여 특수한 과학과 기술을 배워야 그것을 이용할 자신의 농토조차 없는 형편이 아닌가.

변변치 못하다. 초라하다. 잔단[1] 보수를 바라 이 굴욕을 받는 것보다는 차라리 좁고 거북한 굴레를 벗어나 아무 데로나 넓은 세상으로 뛰고 싶

---

1) 하찮은.

다.

을손의 생각은 고삐를 놓은 말같이 그칠 바를 몰랐다.

아마도 오래된 듯하다.

하학 종소리가 어지럽게 울렸다.

이튿날 아버지는 단벌의 나들이 두루마기를 입고 학교에 불리웠다.

무기정학의 처분이었다.

아버지는 어안이 벙벙한 모양이었다―정든 아들을 매질할 수도 없었으므로.

을손은 우리 안의 닭을 모조리 홀두드려 팔아가지고 내빼고 싶은 생각이 불같이 났으나 그것도 할 수 없어 빈손으로 집을 떠났다.

이웃 고을을 헤매이다가 사흘 만에 다시 집으로 돌아왔다.

밭일도 거들 맥없어 며칠은 천치같이 보낼 수밖에 없었다.

우리 안의 닭의 무리가 눈에 나 보였다. 가운데에서도 못난 수탉의 꼴은 한층 초라하다. 고추장에 밥을 비벼먹여도 이웃집 닭에게 지는 가련한 신세가 보기에도 안타까웠다.

못난 수탉, 내 꼴이 아닌가―을손은 화가 버럭 났다.

한가한 판이라 복녀와는 자주 만날 수는 있는 처지였으나 겸연쩍은 마음에 도리어 주저되었다.

을손의 처분을 복녀는 확실히 좋게 여기지는 않는 눈치였다.

복녀는 의지의 여자였다. 반년 동안의 원잠종 제조소의 견습생 강습을 마친 터이라 오는 봄부터는 면의 잠업 지도생으로 나갈 처지였다. 건듯하면 게을리되는 을손의 공부를 권하여주고 매질하여주는 복녀였다. 학교를 마치면 맞들고 벌자는 언약이었으나 을손의 이번 실수가 복녀를 실망시킨 것은 확실하였다. 무능한 사내―복녀에게 이같이 의미 없는 것은 없었다.

하룻저녁 복녀를 찾았을 때 을손에게는 모든 것이 확적히 알렸다.

나온 것은 복녀가 아니요 복녀의 어머니였다.

"앞으론 출입도 피차에 잦지 못하게 될 것을 생각하니 섭섭하기 그지없네."

뜻을 몰라 우두커니 서 있으려니 복녀의 어머니는 말을 이었다.

"기어이 알맞은 사람을 하나 구해봤네."

천근 같은 무쇠가 등골을 내리쳤다.

"조합에 얌전한 사람이 있다기에 더 캐지도 않고 작정하여버렸어."

복녀는 찾아볼 생각도 못 하고 을손은 허전허전 뛰어나왔다.

'복녀의 뜻일까, 춘향모의 짓일까.'

물을 필요도 없었다.

눈앞이 어둡고 천지가 헐어지는 것 같았다.

며칠 동안은 눈에 아무것도 어리우지 않았다.

앙상한 밤송이 같은 현실.

한 달이 넘어도 학교에서는 복교의 통지도 없다.

저녁때였다.

닭이 우리 안에 들어 각각 잠자리를 차지하였을 때 마을 갔던 수탉이 어슬어슬 돌아왔다.

또 싸운 모양이었다.

찢어진 맨드라미에는 피가 생생하고 퉁겨진 죽지의 깃이 거꾸로 뻗쳤다.

다리를 저는 것은 일반이나 걸어오는 방향이 단정치 못하다. 자세히 보니 눈이 한쪽 찌그러진 것이었다. 감긴 눈으로 피가 흘러 털을 물들였다.

참혹한 꼴이었다.

측은한 생각은 금시에 미움의 감정으로 변하였다. 을손은 불 같은 화가 버럭 났다.

—그 꼴을 하고 살아서는 무엇 해.

살기를 띠인 손이 부르르 떨렸다. 손에 잡히는 것을 되고 말구 닭에게 던졌다.

공칙하게도[2] 명중되어 순간 다리를 뻗고 푸득거리는 꼴에서 을손은 시선을 피해버렸다.

끊었다 이었다 하는 가엾은 비명이 을손의 오장을 뒤흔들어놓는 듯하였다.

(1933. 11)

---

2) 공교롭게도.

성수부
―생활의 겨울

    생활의 귀족 되기는 어려우나 마음의 귀족 되기는 쉬운 듯하다. 외로움이 마음의 귀족을 만들었으나 이제는 귀족다운 마음이 도리어 고독을 즐기게 되었다. 고독에 관한 옛 사람들의 명언을 적어도 십여 구를 마음속에 준비하는 동안에 고독은 짜장 품에 사무쳐서 둘 없는 동무가 되었다. 동무들에게서 오는 달명장의 편지, 가끔 문학을 이야기하러 오는 같은 뜻의 벗―이런 교섭 이외에는 거의 외로운 마음의 생활이 있을 뿐이다.

    쓰지 않은 소설의 장면을 생각하여도 좋고 쓸 곳 없는 외국어의 단어를 기억하는 법도 있으며, 할 일 없는 지도와 친히 구는 수도 있다. 보지 못한 풍경에 임의의 채색을 칠하여 봄은 마음의 자유니 그 어느 거리에다 붉은 집들과 하아얀 집들을 배치도 하여보고 언덕 위 절당에는 금빛 뾰족탑을 세워보았다. 파랑빛 둥근 탑으로 고쳐보았다. 다시 거리에는 자작나무와 사시나무의 가로수를 심고 그 속에 찬 공기와 부신 광선을 느껴도 볼 수 있는 이 아름다운 특권을 둘 없이 고맙게 여긴다. 곱게 채색한 그곳은 '포그라니이치나야'라도 좋고 '상모리트'라도 무관하며 무우동의 교외라도 좋은 것이다―마음의 꽃 휘날리는 곳에 혼자의 조그만 왕국이 있고 생활이 있으며 천국이 있다. 나는 그 속의 왕이다.

생활이란 무엇인가. 스스로 묻고 움직임이다, 스스로 대답하고, 움직임에는 방향이 있어야 하지 않는가에 이를 때 귀찮은 생각을 집어치우면 그만이다. 나에게는 산을 뽑을 힘도 없고 바다를 잦힐 열정도 없고, 별다른 지혜도 없으며 사치를 살 금덩이도 없다. 다만 가난한 꿈꾸는 재주를 가졌을 뿐이니 꿈속에서만은 장검도 휘둘러보고 땅도 깨트릴 수 있고 하늘의 별도 딸 수 있다. 사람이 있어 식물적 생활이라고 비웃는다 할지라도 나는 아아메녀의 거리 낡은 성문 어귀에 웅크리고 누워 사막의 달밤을 꿈꾸는 털 빠진 낙타의 모양을 업신여길 수 없으며 로맨티시스트의 이름을 조롱할 수는 없다. 리얼리스트이면서도 로맨티시스트— 사람은 그런 것이다.

꿈을 빚어주는 것에 아름다운 계절계절이 있다. 여름에는 바다가 푸르고 가을에는 화단이 맑고 봄에는 온실이 화려하며 겨울에는—겨울에는 색채가 가난하다. 눈조차 풍성하지 못하면 능금나무 가지는 앙클하며 꿈은 여위어간다.

크리스마스가 가까워도 눈이 푼푼이 오지 않았다.

나뭇가지는 엉성궂하고[1] 벌판은 휑휑하고 차다.

일요일 아침 목욕물에 잠기면서 맞은편 예배당에서 흘러오는 찬송가를 듣기란 그것이 겨울이므로 더한층 정려 있는 것이었다.

평화로운 풍금 소리와 아름다운 합창에 귀를 기울이고 있으면 천국의 '세은문'이 탄탄대로같이 눈앞에 드리워 물 위에 너벗이[2] 떠 있는 피곤한 육체에 날개가 돋쳐 그대로 쉽게 천당에 오를 듯한 느낌이다.

가난한 육체를 훑어보면서 성스러운 노래 속에 천국을 느낌은 유쾌한 일이다. 정신으로보다도 먼저 육체로 하늘을 찾고 싶은 것이다. 즐거운

---

1) 매우 버쩍 마르고 성긴.
2) 반듯하고 의젓하게.

노래의 여음으로 문득 크리스마스가 가까웠음을 깨닫고 아름다운 정서를 살리기 위하여 크리스마스 트리를 세우려 생각하였다.

'푸른빛 귀한 방 안에 싱싱한 나무를 세우면 얼마나 아름다울까.'

생각만으로도 마음이 즐겁게 뛰었다.

사람을 시키니 반달 동안이나 깊은 산을 헤매인 후 두 대의 굵은 전나무를 베어왔다.

초목이란 초목은 모두 아름다운 것이지만 전나무의 아름다움은 새로운 발견이었다. 곧은 줄기, 검푸른 잎새, 탐탁한 자태, 욱신한 향기—바꿀 것 없는 산의 선물을 넓은 방 복판에 세워놓고 나는 무지개를 쳐다볼 때와도 같은 감격을 느꼈다. 산의 정기와 별의 정기를 담뿍 머금은 두 포기의 생명은 잎새의 끝 줄기의 마디마디에 가지가지의 전설과 가지가지의 이야기—별 이야기, 밤 이야기, 바람 이야기, 눈 이야기, 새 이야기, 짐승 이야기—를 가지고 있을 것이나 둔한 신경으로는 그것을 드러낼 수 없는 것만 한 된다.

크리스마스 이브에는 약간 눈이 내렸으나 땅을 덮을 정도가 못 되고 내리자 녹군 하였다.

낮부터 꾸미기 시작한 것이 저녁때를 훨씬 넘었다. 아내는 제 일이 바쁘고 아이는 거들 나이가 못 되므로 나는 나 혼자의 독창으로 손을 대었다. 멋대로의 소설을 생각하듯이 비위에 맞도록 창작하면 좋아하였으니까.

잎새 위에 편 솜은 물론 눈을 의미하는 것이요, 조롱조롱 단 금방울은 태양의 빛을 나타내자는 것이요, 반짝이는 별들은 산속의 밤을 방불시키자는 뜻이었다. 방울은 바람 소리를—휘연휘연 드리운 금빛 은빛 레이스는 자연의 소리를—듣자는 것이다. 수많은 인형은 산의 정혼들이요, 나무의 모습대로 방울방울 치장한 오색의 색천지는 정혼들의 찬란한 춤이다.

가난한 책시렁과 철늦은 의자와 벽에는 옛 소설가들의 초상과 타지 않은 파이프만이 있던 방 안이 산의 정기를 맞이하자 신선한 생기를 띠고 빛나기 시작하였다. 책상 위에 오색이 어른거리고 이야기 없는 원고지가 병든 것같이 하이얗다. 나는 찬란한 무지개를 느끼면서 이야기 속 사람처럼 감격 속에 앉아었다.

크리스마스 트리만이 색채만이 눈에 들어오는 것이 아니요, 그 너머 꿈의 생활이 눈앞에 어리우는 것이다. 이상한 일이다. 나무는 다만 나무로서는 뜻이 없는 것이요, 인물을 배치할 풍경을 그 너머에 생각하므로 뜻이 있다. 현실은 배후에 꿈을 생각하므로 생색이 있다.

나무를 앞에 놓고도 사람들을 생각하는 것이 즐겁다. 식물이 아니요, 역시 동물이 인연이 가까운 것이다.

밤늦게 라디오를 틀고 마닐라에서 오는 노래를 듣노라면 남쪽 계집의 열정적인 콧노래가 크리스마스 트리를 휩싸면서 흥에 겨운 야릇한 광경이 안계眼界에 방불하다. 큐라소[3]의 병을 기울이며 투명한 액체를 들여다보면 춤추는 꼴이 잔 속에 꺼꾸로 비취인다. 라디오의 음파를 갈아놓으면 크리스마스 캐롤의 한 장면이 들리며 스쿠루지가 가난한 집안의 크리스마스를 구경하고 섰는 그림이 크리스마스 트리와 더블로 떠오른다.

생활이란 더 많이 황당한 마음의 그림의 연속이다.

새벽 찬양대의 크리스마스 노래는 지극히 아름다운 것이다. 아련히 흘러오는 고운 멜로디에 잠이 깨었다. 어둠 속에 새벽 노래 줄기줄기 아름답다.

자취 없는 산타클로스는 아이에게는 양푼 덩이만한 케이크를 가져왔

---

3) 혼성주의 하나로, 알코올에 쓴맛이 나는 오렌지의 껍질을 넣어 조미한 단맛이 나는 양주.

으나 나에게는 아무 선물도 가져오지 못하였다.

크리스마스는 적막하고 고요하고 쓸쓸하다.

전나무가 아직 싱싱한 동안 선물—이라고 할까, M에게서 편지가 왔다.

M—꿈의 한 대상이다. 나는 그의 육체의 구석구석을 모르나 알며, 그의 마음의 갈피갈피를 보지 못하나 본다. 꽃봉오리 같은 젖꼭지를 알 수 있으며 눈망울같이 영리한 마음속을 볼 수 있다.

그의 육체가 나의 생 속으로 뛰어들려고 하는 것보다는 그의 마음이 나의 꿈속을 헤매이는 편이 피차에 행복스러울 것을 나는 잘 안다. '좁은 문'으로 들어가야 할 형편이며 그것이 실상인즉 피차에 이로운 것이다.

어스름한 저녁이 되면 시골 거리의 앞 긴 강 다리 위를 일없이 건넜다 돌아왔다 건넜다 돌아왔다 하면서 고요한 강물을 하염없이 내려다보다 지치면 강가의 돌을 집어 물 위에 던져도 보고 쓸데없이 풀포기도 뽑아보며…….

지난 가을의 소식을 쓸쓸히 지낸 소녀는 이렇게 전하였다. 새까만 눈망울과 까스러 올라간 속눈썹과 꼭 끼이는 앙상블을 입은 자태가 눈앞에 삼삼하도록 글자 사이에 정서가 넘쳤다.

소녀는 또 그가 꾼 이상한 꿈 이야기조차 거리낌없이 고백한다.

—어디인지 문득 주위와 똑 멀어져 긴 돌층대가 뻗쳐 있다. 층대를 다 올라간 맨 위편에 내가 앉아서 층대 아래에 서 있는 그에게 손짓한다. 그는 응연히 고개를 숙이고 한 단 한 단 조용히 층대를 올라와 나에게까지 이른다.

읽고 보면 나 역 언제인가 그런 꿈을 보지 않았던가 생각되어 그의 꿈과 나의 것이 서로 얼크러져서 어느 것이 뉘의 것인지 판단할 수 없는 착각을 느끼게 된다. 그만큼 서로의 생각이 갈피갈피인 것 같다.

그러나 이러한 꿈의 하소연은 나에게는 지나쳐 강렬한 암시요 자극이다. 큐라소를 마실 때와 같이 단 줄만 안 것이 잔을 거듭하는 동안에 함빡 취하여지고 만다. 이 단 마술을 경계하여야 할 것을 알면서도 나는 어연미연간에 답장의 붓을 들게 되는 것이다.

　나는 나의 마음이 대체 몇 갈피나 되는지 나 자신으로도 종잡을 수 없다. 한 줄기가 아니요, 낙지 다리같이 열 오리 스무 오리—그것이 다 거짓이 아니요 참스러운 마음이다—사람은 그런 것일까.

　답장에 답장이 오고 답장에 답장을 쓰고—나무 밑에서 편지를 읽을 때가 많았다.

　그러나 편지가 없더라도 꿈이 없는 것은 아니니 그렇기 때문에 편지가 문득 끊어져도 슬픈 것은 아니었다.

　그의 객관을 보며 현실에 접하면 나는 도리어 환멸을 느낄 것을 생각한다. 고독하므로 나무 잎새는 푸르고 색전기는 밝다.

　소리의 마음은 하늘의 구름과 같다. 생겼다 꺼졌다 개었다 흐렸다 하며 한결같이 떳떳하지 못함이 그것과 흡사하다. 나는 그의 편지에 가끔 여름의 구름을 보나 슬픈 법도 없으며 마음은 돌부처같이 침착하다.

　잎새가 시들어 떨어질 때까지, 향기가 날아서 없어질 때까지 크리스마스 트리를 세워두려고 생각하였다. 그러는 동안에 봄이 오면 온실이 있을 것이요 여름이 오면 바다가 아름다워질 터이니까. 그 계절 계절을 따라 꿈도 새로워질 것이니까.

　아름다운 계절들이 차례차례로 지나갔을 때 나는 다시 새로운 크리스마스 트리를 외로운 지붕 밑에 세우리라. 새로운 편지를 장식하리라. 새로운 꿈을 꾸미고 새로운 편지를 읽으리라.

　생활의 겨울이 빛나리라. —6월 15일

(1935. 7)

144 이효석

분녀

1

우리도 없는 농장에 아닌 때 웬일인가들 의아하게 여기고 있는 동안에 집채 같은 도야지는 헛간 앞을 지나 묘포밭으로 달아온다. 산도야지 같기도 하고 마바리[1] 같기도 하여 보통 도야지는 아닌데다가 뒤미처 난데없는 호개 한 마리가 거위영장같이 껑충대고 쫓아오니 도야지는 불심지가 올라 갈팡질팡 밭 위로 우겨든다. 풀 뽑던 동무들은 간담이 써늘하여 꽁무니가 빠져라 산지사방으로 달아난다. 허구많은 지향 다 두고 도야지는 굳이 이쪽을 겨누고 욱박아오는 것이다. 분녀는 기겁을 하고 도망을 하나 아무리 애써도 발이 재게 떨어지지 않는다. 신이 빠지고 허리가 휘는데 엎친 데 덮치기로 공칙히 앞에는 넓은 토벽이 막혀 꼼짝 부득이다. 옆으로 빗빼려고 하는 서슬에 도야지는 앞으로 왈칵 덮친다. 손가락 하나 놀릴 여유도 없다. 육중한 바위 밑에서 금시에 육신이 터지고 사지가 떨어지는 것 같다. 팔을 꼼짝달싹할 수 없고 고함을 치려야 입이 움직이지 않는다.

---

1) 짐을 실은 말.

분녀粉女는 질색하여 눈을 떴다.

허리가 뻐근하며 몸이 통세난다.

문득 짜장 놀라서 엉겁결에 소리를 치나 소리는 나오지 않는다. 무엇인지 틀어 막히우고 수건으로 자갈을 물려 있지 않은가. 손을 쓰려 하나 눌리었고 다리도 허리도 머리도 전신이 무거운 도야지 밑에 있는 것이다. 몸에 칼이 돋치기 전에는 이 몸도 적을 물리칠 수 없지 않은가.

어둠 속에서도 경풍할 변괴에 부끄러운 생각이 났다. 어머니 앞에서도 보인 법 없는 몸뚱이를 하고 옷으로 덮으려 하나 생각뿐이다. 어머니는, 하고 가까스로 고개를 돌리니 윗목에 누웠고 그 너머로 동생의 코 고는 소리가 들린다. 같은 방에 세 사람씩이나 산 넘이 있으면서도 날도적을 들게 하다니 멀건 등신들이라고 원망할 수도 없는 것은 된 낮일에 노그라져서 함빡 단잠에 취하여 있는 것이다. 발로 차서 어머니를 깨우고도 싶으나 발이 닿기에는 동이 떴다. 삼경2)이 넘었을까, 밤은 막막하다. 열린 문으로는 바람 한숨 없고 방 안이나 문 밖이 일반으로 까마득하다. 먼 하늘에는 별똥 하나 안 흐른다.

"원망할 것 없다. 둘만 알고 있으면 그만야. 내가 누구든—아무에게나 다 마찬가진걸."

더운 날숨이 이마를 덮는다. 부스럭부스럭하더니 저고리 고름을 올가미 지워 매어주는 눈치다.

간단하고 감쪽같다. 도적은 흔적 없이 '훔칠 것'을 훔치고 능실하고 나가버렸다.

몸이 풀리자 분녀는 뛰어 일어나 겨우 입 봉창을 빼기는 하였으나 파장 후에 소리를 치기도 객쩍다.

대체 웬 녀석인가. 뛰어나가 살폈으나 간 곳 없다. 목소리로 생각해보

---

2) 밤 열한 시에서 새벽 한 시 사이.

아도 알 바 없고 맺혀진 옷고름을 만져보는 건 뜻 없다. 하늘이 새까맣다. 그 새까만 하늘이 부끄럽고 디딘 땅이 부끄럽고 어두운 밤을 대하기조차 겸연스럽다.

몸이 무시근하다.[3] 우물에서 물을 두어 드레 퍼올려 얼굴을 씻고 방에 들어가 등잔에 불을 켰다. 어둠 속에서 비밀을 가진 방 안은 밝을 때엔 천연스럽다. 땅 그 어느 한구석이 무지러 떨어졌을 것 같다. 하늘의 별 한 개가 없어졌을 것 같다. 몸뚱이가 한구석 뭉척 이지러진 것 같다. 반쪽 거울을 찾아 들고 얼굴을 비추어보았다. 코며 입이며 볼이며가 상하지 않고 제대로 있는 것이 도리어 신기하게 여겨졌다. 어차피 와야 할 것이겠지만 그것이 너무도 벼락으로 급작스레 어처구니없게 온 것이 분녀에게는 알 수 없이 겸연스러웠다.

얼굴과 몸을 어루만지며 어머니의 잠든 양을 물끄러미 바라보려니 별안간 소름이 치며 가슴이 떨린다. 무서운 생각이 선뜻 들며 어머니를 깨우고 싶다. 그러나 곤한 눈을 멀뚱하게 뜨고 상기된 눈방울로 이쪽을 바라보는 것을 보면 분녀는 딴소리밖엔 못 하였다.

"새까맣게 흐린 품이 천둥하고 비 올 것 같으우."

묘포 감독 박추의 짓일까. 데설데설하며 엄부렁한 품이 아무 짓인들 못 할 것 같지 않다. 계집아이들 틈에 끼여 인부로 오는 명준의 짓일까. 눈질이 영매스러운 것이 보통 아이는 아니나 워낙 집안이 억판[4]인 까닭에 일껏 들어간 중등학교도 중도에서 퇴학하고 묘포 인부로 오는 것이 가엾긴 하다. 그러나 그러고 터놓고 을러멨다고 하면 응낙할 수 있었을까. 군청 급사 섭춘이나 아닐까. 행길에서도 소락소락 말을 거는 쥐알 봉수. 그 초라니라면 치가 떨려 어떻게 하나.

잠을 설쳐버린 분녀는 고시랑고시랑 생각에 밤을 샜다. 이튿날은 공교

---

3) 나른하다.
4) 매우 가난한 처지.

로이 궂은 까닭에 비를 칭탈[5]하고 일을 쉬고 다음날 비로소 묘포로 나갔다. 같은 생각이 머릿속에 뱅돌아 사람을 만나기가 여간 겸연쩍지 않다. 사람마다 기연미연 혐의를 걸어보기란 면난스런 일이었다.

하늘이 제대로 개고 땅이 이지러지지 않은 것이 차라리 시뻐스럽다. 천지는 사람의 일신의 괴변쯤은 익지 않은 과실이 벌레에게 긁히운 것만큼도 대수롭게 여기지 않은 모양이다. 하긴 다행이지 몸의 변고가 일일이 하늘에 비치어진다면 기분이, 순야, 옥녀, 모든 동무들에게 그것이 알려질 것이요 그들의 내정도 역시 속 뽑히울 것이다. 이런 생각이 들자 별안간 그들은 대체 성할까 하는 의심이 불현듯이 솟아오르며 천연스러운 얼굴들이 능청스럽게 엿보였다.

박추와 명준에게만은 속내를 들킨 것 같아서 고개가 바로 쳐들리지 않았다. 다시 살펴도 가잠나룻[6]이 듬성한 검센 박추, 거드름부리는 들대밑. 이 녀석한테 당하였다면 이 몸을 어쩌노. 잠자코 풀 뽑는 무죽한 명준이, 새침한 몸집 어느 구석에 그런 부락부락한 힘이 들어 있을꼬. 사람은 외양으론 알 수 없다. 마치 그것이 명준이요 적어도 명준이었으면 하는 듯이 이렇게 생각은 하나 면상과 눈치로는 그가 근지 누가 근지 도무지 거니챌[7] 수 없다. 이러다가는 평생 그 사람을 모르고 지내지나 않을까.

맡은 이랑의 풀을 뽑고 난 명준은 감독의 분부로 이깔 포기에 뿌릴 약재를 풀어 무자위로 치기 시작하였다. 한 손으로 물을 뿜으며 다른 손으로 물줄기를 흔들다가 고무줄이 빗나가는 서슬에 푸른 약물이 옥녀의 낯짝을 쏘았다. 옥녀는 기겁을 하여 농인 줄만 알고 저 녀석 얼뜨기같이 해가지고 요새 무슨 곡절이 있어 하고 쏘아붙인다. 명준은 픽 웃으며 마

---

5) 무엇 때문이라고 핑계를 댐.
6) 짧고 성기게 난 구레나룻.
7) 어떤 일의 상황이나 분위기를 짐작하여 눈치를 채다.

침 손이 빈 분녀에게 고무줄을 쥐어주고 뿌려주기를 청하였다. 두 사람이 자연스럽게 한 무자위로 협력하게 되자 옥녀는 더 말이 없었다.

통의 것을 다 쳤을 때 다시 물을 길을 양으로 분녀는 명준의 뒤를 따라 도랑으로 내려갔다. 도랑은 풀이 가리어 밭에서 보이지는 않는다. 명준은 손가락으로 물탕을 치며 낯이 부드럽다.

"일하기 싫지 않니."

대번에 농조로,

"너 어떤 놈에게로 시집가련. 박추한테라도."

"미친 것 다따가.[8]"

"시집 갔니, 안 갔니."

관자놀이가 금시에 빨개진 것을 민망히 여겨 곧 뒤를 이었다.

"평생 시집 안 갈 테냐."

"망할 녀석."

"난 이 고장에서 없어지겠다. 살 재미없어. 계집애들 틈에 끼어 일하기도 낯없다. 일한대야 부모를 살릴 수 없고 잡단 세금도 못 물어 드잡이를 당하는 판이 아니냐. 이까짓 고향 고맙잖어. 만주로 가겠다. 돌아다니며 금광이나 얻어보련다. 엄청난 소리지. 그러나 사람의 운수를 알 수 있니."

"정말 가겠니."

"안 가고 무슨 수 있니. 이까짓 쭉쟁이 땅 파야 소용 있나. 거기도 하늘 밑이니 사람이 살지 설마 짐승만 살겠니."

물을 나르고 다시 도랑으로 내려왔을 때 명준은 다따가 분녀의 팔을 잡았다.

"금덩이를 지고 올 때까지 나를 기다려주련."

---

8) 도중에 갑자기. 별안간.

눈앞에 찰락거리는 명준의 옷고름이 새삼스럽게 눈에 뜨이자 분녀는 번개같이 정신이 번쩍 들었다. 끝을 홀쳐맨 고름이 같은 꼴의 제 옷고름과 함께 나란히 드리운 것이다.

"네 짓이었구나."

분녀는 짧게 외치고 고개를 떨어뜨렸다.

"언제까지든지 나를 기다리고 있으련?"

박추의 소리가 나자 두 사람은 날쌔게 떨어져 밭으로 갔다. 분녀는 눈앞이 아찔하며 별안간 현기증이 났다.

그뿐 명준은 다시 묘포밭에 나타나지 않았다. 다음 날도 다음 날도, 며칠 후에 짜장 만주로 내뺐다는 소문이 들렸다. 분녀는 마음이 아득하고 산란하여 일을 쉬는 날이 많았다.

2

분녀는 그렇게 눈떴다.

인생의 고패를 겪은 지 이태에 몸은 활짝 피어 지난 비밀의 자취도 어스레하다. 껍질에 새긴 글자가 나무가 자람을 따라 어느 결엔지 형적이 사라진 격이다.

이제 아닌 때 별안간 불풍나게 두 번째 경험을 당하려고 하는 자리에 문득 옛 생각이 떠오르지 않을 수 없었다. 흐르는 향기같이 불시에 전신을 휩싼다. 피가 끓으며 세상이 무섭고 가슴이 두근거리며 손가락이 떨린다. 물동이를 깨트린 때와도 같이 겁이 목줄을 조인다.

대체 어떻게 하여서 또 이 지경에 이르렀나 생각하면 눈앞이 막막하다.

거리에 자주 삐쭉거린 것이 잘못일까. 만갑이에게는 어찌 되어 이렇게 허름하게 보였을까. 돈도 없으면서 가게에 들어가서 이것저것 탐내는 것부터 틀렸다. 집안이 들구날 판에 든벌의 옷도 과남[9]한데 단오빔은 다 무엇인가. 돈 있는 사람들의 단오놀이지 가난한 멀떠구니의 아랑곳인가. 이곳 질숙 저곳 기웃 하며 만져보고 물어보고 눈을 까고 한숨 쉬고 하는 동안에 엉큼한 딴군에게 온전히 깐보이고 감잡히었다. 만갑이는 가게에 사람이 빈 때를 가늠보아 미처 겨를 사이도 없게 몸째 덜렁 떠받들어 뒷방에 넣고 안으로 문을 잠근 것이다.

부락스러운 꼴이 사내란 모두 꿈에서 본 도야지요 엉큼한 날도적이다. 훔친 뒤에는 심드렁하다.

"가지고 싶은 것 말해봐—무엇이든지 소용되는 대로 줄게."

"욕을 주어도 분수가 있지. 사람을 어떻게 알고 이 수작이야."

분녀는 새삼스럽게 짜증을 내며 보기 좋게 볼을 올려붙였다. 엄청난 짓을 당하면서 심상한 낯을 지닐 수도 없고 그렇게라도 할 수밖엔 없었다.

"미워 그랬나."

"몰라, 녀석."

쏘아붙이고는 팔로 눈을 받치고 다따가 울기 시작하였다. 사실 눈물도 나왔다. 첫 번에는 겁결[10]에 울기란 생각도 안 나던 것이 지금엔 눈물이 솟는 것이다. 그 무엇을 잃은 것 같다. 다시 찾을 수 없을 것 같다. 안타까운 생각에 몸이 떨린다.

"울긴 왜, 사람은 다 그런 것이야. 단오에 들 것 한 벌 갖추어줄게."

머리를 만지다 어깨를 지긋거리면서,

"삽삽하게만 굴면야 이 가게라도 반 노나줄걸."

가게에 인기척이 나는 까닭에 분녀는 문득 울음을 그쳤다. 부르다 주

9) 과람. 분수에 지나침.
10) 갑자기 겁이 나서 어쩔 줄 몰라 당황한 서슬.

인의 대답이 없으니 사람은 나가버렸다. 만갑이는 급작스럽게 말을 이었다.

"여편네가 중풍으로 마저마저 거꾸러져가는 판이니 그렇게만 된다면야 나는 분녀를 새로 맞어다 가게를 맡길 작정인데 뜻이 어떤가?"

울면서도 분녀는 은연중 귀를 솔깃하고 있었다.

"잘 생각해볼 일이야."

듣짓이 눌러놓고 만갑이는 한걸음 먼저 방을 나갔다. 손님을 보내기가 바쁘게 방문을 빼꼼이 열고 불러냈다.

"이것 넣어둬."

소매 속에다 무엇인지를 틀어넣어주는 것이다. 분녀는 어안이 벙벙하였다.

집에 돌아와 소매 갈피를 헤치니 지전 한 장이 떨어졌다. 항용 보던 것보다는 훨씬 넓고 푸르다. 과람한 것을 앞에 놓고 분녀는 적이 마음이 누근하였다. 군청 관사에 아침저녁으로 식모로 가서 버는 한 달 월급보다 많다. 월급이라야 단돈 사 원으로는 한 달료의 보탬도 못 된다. 화세로 얻어 부치는 몇 떼기의 밭을 그래도 어머니와 동생이 드세게 극성으로 가꾸는 덕에 제철 제철의 곡식이 요를 도우니 말이지, 그것도 없다면야 분녀의 월급으로는 코에 바를 나위도 없을 것이다. 왼 곳에 가 있는 오빠가 좀더 온전하다면 집안이 그처럼도 군색지는 않으련만 엉망인 집안에 사람조차 망나니여서 이웃 고을 목탄조합에 가 있어 또박또박 월급생애를 하면서도 한 푼 이렇다는 법 없었다. 제 처신이나 똑바로 하였으면 걱정이나 없으련만 과당하게 건들거리다 기어코 거덜나고야 말았다. 늦게 배운 오입에 수입을 탕갈하다 나중에 공금에까지 손찌검을 한 것이다. 탄로되었을 때에는 오백 소수나 감춰낸 뒤였다. 즉시 그 고을 경찰에 구금되었다가 검사국으로 넘어간 것은 물론이거니와 신분보증을 선 종가에 배상액을 빗발같이 청구하므로 종가에서는 펏질 뛰어들어 야기를 부리는 것이다. 집안은 망조를 만난 듯이 스산하고 을씨년스럽다.

불의의 수입을 앞에 놓고 분녀는 엄청나고 대견하였다. 어떻게 했으면 옳을까. 집안일에 보태자니 빛 없고 혼자 일에 쓰자니 끔찍하고 불안스럽다. 대체 집안 사람들에게는 출처를 어떻게 말하면 좋을까. 관사에서 얻어내왔다고 해서 곧이들을까. 가난에 과만은 도리어 무서운 일이다.

왈칵 겁도 났다. 술집 계집이나 하는 짓이 아닌가. 집안 사람도 집안 사람이려니와 명준에게 상구에게 들 낯이 있는가. 설사 만주에는 가 있다 하더라도 첫 몸을 준 명준이가 아닌가. 그야말로 불시에 금덩이나 짊어지고 오면 어떻게 되노.

그러나 명준이보다도 당장 날마다 만나게 되는 상구에게 대하여서는 어떻게 한단 말인가. 확실히 그를 깔보고 오기는 했다. 그렇기 때문에 벌써 피차에 정을 두고 지낸 지 반년이 넘는데도 몸 하나 까딱 다치지 못하게 하여왔다.

그 역 몸은 다칠 염도 하지 않았다. 그러나 그는 깔중보일 인금인가. 명준이같이 역시 눈질이 보통 재물은 아니다. 학교도 같은 학교나 명준이같이 중도에서 폐학할 처지도 아니요, 그것을 마치고는 서울 가서 웃학교를 치를 생각이라니 그렇게만 된다면야 취직도 한층 높아 고을 학교만을 졸업하고 삼종훈도로 나가거나 조합 견습생으로 뽑히는 것과는 격이 다르다. 다만 세월이 너무 장구한 것이 지리하다. 지금 학교를 마치재도 이태 웃학교까지 필함은 어느 천년일까. 그때까지에는 집안은 창이 날 것이다. 몸까지 허락하면 일이 됩데 틀어질 것 같아서 언약만 하여 놓고 손가락 하나 까딱 못 하게 한 것이다. 상구 역시 그것을 원하지 않았고 공부에 유난스럽게 힘을 들이는 모양이다. 그러는 동안에 이 꼴이 되고 말았다.

허랑한 몸으로 상구를 어찌 대하노. 그렇다고 그를 당장에 단념할 신세도 못 되고, 진 죄를 쏟아놓고 울고 뛸 수는 더욱 없는 것이다.

생각과 겁과 부끄럼에 분녀는 정신이 섞갈린다.

3

학교가 바쁜 지 여러 날이나 상구를 만날 수 없다. 눈앞에 면대하지 않으니 겁도 차차 으스러지고 도리어 마음은 허랑하게만 든다.

실상은 다음날로라도 곧 가려 하였으나 겸연쩍은 마음에 그럴 수도 없어 며칠은 번졌다. 그날 부랴부랴 그곳을 나오느라고 만갑이 가게에 물건을 잊어 둔 것이다. 물건도 물건 공칙히 손에 걸치는 옷가지인 까닭에 안 찾을 수도 없고 밤이 이슥하기를 기다려 분녀는 조심스러이 거리로 나갔다.

행길에는 사람들이 듬성듬성하다. 전과는 달라 한결 조물거리는 마음에 사방을 엿보며 가게로 들어가자 기다리고 있던 듯이 만갑이는 성큼 뛰어나온다.

"올 사람도 없을 듯하군."

밀창을 드르렁드르렁 밀고 휘장을 치고 가게를 닫는 것이다.

"곧 갈 텐데."

"눈어림만 했더니 맞을까."

골방문을 냉큼 열더니 만갑이는 상자를 집어낸다. 덮개를 여니 뾰족한 구두. 새까만 광채에 분녀는 눈이 어립다.

팔을 나꾸어 쪽마루로 이끈다.

반갑기보다도 무섭다.

'그까짓 구두쯤.'

불 하나를 끄니 가게 안은 어둑스레하다.

만갑이는 마루에 걸터앉자 강잉히 팔을 잡아끈다. 뿌리치고 빼다가 전

봇대 모서리에서 붙들렸다.

"손가락 겨냥 좀 해볼까."

우격[11]으로 끌리운다.

마루에 이르기 전에 만갑이는 날쌔게 남은 등불을 마저 죽여버렸다.

어두운 속에서 분녀는 씨름꾼같이 왈칵 쓰러졌다. 더운 날숨이 목덜미를 엄습한다. 굵은 바로 얽어 매인 것같이 몸이 가쁘다.

'미친것.'

즐겨서 들어온 것은 아니나 굳이 거역할 것이 없는 것은 몸이 떨리기는 하나 거듭하는 동안에 마음이 한결 유하여진 것이다. 무엇보다도 어둠에는 눈이 없는 까닭에 부끄러운 생각이 덜하다.

별안간 밀창을 흔드는 인기척에 달팽이같이 몸이 움츠러들었다. 시침을 떼려던 만갑이는 요란한 소리에 잠자코 있을 수 없어 소리를 친다.

"천수냐."

하는 수 없이 문을 여니 천수가,

"야단났어요."

어느 결엔지 들어와서,

"병환이 더해서 댁에서 곧 들어오시라구요."

"더하다니."

"풍이 나서 사람을 몰라봐요."

"곧 갈게, 어서 들어가."

천수가 약빠르게 불을 켜는 바람에 분녀는 별수없이 어지러운 꼴을 등불 아래 드러냈다. 움츠러들며 외면하였으나 천수의 눈이 등에 와 붙은 것 같다.

"녀석 방정맞게."

---

11) 억지로 우김.

만갑이의 호통에보다도 천수는 분녀의 꼴에 더 놀랐다.

이튿날 상구가 왔다.

임시 시험이라고는 칭탈하나 오월도 잡아들지 않았는데 모를 소리였다. 어떻든 그를 만나기는 퍽도 오래간만이다. 거의 하루 건너로 찾아오던 것이 문득 끊어지더니 마침 두 장도막을 넘긴 것이다. 하기는 전 모양 그 모양 지닌 책보도 전의 것대로였다. 다만 얼굴이 좀 그을었고 눈망울이 그 무슨 먼 생각에 멀뚱하다. 필연코 곡절이 있으련만—그것을 꼬싯꼬싯 묻기에 분녀는 심고[12]를 하며 상구의 말과 눈치가 될 수 있는 대로 자기의 일신의 변화 위에 떨어지지 않도록 발뺌을 하느라고 애를 썼다. 속으로는 상구한테서 정이 벌써 이렇게도 떴나 하고 궁리 다른 제 심정을 아프고 민망하게도 여겼다. 거짓 없는 상구의 입을 쳐다보기도 죄만스럽다.

"시골학교 재미적다. 서울로나 갈까 생각하는 중이다."

새삼스런 소리에 분녀는 의아한 생각이 나서,

"아무 델 가면 시험 없나? 뚱딴지같이 다따가 서울은 왜."

"조사가 심해서 책도 맘대로 읽을 수 없어. 책 권이나 뺏겼다. 서울 가면 책도 소원대로 읽을 거, 동무도 흔할 거."

"책 책 하니 학교 책이나 보면 됐지 밤낮 무슨 책이야."

책보를 끌러 활짝 헤치니 교과서 아닌 몇 권의 책이 굴러나왔다. 영어 책도 아니요 수학책도 아니요 그렇다고 소설책도 아닌 불그칙칙한 껍질의 두꺼운 책들이다. 분녀는 전부터도 약간은 상구가 그러스름한 책을 읽고 있는 것과 그것이 무슨 속인가를 짐작하여 행여나 하는 의심을 품고 오기는 왔다.

---

12) 깊이 생각함.

"집에 두면 귀찮겠기에 몇 권 추려 가져왔다. 소용될 때까지 간직했다주렴."

"주제넘게 엉큼한 수작 하다 망할 장본인야. 까딱하다 건수, 윤패 꼴되려구."

"함부로 지껄이지 말아. 쥐뿔도 모르거든."

상구는 눈을 부르댔다.

"너 요새 수상하더라. 태도가 틀렸지."

소리를 치며 책을 넝큼 들어 분녀의 볼을 갈긴다.

"어떻게 알고 그런 주제넘은 대꾸야."

돌리는 얼굴을 또 한 번 갈기다가 문득 고름 끝에 옭아매인 반지를 보았다.

"웬 것야."

잡아채이니 고름이 떨어진다. 상구는 금시에 눈이 찢어져 올라가며 불이라도 토할 듯 무섭게 외친다.

"어느 놈팽이를 웃어 붙였니. 개차반. 천보."

머리채가 휘어잡혔다. 볼이 얼얼하고 이빨이 솟는 듯하나 분녀는 아무대답 없다. 모처럼의 기회에 차라리 죽지가 꺾이게 실컷 맞고 싶다. 미안한 심사가 약간이라도 풀려질 것 같다.

"숫제 그 손으로 죽여주었으면."

실토였다. 눈물이 솟는다.

"큰 것 죽이지 네까짓 것 죽이러 생겨났겐."

결착[13]을 내려는 듯이 몸째 차 박지르고 상구는 훌쩍 나가버렸다.

어쩐지 마지막 일만 같아 분녀는 불현듯이 설워지며 공연히 그를 설굿친 것을 뉘우쳤다.

---

13) 완전하게 결말이 지어짐.

저녁때 밭에서 돌아오기가 바쁘게 어머니는 황당하게 설렌다.

"들었니. 상구 말이다."

분녀의 얼굴에는 아직도 눈물 자국이 부숙부숙한 채로다.

"요새 더러 만나봤니. 이상한 눈치 보이지 않든—들어갔단다."

"네, 언제요."

분녀는 눈이 번쩍 뜨인다.

"망간[14] 거리에서 소문 듣고 오는 길이다. 윤패, 건수 들과 한 줄에 달릴 모양이다. 사람 일 모르겠다."

"낮쯤 와서 책까지 두고 갔는데요."

"낌새채고 하직차로 왔었나 보다. 멀건 소소리패들과 휩쓸려 지내더니 아마도 그간 음특한 짓을 꾸민 게야."

"눈치가 이상은 하였으나 그렇게까지 되다니요."

사실 분녀는 거기까지는 어림하지 못하였다. 아까 상구와 끝내 말다툼까지 하다 그의 심사를 설긋치게 된 것도 실상은 그의 말이 전과는 달라 수상하게 나온 까닭이었다.

"녀석들의 언걸[15] 입었거나 그렇지 않으면 철모르고 덤볐거나 한 게야. 사람은 겉볼 안이 아니구먼. 이 일을 어쩌노."

어머니로서는 공연한 걱정이었다.

"웃학교는 아시당초 틀렸지. 초라니 같은 것. 사람 잘못 가렸어."

슬그머니 딸을 바라본다. 분녀의 얼굴은 안온한 것도 같고 아득한 것도 같다.

"사람과 생각이 다른 거야 하는 수 없지요."

"넌 어떻게 생각하느냐 말이다. 분하지 않으냐."

"분하긴요."

---

14) 음력 보름께.
15) 다른 사람 때문에 당하는 괴로움.

멀쑥한 얼굴을 은연중 바라보며 어머니는 은근한 목소리로,

"너희들 그간 아무 일 없었니."

분녀는 부끄러운 뜻에 화끈 얼굴이 달며 착살스런 어머니의 눈초리에서 외면하여버렸다.

"있었다면 탈이다."

수삽스러운 생각에 어머니가 자리를 뜬 것이 얼마나 시원한지 알 수 없다. 어머니에게 대하여서보다도 애매한 상구에게 대하여 더 부끄럽다. 일신이 별안간 더럽고 께끔하다.

밤이 늦었을 때 분녀는 골목을 나갔다. 남문거리에 가서 한 모퉁이에 서기만 하면 웬만한 그날 소식은 거의 귀에 들려온다. 행길 복판 게시판 옆에 두런두런 모여서들 지껄지껄하는 속에서 분녀는 영락없이 상구의 소문을 가달가달 훔쳐낼 수 있었다.

건수가 괴수였다. 모여서 글 읽는 패를 모으려다가 들킨 것이다. 학교에서는 상구 외에도 두 사람, 거리에서는 건수와 윤패네 세 사람. 상구는 건수에게서 책을 빌렸을 뿐이나 집을 속속들이도 수색당하고 학교에서는 나오는 대로 퇴학을 맞을 것이다.

상구도 이제는 앞길이 글렀구나 생각하면서 분녀는 발을 돌렸다. 이렇게 될 것을 예료하고 그를 숨기고 허랑하게 처신을 하여온 것 같아 면목 없고 언짢다.

집에 돌아오니 상구의 두고 간 책이 유난스럽게 눈에 띈다. 그립기보다도 도리어 책망하는 원혼같이 보여서 쓸어 들고 아궁 앞으로 내려갔다.

'차라리 태워버리는 것이 글거리가 남잖아 피차에 낫지.'

불을 그어대니 속장부터 부싯부싯 타기 시작한다. 먹과 종이 냄새가 나며 두꺼운 책이 삽시간에 불덩이가 된다. 어두운 부엌 안이 불길에 환하다. 상구와는 영영 작별 같다. 악착한 것 같아 분녀는 눈앞이 어질어질

하다.

4

　날이 지남을 따라 무겁던 마음도 차차 홀가분하여지고 상구에게 대하여 확실히 심드렁하게 된 것을 분녀는 매정한 탓일까 하고도 생각하였다. 굴레를 벗은 것같이 일신이 개운하다. 매일 곳 없으며 책할 사람 없다고 느끼는 동안에 마음이 활짝 열려 엉뚱한 딴사람으로 변한 것 같다.

　어느 날 저녁 느직하게 도야지물을 주고 우리에 의지하여 하염없이 들여다보고 있을 때 문득 은근한 목소리에 주물뜨리고 돌아서니 삽짝 문어귀에 사람의 꼴이 어뜩한다. 홀태 양복을 입고 철 잃은 맥고를 쓴 것이 갈데없는 만갑이다. 혹시 집안 사람에게라도 들키면 하고 밖으로 손짓하며 뛰어갔다.

　"동문밖까지 와줄 텐가. 성밑에 기다리고 있을게."

　만갑은 외면하여 돌아서며 다짜고짜로 부탁이다.

　"의논할 일이 있어. 안 오면 낭패야."

　대답할 여지도 없게 다짐하고는 얼굴도 똑똑히 보이지 않고 사람의 눈을 피하는 듯이 휙 가버린다. 어둠 속에 달아나는 꼴이 어렴칙하다. 약빠른 꼴이 믿음직은 하나 너무도 급작스러워서 분녀는 미심하게 뒷모양을 바라본다. 여편네 병이 위중한가.

　방에 돌아와 망설이다가 행티[16]가 이상한 까닭에 담보를 내서 가보기로 하였다. 물론 그에게는 그만큼 마음이 익은 까닭도 있었다.

　동문을 나서니 들판이 까마아득하고 늪이 우중충하다. 오 리 밖 바다

---

16) 행짜를 부리는 버릇.

가 보이는지 마는지 달 없는 그믐밤이 금시에 사람을 호릴 듯하다.

길 없는 둔덕으로 들어서 성곽 밑으로 다가서기가 섬뜩하고 께끔하다. 여우에게 홀리는 것은 이런 밤일까. 여우보다는 사람에게 홀리는 것이 그래도 낫겠지 하는 생각에 문득 성벽에 납작 붙은 만갑을 발견하였을 때에는 차라리 반가웠다.

사내는 성큼 뛰어와 날쌔게 몸을 끌었다. 무서운 판에 분녀는 뿌듯한 힘이 믿음직하여 애써 겨루려고도 하지 않고 두 팔에 몸을 맡겨버렸다.

"분녀."

이름을 부를 뿐 다른 말도 없이 급작스레 허리를 죄더니 부락스럽게 밀친다.

"다짜고짜로 개처럼 무어야, 원."

분녀는 세 부득 쓰러지면서 게정거리나[17] 어기찬[18] 얼굴이 입을 덮는다. 팔이 떨리며 몸짓이 어색하다.

"말이 소용 있나."

목소리에 분녀는 웅끗하였다.

"녀석 누구야."

소리를 지르나 입이 막히운다.

"만갑인 줄만 알았니. 어수룩하다."

"못된 것. 각다귀."

손으로 뺨을 하나 올려쳤을 뿐 즉시 눌리어 꼼짝할 수도 없다.

"듣지 않을 듯해서 감쪽같이 만갑이로 변해보았다. 계집을 속이기란 여반장이야. 맥고 쓰고 홀태 양복만 입으면 그만이니."

천수도 사내라 당할 수 없이 빡세다.

"딴은 만갑이와 좋긴 좋구나. 여기까지 나오는 것 보니. 녀석도 여편네

---

17) 불평을 품은 말과 행동을 자꾸 하다.
18) 한번 마음먹은 뜻을 굽히지 아니하고, 성질이 매우 굳세다.

는 마저마저 거꾸러지는데 말 아니야. 물건을 낚시삼아 거리의 계집애들 다 망쳐놓으니."

천수의 심청은 생각할수록 괘씸하였으나 지난 후에야 자취조차 없으니 하릴없는 노릇이다. 마음속에 담고 있을 뿐 호소할 곳도 없으며 물론 말할 곳도 없다. 그러나 이상하게도 날을 지날수록 괘씸한 마음은 차차 스러져갔다.

어차피 기구하게 시작된 팔자였다. 명준이 때나 천수 때나 누구인 줄도 모르고 강박[19]으로 몸을 맡겼다. 당초에 몸을 뜯고 울고 하였으나 지금 와보면 명준이나 천수나 만갑이까지도—다 같다. 기운도 욕심도 감동도 사내란 사내는 다 일반이다. 마치 코가 하나요 팔이 둘인 것같이 뛰어나지 못한 사내도 나은 사내도 없고 몸을 가지고만 아는 한정에서는 그 누구가 굳이 싫은 것도 무서운 것도 없다. 명준에게 준 몸을 만갑에게 못 줄 것 없고 만갑에게 허락한 것을 천수에게 거절할 것이 없다.

다만 부끄러울 뿐이다. 벗은 몸을 본능적으로 가리게 되는 것과 같은 심정으로 그것은 여자의 한 투다.

문만 들어서면 세상의 사내는 다 정답다. 천수를 굳이 괘씸히 여길 것 없다.

분녀는 이렇게까지 생각하게 되었다. 마음이 허랑하여졌다고 할까. 확실히 새 세상을 알기 시작한 후로 심정이 활짝 열리기는 열렸다. 아무리 마음속을 노려보아도 이렇게밖엔 생각할 수 없다. 천수를 안 된 놈이라고만 칭원할 수 없다.

정신이 산란하여 몸이 노곤하다. 살림은 나아지는 법 없고 일반인데다가 어느 날 또 발등에 불이 떨어졌다. 이웃 고을 재판소에서 검사국으로 넘어갔던 오빠의 재판이 열리는 것이다. 조합 당사자들에게 호출이 왔

___

19) 남의 뜻을 무리하게 내리누르거나 자기 뜻에 억지로 따르게 함.

을 것은 물론이나 경찰에서 참량하여[20] 집에도 통지가 왔다. 들어간 후로는 꼴을 본 지도 하도 오랜 까닭에 어머니만이라도 참례하여 징역으로 넘어가기 전에 단 눈보기만이라도 하였으면 하나 재판을 내일같이 앞두고 기차로 불과 몇 시간이 안 걸리는 곳인데도 골육을 보러 갈 노자가 없는 것이다. 어머니는 딸을, 딸은 어머니를 쳐다만 보며 종일 동안 궁싯거릴 뿐이었다.

생각다 못해 분녀는 밤늦게 거리로 나갔다. 만갑이밖엔 생각나는 것이 없다. 통사정하면 물론 되기는 될 것이다. 말하기가 심히 거북하여서 주저될 뿐이다.

"만갑이 보러 왔니? 온천으로 놀러 갔다."

위인이 없다면 말도 할 수 없기에 얼빠진 것같이 우두커니 섰노라니 천수는 민망한 듯이 덜미를 친다.

"요전 일 노엽니?"

뒤를 이어,

"무슨 일인지 내게 말하렴. 났으니 말이지 만갑이에게 말해도 소용없을 줄이나 알아라. 네게서 벌써 맘 뜬 지 오래야. 요새는 남돗집 월선이와 좋아 지내는 모양이더라. 여편네 병은 내일내일 하는데."

분녀는 불시에 뒤통수를 얻어맞은 것 같다. 눈앞이 아득하다.

"가게라도 반 떼어주겠다고 꼬이지 않든? 여편네가 죽으면 후실로 들여 가게를 맡기겠다고 하지 않든? 누구에게든지 하는 소리. 그게 수란다."

기둥을 잃은 것 같다. 몸이 떨린다. 그를 장래까지 믿었던 것은 아니나 너무도 간특스럽게 속힌 셈이다.

"만갑이처럼 능청스럽지는 못하나 네게 무엇을 속이겠니. 무슨 일이

---

20) 참작하여.

든 말하렴. 내 힘엔 부친단 말이냐?"

"아무것도 아니다."

"어떻게 생각할지 모르나 돈이라면 여기 잔돈푼이나 있다. 어떻게 여기지 말고 소용되는 대로 쓰려무나."

천수는 지갑을 내서 통째로 손에 쥐어준다. 분녀는 알 수 없이 눈물이 솟는다. 예측도 못 한 정미에 가슴이 듬뿍해서 도리어 슬프다.

5

어머니는 재판소에 갔다 온 날부터 심화가 나서 누웠다 일어났다 하였다. 홀렁바지를 입고 용수를 쓴 오빠의 꼴이 눈앞에 어른거려 잠을 못 이루는 눈치다. 눈물이 마를 새 없고 눈시울이 부어서 벌갰었다. 몇 해 징역이나 될까. 판결이 궁금하다기보다 무섭다. 엄정한 재판장의 모양이 눈에 삼삼하다. 종가에서는 발조차 일절 끊었다.

스산한 속에도 단오가 가까워온다.

거리 앞 장대에서는 매년같이 시민운동회가 성대하게 열린다는 바람에 거리 사람들은 설렌다. 일 년에 한 번 오는 이 반가운 명절 때문에 사람들은 사는 보람이 있는 듯하다. 씨름이 있고 그네가 있고 활이 있고 자전거 경주가 있다. 사람들은 철시하고 새 옷 입고 장대로 밀릴 것이다.

분녀는 정황은 못 되었으나 그대로 명절이 은근히 기다려진다. 제사 지낼 떡은 못 빚을지라도 만갑에게서 갖추어 얻은 것으로 이럭저럭 몸치장은 될 것이다. 무엇보다도 올에는 그네를 뛰어 상에 들 가망이 있는 것이다.

"자전거 경주에 또 나가보겠다."

천수가 뽐내는 것을 들으면 분녀도 마음이 뛰놀았다.

"을손이를 지울 만하냐?"

"올에야 설마 짓구땡이지 어디 갈랴구. 우승기 타들고 거리를 돌게 되면 나와 살겠니?"

"밤낮 살 공론이야."

이렇게 말한 것이 실상에 당일에는 어찌 된 일인지 도무지 신명이 나지 않았다.

못을 박은 듯이 빽빽이 선 사람 틈으로 자전거 경주를 들여다보고 있노라니 앞장서서 달아나던 천수는 꽁무니를 쫓는 을손과 마주 스치더니 급작스런 모서리를 돌 때 기어코 왈칵 쓰러져 일어나는 동안에는 벌써 맨 뒤에 떨어져버렸다. 을손의 간악한 계교에 얼입히웠다고 북새[21]를 놓았으나 을손이 벌써 일등을 한 뒤라 공론이 천수에게 이롭지 못하였다. 조마조마 들여다보던 분녀는 낙심이 되어 차례가 와 그네에 올랐을 때에도 마음이 허전허전하였다.

나조차 마저 실패하면 어쩌노 생각하며 애써 힘을 주어 솟구기 시작하였다.

희뚝거리던 설개도 차차 편편하여지고 두 손아귀의 바도 힘차고 탐탁하게 활같이 휘었다 펴졌다 한다. 그네와 몸이 알맞게 어울려 빨리 닫는 수레를 탄 것같이 유쾌하다. 나갈 때에는 눈앞이 휘연하고 치맛자락이 너볏이[22] 나부낀다. 다리 밑에 울며줄며 선 사람들의 수천의 눈방울이 몸을 따라 왔다갔다한다. 하늘에 오를 것 같고 땅을 차지한 것도 같다. 땅 위의 걱정은 어디로 날아간 듯싶다.

바에 달린 줄이 휘엿이 뻗쳐 방울이 딸랑 울릴 때도 얼마 남지 않은 것 같다. 아래에서는 연방 추스르는 말과 힘을 메기는 고함이 들린다. 몸은 펴질 대로 펴지고 일등도 머지않다.

---

21) 많은 사람이 야단스럽게 부산을 떨며 법석이는 일.
22) 몸가짐이나 행동이 번듯하고 의젓하다.

그때였다. 들어왔다 마지막 힘을 불끈 내어 강물같이 후럿이 솟아나갈 때 벌판으로 달리는 눈동자 속에 문득 맞은편 수풀 속의 요절할 한 점의 광경이 들어왔다. 순간 눈이 새까매지고 허리가 휘친 꺾이며 힘이 푹 스러지는 것이었다.

'왕가일까.'

추측하며 재차 솟구며 나가 내려다보니 움직이지도 않고 그대로 서 있는 꼴이 개울 옆 수풀 그늘 아래 완연하다. 그 불측한 녀석은 참다 못해 그 자리에 선 것이 아니요, 확실히 일부러 그 꼴을 하고 서서 이쪽을 정신없이 쳐다보는 것이다. 아마도 오랫동안 그 목적으로 그 짓을 하고 섰던 것이 요행 주의를 끌어 눈에 뜨인 것이리라. 거리에서 드팀전을 하고 있는 중국인 왕가인 것이다.

'음칙한 것.'

속으로는 혀를 차면서도 이상하게도 한눈이 팔려 분녀는 노리는 동안에 팽팽하게 당기던 기운이 왈싹 줄어들며 그네가 줄기 시작하였다. 허리가 꺾이고 다리가 허전하여지더니 다시 힘을 주려야 줄 수 없다. 팔이 떨려 바가 휘친거리고 발에 맥이 풀려 설개가 위태스럽다. 벌써 자세가 빗나가고 몸과 그네가 틀리기 시작하였다. 거의 방울이 마저마저 울리려 하던 풋줄이 옴츠려들게만 되니 그네는 마지막이요 일등은 날아갔다. 분녀는 아홉 솜음의 공을 한 솜음의 실책으로 단망할 수밖엔 없었다. 줄 아래 사람들은 공중의 비밀은 알 바 없어 혹은 탄식하고 혹은 소리치며 다만 분녀의 못 미치는 재주를 아까워하는 것이다.

이렇게 된 바에야 하고 분녀는 줄어드는 그네 위에서 담대스럽게 녀석을 노려서 물리치려고 하였다. 그러나 이상한 것은 노리는 동안에 그를 물리치기는커녕 이쪽의 자세가 어지러워질 뿐이다. 오금에 맥이 빠지고 나부끼는 치마폭이 부끄럽다.

일종의 유혹이었다. 천여 명 사람 속에서 왕가의 그 꼴을 보고 있는 것은 분녀뿐이다. 말하자면 두 사람은 많은 총중²³⁾의 눈을 교묘하게 피하여 비밀히 만나고 있는 셈도 된다. 왕가의 간특스런 손짓과 마주치는 분녀의 시선은 말없는 대화인 셈이다. 분녀는 부끄러운 생각에 얼굴이 붉어졌다.

줄에서 내렸을 때까지도 좀체 흥분이 사라지지 않았다.

좀 상에는 들었으나 상보다도 기괴한 생각에 몸이 무겁다.

이 괴변을 누구에게 말하면 좋은가. 혼자만 알고 있는 것이 옳을까 생각하며 천수를 찾았으나 많은 눈 속에서 소락소락 말을 붙일 수도 없어서 집으로 돌아와서야 겨우 기회를 잡았으나 천수는 홧김에 술이 거나하게 취하여 있다.

"개울가로 나올련. 요절할 이야기 들려줄게."

"분해 못 견디겠다. 을손이 녀석."

분녀는 혼자 먼저 나갔으나 시납시납 거닐어도 천수의 나오는 꼴이 보이지 않았다. 분김에 을손과 맞붙어 싸우지나 않는가.

양버들 숲을 서성거리는 동안에 어두워졌다. 개울까지 나갔다 다시 수풀께로 돌아오면서 할 일 없이 왕가의 생각에 잠겨본다—초라한 꼴로 거리에 온 지 오륙 년이나 될까. 처음에는 마병장사를 하던 것이 차차 늘어 지금에는 드팀전으로도 제일 크다. 실속으로는 거리에서 첫째 부자라는 소리도 있으나 아직도 엄지락 총각의 신세를 면하지 못하여 가끔 술집에 가서는 지전을 물 쓰듯 뿌린다고 한다. 중국 사람은 왜 장가가 늦을까. 여편네가 귀한 탓일까.

수풀 그늘 속으로 들어가려던 분녀는 기겁을 하고 머물렀다. 제 소리의 범이 있는 것이다. 왕가는 마치 그를 기다리고 있던 것같이 벙글벙글 웃으며 앞에 막아선다. 하기는 낮에 섰던 바로 그 자리이긴 하다. 도깨비

---

23) 떼를 지은 뭇 사람.

에게 홀린 것도 같다.

　쭈뼛 솟았던 머리끝이 가라앉기도 전에 몸이 왕가의 팔 안에 있다. 입을 벌리기에는 너무도 어처구니없고 삽시간이라 겨를 틈도 없다.

　'평생이 이다지도 기구할까.'

　분녀는 혼자 앉았을 때 스스로 일신이 돌려 보였다.

　수풀 속에서 왕가에게 경박을 당하였을 때 악을 다하여 겼다면 겼지 못하였을까. 가령 팔을 물어뜯는다든지 돌을 집어 얼굴을 찧는다든지 하였으면 당장을 모면할 수는 있지 않았던가. 그럼에도 그는 그것을 할 수 없었고 이상한 감동에 몸이 주저들자 기운도 의사도 사라져버려 그뿐이었다.

　마치 당시에는 함빡 술에라도 취하였던 것싶다.

　천수를 대할 꼴도 없다. 하기는 만갑과의 사이를 아는 그가 왕가와의 사이인들 굳이 나무랄 이치도 없기는 하다. 천수는 만갑에게서 그를 빼앗았고 차례로 왕가에게 빼앗긴 셈이다. 몸이란 나루에서 나루로 멋대로 흘러가는 한 척의 배 같다. 하기는 만약 그날 저녁 약속한 천수가 어김없이 개울가로 나와주었더면 그렇게 신세가 빗나가지는 않았을 것이다. 천수를 한할까, 왕가를 원망할까.

　분녀는 길게 한숨지으며 생각에 눈이 흐리멍덩하다. 천수를 한할 바도 못 되거니와 왕가를 미워할 수도 없는 것이다.

　생각하기도 부끄러운 일이나 사실 왕가는 특별한 인간이었다. 사내 이상의 것이라고 할까. 그로 말미암아 분녀는 완전히 눈을 뜨게 된 것이다.

　왕가를 보는 눈이 전과는 갑자기 달라져서 은근히 그가 그리운 날이 있었다. 피가 수물거려 몸이 덥고 골이 띵할 때조차 있다. 그런 때에는 뜰 앞을 저적거리거나 성밖에 나가 바람을 쏘일 수밖에는 없었다. 그러나 그것만으로는 도무지 몸이 식지 않는 때가 있다.

하룻밤은 성 밖까지 나갔다. 돌아오는 길에 거리를 거쳤다. 눈치를 보아 왕가와 만날 수가 있지나 않을까 하는 속심도 없는 바 아니었다.

두근거리는 마음에 남문을 지날 때 돌연히 천수를 만났다. 조바심하는 탓으로 태도가 드러나보였는지 천수는 어둠 속으로 소매를 이끌더니 첫마디에 싫은 소리였다.

"요새 꼴이 틀렸군."

영문을 몰라 맞장구를 쳤다.

"꼴이 틀렸다니 눈이 뒤집혔단 말이냐."

"눈도 뒤집혔는지 모르지."

"무슨 소리냐."

"요새 환장할 지경이지."

"또 술 취했구나. 을손이한테 지더니 밤낮 술이야."

"어물쩡하게 딴소리 그만둬."

쏘더니 목소리를 갈아,

"사람이 그렇게 헤프면 못쓴다. 아무리 너기로서니 천덕구니가 되면 마지막이야."

"무엇 말이냐?"

"그래도 시침을 떼니? 왕가와의 짓 말야."

분녀는 뜨끔하여 입이 막혀버렸다.

"수풀 속에서 본 사람이 있어. 하늘은 속여도 사람의 눈은 못 속인다."

따귀를 붙인다. 분녀는 주춤하며 자세가 휘었다.

"다시 그러면 왕가를 찔러라도 눕힐 테야. 치가 떨려 못 살겠다."

한참이나 잠자코 섰던 분녀는 겨우 입을 열었다.

"너 옷섶이 얼마나 넓으냐? 내가 네게 매였단 말이냐. 왕가와 너와 못하고 나은 것이 무엇 있니?"

6

그 후로 천수와의 사이가 뜬 것은 물론이거니와 분녀에게는 여러 가지 궁리가 많아서 얼마간 거리와 일절 발을 끊었다. 아침저녁으로 관사에 다니는 것도 일부러 궁벽한 딴 길을 골랐다. 관사에서 일하는 이외의 여가는 전부 집에서 보냈다.

빈집을 지키며 울밑 콩 포기도 가꾸고 우물물을 길어 몸도 핏질 씻고 하는 동안에 열이 식어지고 마음도 차차 잡혔다. 몸이 깨끗하고 정신이 맑은데다 뜰 앞의 조촐한 화초 포기를 바라보고 있으면 지난 일이 꿈결 같이밖에는 생각나지 않는다. 그 무슨 무더운 대병이나 치르고 난 것같이 몸이 거뿐하다. 모든 것이 지나간 꿈이었다면 차라리 다행이겠다고 생각해보면 머리채를 땋아내린 몸으로 엄청난 짓을 한 것이 새삼스럽게 뉘우쳐진다. 명준, 만갑, 천수, 왕가. 머릿속에 차례로 떠오르는 환영을 힘써 지워버리려고 애쓰면서 날을 보냈다.

그러나 사람의 마음처럼 조화 많은 것은 없는 듯하다. 언제까지든지 찬 우물물을 끼얹어 식히고 얼리울 수는 없었다. 견물생심으로 다시 분녀의 마음을 움직이게 한 변괴가 생겼다. 망측스런 꼴이 눈에 불을 붙여 놓았다.

여름의 관사는 까딱하면 개망신처가 되기 쉽다. 문이란 문, 창이란 창은 죄다 열어젖히고 대신에 얇은 발이 치이면 방 안의 변이 새기 맞춤이다. 문이란 벽 속의 비밀을 귀띔하는 입이다. 그 안에 사는 임자가 밤과 낮조차 구별할 주책이 없을 때에 벽은 즐겨 망신 주기를 좋아하는 것 같다.

그날 저녁 무렵은 유난히도 무더웠다. 더우면 사람들은 해변에서나 집 안에서나 옷 벗기를 즐겨 한다. 분녀는 이역 유난스럽게도 일찍이 부엌

일을 마치고는 목욕물을 가늠보러 목욕간으로 들어갔다. 물줄을 틀어 더운 물을 맞추면서 한결같이 누구보다도 먼저 시원한 물속에 잠겼으면 하는 불측한 생각뿐이었다. 그러나 대체 주인 양주는 이때껏 무엇을 하고 있나 하고 빈지 틈에 눈을 대었다. 이 괴망스러운 짓이 실수였는지도 모른다. 빈지 틈으로는 맞은편 건넌방이 또렷이 보인다. 분녀는 하는 수 없이 방 안의 행사를 일일이 보지 않을 수 없었다.

거의 숨을 죽였다. 피가 솟아 얼굴이 화끈 단다. 목구멍이 이따금 울린다. 전신의 신경을 살려 두 손을 펴고 도마뱀같이 빈지 위에 납작 붙었다.

수돗물이 쏟아질 대로 쏟아져 목욕통이 넘쳐나는 것도 잊어버리고 분녀는 어느 때까지나 정신없이 빈지[24]에 붙어 앉았다. 더운 김에 서리어서인지 눈에 불이 붙어서인지 몸이 불덩이같이 덥다.

날이 지나도 흥분이 쉽사리 사라지지 않는다.

'그런 세상도 있구나.'

거기에 비하면 지금까지 겪은 세상은 너무도 단순하고 아무것도 아닌—방 안의 세상이 아니요 문 밖 세상 같은 생각이 든다. 가지가지의 경험을 죄진 것같이 여기던 무거운 생각도 어느 결엔지 개어지고 도리어 자연스럽고 그 위에 그 무엇이 부족하였다는 느낌조차 들었다.

관사의 광경은 확실히 커다란 꼬임이었다. 일시 잠자던 것이 다시 깨어나 이번에는 더 큰 힘으로 움직이기 시작하였다. 아무리 우물물을 퍼서 몸에 퍼부어도 쓸데없다. 한시도 침착하게 앉아 있을 수 없이 육신이 마치 신장대[25] 모양으로 설레는 것이다.

만약 그날로 돌연히 상구가 눈앞에 나타나지 않았더면 분녀는 어떻게 일신을 정리하였을까.

---

24) 널빈지, 한 짝씩 끼웠다 떼었다 할 수 있게 만든 문.
25) 무당이 신장神將을 내릴 때에 쓰는 막대기나 나뭇가지.

요술과도 같이 뜻밖에 상구가 찾아왔다. 들어간 지 거의 달포 만이다. 얼굴은 부숭부숭 부었으나 어느 틈엔지 머리까지 깎은 후라 일신은 단정하다. 짜장 반가운 판에 분녀는 조금 수다스럽게 소리를 걸었다.

"고생했구나."

"맞았다! 동무들이 가엾다."

상구는 전과는 사람이 변한 것같이 속도 열리고 말도 걱실걱실 잘 받는 것이 분녀에게는 알 수 없이 반갑다.

"몸이 부은 것 같구나. 거북하지 않으냐."

"넌 내 생각 안 했니."

다짜고짜로 몸을 끌어당긴다. 분녀는 굳이 몸을 빼지 않았다.

"이번같이 그리운 때 없다."

"별안간 쌀쌀한 것 같구나."

핑계 겸 일어서서 분녀는 방문을 닫았다.

상구에게 대한 지금까지의 불만도 뉘우침도 다 잊어버리고 상구의 하는 대로 몸을 맡겼다. 누구보다도 지금에는 상구가 가장 그리운 것이다. 지난날도 앞날도 없고 불붙는 몸에는 지금이 있을 뿐이다. 상구의 입술이 꽃같이 곱다.

다음날 관사에 나갔을 때에 분녀는 천연스런 양주의 얼굴을 속으로 우습게 여기는 한편 천연스런 자신의 꼴을 한층 더 사특하게 여겼다.

그날 밤도 상구가 오기는 왔으나 간밤같이 기쁜 낯으로가 아니었다. 밤늦게 오면서도 그는 전과 같이 노여운 태도였다. 퉁명스런 목소리였다.

"너를 잘못 알았다."

발을 구르며,

"네까짓 것한테 첫 몸을 준 것이 아까워."

이어,

"짐승 같은 것, 너를 또 찾은 내가 잘못이었지. 그렇게까지 된 줄이야 알았니."

기어코 볼을 갈긴다.

"소문 다 들었다."

"……."

"굳이 일일이 이름 들 것도 없겠지. 어떻든 난 쉬 떠나겠다."

7

상구는 말대로 가버렸다. 차라리 실컷 얻어나 맞았더면 시원할 것을 더 말도 못 들어보고 이튿날로 사라졌으니 하릴없다. 서울일까. 사람이란 눈앞에만 안 보이게 되면 왜 이리도 그리운가.

그러나 상구의 실종보다도 더 큰 변이 생기고야 말았다. 마을 갔던 어머니는 화급한 성질에 펄펄 뛰어들더니 손에 몽둥이를 집어들었다.

"분녀야, 정말이냐."

분녀에게는 곡절이 번개같이 짐작되었다. 금시에 몸이 솟는 것 같더니 넋 없는 몸뚱이가 허공을 나는 것 같다.

"허구한 곳 다 두고 하필 종가에 가서 이 끔찍한 소문을 듣다니 무슨 망신이냐."

올 때가 왔구나 느끼며 숨을 죽였다.

"일일이 대봐라, 행실머릴. 이 자리에서."

첫 매가 내렸다.

"만갑이, 천수, 또 누구냐, 대라. 치가 떨려 견딜 수 있나. 몸치장이 수상하더니 기어코 이 꼴이야."

물매²⁶⁾가 내리기 시작하였다. 분녀는 소같이 잠자코만 있다가 견딜 수 없어서 매를 쥔 팔을 붙들었다. 어머니는 더욱 노여워할 뿐이다.

"이 고장에 살 수 없다. 차라리 죽어라."

모진 매에 등줄기가 주저내리는 것 같다. 종아리에서는 피가 뛴다. 분녀는 하는 수 없이 매를 벗어나서 집을 뛰어나왔다. 목소리는 나지 않고 눈물만이 바짓바짓 솟는다.

바다에라도 빠질까. 목이라도 맬까. 성문을 나서 환장할 듯한 심사에 정신없이 벌판을 달렸다. 큰길을 닫기도 부끄러워 옆길로 들었다. 허전거리다가 밭두덕에 쓰러졌다. 굳이 다시 일어날 맥도 없이 그 자리에 코를 박고 밤 되기를 기다렸다. 바다에까지 나가기도 귀찮아 풀포기에 쓰러진 채 밤을 새웠다.

다음날도 집에 들어가지 않고 그렇다고 갈 곳도 없어 사람 눈에 안 띄게 종일이나 벌판을 헤매다가 밭 속 초막 안에서 잤다. 그런 지 나흘 만에 벌판으로 찾아 헤매는 식구의 눈에 띄어 하는 수 없이 집으로 끌려갔다. 어머니는 때리는 대신에 눈물을 흘렸다.

큰일이나 치르고 난 것 같다. 몸도 가다듬고 마음도 죄어졌다. 딴 사람으로라도 태어난 것 같다. 관사에서 떨어진 후로는 들에 나가 밭일을 거들었다. 거리를 모르게 되고 밭과 친하였다.

여름이 짙어지자 벌써 가을 기색이었다. 들에는 곡식 냄새에 섞여 들깨 향기가 넘쳤다. 들깨 향기는 그윽한 먼 생각을 가져온다.

분녀는 날마다 들깨 향기에 젖어서 집에 돌아왔다. 그런 하룻날 돌연히 낯선 청년이 찾아왔다.

"날 모르겠어?"

아무리 뜯어보아도 알 듯 알 듯하면서 생각이 미처 들지 않는다.

"명준이야."

---

26) 몰매.

듣고 보니 틀림없다. 반갑다. 삼 년 만인가.

"만주 갔다 오는 길야. 나도 변했지만 분녀도 무던히는 달라졌군."

"금광은 찾았누."

"금광 대신에 사람 놈이나 때려죽였지."

명준은 빙그레 웃는다. 고생을 하였으련만 그다지 축나지도 않았다. 도리어 몸이 얼마간 인 것 같다.

"고향은 그저 그 모양이군."

분녀는 변화 많은 그의 일신 위에 말이 뻗칠까 봐 날쌔게 말꼬리를 돌렸다.

"어떻게 할 작정인구."

"밭뙈기나 얻어 갈아볼까. 수틀리면 또 내빼구."

말투가 허황하면서도 듬직하다. 생각하면 명준은 첫 사람이었다. 귀찮은 금덩이를 가져오지 않은 것이 차라리 개운하다. 허락만 한다면 그와 나 마음잡고 평생을 같이하여볼까 하고 분녀는 생각하여보았다.

(1936. 1~2)

산

1

    나무하던 손을 쉬고 중실은 발밑의 깨금나무 포기를 들췄다. 지천으로 떨어지는 깨금알이 손안에 오르르 들었다. 익을 대로 익은 제철의 열매가 어금니 사이에서 오도독 두 쪽으로 갈라졌다.

    돌을 집어던지면 깨금알같이 오도독 깨어질 듯한 맑은 하늘, 물고기 등같이 푸르다. 높게 뜬 조각구름 떼가 해변에 뿌려진 조개껍질같이 유난스럽게도 한편에 옹졸봉졸 몰려들 있다. 높은 산등이라 하늘이 가까우련만 마을에서 볼 때와 일반으로 멀다. 9만 리일까 10만 리일까. 골짜기에서의 생각으로는 산기슭에만 오르면 만져질 듯하던 것이 산허리에 나서면 단번에 9만 리를 내빼는 가을 하늘.

    산속의 아침나절은 졸고 있는 짐승같이 막막은 하나 숨결이 은근하다. 휘엿한 산등은 누워 있는 황소의 등허리요, 바람결도 없는데 쉴새없이 파르르 나부끼는 사시나무 잎새는 산의 숨소리다. 첫눈에 띄는 하얗게 분장한 자작나무는 산속의 일색. 아무리 단장한대야 사람의 살결이 그렇게 흴 수 있을까. 수북 들어선 나무는 마을의 인총보다도 많고 사람의 성보다도 종자가 흔하다. 고요하게 무럭무럭 걱정 없이 잘들 자란다. 산

오리나무, 물오리나무, 가락나무, 참나무, 박달나무, 사스레나무, 떡갈나무, 무치나무, 아그배나무, 갈매나무, 개옻나무, 엄나무, 산등에 간간이 섞여 어느 때나 푸르고 향기로운 소나무, 잣나무, 전나무, 노간주나무. 걱정없이 무럭무럭 잘들 자라는 산속은 고요하나 웅성한 아름다운 세상이다. 과실같이 싱싱한 기운과 향기, 나무 향기, 흙 냄새, 하늘 향기, 마을에서는 찾아볼 수 없는 향기다.

　낙엽 속에 파묻혀 안장 깨금을 알뜰히 바수는 중실은 이제 새삼스럽게 그 향기를 생각하고 나무를 살피고 하늘을 바라보는 것이 아니었다. 그런 것은 한데 합쳐 몸에 함빡 젖어들어 전신을 가지고 모르는 결에 그것을 느낄 뿐이다. 산과 몸이 빈틈없이 한데 얼린 것이다.

　눈에는 어느 결엔지 푸른 하늘이 물들었고 피부에는 산 냄새가 배었다. 바심[1]할 때의 짚북데기보다도 부드러운 나뭇잎. 여러 자 깊이로 쌓이고 쌓인 깨금잎, 가락잎, 떡갈잎의 부드러운 보료 속에 몸을 파묻고 있으면 몸뚱아리가 마치 땅에서 솟아난 한 포기의 나무와도 같은 느낌이다. 소나무, 참나무, 총중의 한 대의 나무다. 두 발은 뿌리요, 두 팔은 가지다. 살을 베면 피 대신에 나뭇진이 흐를 듯하다. 잠자코 섰는 나무들이 주고받는 은근한 말을, 나뭇가지의 고개짓하는 뜻을, 나뭇잎의 소곤거리는 속심을 총중의 한 포기로서 넉넉히 짐작할 수 있다. 해가 쬘 때에 즐거워하고, 바람 불 때에 농탕치고, 날 흐릴 때 얼굴을 찡그리는 나무들의 풍속과 비밀을 역력히 번역해낼 수 있다. 몸은 한 포기의 나무다. 별안간 부드득 솟아오르는 힘을 느끼고 중실은 벌떡 뛰어 일어났다. 쭉 펴는 네 활개에 힘이 뻗쳐 금시에 그대로 하늘에라도 오를 듯싶었다. 넘치는 힘을 보낼 곳 없어 할 수 없이 입을 크게 벌리고 하늘이 울려라 고함을 쳤다. 땅에서 솟는 산정기의 힘찬 단순한 목소리다. 산이 대답하고 나

---

1) 채 익기 전의 벼나 보리를 미리 베어 떨거나 훑는 일.

뭇가지가 고갯짓한다. 또 하나 그 소리에 대답한 것은 맞은 편 산허리에서 불시에 푸드덕 날아 뜨는 한 자웅의 꿩이었다. 살찐 까투리의 꽁지를 물고 나는 장끼의 오색 날개가 맑은 하늘에 찬란하게 빛났다.

살찐 꿩을 보고 중실은 문득 배가 허출함을 깨달았다. 아래편 골짜기 개울 옆에 간직하여둔 노루 고기와 가랑잎 새에 싸둔 개꿀[2]이 있음을 생각하고 다시 낫을 집어들었다. 첫 참 때까지는 한 짐은 채워놓아야 파장되기 전에 읍내에 다다르겠고, 팔아가지고는 어둡기 전에 다시 산으로 돌아와야 할 것이다. 한참 쉰 뒤라 팔에는 기운이 남았다. 버스럭거리는 나뭇잎 소리가 품 안에 요란하고 맑은 기운이 몸을 한바탕 멱 감긴 것 같다. 산은 마을보다 몇 곱절 살기가 좋은가! 산에 들어오기를 잘했다고 중실은 생각하였다.

2

세상에 머슴살이같이 잇속 적은 생업은 없다.

싸울려고 싸운 것이 아니라 김영감 편에서 투정을 건 셈이다. 지금 와보면 처음부터 쫓아낼 의사였던 것이 확실하다. 중실은 머슴 산 지 7년에 아무것도 쥔 것 없이 맨주먹으로 살던 집을 쫓겨났다. 원통은 하였으나 애통하지는 않았다.

해마다 사경을 또박또박 받아본 일 없다. 옷 한 벌 버젓하게 얻어 입은 적 없다. 명절에는 놀이할 돈도 푼푼이 없어 늘 개 보름 쇠듯 하였다. 장가들이고 집 사고 살림을 내준다는 것도 헛소리였다. 첩을 건드렸다는 생뚱 같은 다짐이었으나 그것은 처음부터 계책한 억지요, 졸색拙色의 등

---

2) 벌통에서 떠낸, 벌집에 들어 있는 상태의 꿀.

글개[3] 따위에는 손댈 염도 없었던 것이다. 빨래하러 갔던 첩과 동구 밖에서 마주쳐 나뭇짐을 지고 앞서고 뒤서서 돌아왔다고 의심받을 법은 없다. 첩과 수상한 놈팡이는 도리어 다른 곳에 있는 것을, 애매한 중실에게 엉뚱한 분풀이가 돌아온 셈이었다. 가살스러운 첩의 행실을 휘어잡지 못하고 늘그막 판에 속태우는 영감의 신세가 하기는 가엾기는 하다. 더욱 엉클어질 앞일을 생각하고 중실은 차라리 하직하고 나온 것이었다. 넓은 하늘 밑에서도 갈 곳이 없다. 제일 친한 곳이 늘 나무하러 가던 산이었다. 짚북데기보다도 부드러운 두툼한 나뭇잎의 맛이 생각났다. 그 넓은 세상은 사람을 배반할 것 같지는 않았다. 빈 지게만을 걸머지고 산으로 들어갔다. 그 속에서 얼마동안이나 견딜 수 있을까가 한 시험도 되었다.

박중골에서도 5리나 들어간, 마을과 사람과는 인연이 먼 산협이다. 산등이 펑퍼짐하고 양지쪽에 해가 잘 쬐고, 골짜기에 개울이 흐르고, 개울가에 나무 열매가 지천으로 열려 있는 곳이다. 양지쪽에서는 나무 하러 왔다 낮잠을 잔 적도 여러 번이었다. 개울가에 불을 피우고 밭에서 뜯어온 옥수수 이삭을 구웠다. 수풀 속에서 찾은 으름과 나뭇가지에 익어 시든 아그배와 산사로 배가 불렀다. 나뭇잎을 모아 그 속에 푹 자고든 잠자리도 그다지 춥지는 않았다.

이튿날 산을 헤메다가 공교롭게도 주엽나무 가지에 야트막하게 달린 벌집을 찾아냈다. 담배연기를 피워 벌 떼를 이지러뜨리고 감쪽같이 집을 들어냈다. 속에는 맑은 꿀이 차 있었다. 사람은 살라고 마련인 듯싶다. 꿀은 조금으로도 요기가 되었다. 개와 함께 여러 날 양식이 되었다.

꿀이 다 떨어지지도 않은 그저께 밤에는 맞은편 심산에 산불이 보였다. 백일홍같이 새빨간 불꽃이 어둠 속에 가깝게 솟아올랐다. 낮부터 타

---

3) (등의 가려운 곳을 긁어 주는) 늙은이의 젊은 첩.

기 시작한 것이 밤에 들어가서 겨우 알려진 것이다. 누에에게 먹이는 뽕잎같이 아물아물 해지는 것 같으나, 기실은 한자리에서 아롱아롱 타는 것이었다. 아귀의 혀끝같이 널름거리는 불꽃이 세상에도 아름다웠다. 울 밑의 꽃보다도, 비단결보다도, 무지개보다도 맨드라미보다도 곱고 장하다.

중실은 알 수 없이 신이 나서 몽둥이를 들고 산등을 따라 오르고 골짜기를 건너 불붙는 곳으로 끌려 들어갔다. 가깝게 보이던 것과는 딴판으로 꽤 멀었다. 불은 산등에서 산등으로 둘러붙어 골짜기로 타 내려갔다. 화기가 확확 튀어 가까이 갈 수 없었다. 후끈후끈 무더웠다. 나무뿌리가 탁탁 튀며 땅이 쨍쨍 울렸다. 민출한 자작나무는 가지가지에 불이 피어올라 한 포기의 산호수 같은 불나무로 변하였다. 헛되이 타는 모두가 아까웠다. 중실은 어쩌는 수 없이 몽둥이를 쓸데없이 휘두르며 불 테두리를 빙빙 돌 뿐이었다. 불은 힘에 부치는 것이었다. 확실히 간 보람은 있었다. 그을린 노루 한 마리를 얻은 것이었다. 불 테두리를 뚫고 나오지 못한 노루는 산골짜기에서 뱅뱅 돌아 결국 불벼락을 맞은 것이다. 물론 그것을 얻을 때는 불도 거의 다 탄 새벽이었으나, 외로운 짐승이 몹시 가엾었다. 그러나 이미 죽은 후의 고기라 중실은 그것을 짊어지고 산으로 돌아갔다. 사람을 살리자는 신의 뜻이라고 비위좋게 생각하면 그만이었다. 여러 날 동안의 흐뭇한 양식이 되었다. 다만 한 가지 그리운 것이 있었다. 짠맛, 소금이었다. 사람은 그립지 않으나 소금이 그리웠다. 그것을 얻자는 생각으로만 마을이 그리웠다.

3

힘자라는 데까지 졌다.

20리 길을 부지런히 걸으려니 잔등에 땀이 내배었다. 걸음을 따라 나뭇짐이 휘청휘청 앞으로 휘었다.

간신히 파장 전에 대었다.

나무를 판 때의 마음이 이날같이 즐거운 적은 없었다. 물건을 산 때의 마음도 이날같이 즐거운 적은 없었다. 그것은 짜장 필요한 물건이기 때문이다.

나무 판 돈으로 중실은 감자 말과 좁쌀 되와 소금과 냄비를 샀다.

산속의 호젓한 살림에는 이것으로써 족하리라고 생각되었다.

목숨을 이어가는 데 바닷물고기쯤이 없으면 어떨까도 생각되었다.

올 때보다 짐이 단출하여 지게가 가벼웠다.

거리의 살림은 전과 다름없이 어수선하고 지저분하였다.

더 나아진 것도 없으려니와 못해진 것도 없다.

술집 골방에서 왁자지껄하고 싸우는 것도 전과 다름없었다.

이상스러운 것은 그런 거리의 살림살이가 도무지 마음을 당기지 않는 것이다. 앙상한 사람들의 얼굴이 그다지 그리운 것이 아니었다.

무슨 까닭으로 산이 이렇게도 그리울까. 편벽된 마음을 의심도 하여보았다. 그러나 별로 이치도 없었다. 덮어놓고 양지쪽이 좋고, 자작나무가 눈에 들고, 떡갈잎이 마음을 끄는 것이다. 평생 산에서 살도록 태어났는지도 모른다.

김영감의 그 후의 소식은 물어댈 필요도 없었으나, 거리에서 만난 박서방 입에서 우연히 한 구절 얻어듣게 되었다.

병든 둥글개 첩은 기어코 김영감의 눈을 감추고 최서기와 줄행랑을 놓았다. 종적을 수색 중이나 아직도 오리무중이라 한다.

사랑방에서 고시랑고시랑 잠을 못 이룰 60 노인의 꼴이 측은하게 눈에 떠올랐다. 애매한 머슴을 내쫓았음을 뉘우치리라고 생각되었다. 그러나 중실에게는 물론 다시 살러 들어갈 뜻도, 노인을 위로하고 싶은 친절도 가지기 싫었다. 다만 거리의 살림이라는 것이 더한층 어수선하게 여겨질 뿐이었다.

산으로 향하는 저녁길이 한결 개운하다.

4

개울가에 냄비를 걸고 서투른 솜씨로 지은 저녁을 마쳤을 때에는 밤이 적이 어두웠다.

깊은 하늘에 별이 총총 돋고 초승달이 나뭇가지를 올가미 지웠다.

새들도 깃들고 바람도 자고 개울물만이 쫄쫄쫄쫄 숨쉰다. 검은 산등은 잠든 황소다.

등걸불이 탁탁 튄다. 나뭇잎 타는 냄새가 몸을 휩싸며 구수하다. 불을 쬐며 담배를 피우니 몸이 훈훈하다. 더 바랄 것 없이 마음이 만족스럽다.

한 가지 욕심이 솟아올랐다. 밥 짓는 일이란 머슴애 할 일이 못 된다. 사내자식은 역시 밭갈고 나무 하는 것이 옳은 것이다. 장가를 들려면 이웃집 용녀만 한 색시는 없다. 용녀를 데려다 밥일을 맡길 수밖에는 없다고 생각하였다.

용녀를 생각만 하여도 즐겁다. 궁리가 차례차례로 솔솔 풀렸다.

굵은 나무를 베어다 껍질째 토막을 내 양지쪽에 쌓아올려 단칸의 조촐한 오두막을 짓겠다. 펑퍼짐한 산허리를 일궈 밭을 만들고 봄부터 감자와 귀리를 갈 작정이다. 오랍뜰에 우리를 세우고 염소와 돼지와 닭을 칠터. 산에서 노루를 산 채로 붙들면 우리 속에 같이 기르고 용녀가 집일을 하는 동안에 밭을 가꾸고 나무를 할 것이며, 아이를 낳으면 소같이 산같이 튼튼하게 자라렸다. 용녀가 만약 말을 안들으면 밤중에 내려가 가만히 업어올걸.

한번 산에만 들어오면 별수없지.

불이 거의거의 아스러지고 물소리가 더한층 맑다.

별들이 어지럽게 깜박거린다.

달이 다른 나뭇가지에 걸렸다.

나머지 등걸불을 발로 비벼 끄니 골짜기는 더한층 막막하다.

어느 때인지 산속에서는 때도 분별할 수 없다.

자기가 이른지 늦은지도 모르면서 나무 밑 잠자리로 향하였다.

낟가리같이 두두룩하게 쌓인 낙엽 속에 몸을 송두리째 파묻고 얼굴만을 빠끔히 내놓았다. 몸이 차차 푸근하여온다.

하늘의 별이 와르르 얼굴 위에 쏟아질 듯싶게 가까웠다 멀어졌다 한다.

별 하나 나 하나, 별 둘 나 둘, 별 셋 나 셋……

어느 곁엔지 별을 세고 있었다. 눈이 아물아물하고 입이 뒤바뀌어 수효가 틀려지면, 다시 목소리를 높여 처음부터 고쳐 세곤 하였다.

별 하나 나 하나, 별 둘 나 둘, 별 셋 나 셋……

세는 동안에 중실은 제 몸이 스스로 별이 됨을 느꼈다.

(1936. 1)

들

1

꽃다지, 질경이, 나생이, 딸장이, 민들레, 솔구장이, 쇠민장이, 길오장이, 달래, 무릇, 시금치, 씀바귀, 돌나물, 비름, 능쟁이.

들은 온통 초록 전에 덮여 벌써 한 조각의 흙빛도 찾아볼 수 없다. 초록의 바다.

초록은 흙빛보다 찬란하고 눈빛보다 복잡하다. 눈이 보얗게 깔렸을 때에는 흰빛과 능금나무의 자주빛과 그림자의 옥색빛밖에는 없어 단순하기 옷 벗은 여인의 나체와 같은 것이—봄은 옷 입고 치장한 여인이다.

흙빛에서 초록으로—이 기막힌 신비에 다시 한 번 놀라볼 필요가 없을까. 땅은 어디서 어느 때 그렇게 많은 물감을 먹었길래 봄이 되면 한꺼번에 그것을 이렇게 지천으로 뱉어놓을까. 바닷물을 고래같이 들이켰던가. 하늘의 푸른 정기를 모르는 결에 함빡 마셔두었던가. 그것을 빗물에 풀어 시절이 되면 땅 위로 솟쳐 보내는 것일까. 그러나 한 포기의 풀을 뽑아볼 때 잎새만이 푸를 뿐이지 뿌리와 흙에는 아무 물들인 자취도 없음은 웬일일까. 시험관 속 붉은 물에 약품을 넣으면 그것이 금시에 새파랗게 변하는 비밀—그것과도 흡사하다. 이 우주의 비밀의 약품—그것은 결국 알 바 없을까. 한 톨의 보리알이 열 낟으로 나는 이치는 가르치는 이 있어도 그 보리알에서 푸른 잎이 돋는 조화의 동기는 옳게 말하는 이 없는 듯하다.

사람의 지혜란 결국 신비의 테두리를 뱅뱅 돌 뿐이요, 조화의 속의 속은 언제까지나 열리지 않는 판도라의 상자일 듯싶다. 초록 풀에 덮인 땅속의 뜻은 초록 옷을 입은 여자의 마음과도 같이 엿볼 수 없는 저 건너 세상이다.

얀들얀들 나부끼는 초목의 양자는 부드럽게 솟는 음악. 줄기는 굵고 잎은 연한 멜로디의 마디마디이다. 부피 있는 대궁은 나팔 소리요, 가는 가지는 거문고의 음률이라고도 할까. 알레그로가 지나고 안단테에 들어갔을 때의 감동—그것이 봄의 걸음이다. 풀 위에 누워 있으면 은근한 음악의 율동에 끌려 마음이 너벗너벗 나부낀다.

꽃다지, 질경이, 민들레……. 가지가지 풋나물을 뜯어먹으면 몸이 초록으로 물들 것 같다. 물들어야 될 것 같다. 물들어야 옳을 것 같다. 물들지 않음이 거짓말이다. 물들지 않으면 안 될 것 같다.

새가 지저귄다. 꾀꼬리일까.

지평선이 아롱거린다.

들은 내 세상이다.

2

언제까지든지 푸른 하늘을 우러러보고 있으면 나중에는 현기증이 나며 눈이 둘러빠질 듯싶다. 두 눈을 뽑아서 푸른 물에 채웠다가 라무네병 속의 구슬같이 차진 놈을 다시 살 속에 박아넣은 것과도 같이 눈망울이

차고 어리어리하고 푸른 듯하다. 살과는 동떨어진 유리알이다. 그렇게
도 하늘은 맑고 멀다. 눈이 아픈 것은 그 하늘을 발칙하게도 오랫동안 우
러러본 벌인 듯싶다. 확실히 마음이 죄송스럽다. 반나절 동안 두려움 없
이 하늘을 똑바로 치어다볼 수 있는 사람이란 세상에서도 가장 착한 사
람이거나 그렇지 않으면 가장 용기 있는 악한이어야 할 것이다. 그렇게
도 푸른 하늘은 거룩하다.

　눈을 돌리면 눈물이 푹 쏟아진다. 벌판이 새파랗게 물들어 눈앞에 아
물아물한다. 이런 때에는 웬일인지 구름 한 점도 없다. 곁에는 한 묶음의
꽃이 있다. 오랑캐꽃, 고들빼기, 노고초, 새고사리, 까치무릇, 대계, 맛타
리, 차치광이. 나는 그것을 섞어 틀어 꽃다발을 결기 시작한다. 각색 꽃
판과 꽃술이 무릎 위에 지천으로 떨어진다. 그것은 헤어지는 석류 알보
다도 많다.

　나는 들이 언제부터 이렇게 좋아졌는지를 모른다. 지금에는 한 그릇의
밥, 한 권의 책과 똑같은 지위를 마음속에 차지하게 되었다. 책에서 읽은
이론도 아니요, 얻어들은 이치도 아니요, 몇 해 동안 하는 일 없이 들과
벗하고 지내는 동안에 이유 없이 그것은 살림 속에 푹 젖었던 것이다. 어
릴 때에 동무들과 벌판을 헤매며 찔레를 꺾으러 가시덤불 속에 들어가
고 소똥버섯을 따다 화로 속에 굽고, 메를 캐러 밭이랑을 들치며 골로 말
을 만들어 끌고 다니노라고 집에서보다도 들에서 더 많이 날을 지우던
—그때가 다시 부활하여 돌아온 셈이다. 사람은 들과 떼려야 뗄 수 없
는 인연에 있는 것 같다.

　자연과 벗하게 됨은 생활에서의 퇴각을 의미하는 것일까. 식물적 애정
은 반드시 동물적 열정이 진한 곳에 오는 것일까. 학교를 쫓기고 서울을
물러오게 된 까닭으로 자연을 사랑하게 된 것일까. 그러나 동무들과 골
방에서 만나고 눈을 기여 거리를 돌아치다 붙들리고 뛰다 잡히고 쫓기
고—하였을 때의 열정이나 지금에 들을 사랑하는 열정이나 일반이다.

지금의 이 기쁨은 그때의 그 기쁨과도 흡사한 것이다. 신념에 목숨을 바치는 영웅이라고 인간 이상이 아닐 것과 같이 들을 사랑하는 졸부라고 인간 이하는 아닐 것이다. 아직도 굳은 신념을 가지면서 지난날에 보던 책들을 들척거리다가도 문득 정신을 놓고 의미 없이 하늘을 우러러 보는 때가 많다.

"학보, 이제는 고향이 마음에 붙는 모양이지."

마을 사람들은 조롱도 아니요 치사도 아닌 이런 말을 던지게 되었고, 동구 밖에서 만나는 이웃집 머슴은 인사 대신에 흔히,

"해동지 늪에 붕어 떼 많던가."

고기 사냥 갈 궁리를 하거나 그렇지 않으면,

"십리정 보리 고개 숙었던가."

하고 곡식의 소식을 묻게 되었다.

마을 사람들보다도 내가 더 들과 친하고 곡식의 소식을 잘 알게 된 증거이다.

나는 책을 외이듯이 벌판의 구석구석을 샅샅이 외고 있다. 마음속에는 들의 지도가 세밀히 박혀 있고 사철의 변화가 표같이 적혀 있다. 나는 들 사람이요 들은 내 것과도 같다.

어느 논두렁의 청대콩이 가장 진미이며 어느 이랑의 감자가 제일 굵다는 것을 알 수 있다. 새발고사리가 많이 피어 있는 진펄과 종달새 뜨는 보리밭을 짐작할 수 있다. 남대천 어느 모퉁이를 돌 때 가장 고기가 흔하다는 것도 알게 되었다. 개리, 쇠리, 불거지가 덕실덕실 끓는 여울과 메기, 뚜구뱅이가 잠겨 있는 웅덩이와 쏘가리 꺽지가 누워 있는 바위 밑과 —매재와 고들매기를 잡으려면 철교께서도 몇 마장을 더 올라가야 한다는 것과 쇠치네와 기름종개를 뜨려면 얼마나 벌판을 나가야 될 것을 안다. 물 건너 귀룽나무 수풀과 방치골 으름덩굴 있는 곳을 아는 것은 아마도 나뿐일 듯싶다.

학교를 퇴학 맞고 처음으로 도회를 쫓겨 내려왔을 때에 첫걸음으로 찾은 곳은 일갓집도 아니요, 동무집도 아니요, 실로 이 들이었다. 강가의 사시나무가 제대로 있고 버들숲 둔덕의 잔디가 헐리지 않았으며 과수원의 모습이 그대로 남은 것을 보았을 때의 기쁨이란 형언할 수 없이 큰 것이었다. 고향을 그리워하는 마음이란 곧 산천을 사랑하고 벌판을 반가워하는 심정이 아닐까. 이런 자연의 풍물을 내놓고야 고향의 그림자가 어디에 알뜰히 남아 있는가. 헐리어가는 초가 지붕에 남아 있단 말인가. 고향을 꾸미는 것은 사람이면서도 그리운 것은 더 많이 들과 시냇물이다.

3

시절은 만물을 허랑하게 만드는 듯하다.

짐승은 드러내놓고 모든 것을 들의 품속에 맡긴다.

새풀 숲에서 새 둥우리를 발견한 것을 나는 알 수 없이 기쁘게 여겼다. 거룩한 것을—아름다운 것을—찾은 느낌이다. 집과 가족들을 송두리째 안심하고 땅에 맡기는 마음씨가 거룩하다. 풀과 깃을 모아 두툼하게 결은 둥우리 안에는 아직 까지 않은 알이 너덧 알 들어 있다. 아롱아롱 줄이 선 풋대추만큼씩 한 새알. 막 뛰어나려는 생명을 침착하게 간직하고 있는 얇은 껍질—금시에 딸깍 두 조각으로 깨트러질 모태—창조의 보금자리!

그 고요한 보금자리가 행여나 놀래고 어지럽혀질까를 두려워하여 둥우리 기슭에 손가락 하나 대기조차 주저되어 나는 다만 한참 동안이나 물끄러미 바라보고 섰다가 풀포기를 제대로 덮어놓고 감쪽같이 발을 옮겨놓았다. 금시에 알이 쪼개지며 생명이 돋아날 듯싶다. 등 뒤에서 새가 푸드득 날아 뜰 것 같다. 적막을 깨트리고 하늘과 들을 놀래이며 푸드득 날았다! 생각에 마음이 즐겁다.

그렇게 늦게 까는 것이 무슨 새일까. 청새일까. 덤불지일까. 고요하게 뛰노는 기쁜 마음을 걷잡을 수 없어 목소리를 내서 노래라도 부를까 느끼며 둑 아래로 발을 옮겨놓으려다 문득 주춤하고 서버렸다.

맹랑한 것이 눈에 띄인 까닭이다. 껄껄 웃고 싶은 것을 참고 풀 위에 주저앉았다. 그 웃고 싶은 마음은 노래라도 부르고 싶던 마음의 연장인지도 모른다. 다시 말하면 그 맹랑한 풍경이 나의 마음을 결코 노엽히거나[1] 모욕한 것이 아니요, 도리어 아까와 똑같은 기쁨을 자아내게 한 것이다. 일반으로 창조의 기쁨을 보여준 것이다.

개울녘 풀밭에서 한 자웅의 개가 장난치고 있는 것이다. 하늘을 겁내지 않고 들을 부끄러워하지 않고 사람의 눈을 꺼리는 법 없이 자웅은 터놓고 마음의 자유를 표현할 뿐이다. 부끄러운 것은 도리어 이쪽이다. 나는 얼굴을 붉히면서 대중없이 오랫동안 그 요절할 광경을 바라보기가 몹시도 겸연쩍었다. 확실히 시절의 탓이다. 가령 추운 겨울 벌판에서 나는 그런 장난을 목격한 일이 없다. 역시 들이 푸를 때 새가 늦은 알을 깔 때 자웅도 농탕치는 것이다. 나는 그 광경을 성내서는 비웃어서는 안 되었다.

보고 있는 동안에 어디서부터인지 자웅에게로 돌멩이가 날아들었다. 킬킬킬킬 웃음소리가 나며 두 번째 것이 날았다. 가제나 몸이 떨어지지 않는 자웅은 그제야 겁을 먹고 흘금흘금 눈을 굴리며 어색한 걸음으로 주체스런 두 몸을 비틀거렸다. 나는 나 이외에 그 광경을 그때까지 은근히 바라보고 있던 또 한 사람이 부근에 숨어 있음을 비로소 알고 더한층 부끄러운 생각이 와락 나며 숨도 크게 못 쉬고 인기척을 죽이고 잠자코

---

1) 화가 날 만큼 분하고 섭섭하다.

만 있을 수밖에는 없었다.

세 번째 돌멩이가 날리더니 이윽고 호담스런[2] 웃음소리가 왈칵 터지며 아래편 숲속에서 사람의 그림자가 덥석 뛰어나왔다. 빨래 함지를 인 채 한 손으로는 연해 자웅을 쫓으면서 어깨를 떨며 웃음을 금할 수 없다는 자세였다.

그 돌연한 인물에 나는 놀랐다. 한편 엉겼던 마음이 풀리기도 하였다. 옥분이었다. 빨래를 하고 나자 그 광경임에 마음속 은밀히 흠뻑 그것을 즐기고 난 뒤인 모양이었다. 그러나 나의 놀람보다도 옥분이가 문득 나를 보았을 때의 놀람—그것은 몇 곱절 더 큰 것이었다. 별안간 웃음을 뚝 그치고 주춤 서는 서슬에 머리에 이었던 함지가 왈칵 떨어질 판이었다. 얼굴의 표정이 삽시간에 검붉게 질려 굳어졌다. 눈알이 땅을 향하고 한편 손이 어쩔 줄 몰라 행주치마를 의미 없이 꼬깃거렸다.

별안간 깊은 구렁에 빠진 것과도 같은 그의 궁착한 처지와 덴 마음을 건져주기 위하여 나는 마음에도 없는 목소리를 일부러 자아내어 관대한 웃음을 한바탕 웃으면서 그의 곁으로 내려갔다.

"빌어먹을 짐승들."

마음에도 없는 책망이었으나 옥분의 마음을 풀어주자는 뜻이었다.

"득추녀석쯤이 너를 싫달 법 있니. 주제넘은 녀석!"

이어 다짜고짜로 그의 일신의 이야기를 집어낸 것은 그의 주의를 다른 곳으로 돌리자는 생각이었다. 군청 고원 득추는 일껀 옥분과 성혼이 된 것을 이제 와서 마다고 투정을 내고 다른 감을 구하였다. 옥분의 가세가 빈한하여 들고날 판이므로 혼인한 뒤에 닥쳐올 여러 가지 귀치않은 거래를 염려하여 파혼한 것이 확실하다. 득추의 그런 꾀바른 마음씨를 나무라는 것은 나뿐이 아니었다. 마을 사람들은 거개[3] 고원의 불신을 책하

---

2) 호기롭고 걸걸한.

190 이효석

였다.

"배반을 당하고 분하지도 않으냐."

"모른다."

옥분은 도리어 짜증을 내며 발을 떼놓았다.

"그 녀석 한번 해내줄까."

웬일인지 그에게로 쏠리는 동정을 금할 수 없다.

"쓸데없는 짓 할 것 있니."

동정의 눈치를 알면서도 시침을 떼는 옥분의 마음씨에는 말할 수 없이 그윽한 것이 있어 그것이 은연중에 마음을 당긴다.

눈앞에 멀어지는 그의 민출한 자태가 가슴속에 새겨진다. 검은 치마폭 밑으로 드러난 불그레한 늠츳한 두 다리—자작나무보다도 더 아름다운 것—헐벗기 때문에 한결 빛나는 것—세상에도 가지고 싶은 탐나는 것이다.

4

일요일인 까닭에 오래간만에 문수와 함께 둑 위에서 하루를 보낼 수 있었다. 날마다 거리의 학교에 가야 하는 그를 자주 붙들어낼 수는 없다. 일요일이 없는 나에게도 일요일이 있는 것이다.

바다를 바라볼 수 있는 둑에 오르면 마음이 활짝 열리는 듯이 시원하다. 바닷바람이 아직 조금 차기는 하나 신선한 맛이다. 잔디밭에는 간간이 피지 않은 해당화 봉오리가 조촐하게 섞였으며 둑 맞은편에 군데군데 모여 선 백양나무 잎새가 햇빛에 반짝반짝 나부껴 은가루를 뿌린 것

---

3) 거의 모두.

같다.

　문수는 빌려갔던 몇 권의 책을 돌려주고 표해두었던 몇 구절의 뜻을 질문하였다. 나는 그에게는 하루의 선배인 것이다. 돈독하게 띄워주는 것이 즐거운 의무도 되었다.

　'공부' 가 끝난 다음 책을 덮어두고 잡담에 들어갔을 때에 문수는 탄식하는 어조였다.

　"학교가 점점 틀려가는 모양이다."

　구체적 실례를 가지가지 들고 나중에는 그 한 사람의 협착한 처지를 말하였다.

　"책 읽는 것까지 들키었네. 자네 책도 뺏길 뻔했어."

　짐작되었다.

　"나와 사귀는 것이 불리하지 않은가."

　"자네 걸은 길대로 되어나가는 것이 뻔하지. 차라리 그편이 시원하겠네."

　너무 궁박한 현실 이야기만도 멋없어 두 사람은 무릎을 툭 털고 일어서 기분을 가다듬고 노래를 불렀다. 아는 말 아는 곡조를 모조리 불렀다.

　노래가 진하면 번갈아 서서 연설을 하였다. 눈앞에 수많은 대중을 가상하고 목소리를 다하여 부르짖어본다. 바닷물이 수물거리나 어쩌나 새들이 놀라서 떨어지나 어쩌나를 시험하려는 듯이도 높게 고함쳐본다. 박수하는 사람은 수만의 대중 대신에 한 사람의 동무일 뿐이나 지껄이는 동안에 정신이 흥분되고 통쾌하여간다. 훌륭한 공부 이외 단련이다.

　협착한 땅 위에 그렇게 자유로운 벌판이 있음이 새삼스러운 놀람이다. 아무리 자유로운 말을 외쳐도 거기에서만은 '중지' 를 당하는 법이 없으니까 말이다. 땅 위는 좁으면서도 넓은 셈인가.

　둑은 속 풀리는 시원한 곳이며 문수와 보내는 하루는 언제든지 다시없이 즐거운 날이다.

　과수원 철망 너머로 엿보이는 철늦은 딸기―잎새 사이로 불긋불긋 돋
아난 송이 굵은 양딸기―지날 때마다 건강한 식욕을 참을 수 없다.

　더구나 달빛에 젖은 딸기의 양자란 마치 크림을 끼얹은 것과도 같아서
한층 부드럽게 빛난다.

　탐나는 열매에 눈독을 보내며 철망을 넘기에 나는 반드시 가책과 반성
으로 모질게 마음을 매질하지는 않았으며 그럴 필요도 없었다. 그것이
누구의 과수원이든간에 철망을 넘는 것은 차라리 들사람의 일종의 성격
이 아닐까.

　들사람은 또한 한편 그것을 용납하고 묵인하는 아량도 가지고 있는 것
이다. 나는 몇 해 동안에 완전히 이 야취[4]의 성격을 얻어버린 것 같다.

　흐뭇한 송이를 정신없이 따서 입에 넣으면서도 철망 밖에서 다만 탐내
고 보기만 할 때보다 한층 높은 감동을 느끼지 못하게 됨은 도리어 웬일
일까. 입의 감동이 눈의 감동보다 떨어지는 탓일까. 생각만 할 때의 감동
이 실상 당하였을 때의 감동보다 항용 더 나은 까닭일까. 나의 욕심을 만
족시키기에는 불과 몇 송이의 딸기가 필요할 뿐이었다. 차라리 벌판에
지천으로 열려 언제든지 딸 수 있는 들딸기 편이 과수원 안의 양딸기보
다 나음을 생각하며 나는 다시 철망을 넘었다.

　멍석딸기, 줄딸기, 장딸기, 나무딸기, 감대딸기, 곰딸기, 닷딸기, 배암
딸기…….

　능금나무 그늘에 난데없는 사람의 그림자를 발견하자 황급히 뛰어넘
다 철망에 걸려 나는 옷을 찢었다. 그러나 옷보다도 행여나 들키지나 않

---

4) 자연의 아름다움에서 느끼는 흥취.

았나 하는 염려가 앞서 허둥허둥 풀 속을 뛰다가 또 공교롭게도 그가 옥분임을 알고 마음이 일시에 턱 놓였다. 그 역 딸기밭을 노리고 있던 터가 아닐까. 철망 기슭을 기웃거리며 능금나무 아래 몸을 간직하고 있지 않았던가.

언제인가 개천 둑에서 기묘하게 만난 후 두 번째의 공교로운 만남임을 이상하게 여기고 있는 동안에 마음이 퍽으나 헐하게 놓여졌다. 가까이 가서 시룽시룽 말을 건 것도 그리 어색하지 않고 자연스러웠다. 그 역시 스스러워하지 않고 수월하게 말을 받고 대답하고 하였다. 전날의 기묘한 만남이 확실히 두 사람의 마음을 방긋이 열어놓은 것 같다.

"딸기 따줄까?"

"무서워!"

그의 떨리는 목소리가 왜 그리도 나의 마음을 끌었는지 모른다. 나는 떨리는 그의 팔을 붙들고 풀밭을 지나 버드나무 숲속으로 들어갔다. 그의 입술은 딸기보다도 더 붉다. 확실히 그는 딸기 이상의 유혹이었다.

"무서워."

"무섭긴."

하고 달래기는 하였으나 기실 딸기를 훔치러 철망을 넘을 때와 똑같이 가슴이 후둑후둑 떨림을 어쩌는 수 없었다. 버드나무 잎새 사이로 달빛이 가늘게 새어들었다. 옥분은 굳이 거역하려고 하지 않았다.

양딸기 맛이 아니요, 확실히 들딸기 맛이었다. 멍석딸기 나무딸기의 신선한 감각에 마음은 흐뭇이 찼다.

아무리 야취의 습관에 젖었기로 철망 너머 딸기를 딸 때와 일반으로 아무 가책도 반성도 없었던가. 벌판서 장난치던 한 자웅의 짐승과 일반이 아닌가. 그것이 바른가, 그래서 옳을까 하는 한 줄기의 곧은 생각이 한결같이 뻗쳐오름을 억제할 수는 없었다. 결국 마지막 판단은 누가 옳게 내릴 수 있을까.

6

며칠이 지나도 여전히 귀찮은 생각이 머릿속에 뱅 돈다. 어수선한 마음을 활짝 씻어버릴 양으로 아침부터 그물을 들고 집을 나섰다.

그물을 후릴 곳을 찾으면서 남대천 물줄기를 따라 올라간 것이 시적시적 걷는 동안에 어느덧 철교께서도 근 십 리를 올라가게 되었다. 아무 고기나 닥치는 대로 잡으려던 것이 그렇게 되고 보니 불현듯이 고들매기를 후려볼 욕심이 솟았다. 고기사냥 중에서도 가장 운치 있고 흥 있는 고들매기 사냥에 나는 몇 번인지 성공한 일이 있어 그 호젓한 멋을 잘 안다. 그중 많이 모여 있을 듯이 보이는 그럴듯한 여울을 점쳐 첫 그물을 던져보기로 하였다.

산속에 오목하게 둘러싸인 개울―물도 맑거니와 물소리도 맑다. 돌을 굴리는 여울 소리가 티끌 한 점 있을 리 없는 공기와 초목을 영롱하게 울린다. 물속에 노는 고기는 산신령이나 아닐까.

옷을 활짝 벗어붙이고 그물을 메고 물속에 뛰어들었다. 넉넉히 목욕을 할 시절임에도 워낙 산골물이라 뼈에 차다. 마음이 한꺼번에 씻겨졌다느니보다도 도리어 얼어붙을 지경이다. 며칠 내로 내려오던 어수선한 생각이 확실히 덜해지고 날아갔다고 할까. 그러나 그러면서도 마지막 한 가지 생각이 아직도 철사같이 가늘게 꿰뚫고 흐름을 속일 수는 없었다.

'사람의 사이란 그렇게 수월할까.'

옥분과의 그날 밤 인연이 어처구니없게 쉽사리 맺어진 것이 의심쩍은 것이었다. 아무 마음의 거래도 없던 것이 달빛과 딸기에 꼬임을 받아 그 때 그 자리에서 금방 응낙이 되다니. 항용 거기에 이르기까지의 두 사람의 마음의 교섭이란 이야기 속에서 읽을 때에는 기막히게 장황하고 지리한 것이었는데 그것이 그렇게 수월할 리 있을까. 들 복판에서는 수월한 법인가.

'책임 문제는 생기지 않는가?'

생각은 다시 솔솔 풀린다. 물이 찰수록 생각도 점점 차게만 들어간다.

물이 다리목을 넘게 되었을 때 그쯤에서 한 홀기 던져보려고 그물을 펴들고 물속을 가늠해보았다. 속물이 꽤 세어 다리를 홀친다. 물때 끼인 돌멩이가 몹시 미끄러워 마음대로 발을 디딜 수 없다. 누르칙칙한 물속이 적확히 보이지 않는다. 몇 걸음 아래편은 바위요 바위 아래는 소가 되어 있다.

그물을 던질 때의 호흡이란 마치 활을 쏠 때의 그것과도 같이 미묘한 것이어서 일종의 통일된 정신과 긴장된 자세를 요구하는 것임을 나는 경험으로 잘 안다. 그러면서도 그때 자칫하여 기어이 실수를 하게 된 것은 필시 던지는 찰나까지도 통일되지 못한 마음이 어수선하고 정신이 까닥거렸음이 확실하다.

몸이 휘뚱하고 휘더니 횡 하게 날아야 할 그물이 물 위에 떨어지자 어지럽게 흩어졌다. 발이 미끄러져 센 물결에 다리가 쓸리니까 그물은 손을 빠져 달아났다. 물속에 넘어져 흐르는 몸을 아무리 버둥거려야 곧추 일으키는 장사 없었다. 생각하면 기가 막히나 별수없이 몸은 흐를 대로 흐르고야 말았다. 바위에 부딪쳐 기어코 소에 빠졌다. 거품을 날리는 폭포 속에 송두리째 푹 잠겼다가 휘엿이 솟으면서 푸른 물속을 뱅 돌았다. 요행 헤엄의 습득이 약간 있던 까닭에 많은 고생 없이 허부적거리고 소를 벗어날 수는 있었다.

면상과 어깻죽지에 몇 군데 상처가 있었다. 피가 돋았다. 다리에는 군데군데 시퍼렇게 멍이 들어 있음을 보았다. 잃어버린 그물은 어느 줄기에 묻혀 흐르는지 알 바도 없거니와 찾을 용기도 없었다. 고들매기는 물론 한 마리도 손에 쥐어보지 못하였다.

귀가 메이고 코에서는 켰던 물이 줄줄 흘렀다. 우연히 욕을 당하게 된 몸둥아리를 훑어보며 나는 알 수 없는 부끄러움을 느꼈다. 별안간 옥분의 몸이, 향기가 눈앞에 흘러왔다. 비밀을 가진 나의 몸이 다시 돌아 보이며 한동안 부끄러운 생각이 쉽게 꺼지지 않았다.

7

문수는 기어코 학교를 쫓겨났다. 기한 없는 정학처분이었으나 영영 몰려난 것과 같은 결과이다. 덕분에 나도 빌려주었던 책권을 영영 뺏긴 셈이 되었다.

차라리 시원하다고 문수는 거드름 부렸으나 시원하지 않은 것은 그의 집안 사람들이다. 들볶는 바람에 그는 집을 피하여 더 많이 나와 지내게 되었다. 원망의 물줄기는 나에게까지 튀어왔다. 나는 애매하게도 그를 타락시켜놓은 안된 놈으로 몰릴 수밖에는 없다.

별수없이 나날을 들과 벗하게 되었다. 나는 좋은 들의 동무를 얻은 셈이다.

풀밭에 서면 경주를 하고 시냇가에 서면 납작한 돌을 집어 물 위에 수제비를 뜨기가 일쑤다. 돌을 힘껏 던져 그것이 물 위를 뛰어가는 뜀수를 세는 것이다. 하나 둘 셋 넷 다섯 여섯 일곱 여덟—이 최고 기록이다. 돌은 굴러갈수록 걸음이 좁아지고 빨라지다 나중에는 깜박 물속에 꺼진다. 기차가 차차 멀어지고 작아지다 산모퉁이에서 깜박 사라지는 것과도 같다. 재미있는 장난이다. 나는 몇 번이고 싫지 않게 돌을 집어 시험하는 것이었다.

팔이 축 처지게 되면 다시 기운을 내어 모래밭에 겨루고 서서 씨름을 한다. 힘이 비등하여 승패가 상반이다. 떠밀기도 하고 샅바씨름도 하고 잡아나꾸기도 하고, 다리걸이 딴죽치기 기술도 차차 늘어가는 것 같다.

"세상에서 제일 장하고 제일 크고 제일 아름답고 제일 훌륭하고 제일 바른 것이 무엇이냐?"

되고 말고 수수께끼를 걸고,

"힘이다!"

라고 껄껄껄껄 웃으면 오장육부가 물에 헹군 듯이 시원한 것이다. 힘! 무슨 힘이든지 좋다. 씨름을 해가는 동안에 우리는 힘에 대한 인식을 한층 새롭혀갔다. 조직의 힘도 장하거니와 그것을 꾸미는 한 사람의 힘이 크다면 더한층 아름다운 것이 아닐까.

8

문수와 천렵[5]을 나섰다.

그물을 잃은 나는 하는 수 없이 족대를 들고 쇠치네 사냥을 하러 시냇물을 훑어 내려갔다.

벌판에 남비를 걸고 뜬 고기를 끓이고 밥을 지었다.

먹을 것이 거의 준비되었을 때, 더운 판에 목욕을 들어갔다.

땀을 씻고 때를 밀고는 깊은 곳에 들어가 물장구와 가댁질이다. 어린아이 그대로의 순진한 마음이 방울방울 날리는 물방울과 함께 하늘을 휘덮었다가는 쏟아지는 것이다.

물가에 나와 얼굴을 씻고 물을 들일 때에 문수는 다따가,

"어깨의 상처가 웬일인가?"

하고 나의 어깨의 군데군데를 가리켰다.

---

5) 냇물에서 고기잡이하는 일.

나는 뜨끔하면서 그때까지 완전히 잊고 있던 고들매기 사냥과 거기에 관련된 옥분과의 일건이 생각났다.

어떻게 할까 망설이다가 그에게까지 기일 바 못 되어 기어코 고기잡이 이야기와 따라서 옥분과의 곡절을 은연중 귀띔하여주게 되었다.

이상한 것은 그의 태도였다.

"명예의 부상일세그려."

놀리고는 걱실걱실 웃는 것이다. 웃다가 문득 그치더니,

"이왕 말이 났으니 나도 내 비밀을 게울 수밖에는 없게 되었네그려."

정색하고 말을 풀어냈다.

"옥분이—나도 그와는 남이 아니야."

어안이 벙벙한 나의 어깨를 치며,

"생각하면 득추와 파혼된 후로부터는 달뜬 마음이 허랑해진 모양이데. 일종의 자포자기야. 죽일 놈은 득추지. 옥분의 형편이 가엾기는 해."

나에게는 이상한 감정이 솟아올랐다. 문수에게 대하여 노염과 질투를 느끼는 대신에 도리어 일종의 안심과 감사를 느끼는 것이었다. 괴롭던 책임이 모면된 것 같고 무거운 짐을 벗어놓은 듯이도 감정이 가벼워지고 엉겼던 마음이 풀리는 것이다. 이것은 교활하고 악한 심보일까. 그러나 나를 단 한 사람으로 생각하지 않는 옥분의 허랑한 태도에 해결의 열쇠는 있다. 그의 태도가 마지막 책임을 져야 될 터이니까.

"왜 말이 없나? 거짓말로 알아듣나? 자네가 버드나무 숲에서 만났다면 나는 풀밭에서 만났네."

여전히 잠자코만 있으면서 나는 속으로 한결같이 들의 성격과 마술과도 같은 자연의 매력이라는 것을 생각하였다.

얼마나 이야기가 장황하였던지 밥 타는 냄새가 코를 찔렀다.

9

무더운 날이 계속된다.

이런 때 마을은 더한층 지내기 어렵고 역시 들이 한결 낫다.

낮은 낮으로 해두고 밤을—하룻밤을 온전히 들에서 보낸 적이 없다.

우리는 의논하고 하룻밤을 들에서 야영하기로 하였다.

들의 밤은 두려운 것일까? 이런 의문도 있었기 때문이다.

이왕 의가 통한 후이니 이후로는 옥분이도 데려다가 세 사람이 일단의 '들의 아들'이 되었으면 하는 문수의 의견이었으나 나는 그것을 일종의 악취미라고 배척하였다. 과거의 피차의 정의는 정의로 하여두고 단체생활에는 역시 두 사람이 적당하며 수효가 셋이면 어떤 경우에든지 반드시 기울고 불안정하다는 의견을 가지고 있기 때문이다. 그러나 그것도 결국 나의 야성이 철저치 못한 까닭이 아닐까.

어떻든 두 사람은 들 복판에서 해를 넘기고 어둡기를 기다리고 밤을 맞이하였다.

불을 피우고 이야기하였다.

이야기가 장황하기 때문에 불이 마저 스러질 때에는 마을의 등불도 벌써 다 꺼지고 개 짖는 소리도 수습된 뒤였다. 별만이 깜박거리고 바닷소리가 은은할 뿐이다.

어둠은 깊고 넓고 무한하다.

창조 이전의 혼돈의 세계는 이러하였을까.

무한의 적막—지구의 자전, 공전의 소리도 들리지는 않는 것이다.

공포, 두려움이란 어디서 오는 감정일까.

어둠에서도 적막에서도 오지는 않는다.

우리는 일부러 두려운 이야기, 무서운 이야기로 마음을 떠보았으나 이렇듯한 새삼스러운 공포의 감정이라는 것은 솟지 않았다.

위에는 하늘이요, 아래는 풀이요, 주위에 어둠이 있을 뿐이지 모두가 결국 낮 동안의 계속이요, 연장이다. 몸에 소름이 돋는 법도 마음이 떨리는 법도 없다.

서로 눈만 말똥거리다가 피곤하여 어느 결엔지 잠이 들어버렸다.

단잠을 깨었을 때는 아침 해가 높은 후였다.

야영의 밤은 시원하였을 뿐이요, 공포의 새는 결국 잡지 못하였다.

10

그러나 공포는 왔다.

그것은 들에서 온 것이 아니요, 마을에서—사람에게서 왔다.

공포를 만드는 것은 자연이 아니요 사람의 사회인 듯싶다.

문수가 돌연히 끌려간 것이다. 학교 사건의 뒤맺이인 듯하다.

이어 나도 들어가게 되었다. 나 혼자에 대하여 혹은 문수와 관련되어 여러 가지 질문을 받았다.

사흘 밤을 지우고 쉽게 나왔으나 문수는 소식이 없다. 오랠 것 같다.

여러 가지 재미있는 여름의 계획도 세웠으나 혼자서는 하릴없다.

가졌던 동무를 잃었을 때의 고독이란 큰 것이다. 들에서 무료히 지내는 날이 많다. 심심파적으로 옥분을 데려올까도 생각되나 여러 가지로 거리끼고 주체스런 일이다. 깨끗한 것이 좋을 것 같다.

별수없이 녀석이 하루라도 속히 나오기를 충심으로 바랄 뿐이다.

나오거든 풋콩을 실컷 구워먹이고 기름종개를 많이 떠먹이고 씨름해서 몸을 불려 줄 작정이다.

들에는 도라지꽃이 피고 개나리꽃이 장하다.

진펄의 새발고사리도 어느덧 활짝 피었다.
해오라기가 가끔 조촐한 자태로 물가에 내린다.
시절이 무르녹았다.

(1936. 3)

모밀꽃 필 무렵

　여름 장이란 애시 당초에 글러서, 해는 아직 중천에 있건만 장판은 벌써 쓸쓸하고 더운 햇발이 벌려놓은 전 휘장 밑으로 등줄기를 훅훅 볶는다. 마을 사람들은 거지반 돌아간 뒤요, 팔리지 못한 나무꾼 패가 길거리에 궁싯거리고들 있으나 석유병이나 받고 고깃마리나 사면 족할 이 축들을 바라고 언제까지든지 버티고 있을 법은 없다. 춥춥스럽게 날아드는 파리 떼도 장난꾼 각다귀들도 귀치않다. 얼금뱅이[1]요 왼손잡이인 드팀전의 허생원은 기어코 동업의 조선달을 낚구어보았다.

　"그만 걷을까?"

　"잘 생각했네. 봉평장에서 한 번이나 흐붓하게 사본 일 있었을까. 내일 대화장에서나 한몫 벌어야겠네."

　"오늘 밤은 밤을 새서 걸어야 될걸."

　"달이 뜨럇다."

　절렁절렁 소리를 내며 조선달이 그날 산 돈을 따지는 것을 보고 허생원은 말뚝에서 넓은 휘장을 걷고 벌여놓았던 물건을 거두기 시작하였다. 무명 필과 주단 바리가 두 고리짝에 꼭 찼다. 멍석 위에는 천 조각이

---

1) 얼굴이 얼금얼금 얽은 사람을 낮잡아 이르는 말.

어수선하게 남았다.

다른 축들도 벌써 거진 전들을 걷고 있었다. 약빠르게 떠나는 패도 있었다. 어물 장수도 땜장이도 엿장수도 생강 장수도 꼴들이 보이지 않았다. 내일은 진부와 대화에 장이 선다. 축들은 그 어느 쪽으로든지 밤을 새며 육칠십 리 밤길을 타박거리지 않으면 안 된다. 장판은 잔치 뒷마당같이 어수선하게 벌어지고 술집에서는 싸움이 터져 있었다. 주정꾼 욕지거리에 섞여 계집의 앙칼진 목소리가 찢어졌다. 장날 저녁은 정해놓고 계집의 고함 소리로 시작되는 것이다.

"생원, 시침을 떼두 다 아네⋯⋯. 충줏집 말야."

계집 목소리로 문득 생각난 듯이 조선달은 비죽이 웃는다.

"화중지병이지. 연소 패들을 적수로 하구야 대거리가 돼야 말이지."

"그렇지두 않을걸. 축들이 사족을 못 쓰는 것두 사실은 사실이나, 아무리 그렇다곤 해두 왜 그 동이 말일세, 감쪽같이 충줏집을 후린 눈치거든."

"무어 그 애숭이가? 물건 가지고 낚었나 부지. 착실한 녀석인 줄 알었더니."

"그 길만은 알 수 있나⋯⋯. 궁리 말구 가보세나그려. 내 한턱 씀세."

그다지 마음이 당기지 않는 것을 쫓아갔다. 허생원은 계집과는 연분이 멀었다. 얼금뱅이 상판을 쳐들고 대어설 숫기도 없었으나 계집 편에서 정을 보낸 적도 없었고, 쓸쓸하고 뒤틀린 반생이었다. 충줏집을 생각만 하여도 철없이 얼굴이 붉어지고 발밑이 떨리고 그 자리에 소스라쳐버린다. 충줏집 문을 들어서서 술좌석에서 짜장 동이를 만났을 때에는 어찌된 서슬엔지 발끈 화가 나버렸다. 상 위에 붉은 얼굴을 쳐들고 제법 계집과 농탕치는[2] 것을 보고서야 견딜 수 없었던 것이다. 녀석이 제법 난질

---

[2] 남녀가 함께 음탕한 소리와 난잡한 행동으로 놀아나다.

꾼³⁾인데 꼴사납다. 머리에 피도 안 마른 녀석이 낮부터 술 처먹고 계집과 농탕이야. 장돌뱅이 망신만 시키고 돌아다니누나. 그 꼴에 우리들과 한몫 보자는 셈이지. 동이 앞에 막아서면서부터 책망이었다. 걱정두 팔자요 하는 듯이 빤히 쳐다보는 상기된 눈망울에 부딪칠 때, 결김에 따귀를 하나 갈겨주지 않고는 배길 수 없었다. 동이도 화를 쓰고 팩하게 일어서기는 하였으나, 허생원은 조금도 동색하는 법 없이 마음먹은 대로는 다 지껄였다―어디서 주워먹은 선머슴인지는 모르겠으나, 네게도 아비 어미 있겠지. 그 사나운 꼴 보면 맘 좋겠다. 장사란 탐탁하게 해야 되지, 계집이 다 무어야. 나가거라, 냉큼 꼴 치워.

그러나 한마디도 대거리하지 않고 하염없이 나가는 꼴을 보려니, 도리어 측은히 여겨졌다. 아직도 서름서름한 사인데 너무 과하지 않았을까 하고 마음이 섬짓해졌다. 주제도 넘지, 같은 술손님이면서도 아무리 젊다고 자식 낳게 되는 것을 붙들고 치고 닦아셀 것은 무어야, 원. 충줏집은 입술을 쫑긋하고 술 붓는 솜씨도 거칠었으나, 젊은애들한테는 그것이 약이 된다나 하고 그 자리는 조선달이 얼버무려 넘겼다. 너 녀석한테 반했지? 애숭이를 빨면 죄된다. 한참 법석을 친 후이다. 담도 생긴데다가 웬일인지 흠뻑 취해보고 싶은 생각도 있어서 허생원은 주는 술잔이면 거의 다 들이켰다. 거나해짐을 따라 계집 생각보다도 동이의 뒷일이 한결같이 궁금해졌다. 내 꼴에 계집을 가로채서는 어떡할 작정이었누 하고 어리석은 꼬락서니를 모질게 책망하는 마음도 한편에 있었다. 그러기 때문에 얼마나 지난 뒤인지 동이가 헐레벌떡거리며 황급히 부르러 왔을 때에는, 마시던 잔을 그 자리에 던지고 정신없이 허덕이며 충줏집을 뛰어나간 것이었다.

"생원 당나귀가 바를 끊구 야단이에요."

---

3) 술과 색에 빠져 방탕하게 놀기를 잘하는 사람.

"각다귀[4]들 장난이지 필연코."

짐승도 짐승이려니와 동이의 마음씨가 가슴을 울렸다. 뒤를 따라 장판을 달음질하려니 거슴츠레한 눈이 뜨거워질 것 같다.

"부락스런 녀석들이라 어쩌는 수 있어야죠."

"나귀를 몹시 구는 녀석들은 그냥 두지는 않는걸."

반평생을 같이 지내온 짐승이었다. 같은 주막에서 잠자고, 같은 달빛에 젖으면서 장에서 장으로 걸어다니는 동안에 이십 년의 세월이 사람과 짐승을 함께 늙게 하였다. 까스러진 목 뒤 털은 주인의 머리털과도 같이 바스러지고, 개진개진 젖은 눈은 주인의 눈과 같이 눈곱을 흘렸다. 몽당비처럼 짧게 쓸리운 꼬리는, 파리를 쫓으려고 기껏 휘저어보아야 벌써 다리까지는 닿지 않았다. 닳아 없어진 굽을 몇 번이나 도려내고 새 철을 신겼는지 모른다. 굽은 벌써 더 자라나기는 틀렸고 닳아버린 철 사이로는 피가 빼짓이 흘렀다. 냄새만 맡고도 주인을 분간하였다. 호소하는 목소리로 야단스럽게 울며 반겨한다.

어린아이를 달래듯이 목덜미를 어루만져주니 나귀는 코를 벌름거리고 입을 투르르거렸다. 콧물이 튀었다. 허생원은 짐승 때문에 속도 무던히는 썩였다. 아이들의 장난이 심한 눈치여서 땀 배인 몸동아리가 부들부들 떨리고 좀체 흥분이 식지 않는 모양이었다. 굴레가 벗어지고 안장도 떨어졌다. 요 몹쓸 자식들, 하고 허생원은 호령을 하였으나 패들은 벌써 줄행랑을 논 뒤요 몇 남지 않은 아이들이 호령에 놀라 비슬비슬 멀어졌다.

"우리들 장난이 아니우. 암놈을 보고 저 혼자 발광이지."

코흘리개 한 녀석이 멀리서 소리를 쳤다.

"고 녀석 말투가."

---

4) 남의 것을 뜯어먹고 사는 사람을 비유적으로 이르는 말.

"김첨지 당나귀가 가버리니까 왼통 흙을 차고 거품을 흘리면서 미친 소같이 날뛰는 걸 꼴이 우스워 우리는 보고만 있었다우. 배를 좀 보지."

아이는 앵돌아진[5] 투로 소리를 치며 깔깔 웃었다. 허생원은 모르는 결에 낯이 뜨거워졌다. 뭇 시선을 막으려고 그는 짐승의 배 앞을 가려 서지 않으면 안 되었다.

"늙은 주제에 암샘을 내는 셈야, 저놈의 짐승이."

아이의 웃음소리에 허생원은 주춤하면서 기어코 견딜 수 없어 채찍을 들더니 아이를 쫓았다.

"쫓으려거든 쫓아보지. 왼손잡이가 사람을 때려."

줄달음에 달아나는 각다귀에는 당하는 재주가 없었다. 왼손잡이는 아이 하나도 후릴 수 없다. 그만 채찍을 던졌다. 술기도 돌아 몸이 유난스럽게 화끈거렸다.

"그만 떠나세. 녀석들과 어울리다가는 한이 없어. 장판의 각다귀들이란 어른보다도 더 무서운 것들인걸."

조선달과 동이는 각각 제 나귀에 안장을 얹고 짐을 싣기 시작하였다. 해가 꽤 많이 기울어진 모양이었다.

드팀전 장돌이를 시작한 지 이십 년이나 되어도 허생원은 봉평장을 빼논 적은 드물었다. 충주 제천 등의 이웃 군에도 가고, 멀리 영남 지방도 헤매이기는 하였으나 강릉쯤에 물건 하러 가는 외에는 처음부터 끝까지 군내를 돌아다녔다. 닷새만큼씩의 장날에는 달보다도 확실하게 면에서 면으로 건너간다. 고향이 청주라고 자랑삼아 말하였으나 고향에 돌보러 간 일도 있는 것 같지는 않았다. 장에서 장으로 가는 길의 아름다운 강산이 그대로 그에게는 그리운 고향이었다. 반날 동안이나 뚜벅뚜벅 걷고

---

5) 노여워서 토라지다.

장터 있는 마을에 거지반 가까웠을 때, 거친 나귀가 한바탕 우렁차게 울면—더구나 그것이 저녁녘이어서 등불들이 어둠 속에 깜박거릴 무렵이면 늘 당하는 것이건만 허생원은 변치 않고 언제든지 가슴이 뛰놀았다.

젊은 시절에는 알뜰하게 벌어 돈푼이나 모아본 적도 있기는 있었으나, 읍내에 백중이 열린 해 호탕스럽게 놀고 투전을 하고 하여 사흘 동안에 다 털어버렸다. 나귀까지 팔게 된 판이었으나 애끊는 정분에 그것만은 이를 물고 단념하였다. 결국 도로아미타불로 장돌이를 다시 시작할 수밖에는 없었다. 짐승을 데리고 읍내를 도망해 나왔을 때에는 너를 팔지 않기 다행이었다고 길가에서 울면서 짐승의 등을 어루만졌던 것이었다. 빚을 지기 시작하니 재산을 모을 염은 당초에 틀리고 간신히 입에 풀칠을 하러 장에서 장으로 돌아다니게 되었다.

호탕스럽게 놀았다고는 하여도 계집 하나 후려보지는 못하였다. 계집이란 쌀쌀하고 매정한 것이었다. 평생 인연이 없는 것이라고 신세가 서글퍼졌다. 일신에 가까운 것이라고는 언제나 변함없는 한 필의 당나귀였다.

그렇다고는 하여도 꼭 한 번의 첫일을 잊을 수는 없었다. 뒤에도 처음에도 없는 단 한 번의 괴이한 인연! 봉평에 다니기 시작한 젊은 시절의 일이었으나 그것을 생각할 적만은 그도 산 보람을 느꼈다.

"달밤이었으나 어떻게 해서 그렇게 됐는지 지금 생각해도 도무지 알 수는 없어."

허생원은 오늘 밤도 또 그 이야기를 끄집어내려는 것이다. 조선달은 친구가 된 이래 귀에 못이 박히도록 들어왔다. 그렇다고 싫증을 낼 수도 없었으나 허생원은 시침을 떼고 되풀이할 대로는 되풀이하고야 말았다.

"달밤에는 그런 이야기가 격에 맞거든."

조선달 편을 바라는 보았으나 물론 미안해서가 아니라 달빛에 감동하여서였다. 이지러는 졌으나 보름을 가제 지난 달은 부드러운 빛을 흐뭇이 흐리고 있다. 대화까지는 칠십 리의 밤길, 고개를 둘이나 넘고 개울을 하나 건너고 벌판과 산길을 걸어야 된다. 달은 지금 긴 산허리에 걸려 있다. 밤중을 지난 무렵인지 죽은 듯이 고요한 속에서 짐승 같은 달의 숨소리가 손에 잡힐 듯이 들리며, 콩포기와 옥수수 잎새가 한층 달에 푸르게 젖었다. 산허리는 온통 모밀밭이어서 피기 시작한 꽃이 소금을 뿌린 듯이 흐뭇한 달빛에 숨이 막힐 지경이다. 붉은 대궁이 향기같이 애잔하고 나귀들의 걸음도 시원하다. 길이 좁은 까닭에 세 사람은 나귀를 타고 외줄로 늘어섰다. 방울 소리가 시원스럽게 딸랑딸랑 모밀밭께로 흘러간다. 앞장선 허생원의 이야기 소리는 꽁무니에 선 동이에게는 확적히는 안 들렸으나, 그는 그대로 개운한 제 멋에 적적하지는 않았다.

"장 선 꼭 이런 날 밤이었네. 객줏집 토방이란 무더워서 잠이 들어야지. 밤중은 돼서 혼자 일어나 개울가에 목욕하러 나갔지. 봉평은 지금이나 그제나 마찬가지지. 보이는 곳마다 모밀밭이어서 개울가가 어디 없이 하얀 꽃이야. 돌밭에 벗어도 좋을 것을, 달이 너무도 밝은 까닭에 옷을 벗으러 물방앗간으로 들어가지 않았나. 이상한 일도 많지. 거기서 난데없는 성서방네 처녀와 마주쳤단 말이네. 봉평서야 제일가는 일색이었지……."

"팔자에 있었나부지."

아무렴 하고 응답하면서 말머리를 아끼는 듯이 한참이나 담배를 빨 뿐이었다. 구수한 자줏빛 연기가 밤기운 속에 흘러서는 녹았다.

"날 기다린 것은 아니었으나 그렇다고 달리 기다리는 놈팽이가 있는 것두 아니었네. 처녀는 울고 있단 말야. 짐작은 대고 있었으나 성서방네는 한창 어려워서 들고날 판인 때였지. 한집안 일이니 딸에겐들 걱정이 없을 리 있겠나. 좋은 데만 있으면 시집도 보내련만 시집은 죽어도 싫다지……. 그러나 처녀란 울 때같이 정을 끄는 때가 있을까. 처음에는 놀라기도 한 눈치였으나 걱정 있을 때는 누그러지기도 쉬운 듯해서 이럭저럭 이야기가 되었네……. 생각하면 무섭고도 기막힌 밤이었어."

"제천인지로 줄행랑을 놓은 건 그 다음날이렷다."

"다음 장도막에는 벌써 온 집안이 사라진 뒤였네. 장판은 소문에 발끈 뒤집혀 고작해야 술집에 팔려가기가 상수라고 처녀의 뒷공론이 자자들 하단 말이야. 제천 장판을 몇 번이나 뒤졌겠나. 하나 처녀의 꼴은 꿩 궈 먹은 자리야. 첫날밤이 마지막 밤이었지. 그때부터 봉평이 마음에 든 것이 반평생을 두고 다니게 되었네. 평생인들 잊을 수 있겠나."

"수 좋았지. 그렇게 신통한 일이란 쉽지 않어. 항용 못난 것 얻어 새끼 낳고, 걱정 늘고 생각만 해두 진저리나지……. 그러나 늘그막바지까지 장돌뱅이로 지내기도 힘드는 노릇 아닌가? 난 가을까지만 하구 이 생애와두 하직하려네. 대화쯤에 조그만 전방이나 하나 벌이구 식구들을 부르겠어. 사시장철 뚜벅뚜벅 걷기란 여간이래야지."

"옛 처녀나 만나면 같이나 살까……. 난 거꾸러질 때까지 이 길 걷고 저 달 볼 테야."

산길을 벗어나니 큰길로 틔어졌다. 꽁무니의 동이도 앞으로 나서 나귀들은 가로 늘어섰다.

"총각두 젊겠다, 지금이 한창 시절이렷다. 충줏집에서는 그만 실수를 해서 그 꼴이 되었으나 설게 생각 말게."

"처 천만에요. 되려 부끄러워요. 계집이란 지금 웬 제격인가요. 자나 깨나 어머니 생각뿐인데요."

허생원의 이야기로 실심해한 끝이라 동이의 어조는 한풀 수그러진 것이었다.

"애비 어미란 말에 가슴이 터지는 것도 같았으나 제겐 아버지가 없어요. 피붙이라고는 어머니 하나뿐인걸요."

"돌아가셨나?"

"당초부터 없어요."

"그런 법이 세상에."

생원과 선달이 야단스럽게 껄껄들 웃으니, 동이는 정색하고 우길 수밖에는 없었다.

"부끄러워서 말하지 않으려 했으나 정말예요. 제천 촌에서 달도 차지 않은 아이를 낳고 어머니는 집을 쫓겨났죠. 우스운 이야기나, 그러기 때문에 지금까지 아버지 얼굴도 본 적 없고 있는 고장도 모르고 지내와요."

고개가 앞에 놓인 까닭에 세 사람은 나귀를 내렸다. 둔덕은 험하고 입을 벌리기도 대근하여[6] 이야기는 한동안 끊겼다. 나귀는 건듯하면 미끄러졌다. 허생원은 숨이 차 몇 번이고 다리를 쉬지 않으면 안 되었다. 고개를 넘을 때마다 나이가 알렸다. 동이 같은 젊은 축이 그지없이 부러웠다. 땀이 등을 한바탕 쪽 씻어내렸다.

고개 너머는 바로 개울이었다. 장마에 흘러버린 널다리가 아직도 걸리지 않은 채로 있는 까닭에 벗고 건너야 되었다. 고의를 벗어 띠로 등에 얽어매고 반 벌거숭이의 우스꽝스런 꼴로 물속에 뛰어들었다. 금방 땀을 흘린 뒤였으나 밤 물은 뼈를 찔렀다.

"그래, 대체 기르긴 누가 기르구?"

"어머니는 하는 수 없이 의부를 얻어가서 술장사를 시작했죠. 술이 고주래서 의부라고 전 망나니예요. 철들어서부터 맞기 시작한 것이 하룬들 편할 날 있었을까. 어머니는 말리다가 채이고 맞고 칼부림을 당하곤하니 집 꼴이 무어겠소. 열여덟 살 때 집을 뛰어나와서부터 이 짓이죠."

"총각 낫세론 심이 무던하다고 생각했더니 듣고 보니 딱한 신세로군."

물은 깊어 허리까지 채었다. 속 물살도 어지간히 세인데다가 발에 채이는 돌멩이도 미끄러워 금시에 훌칠 듯하였다. 나귀와 조선달은 재빨

---

6) 견디기가 힘들고 만만치가 않아.

리 거의 건넜으나 동이는 허생원을 붙드느라고 두 사람은 훨씬 떨어졌다.

"모친의 친정은 원래부터 제천이었던가?"

"웬걸요, 시원스리 말은 안 해주나 봉평이라는 것만은 들었죠."

"봉평? 그래 그 아비 성은 무엇인구?"

"알 수 있나요. 도무지 듣지를 못했으니까."

"그 그렇겠지."

하고 중얼거리며 흐려지는 눈을 까물까물하다가 허생원은 경망하게도 발을 빗디디었다. 앞으로 고꾸라지기가 바쁘게 몸째 풍덩 빠져버렸다. 허비적거릴수록 몸을 걷잡을 수 없어 동이가 소리를 치며 가까이 왔을 때에는 벌써 퍽으나 흘렀었다. 옷째 졸짝 젖으니 물에 젖은 개보다도 참혹한 꼴이었다. 동이는 물속에서 어른을 해깝게 업을 수 있었다. 젖었다고는 하여도 여윈 몸이라 장정 등에는 오히려 가벼웠다.

"이렇게까지 해서 안됐네. 내 오늘은 정신이 빠진 모양이야."

"염려하실 것 없어요."

"그래, 모친은 아비를 찾지는 않는 눈치지?"

"늘 한번 만나고 싶다고는 하는데요."

"지금 어디 계신가?"

"의부와도 갈라져 제천에 있죠. 가을에는 봉평에 모셔오려고 생각중인데요. 이를 물고 벌면 이럭저럭 살아갈 수 있겠죠."

"아무렴, 기특한 생각이야. 가을이랬겠다?"

동이의 탐탁한 등허리가 뼈에 사무쳐 따뜻하다. 물을 다 건넜을 때에는 도리어 서글픈 생각에 좀더 업혔으면도 하였다.

"진종일 실수만 하니 웬일이오, 생원?"

조선달은 바라보며 기어코 웃음이 터졌다.

"나귀야. 나귀 생각하다 실족을 했어. 말 안 했던가. 저 꼴에 제법 새끼를 얻었단 말이지. 읍내 강릉집 피마에게 말일세. 귀를 쫑긋 세우고 달랑 달랑 뛰는 것이 나귀 새끼같이 귀여운 것이 있을까. 그것 보러 나는 일부 러 읍내를 도는 때가 있다네."

"사람을 물에 빠치울 젠 딴은 대단한 나귀 새끼군."

허생원은 젖은 옷을 웬만큼 짜서 입었다. 이가 덜덜 갈리고 가슴이 떨 리며 몹시도 추웠으나 마음은 알 수 없이 둥실둥실 가벼웠다.

"주막까지 부지런히들 가세나. 뜰에 불을 피우고 훗훗이 쉬어. 나귀에 겐 더운 물을 끓여주고. 내일 대화장 보고는 제천이다."

"생원도 제천으로?"

"오래간만에 가보고 싶어. 동행하려나, 동이?"

나귀가 걷기 시작하였을 때 동이의 채찍은 왼손에 있었다. 오랫동안 어둑서니[7]같이 눈이 어둡던 허생원도 요번만은 동이의 왼손잡이가 눈에 띄지 않을 수 없었다.

걸음도 해깝고 방울 소리가 밤 벌판에 한층 청청하게 울렸다.

달이 어지간히 기울어졌다.

(1936. 10)

7) 어두운 밤에 아무것도 없는데도 있는 것처럼 보이는 것.

성찰

세상에 거울같이 괴이하고 야릇한 것은 없다. 태고적에 거울이라는 것이 아직 없고 고요한 저녁 강물 위에 자기의 그림자를 비추어볼 수밖에 없었을 때에는 사람은 자기의 꼴과 원숭이의 꼴조차 구별할 수 없었을 것이며 따라서 가령 사람 사이의 애정이라는 것도 어수룩하고 순박하였을 것이다. 거울이 생긴 때부터 사람은 원숭이와의 구별을 알았고 제 얼굴의 맵시와 흠을 보았고 부끄럼과 사랑을 깨닫게 되었으리라. 적어도 사랑의 감정이 복잡하게 분화되고 연애라는 것이 있게 된 것은 거울이 생긴 후부터라고 보배는 생각한다.

그는 언제인가 동물원에 갔을 때, 핸드백의 거울로 우리 안의 원숭이를 희롱해본 적이 있었다. 거울에 비치인 제 꼴을 보고 짐승은 놀라고 흥분해서 한바탕 날뛰다가 나중에는 화를 내고 소리를 치고 독살을 피우며 우리 밖 사람에게로 달려드는 시늉을 하였다. 확실히 제 꼴과 사람의 모양과의 차이를 처음으로 발견한 때에 느낀 놀랍고 부끄럽고 괴이한 감정에서 온 것이라고 보배는 판단하였다. 같은 감정을 사람도 처음으로 거울을 보았을 때에 느꼈을 것이며 참으로 번민과 사랑과 모든 정서는 거기서 생기는 자기의 얼굴의 인식에서 시작된 것이라고 생각하게 되었다.

얼굴의 의식 없이 감정의 발로는 없으며 하루의 모든 생각과 생활은 참으로 얼굴의 생각에서부터 시작되는 것이다. 보배는 하루에도 수십 차례—일어날 때 잠잘 때 이외에 가게에 있을 때에도 틈틈이 거울을 보고 화장을 고치고 지금 와서는 그것이 생활의 한 중요한 부분이 되었다. 거울을 볼 때에 그 속에 자기의 얼굴만을 보는 것이 아니라 반드시 그 어느 다른 사람의 얼굴을 아울러 생각하였다. 두 얼굴을 비기는 곳에서 만족도 느끼고 불안도 오고 하였다. 가령 요사이는 거울을 대할 때에 으레 민자의 얼굴이 의식의 전부를 차지하였다. 흡사 시몬느 시몽 같은 둥글고 납작스름한 민자의 애숭이 얼굴을 생각하면서 그와는 반대되는 기름하고 엽렵한 자기의 얼굴이 대조적으로 솟아올라 그와의 사이에 가벼운 질투와 안타까운 초조와 신선한 야욕을 느끼게 되었다.

민자가 언니 언니 하면서 겉발림이 아니라 진정으로 언니 대접을 하는 것을 보배 역시 기뻐하고 충심으로 맞아들이면서도 마음 한편 구석에 이런 대립의 감정을 느끼게 되는 것을 그 자신 괴이히 여기기는 하였다. 이 대립의 감정은 물론 준보를 얼싸고 오는 것이었다. 가게의 위층은 빠아요 아래층은 끽다[1]부喫茶部로 보배는 빠아에 매었고 민자는 끽다부의 시중을 혼자 맡아보았다.

준보는 빠아에보다도 끽다부에 오는 때가 많았다. 신문사의 일이란 그렇게 한가한 것인지 거의 번기는 날이 없으며 오후만 되면 어느 결엔지 아래층 소파에 와 앉아서 로버트 테일러 비슷한 기름한 얼굴을 청승맞게 괴이고 어느 때가지든지 머물러 한가한 시간을 보냈다. 친구가 있을 때면 친구의 탓으로나 밀 수 있지만 혼자 때에도 여전히 지루하게 눌러 앉아 마치 애매한 시간과 씨름이라도 하자는 격이었다. 그렇게 천치같이 우두커니 앉았을 때의 의식의 대상이 민자임을 보배는 물론 안다.

---

1) 차를 마심.

하루는 보배가 늘 하는 버릇으로 신통한 손님도 없고 한 틈을 타서 아래층으로 살며시 내려가보았을 때 그곳에도 손님 없는 휑뎅그레한 한편 구석에 준보와 민자가 따로 앉아 속살거리고 있는 것을 발견하였다. 들어맞는 예감에 보배는 선뜻한 칼맞을 느꼈으나 한편 섬뜩한 생각을 금할 수 없었다. 천연스럽게 내려가서 한자리에 다정스럽게 휩쓸리기는 하였으나 마음속에 솟아오르는 피 심지를 억잡을 수는 없었다. 민자와의 사이에 담을 의식하게 되고 준보에게 불현듯이 욕심을 느끼게 되었다면 이때부터였을 것이다.

그가 끼었으므로 말미암아 잠깐 어색해지기는 하였으나 자리의 공기는 즉시 풀려서 세 사람은 단란한 회화 속으로 휩쓸려 들어갔다. 그만큼 준보와 보배의 사이도 서름서름한 처지는 아니었던 것이다. 그러나 이상한 것은, 보배는 전에도 준보에게 흥미를 느끼지 않은 바는 아니었으나 불시에 피할 수 없는 절대적 야욕을 느끼게 된 것은 실로 이때부터였음이다.

인색하게 차만 마시러 오지 말고 더러는 위층에 술도 마시러 오라는 것이 그 자리의 한 마디 야유이기는 하였으나 의외의 자리에서 의외의 실토를 하게 된 것을 보배는 즉시 마음속에 반성하게 되었고 그런 반성을 부끄럽게 여기기도 하였다.

준보와 민자는 어울리고 알맞은 한 쌍이다. 될 대로 맡겨두고 천연스런 태도로 왜 옆에서 보고만 있을 수 없을까 하는 생각으로였다. 그러나 이런 생각에도 불구하고 마음은 반은 벌써 악마의 차지가 되어 있었다. 셋 가운데에서 하나는 언제든지 악마의 역할을 하는 수밖에는 없는 듯하였다.

거울은 짜장 괴이한 물건이다. 그것은 때때로 어처구니없는 신비로운 장난을 즐겨하는 것 같다. 몸에 소름이 돋치지 않고는 보배는 다음 기억을 되풀이 할 수 없었다. 그날 밤 잡지사 축들과 늦도록 진탕으로 놀다가 다들 보낸 후 보배가 거나한 김에 흥얼흥얼 콧노래를 부르면서 아래층 끽다부로 비틀비틀 내려갔을 때였다. 몇 사람의 손님이 이 자리 저 자리에 흩어져 앉았고 카운터 근처 구석에는 준보가 늘 오는 그 모양 그래도 눅진히 붙어서 옆에 앉은 민자와 말을 건네고 있었다. 휘적휘적 걸어가서 준보의 옆에 섰을 때에 보배는 문득 놀라 한참 동안이나 맞은편을 노리고 섰었다. 창졸간에 그것이 꿈인지 현실인지를 의아하면서 장승같이 넋을 잃고 우두커니 서 있었다. 준보 곁에 난데없는 여자가 한 사람 나타나 이쪽을 호되게 노리고 있는 것이다.

여자의 날카로운 시선이 보배의 일신을 다구지게 쏘아 붙였다. 눈이 매섭고 상이 길어 흡사 안보오략 비슷한 인상을 주는 그 여인을 보배는 확실히 전에 그 어디서 보았던 듯도 하고 혹은 초면인 듯도 한 기괴한 감각에 현혹한 느낌을 마지못하고 서 있는 동안에 돌연히 또 이상한 발견을 하게 된 것은 준보와 여자와 민자의 세 사람을 우연히도 한 자리에 모으게 한 그 기괴한 한 폭의 그림 속에서 어울리는 짝은 준보와 민자가 아니라 준보와 그 낯 모르는 여자였던 것이다. 용모와 자세와 분위기가 두 사람에게 우연히도 빈틈없는 일치의 인상을 주었다. 이상한 발견에 놀라는 한편 보배도 그 짧은 순간 속에서도 돌연히 준보에게 모든 열정을 기울이고 있는 민자의 비극적 역할을 생각하고 그에게 대한 한줄기의 가엾은 생각이 유연히 솟는 것이었다.

가엾은 민자! 날도둑 같은 그 여인! 눈을 흽뜨며 주먹을 쥐려니 맞은편의 그 여인도 보배와 똑같은 시늉을 한다. 어이가 없어 몸 자세를 늦추고 시선을 옮길 때 여인은 다시 그것을 흉내내었다. 보배는 번개같이 정신이 깨었다. 망칙한 요술이었음을 깨닫고 몸에 소름이 돋았다. 맞은편 벽에 걸린 커다란 체경의 요술이었던 것이다. 여인은 물론 보배 자신이었다. 취흥으로 거나한 바람에 거울의 요술에 감쪽같이 속아 넘어갔던 것이다.

순식간에 그의 마음속에 일어났던 비밀을 두 사람에게 속 뽑히웠을까 두려워하며 겸연쩍은 마음으로 준보 옆에 털썩 주저앉기는 하였으나 그후까지도 이 괴이한 경험은 쉽사리 기억 속에서 사라지지 않고 사람이 아무리 취하였기로 거울에 비친 제 얼굴도 못 알아보는 법 있나 하고 한결같이 의심이 솟는 지경이었다. 몸에 소름을 돋치지 않고는 이 기억이 되풀이 할 수 없으며 동시에 보배에게는 한 큰 암시요, 유혹이었다. 이 암시로 말미암아 그는 세 사람 가운데에서의 자기의 역할을 적확히 깨달았던 것이다.

이때부터 보배에게는 민자의 모든 것을 알고자 하는 욕망이 불현듯이 솟기 시작하였다. 합숙소에서는 쓰는 방이 다르므로 가까운 처지라고는 하여도 아무래도 사이가 떴다. 그럴수록 더한층 민자의 가지가지의 거동에 보배의 눈이 날카롭게 갔다. 합숙소에는 목욕장의 설비가 없으므로 거의 사흘돌이로 거리의 목욕간에 가지 않으면 안 되었다. 보배는 그때마다 민자와의 행동의 기회를 엿보았다. 목욕통에서만은 사람은 피차에 감출 것이 없다. 사람없는 조용한 아침 목욕물 속에 잠기면서 보배는 민첩한 눈으로 민자의 육체의 구석구석을 살필 수 있었다. 젖꼭지가 살구꽃 봉오리같이 봉긋은 하나 아직도 젖가슴이 전체로 얄팍한 애잔한 애숭이의 육체이기는 하나 그러한 사람의 육체같이 사람의 눈을 속이는 것은 없다. 보배는 천연스런 웃음결을 이용하여 은근한 속에서 민자의 속을 떠보았다.

"과실의 맛이란 첫송이만큼 자별스러운 건 없어."

장난삼아 물방울을 퉁기면서 목욕통 전에 나가 그의 옆에 앉았다.

"민자, 어디 손가락 좀 곱아봐."

그의 손을 다정스럽게 끌어다 쥐고,

"한 번? 두 번? 세 번?……"

하면서 그의 손가락을 곱히려 하였다.

잠시 동안 멍하니 무슨 뜻인지를 모르고 하는 대로 손가락을 맡기고 있던 민자는 겨우 그 뜻을 깨닫고 부끄러운 생각에 얼굴을 화끈 붉히면서 달팽이같이 손을 움츠려뜨렸다.

"망칙해라 언니두. 망녕 좀 작작 피우."

"부끄러울 것도 많다. 여자끼리 무슨 허물이야. 내 곱아볼까. 자 한번 두 번…… 하하하하 내게는 다섯 손가락쯤으로 당초에 부족한걸……. 별 사내가 다 있었지. 그러나 옛날에 배운 영어의 단자와 같이 신기하게도 모조리 잊어버려지고 마음속에 남은 것은 그래도 첫 사내야. 첫 사내와의 사이라는 것은 대개 어처구니없고 흐지부지하고—여자의 평생의 길은 거기서 작정되는 것인가봐. 나도 첫 사내만 세상을 버리지 않았다면 지금까지 밟아온 길과 처신머리가 좀더 달랐을지도 모르나—허나 나는 결코 밟아온 반생의 길을 불측하게도 생각하지 않고 부끄럽게도 여기지는 않아. 그런 것도 한 가지 살아가는 형식이거니만 생각되거든. 괴벽스럽고 어지러운 생각인지도 모르나 나는 한 사람 한 사람의 사내를 대할 때에 마치 한 상 한 상의 잔칫상을 대하는 것 같이 준비된 성스러운 식탁을 대하는 것같이밖에는 생각되지 않았어. 식탁 위의 것이 아무리 귀한 진미였다 하더라도 시간이 지나면 그 맛의 기억이란 사라져버리는 것. 그렇게 제 앞으로 차례진 식탁을 대할 때에 마음껏 제 차지를 즐기는 것이 떳떳한 수지. 는실녀라고 웃든지 말든지 내 생각과 태도는 이래. 자 민자, 내 앞에서 숨길 것이 무엇이고 부끄러울 것이 무어야."

장황하게 내섬기며 보배는 민자를 어지러운 연기 속에 후려 쌌다. 그러나 민자는 그 속에서 허비적거리는 법 없이 침착하게 자기의 태도를 잃어버리지는 않았다.

"언니의 생각은 잘 알았어두 저를 더 족치지는 마세요. —한 번두 없어요."

두 볼을 발갛게 물들이는 그의 표정에서 거짓말을 찾을 수는 없었다.

팔다리가 아직도 가늘고 허리목이 아직도 얇다.

"그럼 준보와두?"

"미쳤네. 괴덕도 작작 부려요 좀."

부끄러운 판에 민자는 대야에 남은 물을 보배의 옆구리에 확 끼얹었다.

"아직 깨끗하다는 것이 현대에 있어서는 자랑두 아무것도 아니야. 알맞은 때를 약바르게 붙들어야지. 고때를 놓치면 사람의 마음이 아무리 굳다고 하더라도 병이 생기기 쉬운 법야. 기회라는 것은 늘 그 제일 알맞은 순간이라는 것이 있으니까."

"언니는 우리를 얕잡아보시는 셈이죠. 이래 뵈어두 결혼할 때까지는 아무런 일이 있어두 순결을 지켜볼 작정인데요."

"결혼─ 흥, 결혼─ 나두 한 때는 그런 꿈두 꾸어본 적 있었지. 그러나 결국 다 공상이고 꿈이었지. 결혼─용감하고 원대한 포부야. 대담한 이상이야."

"올 안으로 신문사가 확장되면 지위도 높아질 터, 수입도 늘 터, 그때면 결혼해가지고 조그만 집 한 채 장만하고……."

"굉장한 계획이군. 어떻든 준보도 순진한 청년, 민자도 순진한 소녀. ─어지간히 순진들은 해. 결혼의 축하로 물총이나 한 번 맞아보지."

보배는 껄껄 웃으며 대야의 물을 민자의 등줄기에 괴덕스럽게 쳐버리고 물속으로 뛰어들어가 물소같이 네 활개를 죽 폈다.

순결하고 애잔한 민자의 자태가 눈에 아프다. 둥근 턱과 짧은 코와 짧은 웃입술이 새삼스럽게 가엾게─측은하게 여겨졌다.

보배는 오래간만에 음악을 들을 때면 별안간 울고 싶어지는 적이 있다. 훌륭한 음악을 들을 때같이 세상이 아름답고 환상이 샘같이 솟아서 살아 있는 것이 고맙고 즐겁게 여겨지는 때는 없다. 이 생명의 감격이 눈물을 솟게 하는 것이다. 그럴 때에는 옆에 있는 것이 그 누구이든지 간에 그것이 사람인 이상 보배는 그에게 인간적 동감을 느끼게 되고 부드러운 마음을 나누게 된다.

자리에는 준보와 그의 친구와 보배의 세 사람이 있을 뿐이었다. 오후의 빠아는 고요하고 황혼의 빛이 홀 안을 그윽하게 물들이고 있다. 보배는 교향악의 레코드를 뒤집어 걸고 친구가 잠깐 자리를 물러간 틈을 타서 준보에게로 가까이 갔다.

"민자와 결혼하신다죠?"

돌연한 질문에도 준보는 놀라는 법 없이 시선을 얕게 드리운 채로의 자세였다.

"이상주의라고 비웃고 싶단 말요?"

"비웃기는 왜요. 너무도 용감해서 하는 말이죠. 한 사람과 결혼해서 검은 머리 파뿌리 될 때까지—용감한 생각이 아니고 무어에요. 한동안의 독신주의 사상은 헌신짝같이 버리셨나요?"

"사람은 어차피 한 가지의 구속은 받아야 하는 것이니 차라리 결혼해서 안타까운 구속에 살아보는 것도 한 가지의 흥미일 거요."

"그까짓 아침에 변했다 저녁에 고쳤다 하는 이치는 다 그만두고—더 놀라운 것은 결혼 할 때까지의 진미로 민자를 아직 손가락 하나 다치지 않고 그대로 의젓이 두고 있다는 것."

"별 걱정을 다—."

준보는 어이가 없어 픽 웃으며 잔에 남은 술을 마저 들이켰다.

"그런 건 어떻게 다 발려냈단 말요?"

"민자와 저는 한 몸이에요."

"언니 행세 잘한다."

"잘 하고말고요. 민자에게 대한 당신의 사랑이 얼마나 큰가도 내 시험해볼껄요."

"얼마든지."

"이 능청맞은 성인군자."

보배는 별안간 달려들어 괴덕스럽게 준보의 귓불을 끄들며 그의 이마에 입을 갖다 대려다가 마침 나갔던 친구가 들어오는 바람에 천연스럽게 그 자리를 떠나 의자 있는 편으로 물러갔다. 레코드의 교향악도 마침 끊어지고 보배는 음악의 세상에서 완전히 벗어나서 말끔한 자기의 세상으로 돌아갔다.

무릇 사내라는 것을 보배는 말하자면 얼음장 같은 것으로 여겨왔다. 처음에는 가장 굳고 찬 듯이 보이니 징긋이 쥐고 녹이는 동안에 나중에는 형적조차 없이 손안에서 사라져버린다. 그의 반생의 경험 안에서 사내의 마음이 이 법칙을 벗어난 적은 없었다.

얼굴을 엄숙하게 가지고 시선을 곧게 지니는 것은 일종의 자세요, 한 번 속마음을 뒤집어본다면 음지에 돋아난 버섯같이 새빨갛게 찬란하게 독기를 피우고 있는 것이 사내의 정인 것이다. 준보의 경우 또한 보배에게는 벌써 수술대에 오른 개구리인 셈이었다. 자동차 속에서 민자와 보배 사이에 든 준보의 꼴은 사실 개구리의 그것같이 모든 감정을 마취당한 허수아비였는지 모른다.

가게의 공휴일임을 이용하여 준보는 민자와 보배들과 함께 하루의 행락을 같이 한 후에 저녁 강변으로 자동차 놀이를 떠났다. 고요한 강물을 바라보며 곧은 길을 줄기차게 내닫는 드라이브의 맛도 잊을 수 없는 것이어니와 꼭 끼어 앉은 세 사람의 체온에서 오는 따뜻한 맛이 유난히도 몸에 사모치는 것이었다.

민자와 보배의 사이에 끼인 준보의 꼴은 너볏이 다리를 뻗은 개구리의 모양이라고도 할까. 보배는 은근히 준보의 체온을 가늠보았다. 이렇게 빈틈없이 꼭 끼어 앉았을 때에도 민자와 자기에게 보내는 준보의 체온에 두텁고 엷은 차별이 있을까. 민자에게만 후하고 자기에게는 박할 수 있을까. 체온은 곧 애정이다. 준보의 애정이 그 밀접한 접촉에 있어서 역시 차별이 있으리라고는 생각할 수 없었다. 애정은 접촉의 거리에 비례하는 것이요 그 접촉되는 대상의 육체는 민자의 그것이라도 좋으며 보배의 그것이라도 좋고 그의 그 누구의 것이라도 좋을 것이다.

보배는 준보와 맞닿은 그의 한편 어깨에 은근히 힘을 주고 준보의 속을 뽑아보려 하였다. 반응은 밀려오는 파도같이 더디기는 하였으나 거짓 없는 적확한 것이었다. 이윽고 몸이 출렁하여 그 반동으로 준보의 어깨가 힘차게 자기의 어깨 위로 육박해온 것을 보배는 반드시 자동차의 바운드의 탓으로만 돌릴 필요는 없었다. 적어도 차의 탄력을 이용한 준보의 의지를 그 등 뒤에 발견하지 않으면 안 되었다. 그 의지는 보배가 같은 행동을 두 번 세 번 거듭하였을 때에 참으로 사람의 표정과 같이도 속임 없이 확적히 드러남을 그는 보았다.

남에게 들킬 바 없는 저 혼자의 스핑크스의 웃음을 띠우면서 그 행동을 거듭하는 동안에 보배에게는 문득 한 가지의 걱정이 일어났다. 자기와 같은 동작을 건너편 민자 역시 하고 있지 않을까. 거기에 대하여 준보 또한 같은 반응의 표시를 보이고 있지 않을까 하는 걱정이었다. 이 걱정은 보배를 돌연히 전에 없는 초조 속으로 끌어넣었다. 초조는 즉시 용감한 결심으로 변하였다. 주저하고 유여할 것 없이 한시라도 속히 다가온 기회를 민첩하게 잡자는 것이었다. 고요한 강변을 닫는 고요한 표정 속에 싸여서 속심 없는 개구리를 목표에 두고 앙칼진 결심이 한결같이 솟아올랐다.

그러나 기회는 도리어 너무도 일찍이 온 감이 있었다. 민자의 돌연한 신병으로 말미암아서였다. 목욕 후의 부주의로 가벼운 감기가 온 것을 무릅쓰고 가게에 출입하는 동안에 병은 활짝 덧쳐서 마침내 눕게까지 되었다. 공교롭게도 그 사이에 준보들의 신문사의 조그만 회합이 있었다. 2차 회를 빠아에서 하고 난 후 헤어들 지는 때 준보는 거나한 김에 드디어 보배의 차 속에 앉게 되었다. 물론 보배의 단독의 뜻만은 아니요 합의의 결과였으나 두 사람은 밤거리를 한바탕 돈 후 다시 술을 구하여 으슥한 요정 이층으로 올라갔다.

잔을 거듭하는 동안에 두 사람은 곤드레만드레 취하였다. 취중에는 행동이 까딱하면 돌발적이 되고 기괴하게 흐르기 쉬운 것이나 잊어서는 안 될 것은 그런 기괴한 행동의 속심에는 언제든지 계획한 뜻이 준비되어 있음이다. 너무도 모든 것이 수월하게 뜻대로 되어 감이 보배에게는 도리어 싱거웠으나 사내의 마음이라는 것을 다시 한 번 벗겨본 것 같아서 알 수 없는 기쁨과 모험의 흥분이 그의 열정을 한층 북돋았다.

간단하였다. 거기에 이르는 준비의 과정이 장황함에 비하여 결과는 어처구니없이 간단하였다. 말이 없었으며 그 필요가 없었다. 말이란 괴로워하고 두려워하고 구할 때에 필요한 것이다. 말은 오히려 결과 후에 왔다.

"능청맞은 성인군자."

보배는 이제는 마음이 한층 더 허랑하여서 말에도 꺼릴 것이 없었다.

"본색이 탄로났지. 이러구두 민자와 결혼하겠지."

"왜 못 해."

준보는 뒤슬뒤슬 웃으며―두 사람의 태도는 그것이 있기 전과 똑같이 뻔질뻔질하고 천연스러운 것이었다. 시렁 위의 과일 한 개를 늘실 집어먹은 아이의 천연스런 태도였다.

"낯가죽도 두껍긴 해. ―하긴 그것이 세상의 사내지만."

"내게 덕을 가르쳐주고 그것을 됩데 허물잡자는 말인가?"

"허물은 왜? 마음이 이렇게 대견한데."

사실 보배는 잔치를 먹은 후의 만족과 흥분을 겪은 후의 안정을 느꼈다. 화학실에서 뜻대로의 실험을 마친 후의 화학자의 평화로운 만족이었다.

　사람들은 흔히 세상에서 제일 좋은 것이 '새것'이라는 생각을 잊는다. 제일 아름답고 제일 빛나고 훌륭한 것은 새것이며 다른 많은 이유를 버리고라도 새것은 새것인 까닭에 빛난다는 것을 잊는 수가 많다. 새 옷, 새 신, 새 집, 새 세상—이 평범한 진리를 그것이 너무도 평범한 까닭에, 혹은 새것의 자극이 너무도 큰 까닭에 감히 엄두를 못 냄인지도 모른다. 낡을수록 좋은 것에 단 한 가지 포도주가 있음을 보배는 듣기는 하였으나 지하실에서 몇 세기를 묵혔다는 포도주를 마셔본 적이 없는 까닭에 그는 포도주 또한 새것이 좋다고 생각하였다. 새것, 새 진미 새 마음! 보배가 준보를 시험하였고 준보가 보배를 거쳐 다시 민자를 구함도 또한 이 새것의 진리에서 나왔음에 지나지 않는다. 새것을 구함이 악덕이라면 묵은 것을 구함이 미덕인가 하고 보배는 반감적으로 느껴도 본다. 묵은 것을 버리고 새것을 구함은 혁명이다. 혁명에는 위대한 용기가 필요한 것이니 사람이 새것을 두려워함은 곧 이 용기를 두려워함이라고도 생각하여보았다.

　새것이 가져오는 감격과 흥분에는 물론 위험스럽고 두려운 것이 있기는 하다. 겉으로는 평화를 꾸미고 있으면서도 속으로 역시 일종의 안타깝고 두려운 것을 한결같이 느끼게 되는 이 밤의 경험이 보배에게 그것을 말하였다.

　요정을 나와 자동차로 준보를 보내고 혼자 합숙으로 돌아왔을 때, 그 감정은 한결 크게 마음을 둘러쌌다. 만족의 감정은 그 뒤에 숨어버렸다. 민자의 방 앞을 지날 때에 그는 모르는 결에 주춤하였다. 어차피 민자에게는 진실을 말하여야 할 것이나 진실을 말함은 별을 따기보다도 어려운 노릇이요. 그렇다고 숨긴다는 것은 또 얼마나 괴로운 일인가를 또렷이 느끼게 되었다. 그러나 사람에게는 재주라는 것이 있으니 결국 재주와 기교로 속히 시간을 주름잡을 수밖에는 없지 않은가도 생각하며—

한때의 선수도 이 밤만은 우울한 번민자로 변할 수밖에는 없었다. 결국 아직도 나의 주의가 철저하지 못한 탓이 아닐까 반성하며 불을 끄고 늦은 잠자리에 누웠으나 가닥가닥의 뒤숭숭한 괴롬이 한결같이 솟을 뿐이었다.

(1937. 4)

개살구

　서울집을 항용 살구나뭇집이라고 부르는 것은 바로 집 뒤에 아름드리 살구나무가 서 있는 까닭인데 오대 선조부터 내려온다는 그 인연 있는 고목을 건사할 겸 지은 집이언만 결과로 보면 대대로 내려오는 무준한 그 살구나무가 도리어 그 아래의 집을 아늑하게 막아주고 싸주는 셈이 되었다. 동네에서 제일 먼저 꽃피는 것도 그 살구나무여서 한참 제철이면 찬란한 꽃송이와 향기 속에 온통 집은 묻혀 무르녹은 꿈을 싸주는 듯도 하지만 잎이 피고 열매가 맺기 시작하면 집은 더한층 그 속에 묻혀버려서 밖에서는 도저히 집안을 엿볼 수 없는 형세가 되었다.

　살구나뭇집이라도 결국은 하늘 아래 집이니 그 속에 살림살이가 있을 것은 다 같은 이치나 그 살림살이가 어떠한 것이며 그 속에서는 허구한 날 무엇이 일어나는지 외따로 떨어진 그 집안의 소식을 호젓한 나무 아래 사정을 동네 사람들이 알아낼 수는 없었다. 모든 것이 나무 속에 감추어져서 하늘의 별조차도 나무 아래 지붕은 고사하고 나무를 뚫고 속 사정을 엿볼 수는 없었다. 푸른 열매가 익어갈 때 참살구 아닌 그 개살구의 양은 보기만 하여도 어금니에 군물이 돌았다. 집안의 살림살이도 별수 없이 어금니에 군물도는 개살구의 맛일는지도 모르나, 그러나 그 살구를 훔치러 사람들은 집 뒤를 기웃거리기가 일쑤였다.

도시 함석집이라고는 면내에서는 면소와 주재소, 조합과 학교, 그리고 는 서울집이어서 사치하기로는 기와집 이상으로 보였다. 장거리와 뒷마을과의 사이의 넓은 터전은 거의 다 김형태의 것이어서 그 한복판에다 첩의 집을 세웠다 한들 관계할 바 아니나 푸른 논 가운데 외따로 우뚝 서 있는 까닭에 회벽 함석 지붕의 그 한 채가 유독 눈에 뜨이고 마음을 끌었다. 오대산에 채벌장이 들어서면서부터 박달나무의 시세가 한참 좋을 때에는 산에서 벤 나무토막을 우찻바리가 뒤를 이어 대관령을 넘었다. 강릉 주문진 항구에 부려만 놓으면 몇 척이든지 기선에 싣고는 철로공사가 있다는 이웃 항구로 실어 나르곤 하였다.

오대산 속에 산줄기나 가지고 있던 형태는 버리는 것인 줄만 알았던 아름드리 박달나무 덕택에 순시에 돈벼락을 맞게 되었다. 논 섬지기나 더 늘리게 된 것도 그 판이었고 살구나뭇집을 세운 것도 그때였다. 학교에 돈 백이나 기부하여 학무위원의 이름을 가졌고 조합의 신용을 얻어 아들 재수를 조합의 서기로 취직시킨 것도 물론 그 무렵이었다. 흰 회벽의 집이 야청으로서밖에는 소용이 없다고 생각하였던 동리 사람들은 그 깎은 듯이 아담한 집 격식에 눈을 굴렸다.

뜰안에 라디오의 안테나가 들어서고 유성기의 노래소리가 밤낮으로 흘러나오게 되었을 때에는 혀를 말았다. 박달나무가 가져온 개화의 턱찌꺼기에 사람들은 온통 혼을 뽑히웠던 것이다. 뒷마을 기와집 큰댁과 앞마을 살구나뭇집 작은댁과의 사이를 한가하게 어슬렁어슬렁 거니는 형태의 양을 사람들은 전과는 다른 것으로 고쳐보기 시작하였다.

꿈속 같은 호사스런 그 속에서도 가끔 변이 생겨 서울집은 두 번째 댁이었다. 첫 댁은 집이 서기가 바쁘게 강릉서 데려온 지 해를 못 넘어 도망을 쳐버렸다. 동으로 대관령을 넘어서 강릉까지는 팔십 리의 길이었다. 아침에 그런 줄을 알고 뒤를 쫓는대야 헛일이었으며 강릉에 친가가 있는 것이 아니라 온전히 뜬 사람이었던 까닭에 찾을 길이 막막하였다.

다른 사내가 있었다는 말을 듣기도 하여 형태는 영동을 단념해버리고 이번에는 앞대[1]를 생각하게 되었다. 서으로 서울까지는 문재 전재를 넘고 원주, 여주를 지나 오백 리의 길이었다.

이틀 동안이나 자동차에 흔들려서 첫 서울의 길을 밟은 지 거의 달포 만에 꽃 같은 색시를 데리고 첩첩한 산을 넘어 돌아왔다. 뜨물같이 허여 말쑥한 자그만하고 야물어진 서울 색시를 앞대 물을 먹으면 인물조차 그렇거니만 생각하면서 사람들은 자동차에서 내리는 그를 올레줄레 둘러쌌다. 하기는 그만한 인물이 시골에까지 차례지게 되기까지에는 상당한 물재의 희생이 있었으니 형태는 그번 길에 속사리 버덩의 일곱 마지기를 팔아버렸던 것이다. 들고 나게 된 가호를 살려주고 그 값으로 외딸을 받아가지고 왔다는 소문이었다. 장안에서도 일색이었다는 서울집이 시골 와서 절색임은 물론이었고 마을 사람들은 마치 여자라는 것을 처음 보는 것과도 같이 탄복하고 수군들 거렸다.

첫 번 강릉집의 경우도 있고 하여 형태는 단속이 무서웠다. 별수없이 새장에 갇힌 새의 신세였다. 형태는 집안 재미에 마음을 잡고는 즐겨하던 투전판에도 섞이는 법 없이 육중한 몸을 유들유들하게 서울집에 박혀 있는 날이 많았다. 검은 판장으로 둘러친 울과 우거진 살구나무와는 굳은 성벽이어서 안에서도 짐작할 수 없으려니와 밖에서 엿볼 수도 없었다. 그러나 단속이 심하면 심할수록 갇혀 있는 사람의 마음은 더욱 허랑하게 밖으로 날아서 강릉집이 영 너머의 읍을 그리워하듯이 서울집 또한 첩첩한 산을 넘어 앞대를 그리워하는 심정은 일반이었다.

집에 든 지 달포도 채 못 되어서 하룻밤은 별안간에 헛소동이 일어났다. 서울집이 집안에 없음을 깨닫고 형태가 황겁결에 도망이라고 외쳤던 까닭에 이웃 사람들은 호기심도 솟고 하여 일제히 퍼져 도망간 서울

---

1) 어떤 지방에서 남쪽 지방을 이르는 말.

집을 찾으러 들었다.

　마치 그믐밤이어서 마을은 먹을 뿌린 듯이 어두운데 각기 초롱에 불들을 켜가지고 웬만한 곳은 샅샅이 헤매었다. 어두운 속 군데군데에서 초롱불이 반딧불같이 움직이며 두런두런 말소리가 흘러왔다. 외줄 신작로를 동과 서로 몇 마장씩 훑어보고는 닥치는 대로 마을 안을 온통 뒤졌다.

　뒷마을서부터 차례차례로 산기슭 수수밭, 과수원을 들치고 앞으로 나와 성황 숲에서는 느릅나무와 느티나무의 테두리를 샅샅이 살피고 거리를 사이로 아래 위로 훑어보고는 냇가의 숲 속과 물레방앗간을 뒤졌으나 종시 서울집의 자태는 보이지 않았다. 설레는 마음에 앞장을 서서 휘줄거리던 형태는 홧김에 초롱을 던지고는 말도 없이 발을 돌렸다. 뒤를 따르던 사람들도 입맛을 다시면서 풀린 맥에 초롱을 내저으며 자연 걸음이 느려졌다.

　아무래도 서쪽으로 길을 들었을 것이 확실하니 날이 밝으면 강릉서 오는 자동차로 뒤를 쫓는 것이 상수라고 공론들이었다. 강릉집 때 혼이 난 형태는 실망이 커서 그렇게라도 할 배짱으로 한시가 초조하였다. 담배들을 피우면서 웅얼웅얼 지껄이며 돌밭을 지나 물가에 이르렀을 때에 앞을 섰던 형태가 불시에 주춤하면서 걸음을 멈추고 어둠 속을 노렸다. 한 사람이 초롱불을 앞으로 휙 내밀었을 때 물속에서는 철버덩 소리가 나며 싯허연 고래가 한 마리 급스럽게 숲속으로 뛰어들어갔다.

　어둠 속에서도 유난히 희고 퍼들퍼들한 몸뚱아리였다. 의외의 곳에서 그날 밤의 사냥에 성공하고 마을길을 더듬어올 때 모두들 웃음에 허리를 꺾을 지경이었다. 도망했다고만 법석을 한 서울집은 좀체 나오기 어려운 기회를 타서 혼자 시냇가에 목물을 나왔던 것이다. 벌써 일 년 전의 일이었으나 그 일이 있은 후로 형태는 서울집의 심중에 저으기 안심되어 덮어놓고 의심하지는 않게 되었다.

집안 사람들의 출입도 잦지 못한 집안은 언제든지 고요하고 감감하여서 그 속에 무슨 일이 일어나며 변이 생기는지 알 도리가 없었다. 푸른 살구가 맺혀 그것이 누렇게 익어갈 때면 마을 사람들은 드레드레²⁾ 달린 누런 개살구를 바라보고 모르는 결에 어금니에 군물을 돌리곤 할 뿐이었다.

가

들에 보리가 익고 살구도 완전히 누런 빛을 더하여갔다.

달무리가 있는 이튿날 아침 뒷마을 샘물터는 온통 발끈 뒤집혔다.

당초에 말을 낸 것은 맨 처음 물 이러 온 금녀였고 그의 말을 들은 것이 다음에 온 제천이었다. 제천이는 이어 온 춘실네에게 그것을 귀뜸하고 춘실네는 계사 옥분에게 전하고 옥분은 히히덕거리며 방앗집 새댁에게 있는 대로 털어버렸다.

간밤의 변사는 순식간에 입에서 입으로 온통 번설되고야 말았다. 뒤를 이어 모여든 한 패는 물을 길어가지고는 냉큼 갈 줄을 모르고 물동이를 차례차례로 샘전에 논 채 어느 때까지나 눈길을 흘끗거리면서 뒤숭숭하게 수군거렸다. 한 번 말문이 터지면 좀체 수습하기 어려워서 있는 말 없는 말 주워섬기는 동안에 아침 시중이 늦어지는 줄도 모르고 횡설수설이었다. 새침데기이던 방앗집 새댁도 제법 말주머니여서 뒤에 오는 축들을 붙들고는 꽁무니가 무겁게 어느 때까지나 말질이었다.

"세상에 그럴 법도 있을까. 집안이 언제나 감감하길래 수상하다구는 노렸으나─하필 김서기일 줄야 누 알았을고. 환장이지 그럴 수가 있나.

---

2) 물건이 많이 매달려 있거나 늘어져 있는 모양.

무서워라."

두 동이째 물을 이러 온 금녀는 아직도 우물터가 와글와글 뒤끓는 것을 보고 별안간 무서운 생각이 들었다. 처음으로 말을 낸 경솔을 뉘우쳤으나 그러나 한 번 낸 말을 다시 입안으로 거두어들일 수는 없는 노릇이었다. 청을 받는 대로 간밤의 변을 몇 번이고 간에 되풀이하는 수밖에는 없었다. 되풀이하는 동안에 하기는 마음은 대담하여가고 허랑하여졌다.

"아마도 무엇에 홀렸던 게지, 아무리 달이 밝기로서니 아닌 밤에 살구 생각은 왜 나겠수. 살구 도적 간 것이 끔찍한 것을 보게 된 시초니……."

금녀가 하필 그 밤에 살구나뭇집 살구를 노린 것은 형태가 마침 며칠 전에 읍내로 면장 운동을 떠난 눈치를 알아챈 까닭이었다. 개궂은 그가 출타한 이상 집을 엿보기쯤은 어려운 노릇이 아니었다.

논길을 살며시 숨어들어 살구나무에 기어올라 우거진 가지 속에 몸을 감추기는 여반장이었으나 교교하게 밝던 보름달이 공교롭게도 별안간 흐려지면서 누리가 금시에 캄캄하여간 것은 마치 무슨 조화나 붙은 것 같았다. 알고 보니 그날 밤이 월식이어서 그때 마침 온통 어두워진 하늘에서는 검은 개가 붉은 달을 집어먹으려고 노리고 있는 중이었다. 모든 것이 물속에 빠진 듯이나 고요하고 어두운 가운데에서 길을 잃은 듯한 박쥐의 떼가 파닥파닥 날아들고 뒷산의 부엉이 소리가 다른 때보다 한층 언짢게 들렸다.

멀리서 달을 보고 짖는 개의 소리가 마디마디 자지러지게 흘러왔다. 지척을 분간할 수 없는 나뭇잎 속에서 불길한 생각에 몸서리를 치면서 살구 생각도 없어지고 나뭇가지를 바싹 붙들었다.

변이라도 일어날 듯한 흉한 밤이었다. 하늘의 개는 붉은 달을 입에 넣고 게웠다 물었다 하다가 드디어 온전히 삼켜버리고야 말았다. 천지는 그대로 몽땅 땅속에 묻혀버린 듯이 새까맣고 답답하여졌다. 부엉이 울음도 개 짖는 소리도 어느 결엔지 그쳐진 캄캄한 속에서 금녀는 무서운 김에 팔 위에 얼굴을 얹고 차라리 눈을 감아버렸다. 눈을 감으면 한결 귀가 밝아져서 어느 맘 때는 되었는지 이슥한 속에서 문득 웅얼웅얼하는 사람의 속삭임이 들렸다. 정신이 귀로만 쏠릴수록 말소리도 차차 확실해져서 바로 살구나무 아랫 편 뒤안 평상 위에서 들려오는 것인 줄을 알았다. 방 안에는 등불이 켜지지 않았고 나무에 오르자 월식이 시작된 까닭에 당초부터 그 아래에 사람이 있는 줄은 몰랐던 것이다.

비록 얕기는 하여도 굵고 가는 한쌍의 목소리가 남녀의 목소리임에는 틀림없었다. 여자의 목소리는 서울집의 것이라고 하고 남자의 목소리는 누구의 것일까. 부엌일하는 점순이 외에는 남자의 출입이라고는 큰댁 식구들도 마음대로 못하게 하는 형편에 아닌 밤에 서울집과 수군거리는 사내는 누구일까 하고 금녀는 무서움도 잊어버리고 이번에는 솟아오르는 호기심에 정신을 바짝 차리고 어둠 속을 노리기는 하나 워낙 어두운 데다가 나뭇잎이 우거져서 좀체 분간하기 어려웠다.

무시무시하면서도 한편 온몸이 근실근실하여서 침을 삼키면서 달이 밝아지기를 조릿조릿 기다렸다. 이윽고 하늘개는 먹었던 달덩이를 옳게 삭이지 못하고 불덩이 채로 왈칵 게워버리고야 말았다. 웅켰던 구름이 헤어지고 맑은 하늘이 그 사이로 솟기 시작하자 달았던 불덩어리도 어느 결엔지 온전한 보름달로 변하여갔다. 하늘의 변화를 우러러보던 금녀는 어느 결엔지 환히 드러난 제 꼴에 놀라 움츠러들며 나무 아래를 날쌔게 나뭇잎 사이로 굽어보다가 별안간 기급을 할 듯이 외면하여버렸다.

수풀 속에서 뱀을 만났을 때의 거동이었다. 뒤안에 내놓은 평상 위에 뱀 아닌 남녀의 요염한 꼴을 보았기 때문이었다. 처녀인 금녀로서는 처음 보는 보아서는 안 될 숨은 광경이었다. 그러나 더 놀라운 것은 그 남녀가 서울집과 조합의 김서기 재수란 것이다. 서울집의 소문은 이러쿵저러쿵 기왕부터 있기는 있어서 이제는 벌써 등하불명으로 모르는 부처

님은 남편 형태뿐라는 소문은 소문이었으나 사내가 재수일 줄야 그 아무도 짐작하지 못한 바이며 그러기 때문에 금녀의 놀람은 컸다. 너무도 어처구니가 없어 다시 한 번 무시무시 아래를 훔쳐보았으나 속일 수 없는 밝은 달은 사정이 없었다.

금녀는 그것을 발견한 자기 자신이 큰 죄나 진 것도 같아서 몸서리를 치면서 애비 아들의 기구한 인연을 무섭게 여겼다. 그들 둘이 아는 외에는 하늘과 땅만이 알 남녀의 속 일을 귀신 아닌 금녀가 엿볼 줄야 어찌 짐작인들 하였으랴.

하기는 그래도 달을 두려워함인지 뒤안이 훤히 밝아지자 남녀는 평상에서 내려와서 방 안으로 급스럽게 들어가는 것이었으나 어지러운 그 뒤꼴들을 바라볼 때 금녀는 다시 새삼스럽게 무서워지며 하늘이 벼락을 내린다면 바로 이런 곳이 아닐까 하고 머리끝이 선뜻하여져서 살구 생각도 다 잊어버리고 부리나케 나무를 미끄러져 내려왔다. 논길을 빠져 집까지는 거의 단숨에 달렸다. 밤이 늦도록 잠 한숨 못 이루고 고시랑고시랑 컴컴한 벽을 바라볼 뿐 하늘과 땅만이 아는 속일을 알았다는 두려움이 한결같이 가슴속에 물결쳤다.

그러나 시원한 아침을 맞아 샘물터에서 동무를 만났을 때에는 웅켰던 마음도 저으기 누그러져 허랑하게 그만 입을 열게 되었다. 하기는 그 끔찍한 괴변은 차라리 같이 알고 있는 것이 속 편한 노릇이지 혼자 가슴속에 담아두기에는 너무도 무서운 것이었다.

그날은 샘터도 별스러이 소란하여서 아침 물이 지내고는 조금 뜸하더니 낮쯤 해서 또 한바탕 들끓고야 말았다. 꽤 먼 마을 한끝에서까지 길러 가는 샘이므로 모이는 인물들도 허다한 속에 대개 아침 인물이 한두 사람씩은 끼어 있었다.

"사내가 그른가 계집이 그른고─하긴 그런 일에 옳고 그른 편이 있겠소만"

"터가 글렀어. 강릉집 때에두 어디 온전히 끝장이 났우. 오대를 내려온다는 그놈의 살구나무가 번번이 일을 치거든"

이렇게 수군거리는 패도 있었다.

"핏줄에서 난 도적이니 누구를 한하겠소만 면장 운동인가 무언가를 떠난 것이 불찰이지 버젓이 앉아 있는 최면장을 떼고 그 자리에 대신 들어앉으려니 그런 억지가 어디 있수. 박달나무 덕에 돈 벌고 땅 샀으면 그만이지 면장은 해 무엇 한단 말요. 과한 욕심 낸 죄로 하면야 싸지. 군수하고 단짝이라나. 이번 길에도 꿀 한 초롱과 버섯 말이나 가지고 간 모양인데 쉬이 군수가 갈린다는 소문이니까 갈리기 전에 한몫 얻으려고 바싹 붙는 모양이야."

"애비보다도 자식이 못나고 불측한 탓이 아니오. 장가든 지 불과 몇 달에 아내를 뚜드려 쫓더니 그 짓이란 말야. 춘천 가서 웃학교를 칠 년만에 마친 위인이니 제 구실을 할 수야 있겠소? 조합 서기도 애비 덕에 간신히 얻어 한 것이 아니오."

"자식과 원수된 것을 알믄 형태는 대체 어떻게 할꼬."

샘물 둔지에는 돌배나무 한 포기 서 있었다. 돌팔매를 던져 풋배를 와르르 떨어서는 뜻없이 샘물 속에 집어 던지면서 번설들이었다.

"이 자리에서만 말이지 까닥 더 번설들 맙시다. 형태 귀에 들어갔단 큰일 날 테니."

민망한 끝에 발설을 한 것이 춘실네였다. 그러나 저녁때도 되기 전에 또 점순에게 그것을 귀띔한 것도 춘실네였다.

서울집 부엌데기로 있는 점순은 전날 밤을 집에서 지내고 아침에 일찍이 나가 진종일 집에서만 일한 까닭에 그 괴변을 보지도 듣지도 못하였다. 다시 집으로 갔다가 저녁 참을 대고 나올 때에 수수밭 모퉁이에서 춘실네를 만나 들으니 초문이었다. 재수는 전에 그에게도 한번 불측한 눈치를 보인 일이 있어서 그의 버릇은 웬만큼 짐작은 하는 터였으나 역시 놀라지 않을 수는 없었다. 서울집을 극진히 여기는 점순은 그의 변이 번설되는 것을 민망히는 여겼으나 변이 변인만큼 가만있을 수도 없어 그 걸음으로 다시 집에 들어가 남편 만손에게 전하고 내친 걸음에 거리로 나가 가게 보는 태인에게도 살며시 틔어주었다. 태인과는 만손 몰래 정을 두고 지내는 사이였다.

태인은 가게에 모이는 사람들에게 한두 마디씩 지껄이게 되고 만손은 그날 저녁 형태네 큰 사랑에 마을 가서 모이는 농군들에게 말을 펴놓게 되었다.

이렇게 하여 소문은 하루 동안에 재빠르게도 마을 안에 꽉 퍼지게 되었다. 이제는 벌써 당사자 두 사람과 출타한 형태만이 몰랐지 마을 사람들은 모두—형태 큰댁까지도 사랑 농군에게서 들어 알게 되었다.

큰댁은 놀라기는 무척 놀랐으나 제 자식의 처신머리가 노여운 것보다도 서울집의 빗나간 행동이 더 고소하게 생각되었다. 염라대왕에게 서울집 속히 데려가기를 밤낮으로 비는 큰댁은 남편이 돌아와 어떻게 이 일을 조치할까에 모든 생각이 쏠리는 까닭이었다.

나

그날 밤은 열엿새 날 밤이어서 간밤같이 월식도 없고 조금 늦게는 떴으나 달이 밝았다.

샘터 죽들은 공연히 마음이 달떠서 달밤을 잠자코 지내기 어려운 속에서 옥분은 드디어 실무죽한 금녀를 충충대서 끌어내고야 말았다. 하룻밤 더 살구나무를 엿보자는 것이었다.

옥분은 금녀보다도 바라지고 앙그라져서 금녀가 모르는 세상을 벌써 재빠르게 엿본 뒤였다. 오대산에서 강릉으로 우차를 몰아 재목을 실어

나르는 박도령과는 달에 불과 몇 번 밖에는 만날 수 없어서 그가 장날 장 거리까지 내려오거나 그렇지 못하면 옥분이 윗마을 월정거리까지 출가 전에 눈을 훔쳐가지고 올라가지 않으면 안 되었다.

그런 때에는 대개 밭에 일하러 간다고 말하고 근하고 오리 길을 걸어 올라가 월정사에서 나오는 길과 신작로가 합하는 곳에서 박도령을 기다 렸다가 조이밭 머리나 개울가에 가서 묵은 회포를 이야기하곤 하였다. 나중에 어떻게 되리라는 계책도 서지 못한 채 다만 박도령의 인금만을 믿고 늘 두근거리는 마음에 위험한 눈을 훔치곤 하였다. 한 이태 더 모아 서 돈 백이나 모이거든 강릉에 가서 살자고 빈번이 언약을 하고 우차를 몰고 대관령 쪽으로 느릿느릿 걸어가는 뒷모양을 바라볼 때 번번이 가 슴이 찌르르하였다.

거듭 만나는 동안에 남녀의 정이라는 것을 폭 안 옥분은 금녀와 달라 서 남녀의 세상에 유달리 마음이 쏠렸다.

금녀와 둘이 뒷마을을 나와 밭길을 들어갔을 때 달은 한참 밝아서 옥 수수 수염과 피마자 대궁이 새빨갛게 달빛에 어리었다. 논둑에서 기다 리고 있는 점순을 만나 한패가 되어서 지름길을 들어서 살금살금 살구 나무께로 향하였다. 사특한 마음으로가 아니라 주인집 동정을 살펴서 잘 알고 있음이 부리우는 사람으로서 마땅한 일 같아서 점순은 저녁 시 중이 끝나자 약조하였던 금녀들을 기다리러 논둑에 나와 앉았던 것이 다.

말없는 나무는 간밤이나 그 밤이나 같은 태도 같은 표정이었다. 금녀 는 같은 나무에 두 번 오르기 마음이 허락지 않아 혼자 나무 아래에서 망 을 보기로 하고 점순과 옥분을 올려보냈다. 집에서는 유성기 소리가 쉴 새없이 들리더니 판이 끝나도 정신없이 버려두어 어느 때까지나 스르럭 스르럭 들렸다.

나무 위에서 내려다보이는 집안의 모양은 그 속에서 일할 때의 모양과는 퍽으나 달라서 점순은 모든 것을 신기한 것으로 굽어보았다. 평상 위에 유성기를 내놓고 금녀의 말과 틀림없이 서울집과 재수 단둘이 앉아 달 밝은 밤이라 월식의 괴변은 없으나 정답게 수군거리고 있는 것도 신기하였으나 열어젖힌 문으로 들여다보이는 방 안의 광경도 그 속에 있을 때와는 다르게 조촐하고 호화롭게만 보였다.

부러운 광경을 정신없이 내려다보는 동안에 점순은 이상하게도 다른 생각은 다 젖혀놓고 서울집 인물에 비겨 재수의 인금은 보잘것없고, 그러므로 서울집을 훔친 재수는 호박을 딴 셈이요, 서울집으로서는 아깝다는 그 자리에 당치 않은 생각이 불현듯이 솟기 시작하였다.

언제인지 한 번은 경대 위에 금반지를 훔친 일이 있어서 즉시로 발각되어 호되게 야단을 듣고 집을 쫓겨난 일이 있었으나 그런 변을 당하여도 점순은 서울집을 미워하는커녕 더욱 어렵게 여기고 높이고 싶었다. 사내가 그에게 반하듯이 점순도 그에게 반한 셈이었다. 여자로 태어나 마을의 뭇 사내들이 탐내하는 그의 곁에서 지내게 되는 것을 다행으로 여겼다. 그러기에 한 번 쫓겨나면서도 구구히 빌어 다시 그 자리로 들어간 것이었다. 삼신할머니가 구석구석 잔손질을 해서 묘하게 꾸며 세상에 보낸 것이 바로 서울집이라고 점순은 생각하였다.

손발이 동자같이 작고 살결이 물에 씻긴 차돌같이 희었다. 콧날이 봉긋이 솟은 아래로 작은 입을 열면 새하얀 잇줄이 구슬을 머금은 것 같이 은은히 빛났다.

점순이가 아무리 틈틈이 경대 속의 분을 훔쳐서 발라도 그의 살결을 본받을 수는 없었다. 검은 살결과 걱실걱실한 체대와 큰 수족을 늘 보이는 것이건만 그에게 보이기가 언제나 부끄러웠다. 열두 번 다시 태어난다고 하더라도 그의 몸맵시를 따를 수는 없을 것 같았다.

뒤안에 물통을 들여다놓고 그 속에서 목물을 할 때 그 희멀건 등줄기를 밀어주노라면 점순은 그 고운 몸뚱이를 그대로 덥석 안아보고 싶은 충동이 솟곤 하였다. 여름 한 때 새끼손가락 손톱에 봉숭아 물이나 들이게 되면 누에 같은 손가락 끝에 붉은 꽈리 알을 띄운 것도 같아서 말할 수 없이 귀여운 감동을 자아내는 것이었다. 그 서울집이 재수 따위의 손 안에서 허름하게 놀고 있음을 내려다보노라니 점순은 아까운 생각만 들었다. 즉시로 뛰어내려가 그 자리를 휘저어놓고도 싶었다. 어느 때까지나 그대로 버려두기 부당한 속히 한바탕 북새를 일으켜 사이를 갈라놓고 싶은 생각이 불현듯이 솟기 시작하였다.

그대로 살며서 덮어만 둔다면 어느 때까지나 애매한 형태에까지 알려지지 않을 것이 한 되었다. 재수에게 대한 샘이 아니라 참으로 서울집에 대한 샘이었다.

그러나 점순이 그렇게 오래 걱정하지 않아도 좋은 것은 간밤 이상의 괴변이 금시에 눈 아래 장면 위에 일어난 것이다. 세상에는 기묘한 일이 간단히 생기는 까닭인지 혹은 그 불측한 장면을 오래도록 허락하지 않으려는 뜻인지 참으로 뜻하지 않은 어처구니없는 일이 일어난 것이다. 그렇게라도 되지 않으면 형태에게 그 숨은 곡절을 알릴 길이 없었던 탓일까. 읍내에 갔던 형태가 별안간 나타난 것이다.

집을 떠난 지 여러 날 되기는 하나 하필 그 밤에 돌아오게 된 것은 귀신이 알린 탓이라고밖에는 생각할 수 없었다. 하기는 어느 날 어느 때 그 자리에 당장 돌아올는지도 모르면서 유하게 정을 통하고 있는 남녀가 어리석은지도 모른다. 정에 빠진 남녀는 어리석어지는 법일까.

다따가 방문에서 불쑥 솟아 뒤안 툇마루에 나선 것이 형태임을 알았을 때 옥분은 기급을 하고 점순에게로 몸을 쏠렸다. 나뭇가지가 흔들리며 살구가 후둑후둑 떨어졌으나 나무 위로 주의를 보내기에는 뒤안의 형세는 너무도 급박하였다.

평상 위에 서로 기대앉았던 남녀는 화다닥 자세를 바로잡으면서 물결같이 갈라졌다 그 황급한 거동 앞에 가로 막아선 형태의 육중한 몸은 마치 꿈속의 무서운 가위 같아서 그 가위에 눌린 것이 별수없이 두 사람의 꼴이었다. 움츠러들었을 뿐 쩍 소리도 없는데다가 형태 또한 바위같이 잠자코만 서서 한참 동안 자리는 고요할 뿐이었다. 검은 구름을 첩첩이 품은 채 천둥을 기다리는 무서운 순간이었다.

"대체 누구냐?"

지나치게 상기된 판에 형태는 말조차 어리석었다. 하기는 재수가 아들임을 일순간 잊어버렸던지도 모른다.

"무엇들을 하고 있어?"

육중한 체대가 움직였을 때 서울집은 허둥허둥 평상에서 내려서 신을 신었다. 방으로 뛰어들어가려고 툇마루 앞에 이르렀을 때 말도 없이 형태의 손에 머리쪽을 쥐었다. 새 발의 피였다. 한번 거세게 휘나꾸는 바람에 보잘것없이 폴싹 땅에 쓰러지고 말았다.

형태의 손질을 아는 점순은 아찔하며 그 자리로 기를 눌리우고 말았다. 그 밤으로 무슨 변이 일어날지를 헤아릴 수 없는 판에 나무 위에서 유유하게 주인집 변사를 내려다보기가 무서웠다. 한시가 바쁘게 옥분을 붙들어 먼저 내려보내고 뒤이어 미끄러져라 하고 급스럽게 나무를 타고 내려섰다. 뒤안에서는 주고받는 말소리가 차차 똑똑해지고 금시에 큰 북새가 시작될 눈치였다. 간밤의 변괴보다는 확실히 더 놀라운 변고에 혼을 뽑히운 셋은 웬일인지 그 밤의 책임이 자기들에게도 있는 것 같아서 다시 돌아다볼 염도 못 하고 꽁무니가 빠져라 논길을 뛰어나갔다.

이튿날 아침 소문은 도리어 뒷마을에서부터 났다. 새벽쯤 해서 점순이 서울집으로 일을 하러 집을 나왔을 때 길거리에서 춘실네에게 간밤에 소식을 듣게 되었다. 재수는 당장에서 물푸레 나뭇가지로 물매[3]를 얻어 맞아 피를 흘리고 그 자리에 까무라쳐 쓰러진 것을 농군이 업어다가 뒷

---

3) 몰매.

마을 집에 갖다 눕힌 채 아침까지 정신을 못 차리고 있다는 것이다. 전신이 부풀어올라서 모습까지 변한 것을 큰댁은 걱정하여 울며불며 일변 약을 지어다가 달인다, 푸닥거리 준비를 한다 집안은 야단이라는 것이었다.

궁금해서 두근거리는 마음에 점순은 부리나케 앞마을로 뛰어나가 달힌 채로의 서울집 대문을 열고 들어섰을 때 집안은 비인 듯이 고요하였다. 겁이 덜컥 나서 마루에 뛰어올라 의걸이 놓인 방문을 열었을 때 예료대로 놀라운 꼴이었다. 이불을 쓰고 누운 서울집을 벌써 운명이나 하지 않았나 하고 급히 이불을 벗겼을 때 살아 있는 증거로 눈을 뜨기는 하였으나 입에는 수건으로 자갈을 메웠고 볼에는 불에 데인 흔적이 끔찍하였다.

몸을 움짓움짓은 하면서도 일어나지 못하는 것은 굵은 바로 수족을 얽어매인 까닭이었다. 바를 풀고 자갈을 빼었을 때 서울집은 소생한 듯이 간신히 일어나 앉았다. 흩어진 머리와 상기된 눈과 어지러운 자태가 중병이나 치르고 일어난 병자 모양이었다. 이지러져 변모된 얼굴을 볼 때 점순은 눈물이 핑 돌았다.

"죄를 졌기로서니 이럴 법이 있나? 사람이 아니라 짐승이지."

이를 부드득 가는 서울집의 눈에도 눈물이 그렁그렁 어리었다. 구슬 같은 그 고운 얼굴이 벌겋게 데어서 살뜰하던 모습은 찾을 수도 없었다.

"사지를 결박하고 입을 틀어막구 인두로 얼굴과 다리를 지지데나그려. 아무리 시골놈이기루서 그런 악착한 것 본 적이 있나. 제나 내나 사람은 매일반 마음은 다 각각이지 인두를 달군대야 사람의 마음이야 어찌 휘일 수 있겠나. 이런 두메에 애초부터 자청하구 올 사람이 누군가. 산 설구 물 설구 인정조차 다른데. 게다가 허구한 날 집안에만 갇혀 한 걸음 길 밖에도 못 나가게 하니 전중이 생활인들 게서 더 할까. 피 가진 사람으로서 어찌 고향인들 안 그립구 사람인들 안 아쉽겠나. 갇힌 새두 하늘을 그리워 할려니 내가 그런지 놈이 악한지 뉘 알랴만 내 이 봉변을 당하구 가만있을 줄 아나. 당장에 주재소에 고소를 하구 징역을 시키구야 말겠네. 그날이 나두 이곳을 벗는 날이야. 생각할수록 분하구 원통하구……."

입술을 꼬옥 무니 이슬 같은 눈물이 방울방울 솟아 상한 두 볼 위로 흘러내렸다.

점순도 덩달아 눈물이 솟으며 무도한 형태의 행실을 속으로 한없이 노여워하고 미워하였다. 만약 사내라면 그 놈을 다구지게 해내고 싶은 생각도 들었고 간밤에 달려들어 말리지도 못하고 변이 일어난 줄을 알면서도 그 자리를 피해간 비겁한 행동을 그지없이 뉘우치기도 하였다.

반드시 태인과 남편 만손의 사이에 든 자신의 처지를 생각하여서가 아니라 참으로 마음속으로부터 서울집의 처지를 측은히 여겨서였다. 그러나 위로할 말을 몰라 다만 콧물을 들이키면서 일상 쥐어보고 싶던 서울집의 고운 손을 큰 손아귀에 징긋이 쥐어볼 뿐이었다.

다

형태는 부락스러운 고집에 겉으로는 부드러운 낯을 지니나 속으로는 심화가 솟아올라 그 어느 때나 술기에 눈알을 붉게 물들이고는 장거리에서 진종일을 보내곤 하였다. 옆 사람들의 수군거리는 눈치와 소문을 유하게 깔아버리고는 배포 유하게 거들거렸다. 화풀이로 면장 운동에 마음을 돌리는 수밖에는 없어서 술집에서 장구장을 데리고 궁리와 책동에 해가는 줄을 몰랐다. 장구장은 기왕에 구장으로 있다가 최면장이 들어서자 떨어진 축이어서 형태가 면장을 하게 되면 다시 구장으로 들어앉자는 것이 그의 원이었고 두 사람이 공모하는 뜻도 거기에 있었다.

원래 면장 운동은 가제 시작된 것이 아니라 벌써 오래 전부터의 형태의 책모하여 오는 바였다. 박달나무로 하여 돈을 벌게 되자 마을에서 상당히 낯이 높아진 것이 그 원을 품게 한 근본 원인이었고 면장이 되면 웃마을과 뒷마을에 있는 소유의 전답에 유리하도록 마을 사람들의 부역을 내서 길과 도랑을 고쳐내겠다는 것이 둘째 희망이었다. 그러나 그보다도 더 절실한 원인은 최면장에 대한 감정이었으니 전에 역군을 다녔던 형태가 지벌이 얕다고 최면장에게서 은근히 멸시를 받고 있는 것과 아들 재수가 최면장의 아들 학구보다 재물이 훨씬 떨어지는 것을 불쾌히 여기는 편협심에서 오는 것이었다. 부전자전으로 자기가 글을 탐탁하게 못 배운 까닭으로 자식도 그렇게 둔재인가 하여 뒷치송할⁴⁾ 재산은 있는데도 불구하고 재수가 단지 재주가 부실한 탓으로 춘천 고등보통학교도 칠 년만에야 간신히 마치고 나오게 된 것을 형태는 부끄러워하고 한 되게 여겼다. 한편 최면장의 아들 학구는 재수와 동갑으로 한 해에 보통학교를 마쳤으나 서울 가서 웃학교를 마치고는 전문학교까지 들어가게 되었다.

선비와 역군의 집안의 차이를 실제로 눈앞에 보는 것 같아서 형태로서는 마음이 괴로왔다. 최면장은 어려운 가운데에서 자식 하나만을 바라고 그에게 정성을 다 바쳤다. 몇 마지기 안 되는 땅까지 팔아버렸고 그 위에 눈총을 맞아가면서도 면장의 자리를 눅진히 보존해가는 것은 온전히 자식 때문이었다. 학구가 학교를 졸업할 때까지는 아무런 일이 있어도 그 자리를 비벼나갈 생각이었다. 그런 점으로서 형태와는 드러나게 대립이 되어도 하는 수 없는 노릇이었다.

그러나 그뿐이 아니었다. 참으로 무서운 최면장의 비밀을 형태는 손에 움켜쥐고 있었다. 학비의 보충을 위하여 회계원과 짜고 여러 번째 장부

4) 치송하다, 행장을 차려 보내다.

를 고치고 공금에 손을 댄 것이었다. 면장 운동에 뜻을 둔 때부터 형태는 면장의 흠을 모조리 찾아내려고 하던 판에 회계원을 감쪽같이 매수하여 그에게서 공금 횡령의 비밀을 샅샅이 들추어내던 것이다.

그런 눈치를 알아채었는지 어쨌는지 최면장은 모든 것을 모르는 체 다만 학구가 학교를 마칠 때까지를 목표로 시침을 떼는 것이었으나 형태는 형태로서 네 속을 다 뽑아 쥐고 있다는 듯한 거만한 배짱으로 모든 수단이 다 틀리면 그 뽑아 쥔 비밀을 마지막 술책으로 쓰리라고 음특하게 벼르고 있었다.

하기는 그는 벌써 최면장이 좀체 물러앉지 않을 줄을 짐작하고 이번 읍내 길에서도 군수에게 공금의 비밀을 약간 귀띔하고 온 터였다. 군수는 기회를 보아서 내막을 철저히 조사시켜 폭로시킨 후 적당한 조처를 하겠다고 언약하였다.

군수를 그만큼까지 후리기에는 상당히 물재도 들었으니 이번 길만 하여도 꿀과 버섯의 선사뿐이 아니라 실상은 논 한 자리까지 남몰래 팔았던 것이다. 군수의 일상 원이 일등 명기를 앞에 놓고 은주전자 은잔으로 맑은 국화주를 마시는 운치였다. 일등 명기야 형태의 수완으로도 어쩌는 수 없는 것이었으나 은주전자 은잔쯤은 그의 힘으로 족히 자라는 것이어서 이번 기회에 수백 금을 들여 실속 있는 한 쌍을 갖추어준 것이었다.

군수가 사양치 않은 것은 물론이며 그렇게 여러 번째 미끼를 흐뭇이 들여놓고 이제는 다만 속한 결과를 기다리게만 되었다. 평생 원을 풀 수만 있다면 그 모든 미끼의 희생쯤은 그에게는 보잘것없이 허름한 것이었다. 군수의 인품을 믿고 있는 것만큼 조만간 뜻대로의 결과가 올 것이 확실은 하였으나 될 수 있는 대로 그것이 속하였으면 하고 마음은 늘 초조하였다.

더구나 가정의 변이 생긴 후로는 어떠한 희생을 내서라도 기어이 뜻을 이루어야만 세상 사람들의 조롱과 웃음의 몇 분의 하나라도 설치가 될 것이요, 지금까지 애써온 보람도 있을 것이며 맺힌 마음의 짐도 넌지시 풀어 부끄러운 집안의 변괴도 잊어버릴 수 있으리라고 생각되어 더욱 초조하였다.

술집에 자리를 잡고 허구한 날 거나하여서 충혈된 눈을 험상궂게 굴리곤 하였다.

장날 저녁이었다. 형태는 영월네 골방에서 장구장과 잔을 거듭하다가 마침내 최면장을 부르러 사람을 보냈다. 주석을 이용하여 마음을 떠보고 싸움을 거는 것이 요사이의 형태여서 장날과 평일도 헤아리지 않았다. 실상은 요사이 장구장을 통하여 혹은 직접으로 그의 비밀을 한두 사람씩에게 차차 전포시키는 중이었다. 민심을 소란케 하여 그를 배반케 하자는 생각이었다. 최면장은 굳이 안 올 리가 없었으며 불과 두어 번 잔이 돌았을 때 형태는 차차 말을 풀어내기 시작하였다.

"정사에 얼마나 골몰한가. 덕택에 난 이렇게 술 잘 먹구 돈 잘 쓰고 태평하게 지내네만……."

돈 잘 쓴다는 말과 은근히 관련시키려는 듯이,

"학구 공부 잘하나. 들으니 한다하는 사상가라지. 최씨 집안에야 인물이구말구. 그러나 쓸데없는 걱정 같지만 주의니 무어니 할 때 단단히 단속하지 않으면 까딱하다 큰일 나리. 푸른 시절에는 물들기도 쉽구 저지르기도 쉬운 법이요, 더구나 이게 무서운 시절 아닌가. 어련하겠나만 사귀는 동무 주의하라고 신신당부해두게."

비꼬는 말인지 동정하는 말인지 속 뜻을 알 수 없어 최면장은 대답할 바를 몰랐다. 장구장과의 틈에 끼어 얼뻥뻥할 뿐이었다.

"다 아는 형편에 뒷치송하기 얼마나 어렵겠소만 면장, 이건 다 귓속말인데 사정두 딱하게는 되었소."

은근한 말눈치에 어안이 벙벙하여 있을 때 장구장은 입을 가까이 가져오며 짜장 귓속말로 무서운 것을 지껄였다.

"미안한 말 같지만 사직을 하려거든 지금이 차라리 적당한 시기인가 하오. 더 끌다가는 큰 봉변할 것 같으니 말이오."

면장은 뜨끔도 하였거니와 별안간 홍두깨같이 불쑥 내미는 불쾌한 말투에 관자놀이에 피가 바짝 솟아오르며 몸이 화끈 달았다.

"무슨 소리오?"

단 한 마디 짧게 퉁명스럽게 내쏘았다.

"노여워할 것이 아닌 것이 지금은 벌써 공연한 비밀이 되었소. 거리의 사람뿐이 아니라 멀리 읍내에까지두 알려져서 면내에서 모모하는 사람들 사이에는 공론이 자자한 판이오."

"대체 무슨 소리란 말요?"

면장은 모르는 결에 얼굴이 불끈 달며 언성이 높아졌다. 구장은 반대로 이번에는 목소리는 낮추었으나 그러나 다음 마디는 천 근의 무게가 있는 것이었다.

"아마도 윤회계원의 입에서 말이 난 모양이요. 세상에서 누구를 믿겠소."

붉어졌던 면장의 낯은 금시에 새파랗게 질리며 입이 굳어지고 말문이 막혔다. 형태와 면장은 듬짓이 침묵하고 던진 말의 효과를 가늠보고 있는 듯이 눈길을 아래로 향하였다. 불쾌한 침묵이었으나 그러나 면장은 즉시 침착을 회복하고 낯빛을 바로 잡을 수 있었다. 설레지 않는 그의 어조는 막혔던 방 안의 공기를 다시 풀어버렸다.

"그만하면 말뜻을 알겠네만 과히 염려들 할 것은 없네. 일이라는 것이 나구 보아야 옳고 그른 것을 시비할 수 있는 것이지 부질없이 소문에 사로잡힐 것은 아니야. 난 나로서 충분히 내 각오가 있으니 염려들은 말게."

밉살스러우리만큼 침착한 어조는 도리어 반감을 돋우었다. 형태의 말

속에는 확실히 은근한 뼈가 숨어 있었다.

"각오라니 무슨 각온지는 모르겠으나 일이 크게 되면 낭패가 아닌가. 들으니 읍에서는 군수두 쉬이 출장 와서 조사를 하리라는 소문인데 그렇게 되면 무슨 욕이 돌아올지 헤아릴 수가 있나. 일이 터지기 전에 취할 적당한 방책도 있지 않을까 해서 이르는 말이 아닌가."

마디마디 꼭꼭 박아대는 말에 면장은 화가 버럭 나서 드디어 고성대갈 호통을 하였다.

"이르는 말이구 무엇이구 다 그만둬. 그 속 다 알고 그 흉계 뉘 모르리. 군수를 끼고 책동하는 줄두 다 안다. 내야 어떻게 되든 어디 할 대루 해봐라."

"무엇을 믿고 큰 소린구. 해보구 말구 나중에 뉘우치지나 말게."

벌써 피차에 감출 것이 없어 속뜻과 싸움은 노골적으로 드러나게 되었다.

"뉘우칠 것도 없구 겁날 것도 없다. 무슨 술책을 써서든지 할 대루 해봐라."

면장은 붉은 낯에 입술은 푸르면서 육신이 부르르 떨렸다.

"이 사람 어둡기두 하다. 일이 벌써 어떻게 된 줄도 모르구 큰소리만 탕탕 하니."

"고얀 것들. 이러자구 사람을 불러냈어? 같지 않은 것들."

차려진 술잔을 밀쳐버리고 면장은 성큼 자리를 일어섰다. 형태의 유들유들한 웃음소리가 터지자 참을 수 없는 노염에 술상을 발로 차버리고 문밖으로 뛰어나갔다. 통쾌하다는 듯이 계획은 거의 성사되었다는 듯이 형태는 눈초리를 지긋이 주름잡고 구장을 바라보면서 한바탕 웃음을 쳤다.

면장 운동에는 차차 성공하여가는 형태지만 속은 늘 심화가 나고 찌부둥하여서 변괴가 있은 후로는 아직 한 번도 서울집에는 들어가지 않고 큰집이 아니면 거리에서 밤을 지내오는 것이었다.

은근히 기뻐하는 것은 큰댁이어서 아들이 앓아누운 것을 보면 뼈가 아프기는 하였으나 그것을 한 기회삼아 한편 남편의 마음을 돌리기에 애쓰고 밖에 나가서는 일방 앓아누운 서울집의 치성을 드리기가 날마다의 행사였다. 속히 일어나라는 치성이 아니라 그대로 살며시 가버리라는 치성이었다.

밤이 어둑어둑만 해지면 남편 몰래 새옹[5]에 메를 짓고 맑은 물을 떠가지고는 뒷동산 고목나무 아래나 성황 숲이나 개울가에 나가서 염라대왕에게 손을 모으고 비는 것이었다. 산 귀신 물 귀신 불 귀신 귀신의 이름을 모조리 외우며 치마 틈에 만들어 넣었던 손각시를 불에도 사르고 물에도 띄우고 땅에 묻고 하여 은근히 서울집의 앞길을 저주하였다.

원래 강릉집 때부터 치성을 즐겨하여 강릉집이 기어이 실족이 된 것은 온전히 치성 덕이라고 생각하였다. 서울집이 오면서부터는 더욱 심하여서 어떤 때에는 오십 리나 되는 오대산에 가서 고산 치성도 드렸고 내려오던 길에 월정사에 들러 연꽃 치성도 드렸다. 이번에 서울집의 변괴도 재수의 허물로는 돌리지 않고 치성 덕으로 서울집에게로 내려진 천벌이라고 생각하였다. 내친걸음에 서울집을 영영 없애달라는 것이 치성할 때마다의 절실한 원이었다. 형태로서는 치성은 질색이어서 큰댁의 우매한 꼴을 볼 때마다 한바탕 북새를 일으키고야 말았다.

재수가 자리에서 일어나자 하루아침 가만히 도망을 간 것은 여름도 한참 짙었을 때 형태의 심중이 가지가지 일에 무덥게 지글지글 끓어오를 때였다. 한편 걱정되지 않는 바도 아니었으나 차라리 한시름 놓은 것 같아서 시원도 했다. 신통치도 못한 조합 서기쯤 그만두고 멀리 가버림이 마을 사람들의 기억에서도 사라질 것이요, 차차 죄를 벗는 길도 될 것으

---

5) 놋쇠로 만든 작은 솥.

로 생각되어서 차라리 한시름 놓는 것 같았다. 다만 걱정되는 것은 불미한 생각을 일으키고 그 어느 구석에 가서 자진[6]이나 하지 않았을까 하는 것이었다.

그날 아침 집안은 요란하게 설레고 마을을 아래 위로 훑으면서 헤매었다. 주재소에 수색원까지 내고 들끓었으나 그러나 그렇게까지 걱정할 것이 없는 것은 실상은 재수의 도망은 큰댁의 지시오, 계책이었던 것이다. 그날 새벽 강에 나가 치성을 마친 큰댁은 아들을 속사리재 아래까지 불러내서 등대하고 있다가 강릉서 넘어오는 첫 자동차에 태워서 앞대로 내보낸 것이었다. 거리에서 차를 타면 들키울 것을 염려하여 오리 길이나 미리 나와 있었던 것이다. 전대 속에 알뜰히 모아두었던 근 백여 소수의 돈을 전대 채로 아들에게 주면서 마을에서 소문이 사라질 때까지 어디든지 앞대로 나가 구경 겸 어느 때까지든지 바람을 쏘이라는 당부를 거듭하면서 운전수가 재촉의 고동을 몇 번이나 울릴 때까지 찻전을 붙들고 서서 눈물겨운 목소리로 서러워하였다. 그러나 물론 집에 돌아와서는 그런 눈치는 까딱 보이지 않으며 집안 사람에게 휩쓸려 도리어 아들의 간 곳을 걱정하는 모양을 보였다.

재수의 처치가 제물이 된 후로 패였던 형태의 마음 한 구석이 파묻힌 것은 사실이었으나 그렇게 되면 서울집의 존재가 머릿속에 더한층 똑똑하게 떠올랐다.

그러나 그대로 어느 때까지 버려두는 수밖에 별다른 처리의 방책은 없었다. 한 번 흠이 든 것이니 시원히 버려볼까도 생각하였으나 도저히 할 수는 없는 노릇임을 깨달았다. 속사리 버덩의 일곱 마지기를 팔아버린 것이 아까워서가 아니라 아무리 흠이 들었다고는 하더라도 아직도 그에게로 쏠리는 정을 끊어버릴 수는 없었다. 정이란 마치 얼크러진 실 뭉치

---

6) 自盡. 자살.

같아서 한쪽을 끊어도 다른 쪽이 매이고 끊은 줄 알았던 줄이 다시 걸리고 하여서 하루아침에 칼로 베인 듯이 시원히 끊어버릴 수는 노릇이었다.

포악스럽게는 굴었어도 아직도 서울집에 대한 정은 줄줄이 헝크러져 그의 마음 갈피에 주체스럽게 걸리고 감기는 것이었다. 그 위에 세월이라는 것은 무서워서 처음에는 살인이라도 날 것 같던 것이 차차 분이 사라졌고 봉욕에 치가 떨리고 몸이 화끈 달던 것이 지금은 그것도 차차 식어가서 그대로 가면 가을에 찬바람이 나돌 때까지에는 분도 풀리고 마음도 제대로 가라앉을 것 같았고 일이 뜻대로 되어 면장으로나 들어앉게 되면 무서운 상처는 완전히 사라질 듯도 하였다. 다만 서울집의 마음이 자기의 마음 같이 가라앉고 회복될까 하는 것이 의심이었다.

한 때의 실책이었던지 그렇지 않으면 정이 벌어졌던 탓인지 그의 마음을 좀체 들여다볼 수는 없었다. 늘 밖을 그리워하는 눈치를 보아서는 마음속이 심상치 않은 것도 같았기 때문이다. 집에 누운 채 얼굴과 다리의 상처에는 약국에서 가져온 고약을 바르고 일변 보약을 달여 먹도록 시키기만 하고 형태는 아직 한 번도 들여다보지는 않았으나 서울집에 대한 의혹이 생길 때에는 불현듯이 정이 불꽃같이 타오르며 그를 만나고 싶은 생각이 유연히 솟아올랐다. 그럴 때에는 면장 운동보다도 오히려 더 큰 열정이 그를 송두리째 사로잡으며 서울집을 잃는다면 그까짓 면장은 얻어해 무엇하나 하는 생각조차 들었다.

(1937. 10)

장미 병들다

싸움이라는 것을 허다하게 보아왔으나 그렇게도 짧고 어처구니없고
―그러면서도 싸움의 진리를 여실하게 드러낸 것은 드물었다. 박고 차
고 찢고 고함치고 욕하고 발악하다가 나중에는 피차에 지쳐서 쓰러져버
리는―그런 싸움이 아니라 맞고 넘어지고 항복하고―그뿐이었다. 처
음도 뒤도 없이 깨끗하고 선명하여서 마치 긴 이야기의 앞뒤를 잘라버
린 필름의 몇 토막과도 같이 신선한 인상을 주는 것이었다. 그 신선한 인
상이 마치 영화관을 나와 그 길을 지나던 현보와 남죽 두 사람의 발을 문
득 머무르게 하였는지도 모른다. 그러나 두 사람이 사람들 속에 한몫 끼
여 섰을 때에는 싸움은 벌써 끝물이었다.

영화관, 음식점, 카페, 매약점 등이 어수선하게 즐비하여 있는 뒷거리
저녁때, 바로 주렴을 드리운 식당 문 앞이었다.

그 식당의 쿡으로 보이는 흰 옷에 흰 주발모자를 얹은 두 사람의 싸움
이었으나 한 사람은 육중한 장골이요, 한 사람은 까무잡잡한 약질이어
서, 하기는 그 체질에 벌써 승패가 달렸던지도 모른다. 대체 무엇이 싸움
의 원인이며 원한의 근거였는지는 모르나 하루아침에 문득 생긴 분김이
아니요, 오래 두고두고 엉겼던 불만의 화풀이임은 두 사람의 태도로써
족히 추측할 수 있었다. 말로 겨루다 못해 마지막 수단으로 주먹다짐에

맡기게 된 것임은 부락스런 두 사람의 주먹살에 나타났었으니 약질의 살기를 띤 암팡진 공격에 한번 주춤하였던 장골은 갑절의 힘을 주먹에 다져 쥐고 그의 면상을 오돌지게 윽박았다.

소리를 치며 뒤로 쓰러지는 바람에 문 앞에 세웠던 나무 분이 넘어지며 분이 깨트러지고 노가지나무가 솟아났다.

면상을 손으로 가리어 쥐고 비슬비슬 일어서서 달려들려 할 때 장골의 두 번째 주먹에 다시 무르게도 넘어지고 말았다. 땅 위에 문질러져서 얼굴은 두어 군데 검붉게 피가 배고 두 줄의 코피가 실오리 같은 가느다란 줄을 그으면서 흘렀다. 단번에 혼몽하게 지쳐서 쭉 늘어졌음에도 불구하고 약질은 간신히 몸을 세우고 다시 한 번 개신개신 일어서서 장골에게 몸을 던지다가 장골이 날쌔게 몸을 피하는 바람에 걸어보지도 못한 채 또 나가쓰러지고 말았다.

한참이나 죽은 듯이 고요한 속에서 코만 흑흑 울리더니 마른 땅에는 금시에 피가 흘러 넓게 퍼지기 시작하였다.

"졌다!"

짧게 한마디—그러나 분한 듯이 외쳤으니 그것으로 싸움은 끝난 셈이었다.

"항복이냐?"

장골은 능실도 하지 않고 마치 그 벅찬 힘과 마음에 티끌만큼의 영향도 받지 않은 듯이 유들유들하게 적수를 내려다보았다.

"힘이 부처 그렇지, 그리 쉽게 항복이야 하겠나."

"뼈다구에 힘 좀 맺히거든 다시 덤비렴."

"아무렴, 그때까지 네 목숨 하나 살려둔다."

의젓하고 유유하게 대꾸하면서 약질이 피투성이의 얼굴을 넌짓 쳐들었을 때 현보는 그 끔찍한 꼴에 소름이 쳐서 모르는 결에 남죽의 소매를 끌었다. 남죽도 현장에서 얼굴을 피하며 재촉을 기다릴 겨를 없이 급히 발을 돌렸다. 한참 동안 말이 없었다. 우연히 목도하게 된 그 돌연한 장면에서 받은 감격이 너무도 컸다.

강하고 약하고 이기고 지고—이 두 길뿐. 지극히 간단하다. 강약이 부동으로 억센 장골 앞에서는 약질은 욕을 보고 그 자리에 폭삭 쓰러져버리는 그 일장의 싸움 속에서 우연히 시대를 들여다본 듯하여서 너무도 짙은 암시에 현보는 마음이 얼떨떨하였다. 흡사 그 약질같이 자기도 호되게 얻어맞고 피를 흘리며 쓰러져 있는 듯도 한 실감이 전신을 저리게 흘렀다.

"영화의 한 토막과도 같이 아름답지 않아요? 슬프지 않아요?"

역시 그 장면에서 받은 감동을 말하는 남죽의 눈에는 눈물이 어리어 보였다. 아름답다는 것은 패한 편을 동정함일까? 아름다운 까닭에 슬프고 슬프리만큼 아름다운 것—눈물까지 흘리게 한 것은 별수없이 그나 누구나가 처하여 있는 현대의 의식에서 온 것임을 생각하면서 현보는 남죽을 뒤세우고 거릿목 찻집 문을 밀었다.

차를 청해 마실 때까지도 현보와 남죽은 그 싸움의 감동이 좀체 사라지지 않아서 피차에 별로 말도 없었다. 불쾌하다느니보다는 슬픈 인상이었다.

슬픔으로 인하여 아름다운 것이었음을 남죽과 같이 현보도 느끼게 되었다. 그렇게까지 신경을 민첩하게 일으켜 세우게 된 것은 잠깐 보고 나온 영화 때문이었던지도 모른다. 영화관에는 마침 〈목격자〉가 걸려 있어서 우연히 보게 된 그 아름다운 한 편이 장면장면 남죽을 울렸다.

전체로 슬픈 이야기였으나 가련한 주인공의 운명과 애잔한 여주인공의 자태가 한층 마음을 찔렀다. 억울한 혐의로 아버지를 여읜 어린 자식을 데리고 늙은 어머니가 어둡고 처량한 저녁에 무덤 쪽을 바라보는 장면과, 흐린 저녁때의 빈민가 다리 아래 장면은 금시에 눈물을 솟게 하였다.

다리 아래 장면에서는 거지의 자동 풍금 소리에 집집에서 뛰어나온 가난한 빈민들이 그 슬픈 음악에 맞추어 춤을 추기 시작하였다. 요란한 소리를 듣고 순검이 달려와서 춤을 금하고 사람들을 헤칠 때 억울한 혐의로 아버지를 재판한 늙은 검사는 양심의 가책을 조금이라도 덜려고 가난한 사람들을 위해 항의를 하나 용납되지 못하고 사람들은 하는 수 없이 비슬비슬 그 자리를 헤어진다. 그 웅성거리는 측은한 꼴들이 실감을 가지고 가슴을 죄었다. 어두운 속에서 남죽은 흐르는 눈물을 손수건으로 몇 번이고 훔쳐냈다. 눈물로 부덕부덕한 얼굴을 가지고 거리에 나오자 당면하게 된 것이 싸움의 장면이었다. 여러 가지의 감동이 한데 합쳐서 새 눈물을 자아내게 한 것이다. 하기는 남죽들의 현재의 형편 그것이 벌써 눈물 이상의 것이기는 하다. 두 주일 이상을 겪고 가제 나온 것이 불과 며칠 전이었다. 남죽은 현재 초라한 꼴, 빈주머니에 고향에 돌아갈 능력도 없고 그렇다고 다른 도리도 없이 진퇴유곡의 처지에 있는 셈이었다. 〈목격자〉 속의 주인공들보다 조금도 나을 것이 없었다. 현보와 막연히 하루를 지우려 영화 구경을 나선 것도 또렷한 지향 없는 닥치는 대로의 길, 그 자리의 뜻이었다. 온전히 그날 그날의 떠도는 부평초요, 키 잃은 배요, 목표 없는 생활이었다.

극단 '문화좌'가 설립되자마자 와해된 것이 두 주일 전이었다. 지방 창립 지방 공연이라는 점에 중점을 두려고 일부러 서울을 떠나 지방의 도회로 내려와 기폭을 든 것이었으나 그것이 도리어 화 되어 엄격한 수준에 걸린 것이었다.

인원을 짜고 각본을 선택하고 모든 준비를 마친 후 첫째 공연을 내려왔던 것이 그렇다할 이유 없이 의외에도 거슬리는 바 되어 한꺼번에 몰아가버렸다. 거듭 돌아보아야 그럴 만한 원인은 없었고 다만 첩첩한 시대의 구름의 탓임이 짐작될 뿐이었다.

각본을 맡은 현보는 고향이 바로 그곳인 탓으로인지 의외에도 속히 놓이게 되고 뒤를 이어 남죽 또한 수월하게 풀리게 되었으나 나머지 인원들은 자본을 댄 민삼, 연출을 맡은 인수, 배우인 학준, 그 외 몇몇은 아직도 날이 먼 듯하였다. 먼저 나오기는 하였으나 현보와 남죽은 남은 동무들을 생각하고 또 한 가지 자신들의 신세를 돌아보고 우울하기 짝 없었다. 하는 노릇 없이 허구한 날 거리를 헤매이는 수밖에 없던 현보와 역시 별 목표 없이 유행가수를 지원해보았다 배우로 돌아서보았다 하던 남죽에게 극단의 설립은 한 희망이요 자극이어서 별안간 보람 있는 길을 찾은 듯도 하여 마음이 뛰고 흥이 나던 것이 의외의 타격에 기를 꺾이우고 나니 도로 제자리에 주저앉은 셈이었다.

파랗게 우러러보이던 하늘이 조각조각 부서져버리고 다시 어두운 구렁텅이로 밀려 빠진 격이었다.

현보의 창작 각본 〈헐어진 무대〉와 오닐의 번역극 〈고래〉의 한 막이 상연 예정이어서 남죽은 그 두 각본의 여주인공의 역할을 자기의 비위에 맞는 것으로 그지없이 사랑하였다. 예술적 흥분 외에 또 한 가지의 기쁨은 그런 줄 모르고 내려왔던 길에 구면인 현보를 칠 년 만에 뜻밖에 다시 만나게 된 것이었다. 이 기우는 현보에게도 물론 큰 놀람이자 기쁨이었다.

극단의 주무를 보게 된 민삼이 서울서 적어 내려보낸 인원의 열 명 속에 여배우 혜련의 이름을 발견하고 현보는 자기 작품의 주연을 맡은 그 여배우가 대체 어떤 인물일꼬 하고 호기심이 일어났을 뿐 무심히 덮어두었던 것이 막상 일행이 내려와 처음으로 상면하게 되었을 때 그가 바로 남죽임을 알고 어지간히 놀랐던 것이다. 혜련은 여배우로서의 예명이었다. 칠 년 전에 알고는 그 후 까딱 소식을 몰랐던 남죽은 그런 경우 그런 꼴로 우연히 만나게 될 줄야 피차에 짐작도 못 하였던 것이다.

지난날을 돌아보면서 그날 밤 둘은 끝없는 이야기와 추억에 잠겼다. 서울서 학교에 다닐 때 우연히 세죽 남죽 자매를 알게 된 것은 그들이 경영하여가는 책점 '대중원'에 출입하게 된 때부터였다. 대중원은 세죽이 단독 경영하여가는 것이었고 남죽은 당시 여학교에서 공부하는 몸으로 형의 가게에 기식하고 있는 셈이었다. 세죽의 남편이 사건으로 들어가기 전에 뒷일을 예료하고 가족들의 호구지책으로 미리 벌린 것이 소규모의 책점 대중원이었다. 남편의 놓일 날을 몇 해고 간에 기다려가면서 세죽은 적막한 홀몸으로 가게를 알뜰히 보면서 어린것과 동생 남죽의 시중을 지성껏 들어왔다.

남죽은 어린 나이에도 철이 들어서 가게에 벌여놓은 진보적 서적을 모조리 읽은 나머지 마지막 학년 때에는 오돌지게도 학교에 일어난 사건을 지도하다가 실패한 끝에 쫓겨나고 말았다. 학업을 이루지도 못한 채 고향에 내려갈 수도 없어 그 후로는 별수없이 가게 일을 도울 뿐, 건둥건둥 날을 지우는 수밖에는 없었다.

소설을 닥치는 대로 읽어대고 아름다운 목청을 놓아 노래를 불러대곤 하였다. 목소리를 닦아서 나중에 성악가가 되어볼까도 생각하고, 얼굴의 윤곽이 어글어글한 것을 자랑삼아 영화배우로 나갈까도 꿈꾸었다. 그 시기의 그를 꾸준히 관찰할 수 있는 기회를 가졌던 현보는 그 남다른 환경에서 자라가는 늠출한 처녀의 자태 속에 물론 시대적 열정과 생장도 보았으나 더 많이 아름다운 감상과 애끓는 꿈을 엿보았던 것이다. 단발한 머리를 부수수 헤뜨리고 밋밋하고 건강한 육체로 고운 멜로디를 읊조릴 때에는 그의 몸 그대로가 구석구석에 아름다운 꿈을 함빡 머금은 흐뭇한 꽃이었다. 건강한, 그러나 상하기 쉬운 한 송이의 꽃이었다.

참으로 아담한 꽃을 보는 심사로 현보는 남죽을 보아왔다.

그러나 현보가 학교를 마치고 서울을 떠날 때가 그들과의 접촉의 마지막이었으니 동경에 건너가 몇 해를 군 뒤 고향에 나와 일없이 지내게 된 전후 칠 년 동안 다만 책점 대중원이 없어졌다는 소문을 풍편에 들었을 뿐이지, 그 뒤 그들이 고향인 관북으로 내려갔는지 어쨌는지, 남죽과 세죽의 소식은 생각해보지도 못했고 미처 생각에 떠오르지도 않았다. 그만한 여유조차 없는 것은 다른 사람의 생각은커녕 자신의 생활이 눈앞에 가로막히게 되었고, 무엇보다도 현대인으로서의 자기 개인에 대한 생각이 줄을 찾기 어렵게 갈피갈피로 찢어졌다 갈라졌다 하여 뒤섞이는 까닭이었다. 칠 년 후에 우연히 만나고 보니 시대의 파도에 농락되어 꿈은 조각조각 사라지고 피차에 그 꼴이었다. 하기는 그나마 무대 배우로 나타난 남죽의 자태에 옛 꿈의 한 조각이 아직도 간당간당 달려 있는 셈인지도 모르나 아담하던 꽃은 벌써 좀먹기 시작한 그 어디인지 휘줄그러진 한 송이임을 현보는 또렷이 느꼈다.

시간을 보고 찻집을 나와 현보는 남죽을 데리고 큰 거리 백화점으로 향하였다. 준구와 만나자는 약속이었다. 가난한 교원을 졸라댐은 마치 벼룩의 피를 긁어내려는 격이었으나 그러나 현보로서는 가장 가까운 동무이므로 준구에게 터놓고 남죽의 여비의 주선을 비취어둔 것이었다.

남죽에게는 지금 살까 죽을까 문제가 아니라 〈목격자〉속의 빈민들에게 거리의 음악이 필요하듯이 고향으로 내려갈 여비가 필요하였다. 꿈의 마지막 조각까지 부서져버린 이제 별수없이 고향으로 내려가 몸도 쉬이고 마음도 가다듬는 수밖에는 없었다. 고향은 넓은 수성평야의 한가운데여서 거기에서는 형 세죽이 밭을 가꾸고 염소를 기르고 있다는 것이었다. 남편이 한번 놓았다 재차 들어가게 된 후 세죽은 이번에는 고향에다 편편하게 자리를 잡고 책점 대신에 평야의 한복판에서 염소를 기르게 되었다는 것이다. 도회에 지친 남죽에게는 지금 무엇보다도 염소의 젖이 그리웠다. 염소의 젖을 벌떡벌떡 마시고 기운차게 소생됨이 한 가지의 원이었다.

몇십 원의 노자쯤을 동무에게까지 빌리기가 현보로서는 보람 없는 노릇이었으나 늘 메말라서 누런 '현대의 악마'와는 인연이 먼 그로서는 하는 수 없는 것이었다. 찻집이라도 경영해볼까 하다가 아버지에게 호통을 들은 후부터는 돈을 타 쓰기도 불쾌하여서 주머니에는 차 한 잔 값조차 동떨어질 때가 있었다. 누구나 다 말하기를 꺼려하고 적어도 초연한 듯이 보이려고 하는 '돈'의 명제가 요사이 와서는 말하기 부끄러우리만치 자나 깨나 현보의 머리를 차지하게 되었다. 그 '악마'에 대한 절실한 인식은 일종의 용기를 낳아서 부끄러울 것 없이 준구에게 여비 일건을 부탁하고 남죽에게는 고향 언니에게도 간청의 편지를 내도록 천연스럽게 일렀던 것이다.

그러나 막상 휘줄그레한 포라 양복에 땀에 전 모자를 쓴 가련한 그를 대하였을 때 현보는 준구에게 그것을 부탁하였던 것을 일순 뉘우쳤다. 휘답답한 그의 꼴이 자기의 꼴과 매일반임을 보았던 까닭이다. 그래도 의젓한 걸음으로 층계를 걸어올라 식당에 들어가 두 사람에게 자리를 권하고 음식을 분부하고 난 후, 준구는 손수건을 내서 꺼릴 것 없이 얼굴과 가슴의 땀을 한바탕 훔쳐냈다.

"양해하게. 집에는 아이들이 들끓구 아내는 만삭이 되어서 배가 태산 같은데두 아직 산파도 못 댔네. 다달이 빚쟁이들은 한 두름씩 문간에 와서 왕머구리같이 와글와글 짖어대구……. 어쩌다가 이렇게 됐는지 이제는 벌써 자살의 길밖에는 눈앞에 보이는 것이 없네……. 별수 있던가. 또 교장에게 구구히 사정을 하구 한 장을 간신히 둘러왔네. 약소해서 미안하나 보태 쓰도록이나 하게."

봉투에 넣고 말고 풀 없이 꾸겨진 지전 한 장을 주머니에서 불쑥 집어내서 현보의 손에 쥐어주는 것이다. 현보는 불현듯이 가슴이 찌르르하고 눈시울이 뜨거웠다. 손 안에 남은 부풀어진 지전과 땀 배인 동무의 손의 체온에 찐득한 우정이 친친 얽혀서 불시에 가슴을 조인 것이다. 남죽은 새삼스럽게 고맙다는 뜻을 표하기도 겸연쩍어서 똑바로 그를 바라보지도 못하고 시선을 식탁 위에 떨어뜨린 채 손가락으로 머리카락을 오리오리 매만질 뿐이었다. 낯이 익지도 못한 여자의 앞에서까지 가리울 것 없이 집안 사정 이야기를 터놓고 하지 않으면 안 되는 가난한 시민의 자태가 딱하고 측은하고 용감하여서 그 순간, 그 자리에서 살며시 꺼지고도 싶은 무거운 좌중의 기분이었다.

거리에 나와 준구와 작별한 뒤까지도 현보들은 심사가 몹시 울가망하였다. 현보는 집에 돌아가기가 울적하고 남죽 또한 답답한 숙소에 일찍 들어가기가 싫어서 대중없이 밤거리를 거닐기 시작하였다. 동무가 일껏 구해준 땀내 나는 돈을 도로 돌릴 수도 없어 그대로 지니기는 하였으나 갖출 것도 있고 하여 여비로는 적어도 그 다섯 곱절이 소용이었다. 현보는 다른 방법을 생각하기로 하고 그 한 장 돈의 운명을 온전히 그날 밤의 발길의 지향에 맡기기로 하였다.

레코드나 걸고 폭스 트롯이나 마음껏 추어보았으면 하는 것이 남죽의 청이었으나 거리에는 춤을 출 만한 곳이 없고 현보 자신 춤을 모르는 까닭에 뒷골목을 거닐다가 결국 조촐한 빠아에 들어갔다. 솔내 나는 진을 남죽은 사양하지 않고 몇 잔이고 거듭 마셨다. 어느 결에 주량조차 그렇게 늘었나 하고 현보는 놀라고 탄복하였다. 제법 술자리를 잡고 얼굴을 붉게 물들이고 뭇 사내의 시선 속에서 어울려나가는 솜씨는 상당한 것으로 보였다.

술이 어지간히 돌았는지 체면불구하고 레코드에 맞추어 몸을 으쓱거리더니 나중에는 자리를 일어서서 춤의 자세를 하고 발끝으로 달가닥달가닥 춤을 추는 것이었다.

현보 역시 취흥을 못 이겨 굳이 그를 말리지 않고 현혹한 눈으로 도리어 그의 신기한 재주를 바라볼 뿐이었다. 술은 요술장이인지 혹은 춤추는 세상의 도덕은 원래 허랑한 것인지 이해하기 어려운 것은 맞은편 자리에 앉았던 아까 남죽의 귀에다 귓속말로 거리의 부랑자 백만장자의 아들이라고 가르쳐주었던 그 사나이가 성큼 일어서서 남죽에게 춤을 청하는 것이었고, 더 이상한 것은 남죽이 즉시 응하여 팔을 겨르고 스텝을 밟기 시작한 것이다. 그것이 춤의 도덕인가 보다고만 하고 현보는 웃는 낯으로 한참이나 바라보고 있었으나 손님들의 비난의 소리 속에서 별안간 여급이 달려와서 춤은 금물이라고 질색하고 두 사람을 가르는 바람에 현보는 문득 정신이 들면서 이 난잡한 꼴에 새삼스럽게 눈썹이 찌푸려졌다. 남죽의 취중의 행동도 지나쳐 허랑한 것이었으나 별안간 나타난 부랑자의 유들유들한 심보가 불현듯이 괘씸하게 느껴져서 주위에 대한 체면과 불쾌한 생각에 책임상 비틀거리는 남죽의 팔을 끌고 즉시 그 자리를 나와버렸다. 쓸데없이 허튼 곳에 그를 끌어온 것이 뉘우쳐도 져서 분이 좀체 가라앉지 않았다.

"아무리 부랑자기로 생면부지에 소락소락…… 안된 녀석."

"노여하실 것 없는 것이 춤추는 사람끼리는 춤을 청하는 것이 모욕이 아니라 도리어 존경의 뜻인걸요. 제법 춤의 격식이 익숙하던데요."

남죽의 항의에는 한마디도 대꾸할 바를 몰랐으나 그러면 그 괘씸한 심사는 질투에서 나온 것이었던가? 그렇다면 남죽을 얼마나 사랑하고 있는 셈인가 하고 현보는 자신의 마음을 가지가지로 의심하여보았다.

"……참기 싫어요, 견딜 수 없어요—죄수같이 이 벽 속에만 갇혀 있기가. 어서 데려다주세요, 데이비드. 이곳을 나갈 수 없으면—이 무서운 배에서 나갈 수 없으면 금방 미칠 것두 같아요. 집에 데려다주세요, 데이비드. 벌써 아무것두 생각할 수 없어요. 추위와 침묵이 머리를 가위같이 누르는걸요. 무서워. 얼른 집에 데려다주세요."

남죽은 남죽으로서 딴소리를—듣고 보니 오닐의 〈고래〉의 귀절귀절을 아직도 취흥에 겨운 목소리로 대로상에서 마치 무대에서와 같은 감정으로 외치는 것이었다. 북극 해상에서 애니가 남편인 선장에게 애원하고 호소하는 그 소리는 그대로가 바로 남죽 자신의 절실한 하소연이기도 하였다.

"……이런 생활은 나를 죽여요. ―이 추위, 무섬. 공기가 나를 협박해요―이 적막. 가는 날 오는 날 허구한 날 똑같은 회색 하늘. 참을 수 없어요. 미치겠어요. 미치는 것이 손에 잡힐 듯이 알려요. 나를 사랑하거든 제발 집에 데려다주세요. 원이에요. 데려다주세요."

이튿날은 또 하루 목표 없는 지난날의 연속이었다.

간밤의 무더운 기억도 있고 남죽에게 대한 말끔하게 청산하지 못한 뒤를 끄는 감정도 남아 있고 하여 현보는 오후도 훨씬 늦어서 남죽을 찾았다. 아직도 눈알이 붉고 정신이 개운하지 못한 남죽의 청을 들어 소풍 겸 강으로 나갔다.

서선 지방의 그 도회는 산도 아름다우려니와 물의 고을이어서 여름 한철이면 강 위에는 배가 흔하게 떴다. 나룻배, 고깃배, 석탄배 외에 지붕을 덩그렇게 한 놀잇배와 보트와 모터보트가 강 위를 촘촘하게 덮었다. 놀잇배에서는 노래가 흐르고 춤이 보여서 무르녹은 나무 그림자를 띄운 강 위는 즐거운 유원지로 변한다. 산 너머 저편은 바로 도회에서 생활과 싸움으로 들복닥거리건만 산 건너 이편은 그와는 별세상인 양 웃음과 노래와 흥이 지천으로 물 위를 흘렀다.

현보와 남죽도 보트를 세내서 타고 그 속에 한몫 섞이니 시원한 물 세상 사람이 된 듯도 싶었다. 백양나무가 늘어선 위로 흰 구름이 뭉실뭉실 떠서 강 위에서는 능라도 일대의 풍경이 가장 아름다웠다. 현보는 손수 노를 저으면서 물결을 거슬러올라가 섬께로 향하였다. 속을 헤아릴 수 없는 푸른 물결이 뱃전을 찰싹찰싹 쳤다.

"언니에게서 편지가 왔는데…… 요새는 염소젖두 적구 그렇게 쉽게 노자를 구할 수 없다나요."

남죽은 소매 속에서 집어낸 편지를 봉투째 서너 조각으로 쭉쭉 찢더니 물 위에 살며시 띄웠다. 별로 언니를 원망하는 표정도 아니요, 다만 침착한 한마디의 보고였다.

"—며칠 동안 카페에 들어가 여급 노릇이나 해서 돈을 벌어볼까요?"

이 역 원망의 소리가 아니고 침착한 농담으로 들리기는 하였으나 그 어디인지 자포자기의 기색이 보이지 않는 것도 아니었다.

"차차 무슨 방법이든지 있을 텐데 무얼 그리 조급하게 군단 말요."

현보는 당치않은 생각은 당초에 말살시켜버리려는 듯이 어세가 급하고 퉁명스러웠다. 그러나 고향을 그리는 남죽의 원은 한결같이 절실하였다.

"얼음 속에 갇혀 있으면 추억조차 흐려지나 봐요. 벌써 머언 옛일 같아요……. 지금은 유월, 라일락이 뜰 앞에 한창이고 담 위 장미는 벌써 봉오리가 앉았을걸요."

이것은 남죽이 늘 즐겨서 외이는 〈고래〉 속의 한 구절이었으나 남죽의 대사는 이것으로서 그치는 것이 아니었다. 물 위에 둥둥 떠서 멀리 사라지는 찢어진 편지 조각을 바라보며 남죽의 고향을 그리는 정은 줄기줄기 면면하였다.

"솔골서 시작해서 바다 있는 쪽으로 평야를 꿰뚫은 흰 방축이 바로 마을 앞을 높게 내닫고 있어요. 방축이라니 그렇게 긴 방축이 어디 있겠어요. 포플러나무가 모여 서고 국제 열차가 갈리는 정거장 근처를 지나 바다까지 근 십 리 장간을 일직선으로 뻗쳤는데 인도교와 철교 사이를 거닐기에두 이십 분이나 걸려요. 물 한 방울 없는 모래 개천을 끼고 내달은 넓은 둑은 희고 곧고 깨끗해서 마치 푸른 풀밭에 백묵으로 무한대의 일직선을 그은 것두 같구, 둑 양편으론 잔디가 쪽 깔린 속에 쑥이 나고 패랭이꽃이 피어서 저녁 해가 짜릿짜릿 쪼이면 메뚜기와 찌르레기가 처량하게 울지요. 풀밭에는 소가 누운 위로 이름 모를 새가 풀 위를 스치면서 얕게 날고 마을로 향한 쪽에는 조, 수수, 옥수수밭이 연하여서 일하는 처녀 아이가 두어 사람씩은 보이죠. 여름 한 철이면 조카아이와 같이 염소를 끌고 그 둑 위를 거닐면서 세월없이 풀을 먹여요. 항구를 떠난 국제열차가 산모퉁이를 돌아 기적소리가 길게 벌판을 울려올 때, 풀 먹던 염소는 문득 뿔을 세우고 수염을 드리우고 에헤헤헤헤헤 하고 새침하게 한바탕 울어대군 해요. 마을 앞의 그 둑을—고향의 그 벌판을—나는 얼마나 사랑하는지 몰라요. 그리운지 모르겠어요."

남죽의 장황한 고향의 묘사는 무대 위에서와는 또 다르게 고요한 강물 위를 자유롭게 흘러내렸다. 놀잇배에서 흘러나오는 레코드의 음악이 속된 유행가가 아니고 만약 교향악의 반주였던들 남죽의 대사는 마디마디 아름다운 전원교향악으로 들렸을 것이다. 그의 '전원교향악'에 취하였던 것은 아니나 그의 고향에 대한—적어도 현재 이외의 생활에 대한 그리운 정이 얼마나 간절한가를 느끼며 현보는 속히 여비를 구해야 할 것을 절실히 생각하면서 능라도와 반월도 사이의 여울로 배를 저어올렸다. 얕아는 졌으나 센 물살을 거슬러 저으면서 섬에 오를 만한 알맞은 물기슭을 찾았다.

"첫가을이면 송이의 시절…… 좀 있으면 솔골로 풋송이 따러 가는 마을 사람들이 둑 위를 희끗희끗 올라가기 시작하겠어요. 봉곳이 흙을 떠받들고 올라오는 송이를 찾아낼 때의 기쁨! 바구니에 듬짓하게 따가지고 식구들과 함께 둑길을 걸어내려올 때면 송이의 향기가 전신에 흠뻑 배이지요. 풋송이의 향기! 〈고래〉 속의 라일락의 향기 이상으로 제겐 그리운 것이에요."

듣는 동안에 보지 못한 곳이언만 현보에게도 그의 말하는 고향이 한없이 그리운 것으로 생각되었다. 모랫바닥이 보이는 강가로 배를 몰아놓고 섬 기슭을 잡으려 할 때 배가 몹시 요동하는 바람에 꿈에 잠겼던 남죽은 금시에 정신이 깨인 모양이었다. 백양나무가 늘어선 사이로 새풀이 우거져서 섬 속은 단걸음에 뛰어들어가고도 싶게 온통 푸르게 엿보였다. 발을 벗고 물속을 걷기도 귀찮아서 남죽은 뱃전에 올라서서 한걸음에 기슭까지 뛰어건너려 하였다. 뒤뚝거리는 배를 현보가 뒤에서 붙들기는 하였으나 원체 물의 거리가 먼데다가 남죽은 못 미치는 다리에 풀뿌리를 밟은 까닭에 껑청 발을 건너자 배가 급각도로 기울어지며 현보가 위태하다고 느꼈을 순간 풀뿌리에서 미끄러지며 볼 동안에 전신을 물속에 채워버렸다. 현보가 즉시 신발 채로 뛰어들어 그의 몸을 붙들어 일으키기는 하였으나 전신은 물에 빠진 쥐였다. 팔에 걸린 몸이 빨랫짐 같이도 차고 무거웠다.

하루의 작정이 흐려지고 섬의 행락이 틀어졌다. 소풍이 지나쳐 목욕이 된 셈이나 물에 빠진 꼴로는 사람들 숲에 섞일 수도 없어 두 사람은 외따로 떨어져 섬 속의 양지를 찾았다. 사람들이 엿보지 못하는 호젓한 외딴 곳에서 젖은 옷을 대충 말리는 수밖에는 없었다. 현보는 신과 바지를 벗어서 널고 남죽은 속옷만을 남기고 치마 저고리를 벗어서 양지쪽 풀 위에 펴놓았다. 차라리 해수욕복이나 입었던들 피차에 과히 야릇한 꼴들은 아니었을 것이나 옷을 반씩들 벗은 이지러진 자태—마치 꼬리와 죽지를 뽑히고 물벼락을 맞은 자웅의 닭과도 같은 허수한[1] 꼴들은 한층 우스운 것이었다. 더구나 팔다리와 어깨를 온전히 드러내고 젖어서 몸에 붙은 속옷 바람으로 풀밭에 선 남죽의 꼴은 더욱 보기 딱한 것이어서 그 자신은 그다지 스스러워 여기지 않음에도 현보는 똑바로 보기 어려워 자주 외면하지 않을 수 없었다.

별수없이 그 꼴 그대로 틀어진 반날을 옷 말리기에 허비하고 해가 진 후 채 마르지도 못한 축축한 옷을 떨쳐입고 다시 배를 젓고 내려올 때, 두 사람은 불시에 마주 보고 껄껄껄 웃어 댔다. 하루의 이지러진 희극을 즐겁게 끝막으려는 듯 웃음소리는 고요한 저녁 강 위에 낭랑하게 퍼졌다.

---

1) 짜임새나 단정함이 없이 느슨하다.

그 꼴로 혼자 돌려보내기가 가여워서 현보는 그 길로 남죽의 숙소에 들른 채 처음으로 밤이 이슥할 때까지 같이 지내게 되었다. 뜻속의 것이었든지 혹은 뜻밖의 것이었든지 그날 밤 현보는 또한 남죽과 모든 열정을 주고받았다. 그것은 반드시 한쪽만의 치우친 감정의 발작이 아니라 피차의 똑같은 감정의, 말하자면 공동합작이었으며 그 감정 또한 우연한 돌발적인 것이 아니요 참으로 칠 년 전부터 내려오는 묵고 익은 감정의 합류였다. 늦은 밤거리에 나왔을 때 현보는 찬란한 세상을 겪은 뒤의 커다란 피곤을 일시에 느꼈다.

일이 일인만큼 큰 경험 후에 오는 하루를 현보는 집에 묻힌 채 가지가지 생각에 잠겼다. 묵은 감정의 합류라고는 하더라도 하필 그 시간에 폭발된 것은 이때까지 피차에 감정을 감추고 시험해왔던 까닭일까, 그런 감정에는 반드시 기회라는 것이 필요한 탓일까 생각하였다. 결국 장구한 시기를 두었다가 알맞은 때를 가늠보아 피차에 훔쳐낸 감정에 지나지 않았다. 사랑이라기에는 너무도 어처구니없는 것인지는 모르나 그러나 사랑이 아니라고 할 수도 없는 것이, 비록 미래의 계획이 없는 한 막의 애욕극이었다고는 하더라도 거기에 이르기까지는 오랜 시간의 양해가 있었던 것이라고 생각하였다. 남죽의 마음 또한 그러려니는 생각하면서도 현보는 한편 남자 된 욕심으로 남죽의 허랑한 감정을 의심도 하여보았다. 대체 지난 칠 년 동안의 그에게는 완전히 괄호 안의 비밀인 남죽의 생활이 어떤 내용의 것이었을까 하는 것이었다. 그에게 있어서 간간이 생리의 정리가 필요하듯이 남죽에게도 그것이 필요하지 않았을까?

혹은 한 번쯤은 결혼까지 하였다가 실패하였는지도 모르며—더 가깝게 가령 그와 다시 만나기 전에 친히 지냈던 민삼과는 깊은 관계가 없었을까 하는 생각이 갈피갈피 들었으나 돌이켜보면 그렇게 그의 결벽하기를 원하는 것은 순전히 자기 자신의 지나친 욕심이며 그것을 희망할 자격은 자기에게는 없다는 것을 느끼게 되었다. 괄호 안의 비밀, 그의 눈에 비치지 않은 부분의 생활은 그의 관계할 바 아니며 다만 그로서는 그에게 보여준 애정만을 달게 여기면 족한 것이라고 결론하면서 그의 애정을 너그럽게 해석하려고 하였다.

값으로 산 애정은 아니었으나 남죽의 처지가 협착한만큼 현보는 애정에 대한 일종의 책임을 느껴서 그의 여비 일건을 더욱 절실히 생각하게 되었다.

그를 오래도록 붙들어둘 수 없는 이상 원대로 하루라도 속히 고향에 돌려보내는 것이 애정의 의무일 것같이 생각되었다.

여비를 갖춘 후에 떳떳이 만날 생각으로 그 밤 이후 며칠 동안은 남죽을 찾지 않았다. 여비를 갖춘대야 생판 날탕인 현보에게 버젓한 도리가 있을 리는 없다. 이미 친한 동무 준구에게 한번 청을 걸어 여의치 못한 이상 다시 말해볼 만한 알맞은 동무는 없었으며 그렇다고 그의 일신에 돈으로 바꿀 만한 귀중한 물건을 지닌 것도 아니었다. 옳은 길이라고는 생각지 않았으나 별수없이 남은 한 길을 취할 수밖에는 없었다. 진종일을 노리다가 사랑 문갑에서 예금통장을 집어내기에 성공하였던 것이다. 은행과 조합의 통장이 허다한 속에서 우편예금 통장을 손쉽게 집어내서 도장까지 위조하여 소용의 금액을 감쪽같이 찾아내기는 하였으나 빽빽한 주의 아래에서 그것에 성공하기에는 온 이틀을 허비하였다. 가정에 대한 그 불측한 반역이 마음을 괴롭히지 않는 바도 아니었으나 그만한 희생쯤은 이루어진 애정에 대한 정성과 봉사의 생각으로 닦아버리려고 생각하였던 것이다.

그 밤 이후 처음으로 만나는데 소용의 금액을 넌지시 내놓음이 받은 애정의 대상을 갚는 것도 같아서 겸연쩍기는 하였으나 그러나 한편 돈을 가진 마음은 즐겁고 넉넉하였다. 마음도 가뿐하고 걸음도 시원스럽게 현보는 오후는 되어서 남죽의 여관을 찾았다.

여관 안은 전체로 감감하고 방에는 남죽의 자태가 보이지 않았다. 원체 아무 세간도 없는 방인 까닭에 텅 빈 방 안을 현보는 자세히 살펴볼 것도 없이 문을 닫고 아마도 놀러 나갔으려니 하고 거리로 나왔다. 찻집과 백화점을 한 바퀴 돌고는 밤에 다시 찾기로 하고 우선 집으로 돌아왔을 때 뜻밖에 남죽의 엽서가 책상 위에 있었다.

연필로 적은 사연이 간단하게 읽혔다.

—왜 며칠 동안 까딱 오시지 않았어요. 노여운 일 계세요. 여러 날 폐단만 끼친 채 여비가 되었기에 즉시로 떠납니다. 아마도 앞으로는 만나 뵙기 조련치 않을 것 같아요. 내내 안녕히 계세요. 남죽 올림—

돌연한 보고에 현보는 기를 뽑히고 즉시로 되걸음을 쳐서 여관으로 향하였다.

여러 날 안 왔다고 칭원을 하면서 무슨 까닭에 그렇게도 무심하고 급스럽게 떠나버렸을까? 여비라니 다따가 오십 원의 여비를 대체 어떻게 해서 구하였을까? 짜장 며칠 동안 카페 여급 노릇이라도 한 것일까—여러 가지로 생각하면서 여관에 이르러 다시 방문을 열어보았을 때 아까와 마찬가지로 텅 빈 것이었으나 그런 줄 알고 보니 사실 구석에 가방조차 없었다. 경솔한 부주의를 내책하면서 그제야 곡절을 물어보러 안문을 들어서서 주인을 찾았다.

궂은일을 하던 노파는 치맛자락으로 손을 훔치면서 한마디 불어대고 싶은 듯도 한 눈치로 뜰 안에 나서며 간밤에 부랴부랴 거둬가지고 떠났다는 소식을 첫마디에 이르고는 뒤슬뒤슬 속 있는 웃음을 띠웠다.

"그게 대체 여배우요, 여학생이오? 신식 여자들은 겉만 보군 알 수가 없으니."

무슨 소리를 하려는 수작인고 하고 그다지 반갑지는 않았으나 현보는 잠자코 있을 수만 없어서,

"여학생으로두 보입디까?"

되려 한마디 반문하였다.

"그럼 여배우구. 어쩐지 행동거지가 보통이 아니야. 아무리 시체 여학생이기루 학생의 처신머리가 그럴까 했더니 그게 여배우구료."

"행동이 어쨌단 말요."

"하긴 여배우는 거반 그렇답디다만."

말이 시끄러워질 눈치여서 현보는 귀치않은 생각에 말머리를 돌렸다.

"식비는 다 치렀나요."

그러나 그 한마디가 도리어 풀숲의 뱀을 쑤신 셈이었다. 노파의 말주머니는 막았던 봇살같이 한꺼번에 터져 나오기 시작하였다.

"식비 여부가 있겠수. 푸른 지전이 지갑 속에 불룩하든데. 수단두 능란은 하련만 백만장자의 자식을 척척 끌어들이는 걸 보문 여간내기가 아닌 한다하는 난군입디다. 그런 줄 알구 그랬는지 어쨌는지 아마두 첫눈에 후려댄 눈친데 하룻밤 정을 줘두 부자 자식이 좋기는 좋거든. 맨숭한 날탕이든 것이 하룻밤 새에 지전이 불룩하게 쓸어든단 말요. 격이 되기는 됐어. 하룻밤을 지냈을 뿐 이튿날루 살랑 떠난단 말요."

청천의 벼락이었다. 놀라고 어처구니가 없어서 노파의 입을 쥐어박고도 싶었으나 그러나 실성한 노파가 아닌 이상 거짓말도 아닐 것이어서 현보는 다만 벌렸던 입을 다물 수 없었다.

"백만장자의 자식이라니 누 누구란 말요."

아마도 말소리가 모르는 결에 떨렸던 성싶었다.

"모르시오? 김장로의 아들 말이외다. 부랑자루 유명한."

현보는 아찔해지며 골이 핑 돌았다. 더 물을 것도 없고 흉측한 노파의 꼴조차가 불현듯이 보기 싫어져서 뒤도 돌아다보지 않고 허둥허둥 여관을 나와버렸다.

'그것이 여비의 출처였던가.'

모르는 결에 입술이 찡그려지며 제 스스로를 비웃는 웃음이 흘러나왔다. 김장로의 아들이라면 며칠 전 빠아에서 돌연히 남죽에게 춤을 청한 놈팡이인데 어느 결에 그렇게 쉽게 교섭이 되었던가. 설사 여비를 구하기 위한 수단이라고 하더라도 어둠의 여자와 다를 바가 무엇인가 생각할 때 무서운 생각에 전신에 소름이 쪽 돋으며 허전허전 꼬이는 다리에 그 자리에 쓰러져 울고도 싶었다.

남죽은 그렇게까지 변하였던가. 과거 칠 년 동안의 괄호 속의 비밀까지가 한꺼번에 눈앞에 보이는 듯하여 현보는 속았다는 생각만이 한결같이 들어 온전히 제정신 없이 거리를 더듬었다.

우울하고 불쾌하고—미칠 듯도 한 며칠이었다. 칠 년 전부터 남죽을 알아온 것을 뉘우치고 극단이고 무엇이고를 조직하려고 한 것조차 원되었다. 속히운 것은 비단 마음뿐이 아니고 육체까지임을 알았을 때 현보는 참으로 미칠 듯도 한 심정이었던 것이다.

육체의 일부에 돌연히 변조가 생기기 시작한 것은 다음날부터였으나 첫경험인 현보는 다따가의 변화에 하늘이 뒤집힌 듯이나 놀랐고 첫째 그 생리적 고통은 견딜 수 없이 큰 것이었다. 몸에는 추잡한 병증이 생기며 용변할 때의 괴롬이란 살을 찢는 듯도 하여 이루 헤아릴 수 없었다. 세상에서 흔히 말하는 병이 바로 이것인가부다. 즉시 깨우치기는 하였으나 부끄러운 마음에 대뜸은 병원에도 못 가고 우선 매약점에를 들렀다가 하는 수 없이 그 길로 의사를 찾았다. 진찰의 결과는 예측과 영락없이 들어맞아서 별수없이 의사의 앞에서 눈을 감고 부끄러운 치료를 받기 시작하면서 찡그린 마음속에는 한결같이 남죽의 자태가 떠올랐다.

마음과 몸을 한꺼번에 속인 셈이나 남죽은 대체 그런 줄을 알았던가 몰랐던가. 처음에는 감격하고 고맙게 여겼던 애정이었으나 그렇게 된 결과로 보면 일종의 애욕의 사기로밖에는 생각되지 않았다. 칠팔 년 전 건강하고 아름다운 꿈으로 시작되었던 남죽의 생애가 그렇게 쉽게 병들고 상할 줄은 짐작도 할 수 없었던 것이다. 굳건한 꿈의 주인공이 칠 년 후 한다하는 밤의 선수로 밀려 떨어질 줄은 생각할 수 없었던 것이다. 아담하던 꽃은 좀이 먹었을 뿐이 아니라 함빡 병들어 상하기 시작하지 않았던가. 책점 대중원 뒷방에서 겨울이면 화롯전을 끼고 앉아서 독서에 열중하다가 이론 투쟁을 한다고 아무나를 붙들고 채 삭이지도 못한 이론으로 함부로 후려대다가는 이튿날로 학교의 사건을 지도한다고 조금 출출한 동무들이면 모조리 방에 끌어다가는 의론과 토의가 자자하던 칠 년 전의 남죽의 옛일을 생각할 때 현보는 금할 수 없는 감회에 잠기며 잠시는 자기 몸의 괴로움도 잊어버리고 오늘의 남죽을 원망하느니보다는 그의 자태를 측은히 여기는 마음이 끝없이 솟았다. 어린 꿈의 자라가는 길은 여러 갈래일 것이나 그 허다한 실례 속에서 현보는 공교롭게도 남죽에게서 가장 측은하고 빗나간 한 장의 표본을 본 듯도 하여서 우울하기 짝이 없었다.

부정한 수단을 써가면서까지 여비로 만든 오십 원 돈이 뜻밖에도 망측한 치료비로 쓰이게 된 것을 생각하고 그 돈의 기구한 운명을 저주하면서 답답한 마음에 현보는 그날 밤 초저녁부터 빠아에 들어가 잠겼다. 거기에서 또한 우연히도 문젯거리의 부랑자 김장로의 아들을 한자리에서 마주치게 된 것은 얼마나 뼈저린 비꼬움이었던가. 반지르하면서도 유들유들한 그 꼬락서니가 언제 보아도 불쾌하고 노여운 것이었으나 그러나 남죽 자신의 뜻으로 된 일이었다면 그도 하는 수 없는 노릇이며 무엇보다도 그 당장에서 그 녀석을 한 대 먹여서 꼬꾸라뜨릴 만한 용기와 힘없음이 현보에게는 슬펐다. 녀석도 또한 그 자리로 현보임을 알아차리고 가소로운 것은 제 술잔을 가지고 일부러 현보의 탁자에 와 마주 앉으며 알지 못할 웃음을 띠는 것이다.

"이왕 마주 앉았으니 술이나 같이 듭시다."

어느 결엔지 여급에게 분부하여 현보의 잔에도 술을 따르게 하였다.

희고 맑은 그 양주가 향기로 보아 솔내 나는 진인 것이 바로 그 밤과 같은 것이어서 이 또한 우연한 비꼬움으로밖에는 생각되지 않았다.

"……이렇게 된 바에 무엇을 속이겠소. 터놓고 말이지 사실 내겐 비싼 흥정이었었소. 자랑이 아니라 나도 그 길엔 상당히 밝기는 하나 설마 그런 흠이 있을 줄이야 뉘 알았겠소. 온전히 홀린 셈이지. 그까짓 지갑쯤 털린 거야 아까울 것 없지만 몸이 괴로워 못 견디겠단 말요. 허구한 날 병원에만 당기기두 창피하구, 맥주가 직효라기에 날마다 와서 켰으나 이 몸이 언제나 개운해질는지 모르겠소."

술잔을 내고는 얼굴을 찡그리고 쓴웃음을 띠우는 것을 보고는 녀석을 해낼 수도 없고 맞장구를 칠 수도 없어서 현보는 얼떨떨할 뿐이었다.

"……당신두 별수없이 나와 동류항일 거요. 동류항끼리 마음을 헤치구 하룻밤 먹어 봅시다그려."

하면서 굳이 술잔을 권하는 것이다.

현보는 녀석의 면상에 잔을 던지고 그 자리를 일어나고도 싶었으나 실상은 웃지도 못하고 울지도 못할 난처한 표정으로 그 자리에 빠지지 앉아 있을 수밖에는 없었다.

(1938. 1)

해바라기

1

언제인가 싸우고 그날 밤 조용한 좌석에서 음악을 듣게 되었을 때, 즉시 싸움을 뉘우치고 녀석을 도리어 측은히 여긴 적이 있었다. 나날의 생활의 불행은 센티멘털리즘의 결핍에서 오는 것이 아닐까. 사회의 공기라는 것이 깔깔하고 사박스러워서 교만한 마음에 계책만을 감추고들 있다. 직원실의 풍습으로만 하더라도 그런 상스러울 데는 없는 것이 모두가 꼬불꼬불한 옹생원[1]이어서 두터운 껍질 속에 움츠러들어서는 부질없이 방패만은 추켜든다. 각각 한줌의 센티멘털리즘을 잃지 않는다면 적어도 이 거칠고 야만스런 기풍은 얼마간 조화되지 않을까.

—아닌 곳에서 나는 센티멘털리즘의 필요라는 것을 생각하면서 모처럼의 일요일도 답답한 것이 되기 시작했다.

확실히 마음 한 구퉁이로는 지난날의 녀석과의 싸움을 되풀이하고 있었다. 싸움같이 결말이 늦은 것은 없다. 오래도록 흉측한 인상이 마음속에 남아서 불쾌한 생각을 가져오곤 한다.

---

1) 성질이 옹졸하고 도량이 좁은 사람을 놀림조로 이르는 말. 꽁생원.

즉 싸움의 결말은 그 당장에서 나는 것이 아니라 오래도록 마음속에서 얼마든지 계속되는 것이다. 창밖에 만발한 화초 포기를 철망 너머로 내다보면서 음악을 들을 때와도 마찬가지로 나는 녀석을 한편 측은히 여겨도 보았다. 별안간 운해가 찾아온 것은 바로 그런 때였다.

제 궁리에 잠겨 있던 판에 다다가 먼 곳에서 찾아온 동무의 자태는 퍽도 신선한 인상을 주었다. 몇 해 만이건만 주름살 하나 없는 팽팽한 얼굴에 여전히 시원스런 낙천가의 모습 그대로였다.

"싸움의 기억에 잠겨 있는 판에 하필 자네가 찾아올 법이 있나."

"싸움두 무던히는 좋아하는 모양이지."

"욕을 받구까지야 가만있겠나."

"싸웠으면 싸웠지, 기억은 뭔가. 자넨 아직두 그 생각하구 망설이는 타입을 벗어나지 못한 모양이야. 몇 세기 전의 퇴물림을. 개운치두 못하게 원."

"핀잔만 주지 말구……. 센티멘털리즘의 필요라는 건 어떤가?"

"센티멘털리즘으로 타협하잔 말인가? 싸우면 싸웠지 타협은 왜. 싸움이란 결코 눈앞에서 화다닥 끝나는 게 아니구 길구 세월없는 것인데 오랜 후의 결말을 기다리는 법이지 타협은 왜……."

"자네 낙관주의의 설명인가."

"낙관주의 아니면 지금 이 당장에 무엇이 있겠나. 방구석에 엎드려 울구불구만 있겠나."

운해는 더운 판에 저고리를 벗고 부채를 야단스럽게 쓰기 시작했다.

"내 낙관주의의 설명을 구체적으로 함세……. 봄부터 어떤 산업회사에 들어가 월급 육십 원으로 잡지 편집을 해주고 있네. 틈을 타서 영화회사 촬영대를 따라 내려온 것은 촬영 각본을 써주었던 까닭……."

간밤에 일행들과 여관에 들었다가 아침에 일찌기 찾아온 것은 묵은 회포를 이야기할 겸 내게 야외촬영의 참관을 권하자는 뜻이었다. 물론 이런 표면의 사정이 반드시 그의 낙관주의의 설명은 아닌 것이요, 그것을 터놓고 이야기하는 그의 태도가 낙관적일 뿐이다. 그의 처지를 설명하는 어조에는 오히려 일종의 그 스스로를 비웃는 표정조차 있었던 것이요, 그런 그의 태도 속에 나는 달관의 노력의 자취를 역력히 보는 듯했다.

과거에 있어서도 문학의 세상과 인연이 없는 것은 아니어서 열정의 나머지를 기울여 평론도 쓰고 문학론도 해오던 그였다. 영화에 손을 댄 것도 결국은 막힌 심정의 한 개 구멍을 거기서 찾자는 셈이라고 짐작하면 그만이다.

그가 쓴 각본 〈부서진 인형〉 속에 남녀 주인공이 강에서 배를 타다가 물속에 빠지는 장면이 있다는 것이다. 그 장면의 촬영을 보러 가자고 운해는 식모가 날라온 차를 마시고 나더니 나를 재촉한다. 물에 빠진 가엾은 남녀의 꼴을 보기보다도 내게는 나로서 강에 나갈 이유가 있기는 있었다.

"올부터 모래찜을 시작했네. 어떤 때엔 매생이를 세내서 고기두 더러 낚아보구, 일요일마다 강에 안 나가는 줄 아나. 오늘은 망설이던 판에 뜻밖에 이렇게 자네에게 끌리게 됐을 뿐이지."

"됐어. 모래찜과 낚시질과."

운해는 무릎을 칠 듯이 소리를 높였다.

"강태공의 곧은 낚시를 물에 드리우는 그 일밖엔 우리에게 오늘 무엇이 남았나. 금방 세상이 두 동강으로나 나는 듯 법석을 하구 비관을 할 것은 없어. 사람 있는 눈치만 나면 언제까지든지 웅크리고 엎드리는 두꺼비를 본 적이 있나? 필요한 건 다른 게 아니라 그 두꺼비의 재주라네."

듣고 보니 늠성하고 일어서는 그의 자태가 그대로 두꺼비의 형용이었다. 오공이 같은 체격이며 몽종한[2] 표정이 바로 두꺼비의 인상임을 나는 신기한 발견이나 한 것처럼 바라보았다. 옷을 갈아입고 같이 집을 나섰을 때 나는 더욱 그를 주의해 바라보며 짜장 두꺼비를 느끼기 시작했다.

운해가 동무들과 함께 전주를 다녀온 것이 오 년 전이었다. 그가 막 전주서 올라왔을 때의 인상—그것이 내가 이 몇 해 동안 그에게서 받은 인상 중에서 가장 선명한 한 폭이기는 하나, 그러나 그때의 인상이 반드시 전주로 가기 전의 파들파들한 열정 시대의 그것보다 초라한 것은 아니었으며, 오늘의 그의 인상이 또한 과히 그때에 떨어지는 것도 아니다. 생각컨대 이 두꺼비의 인상을 그는 열정 시대부터 벌써 육체와 마음속에 준비해가지고 오늘에 미친 것인 듯도 하다. 물론 다만 소질의 문제만이 아니요, 노력의 결과 없는 오늘 그가 그의 유의 철학을 마음속에 세우게 되었음으로 인해서 짜장 두꺼비의 형용을 가지게 된 것으로서 설명할 수 있을 듯하다.

"석재 소식 자주 듣나?"

거리에 나섰을 때 운해는 역시 같은 한 사람의 서울 동무의 이야기를 꺼냈다. 전주 시대부터 운해와 걸음을 같이한 나보다도 물론 그와 더 절친한 사이에 있는 석재였다.

"녀석두 체질로나 기질로나 나와는 달라서 꼬물거리는 성질이거든. 요새 죽을 지경이지."

"두꺼비 되긴 어려운 모양인가?"

"직업두 웬만한 건 다 싫다구 집에서 번둥번둥 놀구만 있으려니깐 하루는 부에서 나와서 방어단원으로 편입해버리지 않았겠나? 공교로운 일도 있지. 등화관제 연습 날 밤 불꺼진 거리를 더듬고 걸으려면 방어단원들이 여기저기서 소리를 치면서 포도를 걸으라고 경계가 심하지 않은가. 나두 거리 복판을 걷다가 한 사람에게 호되게 꾸중을 받고 포도 위로 올라섰을 때 가로수 곁에 웅크리고 선 것이 누구였겠나? 어렴풋한 속에

---

2) 몽총하다. 붙임성과 인정이 없이 새침하고 쌀쌀하다.

서도 그렇듯이 짐작되는 국방색 단원복과 모자를 쓴 것이 석재임을 알았을 때 얼마나 놀랐겠나. 자네에게 보이고 싶은 광경이었었네. 이튿날 벼락같이 찾아와서 하는 말이 단원복을 만드는 데 십오 원이 먹혔는데 그 십오 원을 만들기 위해서 다따가 하는 수 없어 츨츨한 책을 뽑아가지구 고물 서점을 찾았다나……."

운해는 껄껄 웃었으나 석재의 자태가 너무도 선명하게 눈앞에 떠오르는 바람에 목이 눌리는 것 같아서 나는 웃으려야 웃음이 나오지 않았다.

"정직한 대신 사람이 외통골이래서 마음의 괴롬이 한층 더하거든."

"나두 집에 두꺼비나 길러볼까."

농이 아니라 사실 내게는 운해의 탄력 있고 활달한 심지와 태도가 부러운 것이었다.

배로 강을 건너 반월도에 이르렀다.

강 위에는 수없이 배가 떴고 언덕과 섬에는 사람들이 들끓었다. 강 건너편에 운해의 일행인 촬영대의 일동이 오물오물 몰켜 있는 것이 보였으나 운해는 굳이 참견하러 갈 필요를 느끼지 않는 모양이었다.

섬의 풍경은 해방적이어서 사람들이 뒤를 이어 꼬여들건만 수영복을 입은 사람이 드물었다. 몸에 수건 하나 걸치는 법 없이 발가숭이 채로 강에 뛰어들었다가는 기슭에 나와 모래 속에 몸을 묻고들 했다. 거개가 장골들이었다.

"저것두 내 부러운 것의 한 가지."

운해는 내 시선의 방향을 더듬으면서 이쪽저쪽에 지천으로 진열된 육체의 군상을 바라보았다.

"결국 저 사람들이 가장 잘 사는 사람들일는지두 모르네. 곰상거리는 법 없이 날마다 고깃근이나 구워먹구 모래찜을 하는 동안에 신경이 장작같이 무지러지거든."

그러나 굳이 모르는 그 사람들을 탄복할 것 없이 나는 운해 자신이 옷을 벗고 수영복을 갈아입었을 때 그의 장한 육체에 솔직하게 놀라지 않을 수 없었다. 목덜미가 떡메³⁾같이 굵고 배꼽은 한 치 가량이나 깊은 듯하다. 그 어느 한구석 빈 데가 없이 옷을 입었을 때의 인상보다도 몇 갑절 충실하다.

"훌륭한걸!"

내 눈 안에 꽉 차는 그의 육체를 나는 그 무슨 탐탁한 물건같이도 아름답게 보았다.

"몇 관이나 되나?"

"십팔 관이 넘으리. 저울에 오를 때마다 느니까."

"훌륭해. 그 육체 외에 더 바랄 것이 무엇이겠나. 자네 낙관주의라는 것두 결국은 그 육체에서 시작된 것인가 부네."

"육체가 먼전지 정신이 먼전진 모르나 요새 부쩍 몸이 늘기 시작한단 말야. 그렇다구 저 사람들같이 고기를 흔히 먹는 것두 아니네만, 월급 육십 원으로야 고긴들 마음대루 먹겠나? 결혼두 아직 못 하구 있는 처지에……."

결혼이란 말이 다따가 내게는 또 한 가지 신선한 인상을 가지고 들려왔다. 운해는 내 표정을 살피는 눈치더니 좀더 자세한 이야기가 있는 듯 자리를 내려서며 걷기 시작한다.

"실상은 오늘 자네에게 들리려고 한 중요한 이야기가 그 결혼의 일건이구, 오늘 이 당장에서 자네에게 그 약혼자까지 선뵈려는 것이네."

하면서 운해는 섬 위를 이쪽저쪽 살피는 눈치나 아직 그 약혼자가 나타나지는 않은 모양이었다. 금시초문의 그의 사정 이야기에 나는 정색하면서 그의 곁을 따라 걸었다.

"평생 독신으로 지낼 수도 없겠구 결혼하는 편이 역시 합리적이라구

---

3) 인절미나 흰떡 따위를 만들기 위하여 찐 쌀을 치는 메.

생각한 까닭인데 아무래두 집 한 채는 장만해야 할 테니 삼천 원은 들 터……. 자네두 알다시피 내게는 돈 삼천 원이 있을 리 있나? 규수는 바로 이곳 사람으로 현재 여학교에 봉직하고 있는 중이지만 결혼하면 서울로 데려가야 할 터. 이것이 한 가지의 곤란이구 당초에 동무의 소개로 알게 된 것이나 워낙 거리가 떨어져 있는 까닭에 연애니 무어니 하는 감정적 과정이 아직 생기지두 못한 채 타성으로 질질 끌어 오늘에 이른 것인데 자네두 알다시피 내게 미묘하고 세밀한 연애의 감정이니 하는 것이 있을 리가 없구 무엇보다두 그런 쓸데없는 감정의 낭비를 극도로 경멸하는 내가 아닌가. 그런 까닭에 지금까지 약혼의 사이라는 형식으로 오기는 했으나 실상인즉 그를 아직두 완전히 모르고 또 이해도 못 하고 있다는 것이네. 연애니 뭐니 하구 경멸은 했으나 이런 어리석을 데가 있겠나? 지금 와서 결혼이 촉박하게 되니 비로소 불찰이 느껴지면서 마음이 황당해간단 말이네. 결말이 짜장 어떻게 되는지 해서 마음이 설레고 불안해간단 말야. 오늘두 사실은 자네와 한데 어울려 스스럽지 않은 분위기 속에서 그의 마음을 가늠도 보구 불안한 공기를 부드럽혀두 볼까 한 것이네. 자네에겐 폐가 될는지두 모르나 친한 사이에 허물할 것두 없을 법해서."

들고 보니 그가 나를 찾았던 이유의 속의 속뜻도 비로소 알려지고, 그의 연애라는 것도 과연 그다운 성질의 유유한 것임을 느끼면서 나는 마음속에 생각하는 바가 많았다.

"낙관주의자두 연애에 들어선 초년병이네그려."

"너무 낙관했기 때문에 이제 와 이렇게 설레게 된 것인지두 모르지. 그러구 한 가지의 불안은……."

말을 끊더니 먼 하늘을 보며 빙그레 미소를 띠었다.

"그가 너무도 미인이라는 것이네."

"흠, 행복자야!"

"오거든 보게만 평양서두 이름이 높다네. 약혼자가 미인인 까닭에 느끼는 불안…… 자네 읽은 소설 속에 그런 경우 더러 없었나?"

"연애에 성공하기를 비네."

모래 위를 두어 고패나 곱돌아 물가를 오르내리는 동안에 짜장 그의 약혼자가 나타났다. 멀리 보트를 저어 오는 것을 운해가 눈 빠르게 발견하고 내게 띄워주었다. 배는 사람이 드문 물가를 찾아서 한 구퉁이에 대었다. 운해가 쫓아가 그를 부축해서 내려주고는 한참 동안이나 서서 이야기가 잦더니 이리로 걸어오는 것이었다. 아닌게아니라 나는 별안간 눈이 번쩍 뜨이는 '이름 높은 미인' 을 보고 인사하는 말조차 어색해졌다. 짙은 옥색 적삼 위에서 그의 눈과 코는 아로새긴 것같이 또렷하고 선명하다. 상스러운 섬의 풍속 속에서 그를 보기가 외람한 듯한 그런 뛰어난 용모였다.

"운해 군에게서 말씀들었습니다만 쉬이 경사를 보신다구요."

나로서는 용기를 다해서 한 말이었으나 그에게는 그닷한 영향도 안 준 듯,

"글쎄요."

하고 고개를 약간 숙였을 뿐이었다.

글쎄요—이 말의 뜻을 생각하면서 두 사람의 모양을 바라볼 때 나는 그 속에 끼인 내 존재의 무의미한 역할을 깨닫기 시작했다. 운해의 부탁으로는 나도 한몫 끼여 스스럽지 않은 분위기를 만들고 불안한 공기를 부드럽혀달라는 것이었으나, 두 사람의 모양을 바라볼 때 그것이 도저히 내 역할이 아님과 남의 연애 속에 들어가 잔말질을 함이 얼마나 쑥스러운 짓인가를 즉시 느끼게 되었다. 무엇보다도 그 약혼자가 결코 범상한 여자가 아님을 안 것이요, 그가 뿌리는 찬란한 색채와 자극이 너무도 큰 까닭에 그의 옆에 주책없이 머물러 있기가 말할 수 없이 겸연쩍었던 것이다.

"잠깐 물에 잠겼다 올 테니 얘기들 하구 계시죠."

운해가 빌듯이 붙드는 것이었으나 굳이 그 자리를 사양하고 물가로 나갔다.

걸으면서도 머릿속에 새겨진 두 사람의 인상의 대조가 너무도 선명하게 마음을 괴롭혔다. 두꺼비와 공작—별수없이 이것이다. 운해가 잘 아는 어색한 공기라는 것이 결국은 이 너무도 큰 대조에서 오는 것이요, 두 사람 사이의 비극—만약 그런 것이 온다고 하면—참으로 약혼자의 너무도 뛰어난 용모에서 시작된 것이라고밖에는 생각할 수 없다.

내가 그렇듯 탄복한 십팔 관을 넘으리라는 탐탁하고 훌륭하던 운해의 육체언만 약혼자의 맑은 자태와 비길 때 그렇게도 떨어지고 손색 있어 보임이 웬일인지를 알 수 없었다. 기울어진 대조에서 오는 불길한 암시를 떨어버리려는 듯 나는 물속에 텀벙 잠겨 깊은 곳으로 헤엄치기 시작했다. 모래 언덕에 앉은 두 사람의 자태가 차차 멀어지는 것을 곁눈질하면서 자꾸만 헤엄쳐 들어갔다.

밤거리에서 단둘이 술상을 마주 대했을 때 운해는 낮에 섬에서의 내 행동을 책하며 결국 단둘이 앉았어도 별 깊은 이야기를 못 했다는 것을 고백하고는 눈치가 어떻더냐고 도리어 내게 자기들의 판단을 맡기는 것이었다.

"글쎄."

나는 얼뻥뻥해서 이렇게 적당하게 대답해두는 수밖에는 없었으나, 대답하고 나서 문득 그 한마디가 바로 그의 약혼자가 섬에서 내게 대답한 같은 한마디였음을 깨닫고 놀라지 않을 수 없었다. 시대에 민첩한 낙관주의자도 연애에는 둔하고 불행한 것인가 하고 마음속으로 동무를 가엾게도 여겨보았다.

"막차로 일행들보다 먼저 떠나겠으나 자네 알다시피 이런 형편이니까 틈 있는 족족 내려는 오겠네. 즉 자네와 만날 기회두 많다는 것이네."

"부디 연애에 성공하구 속히 결혼하도록 하게."

축배인 양 나는 술잔을 높이 들어 그에게 권했다.

2

두어 주일 후이었다. 일요일 오후는 되어서 운해는 두 번째 나를 찾았다. 내가 그때까지 집에 머물러 있었던 것은 그의 방문을 예측하고 있었던 까닭이요, 그의 찾아온 목적까지도 짐작하고 있었던 것이다. 영화 각본의 책임자로 촬영대 일행과 온 것도 아니요, 그렇다고 약혼자와의 결혼 때문에 온 것도 아니었다. 결혼—은커녕 가엾게도 그와 반대의 목적으로 온 것이다. 끝난 연애—놓쳐버린 연애의 뒷소식을 알리러 온 것임을 나는 안다.

"자넨 무서운 사람이네. 자네 신경 앞에는 모든 것이 발각되구 마는 것을 이제야 겨우 깨달았네. 그러면은 그렇다구 그때에 왜 그런 눈치 못 보여주었나? 솔직하게 일러만 주었던들 다른 방책이 있었을 것을……."

두꺼비같이 덜석 주저앉더니 운해는 원망하듯 늘어놓는다.

"나두 민망해서 못 견디겠네만 그러나 일이 그렇게 대담하게 될 줄야 뉘 알았겠나?"

"내가 비록 호인이기로 그렇게까지 눈치를 몰랐을까. 아침에 그 집에를 갔더니 되려 반가워하면서 내게 곡절을 물으려고 드는 것을 보니 집 안 사람들두 까딱 모르고 지냈나 부데."

"대담한 계획이야."

"영원의 여성…… 나를 인도해가지는 못할지언정 나를 버리고 가다니 무서운 세상이다."

주의해보니 운해는 벌써 술잔이나 기울이고 온 모양이었다. 슬픈 표정이라기보다는 울적한 낯에 거나한 기운이 돌고 있었다. 그의 그런 심정을 나는 이해할 수 있으며, 그에게서 듣지 않아도 그의 사정을 거리의 소문으로 이미 잘 알고 있었던 것이다.

약혼자가 며칠 전에 달아난 것이다. 교직을 버리고 성악을 공부한다는 사람의 뒤를 따라서 동경으로 건너갔다는 것이다. 거리에는 크게 소문이 나고 구석구석에서 이야깃거리가 되었다. 공작같이 찬란하던 그의 용모의 값을 한 셈이다.

소식을 들은 순간 나는 섬에서 느낀 예감이 적중한 것을 느끼고 한참 동안 가슴이 설렘을 어쩌는 수 없었다. 운해를 위해서는 그지없이 섭섭한 일이기는 하나 엄숙한 사실 앞에는 하는 수 없는 노릇이다. 운해와의 약혼을 표면으로 내세우고, 그 그늘에서 참으로 즐기는 사내와 만나고 있었던 것이 짐작되며 섬에서의 그의 표정과 말투 속에 벌써 그것이 암시되어 있지 않았던가. 운해는 그것을 모르고 일률로 결혼의 길만을 생각하고 있었던 셈이다.

"내 사랑 끝났도다."

노랫조로 부르는 운해의 목소리는 그러나 반드시 비장한 것은 아니었다. 오장육부를 찌르고 뼈를 긁어내고—응당 그런 심경이어야 할 것이지만 운해의 경우는 반드시 그런 것이 아니고 그 어디인지 넉넉하고 심드렁한 태도조차 보였다.

"그러나 내 마음 편하도다."

사랑이 끝났으므로 참으로 그의 마음은 편한 듯도 보였다. 결국 연애도 그에게 있어서는 생활의 전부가 아닌 것일까. 그의 모든 생활의 다른 경우와 같이 간단하고 유유하게 정리할 수 있는 것일까—나는 그의 모양을 새삼스럽게 찬찬히 바라보았다.

밖에서 만찬을 같이 하려고 함께 집을 나오자마자 운해는 다시 걸음을 돌리면서 나를 집으로 끌어들였다. 불란서어나 독일어 책을 빌려달라는 것이다.

"어학이나 시작하면 생활에 풀이 좀 날까 해서."

"기특하구 장한 생각이야."

나는 초보적인 독일어 책 몇 권을 뽑아가지고 나와서 그에게 전했다.

"이히 바이스 니히트 바스 졸 에스 베도이텐 다스 이히 조 트라울리히 빈!"

큰 거리에 나왔을 때 운해는 문득 언제 기억해두었던 것인지 하이네의 시인 듯한 한 구절을 외우는 것이었으나, 노래의 뜻같이 반드시 슬픈 것이 아니요, 그의 어조는 차라리 한시라도 읊는 듯 낭랑한 것이었다. 흥에 겨워 몇 번이고 거듭 외웠다.

"이히 바이스 니히트 바스 졸 에스 베도이텐 다스 이히 조 트라울리히 빈!"

술이 고주가 된 위에 밤이 깊은 까닭에 이튿날 아침에 떠나보낼 생각으로 나는 운해를 집으로 끌고 왔다.

나란히 자리를 펴고 누웠으나 담배를 여러 개째 갈아 물어도 좀체 잠이 오지 않았다. 고요하기에 그는 이미 잠이 들었으려니 하고 운해 편을 바라보았을 때 감긴 눈 속으로 한 줄기 눈물이 흘러 귓방울을 적시고 있는 것이다. 나는 가슴이 뭉클해지면서 얼굴을 반듯이 돌리고 말았다.

"자네 감상주의를 비웃었으나 오늘 밤은 내 차례네."

눈을 감은 채 목소리가 부드럽다.

"보배를―약혼자 말이네―내 얼마나 사랑했는지 아무두 모르리. 끔찍이두 사랑하기 때문에 어쩔 줄을 모르다가 결국 그를 놓치구야 말았네. 다른 그 누구와 결혼하게 되든지 간에 평생 그를 잊을 수는 없을 듯해."

"아직두 여자 생각하구 있었나? 술 취하면 눈물 나는 법이니."

농으로는 받았으나 그의 심중을 모르는 바는 아니었다.

"지금의 이 심중을 한 마디로 표현할 수 없을까. 꼭 한 마디로, 자네 좀 생각해보게."

나는 궁싯거리면서 생각하려고 애썼다. 그의 슬픈 심경의 적절한 표현이라는 것을 찾으려고 무한히 애를 쓰면서 시간을 보내나 종시 그것이 떠오르지는 않는 것이다.

밤이 얼마나 깊었을까, 그러나 나는 그런 헛수고를 할 필요는 도무지 없었던 것이다. 애쓰는 나를 버려두고 운해는 혼자 어느 결엔지 잠이 들어 있었으니까. 눈물은 꿈에도 흘린 법 없듯 코 고는 소리가 점점 높게 방 안에 울렸다.

3

다음 일요일 나는 운해의 세 번째의 자태에 접하게 되었다.

일주일 전과는 퍽도 다른, 아니 그 어느 때보다도 달라서 씻은 듯이 신선한 인상으로 나타났다. 쉴새없이 발전해가는 유기체라고 할까. 나는 사실 그의 번번의 자태에 눈을 굴리는 것이나 그날의 인상이란 그 어느 때보다도 신선하고 당돌해서─참으로 나는 놀라는 수밖에는 없었다.

그의 대담하고 거뿐한 차림차림부터가 내 눈을 끌기에 족했다. 그런 차림으로 기차를 타고 거리를 지나온 것일까. 마치 소년 선수같이 신선한 자태가 아닌가. 넥타이 없는 샤쓰 바람에 무릎 위로 달릉 오르는 잠방이를 입고 긴 양말에 등산 구두, 둥근 모자에 걸방을 진─별것 아니라 한 사람의 등산객의 차림인 것이나 그것이 다른 사람 아닌 바로 운해 군의 차림이기 때문에 물론 나는 신기하게 본 것이다. 손에 든 것도 자세히 보니 늘 짚는 단장이 아니고 피켈인 모양이었다.

"자넨 번번이 나를 놀랠려구만 나타나나. 이 담엔 대체 또 어떤 꼴로 찾아올 작정인가."

"필요에 따라서야 무슨 옷인들 못 입겠나. 자네가 무례하다구 생각해 주지 않는 것만 다행이네."

"필요라니 등산이 자네 목적 같은데 등산하러 평양까지 왔단 말인가?"

"등산은 등산이래두 뜻이 달러. 자네 들으면 또 놀라리."

"그 륙색인지 한 것 속에는 무엇이 들었나?"

"놀라지 말게……. 광산으로 가는 길이네."

"광산!"

"중석 광산을 발견했어."

"미친 소리."

"자넨 눈앞에 보물을 두고두 방구석에서만 꼼질꼼질 대체 하는 것이 무엔가. 성천 있는 동무가 하루는 산에 나갔다가 이상한 돌을 주워서 곧 내게로 보내지 않았겠나. 나두 그런 덴 눈이 좀 밝거든. 식산국 선광 연구소와 그 외 사사로운 광무소 몇 군데를 찾아서 감정을 해보니 아니나 다를까, 중석이라는 거네. 함유량두 상당해서 육십 퍼센트는 된다지. 부랴부랴 광산과 조사실에서 대장을 열람했더니 아직두 출원하지 않은 장소란 말이네. 그것을 안 것이 어제 낮, 실제로 한번 돌아보고 곧 올라가 출원할 작정으로 급작스레 밤차로 떠난 것이네. 형편에 따라서는 회사두 하루 이틀 쉴 생각이네."

봉투 속에서 나온 것은 몇 개의 까무잡잡한 돌멩이였다. 내 눈으로는 알 바도 없으나 납 덩어리같이 윤택도 아무것도 없이 다만 은은하고 굳은 무게만을 가지고 있는 그것이 딴은 그 무슨 귀중한 뜻을 가지고 있으려니는 막연히나마 짐작되었다. 그의 흉내를 내서 나도 한 개를 집어들고는 멋도 모르면서도 이모저모 살피기 시작했다.

"흰 것은 석영이네. 중석이란 원래 석영맥에 붙어 있는 것이거든. 그

붙는 모양과 형식에도 여러 가지 구별이 있는 것이지만 어떻든 그 석영을 깨트리고래야 중석을 얻는 것이네."

운해의 설명도 내 귀에는 경 읽는 소리였다. 중석이란 명칭부터가 먼 세상의 암호로밖에는 생각되지 않았다.

"중석이란 대체 무엇 하는 것인가?"

"자네 무지에는 놀라는 수밖엔 없어. 중석두 모르구 오늘 이 세상을 살아간단 말인가……. 텅스텐 말이네. 철물 중에서 가장 강하고 견고한 것이기 때문에 요새 군수품으로 쓰이게 된 것인데 시세가 어느 정돈지 아나? 한 톤에 평균 칠천 원이라네. 육십 퍼센트의 함유량이래두 사천 원이 되는 것이구, 단 십 퍼센트래두 칠백 원은 생기거든. 중석광이라구 이름만 붙으면 시작해두 채산이 맞는다는 것이네. 그러게 조선에만도 출원하는 수가 전에는 일 년에 단 삼십 건이 못 되던 것이 요새 와서는 하루에 평균 삼십 건을 넘는다네. 지금 특수광 지대로 충청북도와 금강산을 세나 평안남북도의 지경 일대두 상당하구 성천 같은 곳도 장차 유망하지 않은가 생각하네."

"자네의 풍부한 지식과 세밀한 조사에는 놀라는 수밖엔 없으나 성천이 유망하다면 자네 얼마 안 가 백만장자 되게."

그의 설명으로 나는 적지않이 계몽이 되어 중석에 대한 일반 지식을 얻기는 했으나 어쩐 일인지 모든 것이 꿈속 일 같이만 생각되었다.

"문제는…… 지금 가보려는 산 일대가 정말 중석광 지댄가 아닌가 동무가 줍은 이 돌이 원처에서 굴러온 것이나 아닌가, 중석 지대라면 얼마나 큰 범위의 것인가 하는 것인데, 전문가 아닌 내 눈으로 확실히야 알겠나만 가보면 짐작은 되리라고 생각하네. 참으로 유명한 것이라면 자네 말마따나 백만장자 될 날두 멀지 않네."

"제발 백만장자나 돼주게. 동무 가운데 한 사람쯤 백만장자가 있다구 세상이 뒤집힐 리는 없으니."

"오늘은 바빠서 이렇게 한가하게 할 순 없어. 자네에게 한 가지 청은……."

운해는 주섬주섬 돌덩이를 봉투에 넣어서 륙색 속에 수습하고는 나를 재촉했다.

"오후 차까지 아직 두 몇 시간이 있으니 자네 아는 광무소에 가서 자네 눈앞에서 한 번 더 감정시켜보겠네. 앞장을 서서 광무소까지 안내를 하게."

여가가 있었던 까닭에 쾌히 승낙하고 같이 집을 나섰다.

오전의 산들바람을 맞으며 피켈을 단장 삼아 내저으면서 걸어가는 운해의 자태는 일종의 독특한 매력을 가진 것이었다. 옷맵시가 오돌진 육체에 꼭 들어맞아서 평복을 입었을 때의 두꺼비의 인상과는 또 달라 한결 거뿐하고 출출한 것이었다. 걷어올린 소매 아래에 알맞게 탄 두 팔이 뻗치고 다리 아래가 훤히 터져서 보기에도 시원스러웠다. 무엇보다도 그 등산의 차림이야말로 그에게는 가장 잘 맞고 어울리는 차림인 듯도 했다. 그 차림으로 휘파람이나 한 곡조 길게 뽑으면서 걷는다면 도회의 가로수 아래서의 오전의 풍경으로는 그에 미칠 것이 없을 듯했다.

나는 친히 아는 사람의 광무소를 찾았다. 거기서 내가 다시 놀란 것은 젊은 주인의 즉석에서의 판단에 의해서 그것이 상당히 우수한 중석광이요, 함유량도 육십 퍼센트를 내리지는 않으리라는 확언을 얻은 것이다. 정확한 분석을 하려면 방아로 돌멩이를 찢고 가르고 해서 하루가 걸린다기에 그것을 후일로 부탁하고는 우선 그곳을 나왔으나 그 대략의 판단만으로도 그 자리에서는 족했고 나는 짜장 신기한 생각을 금할 수 없었던 것이다.

차 시간을 앞두고 식당에 들어갔을 때 또 한번 그를 따져보았다.

"자네 정말 출원할 작정인가?"

"오만분지 일 지도 다섯 장과 출원료 백 원을 벼락같이 구해놓고 내려왔네."

더 묻지 말라는 듯이 큰소리였다.

"……멀 그리 또 꼼질꼼질 생각하나? 군수 공업으로 쓰인다니까 번민하는 모양인가? 아무 걸루 쓰이든 광석은 광석으로서의 일을 하는 것이네. 그렇게 인색하고 협착한 것은 아니니 걱정할 건 없어."

"……이왕이면 석재두 한몫 넣어주지."

"암 출원하게 되면 녀석 한몫 안 끼이게 될 줄 아나? 그렇지 않아두 일이 없어 번둥번둥하는 판인데 일만 되면 같이 산에 들어가 어련히 일보게 안 될까. 녀석뿐이겠나. 짜장 성공하게 되면 자네게두 응당 한몫 나눠주겠네. 자네 일상의 원인 극장두 지을 테구, 촬영소두 꾸밀 테구, 문인촌두 세울 테구, 문학상 제도두 맨들 테구……."

"잡기 전부터 먹을 생각만."

"기적이라는 것이 있으려면 있게 되는 법이네."

"어서 남의 계획만 장하게 하지 말구 자네 월급 육십 원 모면할 도리나 생각하게……. 육십 원이 화 돼서 결혼두 못 하게 되지 않았나."

말하고 나서 나는 번개같이 뉘우쳤다. 무심히 던진 말이지만 결혼이라는 구절이 그의 마음의 상처를 다시 스칠 것은 당연하지 않은가.

"쓸데없는 소리에 밥맛이 없어진다."

그러나 운해로서는 사실 그것이 농이었음을 알고 나는 안심했다.

"결혼이구 보배구 벌써 그 다음날부터 잊어버리기루 했었네. 연애가 생활의 전부가 아닌 게구 결혼 문제 같은 것두 일생 일대의 중대사라고는 생각지 않네. 하려면야 앞으로도 얼마든지 기회가 있을 테구, 되려 한번 실패가 새옹마의 득실루 더 큰 행복을 가져올는지 뉘 아나?"

반드시 그가 거짓말을 하고 있다고는 생각지 않았으나 보배 개인에게 대한 그의 특별한 심정을 묻지만 않는다면 대체로 그는 벌써 그 자신을 회복하고 바른 키를 잡은 것이 사실이었다.

"그까짓 연애가 다 무엔가. 속을 골골 앓구 눈물을 쭐쭐 흘리구."

사실 임박한 차 시간에 역에 나가 표를 사가지고 폼에 들어갔을 때까지—그의 자태 속에서 지난날의 괴롬의 흔적이라고는 한 점도 찾아볼 수 없었다. 연애란 어느 나라 잠꼬대냐는 듯이 상쾌한 그의 모양에는 다만 앞을 보는 열정과 쉴새없이 그 무엇을 꾸며나가려는 진취적 기력만이 보일 뿐이었다. 잠시도 쉬는 법 없이 기차 시간표를 세밀히 조사하면서 쓸데없는 잡스러운 밖 세상의 물건은 하나도 그의 주의를 끌지 않는 눈치였다.

차에 올라 창 옆에 자리를 잡은 그를 향해 나는 다시 한 번 축원의 말을 던졌다.

"부디 성공하게. 갈 때 또 들리게."

차가 움직이기 시작할 때 그는 모자를 벗어서 창밖으로 흔들어보였다. 두루뭉수리 같은 그의 오돌진 머리가 그 무슨 굳센 혼의 덩어리같이도 보여올 때 짜장 그는 광산으로 성공하게 되지 않을까 하는 찬란한 환상이 문득 가슴속을 스쳤다.

(1938. 10)

은은한 빛

　먼지 냄새라는 걸 처음 맡아보기나 하듯 욱郁은 진열장을 만지작거리고는, 거매진 손가락을 코끝으로 가져가는 것이었다. 비좁고 퀴퀴한 가겟방 가득한 고물古物들 위에 훔치고 닦고 하는 동안에 어느 틈엔가 먼지는 쌓이고 쌓여, 그 자체가 하나의 가치를 주장하거나 하는 것 같았다. 낙랑樂浪과 고구려를 주로 하여 고려, 이조 시대 것을 합쳐서 오백 점은 착실히 되는 도자기 이외에, 수백 장의 기와 등속이 줄줄이 늘어서 장 속에 그득히 진열되어 있었다. 흙 속에서 주워낸 이들 고대의 정물靜物은 제각각 예대로의 의지를 지닌 듯, 욱은 며칠이고 시골을 나가 돌다가 가겟방으로 돌아오면 조용한 벽 속에 영혼의 숨소리를 듣는 것만 같아서 먼지 냄새가 유난히 다정스러웠다.

　진열창으로 오후의 희미한 햇빛이 들이비치고 봉당에는 희푸른 그늘이 퍼져 있다. 가겟방은 바로 좁은 행길을 면하고, 만주 호두나무 가로수가 그 나무 그늘 속에 가겟방을 몽땅 싸덮고 있어서 봉당은 언제나 어둑하게 그늘져 있었다. 밤새 내린 비로 나무는 거의 이파리를 떨치고, 병원이니 가구점이니 과물전이니 다닥다닥 들어앉은 골목 안에 가득히 낙엽을 퍼뜨려, 그 언저리 물구덩이고 유리창께고 할 것 없이 주책없이 몰아치고는 소조한 계절감을 더욱 짙게 하고 있었다.

육은 한 사나흘 강서 방면의 시골을 돌고, 막 어젯밤 돌아온 길이었다. 추수가 끝난 마을 밭에서 낡은 기왓장을 수십 점 주워낼 수가 있었다. 뜻밖의 수확으로 흐뭇해진 그는 피곤을 잊고 정리에 골똘하는 중이었다. 이지러진 홈 구멍에 파고든 흙을 할퀴어내고 있노라면, 먼지 냄새에 뒤섞여 흙 냄새가 향긋하게 번지었다. 분류장分類檣 빈 곳에 다시 그 수십 점의 새 유물이 첨가된 장관은 육을 황홀경에 이끌기에 충분하였다.

"틀림없는 고구려 시대의 것입니다. 색채로 보나 선으로 보나 의장으로 보나—어느 모로 보나 그보다 젊진 않습니다. 천 년쯤 세월은 족히 경과했겠다…… 언제, 기와루선 수효에 있어서나 질에 있어서나 박물관 장품臟品을 훨씬 능가하게 된 셈이지요. 혼잣말로 한 것은 아니었으나, 대청마루에 단좌하여 벼루에 먹을 갈고 계시던 아버지는 무뚝뚝한 표정으로 아무 대꾸도 없었다. 벼루집 옆에는 지필이 준비돼 있다. 가겟방에 앉아 있는 무료함에서, 언제부턴가 심심파적으로 서도를 시작해보신 것이었다. 여생도 얼마 남지 않으신 아버지는 외톨 아들인 육이 그 젊은 나이로 골동 취미에 몰두하여, 푼푼치 못한 살림에도 군소리 하나 없이 지내고 있는 양이 못마땅하신 것이었다. 가겟방은 당신한테 맡겨놓고 달리 어엿한 직업을 잡든지 해서 집안 꼴을 바로잡아주었으면 싶었다. 기왓장 한 개나 도기 한 개쯤 찔끔찔끔 팔아먹으면 무엇을 하누 하고 입이 쓰도록 타일러보지만, 아들의 고질이 돼버린 취미를 이제 와선 어쩌는 수가 없었다. 육의 광적인 흥분과 감격에 대해선, 언제나 서먹서먹하게 외면을 하고 마는 아버지였다.

"확실케 하기 위해 관장한테 가서 알아보구 오겠습니다. 대개 제 감정에 틀림이 없을 것이지만—문제는 낙랑 시대의 것이냐 고구려 시대의 것이냐 그 점이지요. 절대루 그 이후의 건 아닙니다."

"……어, 참. 깜박 잊었었군."

아버지는 육의 말을 듣고 비로소 무엇인가 생각난 모양이었다.

"그저께던가 호리관장이 왔었지. 네가 오면 전해달라구 이걸 두고 갔어."

손궤짝 속에서 한장의 명함을 꺼내주었다.

그 굽히기 싫어하는 관장이, 무엇 때문에 모처럼 발길을 옮겼을까 하고 뒤집어보니, 연필로 흘려 쓴 글씨로 뵙고 싶은 즉 귀가하시는 대로 곧 나오시길 바란다―는 의미의 말이 적혀 있었다.

"급하게 서두르는 꼴이었어. 무슨 일이냐구 물어도 물론 대답이 없었지."

명함을 만지작거리면서 별로 놀랜 티도 보이지 않고 한참을 말없이 앉았던 욱은 차라리 냉연하게 중얼거렸다.

"―알겠어요. 그것 말이겠지요. 필시."

"뭐. ―도검刀劍 말인가?"

아버지도 대개 짐작이 가 있었던 모양이었다.

"필시 그거지요. 요 달포 동안 손발이 닳도록 빌다시피 절 못살게 굴어왔거던요. 이제 와서 생각하니 보여주지 말았더면 합니다. 꼭 미친 놈 모양 매달려 조르는군요. ―그렇지만 누가 양보합니까? 우리 가게 걸 다 주는 한이 있더라두 그것만은 줄 수 없습니다. 절대로 못 주겠습니다."

"너야말루 미친놈이 아니냐. 고구려의 무엔진 모르겠으나 그 녹쓸은 고도古刀의 어디가 좋단 말이냐. 내 눈으로 본다면 서푼어치 값두 없는 것 같은데."

"그 물건의 값어치를 알지 못한다면 이 땅에 태어난 걸 수치로 알아야 합니다. 그건 오랜 영혼의 소립니다. 천년 뒤에까지 남아서, 옛 자랑을 말하려 하는 것이지요."

욱은 흥분하였다. 아버지도 욱의 그러한 심정을 이해 못 할 바는 아니었으나, 그보다도 목에 닿은 현실적인 문제를 젖혀놓고, 그러한 것 따위에 고지식하게 집착한다는 것은 어리석기 짝이 없는 노릇이라고밖에 생각되지 않는 것이었다.

"관장은 너만 생각이 있다면 함께 와서 일을 해달라구, 자리까지 마련해놓구 친절을 다 하구 있지 않느냐 말이다. 하찮은 고도古刀가 다 뭐냐. 차제에 모든 것 다 뿌리쳐버리구 굳건하게 살림을 꾸리도록 하면 어떠냐. 집안 사는 중언부언 안 해두 네 눈으로 보는 바다. 콧구멍 막히는 가겟방 꼴은 대관절 어떻게 된 셈이냐?"

그것이 언제나 입버릇인 아버지와 옥신각신해도 부질없는 노릇이라 생각하자, 욱은 기왓장을 두어 개 싸들고 가겟방을 나섰다.

잘 끼이지 못한 유리 창문이 군색스리 삐걱거렸다. 여러 해를 수리하지 않은 채 견디어온 것이어서 비단 유리 창문이 아니라, 기울어진 판자벽의 뺑기칠도 벗겨진 지 오래여서 바깥에서 보면 더욱 촌스러운 오막살이 같은 인상을 주었다. 기왓고랑에 쌓인 낙엽이 밑으로부터 쳐다보일 만큼 낮은 지붕에 흰 바탕에 고려당高麗堂이라고 푸르게 부조浮彫한 옥호가 비스듬히 넘어진 것이 이지러진 인상을 집 전체에 주었다.

만주 호두나무 밑에 기대어놓은 애용의 자전거도 고물의 하나로서, 촌길 흙두덩 속에 빠지고 밭둔덕 진흙을 차며 달리고 하는 차바퀴는 언제나 흙투성이였으며, 페달도 혹사에 견디다 못해 한 쪽의 반 조각이 어디선가 떨어져나가고 없다. 그 한 조각의 페달조차도 마음대로는 새것과 바꿔 끼지 못하고 있는 형편이었다.

그러한 것을 바로 눈앞에 보는 욱에게 집안 사정이 가슴 아프게 느껴지지 않을 리는 없었다. 그저 잠자코 있는 게 수였다. 아버지에게나 자기 자신에게나 잠자코 있는 게 수였다. 눈을 먼 일점에 집중시키고, 발밑 현실에 대해서는 냉연히 대하리라 애쓰고 있는 것이 좋으나 궂으나 욱에게 남겨진 유일한 방법이었다. 비겁한 일일까고 생각할 때도 있었으나, 그의 경우 그것은 이미 가장 자연스러운 틀이 잡힌 생활 방식이었다.

지리한 전차를 버리고 모란대 고갯길에 이르렀을 때엔, 욱의 상념은 벌써 옆구리에 낀 기왓장과 고도에 쏠리고 있었다. 백양나무 벗나무 낙엽이 아름답고, 만산이 짙은 추색이었다. 멀리 중턱 골짜구니에 석조石造의 산뜻한 박물관 모습이 쳐다보였다. 언제고 걸어도 즐겁고 다정스러운 길이었다.

문제의 고구려 고도라는 것은 욱이 한 달포 전에 입수한 것으로, 그날의 감격을 길이 잊을 수는 없었다. 강서고분 벽화 모사模寫로 떠나기 위해 여느 때보다도 일찌감치 채비를 하고 있는 참에, 매양 새 발굴품을 얻어들고 찾아오는 상오리 사는 한 농군이 달려왔다.

"굉장한 놈이 튀어나왔구료. 능금밭으로 파노라니깐, 글쎄 오 척도 넘은 장검이 나오지 않았겠나요. 보러 오시지요."

그 말을 들은 편에서 도리어 당황해 할 지경으로, 욱은 자전거를 끌고 농군을 따라서 강을 낀 아침 오솔길을 십리 이상이나 상류 쪽으로 더듬었다.

마을서도 높직한 언덕받이의 비탈께였다. 과목을 옮겨 심은 자리에다 오막을 세운다 하여 밭은 구석구석 파헤쳐져 있었다. 오륙 척 길이의 한 그루 나무 밑에서 나왔다고 하는 그 흙투성이 고도를 눈앞에 보았을 때, 욱은 덥석 잡은 채 한참 동안은 목메인 느낌이었다. 수십 원은 갖고 있었던가, 주머니를 다 털어 사례를 쥐어주곤 그 희안한 발견물을 꽉 손에 쥐어 잡았던 것이다.

대성산 기슭인 그 언저리 일대는 고구려 시대의 궁전과 불사佛寺의 텃자리로서, 종래로도 흔히 불상이나 고물 등속이 발굴되어 선망거리가 되어온 것인데, 그날 아침의 고도도 고구려 시대의 것임이 분명하여 욱의 기쁨은 비길 데 없었다. 낙랑 시대의 도검刀劍은 박물관에도 그 장품은 풍부했으나, 고구려 시대의 것이 되면 그 수효도 극히 영세하여, 그럴수록에 귀중히 여겨짐도 각별하였다. 욱의 기쁨이 그런 것으로 해서 배가된 것은 사실이었다.

칼집은 떨어져 없을망정 오 척에 가까운 도신刀身에는 녹벽綠碧의 반점이 아름답고, 고색창연한 속에 넉넉히 고대의 모습을 추상追想할 수 있었다. 집에 와서 자세히 닦고 살펴보니, 순금으로 된 환상環狀의 칼자루는 은은한 금빛에 빛나고, 날 밑鍔인 성싶은 곳에는 조각물을 새긴 정교한 의장이 아로새겨져, 왕후王侯의 패물다운 고귀한 구조였다. 칼끝도 이 빠진 데가 없고, 칼등마루鎬의 일선─線도 또렷한 것이 그만큼 온전하게 원형原形을 지니고 있는 것은 희안한 일이었다.

욱은 골동에 손을 대인 지 십수 년이나 되지만 그날만큼 감동한 적은 없었다. 하루 종일 만지작거리면서 쾌재를 부르짖은 것이었지만, 감정을 부탁하기 위하여 호리관장에게로 가지고 간 것이 애당초 고민거리를 사기에 이른 시초였다. 그 틀림도 없는 고구려의 고도를 관장은 첫눈에 소망하였다. 골동 취미에서뿐만 아니라 박물관의 소장 품목에 첨가하고 싶다는 것도 하나의 절절한 소원에서였다. 흉허물 없는 사이어서 욱은 주저했으나 이번만큼은 그도 끝내 고집을 세웠다. 속살에 껴안다시피 해가지고 집에 돌아오는 길에서, 무슨 일이 있든 내놓지 않으리라 마음속으로 굳게 맹세하였다. 그 이래로 궤짝에 넣어 집안 깊숙한 곳에 간직하고, 가보로서 숭상해온 것이었다.

박물관은 문 닫친 뒤여서 뒤곁 사택에 돌아가보니, 여느 때 없이 고미술 애호회의 후꾸다 영감도 마침 와 있었다.

욱이 기와를 보이자 호리관장은 대충 검토해본 다음 훌륭한 걸 가져오셨구려, 틀림없는 고구려 시대의 유물이요, 기념으로 박물관에 두고 가시면 어떠냐고 웃는 얼굴로 말끝을 흐리고 일어서면서,

"후꾸다옹도 오시고 했으니 우리 같이 산보나 나갈까요?"

하고 말을 내자 후꾸다는 벌써 빙글거리는 얼굴로 신발을 걸치고 있었다. 욱도 무슨 영문인지 의아스러운 대로 두 사람과 어깨를 나란히 하고

나섰다.

을밀대로부터 부벽루, 전금문으로 해서 산을 한 바퀴 돌아 강 언덕을 따라서 강기슭의 시가로 들어서자, 잠깐 쉬어가자 하고 깨끗이 치워진 고풍한 집 앞에 발걸음을 멈추었다.

욱은 별수없이 그 뜻밖의 향연에 불리운 결과가 되었는데, 어느 틈에 연락이 있었던지 월매까지 나타나서 좌흥이 일기 시작했을 즈음 해서야, 그날 밤의 관장의 속셈을 겨우 알아차릴 수 있었다.

"달리 까닭이 있어서가 아니라, 오래간만에 조선 음식을 먹구 싶어서—."

그렇게 말을 했으나 월매에게까지 생각이 미칠 만큼 주도한 솜씨에는 얼떨떨할 수밖에 없었다.

남월매가 호리관장과 가까이 하는 한편, 욱과도 기묘한 관계를 가지게 된 것은 수년 전의 왕관 사건王冠事件 이래의 일이었다. 지금은 항간의 기억에서도 멀어졌지만, 그 당시는 전선적全鮮的인 화제를 던진 것으로, 주인공인 월매도 덕분에 기계妓界에서 한때 날린 것이었다. 월매에게 대해서 웬만큼 딴생각이 있었던 당대의 지사가 취흥에 맡겨 박물관에 비장되어 있는 신라조의 왕관을 유두분면油頭粉面의 월매에게 씌우고선 기념으로 사진에 찍은 것인데, 그 일의 길잡이를 선 것이 호리관장이었다. 이 하룻밤의 은밀한 놀음이 한번 항간에 드러나게 되자, 시시비비의 소리가 물 끓듯 하여 국보의 존엄을 모독한 지사의 경거에 대한 비난의 소리는 높아, 신문기자와 변호사들로 구성된 일단은 지방 행정관의 부패를 탄핵하기 위하여 궐기하였다. 월매네 집에 숨어 들어가서 문제의 사진을 훔쳐내어 사회면에 폭로하고, 시민의 여론에 호소하여 지사들의 책임을 철저히 규명하기로 되었다. 지사는 부득이 실각하기에 이르렀으며, 호리관장은 지위로 보아서 간신히 유임만은 허락되었다. 일단 속에는 욱도 끼어서 한몫 담당하였다. 기이한 일로는 이 일건이 있는 후로 욱과 관장 사이는 한층 격의 없는 것이 되고, 월매와도 욱은 맺어지게끔 되었다. '왕관 기생'의 영명榮名[1]을 드날린 월매이긴 했으나, 그것을 계기로 거리의 인기는 이미 내리막이어서, 그런데서 오는 남모를 번민을 진심으로 털어놓을 수 있는 것은 욱 정도뿐이었다. 둘의 사이는 날로 가까워지고, 주석에서는 반드시 월매를 부르기로 돼 있었으며, 관장도 좌흥으로 지금도 그에게 술을 따르게 하기를 즐겨했다. 그날 밤의 그 같은 호들갑스러운 향응은 욱에게는 아무리 해도 심상치 않은 것으로밖에 생각되지 않았다.

"요즘은 조선 음식두 점점 격이 떨어지는 것 같애. 어딜 가나 순수성이 상실돼 있단 말야. 더구나 요정에서 내는 건 말할 수 없거든. 어딧 건지 알 수 없는 것들이 밥상 위에 버티고 있단 말야. 난 경주하구 경성서 두어 번 진짜 조선 음식을 먹어봤는데, 그 흥긋한 풍미는 지금도 못 잊겠어. 그런 걸 좀더 아끼고 보급시킬 방법은 없을까?"

그날 밤의 요점을 웬만해선 얼른 꺼내지 않고, 관장은 잡담을 늘어놓기 시작했고, 후꾸다도 그와 동조한다는 태도였다.

"먹는 것뿐만 아니라 격이라는 말이 났으니 건축이나 복색도 그 모양이라, 언덕배기에다 양관 세울 것은 꿈꾸어두 기와나 통나무로 마련인 멋진 조선식 건축은 깨끗이 잊어버리고 있는가 하면, 괴상한 양장보다는 헐거운 조선옷이 얼마나 고상하구 좋은지 모르겠는데, 덮어놓구 고래의 물건을 멸시하고 외래의 물건에만 눈이 벌개지고 있는 형편이거든. 이건 들은 이야기지만 어떤 전문 정도의 교육을 받은 청년이 서양사람 집에 놀러 갔다가, 객실에 장식해놓은 낡은 조선 목갑木匣과 놋그릇을 보구 비로소 그 아름다움을 깨닫고 집에 돌아와서 곧 그것을 애용하기 시작했다는 이야기가 있는데, 이 역수입을 한 청년은 그래두 기특한 편

---

1) 좋은 명성이나 명예.

이지, 전연 불감증인 젊은 사람은 처치곤란이란 말야."

이렇게 말하고 껄껄 웃어대는 데는 욱은 낯이 화끈거릴 지경이었다. 욱으로 말하자면 웃고 말 일은 아니었다.

"일반적으로 그러한 풍조 같은데. 가탄할 일입니다. 자기 자신에 관한 건 아무것도 아는 것이 없으면서 남의 흉내내기에만 열중하고 있거든요. 가난 속에서 자라났으니까 헐 수 없는 노릇이겠지만, 자기의 장점만은 똑똑히 알아둬야지."

"하지만 현군처럼 너무 고지식한 고집불통두 곤란하거든."

후꾸다는 욱의 말을 하고 태연스레 웃음을 계속했다.

"딴 건 고사하구 노래가락만 하더라두 시체 기생들은 유행가가 고작이지, 옛 노래는 하나두 모른단 말야. 시조나 수심갈 못 부른다면, 허다 못해 잡가나 단가 한 구절쯤은 부르지 못해선 될 말인가. 예전 기생은 노래가락을 잘할 뿐만 아니라, 무고舞鼓에 통한 데다가 서화書畵를 잘 했구, 시를 읊는가 하면 사서四書를 죽 죽 내리읽었거든. 지금의 기생은 쇠통 무재주란 말야. 어때, 월매. 자네 같은 사람은 참 신통하단 말야. 역시 왕관 기생은 다르지. ─오늘밤은 옛것을 한 곡 불러달라구. 자, 거게 가야금이 있겠다."

관장은 능숙한 솜씨로 달래더니 마침내 월매에게 한 곡 뜯게끔 하였다. 노련한 선율에 정확한 격조의 고풍한 가곡이, 애조를 띠고 희늘어지게 흘렀다. 노래와 술의 흥을 타 관장이 별안간 말을 끄집어낸 것은 아니나 다를까 고도의 일건이었다. 한번만 더 보여달라는 청에 욱은 하는 수 없이 뽀이에게 분부하여 가겟방에서 일부러 그것을 가져오게 하지 않을 수 없었다.

포장한 상자에서 꺼낸 거대한 고도의 기백에 눌리어 방 안 공기는 일변했다. 벽록碧綠[2)]의 도신刀身에는 일종의 귀기鬼氣마저 서리고, 주흥도 깨일 지경으로 좌중의 신경은 긴장되었다. 관장은 칼자루를 잡고 간신히 한 손으로 들어 전등 빛에 추켜세웠다. 고구려의 장검은 섬세한 현대인의 흰 손에는 벅찬 것이었다. 위태위태한 몸가짐에 겁을 집어먹고, 월매는 부지중 뒤로 물러앉았다.

"나는 이곳에 와서 이십 년, 조만간 뼈두 이 땅에 묻히게 될 터인데 자그마한 박물관을 가지고 주야로 애쓰기는 해보지만 뜻한 만큼의 성적은 올리지 못했소. 낙랑 고분樂浪古墳의 모형을 만들어본 게, 얼마만큼의 업적이라면 업적이랄 수 있을까, 나머진 보시는 바와 같은 빈약한 것으로 참으로 부끄러운 일이오. 다만 조선을 사랑하는 마음에 있어서는 남에게 뒤지지 않는다고 생각하오. 토지에 대한 커다란 애정 없이, 이같이 눈에 안 띄는 일은 할 수 없는 것이라구 그 점은 다소간 자부하고 있는 셈이지만, 아무튼 무엇보다두 관籍을 충실하게 해나가구 싶은 욕망 이외에 솔직한 말이지 아무것도 없소이다."

고도가 보고 싶다고 한 것은 그것을 양보해달라는 의미였다. 거듭거듭 부탁하는 열망에 욱은 정말 난처하였다. 거짓 숨김이야 없는 관장의 심정을 알고 있기에 더욱 괴로운 것이었다. 옛 흙을 그리는 정이 욱만큼 강한 사람은 없었으나, 그 경우 그러한 애정의 경중을 서로 측량해보는 것은 무의미한 노릇이었다.

"아무것도 알지 못하는 농군한테서 이걸 양보해 받을 때만 하더라두 오래도록 몸에 지니고 싶다구 한 말도 있구 해서, 지금 이걸 내어놓는 것은 순진한 마음을 배반하는 것이 됩니다."

"내놓는다 하지만 버리는 건 아니구 박물관의 유산은 당신의 유산이기도 하오. 보관 장소가 바꾸인달 뿐이지, 그리구 그렇게 하는 편이 널리 누구에게나 아낌을 받는 게 되지 않겠소?"

마침내 후꾸다도 가담하여 조언하는 것이었다.

---

2) 질푸른 빛을 띤 녹색.

"난 나 자신이 갖고 싶어요. 내 몸에 지니구 언제나 가지고 있구 싶단 말입니다."

"난두 모처럼 말을 꺼낸 것이구, 서루 미술 애호회원으로서의 정분도 있구, 적당하게 타협을 짓지 않겠소? 이걸루 싫다면 이걸루면 어떻겠소?"

하고 관장은 손가락 하나를 둘로 해보였다. 욱은 당황해 하면서 왈칵 낯을 붉히었다. 약간 입술이 경련하였다.

"욕뵈어도 너무 심합니다. 당신들은 내 심정으로 바루 보질 못했습니다."

손가락 두 개는 이천 원이라는 의미였다. 천 원으로 양보해주지 않겠느냐고 매양 졸라오던 것이 이제 기회를 타서 그것을 배가한 셈이었다. 욱은 차츰 창백해지고 침착해졌다.

"분명히 저는 가난한 장사는 하구 있습니다만, 이 칼에 관해서는 벌써 장사친 아니란 말입니다……. 좋은 말들 해주었소. 당신이 그것을 말해주었기 때문에 나는 거절하기 쉽게 됐소. 딱 잘라서 거절하겠소. 절대로 양보할 순 없소."

"아, 그렇게 화내지 말라구. 천천히 다시 한 번 생각해주시오."

"아아뇨, 안 됩니다. 두말 안 해요."

'미션'의 중학교에 근무하는 백빙서가 어디서 들었던지 고도를 보러 와서 그날 밤의 이야기가 나오자,

"자네다운 행동일세. 허지만 이런 물건은 나한텐 한 푼어치 값어치두 없단 말야. 지금이 어느 때라구 자네 같은 모노마니아는 그것만으로도 충분히 골동적 가치는 있으렷다."

하고 차라리 야유하는 어조였다. 욱은 후꾸다 영감에게서 들은 서양 사람의 집에서 조선 식기를 역수입한 청년의 이야기를 말하고, 자네야말

로 그런 부류의 인간일 것이라고 나무랬더니,

"그럴 지도 몰라. 그게 수치란 말이지? 허지만 이쪽의 장점을 발견해 준 건, 솔직히 말해서 그들일지두 모르지. 적어도 타인의 풍부함이 우리에게 반성을 환기해준 것이라고 말할 수 있지 않을까."

백빙서는 태연하게 말하였다.

"파렴치한 소릴 작작하게. 이쪽의 장점이란 이쪽에 본래부터 가지고 있는 것이야. 남의 가르침을 받아서 겨우 깨닫는다면 그런 따위는 없어두 좋아. 치즈하구 된장하구 어느 쪽이 자네 구미에 맞는가. 만주 등지를 한 일주일 여행하구 집엘 돌아왔을 때, 무엇이 제일 맛나던가. 조선 된장과 김치가 아니었던가. 그런 걸 누군한테 배운단 말인가. 체질의 문제고 풍토의 문제야. 그것에까지 외면을 하는 자네들의 그 천박한 모방주의만큼 망칙하구 타기할 것은 없단 말일세."

욱의 어조가 뜻밖에 격렬했던 탓인지 백은 잠자코 말귀의 마디마디를 되씹고 있는 모양같더니,

"문제는 현재란 말이지. 자네의 심정을 모를 바 아니지만 이 시절에 옛날 자랑에 매달려보았댔자 그게 무슨 소용이 있단 말인가. 현재의 가난을 자각하면서두 일부러 남의 넉넉함을 시기하는 건 고의적인 반발이요 울며 겨자 먹기요, 괜히 손해를 볼 뿐이란 말일세.

"손해라니 꼭 자네가 할 말일세마는 나는 좀더 중요한 걸 말하구 있는 판일세. 필요한 건 정신이다. 거지 같은 썩어빠진 정신으로 연명하기보다는 깨끗이 사라지고 마는 편이 낫지 않느냐 말이다."

"너무 흥분 말게."

백도 마침내 못 당하겠다는 듯이 얼굴의 긴장을 풀어놓는 것이었다.

"나두 이 고도의 기품은 알 수 있어. 다만 지금의 나한텐 필요두 없거니와 가치 있다구도 생각되질 않는단 그뿐일세. 고도보다두 차라리 이편이 근사한 것일지도 모르지. 자네가 좋아할 만하기에, 서울 다녀온 선

물로 사왔어. 마음에 들면 월매한테라두 주어주게."

이렇게 말하고 손가방에서 꺼낸 것은 여자용의 꽃신 한 켤레였다. 평평한 가죽 창바닥 위에 주㉬자 모양으로 화사한 테가 둘러지고, 그 연두빛 바탕 위에 빨강, 파랑, 노랑의 꽃무늬를 수놓은 것이 흙에 묻히기도 아까울 만큼 고아하고 화려하였다. 꽃다발을 펼쳐놓은 듯 주위가 환해졌다.

"어, 참 근사하군. 이런 것의 좋은 점은 자네두 분별할 만한 안목이 있나 보군. 전부터 갖고 싶었는데 고맙게 받아두겠어."

욱의 반색하는 표정을 보고 백도 잘했다고 다소 득의한 낯빛이었다.

"조선 된장보다두 좋은 게 있어. 여자의 옷 복색이야. 신여성의 짧은 치마두 좋지만 자락을 질질 끌 정도로 긴 치마두 좋거든. 여름의 엷은 것도 좋거니와 춘추의 무색 겹옷을 입는 시절두 좋구, 밤색 저고리와 파랑 치마에 이 꽃신을 신은 우아로운 양자는 아마 천하일품이 아닐까 생각하네. 어디다 내놓아두 손색이 없을 거야. 태평하고 아취 있는 품은 바로 독창 그것이란 말일세."

"엉뚱한 데서 감동하는군. 여자한텐 무얼 입히든 이뻐 뵈는 법이야……. 그렇게 좋다면 이번 미국 갈 때 잔뜩 해가지구 가면 어때? 역수입이 아니라 직수입이지. 저쪽 가서 대대적 선전을 해서 조선 여성을 위해 기염을 토하구 오라구."

"그래. 한 재산 만들어가지고 올까. 마네킨이라도 데리구 가면 팔리긴 틀림없을 텐데."

백빙서는 얼마 후면 학교에서 안식년의 휴가를 얻게 되는데, 그 휴가를 이용하여 한 일 년 미국을 유람하고 오기로 되어 있었다. 실은 그 일로 '미션'의 본부와 영사관과 절충하기 위하여 요즈음 서울에의 여행이 잦았다. 연래의 희망의 실현이니만큼 서양 문화의 싱싱한 면을 마음껏 완미하고 와서, 동서를 비교 연구하노라 하여 뽐내고 있는 판이었다.

"농담은 그만두구 월매한테 그 신 신긴 장면을 한번만 보여주게. 아름다운 걸 혼자서 차지하란 법은 없거든."

"그래, 틀림없이 반색을 할 거야. 월매한텐 다른 사내두 많을 게구, 반드시 나만을 받아들일 여자두 아니지만—그러는 중엔 보여줄 테니깐."

약속은 했었으나 욱은 이럭저럭 바쁜 일에 쫓기어 월매에게 꽃신을 줄 겨를도 없는 채 사나흘 지난 후, 또 다시 백빙서에게 끌리어 춘향전 연극을 보러 갔다가 뜻하지 않고 거기서 월매와 마주치게 된 것이었다.

서울에서 온 정평이 있는 극단인만큼 즐거운 기대로 초일의 극장은 만원이었다. 욱은 특별히 연극을 즐기는 것은 아니었으나 이제까지 어느 단체고 간에 그다지 성공을 거두었다곤 생각되지 않는 그 고전극의 연출 방법과 고대 의상의 고안서껀 보고 싶기도 해서 가자는 대로 동행한 것이었다. 뜻밖의 열연으로 제4막째의 만고 정녀貞女 수형受刑의 장면에선 욱은 부지중 눈시울이 뜨거워질 지경이었다. 같은 감회를 받았던 모양으로, 어느 틈에 어디서 나타났는지 곁에 와 있던 월매도 발그레한 눈에 손을 대고 있었다.

"당신한테 갈려구 늘 생각하면서두 여태 못 갔었는데—연극 구경 나오다니 한가한 모양이구면."

"혼자서 온 게 아니에요. 하는 수 없이 끌려나왔지요."

넌지시 손가락질하는 앞좌석에는 정해두가 우두커니 난간에 기대어 앉아 있었다. 옳거니 하고 욱은 고개를 끄덕이면서 철공장을 가지고 최근의 경기로 착실히 돈푼이나 모았다는 그 뚱뚱한 사나이의 둥근 옆얼굴을 바라다보았다. 무대의 조명을 받아 코부리며 부어오른 뺨 언저리가 유들유들 빛나 보였다. 정신없이 추근추근 따라다니는 통에 월매도 어지간히 난처한 모양이었다. 기적妓籍에 몸은 두었을망정 지나치게 고정해서 딱할 지경인 그의 최근의 그 같은 고민을 욱도 눈치채지 못하는 바는 아니었다.

"딱 질색이에요. 요즘 매일 스무 시간은 꽁무닐 쫓아다녀요. 산보로 끌어내구 영화루 데려가구 고마울 것 뭐에요?…… 잠깐만 바깥 나가지 않겠어요? 할 얘기가 있어요. 그보다두 연극이 중하신가요?"

단도직입으로 말하는 데는 당황하지 않을 수 없어 다시 한 번 정해두 쪽을 건너다보려니까 괜찮아요, 혼자 내버려두세요 하고 월매는 팔을 끌어당기다시피 하였다. 욱은 정보다도 백빙서에게 미안한 감이 들었지만, 백의 빙그레 웃는 얼굴을 만나자 그럼 갈까 하고 마음 놓고 월매의 뒤를 따라나섰다.

극장 밖은 다방 거리였다. 근처의 어떤 집에 들어가자 월매가 성급하게 꺼낸 이야기는 사실상 심상한 이야기는 아니었다.

"……어머니가 나쁜 지두 몰라요. 자꾸만 갖다 바치고 사탕발림을 하니깐 그만 정이 하자는 대루 돼버렸단 말이에요. 적당히 발을 빼구 살림을 차리라구, 입버릇처럼 말하던 어머니가 아니겠어요? 어느 틈에 정과 약혼이 돼 있었던지 요즈막엔 무상 출입으로 집에 드나드는가 하면 어머닌 날 덮어두고 야단친단 말이에요."

"당신 어머니두 탈이야. 그래두 춘향이 어머니만큼의 기골은 가져야지."

"시외 언덕빼기에 집을 사느니 어쩌니 하구 봄부터 법석을 대구 있더니만, 어느 틈에 글쎄 천 원이나 전도금을 정에게 내게 해서 지불하지 않았겠어요? 최근에 그 사실을 알구, 실은 깜짝 놀라구 있는 판이에요. 경솔한 일을 저지르고선 어머니두 그 땜에 꼼짝을 못 하고 계신 모양이지만, 자작지얼이 아니냐구 한껏 비웃어주고 싶어요. 다만 못 견딜 것은 내 탓이라 해서 나한테 심하게 해요. 정말 생지옥 같아요."

"천 원짜리 올가미라, 딱한 일이로군."

욱에게는 힘에 겨운 난제였다. 다급하다고는 하나 아무에게나 할 이야기는 아니고 할 만도 해서 한 이야기니만큼 그것을 들은 욱은 괴로웠다.

믿고서 말하는 여자의 자태란 가련한 것으로 월매의 약간 내리깔은 눈매를 여느 때 없이 아름답다고 생각하였다.

"차라리 이것저것 다 집어치우구, 집을 나와버릴까 그렇게두 생각해요, 이대로 가다간 무슨 일이 일어날지 모르겠어요. 몸 하나쯤 어디든지 용납이 되지 않을 리두 없을 테구."

월매가 욱에게 그런 줄 없이 무엇을 원해온 것은 왕관 사건 이래의 일이었다. 그의 표정의 의미를 백 번도 더 잘 알고 있으면서도, 어디까지나 냉정하게 대하지 않으면 안 되는 처지가 욱은 부끄러웠다. 나이를 훨씬 지난 오늘날까지도 아직 자립을 못 하고, 여자 하나쯤을 짐으로 알고 멀리 하지 않으면 안 되는 지금의 처지가 서글펐다. 그러한 그의 망설임을 채찍질이나 하듯 지금 월매는 암시를 갈망하고 있는 것이다. 욱은 자기의 무능에 뼈를 깎이는 느낌이었다.

'어떡하면 좋을까? 세상사가 나한텐 어려워지기만 하는구나.'

이제는 월매의 일보다도 자기의 말을 하고 있는 것이었다. 쓴 차를 앞에 하고 해결이 나지 않는 밤을 한탄하는 것만 같기도 하였다.

뜻하지 않는 번민을 얻어가지고 욱은 지혜도 없이 결단도 없이 며칠 동안 마음만 썩이고 있었다. 가겟방에 있노라면 까닭 없이 아버지에게서 꾸중만 듣게 되고, 초조한 신경을 농락당할 따름이었다.

급기야 아버지와 심한 언쟁을 한 날, 욱은 표연히 거리의 한증막으로 들어가 있었다. 백빙서 같은 축이 보면, 야인 취미라고 한 마디로 경멸당할 것이지만 욱은 수 년 내로 그 원시적인 풍습을 가까이하여왔다. 모닥불로 열한 컴컴한 흙 동굴 속에, 너더댓이 한패가 되어 가마니를 뒤집어 쓴 채 엎드리고 있노라면, 온몸이 익어 터지는 것 같은 느낌이었다. 가마니 눋는 냄새와 매캐한 연기에 목이 막혀, 눈은 안 보이고 호흡은 가쁘고 의식은 혼돈하여 그대로 타죽지나 않을까 느껴지는 그 초열지옥焦熱地獄[3]

을 욱은 즐겨 '망각의 굴'이라 부르고 있었다. 살인적 고행 속에서는 사바 세상의 일은 이미 먼 망각의 피안에 몰입해버리고 말기 때문이었다.

오후 네 시면 첫째 탕이 가장 뜨거운 시각이어서, 단련이 돼 있는 욱도 그날만큼은 삼백을 못 다 세기 전에 배겨날 수 없게 되었다. 상대방의 직업도 사람도 알 바 없이 그저 알몸뚱이로 모여서 몸을 비비대고 사이좋게 한 화덕 속에 엎드리는 관습이지만, 그 집에 모이는 축들은 거개가 노인네들이라 욱은 그들에게서 젊은 사람답지 않게 기특하다는 말들을 듣고 있는 터이었지만 그날은 분명히 여느 때 같지가 않았다. 열기가 콧구멍을 막아서 호흡이 곤란할 뿐만 아니라, 온몸이 비틀거리는 듯한 고통을 느끼었다. 옆엣 사나이는 태연하게 콧노래를 부르면서 셈을 세어간다. 그것이 꼭 지옥에서의 염불인 양 들리었다. 오백까지 세자 욱은 창피함을 참고 가마니를 걷어차고선 화덕을 뛰쳐나왔다. 오백을 세는 시간은 한 십 분쯤 걸리는 것으로, 한증막의 상객으로서는 부끄러운 숫자였다.

노천露天의 돌마루 바닥에 서니 내려쪼이는 햇빛이 눈부시고, 살구처럼 익은 피부는 만지면 벗겨질 듯 아릿아릿 아팠다. 탄내가 주위에 떠돌았다. 욕실에 들어가서 목간통 테두리에 걸터앉으니 온몸이 노곤해졌다. 아버지와의 언쟁을 다시 생각하고 있었던지도 모른다. '망각의 굴'도 그날만은 별 효능이 없었다.

"내년은 아버지의 회갑이니 일생에 한번인 잔치두 제대루 못 한대서야 이웃간에 웃음거리가 되구 말아. 그 준비두 지금부터 해두지 않음 어떻게 해댄단 말이냐?"

어머니께서 찬찬히 말씀하시는 옆에서 시무룩해 계시던 아버지는,

"그런 일에 정신 차릴 만한 자식을 가졌다면 난 이 나이 되기까지 고생

---

3) 불에 단 철판 위에 눕히고 벌겋게 단 쇠몽둥이로 치거나, 큰 석쇠 위에 얹어서 지지거나, 쇠꼬챙이로 몸을 꿰어 불에 굽는 따위의 형벌을 준다는 지옥.

은 안 했어. 고도古刀 따위에 정신이 팔리다니, 세상 사람들이 어떻게 알구 있는지를 좀 생각해보려무나. 그따윗 건 팔아버리란 말이다. 무슨 일에나 때가 있는 법이야. 지금 처리하는 것이 관장헌테 대해서두 체면이 선다는 말이다."

"저의 물건입니다. 제 손으로 어떻게 하든 내버려두십시오."

욱도 마침내 버럭 화를 내고 쓸데없는 잔소리 그만두라는 듯 음성을 높인 것이 아버지의 노여움을 사게 되었고, 이 후레아들 같으니, 불효자식 같으니, 그런 호통을 듣고서 가겟방을 뛰쳐나온 것이었다.

월매의 일을 생각하고 있던 참이라 천 원의 전도금 문제랑 아버지의 회갑잔치 문제랑 한데 얼크러져가지고 잔뜩 마음을 조이고 있는 판이었다. 막다른 골목에 쫓겨든 것처럼 솟아날 구멍이 없는 괴로움이 어쩔 수 없는 초조감을 더욱 부채질했다. 한중막은 너무도 뜨거워 망각이니 뭐니 할 여부조차 없었다.

넉근히 천은 세고서 시뻘겋게 타가지고 나온 축들의 오늘은 웬일인가 오백으로 뛰어나오다니 노형답지 않으니 하고들 빈정대는 말에도 대꾸를 못 하고 욱은 멍하니 생각에 잠겨 있는 형편이었다.

"모두가 나를 못살게 굴고 있어. 아버지나 어머니나 월매나 모두 한패가 돼서, 나 하나만을 놀림감을 만들려는 게지……. 넘어갈 줄 아나. 절대로 안 넘어갈 테다. 고도를 내놓지 않을 테다.

격노에 흥분한 심정 속에는 자조의 뜻도 다분히 섞여 있었다. 목욕탕을 나왔어도 곧장 집으로는 발길을 돌리지 않고, 반나절을 거리를 서성대면서 집 없는 개처럼 비참한 심정이었다.

다 저물어서 가게 문을 들어섰을 때 안의 텅 빈 공기에 의아해 하면서 안방으로 들어서자, 부엌일을 보고 계시던 어머니가 어딘지 당황해하는 빛을 보이고 묻지도 않는 말을 하는 것이었다.

"어딜 갔다 왔느냐? 가겟방을 비워두구서. ─아버진 급한 볼일이 생겨서 아까 막 성천읍으로 나가셨단다."

"성천이라니 무슨 급한 일인가요?"

욱이 성급하게 추궁하자 어머니는 주저주저 아들의 낯빛을 살피면서,

"뭐 토지를 보신다든가, 중매인허구 같이 가셨어."

"토진 봐서 뭘 해요?"

"창평에 사흘갈이 보리밭 말이다. 아버진 여태 어떻게 그걸 탐내고 계셨는지 모른단다. 마침 팔겠다는 말을 들으신 참이라, 다시 한 번 수중에 넣을 수 없나 해서 요 며칠 동안 조마조마 하구 계신 모양이다. 보리밭 뒤켠엔 대대의 산소두 있구 해서 아버지두 뼈를 거기다 묻고 싶으신 의향 같으시다."

욱의 일가가 창평 마을에서 이 시내로 이사해온 지도 벌써 십 년 가까이 되었다. 얼마 안 되는 것이긴 했으나 대대로 갈아먹던 토지를 팔아버린 것이 아버지로서는 골수에 사무치게 유감되는 일이 아닐 수 없었다. 시내 살림이란 노인에게는 걱정거리가 적지 않은 것으로, 되도록이면 다시 한 번 시골로 돌아가 여생을 흙과 풀에 묻혀 살고 싶으시다는 아버지의 숙원을 욱도 모르는 바 아니었다.

"허지만 입수한다 하더라도 삼천 평이나 되는 밭이 어떻게 가난뱅이 우리들 손에 쉽사리 들어올 수 있나요? 무엇을 믿구 그런 무리한 일을 하시는 거요?"

아픈 데를 찔리어 어머니는 말문이 막힌 모양이었으나 곧 침착한 목소리로 변하였다.

"필경은 말해야 할 일이었지만—성내지 말아라—그 고도를 아버진 오늘 관장한테 가지구 가셨단다. 사례금은 아직 안 받았지만서두."

"뭐, 뭐라구요. 다시 한 번 말해보세요."

욱은 등허리가 경련하고 코언저리부터 파랗게 질리어갔다. 입술이 바르르 떨리었다.

"사례금을 아직 안 받았다니, 그것 팔아가지구 밭 살 요량이었군요? 저, 정신없는—."

"그렇게라두 안함 한평생 무슨 뉘를 보겠니? 아버지 의견에 틀림은 없을 게다."

"어쩜, 그렇게 상스런 짓을—그래 그렇게두 염치가 없담?……"

욱은 말로 해서만은 미적지근해서 도무지 가만있을 수가 없어서, 근질거리는 팔에다 책상 위에 놓였던 벼루를 집어들었던 모양이다. 선반 위의 도기陶器에 명중하고 덜그렁 소리와 함께 커다란 파편이 부서졌다. 왜이러느냐고 어머니가 겁에 질려 나와보았을 때엔 시가 수십 원을 하는 이조 시대의 낡은 항아리는 볼 수 없는 몰골로 변해 있었다. 욱의 눈은 시뻘겋게 살기로 차 있었다.

"멋대루 내버려두니깐—. 건 내가 발굴한 보배다. 누구한테든 손가락 하나 얼씬하게 하나 보란 말이다."

헝크러진 꼴을 한 채 드르륵 유리 창문을 여는 것을 보자 어머니는 그만 당황하지 않을 수 없었다.

"어델 가느냐. 그렇게 성내구 어쩌자는 셈이냐?"

욱은 뒤돌아보지도 않은 채 꾸부정한 자세로 가게를 나와버렸다.

한 식경이나 지난 후였을까. 박물관 뒤 모란대의 모색暮色 속을 시내 쪽을 향하여 훌훌 걸어 내려오는 그림자가 있었다. 오른손에는 등신대等身大에 가까운 고도를 치켜들고 있었다. 욱이었다. 관장한테 덤벼들어 고구려의 고도를 도로 찾아가지고 오는 길이었다.

청량정에 이르자 단청이 벗겨진 처마 밑을 더듬어 들어가 난간에 기대어 섰다. 발밑을 대동강이 굽이굽이 흐르고, 능라도의 버드나무 숲에도 추색은 소조하게 깊었다. 강 건너는 벌판이 이어지고, 그 끝에 나직한 산의 윤곽이 거무스름하게 보인다. 보름밤이 가까운 때라, 약간 이지러진 달빛으로 희뿌옇게 훤한 속에 몇천 년의 세월을 두고 변함없는 강산이 침묵하고 있었다. 예하자면 2000년 전 옛 고구려의 황혼의 사람도 이 같은 강가에 서서 이제나 다름없는 강물을 바라보았겠거니 생각하면 욱에게는 감상마저 솟구쳐올라 그러한 감상 속에서는 멀리 오른손 편으로 창망한 시가의 모습은 한층 감개 깊은 것이었다.

정자를 나와 오솔길에 다다르면 정면에 펼쳐지는 시가는 끝없이 이어지고, 그 속에 우글거리는 몇십만 창생[4]의 삶은 내 손아귀 속에 쥐어져 있다는 엉뚱한 환각이 솟아올라 호담한 심정이 되는 것이었다. 온몸의 힘을 다하여 고도를 뽑아 치켜들어보았다. 도신刀身은 간신히 어깨 죽지를 지나서 하늘로 흔들흔들 올라갔는가 하자, 무게로 해서 제물에 솔솔 흘러 내려왔다. 내려오는 힘을 이용하여 길섶에 풀을 탁 베어넘기곤 다시 치켜들고 그렇게 어린아이 장난이나 다름없는 짓을 몇 번이고 되풀이하면서 흥에 겨워 있는 욱이었다.

'월매두 아버지두 관장두 모두가 한패가 돼가지구 날 놀림감으로 하려 했지. 누가 넘어갈 줄 아나. 누가 오건 절대루 양보하진 않을 테니깐.'

중얼거리는 그의 모양을 그때 지나가다가 눈에 여겨본 사람이 있다면, 그를 머리가 돌은 것이라고는 생각지 않았을까.

'이걸 내놓을 판이라면, 차라리 내 목숨을 넘겨주고 말지. 밭이구 계집이구 어디 문제가 되느냐.'

녹슨 벽록碧綠의 고색은 흔연히 어스름 속에 녹아들고 금빛 칼자루가 달빛을 받아 은은히 빛났다. 정녕 욱은 머리가 돌았는지도 모를 일이었다.

여전히 칼을 휘두르고 있는 팔뚝에는 더욱 더 기운이 차고 얼굴은 상

---

4) 세상의 모든 사람.

기하고 눈은 형형하게 빛나고 있었다.

(1940. 7)

산협

공재도가 소금을 받아오던 날 마을 사람들은 그의 자랑스럽고 호기로운 모양을 볼 양으로 마을 위 샛길까지들 줄레줄레 올라갔다. 새참 때는 되었을까, 전 놀이가 지난 후의 개나른한 육신을 잠시 쉬이고 싶은 생각들도 있었다. 마을이라고는 해도 듬성한 인가가 산허리 군데군데에 헤일 정도로밖에는 들어서지 않은 펑퍼짐한 산골이라 이쪽 저쪽의 보리밭과 강냉밭에서 흰 그림자들이 희끗희끗 일어서서는 마을 위로 합의나 한 것같이 모여들 갔다.

"소가 두 필에 콩 넉 섬을 실구 갔었겠다. 소금인들 흐북히 받아오지 않으리."

"반반으로 바꾸어두 두 섬일 테니 소금 두 섬은 바위보다도 무겁거든. 창말 장에서 언젠가 한번 소금 섬을 져본 일이 있으니까 말이지만."

"바닷물로 만든다든가. 바다가 멀다 보니, 소금은 비상보다 귀한 걸 공서방도 해마다 고생이야."

봄이 되면 소금받이의 먼 길을 떠나는 남안리 농군들이 각기 소 등허리에 콩 섬을 싣고 마을길에 양양하게들 늘어서는 습관이던 것이 올해는 거반[81] 가까운 읍내에 가서 받아오기로 한 까닭에 어쩌다 공재도 한 사람이 남아버렸다. 원주 땅 문막은 서쪽으로 삼백 리나 떨어진 이웃 고을의 나루였다. 양구 더미를 넘고 횡성 벌판을 지나 더딘 소를 몰고는 꼭 나흘의 길이었다. 양구 더미를 넘는 데만도 넉근히 하루가 걸리는데다가 굼틀굼틀 구부러들어가는 무인지경의 영은 깊고 험준해서 울창한 참나무 숲에서는 대낮에도 도둑이 났다. 썩은 아름드리 나무가 정정히 쓰러져 있는 개울가의 검게 탄 자리는 도적이 소를 잡아먹은 곳이라고 행인들은 무시무시해서 머리털을 솟구면서 수군거렸다. 문막 나룻강 가에는 서울서 한강을 거슬러올라온 소금섬이 첩첩이 쌓여서 산골에서 나온 농군들과의 거래로 복작거리고 떠들썩했다. 대개가 콩과 교환이 되어서 이 상류 지방에서 바뀌어진 산과 바다의 산물은 각기 반대의 방향으로 운반되는 것이었다. 흥정이나 잘 돼서 후하게 받은 소금짐을 싣고 다시 양구 더미를 무난히 되돌아 넘어 멀리 자기 마을의 산골짝을 바라보게 될 때 재도는 비로소 숨을 길게 뽑았다. 내왕 열흘이나 걸리던 먼 길에서는 번번이 노독을 얻었고 육신이 나른히 피곤해졌다. 소금받이는 수월한 노릇이 아니었다.

강낭밭에서 풀을 뽑고 있던 안중근이 삼촌의 마중을 나가려고 호미를 던지고 골짜기로 내려와 사람들 틈에 끼었을 때에는 산 너머 무이리까지 마중 갔던 재도의 사촌 아우 공재실은 한 걸음 먼저 산길을 뛰어내려오면서 얼마간 흥분된 낯빛이었다.

"자네들도 놀라리. 내 세상에 원—삼백 리나 되는 문막 길을 가서 재도가 무얼 실어오는 줄들 아나."

"소 두 필에 산더미 같은 소금바리를 싣고 오겠지 별것 싣고 오겠나. 소 등허리가 부러져라고 무거운 소금 섬으로야 일 년을 먹구두 남겠지."

"두 필이었겠다 확실히. 그 두 필의 소가 한 필이 됐다면 이건 대체 무슨 조화일런가. 그리구 그 한 필의 잔등에두 무엇이 타고 오는 줄 아나?"

---

1) 거지반.

"소금 섬 대신에 그럼 금항아리나 싣고 온단 말인가?"

"금항아리. 또 똥항아리래라. 사실 똥 든 항아리를 싣고 오는 폭밖에는 더 돼? 열흘 동안이나 건들거리고 제일 바쁜 밭일의 고패를 버리고 떠나서 원 그런 놈의 소갈머리라니."

대체 무슨 곡절이길래 재실이 이렇게 설레이누 하구들 있는 판에 바로 당자인 재도의 자태가 산길 위에 표연히 나타났다. 음─옳지─들 하고 입을 벌리면서 사람들은 눈알을 굴렸다. 한 필 소의 고삐를 들고 느실느실 걸어오는 재도의 모양은 자랑스런 것인지 낙심해 하는 것인지 짐작했던 것보다는 의젓한데다가 끌고 오는 소 허리에는─한 사람의 여인이 타고 있는 것이다. 먼 눈에도 부유스름하게 흰 단정한 자태이다. 가까워옴에 따라 얼굴 모습이 차차 뚜렷이 드러날 때 사람들은 모르는 결에 수선들거리며 소근소근 지껄이기들 시작했다. 재도는 여인을 위로나 하는 듯 연해 쳐다보면서 무언지 은은히 말을 던지는 꼴이 가깝게 보니 낙심해 하는 것이 아니라 역시 자랑스러워해함을 알 수 있었다. 조그만 소금 섬이 여인의 발 아래에 비죽이 내다보인다.

"새로 얻은 색시라나. 사십 중년에 두 번 장가라니 망녕도 분수가 있지. 암만 해두 마을 사람들을 웃길 징조야."

재실은 좀 여겨 들으라는 듯이 좌중을 휘둘러보면서 눈에 핏대를 세우고 빈정거린다.

"그럼, 기어코 소원 성취네그려. 첩 첩 하고 잠고대 같이 외이더니. 자식 없는 신세가 돼보면 무리는 아니렸다. 송씨의 몸에서나 생긴다면 몰라두 후이 없는 것같이 서운한 일은 없거든."

이렇게 재도의 편을 드는 것은 같은 자식 없는 설움의 강영감이었으나 그런 심정은 도대체 재실의 비위에는 맞지 않았다.

"지금부터래두 큰댁의 몸에서 늦내기로 모르는 일이거니와 첩의 몸에서라구 어김없이 있으리라구는 누가 장담하겠나. 생겼댔자 그게 자라서 한 몫을 볼 때까지 아비가 세상에 붙어나 있겠나?"

"증근이 너 삼촌댁 하나 더 생겼다구 좋은 모양이지. 너두 올해는 장가들 나이에—네 색씨하고 젊은 삼촌댁하구 까딱하면 바꿔 잡을라."

"삼촌댁이고 쥐뿔이고 내 소는 어떻게 된 거야. 남의 황소를 끌고 가더니 지져먹은 셈인가."

씨름으로는 면내에서 증근을 당하는 사람이 없었다. 단오 날 창말서 열리는 대회에서는 해마다 상에서 빠지는 적이 없었고 지난해에는 황소 한 마리를 탔다고 이름이 군내에 떨쳤다. 그 황소를 빌어가지고 떠날 때 애걸복걸하던 삼촌이 지금 터무니없이 맨손으로 돌아오는 것이다.

"황소와 색씨와 바꿨단 말인가. 그럴 법이. 그게 어떤 황손데. 나와 동무하고 나와 잠자고 내가 타구 하던 것을 갖다가—지금 어디서 내 생각을 하고 있을구"

"이런 말버릇이라니. 삼촌댁을 그렇게 소홀이 여기면 용서가 없어. 소가 다 무어게. 씨름에서 이기면 또 얻을걸. 사내자식이 언제면 지각이 들꾸."

핀잔을 받고 증근은 쑥 들어갈 수밖에는 없었으나 삼촌이 사람들과 지껄지껄하고 있는 동안 슬며시 소 잔등에 눈을 보냈다가 구슬같이 말간 색시의 행동에 그만 마음이 휘황해지면서 눈이 숙어졌다. 저렇게 젊은 색시가 왜 삼촌댁이 되는구 생각하니 이상스런 느낌에 공연히 마음이 송송거려져서 이게 여간한 일이 아니구나, 얼른 삼촌댁에도 일러주지 않으면 하고 총중을 빠져 나와 단걸음에 집으로 달려갔다.

뒤안 베틀에서 베를 짜고 있던 삼촌댁 송씨는 곡절을 듣고 뜨끔해 놀라는 눈치더니 금시 범연한[2] 태도로 조카 증근을 듬짓이 내려다보았다.

"삼촌은 입버릇같이 언제나 나를 돌소 돌소 하고 욕주더니 그예 계집

---

2) 차근차근한 맛이 없이 데면데면하다.

을 데리고 왔구나. 내가 돌손지 삼촌이 병신인지 뉘 알랴만 나두 자식을
원하는 마음이야 삼촌에게 지겠니. 아무리 속을 태워도 삼신할머니가
종시 원을 들어주지 않는구나. 첩의 몸에서 자식이나 생기는 날이면 나
는 이 집을 하직하는 날이야. ……앞대 여자는 인물두 좋다는데."

"그렇게 고운 여자도 세상에 있나 싶어. 달같이 희멀건게……."

"어디 보구나 올까. 마중 안 나왔다구 또 삼춘께 책을 듣기 전에."

한숨을 지으면서 송씨가 틀에서 내려서 앞뜰까지 나섰을 때 골방에서
삼을 삼고 앉았던 늙은 시모는 무슨 일이냐고 입을 벙긋벙긋했다. 증근
이 큰 소리를 질러 곡절을 말해도 귀도 안 들리고 말도 못 번기는 노망한
노파는 안타까워서 손만 휘휘 내저었다.

논길을 걸어 내려오는 행렬을 보고 송씨는 휘황한 느낌에 눈이 숙어졌
다. 소를 탄 색시의 자태는 사람들 위로 우뚝 솟아서 높고, 그 발 아랫 편
에 남편과 마을 사람들이 줄레줄레 달려서 누구나가 슬금슬금 색시의
모양을 우러러보는 것이었다. 소 목에 단 방울소리가 떨렁떨렁 울리는
속으로 사람들 말소리가 지껄지껄 들리는 것이 흡사 잔칫집 행렬이었
다. 내 혼례 때에두 저렇게 야단스럽지는 못했겠다. 눈을 감구 가마를 탔
을 뿐이지 저렇게 자랑스럽지는 못했겠다.

송씨가 그런 생각에 잠겨 있을 때 증근은 또 제 생각에 잠겨 내가 씨름
에서 황소를 타가지고 돌아올 때두 저렇게 야단스러웠던가 마을의 젊은
축들이 뒤에서 떠들썩하고들 따라왔을 뿐이지 저렇게 의젓하지는 못했
던 것 같다―고 작년 일을 생각하고 있었다. 따뜻한 볕을 담뿍 받으면
서 흔들흔들 가까워오는 색시의 자태를 바로 눈앞에 바라보았을 때 그
것이 꿈이 아니고 짜장 생시의 일임을 깨달으면서 송씨는 아찔해짐을
느꼈다.

이튿날은 잔치라고 마을의 여자란 여자는 죄다 재도의 집에 모여들었
다. 인가가 듬성한 마을 어느 구석에 사람이 그렇게도 흔하게 박혔던지

마당과 부엌과 방에 그득들 넘쳤다. 급하게 차리노라고 대단한 잔치도 아니었으나 그래도 국수 그릇과 떡조각에 기뻐들 하면서, 사내들은 탁주잔에 거나해지면서 각시의 평론으로들 와자지껄했다. 송씨는 어제날에 놀람과 탄식은 씻어버린 듯 범상한 낯으로 부지런히 서둘렀다. 큰댁 앞에서 새 각시의 인물을 한정 없이 출 수도 없어서 여자들은 기연미연한 말솜씨로 그 자리를 얼버무려 넘겼다. 저녁 무렵은 되어 외양간에 짚과 멍석을 펴고 신방이 차려질 때까지도 돌아가려고들은 안 하고 외양간 빈지 틈으로 첫날밤의 풍습을 엿볼 양으로 눈알을 굼실굼실 굴리며들 설렜다. 소의 본성을 본받아 잘 낳고 잘 늘라는 뜻이기는 했으나 그 당돌한 첫날밤의 풍습에 색시는 얼굴을 붉히며 서슴거리는 것을 여자들은 부끄럽긴 무에 부끄러워서, 소같이 튼튼한 아들을 낳아서 송씨 일문의 대를 이어야만 장한 일인데라고 우겨서 외양간 안으로 밀어넣는 것이다. 늙은 신랑이 이도 겸연쩍은 듯이 고개를 숙이고 그 뒤를 따라 들어간 후 빈지를 닫고 나니 사내들은 주춤주춤들 헤어져 혹은 집으로 가고 혹은 다시 사랑으로들 밀렸으나 여자들은 찹찹스럽게 외양간 주위를 빙빙 돌면서 젊었을 시절의 꿈들을 생각해내서는 벙글벙글 웃고 킬킬거리면서 수선들을 떨었다.

"얼른들 와 좀 봐요. 촛불이 꺼졌어."

"공서방두 복 있는 사람이야. 평생에 두 번씩이나 국수를 먹이구 그 둘째 각씨는 천하일색이니, 죽어서 다시 저런 일색으로 태어난다면 열두 번 죽어도 한이 없겠다."

"여자는 인물보다도 그저 자식 내기를 잘하구야. 큰댁은 왜 색시 때 일색이 아니었나?"

"큰댁도 속 무던히 상하겠다. 여식이래두 하나 낳드라면 이런 꼴 안 봤을 것을—아 어디를 갔는지 아까부터 까딱 자태가 안 보이니."

송씨는 남모르는 결에 집을 나와 뒷골 우물 둔지에 와 있었다. 칠성단에 정한 물을 떠놓고 그 앞에 무릎 꿇고 요 십 년째 아침저녁 한 번도 번긴 적이 없는 기도를 올리고 있었다. 눈을 감고 합장하고 정성을 다해 치성을 드리는 단정한 얼굴이 어둠 속에 희끄무레 솟아보인다.

"아침이나 저녁이나 이 자리에 무릎 꿇고 합장하고 삼신님께 비옵는 건 한 톨의 씨를 이 몸에 줍소사고 인자하신 삼신님께 무릎 꿇고 합장하고 아침이나 저녁이나……."

웅얼웅얼 외이는 목소리는 산속에 울리는 법도 없이 샘을 둘러싸고 있는 키 높은 갈대밭으로 꺼져 들어가면서 그 소리에 화하는 것은 얕은 도랑물 소리뿐이었다. 집안의 요란한 인기척도 밭 건너편에 멀고 금시 어둠 속에 삼신의 자태가 의렷이 나타날 듯도 한 고요한 골짜기였다. 사시나무와 자작나무 잎새도 오늘 밤만은 살랑거리지도 않는다.

"……오늘은 혼인날에 요란히 기뻐하는 속에 내 마음 한층 쓰라리구 어지럽사오니 가없은 이내 몸에도 여자의 자랑을 줍사 공가에 내 핏줄을 전하게 하도록 합소사구 삼신님께 한결같이……."

모았던 손을 풀고 손바닥을 비비면서 조용조용 일어섰다가는 엎드리면서 단 앞에 절을 한다. 항아리 속에 준비했던 백 낱의 콩알을 한 개씩 헤이면서 백 번의 절을 시작했다. 일어섰다가는 엎드리고 일어섰다가는 엎드리고 하는 그 피곤을 모르는 가벼운 거동이 점점 짙어지는 어둠 속에 사라지고는 나중에는 산신령의 속삭임과도 같은 웅얼웅얼하는 군소리만이 아련히 남았다. 외양간의 첫날밤의 거동보다도 한층 엄숙한 밤경영이었다.

이렇게 남몰래 마음을 바수는 것은 송씨 한 사람뿐이 아니라 재도의 종제 재실과 그의 아내 현씨도 잔칫집 뒷설거지를 대충 마치고 삼밭 하나 사이에 둔 자기들 집으로 돌아왔을 때 처음으로 조용히 자기들의 처지를 돌보게 되었다.

'꼴이 다 틀린걸. 이렇게 될 줄은 몰랐다.'

재실은 한숨과 함께 중얼거리면서 일득이 놈은 자는가 하고 아랫방을 내려다보고 어린 외아들이 때 아닌 잔치 등살에 피곤해 잠들어 있는 것을 보고는 다시 아내에게로 고개를 돌렸다.

"일이야 될 대루 됐지. 철없는 외자식을 양자로 주군 무얼 믿구 살아간단 말요."

"또 덜된 소리. 누가 주구 싶어서 주나. 이 살림 꼬락서니를 생각해보면 알 일이지."

재실의 심보라는 것은 일득이를 큰집에 양자로 들여보내서 대를 잇게 하고 그 덕에 어려운 살림살이를 고쳐보자는 것이었다. 부근 일대의 전토와 살림을 독차지하다시피 해서 재도가 마을에서 일등가는 등급인 데 비기면 근근 집 한 채밖에는 지니지 못하고 몇 자리의 형의 밭을 소작해서 지내가는 재실의 처지는 고달프기 짝없는 것이었다. 당초부터 그렇게 고달팠던 것이 아니라 조부 때에 분재를 받아 두 대째 온전히 지켜오던 가산을 재실은 한때의 허랑한 마음으로 읍내에서 노름에 정신을 팔고 창말서 장사를 하느라고 흥청거리다가 밑을 털어버린 것이었다. 다시 형의 앞에 나타날 면목조차 없었으나 목숨이 원수라 몇 자리의 밭을 얻어 생애를 다시 고쳐 시작하는 수밖에는 없었다. 마음을 갈아넣었다고는 해도 어려운 살림에 시달리노라니 심사가 흐려지는 때도 많아서 형에게 후손 없는 것을 기회 잡아 외아들 일득을 종가로 들여보낼 계책이었던 것이다.

"형두 당초에는 그 요량으로 있었던 것이 웬 바람인지 알 수가 없어. 인물에 반했는지 원. 소 한 필과 바꿨더니 소금 대신에 계집을 사온 셈이지. 젊은 대장장이의 여편넨데 그 녀석 소가 탐이 나서 여편네를 팔게 됐다나."

"뭐, 뭐요? 소와 여편네를 바꾸다니. 계집두 계집이지 아무리 살기가 어렵기로 원 세상에 별일두 다 많지."

"후일 시비가 있을까 해서 사내는 쪽지를 다 써주었다니까 정말두 거짓말두 없어. 대장장이 여편네라두 앞대 여자는 인물이 놀랍거든. 녀석 지금쯤은 필연코 후회가 나렷다."

"숫색시가 아니래두 핏줄만 이으면 그만이야 그만이겠지. 양자를 들이긴 제발 제발 싫다고 하는 판에."

"그래 이집 꼴은 무어람. 일득이를 준다구 해두 아래웃집에서 영영 못보게 될 처지두 아니구 내년 봄에는 창말 사숙에나 읍내 학교에두 넣어야 할 텐데—일 다 틀렸지. 남의 밭을 평생 부치면서야 헤어날 재주 있나."

재실이 밤 패이는[3] 줄을 모르고 궁리해보아야 할 일 없는 노릇, 재도의 속심은 처음부터 빤한 것이었다. 큰댁 몸에서는 벌써부터 그른 줄을 알고 첩의 몸에서라도 자식을 얻어보겠다고 벼르던 것이 이번 거사로 나타났던 것이다. 만약에 혈통이 끊어지는 일이 있다면 선조에 대해서 다시 없는 죄를 지는 셈이 되는 까닭이었다.

조부의 대에 어딘지 북쪽 땅에서 이 산골로 옮아왔을 때에도 아무것도 가지지 못한 맨주먹에 족보 한 권만을 신주같이 위해 가지고 있었다. 족보의 계도에 의하면 공문 일가는 근원을 멀리 중국 창평 땅에 두고 만고의 성인을 그 선조로 받들고 있다고 기록되어 있었다. 기록한 옛 성인의 후손이라는 바람에 마을 사람의 공경과 우대를 한 몸에 모으고 부지런히 골짜기와 산허리의 땅을 일구기 시작한 것이 자수 성공으로 당대에 수십 일 갈이의 밭과 여러 섬지기의 논을 장만하고 부근 일대의 산까지를 손안에 잡아서 마을에서는 일등 가는 거농이 되었다. 한번 일군 가산은 좀처럼 흔들리지 않아서 두 아들을 낳고 이 고을에서의 삼대째 재도

---

3) 파이다. '새우다'의 북한어.

의 대에 이르게 되매 집안은 더욱 굳어졌다. 불미한 재실만이 두 대째 잘 이어온 재산을 선친이 없어진 것을 기회로 순식간에 탕진해버리는 것을 종형 재도는 아픈 마음으로 바라보고 있었다. 아니나 다를까. 재실이 알몸으로 마을에 돌아왔을 때는 전토는 벌써 남의 손에 들어간 후였다. 비위 좋게 외아들의 양자 봉양을 궁리해왔으나 재도는 처음부터 마음이 당기지 않았다. 삼대나 걸려 알뜰히 장만한 토지를 길이길이 다스려가려면 아무래도 제 핏줄이 필요하다고 생각하고 있었다. 자기 한 몸이 없어진 후 행여나 재산이 다른 사람 손으로 넘어가게 되어 선조의 무덤을 돌보는 자손도 없이 그 제사를 게을리 하게 된다면 사람의 자식 된 몸으로서 그보다 죄스러운 일은 없다고 생각하고 있었다. 일정한 땅에 목숨을 박고 그곳을 다스리게 됨은 그것을 다음 대에 물려주자는 뜻이라는 것을 굳게 믿고 있었다. 될 수만 있으면 먼 타관에서 인연을 구해왔으면 하고 해마다 봄이 되어 소금받이를 떠날 때마다 그 궁리이던 것이 문막 나루터는 산에서 자란 그의 눈을 혹하기에 넉넉했다. 어쩌다가 올해는 바로 그 소원이 이루어진 것이었다.

혼례가 지나 며칠이 되니 새 각시는 집일이 익어서 서름서름해하는 법도 없이 부지런히 일을 거들었다. 부엌에서 큰댁과 나란히 서서 심상하게 지껄거리며 거짓말같이 화목해 하는 모양을 남편 재도는 만족스럽게 바라보았다. 시모와 남편을 섬김에 조금도 소홀히 없도록 하려고 하는 조심성스러운 마음씨도 그를 기쁘게 하기에 넉넉했다.

누가 부르기 시작했는지 원줏집이라고 불리우게 되어서 이 칭호는 마을 사람들에게 일종 그리운 느낌을 주었다. 원주는 근방에서는 제일 개화한 읍이었다. 문명의 찌꺼기가 원줏집을 통해서 이 궁벽한 두메에까지 튀어온 것이다. 원줏집은 세수를 할 때 팥가루 대신에 비누라는 것을 썼고 동그란 갑에 든 향내 나는 분가루는 창말 장에서 파는 매화분 따위는 아니었다. 무명지에는 가느다란 쇠 반지를 꼈고 시모의 눈 닿지 않는 곳에 숨어서는 뒤안 같은 데서 흰 권연을 태웠다. 엽초밖에는 모르는 마을 사람들에게 그 향기는 견딜 수 없이 좋아서 사랑에 머슴을 살고 있는 박동이는 증근을 추켜서는 그 하얀 권연 한 개를 제발제발 빌곤 했다.

재도의 누이의 아들 안증근은 삼십 리쯤 되는 산 너머 마을에 출가했던 누이가 죽은 후 남편마저 그 뒤를 쫓아 떠나게 되니 의지가지없는 신세에 하는 수 없이 삼촌의 집에 몸을 붙이게 되었다. 가까운 혈육이기는 하나 성이 다른 조카를 자식으로 들일 의사는 없었으나 송씨가 물을 찌워 기른 보람이 있어 어느 결엔지 늠름한 장정으로 자라서 머슴과 함께 밭일을 할 때에는 어른 한 몫을 넉넉히 보았다. 안씨 문중의 몇 대조이든지 조상에 산속에서 범을 만나 등허리에 발톱자국을 받았을 뿐 맹수의 허리를 안아서 넘어뜨린 장골이 있었다는 이야기를 어릴 때부터 들어온 증근은 자기도 그 장골의 피를 받았거니 하고 팔을 걷어 힘을 끊어보곤 했다. 어릴 때부터 익어온 송씨를 백모라고 부르기는 당연하고 자연스러웠으나 생판 초면인 젊은 원줏집을 향해서는 쑥스러운 생각이 먼저 들면서 아무리 해도 같은 말이 입으로 나오지 않을 뿐더러 자기의 황소와 바꾸어왔다는 생각을 하면 화가 나는 때조차 있었다. 날이 지날수록 송씨는 기운을 못 차리면서 진종일 방 안에 박혀 있거나 그렇지 않으면 베틀에 올라서 북을 덜거덕거리면서 길삼내기로 날을 보내곤 했다. 그 쓸쓸한 자태가 증근의 가슴을 에우는 듯도 해서 원줏집 잔소리나 삼촌의 책망을 받을 때마다 백모를 막아주고 싶은 생각뿐이었다.

어느 날 저녁 무렵 증근이 나뭇짐을 지고 돌아와보니 부엌에서는 백모와 원줏집이 한바탕 겨루고 있었다. 저녁 준비로 그릇들이 어지럽게 놓인 부엌바닥에 산발한 머리채를 마주잡고 떠들썩하고 노려댔다. 아침저녁으로 시중을 들러오는 현씨는 어쩔 줄을 모르고 서성거리면서 아궁밖에 기어나온 불 끄트머리도 건사하지 못하고 일득아, 얼른 가서 삼촌들을 데려오지 못하고 무얼 하니 하며 쉰 목소리로 어린 것을 꾸짖을 뿐이었다. 누가 소처럼 일하려고 이 두메로 왔다든? 넌 종일 베틀에만 올라 엎드리구 있으니 물을 긷고 여물을 끓이고 부엌 설거지를 하구 혼잣손으로 이 큰 살림을 어떻게 보란 말이냐 하고 원줏집이 입술을 파랗게 떨면서 소리를 치는 것을 보면 일이 고되다는 불평인 듯싶었다. 호강하자는 첩이드냐, 잘난 체 말구 너두 좀 시달려봐야 두메 맛을 아느니라. 나두 놀구만 있는 게 아닌데 일끝마다 남의 맘을 꼭꼭 찌르는 이 가사리 같으니 하고 백모도 대꾸하면서 한데 얼려서는 함께 나무검불 위에 쓰러졌다. 찬장을 다친 바람에 기명들이 왈그렁 뎅그렁 바닥에 쏟아졌다. 년이 돌소면서 심술은 고작이지 큰댁이라고 잘한 체 나둥그러진 건 너지 누구야. 이럴 줄 알았으면 누가 이 산골로 올까. 삼백 리나 되는 이 두메산골로. 이 말에 백모는 불같이 발끈 달아서 잇몸에서 피를 뱉으면서 무엇이 어쩌구 어째 또 한 번 지껄여봐라 또 한 번 그 혓바닥을 빼버릴 테니 소리소리 지르며 법석을 치기는 했으나 제 분에 못 이겨 제 스스로 탁 터지고야 말았다. 돌소라는 말같이 그에게 아픈 욕은 없었다. 더 싸울 기력도 잃어버리고 자기 설움으로 흑흑 느껴우는 소리를 듣고 시모가 방문턱까지 기어 나와 그 아닌 꼴들에 놀라 입을 벙긋벙긋 열면서 손을 내저으나 흥분된 두 사람에게는 벌써 어른의 위엄도 헛것이었다. 증근이 쫓아 들어가서 두 사람을 헤쳤을 때에는 널려진 부엌바닥도 볼만은 했지만 산발하고 옷을 찢고 피를 흘린 두 사람의 꼴은 차마 보기 어려운 것이었다. 현씨도 덩달아 울면서 코를 훌쩍거렸다.

그날 밤 송씨의 자태가 없어진 채 늦도록 나타나지 않았다. 원줏집만을 달래고 있던 재도도 비로소 웬일인가 하고 집안은 또 설레기 시작했다. 베틀에도 없고 방앗간에도 없다면 대체로 어디로 간 것일까 하고 재도와 증근은 물론 재실 부부와 박동이까지도 나서서 초롱에 불을 켜들고 샘물 둔덕지로부터 뒷산을 더듬어도 안 보인다. 점점 불안해져서 패를 나눠가지고 묘지 근처와 골짜기 개울가를 샅샅이 찾아보기로 했다.

증근은 혼자서 어둠속에 초롱을 휘저으면서 행여나 나뭇가지에 드리운 식은 시체를 만나면 어쩌누 겁을 잔뜩 집어먹고 슬금슬금 통물방앗간 안을 엿보았을 때 깊은 구석 볏섬 앞에 웅크리고 앉은 백모의 모양을 보고 주춤 뒷걸음질을 쳤다. 마음을 다구지게 먹고 달려가보니 나뭇가지에 목은 안 맸을망정 꼼짝 요동 안 하고 눈을 감은 채 숨결이 가쁜 모양이다. 조그만 항아리가 구르고 독한 간수 냄새가 코를 찔렀다. 소금섬 아래에 받쳐두었던 항아리의 간수를 먹은 것임을 알고 증근은 끔찍한 짓도 했지 하고 황망히 설레면서 무거운 몸을 일으켜 등에 업고 급히 방앗간을 나왔다. 건너편 뒷산 허리에 번쩍번쩍 움직이는 초롱불이 보였으나 소리를 걸지 않고 잠자코 논두렁 길을 걷고 있으려니 몸 더위로 등허리가 후끈해오면서 그 무릎 아래에서 이십 년이나 양육을 받아온 백모[4]를 이제 자기 등허리에 업게 된 것을 생각한즉 이상스러운 느낌이 생기면서 알 수 없이 잔자누룩해지는 마음에 엉엉 울고도 싶었다.

"……그게 즈 증근이냐?"

밤바람에 얼마간 정신을 차렸는지 백모는 가느다란 목소리로 간신히 지껄였다.

"왜 아직 목숨이 안 끊어졌을까. ……돌소 돌소 하지만 난 돌소가 아니야. 아무에게도 말할 수는 없지만 알구 보면 삼촌이 불용이란다. 무이리 무당이 내게 가만히 틔어주었어."

"아주머니야 왜 나쁘겠수. 원줏집의 소갈머리가 글렀지. 앞대에서 왔다구 독판 잘난 척하구 툭하면 싸움을 걸군 하면서."

"원줏집이 아일 낳을 줄 아니? 두고 보렴. 삼촌이 불용이야. 다 삼촌의 허물이야. 아무도 그런 줄 모르니 태평이지. ……아이구 가슴이야 배야. 아마두 밸이 끊어졌나부다. 이렇게 뒤틀릴 젠. 으으 으응……."

---

4) 큰어머니.

"맘을 든든히 잡수세요. 세상이 다 알게 될 일이니."

간수가 과했던 까닭에 송씨는 몹시 볶이우고 피를 토하며 자리에 눕게 된 것이 반달 가량이 지나니 차차 누그러지는 날씨와 함께 의외에도 속히 늠실하고 일어나게 되었다. 허전허전해는 하면서도 별일 없었던 듯이 시침을 떼고 원줏집과 심상하게 지껄이면서 일을 거드는 품이 또다시 평온한 날로 돌아가는 듯이도 보였으나 뒷동산 밤꽃이 피기 시작할 무렵은 되어 송씨에게는 이로 쇠약한 몸 걱정이 아니라 한꺼번에 마음을 잡아흔들고 속을 뒤집히게 하는 일이 생겼다. 어느 결엔지 원줏집이 몸이 무거워진 듯 음식도 잘 받지 아니하고 게욱질⁵⁾만 하면서 자리에 눕는 날이 많아진 것이었다. 설마 그럴 수야 있을까 하고 마음을 태평히 먹고 있었던 것만큼 송씨는 벼락이나 맞은 듯 정신이 휘둘리우면서 멍하니 한자리에 주저앉아 일어날 기맥조차 없어지는 때가 있었다. 현씨가 달래면 간신히 일어나서 원망하는 듯이 하늘을 우러러보는 그 초췌한 자태는 차마 볼 수 없어서, 재실은 하루는 창말서 용하다는 점장이 한 사람을 데리고 왔다. 반백이 된 수염을 드리운 판수는 정한 상 위에 동전을 굴리고 산죽가지를 놓고 하면서 음성을 판단하고 사주를 풀어 길흉을 점쳤다. 괘가 좋소이다, 걱정할 것이 없어 하고 한참 후에 감은 눈을 꿈직거리고 비죽이 웃으면서 결과를 고했다. 길한 날을 받아 동쪽으로 칠십 리를 가 백 날 동안 고산치성을 드리면 그날부터 서조가 있어 옥 같은 동자를 얻는다는 괘외다. 길사는 빠를수록 좋은 법이니 하루라도 속히 내 말을 좇으소. 판수는 자랑스러운 낯으로 수염을 쓰다듬었다. 지금까지 아무 관상쟁이도 사주쟁이도 안 하던 말을 이렇게도 수월하게 쏟아놓을 제는 필연코 팔자에는 있나 보다고 송씨는 반생 동안 그날같이 반

---

5) '구역질'의 방언.

가운 적이 없었다. 판수의 한마디로 순간에 병도 떨어진 듯이 기운이 나면서 기쁜 판에 정성을 다해 판수를 대접했다. 돈 열 냥과 쌀 한 말을 짊어지고 판수는 벙글벙글하는 낯으로 재실에게 끌려 창말로 돌아갔다.

뜻밖인 길보에 남편인 재도도 반갑지 않지도 않은 듯 여러 가지로 길 떠날 준비를 거든다. 택한 날에는 외양간의 거동도 치른 후 기쁜 낯으로 아내를 떠나보냈다. 동쪽으로 칠십 리를 간 곳에는 이름난 오대산이 있고 그 중허리에 유명한 월정사가 있었다. 석 달분 양식에다 기명과 옷벌까지도 소등에 싣고 증근은 기쁘게 백모를 동무해 떠났다.

송씨들이 떠난 후 농사가 바쁜 때이라 집안은 어지럽고 복작거리기는 했으나 큰댁과의 옥신각신이 빈 것만으로도 원줏집은 시원해서 아무 데서나 권연을 푹푹 피우면서 기할 것도 없이 내로라고 활개를 폈다. 재실의 한 집안이 죄다 오다시피 해서 일을 거드는 까닭에 부엌일도 송씨와 으릉대고 있었을 때같이 고된 것은 아니었고 송씨 앞에서는 어려워하는 현씨도 원줏집과는 허름한 생각에 뜻을 잘 맞추어주는 까닭에 모든 것이 탈없이 되어 나갔다. 단지 밭일이 너무 고돼서 조밭에 풀뽑기, 삼밭에 손질, 논에 갈꺾기 등으로 손이 부족해 재도와 박동이는 죽을 지경이었으나 고대하고 있던 증근은 의외에도 빠르게 떠난 지 열흘 만에 돌연히 돌아와서 장정들을 반갑게 했다. 떠날 때보다는 풀이 죽어서 맥이 없어 보임은 필연코 노독의 탓이거니 생각하고 어떻던가 먼 길이라 되지, 박동이가 물으면 돌아다보지도 않고 경없는 듯이 딴전을 보는 것이었다.

"산 산 하니 오대산같이 큰 산이 있을까. 아름드리 박달나무와 참나무가 빽빽이 들어서서 낮에도 범이 나올 지경이여. 절에는 불공 온 사람들이 득실득실 끓어서 산속이래두 동네와 진배없고. 스님이 여러 가지로 돌보아주는 덕으로 방도 한 간 얻고 새벽 첫닭이 울 때 일어나서 새옹에 메를 지어가지구는 불당에 올라가 부처님 앞에 백번 절을 한다나. 백번씩 백날 백일 불공을 드린대. ……내가 아는 건 그것뿐이야."

"타관 물 먹더니 너 아주 어른 됐구나. 올 때 진부 장터 봤겠지. 강릉 가는 신작로가 나서 창말보다두 크다는데."

"크구말구. 신작로는 한없이 곧게 뻗친 위를 우차가 늘어서구 자동차가 하루에두 몇 번씩 달아난다네. 자동차 첨 보고 뜨끔해서 길가에 쓰러졌다네. 돼지같이 새까만 놈이 돼지보다두 빠르게 달아나거든. 우뢰 같은 소리를 지르면서……. 세상이 넓지. 마당 같은 넓은 길을 걷구 있노라면 이 산골로 다시 돌아올 생각이 없어져. 어디든지 먼 데로 내빼고 싶으면서."

"너 말두 늘구 생각도 엉큼해졌구나. 수작이 아주 어른이야. 어느 결엔지 어른 됐어. 목소리까지 굵어진 것이."

박동이가 어깨를 치는 바람에 정신없이 지껄이던 증근은 주춤하면서 몸을 비틀고 외면한 채 밭 있는 쪽으로 달아났다. 그 뒷모습을 바라보며 정말 녀석이 달라졌어 전에는 저렇게 수줍어하고 어색해하지 않더니 얼굴도 좀 빠진 것이 박동이는 모를 일이라는 듯 고개를 갸웃거렸다.

단오절도 올해는 증근에게는 그다지 신명나는 것이 아니어서 억지로 끌려나가 씨름을 해도 해마다 판판이 지우던 적수에게 보기 좋게 넘어가 황소를 타기는커녕 신다리에 멍까지 들었다. 박동이는 그 꼴이 보기 딱해서 제 무릎을 치면서 저런 놈의 꼬막신이 봐라, 정신이 번쩍 나게 좀 때려줄까 보다 하고 홧김에 벌떡 일어서기까지 했다.

이날 증근은 생전 처음으로 장판 술집에 들어가 대중없이 술을 켜고 잠뿍 저물어서야 집으로 돌아왔다. 삼촌 재도가 너 요새 웬 일이냐 잔뜩 주럽이 들어 기운을 못 차리는 것이 말 못 할 걱정이나 있느냐고 물어도 대답도 없이 고개를 숙인 채 어두운 길을 더듬어 뒷산으로 올라가버렸다. 밤새도록 돌아오지 않더니 이튿날 낮쯤은 돼서 햇개만한 노루 새끼 한 마리를 가슴에 부둥켜안고 너슬너슬 내려왔다. 산에서 밤을 새운 것이었다. 한 잠을 자려고 싸리나무 수풀 속으로 들어갔을 때 마침 그 자리가 노루집이어서 놀란 새끼들이 소리를 치면서 껑청껑청 뛰어났다는 것이었다. 어둠 속을 쫓아가서 기어코 한 마리를 잡아 안고 숲속에서 하룻밤을 새웠다는 것이다. 잃어진 새끼를 찾는 어미노루의 울음소리가 밤새도록 골짝에 울렸다고 한다. 증근은 그날부터 뜻밖에 노루 새끼로 말미암아 얼마간 기운을 차린 듯 사람의 새끼보다두 귀엽거든. 잘 먹여서 기를 테야 하고 외양간 옆에 조그만 울을 꾸민다, 싸리 잎을 뜯어다 먹인다 하면서 반나절을 지우곤 했다. 겁을 먹고 비슬비슬하던 노루도 점점 사람을 가리지 않으며 저녁때쯤 되니 싸리도 잘 받아먹게 되었다.

일에서 돌아온 박동이는 그 꼴을 보고 어이없어서 산에서 자는 녀석이 어디 있니 밤새도록 얼마나 걱정을 했게 책망하면서,

"씨름에 진 녀석이 노루새낀 뭐야. 노루보단 소를 타오진 못하구. 이까짓 노루 새끼를 무엇에 쓰게."

"짐승을 다쳤다간 그냥 두지 않을 테다. 네까짓게 열 번 죽었다 나봐라. 이렇게 귀엽게 태어날까."

"분이보다두 귀여우냐. 가을에는 잔치를 지내구 임서방의 사위가 될 녀석이 언제까지나 그렇게 지각없는 짓만 할 테냐. 분이 얼굴을 넌 아직 똑똑히는 못 보았겠다. 여름이 되면 건넌 산에 딸기를 따러 갈 테니 밭이랑에 숨었다가 가만히 여겨 보렴. 첫눈에 홀딱 반할라."

"잔소리 작작해. 분이를 누가 얻는다던. 그렇게 탐나거든 왜 네 색시나 삼으렴."

"두멧놈이 큰소리 한다. 욕심만 부리면 누가 장하다든. 그렇지 않으면 마음에 드는 사람 따로 생겼니. 너 요새 눈치가 수상하더구나. ……어디 좀 만져보자. 얼마나 컸나. 언제 색씨를 얻게 되겠나."

"이 미친 녀석아. 이놈이 지랄이야."

박동이가 데설데설 웃으면서 희롱삼아 손을 벌리고 달려드니 증근은 얼굴이 새빨개져 뒤로 물러서면서 금시 울상이었다. 망신 주면 이놈 너

죽일 테다 떨리는 손으로 진정 낫을 쥐어드는 것을 보고는 박동이도 실색해서 이번에는 자기편에서 되도망을 쳤다. 살기를 띤 증근이의 눈을 보니 소름이 치고 겁이 났다.

산골의 여름은 빨라서 모가 끝난 후 보리를 걷어들이고 나니 골짜기에는 초목이 울창해지고 산에는 나무가 우거져서 한결 답답하게 되었다. 옥수수 이삭에서는 붉은 수염이 자라고 삼은 사람의 키를 훌쩍 넘게 되어서 마을은 깊은 그림자 속에 잠기고 공씨 일가는 밤나무와 돌배나무 그늘에 온통 덮일 지경이었다. 장마가 져서 큰물이 난 후로는 볕이 따갑게 쪼이기 시작해서 마을 사람들은 쉴새없는 일에 무시로 땀을 철철 흘렸다. 재실은 피곤할 때에는 모든 것이 성가시고 귀찮아서 밭둑에 하염없이 앉아서는 생각에 잠기곤 했다. 원줏집이 몸이 무겁다면 벌써 일득이에게 소망을 걸 수도 없게 되어서 앞으로의 근 반생 동안을 어떻게 고달프게 지낼 것인구 하고 눈앞이 막막해졌다. 차라리 다 집어치우고 금전판엘 가든지 그렇지 않으면 앞대에 가서 뜬벌이[6]를 하든지 하는 것이 옳겠다고 박동이와 마주 앉아서는 한없는 궁리에 잠겼다. 아내 현씨는 그런 남편의 심중을 헤아릴 까닭도 없어서 큰집에 박혀서는 원줏집과 부산하게 서두를 뿐이었다. 재도는 장마 때 터지는 보살을 막노라고 덤비다가 흙탕물 속에서 가시를 밟은 것이 덧나 부은 발로 꼼짝 못 하고 누워 있던 것이 바쇠를 달궈서 지진다, 풀뿌리를 익혀서 바른다 하는 동안에 차차 낫기 시작해 지금에는 일어나 걸어다니게까지 되었다. 달포 동안 방에 번듯이 누워 점점 불러가는 원줏집의 배를 바라보는 것은 더없는 기쁨이기는 했으나 다시 일어나 근실거리는 두 팔로 몰킨 일을 시작하는 것도 또 없는 기쁨이었다. 밭 속에서, 혹은 멀리 산 위에서 집안에 움직이고 있는 아내의 모양을 바라보는 것도 흥거운 일이었다.

---

6) 고정된 일자리가 아닌 어쩌다 생긴 일자리에서 닥치는 대로 일을 하고 돈 따위를 버는 일.

홍이 과해서 하루는 아닌 변이 생기고야 말았다. 수상한 아내의 모양을 보고 황겁지겁 산을 뛰어내린 것이었다. 건너산 골짝에 칡넝쿨을 뜨으러 가 있었던 재도에게는 점심이 지나고 사내들은 밭으로 나간 후에 조용한 집안이 멀리 내려다보였다. 문득 안뜰에 조그만 그림자가 움직이더니 주위를 살피는 듯 슬금슬금 방 안으로 들어가는 것을 보고 그것이 박동이인 줄을 알았을 때 뒤켠 조이밭에 가 있어야 할 녀석이 아닌 때 무슨 까닭일구 하고 재도는 숨을 죽이고 바라보았다. 한참이나 있다가 박동이가 늠실하고 방에서 나오는 뒤로 원줏집이 권연을 물고 따라나오는 것을 보고는 재도는 눈이 뒤집힐 듯 노기가 솟아 부르르 육신을 떨면서 지게도 칡넝쿨도 내버린 채 허둥지둥 골짝을 뛰어내렸다.

아내를 믿고 지내오지 않은 것은 아니었으나 한번 의심하기 시작하니 환장이나 할 듯이 마음이 뒤집히는 것이었다. 둘이 아무리 방패막이를 해도 마음이 들지를 않아서 물푸레나무 가지로 번갈아 물매를 내리나, 아내는 청하길래 적삼을 잡아 매주고 내친 김에 권연을 한 개 주었다는 것 이상으로는 입을 열지 않았다. 나중에는 도리어 짜증을 내면서, 이렇게 욕을 받으려면 차라리 고향으로 나가겠노라고 주섬주섬 세간을 거두는 것이었다. 그래도 재도는 노염이 풀리질 않아서 기어코 여물을 써는 작두날에다 박동이의 목을 들이밀어넣고 다짐을 받을 때 박동이는 비로소 손을 빌고 눈물을 흘리면서 고했다. ―사실은 그렇게 허물을 지은 듯이 보여서 원줏집에다 억울한 죄를 씌워 그를 집에서 내쫓자는 계책이었다는 것, 그 계책에 재도가 옳게 걸려왔다는 것, 그 모든 계책은 재실의 뜻과 지칭에서 나왔다는 것이었다. 재도도 놀랐지만 원줏집도 그런 흉책 속에 깜쪽같이 옭혀 들어갔음을 알고 어이가 없어서 못된 녀석들하고 이번에는 박동이를 책하기 시작했다. 재도는 겨우 마음이 가라앉으면서 밤낮 남모를 궁리에만 잠겨 있는 재실이 녀석이니 그럴 법도 하겠다고 박동이를 시켜 곧 불러보았으나 재실은 그렇게 될 줄을 예료하고서인지 밭에도 집에도 자태가 보이지 않았다.

그날부터 종시 집에 들어오지 않았다. 아마도 어느 금전판이나 먼 앞 대로나 간 것이려니 생각할 수밖에는 없었던 것이, 며칠 후 창말로 장보러 갔다 온 사람 말을 들으면 술집에서 여러 날이나 곤드레만드레 뒹굴고 있더니 깊은 산에 가 치성을 드리고 삼을 찾아보겠다고 하루는 표연히 홍정리 심산으로 들어가겠다는 것이었다. 삼을 캐서 단번에 천금을 쥐자는 생각이지만 그런 바르지 못한 심청머리에 삼신산의 불사약이 그렇게 수월하게 눈에 띄일 줄 아나 하고 재도는 도리어 측은히 여겼다. 남편을 잃어버린 현씨의 설움은 남모르게 커서 개일 줄 모르는 눈자위를 벌겋게 해가지고는 어린 것을 데리고 큰집에 들어박히다시피 했다. 박동이는 재실의 입 바람에 당치 않은 짓을 했던 것이 겸연해서 여러 날 동안이나 창말로 빙빙 돌면서 돌아오지 않는 것을 왕사는 왕사로 하고 바쁠 때 그대로 둘 수만도 없다고 재도가 손수 가서 데려온 까닭에 다시 사랑에서 거처하게 되었다.

이 의외의 변에 누구보다도 놀라고 겁을 먹은 것은 증근이었다. 삼촌이 박동이의 목을 자르겠다고 작두날 아래에 넣고 금시 발로 밟으려던 순간을 생각만 해도 몸서리가 치고 무릎이 떨렸다. 일상 때에 용하기만 하던 삼촌이 그렇게도 담차고 무서운 사람이던가 싶었다. 견디기 어려운 무더운 날 백낮이면 나무 그늘에 쉬이면서 흡사 재실이 하던 것과 같이 하염없이 생각에 잠기곤 했다. 한층 마음이 서글프게 된 것은 하루아침 우리 속에 기르던 노루가 달아났음이다. 길이 들었다고만 여기고 우리 빈지를 빼꼼히 열어놓은 것이 마당 앞을 어정대는 줄만 알았더니 어느 결엔지 뒷산으로 날쌔게 달아나버린 것이었다. 울화가 나서 일도 잡히지 않는 동안에 더위도 가고 여름도 지났을 때 월정사에서 송씨가 돌아왔다. 백일불공의 효험이 있어 석 달이나 되는 무거운 몸으로 나타났다. 증근은 반가운지 두려운지 가슴이 떨리기만 하는 바람에 이날부터

산에서 어두워진 다음에야 내려왔다.

원한을 풀고 돌아온 송씨의 소문이 마을에 자자해지자 사람들은 창말 판수의 공을 신기하게 여기고 금시에 아들 복을 누리게 된 재도의 팔자를 부러워들 했다. 아들 없음을 누가 한할까. 창말 판수에게 점치면 그만인 것을 하고 여자들은 지껄였다. 재도는 지금 같아서는 세상에 더 부러운 것이 없어 얼굴에 웃음을 머금고 사람들의 말시답을 하기에 겨를이 없었다. 마당 앞에 서서 터 아래로 골짝까지 뻗친 전토, 전토를 바라보면서 자자손손이 그를 잘 다스려 먼 후세까지 일가가 번창해 조상의 이름을 날릴 것을 생각하면 지금 눈을 감아도 한이 없을 듯싶었다. 다시 시작된 두 아내의 옥신각신을 말리기는 남편으로서 두통거리였으나 큰 기쁨 앞에서 그것도 대단한 일은 아니었다. 작은집이 거만하게 배짱을 부리면 큰집도 질 사람이 어디 있느냐는 듯 펀둥펀둥 게으름을 부리면서 앙알거리는 두 사람의 자태를 차라리 대견한 낯으로 바라보는 때도 있었다.

그해 가을은 예년에 없는 풍년이 들어 추수는 어느 때보다도 흡족했다. 마당에는 볏단과 조이단의 낟가리가 덤덤이 누른 산을 이루었고 뒤주간에는 잡곡이 그득 쟀어졌다. 낱이 굵은 콩도 여러 섬이 되어서 내년 봄 소금받이에도 흔하게 싣고 갈 수 있을 것이다. 밤 대추의 과실도 제사에 쓰고도 남으리만치 뜯어들였고 현씨는 마을 여자들과 날마다 먼 산에 가서는 서리 맞은 머루 다루 돌배에다 동백을 몇 광주리고 따왔다. 집 안에는 그 열매 냄새와 함께 잘 익은 오곡 냄새가 후끈후끈 풍기고 두 사람의 아내는 부를 때로 부른 배에 진종일 머루를 먹었다. 반년 동안 신공한 덕이라고는 해도 배를 두드리며 지낼 한가한 겨울이 온 것을 생각할 때 재도는 몸을 흐뭇히 적시어주는 행복감에 마음이 개나른해짐을 느꼈다. 이 가장 행복스러울 때 불행도 왔다. 그 불행이 오려고 그때까지의 행복이 준비되어 있었던지도 모른다. 어이없는 커다란 불행이 재도에게는 그렇게밖에 여겨지지 않았다. 안온하던 마음이 뒤집힐 듯 번져지면서 한 몸의 불운을 통곡하고 싶었다.

밭에서 남은 조잇단을 묶고 있을 때 뒷산에 참새 모는 소리가 요란히 나면서 증근이 숨이 가쁘게 뛰어와서 전하는 말이, 웬 타관놈 같은 낯모를 사내가 와서 원줏집과 호락호락 말을 걸고 있다는 것이었다. 그것이 제 아내를 찾으러 문막서 온 대장장이일 줄야 꿈에나 알았으랴. 마당으로 내려와 행장을 한 그 젊은 사내를 물끄러미 바라보는 동안에 재도의 안색은 푸르게 질리면서 입까지 더듬어졌다.

"당신도 놀라겠지만 처를 찾으러 왔소이다. 공연한 짓을 하구 얼마나 뉘우쳤는지, 동네를 안 대준 까닭에 이곳을 찾느라구 큰 고생을 했소. 문막을 떠난 지가 한 달이 넘었는데 군내를 구석구석 모조리 들칠 수밖엔 있어야죠."

"지금 새삼스럽게 그게 무슨 소린가. 사람들 보구 있는 속에서 작정한 일이 아닌가."

"소와 사람을 바꾸다니 그럴 데가 세상에 어디 있겠수. 사람들한테서 내가 얼마나 욕을 받고 조롱을 받았는지 소는 그 뒤 얼마 안 가 죽었고 값을 치러 드리죠. 장만해가지고 왔으니."

"쪽지는 무엇 때문에 썼나. 지장까지 도두라지게 찍구. 여기 다 있어. 재판소엘 가도 누가 옳은지 뻔한 일이야."

"그땐 여편네와 싸운 후라 내가 환장했었어유. 바른 정신으로야 누가 지장을 찍겠수?"

"지금 와서 될 말인가. 반년 동안이나 한집에서 같이 산 사람을 지금 와서."

"아무래도 데려가야겠어요. 우리끼리 정하기 어려우면 여편네더러 정하라구 그러죠. 도로 가든지 여기 있든지."

사내는 자신 있는 듯이 여자 편을 보았으나 지난날의 아내는 반드시 그 뜻을 받아들이려고 하는 것도 아니었다. 변변치 못하고 게으른 대장장이에게 시집가 몇 해 동안에 맛본 신고란 이루 헤아릴 수 없었다. 그렇다고 그 자리에게 재도에게 두말 없이 몸을 맡길 수도 없는 노릇, 그도 난처한 경우에 서게 되어 그 의외의 변에 재도와 함께 안색이 푸르게 질리우고 벙어리같이 입이 열리지 않았다.

"나도 차차 자식 생각도 나구요. 내 자식 내 얻어가는데야 무슨 말 있겠수. 제 핏줄이야 아문들 어떻게 한단 말요."

"누 누구 자식이라구. 농이냐 진정이냐. 괜히 더 노닥거리다간 큰일 날라."

"거짓말인 줄 아시우. 쪽지를 쓸 때엔 벌써 두 달째 됐을 때라우. 아이 어미에게 물어보시우 어디—나 같은 죄인은 천하에 없어요."

"뭐, 뭣이라구? 뭐, 대체 그게. 놈이……."

재도는 금시에 피가 용솟음치며 앞뒤 분별을 잃고 사내의 옷섶을 쥐어잡는 동안에 원줏집은 고개를 숙인 채 한 마디도 없이 안으로 뛰어들어가버렸다. 이게 대체 무슨 일이란 말인구 하고 재도는 사내를 때려눕힐 기력도 없이 제 스스로 그 자리에 쓰러질 듯도 했다. 모든 것이 꿈이었구나 하고 미칠 듯이 마음이 뒤집혔다.

등신같이 허전허전한 몸으로 이튿날 사내와 함께 창말로 재판을 갔으나 주재소에서도 면소에서도 낡은 쪽지를 펴들고 두 사람을 바라볼 뿐 그 괴이한 사건을 쉽사리 다루지 못했다. 한 사람의 아내를 누구에게 돌려보냄이 옳을지 바른 재판을 하기가 어려웠다. 고개를 갸웃거리면서 반나절을 궁리해도 좋은 판결이 안나서 두 사람은 실망할 뿐이었다.

급작히 결말이 나지 않을 듯함을 알고 대장장이는 창말에 숙사를 정하고 날마다 조르러 오기 시작했다. 재도는 기운을 못 차리고 살고 있는 성싶지도 않았다. 송씨에게만 희망을 걸기로 하고 아이는 단념한다고 해도 한 번 맺어진 원줏집과의 인연을 끊기는 몸을 에이는 것보다도 아픈 일이었다. 원줏집도 같은 느낌 같은 생각이었으나 자식의 권리를 주장하는 전 남편에 대한 의리도 있고 해서 한숨만 짓고 있는 동안에 사내의 위협이 날로 급해짐을 어쩌는 수 없어 잠시 몸을 풀 때까지 창말에서 사내와 함께 지내기로 했다. 방 한 간을 빌려서 궁색한 대로 조그만 살림을 차리게 되었다. 아내의 뜻이라면 하는 수 없는 노릇이라고 재도는 잠자코 있는 수밖에는 없었으나 저러다 몸이나 푼 후에는 그래도 눌러 술장사를 하지 않나 두구 보게 사내도 벌써 고향으로 나가기가 싫다고 창말에 눌러 있을 작정인 모양인데 하고들 사람들의 수군거리는 것을 듣고는 치가 떨려서 견딜 수 없었다. 원줏집이 창말로 떠나는 날 그래도 그 동안 정이 든 현씨는 작별의 눈물을 흘리고 박동이도 논둑까지 걸어나오면서 왜 이리 사람 일이 변하는고 싶어서 눈시울이 뜨거워졌다. 삽시간에 일어난 변화를 생각하고 재도는 세상 일 알 수 없다고 스며드는 가을 바람에 목이 메어졌다. 흡족한 추수도 넓은 전토도 지금엔 그다지 마음을 즐겁히는 것이 못 되었다. 빈방에 앉으니 장부답지 못하게 눈물이 솟았다.

그러나 그것으로 부족한 듯 재도에게는 참으로 가을 바람은 살을 에우는 듯 모질었고, 몸과 마음을 한꺼번에 쓸어 눕힐 날이 기다리고 있었다. 내 몸의 서글픔을 깨닫고 건질 수 없는 쓰라림에 통곡하게 될 날이 기다리고 있다.

원줏집이 간 후 집안이 쓸쓸해지고 손도 부족해진 탓으로 재도는 증근에게 봄부터 말이 있던 임서방의 딸 분이를 짝지어주려고 했으나 증근은 고집스럽게 사절하면서 종시 말을 안 듣는 것이었다. 겨울 동안 매사냥도 하고 창애로 꿩이나 족제비를 잡아서 농사보다 사냥으로 살아가는 임서방은 고달픈 살림살이에서 한 사람이라도 좋으니 얼른 식구를 떨어버렸으면 하는 생각으로 함속에는 단벌의 치마저고리까지 준비해주어 가지고 잔칫날만 기다리고 있었던 것이 증근의 고집스런 반대를 알고 적지 아니 황당해 했다. 분이가 낙망해서 딴 짓이나 하지 않을까, 괜한 걱정까지 얻어가지고 아내와 마주 앉으면 밤낮으로 그 이야기뿐이었다. 증근이만큼 장골이고 민첩하고 무슨 일을 시키든지 한 몫을 옳게 보는 총각은 마을에는 없었다. 왜 싫단 말이냐 네 주제엔 과하단다 바느질은 물론 길쌈으로도 마을에서 분이를 당하는 처녀가 없는데 재도도 임서방에게 말을 주었던 터에 좀 황당해서 조카를 책망해도 증근은 여전히 쇠귀에 경 읽기였다. 밤에 사랑에 아무도 놀러 오는 사람이 없고 박동이와 단둘이 마주 앉아서 새끼를 꼴 때 증근은 문득 손을 쉬이고 재실 아저씨는 지금 어디가 있을까 동삼 한 뿌리만 캐면 그 한 대로 돈벼락을 맞으렸다. 나두 아무 데나 가봤으면 마당같이 넓은 신작로가 그립구나. 동으로 가면 강릉이요, 서로 가면 서울인데 아무 데도 좋으니 가구 싶어 하면서 중얼거렸다. 너 재실이같이 내뺄 작정이구나 그래도 분이두 안 얻겠단 말이지. 박동이가 가늠을 보면 증근은 그렇다고도 그렇지 않다고도 말하지 않고 멍하니 잠자코만 있었다. 그럴 때의 그 근심을 띤 부드러운 눈동자에 박동이는 말할 수 없는 감동을 받으면서 그렇게 고운 눈은 지금까지 본 적이 없었던 것같이 느껴졌다.

임서방이 사윗감으로 증근을 원하는 이유가 또 하나 있었다. 사냥의 재주가 자기도 못 미치게 놀라웠던 까닭이었다. 같은 눈 속에 창애를 고여놓을 때에도 증근에게는 남모를 특수한 묘리가 있는 듯 모이를 다는 법이며 창애를 묻는 법이며 꿩이 흔하게 내릴 듯한 자리를 겨냥대는 법을 임서방은 오랜 경험으로도 알아낼 수가 없었다. 해마다 잡아들이는 꿩의 수효는 임서방보다도 훨씬 많았다. 증근은 그것을 장에서 팔아다가는 한겨울 동안 모으면 돼지 한 마리 살 값이 되었다. 그런 증근에게 자기의 묘리까지도 가르쳐주어 그 고장에서 제일 가는 사냥군을 만들겠다는 것이 임서방의 원이었다. 그 해 겨울만 해도 증근은 뜻밖에 큰 사냥을 해서 임서방을 놀래켰을 뿐만 아니라 마을 사람들을 탄복시키게 되었다. 흥정리로 넘어가는 산비탈에 함정을 파고 커다란 곰 한 마리를 잡은 것이었다. 흥정리 산골에서 곰이 간간이 산을 넘어와서는 밭곡식을 짓무지리고 가는 것을 알면서도 창말서 포수가 몰이꾼을 데리고 와도 한 번도 옳게 쏘지는 못했다. 증근은 여러 날이 걸려 거의 우물 깊이나 되는 함정을 파고 그 뒤에 검불을 덮어두었을 뿐으로 그 사나운 짐승을 여반장으로 잡은 것이었다. 곰 다니는 길을 잘 살펴두었던 것이요, 함정 위에는 옥수수 이삭을 묶어서 달았다. 실족을 한 짐승은 깊은 함정 속에서 밤새도록 구슬프게 울었다. 아침에 증근은 사람을 데리고 커다란 돌을 함정 속에 굴려 떨어뜨려서 짐승의 한 목숨을 끊었다. 마을은 그날 개벽이나 한 듯이 요란하게 떠들썩들 했다. 죽은 짐승을 끌어내 집 마당까지 들어왔을 때 십 리나 되는 무이리 꼭대기에서까지 농군들이 몰려왔다. 조상에 범과 싸워서 이긴 장사가 있었다더니 그 후손은 곰을 잡았구나 하면서들 반나절을 요란들이었다. 곰은 당일로 창말 소장사가 사다가 도수장에서 헤쳐본 결과 커다란 웅담이 나왔다고 증근은 거의 소 한 필 값을 받았다. 곰 한 마리 잡는 편이 일 년 농사짓기보다도 낫다고 남안리 젊은 축들은 부러워들 했다.

증근의 자태가 사라진 것은 그날부터였다. 흥정이 잘 됐으니 성앳술 한 턱 쓰라고들 졸라도 그날만은 한 모금도 술을 안 먹고 눈이 희끗희끗 날리는 장판을 오르내리면서 집으로 갈 생각은 안 하더니 그 길로 사라져버렸다. 여러 날이 지나도 안 돌아왔다. 기어이 내뺐구나. 신작로로 나서 필연코 강릉이나 서울로 갔으렸다. 박동이는 마치 기다리고 있던 당연한 일이 온 것같이 별반 놀라지도 않고 맥이 없어 보였다. 오랫동안 궁리하고 있었던 계획이요, 그 때문에 이것저것 준비하고 있는 눈치도 박동이는 대강 눈치채고 있었다. 곰을 잡아서 노자를 만든 것이 좋은 기회가 되었을 뿐이다. 곰을 못 잡았다면 아마도 꿩 사냥이 끝날 때까지 기다렸을 것이다. 박동이는 사랑에서의 가지가지의 이야기와 정들어온 마

을을 왜 지금 와서 버리지 않으면 안 되었을까, 남모르는 사정이 있으련
만 거기에 대해서는 까딱 한 마디도 못 들었음이 한 되게 여겨졌다.

송씨는 방 안에 누운 채로 증근의 실종에 대해서는 한 마디 말이 없었
다. 남편이 사연을 말하면서 무엇을 걱정하구 무엇이 불만이구 무엇 때
문에 집이 싫어졌는지 도대체 알 수가 없다고 의심쩍어 할 때, 송씨는 얼
굴빛도 동하지 않고 묵묵히 벽 쪽으로 돌아눕더니 괴로운 듯 신음하면
서 옷소매에 얼굴을 묻어버렸다. 오대산에서 돌아왔을 때부터 그렇게
경 없어 하고 수심이 있어 보였는데 알 수 없는 일이야 혹시나 눈치채지
못했느냐고 나다분히 곱씹어 말하는 것이 귀찮은지 송씨는 벌떡 자리를
차고 일어나서는 일도 없는데 부엌으로 나가버렸다. 그런 아내의 거동
조차 알 수 없는 것이어서 제기 집안이 모두 이렇게 화를 내구 틀어지니
다 내 죄란 말인가 하고 재도 자신까지 화를 내는 것이었다.

겨울도 마저 가 해가 저물려 할 때 원줏집은 창말 한간 셋방에서 여식
을 낳았다. 재도는 그다지 감동도 보이지는 않았으나 그래도 산모의 수
고를 생각하고는 쌀과 미역을 지고 가서 위로하기를 잊지 않았다. 변변
치 못한 대장장이는 별반 벌이도 없이 허송세월하느라고 나날의 양식조
차 걱정이 되어서 재도의 베푸는 것을 사양하려고도 하지 않았다. 이 꼴
이다가는 짜장 이제 술장사나 하는 수밖에 없으렸다 하고 재도는 원줏
집의 신세가 가여워졌다. 이제는 벌써 큰댁의 몸에밖에는 희망을 걸 데
가 없었다. 무어니 무어니 해도 조강지처만이 나를 저버리지 않느냐 하
고 느지막히 깨닫게 되었으나 그 깨달음조차 자기를 저버릴 줄이야 어
찌 알았으랴.

원줏집보다는 석달이 떨어져 다음해 춘삼월 날씨가 활짝 풀리기 시작
했을 때 송씨도 몸을 풀었다. 창말 판수가 장담한 것같이 옥 같은 동자였
다. 이날 재도는 아랫마을 강영감 집에서 암소가 새끼를 낳는다는 바람
에 불리워가 있었다. 이해 소금받이에는 그 집 소를 빌려갈 작정이었다.

박동이가 달려와서 고하는 바람에 소를 돌볼 겨를도 없이 집으로 뛰어 갔다. 햇빛이 짜링짜링 쪼이는 첫 참 때는 되었을 때 갓난애의 목소리라 고는 할 수 없는 굵은 울음소리가 마당 안에 가득히 넘쳐흘렀다. 모이를 쪼던 수탉들이 새빨간 맨드라미를 곧추 세우고 그 울음소리에 귀를 기 울이고 있는 듯도 한 정경이었다. 대강 손익음이 있는 현씨가 산모 옆에 서 몽실몽실한 발가둥이를 기저귀에 받아내는 한편 부엌에서는 노망한 늙은 어머니가 벙글벙글 웃으면서 서투른 솜씨로 불을 때면서 미역국을 끓이고 있었다. 중년을 지나서의 초산인지라 아내는 정신을 잃은 듯이 짚단 위에 나란히 누워 있었으나 현씨의 말에 의하면 초산인 푼수로는 비교적 수월해서 모체에는 별 탈이 없다는 것이었다. 아이가 이렇게 크 고야 잘 익은 박덩이 한 개의 무게는 되니, 현씨의 말에 재도는 저절로 얼굴이 벌어졌다. 아비보다 열 곱 윗길이. 동네에서 제일가는 장골이 되 렷다. 기쁘겠다고 충충대는 바람에 웬 일인지 거짓말 같은데, 이렇게 끔 찍한 복이 정말일까. 하늘에서 떨어진 것 같이 지금 와서 이런 복덩어리 가 굴러들다니 꼭 거짓말만 같어 하고 재도는 아이같이 지껄였다.

"경사든 날에 쓸데없는 말을 하는 법이 아니라우. 정말이구말구 요런 몽실몽실한 애기가 요게 왜 정말 핏줄이 아니겠수. 불공을 드린 효험이 있어서 삼신할머니가 주신 거지. 받은 이상은 정성껏 공들여 길러야만 해."

현씨는 익숙한 말씨로 일러 듣기면서 삼신께 바치는 삼신주머니라고 흰 무명 자루에 정미 한 되를 넣어서는 벽 구석에 걸어두었다.

재도는 늦게 얻은 그 외아들을 만득이라고 이름 짓고 마을로 돌아다니 면서 자랑스럽게 외이곤 했다. 강영감들의 지시로 하루는 사랑에 사람 들을 청하고 득남 턱을 차렸다. 돼지까지 잡고 혼례 때 잔치에 밑지지 않 게 놀랍다고 얼굴들을 불그레 물들여가지고 칭찬들이 놀라웠다. 글줄이 나 읽은 축들은 적선지가에 필유여경[7]이라고 외이면서 칭송을 하면 재도는 마음이 흡족해서 짜장 앞으로는 경사도 더러는 있어야 할 때라고 독판 착한 사람인 양 스스로 느껴졌다. 그러나 그런 기쁨도 삽시간에 꺼지고 무서운 날이 닥쳐왔다.

사월이 되니 재도는 문막으로 소금받이를 떠나려고 빌려온 소를 걸려도 보고 섬에 콩도 돼 넣고 하면서 문득 원줏집을 생각해보곤 하는 때였다. 산후 한 달이 되어 간신히 일어나 앉게 된 아내가 어느 날 무엇을 생각했는지 또 간수를 먹은 것이었다. 일상 때에 늘 걱정스러워하던 태도와 두 번째의 그 과격한 거동으로 재도는 비로소 심상치 않은 아내의 괴롬을 살피고 문득 무서운 고비에 생각이 이르렀다. 그러나 그것을 밝혀볼 겨를도 없이 겨우 달이 넘은 아이가 돌연히 목숨을 끊었다. 아내가 다시 소생되어 난 것쯤으로는 채울 수 없는 커다란 상처를 주었다, 그 하루살이 같은 목숨을 받은 내 자식을 바라고 한편 겨우 한 달로서 어미로서의 생애를 마치고도 그다지 슬퍼하는 양이 없이 차라리 개운해하는 듯이 누워 있는 아내를 바라보는 동안에 재도에게는 어찌 된 서슬엔지 문득 한 가지 무서운 의혹이 솟아올랐다. 어미가 말하는 것같이 정말 병으로 급히 목숨을 버린 것일까 하는 밑도 끝도 없는 당돌한 생각이 솟자 그 자리로 슬픔이 사라지면서 무서운 느낌에 소름이 쪽 끼치면서 정신 없이 방을 뛰어나와버렸다. 그 무서운 것에 다치지 말자는 요량이었다. 다쳤다가는 그 자리로 목숨이 막혀 쓰러질 것도 같았다. 소 등허리에 콩 섬을 싣고 그 길로 문막을 향해 마을로 떠났다. 어느 해와도 다름없는 같은 차림이기는 했으나 지난 한 해 동안의 번거로운 변동을 치르고 난 오늘의 심중은 찢어질 듯이 아팠다. 한시도 참고 있을 수가 없는 까닭에 길을 뚝 떠난 것이다. 다른 해와 다름없이 올해도 또 소금을 받아가지고 돌아올 것인가. —재도 자신에게도 그것은 모를 일이었다.

---

7) 積善之家 必有餘慶. 공을 쌓은 집안에는 반드시 경사가 있다는 뜻.

"무슨 까닭으로 올엔 이렇게 담 떨어지는 일만 생길까. 꼭 십년 감수는 했어. 이 집은 대체 어떻게 된단 말인구. 사내 꼬치라군 없는 이 집은……. 일찍이 아비래두 돌아왔으면 좋으련만."

방에 송씨와 단둘이 남게 돈 현씨는 거듭 당하는 괴변에 등골수라도 얻어맞은 듯 혼몽한 정신에 입을 벌리기도 성가셨다.

"내가 얼른 죽어야 끝장이 나련만, 이 목숨이 왜 이리두 질긴지 끊어지지 않는구료. 지금 와선 목숨이 원수 같아."

송씨는 혼잣말같이 중얼거리고는 동서의 손목을 꼭 쥐면서 애끓는 눈으로 그를 바라본다.

"……우리끼리니 말이지만—동세, 세상에 나같이 악독한 년은 없다우. ……동세가 들으면 이 자리에서 기급을 하구 쓰러질 것 같아서 말할 수가 없구료."

현씨도 웃동서의 손을 같이 뿌듯이 잡으면서 말하지 않아도 다 안다는 듯도 한 침착한 낯으로,

"쓸데없는 말을 지껄이지 않는 것이 좋을지 몰라. 내 생각하구 있는 것과 같을는지도 모르니깐."

"……동세. 저 자식은 잘 죽었다우. 세상에 이 집 가장같이 불쌍한 사람은 없어. ……저 자식은—저 자식은 남편의 자식이 아니었어."

"그만둬요. 말하지 않아도 다 안다니깐. —증근이 내뺀 곡절이며 며며 다 다 알아요."

"알고 있었수. 동세. —불륜의 씨로 가장을 기쁘게 할래두 소용이 없나봐. 팔자에 없는 건 어쩌는 수 없나봐. 난 죄 많은 계집이요. 왜 얼른 벼락이 떨어져 이 목숨을 차가지 않는지 이상해 죽겠구료. 그렇게 되기만을 기다리고 있는데……."

말하다 말고 쓰러져 탁 터져버렸다. 현씨도 젖어오는 눈썹을 꾹 짜면서 동서의 애꿎은 팔자에 가슴이 휘답답해왔다.

소를 몰고 뒤도 돌아보지 않고 소금받이를 떠난 재도의 심중에 번쩍인 무서운 생각도 이와 같은 것이었을까. 아내의 입으로 굳이 듣지 않아도 다 느끼고 있었던 까닭에 더 파묻지도 않고 황망히 집을 버리고 마을을 떠난 것이었을까.

며칠이 되어 재도의 소문이 마을에 퍼지자 젊은 축들은 모여서서,

"올해도 작년처럼 또 소잔등에 젊은 색시를 얻어 싣구 올까."

"그 성품으로 다시 이 마을에 발을 들여놓을 줄 아니. 근본 있는 가문이더니 단지 하나 후손이 없는 탓으로 재도두 고생이 자심해."

"그럼 그 집은 대체 어떻게 된단 말유. 알뜰히 장만한 밭과 산과 소 돼지는 다 어떻게 된단 말유."

하고들 남의 일 같지 않게 궁금해 하는 것이었다.

(1941. 5)

중편소설

성화聖畵

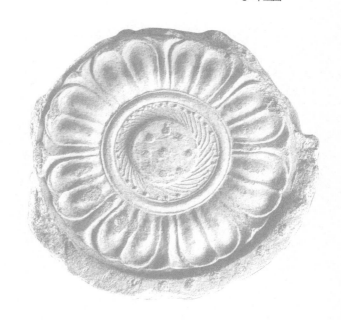

성화

1

스스로 비웃으면서도 어린아이의 장난과도 같은 그 기괴한 습관을 나는 버리지 못하였다. 꿈을 빚어내기에 그것은 확실히 놀라운 발명이었던 까닭이다. 두 개의 렌즈를 통하여 들어오는 갈매기빛 거리는 앙상한 생활의 바다가 아니요, 아름다운 꿈의 세상이었다.

그 세상을 바라보고 있는 동안만은 귀찮은 현실도 나의 등뒤에 멀다. 생각하기에 따라서는 굳이 도망하여야 할 현실도 아니겠지만 나는 모르는 결에 그 방법을 즐기게 되었다.

비밀은 간단하다. 쌍안경 렌즈에 갈매빛 채색을 베푼 것이다. 나의 생활의 거의 반은 이 쌍안경과 같이 있다. 우두커니 앉아 궁리에 잠기지 않으면 렌즈를 거리로 향하는 것이 이층에서 보내는 시간의 전부였다. 그 쌍안경의 마술이 뜻밖에 놀라운 발견을 하게 된 것을 생각하면 그 기괴한 습관을 한결같이 비웃을 수만도 없다.

'유례가 아닌가.'

거리 위를 대중없이 거닐던 렌즈의 방향을 문득 한 곳에 박고 나는 시선의 주의를 집중시켰다. 그러나 비치는 것은 안정된 정물이 아니요, 움직이는 물화인 까닭에 인물의 걸음을 따라 핀트가 틀어지고 동그란 화폭이 이지러진다. 나사를 풀었다 감았다 하면서 초점을 맞추기가 유난스럽게 힘들다.

'유례일까.'

손가락이 가늘게 떨린다. 눈이 아프고 숨이 막히는 것은 전신이 극도로 긴장된 까닭일까. 한 사람의 인물의 정체를 판정하기에 사실 나는 우스꽝스러우리만치 있는 노력을 다하였다. 행길의 거리가 줄어듦을 따라 흐렸던 렌즈가 차차 개어지더니 초점이 바로 박혀 마침 인물의 모양이 또렷이 솟아올랐다. 듬직한 고기를 낚았을 때와 같은 감동에 마음이 뛰놀았다. 오똑한 얼굴 검소한 차림 찌그러진 구두가 한걸음 한걸음 눈 속으로 뛰어들어온다. 렌즈의 장난으로 전신이 갈매기빛이라고는 할지라도 그것은 꿈속의 인물이 아니요, 어김없는 현실의 인물이다.

"유례!"

두 치 눈앞의 유례를 나는 급작스럽게 정답게 불렀다. 그러나 눈 아래 검은 점까지 보이는 지경이면서도 실상인즉 먼 거리에 반가운 목소리가 통할 리 없음을 속간지럽게 여겨 나는 쌍안경을 그 자리에 던지고 이층을 뛰어내려갔다. 천리 밖에서 온 반가운 손님을 맞이하는 듯한 감격이었다.

가게는 며칠 닫히고 있는 중이라 아래층 홀이 광 속같이 어둡게 비어 있는 것도 요행이었다. 뒷문을 차고 골목을 나가 큰 행길 모퉁이에서 손쉽게 유례를 찾아낼 수 있었다.

"옳게 맞혔군."

인사를 한다는 것이 됩데 이런 딴소리를 하면서 앞을 막고 섰을 때 유례는 주춤하고 나를 바라보더니 비로소 표정의 긴장이 풀렸다.

"언제 나오셨소? 보석이 된다는 소식은 들었으나."

"선생이 나와서 뵈는 첫 분예요. 그러나 노상에서 이렇게 뵈옵게 되긴 우연인데요."

"유례를 어떻게 발견한 줄 아시우. 망원경으로 거리를 샅샅이 들췄다면 웃으실까."

필요 이상의 이런 말까지를 전할 제는 나의 마음은 확실히 즐겁게 뜬 모양이었다.

"가시는 방향은?"

"또렷한 것이 없어요. 어쩐지 정신이 얼떨떨해서 지향이 잡히지 않는군요. 그러나 하긴 누구보다도 먼저 선생을 찾을 생각은 했지만. 만나는 사람이 많으면 자연 수다스럽고 귀찮을 뿐이니까요. 무엇보다도 먼저 몸을 푹 휴양해야겠어요."

"마침이군요. 가게로 가십시다."

주저하지 않고 선뜻 발을 떼어놓는 것이 반가웠다. 유례와 나란히 서서 걸으면서 비로소 나는 그에게 물어야 할 가장 중요한 말을 잊은 것을 깨달았다.

"건수 무사한가요?"

"별일 없는 모양예요."

질문도 간단은 하였으나 유례 자신도 짧게 대답할 뿐이지 같이 들어갔던 남편의 소식을 장황히 전하지는 않았다. 통달치 못한 까닭일까, 필요치 않다고 생각한 까닭일까?

"몸이 튼튼한 편이니 고생만 안 되면 다행이죠."

쓸데없는 소리를 하면서 유례를 볼 수밖에는 없었다. 피곤—이라는 것보다는 주림의 빛이 유례의 전신을 폭 쌌다. 먹을 것, 입을 것, 얼굴은 기름에 주렸고 발에는 구두가 필요하다. 윤택이 없고 굽이 닳아빠진 헌 구두가 나의 신경을 유심히도 어지럽혔다.

가게에 이르렀을 때 나는 그를 이층으로 인도하고 피로의 포도주 대신에 아침에 온 우유를 제일 큰 잔에 가득 따라서 권하였다. 그에게는 축배

보다도 먼저 이것— 영양이 필요하다고 느낀 까닭이다.

　빠아에 올 만한 계급은 산이나 바다에 피서를 떠났는지 가게가 한산하기 짝이 없으므로 여름 한 고패를 문을 닫히기로 하였다. 그것을 기회로 보라는 듯이 란야는 함손을 데리고 해수욕을 내뺀 지 여러 날이 되었다. 실상인즉 가게까지 닫힌 것은 요사이 생활이 어지간히 문란하여온 란야에게 대한 꾸지람이요 경계인 셈이었으나 란야는 도리어 담차게도 그 기회를 이용한 것이다. 거리의 룸펜이요 불량자인 함손의 어느 구석에 쓸모가 있느냐고 물으면, 돈 없고 일 없는 궁측스런 꼴이 알 수 없이 마음을 당긴다고 대답하는 란야였다. 가난을 싫어하는 란야에게 궁측스런 꼴이 마음에 들 리는 만무하나 극도로 유물적이요 감각적인 란야의 경우이니 아마도 눈에 띄지 않는 그 어느 곳에 그를 끄는 요소가 있으리라고 짐작된다. 용돈이 떨어지면 나에게서 졸라다가 모르는 곳에서 함손과 같이 낭비하여버리는 눈치까지 알면서도 나는 두 사람의 관계에 한마디도 입을 넣지 못하는 마음이었다.

　일없이 거리에서 건들거리는 란야를 끌어다가 가게를 연 지 일 년이 넘는 동안에 나는 그에게서 받을 것은 받았고, 그 역 나에게 줄 것을 다 준 후이라 두 사람의 마음이 어느덧 늘어지고 심드렁하여진 관계도 있기는 있겠지만, 나는 벌써 란야의 처신에 대하여서는 천치같이 되어서 드러내놓고 질투라는 것을 느끼지 못하리만치 속이 누그러진 모양이다. 그러기에 그의 마음의 자유를 말갛게 놓아주는 것은 반드시 나의 계염에 끓는 마음을 부처 같은 참을성으로 누른 연후의 일은 아니었다. 함손과 지내는 동안의 그의 시간은 나의 알 바 아니요, 나의 방으로 돌아왔을 때의 그를 나는 천연스럽게 받아들일 수 있었다.

　이런 태도가 란야의 탕일한 마음을 더욱 기르게 되었는지는 모르나 그는 확실히 두 사람과의 생활을 각각 칼로 베인 듯이 쪼개어 생활하는 놀라운 기술을 가졌다. 란야들이 내뺀 뒤의 시간을 나는 이층에 앉아 쌍안경과 씨름하면 그만이었다. 쌍안경에 지치면 맞은편 벽에 걸린 한 폭의 성화를 하염없이 바라보는 법도 있다.

호프만의 그 성화聖畵는 언제부터인지도 모르게 은연히 나의 마음을 끌게 되었다. 크브로의 청년에게 딴 세상을 가르치는 기독의 손길이 나에게는 무한한 유혹이었다. 청년 대신에 나 자신을 그 자리에 세워보면 그 유혹은 한층 더하였다. 기독의 말을 이해치 못하고 무거운 번민을 품은 채 하염없이 가버린 청년과는 달라 나는 나 자신의 뜻으로 기독을 이해할 수 있고 나 자신의 '아직도 한 가지 부족한 인생'을 느낄 수 있었다.

그러한 요구는 란야와의 현세적 생활의 피곤에서 결과 되었음에 틀림없는 것이니, 나의 마음속에는 이역 어느 때부터인지도 모르게 란야와 대차적으로 유례의 자태가 우연히 떠오르기 시작한 것이다. 욕심과 피부의 감각밖에 없는 란야에게서 떠나 근대적 이지의 덩어리와도 같은 유례에게로 생각은 말같이 달렸다.

그러나 그렇다고 기독의 손길이 가르치는 세상이 나에게 있어서 유례들의 행동의 세상을 의미하는 것은 아니었다. 하기는 그들의 행동의 세상이라는 것도 나에게는 그다지 먼 것이 아니고 종이 한 장의 벽이 놓였을 뿐이었다. 그만큼 나는 그들을 이해하고 동감할 수는 있었으나 끝내 그것을 행동으로 옮길 수는 없었다. 행동에는 용기가 필요하고 용기는 생각이 편벽된 때 솟는 것이다.

인류가 쌓아온 전 지식의 이해는 나에게서 온전히 용기를 빼어버렸다. 따라서 유례들의 행동을 물끄러미 바라볼 뿐이요, 그들의 세상은 여전히 종이 한 장 건너편의 것이었다. 그런고로 유례는 나에게는 유물적 행동의 대상이 아니고 일종의 정신적 우상으로 비치었다. 유례를 데리고 행동의 세상을 떠나 더 높은 세상으로 들어감이 나에게 있어서는 바로 그 성화의 의미였다. 그 길은 하나밖에 없다. 유례와 함께 현실 세상을 떠남이다. 생각이 여기에 이르러 '낙타가 바늘구멍으로' 나가기보다도 어려운 그 길을 생각할 때 몸에 소름이 쪽 끼치면서도 한편 마음은 즐거웠다.

이때부터 나는 일종의 예감을 가지고 한결같이 유례를 기다리기 시작하였다. 유례가 많은 동무들과 함께 들어간 지는 거의 반년이 넘었다. 들어가는 마지막까지도 길은 다르면서도 나는 그를 은밀히 보호하였고 두 사람 사이에는 최대한도의 우정이 흘렀다. 가지가지의 기억을 되풀이하면서 나는 이층에 혼자 앉아 호프만의 그림을 바라보며 쌍안경으로 유례를 찾은 셈이다. 그러므로 이날의 해후는 몹시도 암시적이요 기쁜 것이었다.

받은 우유를 다 마시고 난 유례는 어머니의 젖꼭지에서 떨어진 어린아이와 같이 저으기 얼굴이 빛났다.

"더 드릴까."

"욕심쟁이로 아시나 봐요."

"차입할 동무도 없었을 텐데 벌충으로 실컷."

"한 잔이면 그만이지요."

"한 잔의 젖으로 해결되는 인생."

나는 유례의 겸양의 얼굴을 엿보면서 다음 말을 잇기까지에는 한참이나 걸렸다.

"현대의 이상은 기껏 그뿐일까."

역시 한참이나 있다가 유례는,

"더 무엇이 있단 말예요?"

"유물의 싸움이 전부라면 인생은 너무도 가엾지 않을까?"

유례의 눈은 별같이 맑아 보인다.

"영혼을 말씀하시고자 하는 셈이지요."

"반동으로 몰릴까."

"적어도 오늘의 문제는 아닐 거예요."

"그럼 내일의."

"죽은 후에나 있거나 말거나."

농이겠지만 유례의 답변에 나는 뭉클하여 '죽은 후에나'의 뜻이 머릿속에 아롱아롱 어른거렸다. 그것은 또한 유례에게 대한 나의 생각의 종점인 까닭이다.

나는 극히 자연스럽게 벽 위의 그림으로 시선을 옮겼다. 마치 유혹을 받은 듯이 유례의 눈도 나의 시선을 따랐다.

"기독이 가르치는 세상을 알게 되었다면 나를 비웃으려우?"

"그 세상으로 들어가시고 싶단 말예요?"

"동무만 있다면."

나는 여기서도 나의 속뜻을 얼마간 노골적으로 표시한 셈이었다.

"무엇을 즐겨 그 좁은 문으로 들어가겠어요."

"즐겨서가 아니라 참고 들어가야지요."

"참을 필요가 있을까요?"

유례의 뜻과 나의 뜻의 핀트가 꼭 들어맞지 않음이 슬펐다. 차라리 그가 딴소리를 꺼내는 것이 나에게는 그 자리에 도움이 되었다.

"지금 제게는 기독의 그림보다도 이것이 더 긴할 법해요."

하고 책상 위의 그림책을 집어든 것이다. 불란서에서 오는 모드의 잡지였다. 파리 남녀의 가지가지의 양자가 사치한 채색에 싸여 페이지마다 꽃피었다. 유례는 누그러진 표정으로 장을 번겨갔다.

"옳은 말이오. 유례에게는 지금 무엇보다도 생활이 필요하오. 반년 동안 잃었던 생활을 한꺼번에 가장 풍부하게 빼앗아야 할 것이오. 생활의 테두리가 만월같이 꽉 찼을 때 내 말한 뜻이 알려지리다."

단숨에 내지껄이고 나는 유례가 들치는 책장을 넘겨다보며,

"어느 맵시, 어느 감이 마음에 드는지 말해보시우. 우선 옷을 장만합시다. 다음엔 구두를 갈고."

재촉하는 듯한 어조에 유례는 어안이 벙벙한 모양이었다.

"뼈부터 궁골로 생겼는지 평생 가난이 비위에 맞아요. 생활이 찼다간 짜장 딴생각이 들게요?"

진정으로 들을 필요 없는 나는 그 말을 무시하고 뒤미처,

"두말 말고 생활을 설계합시다."

하고 마치 건축을 설계하려는 고명한 기사와도 같이 책상 위의 종이와 연필을 집어들었다.

"갖은 진미를 먹어야 할 것. 음악을 풍성히 들어야 할 것. 좋은 그림을 보아야 할 것. 영화를 적당히 감상해야 할 것. 몸을 충분히 휴양해야 할 것."

지껄이는 한편 번호를 따라 조목조목 내려 적고는 얼마간 자신 있는 눈초리로 유례를 바라보았다.

"보시오. 다 건강한 것이지 하나나 불건전한 조목이 있소?"

"뜻은 감사하오나 과분한 사치는 동무에게 죄예요."

"쓸데없는 겸손이지, 많은 동무 중에서 한 사람이라도 회복되고 충실하여지면 반가운 일이 아니겠소? 죄니 양심이니 하는 것이야말로 도리어 일종의 장식물이 아니오? 오는 대로 받아들이는 것이 더 인간적인가 하오. 인간을 떠나 무엇이 있소?"

나는 됨데 내 일류의 역설로 장황하게 그를 꾸짖는 것이었다. 그가 잠자코 있음을 보고 마지막으로 못을 박는 듯이 나 자신의 결론으로 그를 휘이고야 말았다.

"의견을 버리고 내 설계대로만 좇으시오. 불과 얼마 안 가 온전한 몸을 만들어 드릴게."

2

　들어간 후로 숙소가 어지러워진 까닭에 우선 알맞은 셋집을 골라 옮기도록 한 후에 시절에 맞도록 외양을 정돈시키니 유례는 신부와도 같은 초초한 인상을 주었다. 새 구두의 감상을 그는 처음으로 요트를 탄 것 같다고 표현하였다. 외모가─형식이─정리되니 마음도 적이 조화되어 유례는 차차 나의 계획에 순응되어가는 모양이었다. 순응이라기보다는 거의 짐승 같은 탐욕을 가지고 주렸던 생활을 암팡지게 먹으려는 듯도 한 탐탁한 열정이 보였다고 함이 옳을는지 모른다.

　"거리에서 가장 생활적인 곳이 어딜까요?"

　그의 이러한 질문도 극히 자연스럽게 들렸다.

　"가장 생활적……"

　다따가의 물음에는 나도 문득 막히지 않을 수 없었다.

　"노래 듣고 춤추고…… 거리낌없이 마음껏 천치같이 즐거워할 수 있는……"

　"그럴듯한 청이오."

　그러나 카페로 인도할 수도 없는 터이므로 문득 호텔이 있음을 생각한 것은 나로서는 지당한 처지였다.

　오후가 늦어 우리는 거리에서 하나인 호텔을 찾았다. 검은 드레스를 입은 유례는 호텔의 문을 들어서자 소년같이 흥분하여 다변이었다. 행여나 동무들의 눈에라도 띄일까 하여 일부러 뒷골목을 돌아온 그였건마는 문을 들어서서부터는 거리낄 것도 없고 어색하지도 않은 늘 드나드는 인종같이 익숙하고 천연스런 걸음임에 나는 얼마간 놀라기까지 하였다. 사치한 카펫도 부드러운 그의 발밑에서는 만날 임자를 만난 듯이 아깝지 않게 밟혔다.

하루 동안의 그 속의 생활을 온전히 즐기기 위하여 각각 방까지 정하고는 그 안의 설비를 이용함이 마치 일류의 손님같이 손익었다. 식당에는 사람들이 웬만큼 빈 데를 깐보아서 내려갔으나 그래도 유례는 남은 사람들의 시선을 알뜰히 끌었다. 천연스럽게 앉았으면서도 처음 받는 찬란한 만찬의 식탁에 저으기 현혹한 모양이었다.

"무슨 고긴 줄 아시우?"

나는 농담 삼아 접시의 고기로 그를 떠보았다.

"닭고기요."

"천만에, 칠면조외다."

유례는 오도깝스럽게[1] — 가 아니라 침착하게 눈알을 굴렸다.

"이 술은?"

"백포도준가요?"

"하긴 샴페인도 백포도주 같기는 하지요."

"샴페인이란 말예요?"

납작한 유리잔을 어색하게 입술에 대었다. 처음 받는 진미에 유례는 도리어 대담하여져서 등대하고 섰는 보이의 눈치도 무시하고 마음대로 거동하였다.

"팔자 없는 곳에 한몫 드려니 왜 이리도 편편치 못해요. 어차피 귀인이 아닌 바에야 되고 말고 하지요."

식도를 함부로 쓰고 냅킨으로 입까지 훔쳤다.

식후 식당을 나가 정원을 거닐 때에는 옴츠렸던 사지가 활짝 펴져 자유로운 자세로 돌아갔다. 정원의 규모를 말하고 화단 꽃을 칭찬하는 나긋나긋한 양자는 익숙한 부인의 그것이었다. 지붕 밑을 떠나 하늘 아래로 나갈 때 유례의 거동은 한결 자유로워지는 것 같다.

---

1) 오도깝스럽다는 경망하게 덤비는 태도가 있다는 뜻.

그러나 산보를 마치고 다시 안으로 들어가 로비에 앉았을 때에는 수많은 시선이 어지럽게 흐르는 속임에도 유례의 자태는 의젓하고 부드러웠다. 음악이 이미 시작되었고 남녀는 한 패, 두 패씩 겨르고 나서기 시작하였다.

탱고의 리듬이 마음을 달뜨게 간질렀다. 겨른 짝들은 물고기같이 미끄럽고 풍선같이 가볍고 바다 위에 뒤뚝거리는 요트의 무리다. 휩쓸리고 싶은 유혹을 느끼면서도 초보의 스텝도 못 밟는 유례와는 겨를 수도 없는 까닭에 나는 하는 수 없이 소파에 들어붙어 '벽의 꽃' 노릇을 할 수밖에 없었다.

"움직이는 꽃밭이라고 할까요."

춤추는 무리를 유례는 이렇게 비유하고 곧 뒤를 이어 비평적으로,

"그러나 그뿐예요. 꽃이란 아름다울 뿐이지 속이 있어서는 안 되니까요."

"그 꽃이 되기를 원하지 않으려우."

"천치가 되란 말이지요."

"오늘 밤은 천치같이 생활을 탐험하러 온 터가 아니오? 맑은 정신으로야 생활에 취할 수 있소?"

"도저히 취할 수야 있나요. 이런 곳이 비위에 맞을 리 없어요."

음악이 끝나고 새 곡조의 반주가 시작되었을 때 낯모를 사나이가 와서 유례에게 춤의 상대자 되기를 청하였다. 유례는 거절하고 뒤미처 자리를 일어섰다. 그 결에 나도 같이 일어나 로비를 나갔다. 역시 사람의 숲을 떠나 넓은 천장 밑으로 나가는 편이 자유롭고 거북하지 않은 것 같아 어두운 정원을 유례와 같이 나 역 해방된 느낌으로 거닐 수가 있었다.

"유례의 당장의 원이 무엇이오?"

돌연한 질문에 유례는 의아하여 반문하였다.

"무슨 뜻예요?"

"가령 지금 눈앞에 한 덩이의 횡재가 있다면 그것으로 무엇을 하시겠소?"

"샘 속 벌레에게 바다를 말씀하시는 셈예요."

"횡재란 있으려면 있는 것이니까."

"가난한 사람들을 모아놓고 그 위에 뿌릴 수도 없고―어떻게 했으면 좋을까요."

"농담이 아니오. 알다시피 내게 얼마간의 사유재산이 있지 않소? 가게까지 훌두드려 팔면 상당한 액일 것이나 지금의 내게는 벌써 필요치 않은 것이오. 생활에 소용된다면 나는 즐겨 그것을 유례에게 제공할 작정이오."

이어서 나는 오래 전부터의 원이던 해외여행의 계획을 버렸다는 것, 이 거리에서 족히 모든 생활을 꿈으로 살았다는 것, 가령 파리에 간댔자 꺼진 열정을 다시 불붙일 신통한 것이 없으리라는 것, 결국 나는 생활에 피곤하였다는 것을 대충 이야기하였다.

"가방 속에 가득 든 지전을 가지고 항구의 호텔 한 간 방에 있는 신세…… 이것이 현대인의 최대의 원이라고 하나 그것이 꿈만큼 생각될 젠 확실히 나는 생활할 힘을 잃은 것 같소. 아무것도 다 집어치우고 산속에 널집이나 한 간 짓고 자작나무와 백양나무를 심고 그 속에서 염소나 한 마리 길러보았으면 하는 소극적 원이 있을 뿐이오. 염소는 종이를 좋아하니 지리한 소설책이나 한 장 뜯어먹이면서 날을 지우고 싶소."

"왜 그렇게까지 생각하여요……. 피곤하신 것은 란야 때문일까요?"

란야를 드는 것은 유례로서는 당연하다고 할까. 그러나,

"란야를 통하여 여자란 여자는 죄다 안 셈이나 그렇다고 란야쯤이 전폭의 이유는 아닐 거요. 앞으로 올 생활의 전 내용을 지금에 있어서 벌써 전 육체를 가지고 짐작할 수 있는 까닭에 미래라는 것은 내게 아무 매력도 흥미도 일으키지 못하는 거요……. 하긴 란야와의 사이도 쉬이 청산

하여야 하겠고 이어서 가게도 그만두어야겠는데 그렇게 되면 자연 생활도 갈아야 될 터이니 과분의 재산은 필요치 않은 것이오."

"그렇다고 제가 그것을 받을 무슨 값이 있어요? 너무도 과만한 뜻을."

"유례 이외에 그 뜻을 이을 만한 사람은 없으니 말요."

그러는 동안에 정원을 여러 차례나 왔다갔다하면서도 결국 아무 결정도 해결도 없이 그대로 각각 방으로 돌아갔다. 야단스럽게 생활하러 왔으면서도 너무도 고요한 그림이었다. 나는 일부러 불을 끄고 창에 의지하여 하염없이 밤거리를 내려다보았다. 멀리 불란서 교회의 뾰족 지붕이 어둠 속에 우렷이 나타나고 그 위에 검은 십자가가 그럴 듯이 짐작되었다.

보고 있는 동안에 차차 윤곽이 선명하여지자 문득 호프만의 그림이 머릿속에 떠올랐다. 다시 십자가가 눈에 보이더니 그것이 볼 동안에 커지며 삽시간에 눈앞까지 육박하여온다. 무서운 착각에 나는 날쌔게 외면하여버렸다. 앞에 놓인 길은 피할 수 없는 십자가의 길같다.

지난날 란야와 같이 같은 방에서 같이 유숙할 때와는 얼마나한 차이인가. 그때에는 다만 생각 없는 열정만이 있었다. 그러던 것이 지금에는 나는 여기서 별안간 유례를 생각하고 밤 인사를 보내러 이웃방까지 갔다. 그러나 유례의 자태는 어느덧 사라졌던 것이다.

3

이튿날 그의 숙소에서 유례를 발견하였다. 아무 일도 없었던 듯한 천연스런 태도와 웃음으로 나를 맞이하였다.

"그런 법이 있소?"

"용서하세요. 그렇게 할 수밖에 없었어요. 주무시는 것도 같기에 깨울 수도 없고 혼자 도망했지요."

"무엇 때문에 그렇게까지 조급히 군단 말요."

"어쩐지 죄 되는 것 같았어요."

나는 문득 입을 다물었다. 그의 '죄'의 뜻이 짐작되었기 때문이다. 건수의 의식이 응당 그를 지배하고 있을 것을 나는 깜짝 잊고 있었음을 깨달았다.

"무얼 그리 심각하게 생각하고 계셔요."

침묵을 거북히 여겨 유례는 웃음소리를 냈다.

"호텔은 제게 당치 않은 곳이에요. 로비는 사람을 주럽만 들게 하고 금빛 벽은 이유 없이 사람을 압박하는걸요. 거리에서는 얼마든지 생활도 즐겨 할 수 있으나 호텔이란 이 세상에서 갈 마지막 곳 같아요."

"당초에 제의는 왜 했소?"

"그 대신 호텔 외의 생활이라면 어디든지 설계대로 좋겠어요. 분부라면 어디든지 가지요. 자 거리로 나가실까요?"

확실히 미안은 해하는 태도나 유례는 몸을 가볍게 쓰면서 마음도 역가벼운 눈치였다. 핸드백을 들고 사뿐히 일어섰다.

거리에 나가 백화점에 들렀을 때, 그의 소위 '대중적'인 그곳 식당에서는 호텔 식당에서와 같은 거북한 예절을 무시할 수 있었으므로 유례는 한결 누그러진 태도였다. 접시의 고기를 가리켜,

"이것이야 칠면조 아닌 틀림없는 닭고기겠지요."

하고 농을 거는 그였다.

"더한층 떨어져 오리 고긴지도 모르지."

"고기에도 사람만큼 계급이 있군요."

유례는 식도를 함부로 쓰고 냅킨으로 입까지 훔쳤다. 그러나 그것은 호텔에서 한 것과 같은 꾸며낸 대담한 태도가 아니고 극히 자연스럽게 주위에 어울리는 것이었다.

학생이 전람회를 구경하는 것과도 같이 공들게 우리는 백화점의 충충을 세밀히 보아 내려갔다. 그 동안의 시민의 생활 경향을 자세히 살펴보자는 유례의 청으로였다. 소시민을 비평하는 것보다는 그 속에 휩쓸려 사는 편이 유례의 축난 건강에는 더 자양이 되리라고 나는 생각은 하였으나.

복작거리는 지하층에 내려갔을 때에 유례는 별안간 발을 멈추고 나를 돌아보았다.

"무슨 향기예요?"

나도 그 자리에 서서 그가 발견한 향기를 감식하려 하였다.

"거리에서 맡은 향기는 아니에요."

"향수 냄샐까, 화장 냄샐까."

"그런 사람 냄새가 아니에요."

"그럼 꽃 냄새."

"솔잎 냄새 같기도 하고 나무진 냄새 같기도 한데요."

"옳지."

말을 듣고 생각을 하니 그제야 겨우 짐작되었다.

"알았소. 오존 냄새요."

나는 나의 판단이 틀리지 않음을 단언하고 큰 백화점에는 거개 오존 발생기를 장치하였다는 것을 설명하였다.

"오존—어쩐지 금시에 속이 시원해지는 것 같아요."

"당연하지요. 사람 냄새가 아니요, 거리 냄새가 아니요, 산이나 바다 냄새니까."

"실컷 맡았으면 몸이 당장에 회복될 것 같아요."

"옳게 말했소. 산이나 바다로 갑시다. 응당 가야 할 곳을 미처 생각지 못했소그려."

그 자리에서 그 시간에 여행을 결정하고 그 길로 여행에 들 것을 준비하러 층 위로 올라갔다. 새로이 커다란 트렁크를 두 개 장만하고 옷벌과 일용품을 될 수 있는 대로 풍부하게 갖추었다. 아직 떠나지도 않은 여행의 감동에서 나는 오래간만에 생활의 활기를 얻어 마음이 짝 없이 유쾌하였다.

떠날 시간과 목적지를 결정한 후 유례를 보내고 혼자 가게로 돌아와 이층에서 여행에 필요한 물건을 더 생각하고 있을 때 별안간의 손님이었다. 문을 익숙하게 열고 성큼 뛰어들어온 것은 오랫동안 없던 란야였다.

"바다가 독하긴 하군. 인도 병정같이 새까맣게 탔을젠."

"첫인사가 그것뿐예요?"

란야는 불만인 듯이 모자를 벗어 던지고 방 가운데 우뚝 섰다.

"사슴같이 기운차구."

"더 형용해보세요."

짜장 사슴같이 껑충 달려들어 란야는 나의 목을 얼싸안았다.

"성인인가요. 돌부천가요. 놀고 들어와도 이렇게 천연스러울젠."

목에 감긴 그의 팔을 풀어 슬며시 물리치며 나는,

"때려 달란 말인가."

하고 여전히 표정을 이지러뜨리지는 않았다.

"도리어 그편이 낫지요. 노염도 없고 게염도 없는 것보다는. 그렇게 천치같이 천연스러우면 퉁길 힘조차 없어져요."

"게염이라니, 게염은 애정의 표시인데 그 꼴에 여전히 내게 애정을 요구한단 말인가?"

"이젠 그런 권리도 없단 말예요. 그럼 차라리 내쫓지요. 왜 문지방을 넘게 해요."

"맘대로 나갈 게지."

소리는 쳤으나 짜장 나는 천치나 아닐까 하는 생각도 들지 않음은 아니었다.

"옳지, 나가라고 했지요."

란야는 입술을 비쭉하고 영화 속에서와 같이 어깨를 으쓱하였다.

"정말예요. 또 한 번 말해봐요."

성큼 달려들어 무릎 위에 올라앉더니 야살스럽게 나의 턱을 쥐어흔들었다.

"아닌 때 짐은 웬 짐예요."

나는 아무 감동도 주지 않는 그의 몸을 굳이 밀어 떨어뜨리려고도 하지 않고 눈은 딴전을 보았다.

"바다에 가려고."

"철 지난 바다로 가시는 법도 있나요. 사람도 없는 파돗소리만 있는……."

"그래야 해수욕복을 입지 않거든."

"오라! 해수욕복을 싫어하시는 성미지요. 월계나무 잎새 대신에 호박 잎새나 잔뜩 뜯어가시지요. 아담같이 앞을 가리게. 호박 잎새는 잔가시가 있어서 조심 안 하시면 살이 아플걸요."

오도깝스럽게 깔깔 웃고 목덜미를 더운 입으로 물었다. 이 미치광스런 애정의 표현에도 나는 돌같이 동하지 않는다. 란야는 나의 다리를 꼬집으며 건강한 전신으로 육박한다.

"이브는 누구예요? 대세요."

거의 여자의 본능적 신경으로 그것을 알아챈 것 같다.

"내게 무엇을 속이세요. 일언 일동이 역력히 설명하는 것을. 나를 돌려놓고 결국 갑절의 재미를 보셨으니 하긴 큰소리도 할 만하였다. 사람 없는 가을 해변에 한 쌍이 서면 옛날의 낙원같이 즐겁겠지요."

"……."

"들으니 유례도 나왔다지요. 탄 자리에 다시 불이 붙으면 좀체 끌 수 없을걸요."

"……."

"왜 뜨끔은 하세요. 유례라면 돌에도 감정이 통하는 모양인가요."

"웬 소리요. 대중없이 함부로."

나는 금시에 정색하고 란야를 밀쳐버렸다.

"유례와의 사이를 오해하지 마시오."

유례에게 대한 미안한 답변을 겸하여 나는 나의 입장을 설명하려는 듯이 목소리를 높였다.

"돌부처도 노여하시네. 서쪽에서 해가 뜬 것같이 어울리지 않아요. 차라리 가만히 계시지 황급하게 구시면 더 수상치 않아요?"

조롱이 끝나기 전에 나의 손은 란야의 볼을 갈기고 있었다.

란야의 마지막 마디가 이상하게도 마음속에 젖어들며 나는 곧 나의 경솔한 거동을 뉘우쳤다. 그의 말마따나 도리어 그에게 수상한 느낌을 주었을 것을 생각하면 부끄럽기도 하였다. '돌부처'의 낯짝에다 제 손으로 흙을 끼얹은 셈임을 생각하면 치가 떨렸다.

순간 상기되었던 란야의 얼굴빛이 즉시 풀어지고 아무 대거리도 없이 온순하고 침착한 태도로 돌아간 것도 나에게는 도리어 심히 겸연쩍은 노릇이었다. 그의 목소리조차 부드럽다.

"말이 과했다면 용서하세요. 유례에게 대한 제 인식만 고치면 그만 아녜요. 모든 것을 옛 동지에게 대한 존경으로 돌려보내면 그뿐 아녜요. —어서 여행이나 즐겁게 하세요. 바다 생활이나 재미있게 하고 돌아오세요."

란야가 이렇게 풀어지면 풀어질수록 나는 더욱 겸연쩍고 나의 흥분의 이유가 어디 있었던 지를 이해하기 어려웠다. 차라리 그의 화제가 빗나가 피차의 주의가 다른 방향으로 흐름이 원이었다. 그러기 때문에 다음과 같은 그의 제의는 나를 괴롭히는 것이 아니요 도리어 누그럽혀주는 효과가 있었다.

"유례의 말이라면 놀라셔도 제 말이라면 놀라시지 않으니, 어디 얼마나 냉정하신가 볼까요."

"또 무슨 장난을 하려고."

"오래간만에 돌아와도 놀라지 않으며 짜증을 내도 놀라지 않으며 목을 물어도 놀라지 않으셔. 어떻게 하면 놀라신단 말예요."

"어떻게든지 놀라게 해보구려."

란야는 문득 새로 그와는 다른 문제를 꺼내는 듯이 어조를 갈아 침착하게 말줄을 풀었다.

"사나이가 있어요. 항산도 없고 할 일도 없는 거리의 가난뱅이. 설마 금덩이가 우러날까 하고 바란 것은 아니었으나 풍신이 아까워 발에 채이는 돌멩이를 줍는 셈치고 주워올렸지요. 튼튼만 한 줄 믿었더니 차차 알고 보니 초라한 신세에 병까지 폭 씌었어요. 어차피 거리의 죄겠지만 이상하게도 그런 신세이므로 마음이 더욱 쏠림은 무슨 까닭인지요. 회복되어야 할 바다에서는 도리어 피를 게웠어요. 기쁨의 바다가 아니요 우울의 바다였어요. 병세는 날로 더한 것 같고 가난은 물같이 새어들고…… 기구한 인연을 어쩌면 좋아요."

"옛날 이야기로 들어야 옳소? 란야의 현실로 들어야 옳겠소?"

장황한 그의 이야기에 나는 얼마간 현혹한 느낌이 없지 않았다.

란야의 어조는 확실히 애원하는 듯도 한 부드러운 것이었다.

"처분대로 하셔요."

"이야기라면 차라리 소설책을 읽는 편이 낫지."

"소설가 아닌 제가 재미있게 이야기할 수야 있나요. 이 무미한 이야기를 어떻게 전개시켰으면 좋겠어요?"

나는 더 농담을 계속할 수도 없어 진담으로 돌아가며,

"함손이 그런 졸장부인 줄은 몰랐구려. 불량스런 거리의 갱으로만 여

겠더니 듣고 나니 병든 이야기의 주인공이란 말요. 가련한 약질의 지고
로."

동정의 어조일지언정 물론 모욕의 어조는 아니었다. 한참이나 있다가
란야는,

"아까 어떻게든지 놀라게 해보라고 말씀하셨지요. 지금 이 자리에 문
뜩 함손이 나타난다면 놀라시겠어요."

"놀라기보다도 진저리가 나겠소. 아예 그런 연극은 꾸미지 마시오. 해
쓱한 병든 얼굴을 굳이 내게 보일 필요가 있소?"

손을 들어 굳게 사절하고 나는 말을 이었다.

"해결의 길은 한 가지밖에 없잖우. 내겐 그 이야기 속에 참례할 권리도
의무도 없으나 될 수만 있다면 좋게 처리하는 것이 국외자로서도 기꺼
운 일임에는 틀림없으니까."

하면서 책상 서랍을 열고 여럿 되는 예금통장 중에서 하나를 들춰냈다.
내용을 살펴볼 필요조차 없으므로 그대로 란야에게 내밀었다.

"한 반년 동안의 요양비는 될 거요. 될 수 있는 대로 한적한 곳에 가서
회복에 힘쓰도록 함이 좋을 것이오."

그것이 바란 것이면서도 란야는 한참 동안이나 넋을 잃은 것같이 서
있을 뿐이었다.

"어떻게 하면 감사의 뜻을 나타낼 수 있을까요."

천치같이 우두커니 서서 손을 가늘게 떨면서 이윽고 눈썹 끝에 눈물이
맺히며—이것이 그의, 나에게 대한 감사의 표현이었다.

나는 문득 란야에게서 '운명의 여자'를 본 듯하였다. 이어서 곧 나 자
신이 더한층 운명적임을 깨달았다. 란야가 함손을 받들듯이 나는 그 란
야 자신과 아울러 유례까지를 섬기는 셈이 아니었던가. 실로 마음속에
는 유례의 그림자가 있으므로 나는 란야에게 대하여 그와 같은 너그러
운 태도를 가질 수 있게 되었음을 깨닫고 가슴은 부끄럽게 수물거렸다.

그러나 백지장같이 해쓱한 함손의 꼴을 목전에 보지 않고 지낸 것은 다행이었다고 마음 한편으로는 은근히 기뻐도 하였다.

4

란야의 일건을 처리하고 난 나는 무거운 짐이나 벗어놓은 듯싶었다. 몸이 개운하여 날개가 돋친 것 같다. 유례와의 여행도 즐겁게 기대되었다. 란야가 함손과 고요한 생활을 시작한 것과 같이 나는 유례와 고요한 생활을—하고 생각하다 문득 엄격한 반성으로 돌아가며 나와 유례와의 사이는 물론 함손과 란야의 사이와는 의미가 근본적으로 다르며 앞으로 올 생활도 그 양식이 스스로 같지 않다는 것을 마음속에 밝히고 설명하려고 애쓰는 것이었다.

란야는 예금통장을 가진 채 어디론지 사라져버렸다. 눈앞에 보이지 않는 란야와 함손과의 생활은 나에게는 말하자면 제목만을 알고 내용은 펴보지 않은 야릇한 이야기책인 셈인 고로 그들의 간 자취와 있을 곳도 나에게는 안개 속인 것이며 알아볼 필요조차 없는 것이다. 나는 나대로 혼자 뒤떨어져 가게를 닫치고 행장을 들고 집을 나오면 그만이었다. 가게 문은 자물쇠로 잠근 위에 군데군데 못까지 박고 휴업의 간판을 내걸었다. 다시 돌아오지 않을 폐가와 같이도 보였다. 꿈의 보금자리인 이층과도 나를 무한히 유혹한 호프만의 성화와도 영영 하직일 듯한 느낌이 났다. 알 수 없는 한 줄기의 감상이 유연히 가슴속에 솟는 것이었다. 슬픈 탓인지 기쁜 탓인지도 모르게 발꿈치는 땅에 들어붙어 무거웠다.

일부러 유례의 집을 찾아 첫걸음부터 동행이 되었다. 새 생활에 대한 감동으로 유례는 빛나는 아침을 맞이한 아내와 같이 부드러운 표정이었다. 간 지 얼마 안 되는 새 구두도 벌써 발에 꼭 맞아 조금도 어색함 없이

그 체모에 어울렸다. 새 구두의 경우와 마찬가지로 나와의 사이도 어느
덧 익숙하여져서 티끌만큼도 겸연하고 서투른 점이 없었다. 거리에서의
그의 자태는 구름같이 가볍게 보였다.

여행의 목적지로 동해안의 먼 곳을 고른 데는 별다른 이유가 없었다.
될 수 있는 대로 서울을 멀리하고 싶었고 차 속의 시간을 지루하지 않을
정도에서 길게 가지고자 하였고 끝으로 아름다운 동해의 창파와 그 부
근의 고요한 피서지를 그 어느 곳보다도 사랑한 까닭이었다.

물론 유례의 의견도 그와 일치되어 별다른 제의가 없었다. 기차 속의
시간을 될 수 있는 대로 즐겁게 하기 위하여 일부러 오후 차를 골랐다.
차 속은 상당히 복잡하였으나 건듯하면 가라앉으려는 마음에는 그편이
도리어 도움이 되었다. 기실 평범한 사람들의 얼굴이 모두 각각 그 무슨
비밀을 품은 것같이 나에게는 신비롭게만 보였다.

거의 일주야가 걸리는 여행에 지칠까를 두려워하여 많은 시간을 식당
차에서 보냈다. 나는 흰 식탁 위에 트럼프 쪽을 펴놓고 의미 없이 하트의
여왕을 고르려고 애썼다. 알맞게 흔들리는 차 안의 기분은 마치 기선의
선실과도 같으며—여객기의 객실도 그러려니 짐작된다. 차라리 기선을
타고 멀리 바다를 건너거나 그렇지 않으면 여객기에 올라 첩첩한 산맥
을 넘어 대륙을 내뺐으면 하는 공상도 들었으나 혼자라면 몰라도 유례
와는 하릴없는 노릇이었다.

고원지대에 들어서 높은 영에 걸린 것은 황혼에 가까운 때였다. 영은
얼마든지 길고 차는 돼서 기운이 부치는 모양이었다. 창 밖에 새풀이 손
에 잡힐 듯이 흔들린다. 나는 씨근거리는 기차와 호흡을 맞추며 눈은 한
결같이 밖을 바라보며 그 무엇을 찾았다. 이윽고 차는 기적 소리와 함께
그곳에 다다랐다. 나는 감동의 어조로 유례의 주의를 끌었다.

"보시오. 여기가 분수령!"

차는 산맥의 최고 지점을 지나는 중이었다. 그러나 유례는 나의 새삼

스런 주의와 은근한 속뜻을 알 바 없어 평범한 표정을 지녔을 뿐이었다.

"이 분수령이 또한 내 생활의 분수령이 될는지도 모르오. 이곳을 넘는 때 나는 서울과 지금까지의 생활과 영영 작별하는 셈일 듯하니 말이오."

"왜요. 무슨 말씀예요."

하기는 유례가 내 뜻을 알 리는 없었다. 나 자신 나의 결심의 정도를 확실히 잡지 못한 형편이 아니었던가. 나는 '그것'을 이미 확적히 마음 속에 작정하였는지 못 하였는지 마음은 갈팡질팡하여 안개 속같이 아리송할 따름이었다.

"해발 팔백 미터!"

유례의 주의에 나도 분수령의 표식을 내다보았다. 하아얀 기둥이 삽시간에 눈앞을 지나갔다. 순간 이상하게도 그것은 나에게 한 폭의 환영을 번개같이 가져왔다. ―바다 위에 솟은 팔백 미터의 간드러진 기둥 꼭대기에서 일직선으로 바다에 떨어지는 나 자신의 꼴이 펀뜩 눈을 스친 것이다. 이 돌연한 어지러운 환영에 나는 주물뜨려 놀라며 전신에 소름이 쪽 돋는 것이었다.

잠 안 오는 밤을 침대차에서 고시랑거리다가 날이 밝자 뛰어내려 세수를 마치는 길로 식당차에 들어갔다. 거기서 나는 우연히 꼭두새벽부터 예측지도 못한 광경에 부딪쳤다. 마치 그 광경을 보러 그렇게 일찍이 그곳에 들어간 것과도 같았다. 두 사람의 보이가 무슨 까닭으로인지 식탁 위에 진을 치고 맹렬한 육박전에 열중되어 있는 중이었다.

식탁 위에 깔린 보이는 부치는 기운에 꼼짝달싹 못 하고 적수의 공격에 몸을 기다시피 하고 높은 고함을 치는 법도 없이 약한 목소리로 어르고 있을 뿐이었다. 내가 들어가자 두 사람이 문득 싸움을 중지하고 깔렸던 편도 날쌔게 몸을 일으켜 아무 일도 없었던 듯이 어슬어슬 몸을 움직였다. 불 같은 분을 품은 욕지거리일 터임에도 불구하고 두 사람의 건네는 말은 은근한 회화같이 부드럽고 입은 저고리같이도 하아얀 얼굴에는 이렇듯한 노기를 찾아볼 수는 없었다.

그 싸움 가운데에서 이상한 것은 그것을 방관하고 섰는 다른 한 사람의 보이였다. 그는 한편에 가담하는 법도 만류하는 법도 없이 냉정하게 그러나 부드러운 낯으로 동료의 싸움을 바라만 보고 있었다. 모든 것이 부드럽게 보이면서도 기실 눅진한 공기가 흘렀다. 이상스런 한 폭의 그림이었다.

그 평화스럽고도 격렬한 싸움은 나에게는 우연히도 진한 암시였다. 여행의 목적지에 도착한 날 새벽부터 목격하게 된 그 괴이한 인연을 나는 결코 유쾌히 여기지 않으며 식당을 닫혔다.

목적지에 도착되자 우리는 바다도 멀지 않고 산도 가까운 온천거리에 행장을 내렸다. 개울로 향한 여관 이층에 각각 방을 잡고 산속의 생활이 시작되면서부터 나의 마음속에는 식당에서 목격한 것과 같은 진득한 싸움이 일어나게 되었다.

"저는 지금 꿈속 사람인 셈예요."

유례는 짐을 정리하고 나서 말하였다.

"꿈속 아니고는 이러한 행동을 할 리 없어요. 정신없이 짐을 싸가지고 기차를 타고 이런 곳에 내려 이런 방에까지 들게 된 것이 모두 꿈예요. 무슨 까닭에 무엇 하러 왔는지를 도무지 분간할 수 없군요. 이 꿈이 깨일 때 저는 얼마나 부끄러워하고 뉘우치게 될는지 몰라요."

유례가 이런 반성에 잠길 때 나는 또한 나 자신의 생각과 괴롬 속에 잠겼다. 두 가지의 마음이 두 사람의 보이같이 평화스럽게 은근히 싸우는 것이었다.

울적한 심사를 뿌리칠 겸 나는 유례를 꼬여 즉시 산속으로 산보를 떠났다.

산속은 드문드문 별장이 선 외국 사람들의 피서촌이었다. 초행인 유례에게 나는 그 마을에 관한 여러 가지 지식을 이야기하면서 걸었다. 유례는 적지 않은 흥미를 가지고 캐물으므로 나에게는 그것이 한 큰 도움이 되었다.

여름이 지난 까닭에 피서객들은 거반 하얼빈이나 상해로 가버린 뒤이므로 마음이 쓸쓸하였으나 그 한적한 맛이 첫가을의 정취로는 도리어 맞는 것이었다. 나는 언덕을 올라가 행여나 주인이 있을까 생각하면서 비행기식 저택을 기웃거렸다. 별장의 주인 콜리에프 씨와 면목이 있는 까닭이었다. 아직 도회로 돌아가지 않은 콜씨는 다행히 뜰 안을 거닐고 있었다. 나는 그 중년의 노인과 반갑게 인사하고 유례와 함께 뜰안에 들어감을 얻었다. 어디서인지 뒤미처 젊은 부인이 나타나 친절하게 맞이하여 앞장을 서서 응접실로 베란다로 후원으로 안내하면서 새삼스럽게 집의 규모를 자랑하는 것이었다.

꽃 없는 온실 앞에 이르렀을 때 부인은 문득 유례를 가리키며 '레이디'냐고 나에게 물었다. 너무도 당돌하고 급스러운 질문인 까닭에 나는 두 사람의 사이를 장황하게 설명할 수도 없어 그렇다고도 그렇지 않다고도 대답할 겨를이 없이 웃어만 보였다. 부인 자신이 어떻게 짐작하였는지는 모르나 유례는 나의 그 태도를 별로 불쾌히 여기는 빛도 없이 나와 같이 픽 웃을 뿐이었다. 그러는 동안에 콜씨는 두 송이의 다알리아를 꺾어다 나와 유례의 옷자락에 꽂아주었다. 꽃밭에서 해바라기 씨를 정신없이 까먹는 콜씨의 막내딸인 어린 소녀조차 우리를 유심히 바라보는 것이다.

"주인에 비겨서 부인이 너무도 젊어요."

비행기관을 나와 다시 언덕을 내려오면서 유례가 이렇게 의아해 할 때 나는 기다렸던 듯이 마침 설명하려던 터요 하고 부부의 비밀을 귀띔하여주었다.

"하얼빈서 얻은 제이부인이라나요."

"오라, 그러니까 벽지에다 별장을 꾸며놓고 여름 한 철을 와서 숨어 있는 셈이죠."

산속은 시절에 대하여 한결 예민한 듯하다. 가을을 잡아들었을 뿐이나 나뭇잎들은 물들기 시작하였고 마을길은 쓸쓸하게 하얗게 뻗쳐 있다. 길 위에도 나무 사이에도 별장 베란다에도 피서객 남녀의 그림자는 벌써 흔하게 눈에 뜨이지 아니한다. 그들은 한여름 동안 기르고 익힌 꿈을 싸가지고 푸른 능금이 익으려 할 때 손을 마주 잡고 하얼빈으로 상해로 달아난 것이다.

붉은 푸른 흰 지붕의 비인 별장들은 알을 까가지고 달아난 뒤의 새둥우리요, 머루 넝쿨과 다래 넝쿨 아래 정자는 끝난 이야기의 쓸쓸한 배경이다. 조그만 극장 닫힌 문간에는 가을 청결검사 종이 표지가 싸늘하게 붙었고 홀 안에는 울리지 않는 피아노가 거멓게 들여다보인다. 벽 위의 그림이 칙칙하고 무대에 장치한 질그릇의 독들이 앙상하다. 운동장 구석의 먼지 앉은 벤치에도 때 묻은 그네 줄에도 지천으로 버려진 초콜릿 종이에도 사라진 꿈의 찌꺼기가 고요하게 때 묻었을 뿐이다. 한 잎 두 잎 떨어지는 낙엽은 이야기의 부스러기와도 같다.

남이 꿈을 깐 뒷자리를 하염없이 거닐기란 웬일인지 이야기를 잃은 초라한 거지 같은 느낌이 문득 든 까닭에 쇠를 잠근 별장 앞을 지나기도 먼지 앉은 벤치에 걸어앉기도 멋쩍어 우리는 양코스키 씨의 터 안으로 발을 옮겨놓았다. 꿀을 치는 벌 떼, 풀 먹는 소들, 뛰노는 사슴들—쓸쓸한 마을 속에서 그곳만은 생활이 무르녹아 있는 듯하다. 그러나 기운찬 사슴 떼를 바라보고 있는 동안에 별안간 란야의 자태가 머릿속에 떠올랐다. 필요치 않은 환영을 떨쳐버리려고 애쓰며 나는 즉시 그곳을 떠나 골짝 아래 식당으로 유례를 이끌었다.

산에서 짠 우유와 꿀과 머루쨈과—사치하지는 못할망정 산골 식당의 점심으로는 신선한 풍미였다. 개울물 소리에 벽에 꽂힌 새풀과 단풍잎새가 떨린다. 휑뎅그레한 긴 식탁 맞은편 구석에 앉아 이쪽을 연해 바라보는 한 쌍의 남녀, 그들이 아마도 피서지의 마지막 한 쌍일 듯싶다. 쉴 새없이 소곤거리는 품이 이날 밤으로 떠나자는 마지막 의론이 아닐까.

단발한 동그란 얼굴에 붉은 입술을 재게 놀리는 여자—란야와 흡사한 종류의 인상을 주는 여자이다. 나는 여기서도 또 필요 없는 란야의 그림자에 마음을 어지럽힐 까닭이 없으므로 웬만큼 앉았다 자리를 일어섰다.

바위 억설을 지나 험한 개울 위에 어마어마하게 높게 걸린 널다리에 이르렀을 때 나는 문득 아찔하였다. 누긋누긋 휘는 다리 아래 수십 길 되는 곳에 새파란 물이 거품을 품기며 바위 사이로 용트림하여 흐르고 있음을 보려니 별안간 기차로 분수령을 넘을 때에 본 환영이 생생하게 눈을 스친 까닭이다. 바다 위에 솟은 팔백 미터의 간드러진 기둥 꼭대기에서 일직선으로 떨어지는 나 자신의 꼴이 바로 그 다리 위에서 떨어지는 꼴로 변하였던 것이다. 순간 나는 주춤하여 몸을 끌고 새삼스럽게 유례를 보았다.

다리가 휘는 바람에 유례도 겁을 먹고 나를 붙들었다. 나의 마음은 순식간에 다시 풀리며 즉시 겁을 먹은 어리석음을 뉘우치고 도리어 그 무엇을 결심하기에 넉넉한 마음의 여유조차 가질 수 있었다. 다리는 나에게 정다운 유혹이 아니었던가. 나는 순간의 어색한 공기를 풀기 위하여 다리에 관한 한 가지의 이야기를 유례에게 들려주었다.

지난해 여름, 다리 아래 소에서 목욕하던 피서객 중의 한 여자가 다리 위에서 물에 잠기려 하다가 잘못 떨어져 목숨을 버려 지금에는 낯선 땅 무덤 속에 붉은 십자가와 함께 잠자고 있다는—나에게는 무한한 흥미를 주는 그 이야기가, 그러나 유례에게는 그닷한 감동을 주지 못하는 듯하였다.

"실족해서 떨어졌다면 그다지 로맨틱할 것이 있어요?"

"어떻게 돼서 떨어졌든지 간에 떨어진 그 사실이 내게는 유혹이오. 얼굴도 모르는 그 여자가 물속에서 나를 부르는 듯도 하오."

"왜 그렇게 말씀하세요."

유례는 흔들리는 다리 위에서 문득 나에게 전신을 쏠리고 둥그런 눈망울로 나를 똑바로 쳐다보는 것이었다. 그의 얼굴이 나의 얼굴 앞에 불과 몇 치의 거리로 가까이 있다.

밤은 괴로웠다. 이웃방의 유례가 의식의 전부를 차지하여 좀체 잠이 들지 않았다. 그러나 생활의 설계를 실천함이 유례를 그곳까지 이끈 목적임을 반성하고 이튿날 아침은 일찍기 일어나 그의 소원인 바다로 떠났다.

차로 한 시간이 걸렸다. 누구나가 다 하는 것같이 해수욕복을 입고 그 모래 위에 뒹굴기도 멋적어 궁벽한 곳을 찾아 등대를 구경하기로 하였다. 그것은 확실히 신기한 생각이었다. 등대에는 통속소설의 세상과는 다른 아름다운 시가 있으려니 짐작된 까닭이다. 유례는 즐거운 기대에 차 속에서 유쾌하게 회화하였다.

먼지와 해어 냄새의 항구를 지나 고개를 넘은 높은 산기슭에 등대가 있다. 파란 산, 푸른 바다의 짙은 배경 속에 뜬 하아얀 집들은 호수 위에 뿌려진 조개껍질이다. 일면으로 깔린 조약돌, 우윳빛 뼁끼, 조촐한 화단 —모두가 종이 위에 채색된 수채화의 인상이지 흙덩이 위에 선 현실의 풍경은 아니다. 바다로 깎아내린 산등에 솟은 등대는 꿈속의 탑. 속세를 떠난 그 아름다운 그림 속에서는 사람의 거동조차 유장하고 넉넉하다. 우리의 청을 승낙하고 등대 안으로 길을 인도하는 젊은 당직 간수의 걸음은 게걸음같이 느렸다. 아직도 세상에는 그렇게 아름다운 곳이 남아 있었던가 하는 감격을 못 이기면서 한 조각의 풍경도 놓치지 않겠다는 면밀한 주의로 길 구석구석을 살피며 간수의 뒤를 따랐다.

일등 선실과도 같은 등대의 탑 안은 어두컴컴하고 탑 꼭대기 등불까지에는 두 층으로 나누인 긴 층대가 섰다. 이십 해리를 비취는 사만 팔천 촉광의 위대한 백열등—그것은 땅 위의 태양이다. 그 태양으로 오르는 층대는 마치 천당으로 통하는 길과도 같이 좁고 험하여 겨우 한 사람만이 통하게 되었다. 길은 외통이요 오를 사람은 둘이다. 층대 어귀에 서서 (나는 유례에게) 길을 사양하였다.

유례는 서슴지 아니하고 앞장을 서서 층대에 발을 걸었다. 나는 무심히 뒤미처 그의 뒤를 따랐다. 올라보니 층대는 사다리같이 곧고 좁아 유례와 나는 거의 일직선 위에 서게 되었다. 다시 말하면 유례는 나의 목말을 타고 두 어깨 위에 올라선 셈과도 같았다. 유례의 발은 바로 나의 코앞에 있고 난간을 붙든 두 팔에는 치맛자락이 치렁거리는 지경이었다. 층대의 철판이 턱에 부딪히므로 나는 하는 수 없이 얼굴을 위로 쳐들 수밖에는 없었다.

그것은 극히 자연스러운 무심중의 행사였으나 나는 다시 급스럽게 얼굴을 내려뜨렸다. 그러다가 철판에 턱을 호되게 찧고 도로 떠받들리울 수밖에는 없었다. 별안간 태양을 마주 본 듯이 눈이 부셨던 까닭이다. 골이 어지럽고 현기증이 났다. 무심중에 보게 된 유례의 몸이 사만 팔천 촉광 이상의 광채를 가지고 나의 눈을 둘러빼었던 것이다. 지상의 태양은 오만 촉광의 등대가 아니고 참으로 유례의 육체였던 것이다. 탑 꼭대기에까지 올라가 찬란하게 타는 프리즘의 백열등은 본 체 만 체하고 탑문을 박차고 나왔을 때 나는 허둥거리는 몸을 위태스럽게 철난간에 부딪혀버렸다. 수십 길 되는 난간 아래는 물감 덩어리를 풀어놓은 듯이 도지는 푸른 바다다. 그러나 나의 몸이 떨리고 다리가 허전거리는 것은 그 바다가 무서워서가 아니요 층대에서 받은 무서운 감동으로 인함이었다.

유례의 몸이 떨림은 발 아래가 무시무시한 까닭일까. 난간에 의지한 몸을 부르르 떨더니 별안간 나의 곁에 쏠려 전신을 던져왔다.

품안에 날아든 새를 붙드는 셈으로 나는 유례를 두 팔에 안았다. 몸이 허공에 뜬 것같이 떨린다. 유례의 얼굴이, 눈이, 입이, 나의 얼굴 밑에 가깝다. 번개같이 더운 입이 유례의 이마를 스쳤다. 바다가 고요하고 하늘이 높다. 그대로 한 몸이 되어 난간을 뛰어넘어 단숨에 바다 속으로— 그것이 단 하나의 길이건만 오래간만에 유례의 몸을 안은 그 자리에서 나의 머릿속은 순간 꺼진 필름장같이 부옇게 비었을 뿐이었다.

오래간만에 유례의 몸을—오래간만에—꺼진 필름장같이 비었던 머릿속은 문득 환해지며 다시 그림이 연속되는 필름장같이 지난 기억의 한 폭이 비취어지기 시작하였다.

유례에게는 아직 건수가 없고 나에게는 란야가 안 생겼을 때였다. 나는 학교를 마쳤을 뿐 아직도 생애의 지향이 서지 못한 채 셋방에 뒹굴며 하는 일 없이 나날을 지냈다. 학교에서 받은 철학의 체계도 인생의 향방을 결정하여주지는 못하였다. 해골을 모아 짜놓은 빈 탑과도 같은 쓸모 없는 철학의 많은 노트를 모조리 뜯어 불살라버리고 굳이 활기를 찾으려고 생활의 앞길을 노렸으나 헛수고였다.

가령 직업으로 말하더라도 나의 마음을 당기는 직업은 하나도 없었고 그렇다고 가지고 있는 과만한 재산을 쓸 길도, 그것을 바치고 싶은 방허도 없었다. 그런 나의 무위의 성격을 비웃는 듯이 유례는 그 자신의 굳센 신념의 목표로 향하여 활기 있는 행동의 열정을 모조리 쏟는 것이었다.

마침 유례는 그를 길러준 여학교의 파업을 지도할 임무를 띠고 주야로 분주할 무렵이었다. 기어코 파업은 불성공으로 단결은 깨트러지고 희생자를 내기 시작하자 이윽고 등뒤의 주동이 주목되었다. 벌써 구체적 인물이 판정되어 지칭을 받게 됨을 알았을 때, 유례는 하는 수 없이 거리의 눈을 피하여 이쪽저쪽 몸을 옮길 수밖에 없었다.

"마저마저 걸릴 듯한 형세예요."

신변에 가까운 그물 기슭을 피하는 물고기와도 같은 민첩한 자세로 나의 방에 뛰어든 것은 늦은 저녁때였다. 긴장된 때의 눈방울이란 공기같이 차고 전신에는 탄력이 넘쳤다. 방향 잃은 물고기를 나는 방 속에 가두었다. 방 안에서는 유리 항아리 안의 금붕어같이 연하고 부드러운 자세였다.

신변의 위험은 감쪽같이 잊어버리고 아무 일도 없었던 것같이 밤늦도록 제각각 책장을 넘겼다. 무미한 파업의 경과 보고를 듣기도 괴로운 일일 듯하여 나는 유례에게 책을 권하고 읽던 소설책을 펴든 것이었다. 그러나 유례 자신의 마음속은 알 바 없어도 나는 모처럼 숨었던 유례를 옆에 놓고 마음속에는 아무 파도도 없는 듯이 천연스럽게 독서에만 열중하고 있을 수가 없었다. 당시 나에게는 달리 애정의 대상되는 여자가 (란야가 아니라) 있었다고는 하였으나 의식의 그 어느 구석에 유례의 자태도 늘 떠나지 아니하고 맴돌고 있었던 까닭이다. 그것이 곧 애욕을 의미하였던지 않았던지는 알 바 없다.

책에 지쳤던지 자정을 넘었을 때에는 유례는 한구석에 그대로 쓰러져 쉽게 잠이 들었다. 이불을 걸쳐주고 나는 내 자리에 누웠으나 눈은 말똥말똥해지고 정신은 더욱 맑아갈 뿐이었다. 등불이 지나쳐 밝은 죄도 있었겠으나 그렇다고 불을 끌 수도 없었다. 하는 수 없이 이불을 푹 쓰고 고시랑거리다 어느 결엔지 약간 잠이 든 모양이었으나 그것은 짧고 어지러운 잠이어서 다시 눈이 뜨였을 때에는 골이 무겁고 관자놀이가 후둑후둑 뛰었다. 잠드는 약이라도 먹어볼까 하고 일어나 책상 서랍을 들칠 때 애써 안 보려고 하던 유례 쪽으로 자연 눈이 가는 것을 어찌할 수 없었다.

목석이 아닌 바에 사람을 옆에 두고 그렇게 곤하게 잠들 수 있을까. 유례는 이불을 차고 무례하게 아랫몸을 드러내놓고 얼굴을 불그레 물들이고 단잠에 폭 빠져 있지 않은가. 방 안에는 나밖에는 꺼릴 눈은 하나도 없었으나 그래도 그의 벗은 몸을 덮어주려고 가까이 가 이불을 끌어올리다 나는 힘을 잃고 그 자리에 푹 주저앉아버렸다. 정신없이 유례에게 몸을 부딪쳤다. 얼굴이 맞닿았다. 방 안이 어지럽게 핑핑 돌았다.

"웬일이세요. 이럴 법 있나요."

깜짝 놀라 유례는 눈을 떴다. 그러나 짜증을 내며 불시에 나의 뺨을 치는 법도 없이 애써 나의 몸을 밀쳐버리려고도 하지 않았다.

"이미 사랑하는 사람이 계시지 않아요."

다른 말도 많을 터인데 하필 이러한 말을 함은 무슨 뜻인지를 알 수 없었다. 겸양의 말일까. 연애의 공덕을 지키자는 뜻일까. 사랑하는 사람이 없었다면 모든 것을 나에게 바칠 수 있다는 의미일까. 나는 금시에 냉정한 반성으로 돌아가며 덥던 몸이 순간에 식어버리고 나의 꼴이 몹시 겸연쩍음을 느꼈다.

유례의 몸은 별안간에 따뜻한 피를 잃고 마치 신성한 그림같이, 엄숙한 '터부' 같이, 싸늘하게 보여 더 다치기 어려운 것이었다. 그러므로 내가 불같이 유례를 훔치려고 한 것은 사랑이었던지 그렇지 않으면 단순한 짐승의 욕심이었던지를 모르고 말았다.

그 밤과 이 밤과는 퍽도 다르다. 바다에서 등대에서 돌아온 밤 한결같이 타오르는 열정의 불꽃은 도저히 끌 바 없었다. 그 밤에 시작된 열정은 이 밤에 맹렬히 살아나 곱절의 세력으로 불붙는 것이었다. 타는 몸을 어쩌는 수 없어 나는 잠자리를 일어나 아닌 때 목욕실로 내려갔다. 그러나 뜨거운 온수는 도리어 몸을 덥힐지언정 마음을 식히지는 못하였다. 바로 창 밖 기슭에는 한 포기의 느릅나무인지 느티나무인지의 아름드리 고목이 우거져 가뜩이나 어두운 창을 칙칙한 검은 그림자로 압박하고 있다. 허물없는 그 고목까지도 깨끗하게 나의 답답한 마음을 뒤덮는 결과밖에는 되지 않았다.

이웃간 여탕에서는 이 역 아닌 밤중에 목욕하는 사람이 있는 눈치였다. 그 역 잠 안 오는 사람임에 틀림없다. 유례나 아닐까 생각하며 고요히 철벅거리는 물소리를 들으면서 나는 욕실을 나가 잠옷을 걸쳤다.

일단 방으로 돌아갔으나 마치 유령에게나 홀린 것같이 발은 허둥허둥 되돌아 정신없이 옆방으로 향하였다. 아무렇게 되거나 마지막 결단을 내자는 심판이었는지 모른다.

그러나 유례는 방에 없었다. 유례 대신에 텅 빈 방에서 날쌔게 나는 무엇을 보았던가. 유례의 존재를 대변하는 듯도 단 한 장의 편지가 책상 위에서 나의 시선을 끌었다. 넓은 책상 위에 꼭 한 장 놓인 흰 봉투의 오똑한 편지가.

달려들어 그 편지를 집은 결과 멀리 떨어져 있는 건수에게로 보내는 유례의 편지임을 알고 순간에 그것을 꾸짓꾸짓 꾸겨 손아귀에 훔쳐 쥔 것은 삽시간의 거의 미치광이의 거동같이 황망한 것이었다. 편지를 다시 펴서 떨리는 손으로 죽죽 찢어 내용이 사라져버린 의미 없는 종이조각을 뭉크러 쥐었을 때 복도에 발소리가 나며 유례가 들어왔다.

여탕에서 목욕하던 사람은 역시 유례였다. 잠옷의 앞을 되고 말고 두 손으로 여며쥐고 수건을 어깨에 걸치고 들어오는 유례를 향하여 나는 다짜고짜로 찢어 쥐인 편지의 뭉치를 뿌렸다. 유례는 영문을 몰라 그 자리에 주춤 섰다.

확실히 바른 정신을 잃은 착란된 꿈속의 거동이었다. 이어 나는 불같이 유례에게 달려들어 부서져라 그의 몸을 안고 얼굴을 찾았다. 유례는 순간에 모든 것을 이해한 것이었다. 굳이 발버둥치며 나의 몸을 밀쳐버리지는 않았다. 침착하게 입술을 허락하였다. 나는 욕심쟁이같이 언제까지든지 얼굴을 떼려고 하지 않았다. 입술은 솟는 피같이 더웠다.

나는 이 밤같이 건수에게 질투를 느낀 적은 없다. 불붙는 게염, 용솟음치는 미움—원시인이 던지는 창살과도 같은 날카로운 감정이 건수를 쏘았다. 그 무서운 질투로 말미암아 나는 비로소 내가 유례를 사랑하고 있음을 깨달았다. 오랫동안 유례에게로 기울어 맴돌던 갈피갈피의 감정

─그것은 모두 사랑의 감정이었던 것이다.

장구한 마음의 방황은 그 사랑의 확증을 얻으려고 싸운 시험 과정임을 알 수 있었다. 실로 오래간만의 발견이었다. 그러나 한 발견도 그 자리에 무슨 결과를 가져올 수 있던가. 아무 열매도 맺을 수 없었다. 때가 늦었고 모든 형편이 너무도 뒤틀려진 것이다.

이윽고 유례는 얼굴을 돌리며 나의 몸을 밀쳤다. 무엇을 더 요구할 수 있었던가. 그 이상 더 사랑의 증거를 주고 사랑의 표시를 빼앗을 수 있던가. 그의 몸을 놓치지 않으려고 벅서는 나의 팔을 물리치고 유례는 방 가운데 주저앉으며 팔로 얼굴을 가리어버렸다.

"더 괴롭게 하지 마세요. 제 처지를 생각해주세요."

금방 울 듯한 목소리였다.

더 손을 댈 수도 없어 나는 산란한 정신을 부둥켜안고 방을 뛰어나가 뜰에 내려섰다. 허둥지둥 골짝을 내려가 개울가 돌밭에 섰다. 방에 돌아가지 못할 운명을 잘 아는 나는 어두운 밤 돌 위에서 밤을 새울 수밖에는 없었다.

긴 꿈이라도 꾼 것 같다. 어찌 되어 그 개울가에 섰으며 그 전에는 무슨 일이 일어났던지가 머릿속에 까맣고 아득하다. 당금 서 있는 곳이 서울이 아니며 방 안이 아니며 틀림없는 개울가인가. 그것은 무슨 까닭인가 하는 갈피갈피의 착각이 마음속을 구름같이 휘저어놓았다.

어느 맘 때나 되었는지 나는 문득 등 뒤의 울음소리를 들은 듯하여 돌아섰다. 어둠 속에 유례가 서서 느끼고 있는 것이었다. 나는 가까이 가서 어깨에 손을 얹었다.

"알고 보니 때가 너무 늦었었소. 달을 보러 나왔을 젠 이미 새벽이 가까웠구려. 좀더 일찍이 마음의 의향을 종잡았던들……."

짜장 새벽이 가까웠는지 밤기운이 몸에 차다.

길은 하나밖에 없었다. 기어코 마지막으로 그 길이 왔음을 깨닫고 나의 마음은 설레는 법 없이 도리어 침착하였다.

무위의 생애에 끝으로 하나 남은 희망은 유례였으나 그것을 알게 된 순간이 곧 또한 유례를 떠나야 할 순간임은 확실히 저주된 인생인 것이다. 저주된 인생을 떠남이 나에게는 차라리 구원이다. 동시에 그것은 영원히 유례를 차지하는 수단도 된다.

그러나 그 길은 반드시 새삼스럽게 작정된 길도 아니다. 평소부터 늘 예감하여오던—호프만의 그림을 보기 시작한 때부터 마음속에 우렷이 짐작되고 유례와 같이 기차로 분수령을 넘을 때에 웬만치 작정된—말하자면 마음속에 익숙한 길이었다. 그것이 이 밤에 마침내 유례에게 대한 감정의 성질이 확정되자 동시에 결정적으로 작정되었을 뿐이다. 해발 팔백 미터의 기둥 꼭대기에서 일직선으로 바다로 떨어지던 어지럽던 환영이 절실한 현실의 요구로 변하여 눈앞에 나타났을 뿐이다.

유례의 몸을 옆에 가까이 두고도 그것이 터부인 까닭에 다치지 못하고 있는 것은 기쁜 것이 아니라면 슬픈 것이어야 할 것을 마음은 눈도 깜짝 안 하고 무감동하게 침착함은 대체 무슨 까닭이었을까.

간밤의 기억도 다 잊어버린 듯이 나는 무심히 행장을 정리하였다. 실상은 그럴 필요도 없었겠으나 일이 난 후에 어지럽게 널려 있을 꼴이란 상상하기도 을씨년스러운 까닭에 그런 주밀한 마음씨를 아끼지 않았다. 트렁크 속에 넣을 것을 다 수습한 후에 서울에 있는 가게의 처리와 예금통장의 처치를 부탁하는, 유례에게 보내는 편지를 써서 그 속에 넣고 주인에게는 은밀히 유례가 머무르고 있을 동안까지의 숙박료를 넉넉하게 치러주고는 낮쯤 되었을 때 유례를 이끌고 여관을 나갔다.

가을 하늘이 유리 조각같이 단단해 보인다. 바로 산기슭의 푸른 한 폭은 때리면 깨트러질 것같이 맑다. 산허리의 단풍이 날이 새롭게 물들었고 그것이 고기비늘 같은 조각구름과 아름답게 조화되었다. 이런 자연의 풍물을 한 폭 한 폭 감상할 만한 마음의 여유조차 있었던 모양이다. 유례와의 마지막 산보의 한걸음 한걸음을 아깝게 여기면서 피서촌으로 향하였다.

한 줄기의 곧은 하아얀 마을 길은 들어갈수록 낙엽이 어지럽다. 백양나무, 아카시아, 다래 넝쿨의 낙엽이 한층 민첩하고 빠른 것 같다. 머루송이가 군데군데 떨어진 길바닥에 병든 나무 잎새가 한 잎 두 잎 펀득펀득 날아 떨어졌다. 문득 베를레느의 〈샹송 도토오느〉의 구절이 가슴속에 흘렀다. 들리지 않는 비올롱의 멜로디가 확실히 나의 걸음의 반주로 뼈를 아프게 긁는 것이다. 낙엽과 나—나와 낙엽! 두 번째 들어간 산 식당의 마지막 오찬—그것은 최후의 만찬과도 같이 검소한 것이었다. 빵과 포도주—포도주를 대신하는 꿀은 그다지 달지도 않았으나 그렇다고 쓰지도 않았다.

식당을 나가 기어코 다다를 곳에 마지막 목적지에 서게 되었다. 깊은 소 위에 어마어마하게 걸린 높은 널다리 위에 다시 선 것이다. 다리가 출렁거리고 물이 나뭇잎 같은 것은 전과 일반이다. 다른 것은 나의 마음뿐이다.

"좁은 문이 지금의 내게는 탄탄대로로 보이는구려."

나의 목적을 예료한 듯이 끝까지 나의 거동을 세밀히 관찰하던 유례는 그 한마디에 나의 마음을 간파한 눈치였으나 놀라는 표정을 하였을 뿐 다따가 말은 못 이었다.

나는 그가 못 미치는 동안에 꾀바르게 혼자 떨어져 어느덧 다리의 거의 복판까지 걸어가 섰다.

"내내 건투하시오. 현실의 유례에게는 내 손이 닿지 않으니 유례를 마음대로 가질 수 있는 세상으로 가려는 거요. 외국 여자의 본을 받아 붉은 십자가를 세울 필요도 없소."

농으로 보이려고 될 수 있는 대로 웃으면서 난간의 쇠줄을 잡고 널판 기슭에 나섰다. 벌써 일순도 주저할 필요는 없었다.

"참으세요. 기다리세요."

유례가 황겁히 외치면서 뛰어올 때에는 나는 벌써 발을 빗디디고 잡았던 쇠줄을 놓은 뒤였다.

얼굴이 뜨고 오금이 근실거리는 극히 짧은 순간 문득 눈앞에는 푸른 물 대신에 유례, 건수, 란야 세 사람의 모양이 회오리바람같이 휩쓸려 뱅 돌다가 다음 순간 탈싹 부서져버렸다.

몸이 찢어지는 것 같고 어깨가 쑤욱 솟는 것 같고—의식은 거기서 끊어졌다.

이야기는 끝났어야 할 것이나 질긴 목숨이 소생된 까닭에 더 계속된다. 소에 빠진 채 바위에 몸을 부딪치거나 영영 솟지 않거나 하였던들 그만이었을 것을 공교롭게도 혹은 공칙하게도 몸은 길이로 살촉같이 물속에 잠겼다가 깊은 타격도 상처도 받지 않고 다시 쑤욱 솟으면서 물 위에 떠올랐던 것이다. 물론 그 당장의 감각이라든가 의식이라든가는 전혀 기억 속에는 없었고 다시 눈이 뜨였을 때는 여관방 복판에 누워 있는 자신을 발견하였을 뿐이었다.

의사가 막 다녀간 뒤였다. 새 요 위에 누운 나의 주위에는 시중드는 하녀들의 오락가락하는 그림자가 어지럽고 알콜 냄새 약 냄새가 코에 맡혔다. 팔에는 주사를 맞은 뒷자리가 여러 군데요 머리와 다리에는 붕대가 친친 감겨 있었다. 무거운 환자의 병실같이 화로에는 숯불이 이글이글하고 주전자에서는 김이 무럭무럭 오르며 천정에는 여러 폭의 축인 수건이 걸려 있다. 물론 그 모든 어수선한 사이로 무엇보다 먼저 유례의 자태가 눈에 뜨인 것은 두말할 것 없다.

문득 눈을 뜨고 두리번거리기 시작하였을 때 유례는 선뜻 머리맡에 다가앉으며 나의 겨드랑 밑에서 체온계를 뽑았다. 들여다보더니 금시에 긴장되었던 얼굴이 풀리며 기껍게 나를 바라보면서 체온계를 흔들어 수은을 내린다.

"됐어요. 평온에 가까워왔어요."

되지 않아야 할 것이 된 것은—없어야 할 목숨이 붙여진 것은 나에게는 뼈저린 비꼬움이었다. 이루지 못한 비극은 희극보다도 더 우스꽝스러운 것이다. 미치광이 같은 주제를 광대 같은 꼴을 유례의 앞에 드러내놓기가 겸연하고 부끄러웠다. 물론 차라리 물속에 고스란히 꺼져버렸더면 얼마나 다행이었을까. 다시 살아났댔자 거사 이전의 그 감정 그 형편의 연장 이외에 아무것도 오지는 않을 것을.

"평온에 가깝다는 것이 나를 축복하는 말이오? 그놈의 체온계를 분질러버렸으면."

"안정하세요. 흥분은 금물예요."

유례는 침착하게 목소리를 부드럽혀 나의 감정을 문지르고 가라앉히려 애쓰는 눈치였다.

"허수아비는 논 가운데나 세우지, 산송장은 무엇에 쓴단 말요."

말도 끝나기 전에 나의 비웃음의 태도를 경계하는 듯이 유례는,

"생명을 멸시함은 사랑을 성취하는 도리가 아닐 거예요. 길이 좁다면 참으면서 정성껏 걸어감에 값이 있지 않을까요."

"무슨 값이란 말요."

반문하면서도 언제인가 호텔 방에서 바라본, 밤 교회당의 검은 십자가가 짜장 앞길에 놓였음을 문득 깨달았다. 무덤 앞에 세울 십자가가 죽은 후의 운명을 대신하여 생전의 앞길을 가로막은 것이다.

"반가운 소식 전해 드릴까요."

무거운 침묵을 깨트리며 유례는 어조를 갈았다.

"놀라실까요……. 란야가 맞은편 여관에 와 있어요."

별로 놀라지 않고 천연스럽게 들노라니 유례는 어저께 변이 일어났을 때 우연히 거리에서 란야를 만났다는 것, 같이 여관까지 달려와 누구보다도 많이 나의 시중을 들었다는 것, 얼마 안 있으면 찾아올 법하다는 것을 이야기하였다.

말하는 그의 표정을 살필 필요도 없었으나 극히 천연스럽고 사실 반가운 듯도 한 말씨였다. 친한 동무의 소식을 말하는 그런 어조였다. 반드시 발악을 하는 것도 같지 않은 의젓한 태도였다. 그러나 그것이 물론 나에게는 슬픈 일이어서는 안 된다. 잠자코 들었다.

얼마 안 되어 정말 란야가 왔다. 세 사람의 태도는 서로 아무 속임도 없는 듯 능청맞은 것이었다.

차라리 눈앞에 유례를 보지 말게 되기를 원하였다. 안타까운 회한은 더 많이 눈으로부터 들어오는 까닭이다.

이 원을 풀어주려는 듯이 또는 꼴 보라는 듯이 일도 공교롭게 되었다.

저녁 무렵은 되어 유례는 신문을 얻어 들고 얼마간 급스럽게 들어왔다.

"한걸음 먼저 떠나야겠어요."

이유를 말하는 대신에 신문을 내밀며 한 곳을 가리켰다.

떨릴 것도 없고 놀랄 것도 없다.

건수가 중병으로 말미암아 보석으로 출옥하였다는 소식이 보도되어 있다.

그것이 힘든 노력이었는지는 모르겠으나 나는 냉정한 이성을 잃지는 않았다.

"가구 말구 얼른 떠나시오."

부드러운 충고라느니보다도 침착한 선언이었다.

"꿈을 깨고 현실로 행동으로 돌아갈 때요. 꿈—잠깐 동안의 꿈으로 생각하고 발을 돌리면 그만이니까."

"노여워하세요?"

"권리가 있나."

"왜 웃는 낯으로 못 보내주세요."

"울 필요가 없는 것같이 웃을 필요도 없잖우."

정말 울 것이 없었던가. 나는 뜨거운 눈을 꾸욱 감았다.

"필요가 없는 것을 왜……."

유례는 나의 젖은 눈을 본 것이다. 눈물을 책망하려는 것이다.

"티가 들어도 눈물은 나고 하품을 해도 눈물은 나는 법이니까."

주책없는 눈물의 핑계는 이렇게밖에는 댈 수 없다. 거북스런 마음에 눈을 뜰 수도 없어 감은 채 느끼는 마음을 꾹 누르고 있으려니 유례의 손가락이 눈을 훔치는 모양이었다. 나는 무거운 목소리를 힘껏 자아냈다.

"가시오. 눈을 감고 있는 동안에 내 곁을 떠나시오."

목소리가 사라진 뒤까지도 여음이 마음속에 길게 울려 마치 체조 교사의 호령 같은 목소리가 아니었던가 하는 쓸데없는 착각이 일어나는 것이었다.

유례가 가버린 뒤는 가을 벌레 소리가 문득 그쳤을 때와 같은 정서였다. 쓸쓸은 하나 평온하다. 아마도 마지막 작별이었겠건만 마음은 설레지 않았다. 건수에게 안부의 말이라도 한마디 전하였더면 하는 여유조차 생겼다.

유례를 대신하는 듯이 란야는 나의 옆을 떠나지 않았다. 하녀들과 함께 나의 시중을 들기에 정성을 다하였다. 나에게 보이지 않는 곳에서 유례와의 사이에 어떤 교섭과 거래가 있었는지는 모르겠으나 유례와 나와의 그 동안의 여러 가지의 과정을 아는지 모르는지, 알고도 깨달았는지 천연스럽고 의젓한 태도였다. 마치 온종일 집을 잊어버리고 밖에서 놀던 아이가 시침을 떼고 천연스럽게 집을 찾아 들어온 때와도 같다.

"역시 사람을 잘못 봤어요. 속았어요……. 함손은 천생의 부랑자예요. 주제넘게 그를 기르려고 한 것이 불찰이었지요. 가난뱅이 주제에 무서운 돈 후안인 것을."

함손에게는 다시 새 짝이 생겼다는 것, 정양차로 피서지까지 동행하였다가 그대로 갈라졌다는 것을 이야기하였다. 나에게는 아무 필요 없는 소식이었으나 그것을 실토하려는 란야의 속뜻은 짐작된다. 구태여,

"어떻게 하란 말요."

하고 물을 필요도 없기는 하였다.

"뻔질뻔질하다고 책하시겠죠."

날렵하던 그 기개는 간 곳 없고 거북스럽고 겸연쩍은 란야의 태도였다.

—다시 나에게로 돌아오자는 것이다.

물론 나에게는 그 뜻이 이제 와서는 아무 감격도 정서도 가져오지는 못하였다. 란야는 벌써 나에게는 향기를 잃은 고깃덩이요, 김빠진 한 잔의 술이었다. 등 뒤에 질질 끌릴 무거운 짐을 느낄 뿐이었다.

"생활의 요구에는 얼마든지 응할 수 있으나 쓸모없는 열정은 천당으로나 날려보냄이 어떻소."

말이 가혹하였을까.

"저를 죽이자는 셈이죠."

란야는 짧게 외치고 나의 가슴 위에 푹 꼬꾸라졌다. 두 어깨가 움쭐움쭐 파도치기 시작하였다.

그러나 나는 가슴 위에 사람을 느끼는 대신에 물건을 느꼈다. 숨이 가빠 쳐들려고 하니 맥이 없다.

"됩데 사람을 죽이자는 셈인가."

뼈저린 비꼬움임에도 시침을 떼고 어여쁜 흰 말은 얼굴을 들려고도 하

지 않았다. 몸을 얼싸안은 두 팔은 말다리같이 탄력이 있다.

　온천의 밤은 의미 없이 저물어갔다. ―마치 이 이야기와도 같이 고요하게.

(1935. 10. 11~31)

콩트

10월에 피는 능금〔林檎〕꽃

10월에 피는 능금꽃

민출한 자작나무[白樺] 밑에서 아귀아귀 종이 먹는 하야얀 산양山羊―
일 년 동안이나 나와 벗한 너는 나의 이 무위의 일 년을 설명하려 하지
않는가. 종이를―이야기를 좋아하는 양. 한 권의 책도 많다 하지 않고
두 권의 책도 사양하지 않는구나. 이 이야기에 배부르면 풀 위에 누워 가
지가지의 꿈을 되풀이하는 애잔한 자태―너에게 이야기를 먹이고 꿈을
주기에 나의 무위의 일 년이 마저마저 지내려 한다.

옛 성 모롱이 저편에 아리숭하게 내다보이는 한 줄기의 바다―마을의
시절은 거기서부터 시작된다. 진하던 바다의 빛이 엷어지기 시작하더니
마을의 가을은 어느덧 깊어졌다. 관모봉은 어느 결엔지 눈을 하얗게 썼
고 헐벗은 마을은 앙크런 해골을 드러내놓았다.

헌출한 벌판에 능금꽃이 피고 나무가 우거지고 벼이삭이 무거울 때는
그래도 마을은 기름지게 빛나더니 이제 풍성한 윤택을 잃은 마을은 하
는 수 없이 가난한 참혹한 꼴을 그대로 드러내놓았다. 마을의 꼴이 참혹
하기 때문에 나는 눈을 돌려 도리어 마을의 자연을 사랑하려고 하였다.
마을의 현실에서 눈을 덮고 풍성한 자연 속에서 노래를 찾으려 하고 책
상 위에 쌓인 활자의 산속에서 진리를 캐려고 애썼다.

이때부터 서재와 양과 능금밭 사이의 한가한 '동키호테'적 방황이 시

작되었다. 거칠은 안개 속에서 구태여 시를 찾으려하고 연지빛 능금꽃 봉오리 앞에 서서 피지 못하는 내 자신의 하염없는 꼴을 한탄하는 동안에 값없는 우울한 시간이 흘렀다. 마을의 산문은 그러나 이 무위의 방황을 암독하게 매질하지 않았던가.

보리의 시절을 앞둔 앞집에서는 별안간의 소동이었다.

"—이왕 못살 바에야 솥 아니라 집까지 빼가시오. 이 나그네들. 세×만 세×이구—그래 이 백성들은 어쩌잔 말요—."

마매는 펄펄 뛰면서 고함을 쳤다.

그러나 이 고함과는 아무 관계도 없는 듯이 소에게 끌린 한 대의 술기가 유유히 뜰 앞을 굴러나왔다. 장부를 든 면× 서기가 두 사람 그 뒤를 따랐다. 술기 위에는 세금 체납으로 처분한 가마 밥솥 등이 삐죽이 솟아나와 보고 섰는 이웃 사람들의 간담을 서늘하게 찔렀다.

뼛속까지 파고드는 이 야살스러운 풍경을 말살하여버리려고 애쓰면서 나는 마을을 벗어져 사방으로 뛰어나갔다. 들에서 능금밭으로—능금밭에서 자작나무 밑으로, 생활을 떠난 초목의 풍경은 가련한 햄릿을 용납하기에 진실로 관대함을 깨달은 까닭이다.

그러나 현실은 또한 추근추근하게 척지고 뒤를 쫓았다. 집에 돌아왔을 때에 나는 책상 위 활자의 진리 속에서 한 장의 편지를 발견하였다. 봉투 속에는 한 장의 편지와 함께 흙덩이도 아니요, ×덩이도 아닌 괴상한 한 개의 덩어리가 들어 있었다. 의아한 생각으로 편지를 읽어가는 동안에 나는 촌에 있는 동무의 설명에 다시 놀라지 않을 수 없었다.

—동무여, 놀라지 마시오. 이것은 한 조각의 떡이외다. 마을 사람들이 아침저녁으로 먹고 살아가는 떡이외다. 이른 봄에 벌서 양식이 떨어져버린 마을 사람들은 하는 수 없이 소나무 껍질을 벗겨다가 약간 남은 수수쌀을 섞어서 떡을 빚기 시작하였소이다. 껍질을 벗기운 솔밭은 봄 동안에 흰 솔밭으로 변하였소이다.

현명한 동무여, 보시오. 이것은 결코 사람이 먹을 것이 못 됩니다. 마을 사람들은 인간으로서 다다를 최하층의 세상에 떨어져서 이제는 벌써 인간 이하의 지옥의 길을 걷고 있는 것이외다. 백 마디의 나의 감상보다도 이 한 조각의 떡을 참으로 현명한 동무에게 보내는 터이외다……

실로 인간 이하이다.

다시 우울하여진 나는 속으로 중얼거리면서 집을 뛰어나가 저물어버린 마을 밖으로 향하였다.

먼 산에는 난데없는 불[山火]이 나서 어두워가는 밤 속에 새빨간 색채가 선명하게 피어올랐다. 그것은 마치 세상을 불사르려는 아귀의 혓바닥같이 널름널름 어둠을 먹어 들어갔다. 찬란한 광채의 반사를 받은 듯이 어둠에 젖은 능금꽃은 밤 속에 우렷이 빛났다.

여름이 오고 가을을 맞이함을 따라 자연은 기름지게 빛나나 마을의 생활은 한층 한층 더 여위어갈 뿐이다. 능금밭에는 아름다운 꽃이 지고 열매가 맺혔다. 새빨간 별을 뿌려놓은 듯이 아름다운 능금이 송이송이 벌판을 수놓았다.

그러나 이 동안에도 피지 못하는 나는 여전히 초라한 햄릿을 계속하여 왔을 따름이다—시간과 방황 속에 곧은 낚시를 드리워왔을 뿐이다.

시월이 짙어 동짓달을 바라보니 성 모롱이 저편의 바닷빛이 엷어지고 헌출한 벌판을 배경으로 앙클한 마을이 속임 없는 똑바른 자태를 그대로 드러내놓았다. 앙클한 해골이 이제는 가리울 것 없이 마음을 아프게 에웠다.

그 거칠은 벌판에서 나는 하루아침 놀라운 것을 발견하였다.

헐벗은 능금밭 마른 가지에 돌연히 꽃이 핀 것이다. 희고 조촐한 두어 떨기의 꽃이 마치 기적같이 마른 나뭇가지에 열려 있지 않은가. 대체 이런 법도 있는가. 너무도 놀란 나는 잠시 말없이 물끄러미 꽃을 바라보았다. 건너편 관모봉의 흰 눈과 시월에 피는 능금꽃―이것을 비겨볼 때 이 시절을 무시한 능금꽃의 아름다운 기개에 다시 탄복하지 않을 수 없었다.

'슬퍼 말라. 시월에도 능금꽃은 피는 것이다!'

별안간 솟아오르는 힘을 전신에 느끼는 나는 감동에 취하여 쉽사리 그곳을 떠나기가 어려웠다.

(1933. 1)

수필

북위 42도

월세 십 원의 집이 대궐같이 크다. 넓은 앞뜰은 웬만한 운동장이다. 날이 따뜻해지면서부터 의사의 권고로 글로브를 사가지고 캐치보올을 시작하였다. 캐치보올 터로도 쓰고 남은 넓은 뜰을 그대로 버려두기가 아까워서 딸기 묘종을 수십 주 얻어다 심고 날마다 공들여 물을 주었더니 꽃이 하아얗게 피면서 푸른 열매가 맺기 시작하였다. 토마토도 올에는 폰데로오자와 델리셔스 두 종 약 30주를 파다 심었더니 이것도 어느덧 노랑꽃이 피기 시작하였다. 카카리아와 애스터가 한 치 길이나 자랐고, 종이 움 안의 오이가 넝쿨을 뻗으며 푸른 열매를 맺기 시작한 것도 보기에 귀엽다.

그러나 이것도 모두 온상 안에서 월여 동안 자라나 묘를 이식하였기 때문이지 평지에서 자랐다면 아직 이만큼의 장성을 보지 못하였을 것이다. 평지에서는—종묘장의 라이맥이 이제 겨우 3~4촌 자라났고 과수원의 능금꽃이 연지빛 봉오리에서 흰 꽃으로 분장을 변하여가는 중이다.

이것이 북위 42도의 6월이다. 발육 불충분의 가난한 자연—털을 뜯긴 양 모양으로 빈약한 계절—딸기를 먹을 시절에 꽃이 피고 보리를 베인 시절에 이삭도 안 팼다. 하기는 온실에서는 베고니아의 꽃이 피고 제라늄과 아마리러스가 한참 아름다운 때이다. 그 속에 섞여 선인장의 진홍의 꽃송이가 난만한 열대적 열정을 자랑하고 있다. 그러나 한번 온실을 나가면 만목滿目, 헌출한 벌판이다. 그 벌판에는 청색보다도 아직 토색이 더 많이 눈에 띄는 것이다. 바다에서는 찬 안개가 아물아물 흘러온다. 사무실에서는 난로 뒷자리에 놓은 큰 화롯전이 그리워서 우줄우줄 모여드는 형편이다. 기온이 차고 자연이 어리고 계절이 빈궁한 6월.

읽기 시작한 지 일주일이 넘도록 폈다 덮었다 읽다 치웠다 하면서 도무지 나가지 않는 발자크의 소설, 여러 가지 이유가 있겠지만 그 추군추군한 작품의 열정을 쫓아가지 못함이 그 한 이유가 아닐까. 발자크의 인물들은 황소 같은 열정을 가지고 생활한다. 한 가지의 생활 목표를 작정하고는 그 과녁을 향하여 일로매진 마치 마술에 걸린 것 같이 한사하고 생활하여간다. 생명의 마지막 방울까지 생활하여간다. '바루다잘'이 그러하고 '유로'가 그러하고 '크루벨'이 그러하다. 아니 그의 전 작품의 전 인물이 모두 그러하다. 전 육체, 전 감각, 전 지능으로 생활하여가는 그 전신적 열정, 절대적 생활—이것을 쫓아가기에 나는 도중에서 몇 번이나 헐떡거렸던가. 여러 번 그만두려다 간신히 끝까지 쫓아가서 한편을 읽고 나면 마치 찐득찐득하고 독한 고급 양주를 마신 뒤와도 같이 그 열정에 취하여 전신이 몽롱하다. 며칠 동안은 허든허든하여 다른 생각 없이 그 인물들의 뒷생각뿐이다. 과연 이런 것이 훌륭한 '문학'이라는 것을 뚜렷이 느낀다.

결국 위도와 지리의 탓이라고 생각한다.
위대한 체구를 가진 발자크가 일생의 열정을 기울여 제작한 소설—그 속에서는 그와 같은 불란서에 태어난 남구적 열정을 가진 백성들이 힘차게 생활한다—근기根氣 있고 끈기 있고 추군추군하고 줄기찬 소설을 다른 위도와 풍토 속에 사는 우리가 용이하게 따라가지 못함은 정한 이

치이다. 대체 그러한 위대한 열정이 그다지 덥지 않은 기온 속에 살고 그다지 크지 못한 체구를 가진 우리의 성에 맞을 것인가. 발자크의 육체와 우리의 육체—그의 소설과 우리의 소설 사이에는 이 거리가 있다.

문학과 풍토 내지 문학과 기후—이것은 결코 새로운 제목이 아닐 것이다.

온대를 표준으로 하고 변칙적 대외적對外的인 풍토의 철 늦은 이곳에 살면서 풍토 다른 발자크를 읽으려니 이 제목을 새삼스럽게 생각하게 되었다.

풍토와 기후는 생활을 규정하고 그 생활을 비추어낸 것이 문학일지니 문학과 풍토의 관련은 심히 큰 것이다. 발자크의 찬란한 문학에 비길 때 우리의 문학이 얼마나 빈혈증의 앙크렇게 여윈 호흡 짧은 윤택 없는 것인가를 보라. 문학의 전통 기타 백 천의 제 조건과 문제는 그 다음에 오는 것이 아닐까.

의사가 제환除患에 실망하고 약 숟가락을 던지는 격—의 의미가 아니라 이 제목을 새삼스럽게 되풀이하는 것은 발자크의 너무도 위대함에 괄목하여서이다. 그의 소설은 실로 인생의 박람회장이요 지식 창고이다. 이 경이할 만한 창조신—그는 '문학'의 한 큰 자랑이 아니고 무엇이랴. 풍토의 제목을 차버리고 이 땅에도 발자크 같은 위대한 육체의 예외적 천재가 나서 그의 재조를 배우고 기술을 승양하여 그의 작품에 비길 만한 정력적 걸작을 내기를 바란다.

덥지도 못하고 그렇다고 극히 차지도 아니한 격정이 없는 이 가난한 풍토와 거세된 이 환경 속에서 발자크적 훌륭한 문학을 낳는다는 것은 사실 극난의 일은 일이다.

6월이 아직도 차다.

그러나 차차 계절이 익으면 얼었던 마음이 풀리겠지.

뜰 앞의 딸기가 빨갛게 익으면 딸기 같은 문학이라도 써볼까. 토마토가 익을 때면 토마토 같은 문학을, 능금이 익을 때면 능금 같은 문학이라도 써볼까.

(1933. 6)

내가 꾸미는 여인

— 순진純眞한 정미情味를 느끼게 하는 '쁘랑슈' 급級의 여인

　조선적 현실에서는 찾을 수 없는 경지나—그러므로 이상이라고 할 수 있겠으나—루노알의 '쁘랑슈' 나 '말토' 쯤의 여인이면 이상에 가깝다 할까. 하필 '쁘랑슈' 나 '말토' 를 드는 것은 그들의 높은 지적 계도階度를 원함으로써이다.

　즉 이상이라 함은 지적 이상을 가리킴이다. 의상이야 무엇이든 드레스와 머플러 대신에 치마저고리를 입히고 하이힐 대신에 털고무신을 신기고 갸우뚱한 베레모 대신에 맨머릿바람으로 거리를 거닐게 하더라도—무관한 것이며 보다도 지적 민첩, 고도의 이성, 심리의 비약적 거래가 바라고 싶은 것이다. '사랑하는 사람이란 피차에 끼쳐 주고 받는 추억밖에는 값이 없는 것이에요.' 하고 말할 때의 '쁘랑슈' 의 연애적 활달과 심리적 은근성이 꾸며보고 싶은 것이다.

　고도의 지성을 우리는 더 많이 지드의 '알리사' 에게서 볼 수 있으나 거기서는 도리어 과도의 이성에 질식하게 되며 편집적偏執的 극기 절제에 일종의 안타까운 불만조차 느끼게 된다.

　"제로옴씨, 우리는 언제까지든지 떨어져 있는 편이 좋아요……. 나는 당신을 멀리서 생각하고 있는 편이 훨씬 좋아요……. 사람이 가까이 가서 탈없는 것은 다만 주에게뿐예요."

하고 딱 잡아떼는 알리사의 완고한 정신에는 일률로 찬 것을 느낄 뿐이다. 반대로 누이동생 '쥬리엣'의 걱실걱실한 마음씨에는 따뜻한 동감을 느낄 수 있다.

"언니는 저를 뉘에게 시집보내려고 하시는지 아세요……. 당신께예요."

'제로옴'에게 대한 구애의 말에서도 다만 그의 꾀를 본다느니보다는 순진한 정미情味를 느끼게 되는 것이다.

이 정미와 고도의 지성과는 반드시 서로 배치는 것이 아닐 듯싶다. 이 두 가지 심조心條를 갖춘 곳에 이상의 여인을 꾸밀 수 있을 것 같다. '가'를 말하면 '나'를 대답하고 꽃의 빛깔을 이야기하면 그 향기를 짐작하는 내포가 넓고 함축이 많고 심리적 비약적 회화를 건넬 수 있으며 연애적 모험성이 있고—그 위에 육체적 욕심을 말한다면 눈자위에 윤택이 흐르고 응시하는 초점이 확적치 못하며 나를 노리는지 혹은 내 등 너머 죽은 석고 조상彫像을 바라보는지 분간할 수 없는—그런 여인이면 이상에 가깝다 할까.

현실에 있어서 그런 육체적 조건의 여인은 간혹 발견할 수 있으나 그 심적 조건에 이르러서는 말을 건네보기 전에는, 마음을 떠보기 전에는 알 수 없는 노릇이다.

(1936. 2)

6월에야 봄이 오는 북경성의 춘정

　북위 42도와 한류의 냉대에서는 봄은 3월부터가 아니라 6월부터 시작된다. 저능低能한 늦둥이가 훨씬 자라서야 겨우 입을 열고 말을 번지듯이 철 늦은 시절은 6월에 들어서야 비로소 입을 방긋이 열고 부드러운 정서를 표백한다.

　3월에는 오히려 눈이 오고 4월에는 물오른 능금나무 가지가 물오리 발같이 빨갛고, 5월에는 잎새 없는 진달래꽃이 산을 울긋불긋 점찍고 6월에 들어서서야 처음으로 들은 초록으로 덮이어 민들레, 오랑캐꽃 꽃다지도 활짝 피고 능금나무와 앵도나무에 잎이 돋고 장다리꽃이 벌판에 노랗다.

　개울가에 버들피리 소리 무르녹는 집 앞 우물터에 물 길러 오는 처녀들의 허리가 늠름히 길어 보인다. 온상에서 옮겨다 심은 뜰 앞 화초포기에 물을 주다 모르는 결에 판장 밖 우물께로 눈이 간다. 안 보는 동안에 도리어 이쪽을 노리고 있던 그들은 시선이 마주치자 날쌔게 외면하며 황겁결에 물속에 드레를 던진다. 봄은 피차에 같은 심서心緒를 일으키는 모양이다. 채 차지도 않은 물동이를 이고 급스럽게 가는 처녀들의 머리채는 길고 벗은 다리는 오리발같이 빨갛다.

　그러나 그렇게까지 서로 거북스럽고 면구스럽게 피차의 자태를 훔쳐

보지 않아도 좋은 것은 단오 날이다.

이곳의 단오는 남쪽의 정초正初 추석 이상의 명절이니 장터에서 며칠을 두고 열리는 마을 운동회에는 치장한 마을 사람들이 함빡 쏟아져 나가 자전거 경쟁, 씨름, 궁술, 추천 등 갖가지의 경기에 한데 휩쓸려 흥과 재주를 쏟는다. 이때에는 적어도 눈에만은 풍년이 든다. 담담한 심사로 향기를 맡고 색채를 봄은 자유인 까닭이다. 의장은 다채이며 분장扮裝은 욱욱郁郁하다. 역시 꽃보다는 사람이 훨씬 아름다운 것이다.

그네 아래에 서서 줄을 솟구는 허공의 여인을 치어다보기란 결코 겸연쩍은 짓이어서는 안 된다. 수천의 눈이 그를 노리고 있는 까닭에 줄 위의 동체는 생색이 나고 꽃다웁다. 발 아래에 수천의 눈을 의식하는 까닭에 치마폭은 한결 가볍고 나부끼는 몸은 승천할 듯이 자랑스럽다. 절색絶色이든 졸색拙色이든 상에야 들든 말든 그네 위의 여인은 수천의 마음을 한꺼번에 잡아 쥔 공중의 여웅女雄이요 여왕이다. 보고 보임은 추천鞦韆의 공덕公德이라고도 할까. 다만 한 가지 한 됨은 속옷이 겹겹으로 너무도 복잡함이다. 그것은 도리어 미덕이 아니요 숙례淑禮가 아니다. 봄날이 따뜻하거늘 짧은 잠방이 하나로 족하지 않은가. 수천의 마음을 피곤케 하게 불측한 생각일까. 그것도 봄인 까닭이다.

1. 지새지 않는 안개

단오 무렵은 따뜻하고 개어야 하나 그때조차 안개 끼는 날이 많다. 아지랑이가 아롱아롱 걸리는 대신에 안개가 아물아물 끼는 것이다. 안개는 바다에서 흘러와 벌판을 거치고 성 모퉁이를 돌아 마을을 싸고 골짝으로 오지奧地로 들어간다.

그것은 거의 무진장이어서 종일 흐르고 며칠을 계속하여도 떨어지는 법이 없다. 이어 이어 오는 것이다. 엷을 때에는 벌판을 바다같이 아득하게 보이게 하고 두터울 적에는 지척도 분간할 수 없게 만든다. 그럴 때에는 만물이 모두 모양과 자취를 감추고 잠시 생활을 끊어버린 듯이도 누리는 고요하고 막막하다.

무無의 세계는 그런 것이 아닐까. 지구는 가끔 창조 이전의 아득한 세상을 추억하고 명상하기를 즐겨하는 듯하다. 그 아득한 세상 속에서는 사람의 창해蒼海의 일속一粟과 같이도 작고 하잘 것 없고 처음도 끝도 없는 한 개의 점 같은 느낌이 난다. 당장 서 있는 주위와 절연된 그 지점은 반드시 마을의 복판이 아니라고 하여도 좋으니 서반구 위의 한 지점이라고 하여도 좋을 것이며 별 위의 한 지점이라도 좋은 것이요 실로 임의의 자유로운 일점인 것이다. —짙은 안개 속을 걸을 때에는 그런 기괴한 착각이 들어 나침반을 잃은 선체와 같이 몸이 허전거린다.

북해를 건너고 동해를 넘어온 안개는 몹시 차다. 빙산과 한류를 스치고 오느라고 쌀쌀한 바다의 기운을 함빡 빨아 들이마신 까닭일까. 짙은 안개의 조각조각은 산들바람같이 소매 속에 스며들어 얼어붙은 북해의 상화想華를 강요한다. 자라던 만물은 잠시 봄을 잊어버리고 시절의 역행 속에 끌려 들어가게 된다.

꽃은 움츠러들고 잎은 찬 꿈속에서 떤다. 백양나무 잎새에서는 기어코 눈물이 떨어지고야 만다.

청명하게 개인 날에는 안개는 선명한 유백색으로 변하여 줄기줄기 흘러온다. 투명한 공기와 분명히 구별되어 신록의 벌판 위를 살금살금 걸어오는 양자는 푸른 하늘을 스치는 얄팍한 구름장과도 흡사하다.

땅 위에 야트막하게 떠서 초목을 만지면서 움직이는 꼴은 확실히 동물의 모양이다. 그 무슨 반가운 기별이라도 전하려는 듯이 쉬지 않고 어디론지도 모르게 살금살금 흘러간다.

산속으로 바다의 소식을 말하러 가는 것일까. 산호수 너붓거리고 미역

냄새 피어나고 조개 입 벌리고 고래 숨쉬기 시작한 동해의 꿈의 입김을 신록의 수목에게 전갈하러 가는 셈일까. 빈번한 이국의 사절같이 지새 지 않는 안개는 봄내나 바다에서 벌판으로 산으로 흘러간다.

2. 고원高原의 박새

바다의 사절을 맞이하려는 듯이 고원의 박새는 조촐하게 파도친다.

해발 몇백 척의 산복山腹도 북방에서는 고원지대의 양기陽氣이니 고원의 봄을 제일 먼저 꾸미는 꽃은 박새인 듯싶다. 고사리 싹이 애잔한 주먹을 민츳이 들었을 때 양지쪽 박새는 이미 넓은 잎새에 가는 줄기를 뽑아 흰 꽃방울을 초롱같이 조롱조롱 단다.

산등에 일면으로 깔린 수천 수만의 방울은 요란히 울리는 대신에 높은 향기를 뿜어 사람을 끌고 봄을 자랑한다. 욱신한 향기로 박새를 지나는 꽃이 있을까.

꺼졌다 이었다 숨었다 나타났다 하며 은연중에 강렬한 향기가 진동쳐 온다. 굵어졌다 가늘어졌다 기억의 실마리를 찰락찰락 채우며 그 향기는 확실히 그 무슨 그윽한 전설을 이야기하려는 듯하나 둔한 재치로는 그것을 번역해낼 수가 없다. 향기만으로 애끊게 호소하는 가날픈 자태가 애달픈 전설의 여주인공의 후신임을 다만 짐작할 수 있을 뿐이다.

여학생들은 가고 오는 길에 벌판에 들어 꽃을 묶음 묶음 꺾어 책 속에 넣고 화병에 꽂고 꽃묶음을 만든다. 부드러운 손에 꺾이움이 박새로서는 원일까.

책 속에 간직한 것은 해를 넘어도 여전히 향기롭고 상자에 넣어 동무에게 선물로 보낸 것은 바다를 넘어서까지 향기를 전한다. 북방의 향기로는 박새가 으뜸일 것 같다.

봄은 짧다. 박새가 질 무렵이면 벌써 벌판의 고사리가 활짝 피어 쇠어 간다. 그때면 바다도 푸를 대로 푸르다. —3월 경성에서

(1936. 4)

영서의 기억

작은 글에 서문의 구절조차 붙임이 객적은 짓 같으나 나는 무엇보다도 먼저 나의 고향이 어디인가를 규정하여보아야겠기에 이 번거로운 짓을 굳이 하려 한다.

고향에 관한 시절의 글의 부탁을 받을 때마다 나는 언제든지 잠시간은 어느 곳 이야기를 썼으면 좋을까를 생각하고 망설이고 주저한다. 나의 반생을 푸근히 싸주고 생각과 감정을 그 고장의 독특한 성격에 맞도록 늑진히 길러준 고향이 없기 때문이다. 현대인에게는 고향의 관념이 거개는 희박하고 찾아야 할 진정한 고향을 잃어버리기는 하였다. 세계주의의 세례를 받은 까닭도 있거니와 고향이 모두 너무도 초라한 까닭이다.

그러나 나에게 있어서는 그런 위에 더욱 고향의 확적한 지리적 구역과 친척조차 없는 것이다. 나는 자주 관북關北의 경성과 그 부근 이야기를 지금까지 썼으나 살고 있던 당시의 일종의 고향의 느낌을 그곳에서 발견하였기 때문일 뿐이다.

고향이라고 해야 할 곳은 강원도 영서지방이나 네 살 때에 일가는 서울에 옮겨가 살았고 일단 내려가 보통학교 시절을 마치고는 나는 다시 서울에서 지금까지의 거의 전부의 반생을 지내게 되었다. 그 동안의 지리적 변동이라고는 몇 해 동안 경성鏡城에 있던 일과 지금 평양에 살고 있는 일뿐이다. 잔뼈가 이토록 굵어진 것은 서울에서이나 서울에—사람은 푸근한 고향의 느낌을 품을 수 있던가. 굳이 기억 속을 들추니 너덧 살 때의 아름다운 부분을 찾아낼 수는 있다.

저녁 무렵이면 해가 노랗게 쪼이는 넓은 거리 위에 원각사圓覺寺의 날나리 소리가 이국적 정서(웬일인지)를 짜내었고 대문 밖 돌담 앞을 인력거가 쉴새없이 지나갔고 한강의 푸른 물을 귀웅배로 건넜고 예배당에서 찬송가 소리에 울었고—모든 것이 전설과 같이도 멀고 아름답기 때문에 먼 옛일에 그리운 고향의 감정을 느낄 수 있기는 하다. 철들어 십여년을 학교 마당에서 지낼 때에는 드디어 고향의 느낌은 없어져버렸다. 다시 시골로 돌아가 영서에 내려가볼 때 거기에 또한 뿌리 깊은 친척은 없는 것이라 여나믄 살까지의 들에 뛰놀던 시절과 보통학교 시절과 철든 후 서울서 가끔 내려가 한 철씩 지낸 때의 일과—이것이 영서에서 보낸 생활의 전부이다. 눅진하고 친밀한 회포가 뼈속까지 푹 젖어들 여가가 없었던 것이다. 고향의 정경이 일상 때 마음에 떠오르는 법 없고 고향의 생각이 자별스럽게 마음을 눅여준 적도 드물었다. 그러므로 고향 없는 이방인 같은 느낌이 때때로 서글프게 뼈를 에이는 적이 있었다.

우연히 백석시집白石詩集《사슴》을 읽은 것은 다행이라고 생각한다. 잃었던 고향을 찾아낸 듯한 느낌을 불현듯이 느꼈기 때문이다. 시집에 나오는 모든 소재와 정서가 그대로 바로 영서의 것이며 물론 동시에 이 땅전부의 것일 것이다. 나는 고향을 찾은 느낌에 기쁘고 반갑고 마음이 뛰놀았다. 워즈워드가 어릴 때의 자연과의 교섭을 알뜰히 추억해낸 것과도 같이 나는 얼마든지 어릴 때의 기억을 풀어낼 수 있게 되었다. 고향의 모양은—그것을 옳게 찾지 못했을 뿐이지—늘 굵게 피 속에 맥치고 있었던 것을 느끼게 되었다. 《사슴》은 나의 고향의 그림일 뿐 아니라 참으로 이 땅의 고향의 일면이다. 소재의 나열의 감憾쯤은 덮어놓을 수 있는 것이며 그곳에는 귀하고 아름다운 조선의 목가적 표현이 있다. 면목없는 이 시인은 고향의 소재를 더욱더욱 들춰 아름다운 《사슴》의 노래를 얼마든지 더 계속하고 나아가 발전시켜주었으면 한다.

'가즈랑집', '여우난 곬 족族', '모닥불', '주막' —모두 명음이니 이 노래들의 '바른 방향'과 '진정한 발전' 위에 우리가 말하려는 모든 고향의 이야기는 포함되리라고 생각한다.

장백산맥은 같은 도를 길이로 갈라 산맥의 동과 서는 생활과 풍습과 성벽이 심히 다르다. 대관령의 동편 영동 사람들이 영서를 부러워할 때가 있듯이 영서 사람들은 영동을 그리워할 때가 있다. 동쪽이란 늘 그리운 곳인 것 같다. 영동은 해물과 감의 고장이므로 그리워하는 것이나 대신에 영서는 산과 들과 수풀과 시내의 고장이요, 자연은 더한층 풍성하다. 영동에서는 달이 바다에서 뜨나 영서에서는 달이 영嶺에서 뜨므로 그 조화는 한층 복잡하다.

영서의 기억이라고 하여도 나에게는 읍내의 기억이 있고 마을의 기억도 있고 산골의 기억도 있으나 가을 기억으로는 산과山果와 청밀淸蜜과 곡식과 농산물품평회의 기억이 가장 또렷하다.

산협山峽 약수터로 가는 사람도 뜸해지고 늦가을 볕이 쨍쨍할 때면 오대산 월정사月精寺 부근에서 여름내 아름드리 박달나무를 베어내 깎아 만든 목기류木器類의 행상의 떼가 나온다. 함지 이남박을 두어 길 길이로나 겹쳐 쌓아 그 길고 높은 짐을 진 사람의 꼴이란 기막힌 장사가 있어 그에게 피사의 사탑을 지우면 흡사 그렇게 보일 듯도 한 꼴이다. 산삼을 얻으려고 철내내 산에 잠겨 치성 드리고 헤매고 하던 타관 사람이 삼뿌리나 캐었는지 못 캤는지 홀아비 살림그릇을 짊어지고 돌아오는 것도 이때이다. 들에는 벼가 익을 대로 익어서 숙었고 욱신한 들깨 향기가 살에까지 배어들고 오랍뜰에는 마른 옥수수 이삭과 익은 고추송이와 콩꼬투리가 지천으로 널려진다. 분주한 속에서도 하루 품을 타서 새댁들은 먼 산에 머루사냥을 떠난다.

익은 머루와 다래—가을의 선물로 이같이 탐스러운 것은 없다. 흔한 것이면서 귀하게 여겨진다. 새댁들은 아침 일찍이 떠난 것이 해가 저물어야 돌아온다. 함지에는 머루와 다래가 수북이 담겨져도 좋고 그 한편 구석에 동백 열매가 한몫 차지하여도 좋다. 특히 동백을 목격하면 마을에서 몇십 리 되는 깊은 산으로 들어가야 되니 그런 때에는 자칫하다가는 산골짝에서—노루를 만나기는 예사이나—갈가지를 만나 기급을 하고 무서운 이야기를 가지고 돌아오는 수도 있다. 그들이 가져온 것으로 뒤주 안은 그득히 찬다. 꿀과 엿과 문배와 곡식 톨이 있던 뒤주 안은 머루 다래의 광주리로 한층 풍성해진다. 광주리가 비게 될 때까지 사람들의 입술은 자주빛으로 물들어 있다.

머루의 시절과 전후하여 꿀을 뜨는 때가 온다. 꿀통은 대개 마을에서도 몇 리를 들어간 산 아래 양지쪽에 놓인다. 반년 동안이나 애써 모은 꿀을 얻기 위하여 그 벌 떼를 연기를 뿜어 죽여야 함은 가여운 일이라 벌집과 한데 문질러 내린 개꿀을 진귀히 여겨 마을 사람들은 산속으로 들어간다.

별로 신통하지는 못하나 나는 내 자신의 한 장의 이야기를 가지고 있다.

동행은 세 사람이었으니 총중의 한 사람은 여학교를 나와 제복을 가제 벗은 소녀였다. 그의 몸이 아무리 위대하고 가을같이 익었다 하더라도 소녀라고 부름이 허물없고 마땅할 것 같다. 먼 길이 아니므로 설핀 우림으로 아침 늦게 떠나 마을길을 더듬었다. 그렇게 세 사람인 때에 사람들은 피차에 무슨 생각을 하는지는 알 바 없으나 반드시 초조한 생각만이 아니고 때로는 유유한 평화로운 심사도 든다는 것은 그때의 나의 마음이 잘 설명하여준다. 나는 그를 다쳐서는 안 되었으니 그것은 도덕이기보다도 먼저 나의 감정이요 흥미 문제였다. 여학교를 마친 제 생애의 길을 못 찾고 번들번들 지낼 때의 소녀의 마음같이 안타까운 것은 없을 것이다. 나는 그의 그런 마음을 잘 속 볼 수 있기는 있었으나 감정은 냉정하여야 되었다. 번거롭게 보내는 그의 편지를 무시하려 하였고 간혹 그의 방에 들어간 때에도 축음기 바늘을 공들여 꼽아 벽에 그려놓은 감상의 글발을 보고 나는 무자비한 심사로 잠자코 있어야 하였다. 꿀을 먹으러 간다고 하필 그날에 꿀같이 단 이야기를 가진 것도 아니었으나 꿀을 먹고 싸들고 이럭저럭 해가 기울어서야 다시 길을 떠났다. 도중에서 차차 어두워짐을 깨닫고야 비로소 그날의 불찰을 느꼈다. 드디어 이등도로 다리목에서 소녀를 맞으러 오는 그 집 머슴을 만나 나는 얼굴을 붉히지 않을 수 없었다. 집안 사람이 걱정하여 사람을 보낸 것이다. 더 일러야 할 것을 의미 없는 놀음에 시간이 공연히 너무도 치우친 것이었다. 물론 뉘우쳐야 할 것은 없었으나 벌써 지난 지 오랜 가을의 일절이다.

이야기는 더 어렸을 때로 올라가니 읍내에는 대추나무가 흔하였다. 이같이 늦게 익는 열매는 없다. 대추가 한창 익었을 때에는 들과 밭의 추수는 거의 되어 벌써 성대한 군품평회郡品評會가 준비되었다. 품평회는 군의 장한 연중행사였다. 백중이 터지고 사람이 들끓고 학교는 며칠씩 놀았다. 같은 반의 소녀(그야말로 소녀였으나)에게 어렴풋한 회포를 느끼고 실없이 안타깝게 지낸 것도 이런 때였다. 알맞힌 생각은 못 되나 옆 아이들이 추스르는 바람에 모르는 결에 주인공과 여주인공이 되는 것도 생각하면 실없는 일이다. 소문이 사실을 만들고 뜻을 창조하는 수가 있는 듯하다. 그러나 자치동갑의 더 약은 아이가 있음을 몰랐다. 철이 들대로 든 꾀바른 무서운 적수였다. 그의 출현이 소녀에게 대한 철부지의 회포를 결정적으로 불질렀다. 두 아이 사이의 말없는 어두운 대립이 시작되었다. 품평회 무렵은 노는 날이 많으므로 만나는 때가 잦았다. 가을 바람 부는 어두운 밤길을 세 아이가 거닐 때에 소녀는 응당 복판에 서야 할 것임을 자치동갑은 그를 한쪽 편에 세우고 셋은 천연스럽게 손을 맞붙들고 즐거운 듯이 걸어갈 적이 있었다.

그가 소녀를 어떻게 하였는지 알 바 없듯이 그 또한 나를 의심하였을는지 모른다. 무서운 아이들이었다. 깊은 가을의 일이었다.

후일담 같으나 나는 자란 후 서울거리에서 단 한 번 우연히 자란 소녀의 자태를 보고 큰 환멸을 느꼈다. 지난날의 베아트리체는 구름같이 사라져버린 것이다. 그를 만난 것은 한 불행이었다. 아름다워야 할 옛꿈의 한 장이 그를 만나므로 인하여 더럽혀졌으니까 말이다. 꿈에 가을이 왔으니까 말이다.

인물의 가을 풍경이 되었으나 빈약한 고향의 기억 속에서 모두 귀한 추억들이다. 고향을 찾은 지 오래여서 그리운 생각도 솟는다. 차차 늦어지는 가을에 앞 강의 물은 흠뻑 줄어 마른 돌이 솟아오르고 시든 옥수수 잎에, 영嶺 위에 뜬 달이 차게 비칠 것이다. 뜰에 서서 들깨를 베는 새댁의 손이 희고 치마폭에는 깻잎 냄새가 욱신거렸다. 머루 먹은 마을 사람들의 입술은 점잖지 못하게 자줏빛으로 물들었으렸다.

(1936. 11)

고요한 '동'의 밤

경성에서 나남까지는 약 십 리의 거리였으나 나는 나남을 문 앞같이 자주 다니게 되었다. 경성의 마을을 사랑하는 한편 나남의 거리도 마음에 든 까닭이었다. 기차로도 다니고 버스로도 달리고 때로는 고개를 걸어 넘기도 하였다. 그곳에 간 지 달포도 못 되어 나는 거리의 생활의 지도를 역력히 머릿속에 넣어버렸다. 빵은 카네코가 제일이요 책사는 북광관이 수수하고 찻거리는 팔진옥에 구비되었고 커피는 '동'의 것이 진짬이라는 것을 횅하게 익혀버렸다. 빵 한 근을 사러 십 리 길을 타박거릴 때도 있고 커피 한잔 먹으러 버스에 흔들린 때도 있었다. 빈속에 커피를 마시고 버스로 고개를 넘기같이 위험한 일도 적다. 가솔린 냄새에 속이 훑이고 금시에 구역질이 나는 것이다.

나는 견디기 어려운 십 분 동안을 간신히 참으면서 세상에서 제일 싫은 것이 무엇이냐고 물을 때 서슴지 않고 경성과 나남 사이를 버스로 달리기라고 대답할 것을 마음속에 준비하면서 그 지긋지긋한 고생을 꿀꺽 참을 수밖에는 없었다. 그러면서도 그 고맙지 않은 차를 먹으러 또 나남으로 가는 것이다. 차를 먹고 빵을 사들고 고개를 타박타박 걸어 넘는 때가 많았다. 고개는 시절을 따라 자태를 변하였다. 이른 봄에는 회초리만 남은 이깔나무의 수풀이 자주빛을 띄고 잔디밭이 보료같이 따뜻하다.

여름에는 바다가 멀리 시원스럽게 내려다보이고 가을에는 고개 밑 능금밭에 익은 송이송이가 전설 속의 붉은 별같이 다닥다닥 나무 사이에 뿌려진 것이 상줄 만하다. 겨울에는 한층 공기가 차고 맑아 눈발이 휘날리는 속을 부지런히 걷노라면 몸이 후끈히 더워져 어느 때보다도 유쾌한 체온의 조화를 준다.

산마루턱에 올라서 바다를 향하여 더운 몸의 물을 줄기차게 깔리노라면 고개 양편의 마을과 거리가 내 것 같은 호돌스런 느낌이 난다.

나남은 넓게 헤벌어진 휑뎅그레한 거리였다. 넓은 벌판에 토막집들을 달롱달롱 들어다가 붙여 늘어놓은 듯한—모두가 새롭고 멀숭한 거리였다. 새로운 지붕과 벽돌에는 묵은 이야기도 없고 으늑한 이끼가 끼어 있을 리도 만무하다. 얄팍한 집안에는 얄팍한 생활이 있을 뿐이었다.

이 거리에 단 하나 운치 있는 것이 있었으니 한 대의 낡은 마차였다. 먼 외국 어느 거리에서라도 주워온 듯한 여러 세기 전의 산물인 듯도 한 검은 고귀한 낡은 마차. 한 필의 밤 빛깔 말이 고개를 의젓이 쳐들고 점잖고 고요하게 마차를 끌었다. 역에서 내린 손님을 싣고—라면 벌써 산문이 되어버리고 마차 안에 탄 사람이 보이지 않게 말을 어거하며 고요한 거리를 바퀴 소리를 가볍게 내며 굴러가는 풍경은 보기 드문 아름다운 것이었다. 그 무슨 그윽한 옛이야기를 싣고 그것을 헤쳐 보이는 법 없이 시침을 떼고 의젓이 지나가는 것이다. 애숭이 거리에는 아까운 한 폭의 그림이었다. 나는 거의 경이에 가까운 눈으로 한 폭을 무한히 즐겨하였다

차점 '동'—이것이 또한 나에게는 중하고 귀한 곳이었다. 그곳을 바라고 나는 거의 일요일마다 십리의 길을 걸었다. 공원 옆 모퉁이에 있는 조촐한 한 채의 집—그것이 고요한 '동'—마차와 함께 거리의 그윽한 것의 하나였다. 붉은 칠이 벗겨진 DON의 글자가 밤에는 푸른 등불 밑에 깊게 묻혀버린다. 나는 그 이름의 유래를 모르나 아름다운 이름으로

기억하게 되었다. 문을 밀치고 들어가면 단간방에 탁자와 의자가 꼭 들어찼다. 벽에는 쉬이러의 얼굴이 붙었다 탈이 걸렸다 하였다. 창의 휘장도 시절을 따라 변하여 여름에는 검은 명사의 카텐이 걸리고 철이 늦으면 아롱진 두툼한 것으로 갈려졌다. 겨울이면 복판에 난로가 덥고 크리스마스 무렵에는 한편 구석에 크리스마스 트리가 신선하게 섰다. 낮이면 사단의 초등병 상등병들이 그 속에 꼭 차는 까닭에 내가 그 속에서 보내는 시간은 어느 때나 밤이어야 한다. 마을로 가는 막차 시간 열 한 시까지의 밤을 그 속에서 지우는 것이었다. 주인은 나중에는 집에서 기른 닭고기를 나에게 대접하고 진을 따라주게까지 되었다. 커피는 처음에는 마련없던 것이 거리에 남양에까지 다녀와 커피 맛에 살찐 친구가 있어서 그의 권고로 나중에는 모카 째버 믹스트의 세 가지를 구별해서 내게까지 되었다. 굵은 눈송이가 휘날리는 밤을 나는 그 안에서 난로와 차에 몸을 덥혀가며 이야기에 휩쓸리거나 레코드에서 흐르는 〈제 두아무울〉의 콧노래에 귀를 기울이곤 하였다. 적적한 곳에서 나는 나의 감정을 될 수 있는 대로 화려하게 치장함으로써 먼 것을 꿈꿀 수밖에는 없었다. 생활은 재료만이 아닌 것이다. 중요한 것은 그 향기다. 감정 분위기 향기를 뺏길 때 그곳에는 모래만이 남는다. 나는 늘 이 향기를 잃어버릴까를 두려워하며 언제든지 그것을 주위에 만들고야 만다. '동'은 그때의 나에게 이 향기를 준 곳이었다. 고요한 곳에서 그 향기를 찾으려고 나는 십리의 밤길을 앞두고 눈오는 밤을 그 속에서 지우는 것이다. 간간이 레코드 회사 출장원이 내려와 레코드 연주회를 열 때가 있었으니 그것은 늘 귀한 진미가 되었다. 꿈은 한결 풍성하였다.

물론 주인들과 문학 이야기에 잠기는 수도 있었다. 주인 S와 그의 아내와 처남 T와의 세 사람이 모두 문학에 관하여는 제법 각각 자신의 의견과 말이 있었다. S는 지방 신문의 기자였으나 호담스런 비위에 연말이면 연대장쯤을 찾아가서 객실에 몇 시간이든지 버티고 앉았다가 기어코 금일봉의 봉투를 우려내고야 마는 위인이었다. 그것을 정당한 것으로 주장하고 봉투에 든 액수가 칠십 원밖에는 안 된다고 투정을 내는 위인이었다. 동경서 비비대다가 결국 밀려난 것이었으나 그곳에 뒹굴고 있을 때에는 정당 연설을 하다가 난투 속에 휩쓸려 얻어맞기도 하고 한동안은 좌익시인 노릇도 해보고 사회운동에 몸을 던져도 보았다가 종시 밀려난 것이었다.

아내는 북국의 광산에 자라난 광부의 딸이었으니 직업부인으로 산지사방 구르다가 S와 지내게 되었고 지식청년인 처남 T 역시 하릴없이 그들을 쫓아나와 거북스런 식객 노릇을 하고 있는 판이었다. 동맹휴교를 지도하다가 반대파에게 맞았다는 칼침의 흔적을 자랑삼아 몇 번이든지 말하고 보이곤 하였다. 그러나 그것은 지나간 꿈의 부스러기요, 가게에서는 한다하는 쿡 노릇을 하면서 커피 자랑과 단벌의 빛나는 그의 구두 자랑을 하는 것이 격에 맞아 보이는 것이었다.

같은 고향 출신의 동경에 있는 몇 사람의 신진작가 이야기를 비교적 자세히 털어놓곤 하였다. S는 한 사람의 여류작가와의 연애사건까지 헤쳐 말하였으니 눈치로 보아 그것이 허황한 거짓말만도 아닌 듯하였다. 그 여류작가는 당시 대잡지에 등장하여 익숙한 단편을 발표하고 있었다. 북국의 광산의 음산한 공기가 방불하게 나타나 그들의 지난 생활은 그랬으려니 짐작하기에 족하였다. 어느 때엔지 신문에 발표된 어떤 우익 여류작가의 단편을 칭찬하였을 때 S부인은 대단히 불만한 표정을 하였다. 놀라운 기술을 말하다가 범연한 그의 태도에 나는 밑천도 못 찾고 객적스런 느낌을 마지 못하였다. 그들에게는 철없이 경박하다가도 때로는 확실히 그러한 고집스런 진실한 일면이 있었다. 거짓 장식만이 아닌 뿌리 깊은 생각이 있었다. 가령 이런 일이 있었다. 연대의 초등병 가운데에도 그들의 고향 가까운 곳 사람들이 많았다. 군영 안에서는 책을 금하는 까닭에 그 중의 몇 사람은 가게를 통하여 붉은 책을 청하였다. 거리에 나와 읽다가 귀영 시간이 되면 가게에 맡기거나 급할 때에는 길거리 풀밭 속에 버리고 영으로 돌아가는 습관인 것을 한번은 부주의로 책자를 품에 지닌 채 돌아갔다가 기어코 발각이 난 것이었다. 당사자가 감금을 당한 것은 물론이어니와 책자의 출처가 문제되어 '동'에까지 손이 뻗쳐오고야 말았다. 하루는 T가 돌연히 집으로 찾아와서 그 일건의 전후곡절을 이야기하고 그 하루 동안 몸을 맡아달라는 연유를 말하였다. 손길을 피하고 있는 중이었다. 그러나 사건 내용도 그렇단 것이 아니었으나 결국 S가 그의 지위를 이용하여 사면팔방으로 분주히 청을 넣고 하여 T의 일신이 무사히는 되었다. 당사자의 병졸이 군법회의까지 돌았는지 어쨌는지는 그 후 못 들었으나 확실히 시끄러운 조그만 사건이었다. T들에게는 그런 일면도 있기는 있었다.

'동'에 단골로 다니는 패에 색다른 한 사람의, 토목기사와 백화점의 사무원과 거리의 관리와 남에서 돌아온 실업자가 있었다. 토목기사와 사무원은 제법 음악에 대한 소양이 놀라웠다. 청진에 고명한 재즈가수의 연주회가 있었을 때에도 토목기사만은 동행을 한 처지였다. 가족들과 이 모든 사람들이 어울리면 가게 안은 웅성웅성 즐거웠다.

나는 눈 내리는 여러 밤을 그 안에 휩쓸려 막차 시간을 기다리면서 정신없이 시간을 보내곤 하였다. 북국의 눈송이는 유달리 굵다. 그리고 밤의 눈이란 깊은 푸른빛을 띠이는 것이다. 창 기슭에 쌓이는 함박 같은 눈송이를 두터운 휘장 틈으로 내다보며 난로와 더운 차에 얼굴을 붉히노라면 감정이 화려하게 장식되고 찬란한 꿈이 무럭무럭 피어올라 가게 안에 차고 먼 아름다운 것이 눈앞에 보여오곤 하였다. 그 아름다운 것이 무엇인지는 모른다. 형상도 아무것도 없는 다만 부연 안개일는지도 모른다. 그 안개가 생활에 대단히 필요한 것이다. 나는 그 안개 속에 많은 밤을 그 안에서 지냈으나 생각하면 다행한 일이었다. 안개 없이는 살 수 없는 까닭이다. 문학도 그 속에서 그것을 찾을 수 있을 때에 한층 생색

있는 것이 된다. 나는 끊임없이 내 주위에 '동'의 안개를 꾸며내고 뱉어
내려고 애쓴다.

(1936. 12)

나의 수업 시대
— 작가의 올챙이 때 이야기

　일곱 살 전후하여 가정과 사숙에서 소학을 배울 때 여름 한 철이면 운문을 읽으며 오언절구를 짓느라고 애를 썼다. 즉경卽景의 제목을 가지고 오로지 경물景物을 묘사할 적당한 문자를 고르기에만 골몰하였으니 시적 감흥이라는 것보다는 식자植字에 여념이 없었던 셈이다. 오늘의 문학에 그다지 도움 된 바 못 되나 그러나 표현의 선택이라는 것을 배웠다면 이 시절의 끼친 공일는지도 모른다.

　열 살 남짓해서 신소설 〈추월색〉을 읽게 되었으니 이것이 이야기의 멋을 알고 문학이라는 것을 생각하게 된 처음인 듯하다. 추운 시절이면 머리맡에 병풍을 둘러치고 어머니와 나란히 누워 〈추월색〉을 번갈아가며 되풀이하여 읽었다. 건넌방 벽장 속에는 〈사씨남정기〉, 〈가인기우〉 등속의 가지가지 소설책도 많았건만 그 속에서 왜 하필 〈추월색〉이 그다지도 마음에 들었는지 모른다. 병풍에는 무슨 화풍인지 석류, 탁목조啄木鳥 등의 풍경 아닌 그림이 폭마다 새로와서 그 신선한 감각이 웬일인지 〈추월색〉의 이야기와 어울려서 말할 수 없이 신비로운 낭만적 동경을 가슴속에 심어주었다. 정임과 영창의 비극이 시작된 것은 동경 상야공원이었으나 웬일인지 그 상야공원이 마음속에서는 서울로만 자꾸 짐작되었다. 어렸을 때 본 어렴풋한 서울의 기억과 아름다운 이야기가 한데 휩쓸려서 멋대로의 꿈을 빚어낸 것이었다.

네 살 때에 가친의 뒤를 따라 일가는 서울로 옮겨왔다. 약관弱冠 전에 고향을 떠난 가친은 서울서 수학한 이후 조그만 사관仕官의 자리에 있으면서 벤자민 프랭클린의 전기 등을 번안 저술하고 있었다. 그 뒤를 따라 수백 리의 길을 가마 속에서 흔들린 것이다. 25, 6년 전의 서울—지금으로부터 돌아보면 순전히 이끼 낀 전설 속의 거리로밖에는 기억되지 않는다. 푸른 한강을 조그만 귀웅배로 건넜다. 예배당에서 찬미가를 부르던 엉크린 양녀의 얼굴이 유난히도 인상적이었다. 저녁때이면 원각사 근처에서 부는 날라리 소리가 그 이국적 환영을 싣고 찬란하게 흘러왔다. 모든 객관客觀을 옳게 받아들일 능력이 없고 다만 경이의 눈만을 굴리게 된 어린 마음에 모든 것이 이상한 것으로만 보였다.

이런 네 살 때의 어렴풋한 기억에다 낙향한 후 어머니에게서 가지가지의 이야기를 듣는 동안에 마음속에 아름다운 꿈의 보금자리가 잡히게 되었으며 그 꿈의 보금자리에 〈추월색〉의 아름다운 이야기가 들어와서 말할 수 없는 낭만적 동경을 싹트게 한 것인 듯하다. 정임과 영창의 애끓는 이야기는 서울 안에 얼마든지 흩어져 있을 것이요, 그 이야기의 배경되는 가을 달빛에 비친 상야공원의 풍경 또한 서울의 구석구석에 있으려니 생각되었다. 참으로 〈추월색〉이야말로 이야기의 아름다움을 가르쳐주고 어린 감성에 낭만의 꿈을 부어준 문학의 첫 스승인 셈이었다.

물론 그 후 열네 살 때에 수학하러 서울로 다시 왔을 때에는 이런 어린 때의 동경의 꿈은 조각조각 부서져버리고 점차 산문정신에 눈뜨게 되었다. 서울은 결코 가을 달빛에 비친 상야공원이 아니었으며 정임과 영창의 기구한 이야기 또한 길바닥에 흔하게 떨어진 이야기도 아니며 그다지 아름다운 것만도 아니었다. 환멸이 있고 산문이 있을 뿐이었다. 하기는 그때부터 현실을 알게 되고 리얼리즘을 배우게 되었는지 모른다. 고등보통학교에 들어갔을 때 처음 읽기 시작하고 또 통독한 것이 우연인지 어쩐지 다 제쳐놓고 하필 체호프였다.

14, 5년 전 조선 신문학의 초창기였던만큼 일반으로 문학열이 지극히 높았던 모양이다. 학교 기숙사 안에서도 전반적으로 문학의 기풍이 넘쳐서 자나깨나 문학이 아니면 날을 지우기 어려우리만큼한 기세였다. 학교의 학과에도 시달리는 형편이면서도 누구나 수삼 권의 문학서를 지니지 않은 사람이 없었으며 모여만 들면 문학담에 열중하였다. 사숙舍 안에는 학교만 나가면 반드시 훈도가 되어야 할 필정必定의 의무를 띤 사범과생이 거의 전수全數였고 그들의 목표는 이미 고정된 것이었건만 문학열은 오히려 그들의 독차지인 감이 있었다. 우연히 한 개인의 문학에 능숙能熟한 교유敎諭의 지도와 영향을 받았던 탓도 있었겠지만 더 많이 당시의 그러한 필지적必至的 조세潮勢에 놓였던 것이 사실이고 루소의 〈에밀〉을 탐독을 한 것은 오히려 교육적 관심에서 나왔다고 하더라도 허다한 노露 문학서의 섭렵, 각국 번역시의 애독은 비교적 높은 문학적 관심 없이는 못 할 노릇이다. 때마침 동경 문단에서는 시가 전성이어서 신조사新潮社 판이었던지라 하이네, 괴테, 휘트먼을 비롯하여 트라우벨, 카펜터에 이르기까지 세계의 시인을 망라하다시피 하여 출판한 《수진시집袖珍詩集》이 유행하여왔었으니 그 수많은 시집들은 애독서 중에서의 가장 큰 부문이었다. 조금 특수한 부문으로는 에머슨과 니체를 거의 전공하다시피 하는 이도 있었다. 소설로는 하디와 졸라 등 영불의 문학도 읽히지 않은 바는 아니었으나 노문학의 열을 따를 수는 없었다. 푸슈킨, 고리키를 비롯하여 톨스토이, 투르게네프 등이 가장 많이 읽히워서 〈부활〉이나 〈그 전날 밤〉의 이야기쯤은 입에서 입으로 옮겨져서 사내舍內에서는 거의 통속적으로 전파되게 되었다. 전체적으로는 섭렵의 범위가 넓어서 기숙사는 참으로 세계문학의 한 조그만 문고였고 감상의 정도로 하여도 다만 제목만 쫓으매 수박 겉만 핥는 정도가 아니오, 음미의 정도가 상당히 깊어서 거개 소인素人의 경지를 훨씬 뛰어난 것이었다. 진귀한 현상이

었다. 지금에 문필로 성가한 분은 불행히 총중叢中에 한 사람도 없기는 하나 특수한 편으로는 그 후 동경 모 서사에서 장편소설을 출판한 이도 있었다. 이상한 것은 그들은 대개 관북인이어서 관북과 문학—특히 노 문학과의 그 무슨 유연 관계나 있는 듯이 보이게 하였다. 당시 문단적으로는 관북인으로 파인이 시인으로서 등장하였고 서해曙海의 이름이 아직 눈에 띄지 않을 때였다.

이러한 분위기에 휩쓸려 지내게 된 까닭에 문학적으로 자연 미숙한 감이 없지 않았다. 처음으로 알뜰히 독파한 소설로는 소년소설 〈쿠오레〉였다. 흑암류향黑岩淚香 번안의 〈레미제라블〉에서는 파란중첩한 이야기의 굴곡에 정신을 못 차렸고 하이네 시에서는 서정에 취하였고 그의 번역자인 생전춘월生田春月에게서 감상주의를 배웠다. 문학잡지로서 도움이 된 것은 역시 신조사 간행이었던가의 월간지 《문장구락부》였다. 처음 습작은 시여서 기숙사에서 지낸 몇 해 동안 조그만 노트에 습작시가 가득 찼었다. 사숲의 앞과 옆에는 수풀과 클로버의 풀밭이 있어서 늦봄부터 첫여름까지에는 거기에 나가 시집을 들고 눕기도 하고 새까만 버찌를 따서 입술을 물들이고 하였다. 때마침 거리에는 가극단이 와서 〈레미제라블〉의 몇 막을 무대로 보이고 연구 극단에서는 톨스토이의 〈산 송장〉을 상연하여 문학심을 더한층 화려하게 불질렀다. 어떻든 주위의 자극이 너무나 세었던 까닭에 16, 17세경에는 세계문학의 윤곽이 웬만큼 머릿속에 잡혔고 세계 문호들의 인명록이 대충 적혔었다. 그러나 지금 생각하면 그러한 숙학夙學이 도리어 화된 듯도 하다. 섣불리 윤곽을 짐작하게 되고 명작들의 경개梗槪를 기억하게 된 까닭에 소성에 안심하고 그 후 오래도록 많은 고전을 다시 완미숙독玩味熟讀할 기회를 얻지 못했던 것이다.

체호프의 작품을 거의 다 통독한 것이 고등 3, 4학년급 때 16, 7세경이었으니 무슨 멋으로 그맘때 하필 체호프를 그렇게 즐겨했는지 모른다.

미묘한 작품의 향기나 색조까지를 알았을 리는 만무하고 아마도 개머루 먹듯 하였을 것이나 어떻든 끔찍이도 좋아하여 검은 표지의 그의 작품 집과 그의 초상화를 몹시도 아껴하였다. 좀더 철 늦게 그를 공부하였던들 소득이 많았을 것을 잘 읽었던지 못 읽었던지 한번 읽은 것을 재독할 열성은 없어서 지금까지 그를 숙독할 기회를 못 얻은 것은 한 손실이라고 생각한다. 퇴직 육군 사관 알렉세이 셀게이비치 무엇 무엇 무엇은…… 식으로 첫머리가 시작되는 그의 소설을 당시에는 얼마간 어설프고 지혜 없는 시고법始稿法이라고 생각하였으나 지금으로 보면 그것으로서 충분히 훌륭한 것이다. 이 정도의 당시의 문학안文學眼이었으니까 감상에 얼마나 조루가 있었던가를 짐작할 수 있으나 그러나 그에게서 리얼리즘을 배운 것은 사실일 것이다. 체호프가 리얼리즘의 대가임은 사실이며 그의 작품이 극도로 사실주의적이기는 하나 그러나 그의 작품같이 소설로도 풍윤豊潤한 것은 드물다. 아무리 '지리한 이야기'라도 소설로서는 무척 재미있는 것이 그의 문학이다. 리얼리즘이라고 하여도 훌륭한 예술일수록 그 근저根底에는 반드시 풍순豊醇한 낭만적 정신과 시적 기풍이 흐르고 있는 것이니 체호프의 작품이 그 당시의 것으로는 그 전형인가 한다. 그러기 때문에 체호프의 작품에 심취하는 마음과 투르게네프의 〈그 전날 밤〉이나 혹은 위고의 제작諸作을 이해하는 마음과의 거리는 그다지 먼 것이 아니다.

체호프를 읽기 전후의 한 가지의 기벽奇癖은 웬 까닭으로였던지 작품에서 반드시 모럴을 찾으려고 애쓰고 교훈을 집어내려고 초조하였던 것이다. 어디서 배운 버릇이었던지 모르겠으나 이 또한 문학 완미玩味에는 큰 장애였으며 당시 문학안의 저열低劣을 말하는 예증 이외의 아무것도 아니었다. 〈햄릿〉을 읽으면 무엇보다도 먼저 그 작품의 중심되는 모럴이 무엇인가를 알려고 헛되이 애썼으며 〈베니스의 상인〉을 읽을 때에는 우정미를 고창高唱하려고 한 것이 제작의 동기가 아니었던가 하고 생각하였다. 체호프의 작품을 읽을 때에도 또한 그러하여서 〈사랑스러운 여인〉에서는 사랑의 본능적 욕구라는 훈의訓意를 찾아내고서야 마음이 시원하였다. 그러나 이런 태도로 자여自餘의 많은 체호프의 작품을 옳게 이해하고 감상할 수는 도저히 없었던 것이다. 제작의 진가가 반드시 교훈적인 것이 아니며 보다 더 중요한 것은 여러 가지의 예술적 요소라는 것을 안 것은 물론 훨씬 후의 일이었다.

예과의 수험을 준비하던 마지막 학년 18세 때 준비 관계를 겸하여 영문으로 셸리의 시를 탐독하게 된 것이 다시 시에 미치게 된 시절이었다. 글자 그대로 미쳤던 것이니 그의 단시를 기계적으로 무조건 암송하였던 것이다. 진짜 멋을 알고 하였던지 모르나 술에나 취한 듯이 그의 시에 함빡 취하였다. 기괴한 것은 그 심취는 그의 문학으로부터 든 것이 아니라 그의 용모에서부터 든 것이다. 셸리의 초상화에 반하고 그의 전기에 흥미를 느꼈던 까닭에 그의 문학에 그렇게 열정적으로 들어갔던 것이다. 우스운 사실이나 그런 법도 있는가 생각된다. 셸리에게서 열정을 배웠다면 다음에 아름다운 꿈꾸는 법을 배운 것이 예이츠에게서였다. 그에게 기울인 열 또한 셸리의 경우에 떨어지지 않았다. 나는 그의 시들 모두를 따로 외우곤 하였다. 예이츠의 꿈같이 아름다운 것은 없어 시인다운 시인으로 참으로 그는 고금독보古今獨步의 감이 있다. 예이츠의 다음에 찾은 작가는 싱이었으니 그에게서 다시 아름다운 산문을 발견하게 되었다.

이렇게 시에서 산문으로 다시 시에서 산문으로 옮기는 동안에 문학이 자랐으며 꿈과 리얼리티가 혼합된 곳에 예술이 서게 된 듯하다. 아무리 리얼리즘을 구극究極하여도 그 속에서는 모르는 결에 꿈이 내포되는 법이니 그것이 인간성의 필연이며 동시에 예술의 본질인지 모른다. 조선 문학에서는 〈추월색〉 이후 오랫동안 잊었던 낭만의 꿈을 빙허憑虛의 〈지새는 안개〉에서 다시 찾았던 것이다. 그 작품에서 받은 인상은 유심히도 아름다웠다.

　예과에 들어서부터 창작기가 시작되었으나 오랫동안 혼자 궁싯거렸지 문단과의 인연을 맺을 길은 당초에는 생각지도 못하였다.

(1937. 7)

주을의 지협

똑바로 치어다보기 외람한 성모의 옷자락 같은 푸른 하늘에 물고기 비늘 양으로 뿌려진 조각구름의 떼—혹은 바닷가 모래밭에 널려진 조개껍질을 그 대로 꺼꾸로 비추어낸 듯도 한 하늘바다의 조각구름의 떼—세상에서 가장 아름다운 것을 찾을 때 서슴지 아니하고 그것을 들 수 있는 그 아름다운 구름 의 떼는—한 때라도 마음속에서 잊어진 일 있던가.

고달픈 마음을 풍선같이 가볍게 하여주는 것은 그 구름이어늘.

가벼운 바람에도 민첩하게 파르르 나부끼는 사시나무의 수풀—밤하늘에 떨리는 별의 무리보다도 지천으로 흩어져 골짝 여울물같이 쉴새없이 노래하 는—자연의 악보 속에서 가장 귀여운 곡목만을 골라낸 그 조촐한 나뭇잎— 그의 아름다운 음악이 잠시라도 마음속을 떠난 적 있던가.

피곤한 마음을 채워주는 것은 그 음악인 것을.

살결보다도 희고 백지보다도 근심 없는 자작나무의 몸결—밝은 이지를 가 지면서도 결코 불안을 주지 않는 맑고 높고 외로운 성격—그러기 때문에 벌 판과 야산에 사는 법 없이 심산과 지협에만 돋아나는 고결한 자작나무의 모 양이—그 어느 때 마음의 눈앞에서 사라진 적 있던가. 때 묻은 지혜와 걱정 을 잊게 하여주는 그 신령들이.

지친 마음에 내 늘 생각하고 바라는 것은 그리운 지협의 조각구름과 사시나무와 자작나무. 산문에 시달려 노래를 잊은 마음을 비추어주는 것은 그 거룩한 풍물이다. 쇠잔한 건강에 어간유를 마시다가도 문득 코를 스치는 물고기 냄새에 풀려 나오는 생각은 개울과 나무와 지협의 그림이다.

　마음을 살릴 것은 거리도 아니요 도서관도 아니요 호텔도 아니요 일등 선실도 아니요 여객기도 아니요 어간유도 아니요, 다만 지협의 어간유—개울과 구름과 나무와—그것을 생각할 때만 나의 마음은 뛰고 빛난다. 구름을 꿈꾸고 나뭇잎 노래를 들을 때만 마음은 날개를 펴고 한결같이 훨훨 날아난다. 날아난다.

—《숭실》 소재 졸시 〈지협〉에서

　지난해 한여름을 거리에서 지내면서 피서 못 간 한을 한 편의 시 〈지협〉으로 때웠다. 지협의 풍경을 말하고 사모할 때에 나는 항상 주을朱乙 지협의 그것을 마음속에 떠올린다. 시의 성불성成不成은 모르나 상념만은 간절한 것이며, 그렇듯 그곳의 풍물은 나의 마음을 끈다. 피서지찬避暑地讚을 쓰려 할 때 또한 먼저 떠오르는 곳이 그곳이다.

　바다로 말하더라도 송도원이 훌륭하고 송도가 기승이요 용현龍峴이 맑고 같은 동해안의 그다지 이름은 나지 못하였으나 독진獨津 해변이 조촐하다. 해변은 활달하여서 시원스럽기는 하나 바닷물이 산협의 개울물만큼 깨끗할 수는 없는 것이며 주위로 말하더라도 넓고 헤벌어진 바다보다는 아늑하고 감감한 산속이 고비고비에 신비를 감추어서 잔 맛이 한층 더 있기는 하다.

　그러나 산과 바다를 한꺼번에 코앞에 드리울 때에는 똑같은 진미를 대하는 것과도 같이 취사선택을 대뜸에 선뜻 결정할 수는 없다. 그렇다고 과도의 욕심을 차릴 수도 없는 까닭에 역시 한 가지를 취할 수밖에는 없으나 주을을 취함에는 반면에 이러한 아까운 제여除餘의 분이 희생을 당하는 셈이 된다.

주을을 말할 때에 그 문구門口의 가네다金田 지구는 그다지 흠욕欽欲의 지地는 못 된다. 비록 유원지가 되어서 못 속의 양어의 떼가 탐스럽고 푸울에서는 헤엄을 칠 수 있고 배를 저을 수 있고 한편 사욕私慾의 설비까지 있기는 하나 전체적으로 지협이 바라지고 협착한 데다가 제반 시설이 날림이어서 그윽하고 유순한 맛이 없어 스스로 주을 지협에 비길 바 못 된다.

사시나무와 자작나무와 개울이 있는 것은 하필 주을의 오지奧地만은 아니겠으나 그곳의 것같이 유수幽邃하면서도 현대적 감각을 갖춘 곳은 드물다. 한 포기의 사시나무〔山楊木〕나 자작나무〔白樺〕가 섰으면 그 아래에 대개 흰 모래가 깔려서 다만 그 한 포기의 수목으로서 초초楚楚하고 깨끗함이 비길 바 없다. 산양목은 그 잎이 돈쭉만큼씩 잘고 동글고 흔하여서 아무런 미풍에도 민감하게 파르르르 나부껴 한 가지의 요동이 족히 만곡의 청량미를 자아낸다. 당초부터 노래하려고 태어난 수목 중의 악인樂人이 산양목이다. 깨끗하게 정돈된 별장의 뜰악에 섰을 때에만 아름다운 것이 아니다.

그 어느 임의의 곳에 설 때에도 한 포기의 산양목은 참으로 복잡하고 다채한 변화를 보인다. 산속에는 갈피갈피에 그 무엇이 숨어 있어서 골짝으로 들어가면 새 꽃이 발견되고 둔덕을 넘으면 또 다른 나무가 눈에 띄어 뒤를 이어 변화의 미가 온다. 그런 속에서 군데군데에 백화나 산양목의 포기포기를 찾아내기란 우거진 다래넝쿨이나 한 떨기의 싸리꽃을 찾아낸 때와 함께 마치 숨은 술래라도 찾아낸 듯이 마음 뛰노는 노릇이다. 좁은 지름길 사이에 피서중의 외국녀의 화려한 옷맵시가 보이지 않는다고 하여도 좋은 것이며 우거진 활엽수 사이에 산장의 붉은 지붕이 엿보이지 않아도 무관한 것이다. 모든 인위적인 것과 떠나서 산속의 경물은 그 자체가 충분히 아름답다.

개울가로 내려가면 청령淸冽한 산골 물이 바위와 굽이를 따라 푸른 웅덩이를 이루었다 급한 여울이 되었다 하면서 굽이쳐 흐른다. 폭포가 되어 소를 이룬 굽이에서는 물연기가 서리고 이슬이 뛴다. 그 기슭에 도라지꽃이나 새발고사리가 피어 있어서 이슬을 맞고 흔들림을 볼 때 시원한 맛 이에 지남이 없다. 사람의 그림자가 뜸할 때 노루나 사슴의 떼가 내려서 가만히 물 마시는 곳은 아마도 그런 곳일까 한다. 그런 개울가 산 식당에서 보낸 몇 시간을 나는 잊을 수 없다. 창 밖에는 안개가 서리었고 요란한 물소리에 방구석에 꽂은 새풀의 이삭이 흔들흔들 떨렸다. 푸른 그림자 속에 사무친 방 안은 마치 몇 세기를 묵은 지하실 같고 벽에 걸린 인물들의 초상들도 묵은 세기의 것인 듯한 웅장하고 낡은 맛이 있었다. 그런 곳을 내놓고 어떤 곳에서 선경仙境을 구할 수 있을까.

지협의 소요逍遙에 지쳤을 때 오리 길만 걸으면 다시 거리에 내려와 여관, 온천물에 잠길 수 있다. 지협의 지지地誌는 안내기의 알 바 아니라도 온천가의 기록은 자세할 것이니 여관의 선택쯤은 수고로울 것 없다. 피서 때에도 온욕溫浴은 필요한 것이니 주을 온수의 쾌미快味는 또한 격별格別한 것이 있다. 넓은 욕전浴殿에서 홀로 몸을 쉬면서 개울로 향한 창으로 바로 창밖 느티나무와 개울과 건너편 산허리를 바라보노라면 하루의 피곤도 자취 없이 사라진다.

만찬의 식탁에 산어山魚와 산채山菜의 진미가 놓임을 잊어서는 안 되고 방 안 화롯전에는 언제든지 라듐과菓와 진한 녹차綠茶의 준비가 있음이 또한 반가운 일이요 두툼한 다다미와 이불의 잠자리의 맛 또한 온천가 독특의 것이다.

고요하고 적막하고 사색적인 점에 요란한 해수욕장과는 스스로 다른 맛을 가진 곳이 주을의 온천이요 지협이다.

지협의 어간유—개울과 구름과 나무와—그리운 소원의 것이다.

(1937. 8)

낙엽을 태우면서

　가을이 깊어지면 나는 거의 매일과 같이 뜰의 낙엽을 긁어모으지 않으면 안 된다. 날마다 하는 일이언만, 낙엽은 어느덧 날으고 떨어져서 또다시 쌓이는 것이다. 낙엽이란 참으로 이 세상의 수효보다도 많은가 보다. 30여평에 차지 못하는 뜰이언만, 날마다의 시중이 조련치 않다. 벗나무 능금나무—제일 귀찮은 것이 벽의 담장이다. 담장이란 여름 한 철 벽을 온통 둘러싸고 지붕과 연돌의 붉은 빛만을 남기고 집안을 통째로 초록의 세상으로 변해줄 때가 아름다운 것이지 잎을 다 떨어뜨리고 앙상하게 드러난 벽에 메마른 줄기를 그물같이 둘러칠 때쯤에는 벌써 다시 지릅떠볼 값조차 없는 것이다. 귀치 않은 것이 그 낙엽이다. 가령 벗나무 잎같이 신선하게 단풍이 드는 것도 아니요, 처음부터 칙칙한 색으로 물들어 재치 없는 그 넓은 잎이 지름길 위에 떨어져 비라도 맞고 나면 지저분하게 흙 속에 묻혀지는 까닭에 아무래도 날아 떨어지는 쪽쪽 그 뒷시중을 해야 한다.

　벗나무 아래에 긁어모은 낙엽의 산더미를 모으고 불을 붙이면 속에 것부터 푸슥푸슥 타기 시작해서 가는 연기가 피어오르고 바람이나 없는 날이면 그 연기가 얕게 드리워서 어느덧 뜰안에 가득히 담겨진다. 낙엽 타는 냄새같이 좋은 것이 있을까. 가제 볶아낸 커피의 냄새가 난다. 잘 익은 개금냄새가 난다. 갈퀴를 손에 들고는 어느 때까지든지 연기 속에 우뚝 서서 타서 흩어지는 낙엽의 산더미를 바라보며 향기로운 냄새를 맡고 있노라면 별안간 맹렬한 생활의 의욕을 느끼게 된다. 연기는 몸에 배서 어느 결엔지 옷자락과 손등에서도 냄새가 나게 된다. 나는 그 냄새를 한없이 사랑하면서 즐거운 생활감에 잠겨서는 새삼스럽게 생활의 제목을 진귀한 것으로 머릿속에 떠올린다. 음영과 윤택과 색채가 빈곤해지고 초록이 전혀 그 자취를 감추어버린 꿈을 잃은 헌출한 뜰 복판에서 서서 꿈의 껍질인 낙엽을 태우면서 오로지 생활의 상념에 잠기는 것이다. 가난한 벌거숭이의 뜰은 벌서 꿈을 배이기에는 적당하지 않은 탓일까? 화려한 초록의 기억은 참으로 멀리 까마아득하게 사라져버렸다. 벌써 추억에 잠기고, 감상感傷에 젖어서는 안 된다. 가을은 생활의 시절이다. 나는 화단의 뒷자리를 깊게 파고 다 타버린 낙엽의 재를—죽어버린 꿈의 시체를—땅 속 깊이 파묻고, 엄연한 생활의 자세로 돌아서지 않으면 안 된다. 이야기 속의 소년같이 용감해지지 않으면 안 된다.

전에 없이 손수 목욕물을 긷고, 혼자 불을 지피게 되는 것도 물론 이런 감격에서부터이다. 호오스로 목욕통에 물을 대는 것도 즐겁거니와, 고생스럽게 눈물을 흘리면서 조그만 아궁으로 나무를 태우는 것도 기쁘다. 어둠컴컴한 부엌에 웅크리고 앉아서, 새빨갛게 피어오르는 불꽃을 어린아이의 감동을 가지고 바라본다. 어둠을 배경으로 하고 새빨갛게 타오르는 불은, 그 무슨 신성하고 신령스런 물건 같다. 얼굴을 붉게 태우면서 긴장된 자세로 웅크리고 있는 내 꼴은, 흡사 그 귀중한 선물을 프로메테우스에게서 막 받았을 때의 그 태고적 원시의 그것과 같을는지 모른다.

나는 새삼스럽게 마음속으로 불의 덕을 찬미하면서, 신화 속 영웅에게 감사의 마음을 바친다. 좀 있으면 목욕실에는 자욱하게 김이 오른다. 안개 깊은 바다의 복판에 잠겼다는 듯이 동화의 감정으로 마음을 장식하면서, 목욕물 속에 전신을 깊숙이 잠글 때 바로 천국에 있는 듯한 느낌이 난다. 지상 천국은 별다른 곳이 아니라, 늘 들어가는 집안의 목욕실이 바로 그것인 것이다. 사람은 물에서 나서 결국 물속에서 천국을 구하는 것이 아닐까?

물과 불과—이 두 가지 속에 생활은 요약된다. 시절의 의욕이 가장 강렬하게 나타나는 것은 이 두 가지에 있어서다. 어느 시절이나 다 같은 것이기는 하나, 가을부터의 절기節氣가 가장 생활적인 까닭은, 무엇보다도 이 두 가지의 원소의 즐거운 인상 위에 서기 때문이다. 난로는 새빨갛게 타야 하고, 화로의 숯불은 이글이글 피어야 하고, 주전자의 물은 펄펄 끓어야 된다.

백화점 아래층에서 커피의 난을 찧어가지고는, 그대로 가방 속에 넣어 가지고, 전차 속에서 진한 향기를 맡으면서 집으로 돌아온다. 그러는 그내 모양을 어린애답다고 생각하면서, 그 생각을 또 즐기면서 이것이 생활이라고 느끼는 것이다.

싸늘한 넓은 방에서 차를 마시면서, 그제까지 생각하는 것이 생활의 시각이다. 벌써 쓸모 적어진 침대에는 더운 물통을 여러 개 넣을 궁리를 하고 방구석에는 올 겨울에도 또 크리스마스 트리를 세우고 색 전기로 장식할 것을 생각하고 눈이 오면 스키를 시작해볼까 하고 계획도 해보곤 한다. 이런 공연한 생각을 할 때만은 근심과 걱정도 어디론지 사라져 버린다. 책과 씨름하고 원고지 앞에서 궁싯거리던 그 같은 서재에서 개운한 마음으로 이런 생각에 잠기는 것은 참으로 유쾌한 일이다.

책상 앞에 붙은 채 별일 없으면서도 쉴새없이 궁싯거리고 생각하고 괴로워하고 하면서, 생활의 일이라면 촌음을 아끼고 가령 뜰을 정리하는 것도 소비적이니 비생산적이니 하고 멸시하던 것이 도리어 그런 생활적 사사些事에 창조적 생산적인 뜻을 발견하게 된 것은 대체 무슨 까닭일까. 시절의 탓일까 깊어가는 가을이 벌거숭이의 뜰이 한층 산 보람을 느끼게 하는 탓일까.

(1938. 12)

첫 고료

신문소설 고료의 규정이 어느 때부터 어느 정도로 정연하게 섰던지는 모르나 잡지문학의 고료의 개념이 확호確乎하게 생긴 것은 4, 5년 전부터라고 기억한다.

《조광》, 《중앙》, 《신동아》, 《여성》, 《사해공론》 등이 발간되자 소설로부터 잡문에 이르기까지 일정한 고료를 보내게 되었고 이후부터 신간되는 잡지도 그 예를 본받게 되어 어떤 잡지는 종래의 관습을 깨트리고 새로운 개념을 수립하기 위해서 원고를 청하는 서장 끝에 반드시 "사社규정의 사례를 드리겠습니다"의 한 줄을 첨가하게 되었다. 이 한 줄이 문학의 새 시대를 잡아들게 된 첫 성언聲言이 아닐까도 생각된다. 이 일군一群의 잡지 이전에도 《해방》, 《신소설》 등에서 고료라고 이름 붙는 것을 보내기는 했으나 극히 편파적인 것이었다. 그 이전 《개벽》 시대의 경우는 알 바가 없으나 어떻든 불규칙하고 편벽된 것이 아니고 본식으로 고료의 규정이 생긴 것은 《조광》 등 일련의 잡지로부터 비롯해진 것이며 그런 의미로만도 차등지此等誌의 공헌은 적지 않다고 본다.

두말할 것 없이 문학의 사회적 인식이 커지자 수용이 더하고 상품가치가 늘어난 결과, 작품에 처음으로 시장가격이 붙게 된 것이니 이런 점으로 보면 고료의 확립이 시대적인 뜻을 가진다. 한 좌석의 술이나 만찬으로 작가의 노고를 때워버리는 원시적인 방법이 청산되고 원고의 매수를 따져 화폐로 교환하게 된 것이니 여기에 근대적인 의의가 있고 발전이 있다. 고료의 확립을 계기로 해서 문학성과에 일단의 진전이 시작되었다고는 볼 수 없으나 작품이 작품으로서 취급되게 되고 그것을 창작하는 작가의 심정에 변화가 생겼음이 자연의 이理일 때 문학에 격이 서고 문단의 자리가 잡힌 것도 사실이다. 이 고료 확립의 일행이 조선문학사의 측면적 고찰의 한 계점契點이라고도 볼 수 있다.

물론 현 30대 작가의 고료의 경험은 반드시 4, 5년 전 즉 《조광》 등의 창간부터 시작되지는 않으며 좀 더 일찌기—가령 나의 예로 말하더라도 첫 고료의 기억은 15, 6년 전까지 올라간다. 고료라기에는 격에 어그러질는지는 모르나 원고지에 적은 조그만 소설이 화폐로 바뀌어진 것은 사실이다.

중학 4, 5년급의 시절 〈매일신보〉에는 일주일에 한 번씩 증간되는 2면의 일요 부록의 문예면이 있었다. 거의 일요일마다 4백자 5, 6매의 장편掌篇소설을 투고해서 그것이 번번이 활자화되는 것이 주간마다의 숨은 기쁨이었다. 근 반년 동안에 수십 편의 소설을 던졌고 그것이 거의 모조리 실리어졌다. 상금제도였던 듯 갑상甲賞이 십 원, 을상乙賞이 오 원—〈홍소哄笑〉라는 일편이 을상에 들어 오 원을 얻었을 때 이것이 최초의 고료의 기억이었다. 가난한 인력거꾼이 노상에서 돈지갑을 줍게 되어 그것으로 술을 흠뻑 먹고 친구들에게도 선심을 쓰는—조그만 장면을 그린 소설이었다. 발표된 지 며칠만에 문예부 주임 이서구李瑞求 씨가 오 원을 들고 일부러 무명의 학동의 집을 찾아준 것이다. 마침 밖에 나갔던 관계로 그를 만나지는 못했으나—따라서 지금껏 씨와는 일면식이 없으나—집에 돌아와 그 소식을 듣고 송구스런 마음을 금하지 못하며 그 첫 오 원의 값을 대단히 귀중한 것으로 여겼다.

동同부록에는 시와 소설을 무수히 보내었으나 고료로 바뀌어진 것은 단 그 한번이었고 외는 실어주는 것만으로도 고맙지 않느냐는 눈치였다.

이 실어주는 것만으로도 고맙지 않느냐는 눈치는 그 부록뿐만이 아니라 그 전후의 잡지가 다 그래서 그 후 《조선지광》, 《현대평론》, 《삼천리》, 《조선문예》 등이 이 예를 벗어나지 않았고 《신소설》이 고료라고 일원기원야─圓幾圓也를 몇 번 쥐어준 일이 있었고 《대중공론》은 고료 대신에 완전히 주정酒精의 향연으로 정신을 뺏으려 들어 사실 지금 술이 이만큼 는 것은 동지同誌의 편집장 정丁대장의 공죄인 듯하다. 《동아》, 《조선》 양 지가 단편과 연재물에 대해서 또박또박 회수를 따져서 지불했을 뿐이요, 잡지로는 《조광》의 출현까지는 일정한 규정이 없었다. 이전 《매일신보》의 부록 다음 시대에 《동아일보》 신춘문예에 두 번 선자選者를 괴롭혀 20원과 50원을 우려낸 일이 있었으나 이도 물론 떳떳한 고료라기는 어렵다.

《조광》 이후 소설이든 수필이든 잘 되었든 못 되었든 간에 1매에 50전의 고료를 받아오는 것이 많지도 않고 적지도 않은 현금의 시세인 듯하며 앞으로 당분간은 아마 이 고료의 운명과 몸을 같이 할밖에는 없을 듯하다.

(1939. 10)

화초(1)

　꽃가게에서 꽃을 사들고 거리를 걸으면 길 가던 사람들이 누구나 그 꽃 묶음을 부럽게 바라본다.

　나는 사람들의 그 눈치를 아는 까닭에 꽃을 살 때에는 반드시 넓은 종이에 묶음을 몽땅 깊게 싸도록 꽃주인에게 몇 번이고 거듭 청한다. 그러나 요새는 종이가 귀해서 길거리의 꽃장수는 물론이요 큼직한 꽃가게에서도 전에는 파라핀지나 그렇지 않으면 특비特備의 포장지에다 싸주던 가게에서도 신문지를 쓰게 되었고 그것조차 넓은 것을 아껴서 좁은 토막 종이로 대신하게 되었다. 아무리 잘 싸달라고 졸라도 대개 꽃송이는 밖으로 내드리우게밖에는 되지 않는다. 자연 사람들의 시선을 받게 된다. 전차를 타도 보도를 걸어도 사람들은 염치없이 꽃 묶음에 눈을 보낸다. 아이들은 그 한 가지를 원하기까지 한다. 꽃을 사람에게 보임이 조금도 성가시거나 꺼릴 일은 아닌 것이나 번거로운 시선을 한 몸에 받게 됨이 결코 유쾌한 일은 못 된다. 고집스런 눈을 받을 때에는 귀찮은 생각조차 든다.

　그러나 이는 반가운 일이다. 사람들은 꽃을 사랑하는 것이다. 보기를 좋아하고 가지기를 원하는 것이다. 그것이 누구의 것이든 그 아름다움에 무의식중에 눈을 끌리우게 되고 염치없이 바라보게 되는 것이다. 아름다운 까닭으로이다.

　꽃을 좋은 줄 모르고 짓밟아버리고 먹어버림은 돼지뿐이다. 돼지는 꽃을 사랑할 줄 모른다. 돼지만이 꽃을 사랑할 줄 모른다. 세상의 뭇 예술가여 안심하라. 사람들은 누구나 꽃을 사랑할 줄 알고 아름다운 것을 분별할 줄 아는 것이다. 이 천성은 변할 날이 없을 것을 단언하여도 좋다.

　돼지에게까지 꽃을 알리려고 하지 않아도 좋은 것이며 그 노력이 실패되었다고 슬퍼할 것도 없는 것이다.

　대조大朝의 D씨가 하룻밤, 꽃 묶음을 들고 찾아왔다. 처음 방문이라 선물로 가져왔던 모양이었다.

　해바라기, 간드랭이, 야국野菊, 야란野蘭 등의 길게 꺾은 굉장히 큰 한 묶음이다.

　신문인이라 신문지쯤 아낄 것 없다는 듯이 사면 전폭四面全幅에 싼 것이나 오히려 종이가 좁다는 듯 꽃은 화려한 반신을 지폭紙幅 밖으로 드러내고 있다. 그것을 심을 화병은 세상에 없을 법하다. 회령자기會寧磁器인 조그만 물빛 항아리를 내다가 꽂으니 그 화용華容이 거의 창의 반면을 차지하게 되었다.

　"뜰의 것을 꺾어왔답니다."

　나는 그의 말에 놀랐다. 그의 집 뜰이 얼마나 넓은지는 모르나 그도 도회인이라 가게에서 오히려 사들여야 할 처지에 뜰 어느 구석에서 그 많은 꽃을 아끼지 않고 꺾어냈단 말인가. 그 흐붓한 가지가지의 꽃을 꺾어낼 때 조금도 아까운 생각이 없었던 말인가.

　"원, 저렇게 많이 꺾어내다니."

　"워낙 흔하게 피어 있으니까요."

　그때 방에는 조그만 화병에 코스모스와 시차초矢車草의 한 묶음이 꽂혀 있었으니 물론 거리에서 사온 것이었다. 집에도 코스모스, 시차초뿐이 아니라 프록스, 샐비어, 금잔화, 백일홍, 봉선화 등이 피어는 있다. 그러나 나는 그 한 송이도 꺾어내기를 아껴한다. 병에 꽂은 것은 대개 밖에서 사온다. 아이들이 꽃 한 송이를 다쳤다고 얼마나 호되게 꾸짖고 책망하는 지 모른다.

D씨가 꽃을 사랑하지 않을 리는 만무한 것이요, 사랑하니까 선물로도 가져온 것임을 아는 것이나 흔하게 피어만 있으면 그렇게 듬뿍 꺾어낼 수 있는 것인지 어쩐지 나는 그의 그 대도大度의 아량이 부러워 견딜 수 없다. 한꺼번에 그렇게 듬뿍 꺾어내고도 아까와하지 않는다니!

내게 만약 수백 평의 뜰이 있어 그 속에 백화가 지천으로 피어있다고 치더라도 나는 동무에게 선사할 때 그 값어치를 거리에서 사가면 사갔지 뜰의 것을 꺾어낼 성 부르지는 않다.

나는 욕심쟁이인 것인가, 인색한인 것일까.

(1940. 8)

평론

낭만 리얼 중간의 길

　근일 세익스피어를 다시 읽으며 한동안 무조건으로 찬영讚永하던 그 연만은 허망한 낭만주의에 불현듯이 염증이 남을 느끼고 있다.

　구상의 묘와 사조詞藻의 요려饒麗―이 두 가지 장기 중에서 상의 묘는 이미 그 전부가 원본의 재료에서 나왔다고 하면 세익스피어의 천재는 나머지의 사조의 창조로 돌아갈 뿐이다. 쇼오가 그를 농평弄評하여 "언어다, 다만 어사語辭뿐이다."고 말한 것이 새삼스럽게 생각난다. 낡은 고전에 불과하다는 것을 생각하면서 읽어도 여사요변麗辭饒變에 대한 염증을 억제할 수가 없다. 낭만주의에도 여러 가지 색깔이 있지만 세익스피어의 그것에는 요컨대 진실이 극히 적다.

　전체적, 역사적 진실도 진실이려니와 부분적 진실에 이르러서도 필요 이상의 화려한 어사語辭에 화禍 받아 대개 허망에 빠지고야 말았다. 훌륭한 고담古譚은 될지언정 진실한 문학의 범주에 넣기는 과분하지 않을까 하는 외람된 의심까지 난다. 이것을 기연機緣으로 낭만주의 그것에 대한 회의가 최근 새삼스럽게 무럭 자라난다. 물론 쉴러나 위고의 그것과 같이 진실에 심히 가까운 낭만주의도 있기는 있으나 총總히 낭만주의가 참스러운 문학이 되려면 진실에 절박하려는 노력이 다분히 있어야 할 것이다.

그렇다고 리얼리즘이 진실한 문학의 최후의 목적지라고도 생각할 수 없다. 리얼리즘에 대하여서도 같은 정도의 회의를 품고 있다.

궁극의 리얼리즘은 벌써 문학을 상실하기 때문이다. 대체 문학이 모사가 아니고 표현이라야 하는 첫 순간부터 벌써 현연現然의 리얼을 버리는 것이 아닌가.

표현은 소재의 구성이요 소재의 구성은 주관의 임의의 소위이기 때문이다. 소여所與의 소재를 취사 선택하고 배열 구성하여가는 형식과 과정에 이미 작자의 주관이 채색되는 까닭이다. 주관의 채색—이것이 벌써 일종 낭만적의 것이 아닌가. 이렇게 보면 문학이란 문학되는 순간부터 낭만적 소질의 운명을 짐지고 있다고 하여도 과언이 아닐 듯하다. 그러나 의연히 리얼리즘의 길은 존재한다. 그러면 결국 최소한도의 낭만인 동시에 최대한도의 리얼의 파악—거기에 문학의 문학다운 소이가 있지 않을까. 즉 훌륭한 표현인 동시에 진실전체적 급及 부분적에 육박하는—그곳에 문학의 참된 길이 있지 않을까.

그러한 문학의 창조를 바라면서 실제의 창작 활동에 있어서는 고양이 밖에는 못 그려온 감이 있다. 〈프레류드〉, 〈오리온과 능금〉 등에 있어서 그것을 시험하였으나 어느정도까지 성공하였는지 의문이다. 리얼의 절박이 항상 부족하고 낭만적 요소가 이겼을는지도 모른다. 그것이 졸작 일반에 대하여 '낭만적'이라는 방평謗評를 듣는 소이인 듯하다. 《노령근해》에 담아놓은 몇 편의 작품—생각만 하여도 그 치편稚篇에 찬 땀이 난다—과 그 다음에 오는 몇 편의 작품에 이르러서는 말할 것도 없이 낭만적 저급에 흐르고 만 듯하다. 모두 냉한급冷汗級의 것이라고 생각한다.

최근 〈약령기〉와 〈돈〉에서 리얼리즘을 시험하여보았으나 이 역 성공이라고 할 수 없을 것이다. 특히 후자에 있어서는 신경 델리커시 기분 향기—이런 것을 담으려고 애쓴 결과 리얼과의 거리가 약간 멀어진 듯하다. '낭만적'이라는 비난이 있다 하면 그것은 이 작품의 델리커시의 소치일 것이다. 그러나 해작該作이 리얼리즘의 작품임에는 틀림없다고 생각한다. 첫 대문과 끝 대문—물론 리얼리즘이다. 그 이상의 리얼리즘—나는 그것을 즐겨하지 않는다. 나의 성性에 비위에 맞지 않는 까닭이다.

요컨대 리얼리즘의 길은 쉽고도 어렵다. 어렵고도 쉽다. 다만 궁극의 리얼리즘의 길을 의식적으로 의도하지 않을 뿐이다. 그것은 물론 성벽에 맞지 않는 까닭이다. 열 사람의 작가에게 같은 소재를 주고 리얼리즘을 극치極致시켜 보라. 결과의 몇 편의 작품을 무엇으로써 구별하고 가려내노, 열 장의 같은 풍경의 사진을 놓고 구별 선택에 헛되이 헤매는 것과 마찬가지다. 예술의 폐업廢業이다.

앞으로는 물론 낭만 리얼 중간의 길과 아울러 순수한 리얼리즘의 길을 더욱 캐보려 하나 〈돈〉 이상으로 발전할는지 안 할는지는 오직 그 때의 나의 '성'과 '비위'가 결정할 것이다.

(1934. 1)

건강한 생명력의 추구

　작가가 자신의 문학의 지향을 말하고 작품을 해설함은 어려운 일이 아닌가 한다. 창작의 직접 동기는 항상 더 많이 생명에의 애착과 생활에의 흥미에 있는 것이지 목적의식 달성의 욕망에 있는 것이 아닌 까닭이다. 일정한 법칙에 의해서 쓰는 작가라 하더라도 실제 창작의 흥미는 그 법칙의 교전 살포敎傳撒布에 있는 것이 아니라 참으로 변화무쌍한 실생활의 재현에 있는 까닭이다. 그러나 그렇다고 자기 문학의 체계의 설명을 온전히 비평가에게 맡겨만 두어도 간간이 위험한 경우가 있다.

　저간這間 가지가지 시비 논의를 들어오면서도 관자놀이에 핏줄을 키우고 일일이 항변함이 도리어 철없는 것만 같아서 침묵을 지켜올 뿐이나 사실은 어처구니없는 평언評言에 고소를 금할 수 없었다. 에로티시즘의 작가라는 칭호를 받음에 이르러서는 그 경박함과 망령됨에 도리어 눈썹이 찌푸려지며 무엇을 또 더불어 가히 논하랴 하는 생각이 날 뿐이다. 작품에 애욕을 그렸다고 곧 에로티시즘이라고 명명함은 마치 여인麗人을 본 즉시로 음심을 품는 것과도 같아서 아무리 명제에 궁한 결과라고는 하더라도 무례함에 틀림없다. 비록 애욕의 주제를 취급은 하여왔어도 그 어느 작품에나 비속한 대문은 없었으며 티끌만큼도 부끄러워할 문자가 없었음을 장담한다. 구태여 비속하게 감상함은 독자의 허물이지 작자의 죄는 아니다. 한 장의 나화裸畵도 감상자의 식안을 따라 감상의 정도는 층층일 것이니까.

애욕을 그리기를 치욕으로 여기는 작가가 있다면 모름지기 창작의 붓을 꺾어버리라. 아내를 사랑하기를 부끄러워하고 겸연하게 여기는 것과도 같은 격이어서 인간 본연의 길의 모독인 까닭이다. 자연주의 작품은 물론이어니와 애욕을 취급한 고금의 모든 문학이 하나나 성性문학 아님이 없다. 범을 그리려다가 아직 고양이를 얻은 정도인지는 모르나 나는 자신의 작품에서 비속성을 느끼지는 않는다.

반드시 애욕을 위한 애욕을 그리려는 것이 아니었다, 인간의 본연적인 것, 건강한 생명의 동력과 신비성— 이라고 할 것을 추구하고자 하는 그 한 표현으로 애욕의 주제가 뚜렷이 눈앞에 떠올랐던 것이다. 인위적인 것을 떠나 야생의 건강미를 영탄한 것이 〈산〉과 〈들〉과 〈돈豚〉이었다. 〈오리온과 능금〉에서는 생명의 원소를, 〈고사리〉에서는 생명의 성장을, 〈모밀꽃 필 무렵〉에서는 애욕의 신비성을 각각 그려보려 하였다. 생명의 신비성이 재앙에 한해서 온전히 우대받은 것이 〈일기〉였다, 〈성화聖畵〉에서는 금제된 애욕의 타부를 그려보았고, 〈장미 병들다〉에서는 반대로 허랑한 애욕 면을 그려보았다. 다 같이 생명의 비밀을 구명해보려고 했음에 지나지 않는다. 병든 장미를 찬미한 것도 아니요, 매음의 사실에 한눈을 판 것도 아니다. 병든 장미의 타락한 인물이나 성화의 점잖은 인물들이나 작자에게는 우열의 차별이 없는 똑같은 본연의 생명체로 보일 뿐이다. 생명체의 건강을 바라보는 나머지의 한 역유逆喩로 불건강한 면을 취해보았을 뿐이지 '병'의 제목만을 대사大寫하려고 한 것이 작자의 본의는 아니었다.

(1938. 3)

현대적 단편소설의 상모
―진실의 탐구와 시의 경지

　고금의 수많은 소설가라는 것이 인생을 재현시키겠다고 항간에서 전원에서 소재를 구해가지고는 서재로 돌아와서 흰 처녀 원고지를 까맣게 칠해가는 그 진지한 자태의 역사적 계열이라고 할 것을 환상해볼 때 일종 경건한 감회를 금치 못하게 한다. 가사를 버리고 세무를 물리치고 독방에 칩거하여 서탁 앞에서 궁싯거리면서 일심정력 원고지에다 개칠을 해가는 명장 대가와 무명 삼문의 군상을 가상의 일당에 모아놓고 누에가 뽕먹듯 요란할 그들의 붓 달리는 소리를 환상해보라. 무엇이 그들로 하여금 그러한 일률적인 노력 속에 침투케 하였나를 생각할 때 다시 옷섶을 바로 잡게 한다. 다 각각 개별적인 이유가 있겠고 허다한 동기가 가슴속에 숨었겠지만 공통되는 마지막 계기를 찾는다면 두말할 것도 없이 그것은 진실을 표현하고자 하는 충동인 것이다.

　진실 표현의 충동―참으로 이것이 수많은 고금의 소설가로 하여금 열광적인 꼼꼼한 노력 속으로 몰아넣은 요인이다. 같은 진실 표현이라고 하여도 과학자가 수리를 계산하고 물질의 진리를 표현하는 것과 소설가가 인생의 진실을 표현하는 것과의 사이에는 노력의 격단의 차이가 있다. 후자의 노력의 지향함이 전자의 비가 아님은 인생의 진실이란 유기적 유동 속에 부단히 흘러 용이히 포착하기 어려운 까닭이다.

한 사람의 소설가는 도저히 동시에 각 층 생활의 체험 혹은 감정자는 될 수 없는 까닭에 유동하는 인생의 진실을 전하기 위해서는 서탁 위에서 거짓말을 꾸미는 수밖에는 없다. 인생의 '참'을 말하기 위해서 항간에서 얻은 소재의 부스러기를 토대로 '거짓'을 말하게 된다. 이것이 소설가의 운명이다. 소설가의 말로 '거짓'이 다만 '거짓'에 그쳤는가 그렇지 않으면 '참'과 부합되었는가—어느 정도로 '참'에 육박하고 '참'과 부합되었는가— 고금의 소설가가 그려놓은 가지가지의 환영이 오늘까지에 참으로 인생의 '참'을 복사하여 놓았는가 어쨌는가—소설 및 소설가의 노력의 결론은 온전히 이 한 점에 걸려 있는 것이다.

소설의 형식이 문학 종목 중에 한 자리를 차지하게 된 것을 19세기부터라고 친다면 단편소설의 발생도 대개 이대로 미룰 수가 있다. 당시에는 물론 아직 형식의 완비가 없이 단순한 풍속 관찰이나 도덕 비판이나 간혹 인물의 성격을 묘사해서 단편적 수필적 경향이 농후하던 것이 낭만 시대를 거침에 취재의 범위가 넓어져서 괴기의 사실 공포의 감정 혹은 감상의 세계에까지 주제가 미치게는 되었으나 그러나 참된 의미의 단편소설이 탄생된 것은 19세기 중엽 이후라고 볼 수 있으니 미국의 호손, 포, 불란서에서는 발자크, 메리메, 고티에, 영국에서는 스티븐슨—이들이 모두 각기 형식을 규정하는 한편 내용적으로는 취재의 세계를 넓혔다. 그 가운데에서도 특히 포와 스티븐슨은 단편소설계의 웅이었으니 포는 구성 작업에 있어서 탁월한 이론을 주장하였고 스티븐슨은 화술, 기교, 문체에 특이의 장기를 보여 비단 풍부한 상상력으로 재미있는 세계를 말할 뿐이 아니라 작품의 배후에 항상 일정한 도덕률의 교시를 준비한 작가였다.

그러나 단편소설 형식에 최후의 완성을 주게 된 것은 역시 모파상을 지나 체호프에 이르러서였다. 포적 형식의 진폭을 한층 관대하게 넓히고 범상한 일상생활의 토막토막을 문학적 표현 속으로 끌어들인 것이 체호프였다. 참으로 단편소설의 발달은 체호프에 이르러 마지막 피리어드를 찍었다고 해도 과언은 아니다. 현대에 들어와서는 이미 완성 결실한 단편 형식이 여러 가지의 변기를 시험하고 있음에 지나지 않는다.

19세기 중으로 어떻든 단편소설은 내용적으로는 낭만주의 사실주의를 거쳤고 소재의 범위와 표현 기교와 방법격식을 구진究盡하여서 특히 현대에 있어서 새로운 발견의 여지를 남겨놓지는 않았다. 다만 사실의 대도 위에 심리적 혹은 지적 요소가 가미되었고 때로는 사회적, 향토적 서정으로 흘러 자연히 형태의 자유를 초치하게 되었다. 희곡적이어도 좋고, 묘사적인 수도 있고, 수필적이어도 무방하다. 때로는 시적으로 심경적으로 혹은 전기적으로 흘러서 형식에 일정한 방법도 규정도 없어지고 각인 각색의 자유로운 초원 위로 멋대로 말 달리게 된 것이다.

대체로 종래의 단편소설이 더 많이 사건을 취급하였음에 반하여 현대의 그것이 성격과 동기를 취급하여온 것이 사실이기는 하나 단편이 장편과 구별되어야 하고 양자의 사이에 엄연한 성격적 차이가 있는 이상 단편에 있어서도 언제나 역시 형식에 대한 일정한 체모가 필요한 것은 당연하다. 아무리 형태가 자유로운 현대에 있어서라도 그것이 단편인 이상 형태에 대한 확호確乎한 인식과 수련은 항상 충분히 전재적으로 준비되어 있어야 할 불가결의 것이다. 이 점에 있어서 단편 작가는 지난 날의 하이제의 형식론이나 혹은 포의 단편 창작이론에 다시 한 번 귀 기울이기를 부끄러이 여겨서는 안 된다. 대체 단편이 장편을 거부한 이유는 구성의 치밀을 기하고저 함에 있었다. 물론 시대적 요구 혹은 저널리즘의 종용도 단편 발달의 중요한 요인이었지만 자체적 이유는 형식이 자유로운 장편과는 본의를 달리 해서 통일된 형태와 집중된 인상의 강렬을 구함에 있었다.

단일한 주제를 교묘한 구성과 익숙한 화술과 신선한 감각과 시적 상상력의 구사로 통일된 효과를 내도록 표현함에 있다. 민첩한 이지와 똑바른 관찰안과 아울러 정연한 형식미가 단편의 특질이며 장편과 구별되는 추점樞點이었다. 단편 작가는 성급하고 결벽하여서 단적 주제와 순일한 인상을 사랑하고 인생의 단편을 기민하고 정직하게 표현하고저하는 성벽을 가졌다. 간혹 장황한 이야기나 지리한 변론을 할 때가 있더라도 주제와 인상의 통일적 효과만은 잊지 않는다. 이러한 단편 자체의 특질을 생각할 때에 하이제나 포의 이론은 현대에 있어서라도 여전히 경청할 만한 불후의 가치를 내포하고 있는 것이다.

한 여인麗人의 사랑을 얻으려고 소지의 재물을 탕진한 기사는 나중에는 수중에 사랑하는 매 한 마리를 남겼을 뿐이었다. 가엾게 여겨 여인이 하루 낙백의 기사를 찾았을 때에 기사는 그래도 애끊는 정을 못 이겨 사랑하는 마지막 매를 요리해서 여인을 대접한다. 감격한 여인은 그 자리로 심기가 일전해서 오랫동안 고집해오던 사랑을 기사에게 바친다. 한 마리의 매가 사정을 일변시킨 것이다. 운명 전환의 동기가 된 이 매가 단편 작법에 있어서도 절대로 필요한 것이며 한 사건을 취급하여 운명의 전기를 교묘하게 요리하는 곳에 단편의 묘법이 있다는 것이다.

하이제는 왕왕 형식주의자라는 힐난을 받기는 하나 이 매의 이론은 단편소설사에 있어서 그 어느 때에나 응당 나야할 이론이었으며 그 어느 시대를 거치더라도 진부해질 리가 없는 탁견卓見임은 재론의 여지가 없다.

하이제보다도 일층 세밀한 원리와 방법을 규정한 것이 포였다. 그는 이야기의 효과와 시간적 길이에 치중해서 구성의 교치성을 엄밀히 요구한 작가였다. 흥미의 중단과 권태의 염증을 일으키기 쉬운 장편을 부정, 30분 내지 한두 시간으로 통독할 수 있으며 이야기의 이데가 조금도 이지러짐이 없이 선명한 인상을 포착할 수 있는 단편의 존재만을 문학형식으로서 허용하였다. 단일의 효과를 미리 작정하고 그 효과에 맞도록 사건을 결합해서 한 작품의 첫머리의 문장부터가 그 효과를 살려야 하고 작중 한마디도 무용의 어휘를 써서는 안 된다는 것이다.

인간심리와 긴장의 율도를 정확하게 해석하고 흥미의 중단을 극도로 경계하였다. 초기의 작품에서 시작해서 70여 편에 이르는 그의 전 생애의 작품의 한 편이나 이 주장을 벗어나지는 않았다.

체호프에 이르러 이 긴밀한 포적 형식을 활달하게 완화시키고 일종 무형식의 형식을 부여하게 되어 단편형식에 최후적 완성을 시도하였다. 현대에 들어와 단편소설은 난만한 발달을 이루어 특히 키플링, 오 헨리, 맨스필드, 울프, 조이스 등은 각각 기술적으로, 사실적으로 혹은 심리적으로 자유로운 형식을 시험하고 취재의 진폭을 넓혀서 단편계에 공됨이 많으나 비단 단편만의 작가뿐이 아니라 장편 작가도 일반 단편에 치념置念해서 다채한 분야를 재래케 하였다. 장편소설은 시대를 따라 소장 부침의 시기적 특색이 있으나 단편소설만은 언제나 같은 정도로 일류적 발달을 하여왔을 뿐 아니라 현대에 이르러 더욱 더 성장을 띠어가는 것은 물론 그 형식이 현대적 상업주의 및 저널리즘의 요구에 부합되는 까닭이요 한 걸음 나아가 본질적으로 그 형식적 운명이 현대적 성격과 일치되는 까닭이다.

속도와 변전 속에서 진을 발견하고 미를 추구하려고 하는 것이 현대라면 단편소설의 감각은 제물에 그런 성격과는 일치의 운명에 놓여 있다. 진실이라는 것은 장황한 설명으로 보아도 도리어 촌구도 더욱 여실히 표현되는 것이 아닐까. 시적 감각도 또한 지연된 시간에서 보아도 순간적 긴장에서 포착되는 것이 아닐까. 현대뿐만이 아니라 어느 시대에서나 긴장 속에서 생명의 보람을 느끼는 사람의 심리에 단편의 형식이 영합됨은 자연한 일이다. 자나 깨나 진실의 파악을 명념銘念하고 그 전달을 사명으로 여기는 작가가 직절적인 단편의 형식에 치념함도 또한 당연한 일이다.

잠깐 고금의 작가를 통열하면서 편의상 흥미 있는 이야기를 들려준

포, 스티븐슨, 키플링을 한 계열에 세우고 고골리, 체호프, 필립, 맨스필드의 일열을 사회적 명목 속에 넣고 다른 한편에 심리적 계열로 스탕달, 도스토예프스키, 울프, 조이스 등을 한 벌족으로 가상하면서 볼 때 이들 중의 한 사람이라도 '참' 을 말하려고 하지 않은 사람은 없다. 모두가 허구한 날 인생의 진실과 결코 씨름하면서 진실을 잡나 진실에 잡히나의 사생결단을 하려고 한 사람들뿐이다. 서탁 앞에 웅크리고 앉아서 허구를 꾸미고 상상을 장식하면서 그들은 얼마나 많은 '거짓' 을 말해왔는지 모른다. 그러나 물론 그것은 모두 '참' 을 말하려고 한 수단이었던 것이다. 문제는 그들이 빚어낸 '거짓' 이 얼마나 '참' 을 반영하였나에 걸려 있다.

문외인은 말할 것도 없겠거니와 소위 작가로서 그들의 요술에 전적으로 속아넘어간다는 것은 큰 치욕이다. 솔직히 말해서 그 결사적 노력에도 불구하고 그들의 예술에는 '참' 도 많거니와 '거짓' 도 많다는 것이다. 포나 키플링은 말할 것도 없거니와 고골나 체호프에게서 우리는 '거짓' 을 손쉽게 찾아낼 수 있으며, 귀신 같은 도스토예프스키에게서도 역시 '거짓' 이 눈에 뜨이는 것이다. 결국 누가 가장 '참' 을 말할 수 있는가, 어느 때에 이르면 가장 '참' 을 말할 수 있게 될 것인가. —노력은 여기에 걸려 있다. 작가라는 족보 속에 일단 이름을 걸기 시작한 때부터 작가에게는 이 영원의 과제가 운명적으로 가로막히게 된다. 문학의 대대를 물려 내려가는 가보는 참으로 박진의 묘기인 것이다. 소설사의 릴레이 경쟁에 있어서 다음 세대가 전 세대의 손에서 받은 나무토막에는 '속히 달리라' 의 대사로 '참을 그리라' 의 구절이 적혀 있는 것이다. 전대의 미흡을 만회함은 차대의 임무이니 한 구절이라도 '거짓' 을 교정하고 '참' 을 가함이 항상 소설사의 차대의 당위인 것이다. 어떻게 하면 더 '참' 을 말할 수 있는가—두말할 것 없이 현대의 단편 작가의 자각은 여기서부터 시작되어야 한다.

물론 소설의 목표는 다만 진실의 전달에만 있는 것은 아니다. 진실의 표현을 수단으로 궁극에 있어서는 미의식을 환기시켜 시의 경지에 도달함이 소설의 최고 표지요 이상인 것이다. 최고 목표가 시의 경지인 점에 있어서 소설의 목표는 물론 시의 목표와 동일하다. 시는 직접적으로 '미'를 통해서 시에 도달함에 반하여 소설은 '진'에만 두는 것은 참된 리얼리스트의 태도가 아니며 예술의 본질의 인식을 스스로 그르치는 것이다. 진실을 추구해서 그 뒤에 높은 시의 창조를 생각하는 곳에 작가의 제2단의 자각이 서야 할 것은 물론이다.

(1938. 4)

문운 융성의 변

　문단이 부진이니 문예가 막혔느니 하는 것이 수년래로 거의 입버릇같이 되다시피 했으나 무엇을 준거準據로 하는 말인지는 각인각색 다 각각 요량의 척도가 있는 것이지만 이 상투어가 점점 무의미한 것으로 여겨져간다. 문학의 고양高揚 문단의 진흥은 한이 없는 것으로 아무리 높은 경지에 놓인다 하더라도 그것으로서 족하다는 한역限域은 없는 것이다.
　세계문학의 관점으로 보더라도 플로벨이 반드시 최고 수준은 아닌 것이며 죠이스가 그에게 비겨 손색이 있는 것도 아니다. 셰익스피어의 작풍이 플로벨과 같지 않다고 시비하는 것은 현대문학이 소포클레스의 문학을 본받지 않았다고 책하는 것과 마찬가지로 어리석은 것이다.
　각각 세기의 조류가 있고 시대의 수준이 있는 것이다. 그것이 곧 당대문학의 측량의 척도이며 존재 이유인 것이다. 소포클레스는 소포클레스, 셰익스피어는 셰익스피어, 플로베르는 플로베르, 조이스는 조이스 ─이들 역대의 아승자亞承者 사이에도 단지 시대의 역강歷降이 있을 뿐이지 그들 문학 자체의 고저 우열이 있는 것은 아니다.
　현금의 조선문학이 세계문학 수준의 꼬리를 잡았다고 생각하는 바는 아니다. 오늘의 문학은 역시 어제의 문학이 아닌 오늘의 문학으로서의 역량과 체모와 실질을 갖춘 것이며 내일의 문학을 위한 오늘의 문학으로서 족한 것이다.

오늘의 이 정도의 이 문단으로서 작가의 양도 그만하면 흡족한 것이며 각 작가의 실력도 결코 연전의 그것은 아닌 것이다. 십보 전진 백보 전보요 괄목상대가 아니라 오늘의 발전을 보고는 눈이 휘둘러 빠져야 할 것이다. 십 년 전의 문단과 오늘의 문학을 흔히 비기면서 아직도 오늘의 문학의 우위를 자각하지 못하고 회고의 정에 연연하는 어리석은 이가 있다.

자기가 호흡하고 있는 자대自代 문학에 자랑을 느끼지 못하는 문단인이라면 대체 무슨 면목으로 문학의 붓을 드는 것인가. 아무리 겸손하게 보더라도 오늘의 문학은 십 년 전의 문학보다는 참으로 백보 전진이다. 임의의 소설의 임의의 행문도 십 년 전의 가장 우수했다는 그것보다도 월등 나은 것이며 오늘의 시단의 다채 다양한 상모에 비기면 십 년 전의 시단이란 정히 안색이 없는 것이다. 그렇듯 오늘의 문학이 장족의 진보를 하여온 위에 얼마나 많은 신인이 명일을 위해서 등대하고 있는지 모르는 현상이 아닌가.

침체된 문학의 타개책이라는 것보다는 지금의 문단을 더욱 융성하게 하기 위하여서는 작가 각자는 다 각각 한 층의 공부와 면려가 있는 것이며 이 자발적인 노력이야말로 무엇보다도 귀하고 일의적—義的인 방책인 것이다. 작가는 다 각각 독특한 방향과 발명이 있고 자기의 육체와 기질과 사상에 맞는 창조를 하는 것이므로 이것은 일률로 한 굴레를 씌우고 한 고삐로써 몰려는 비판가의 구실같이 어리석은 것은 없다. 한 가지 제목을 찾아가지고는 그것으로써 모든 작가를 분류 설명하고 편달하려고 하는 제목주의題目主義같이 주제넘은 것은 없다.

문단 자체의 입장에서 볼 때, 문학 자체의 장구한 안목으로 볼 때 구분적·편파적 재패같이 타기唾棄해야 할 것은 없다. 양심이 아니라 상재商材를 베어 팔면서 이목을 끌려는 버릇— 이 같이 염치없는 버릇은 없다.

생각해보라. 백 사람의 문단인이 다 함께 같은 주제, 같은 장르, 같은 수법의 작품을 쓰게 된다면 그 문단이 무슨 꼴이 될까를.

싸움이 났다고 어중이떠중이 싸움 이야기를 쓰기에 급급한 것같이 흉측한 꼴이 있는가. 각자의 길과 종목과 방법이 있는 것이다. 그 각자의 길을 충분히 발전시키고 심화시켜갈 때만 문단은 성해지고 살쪄간다. 전쟁소설 좋고 세태소설 좋고 예술소설 좋고 기록소설 또한 좋다. 즐기는 조목과 장기를 따라 최선을 다하는 것만이 문단과 문학을 소중히 하는 소치인 것이다. 참으로 유위한 작가는 쇠북소리에 놀라지 않고 우행인 전장행을 사양하고 도리어 거리의 한 기적에 머무르는지 모른다.

이러한 작가의 자각적 정신 이외에 문예 융성의 책을 오히려 한 걸음 가까운 곳에서 구할 수도 있는 것 같다.

작가와 유기적 관계에 있어서 이것을 돕고 발양해주는 원조체— 출판업이 그것이다. 객관적 조건이 유리할 때 주관은 언제나 한층 발랄한 활동을 계속할 수 있다. 출판자 측이 좀 더 작가와 협조하고 작가 대우의 방법을 강구함이 있다면 문운의 융성이 배가해갈 것은 명약관화이다.

현재 작가의 대부분이라는 것은 모두 일종의 직업인으로서 치열한 문학혼을 가지고도 생활적으로 더 일의적인 직업에 사로잡혀서 모처럼의 문학혼을 돌보지 못하게 되는 경우가 많은 듯하다.

생활의 방편인 직업을 버리고 참으로 전력을 문학에 바칠 수 있게 하는 방법—차석且夕에 처결되지 못한다 하더라도 그리로 향하여 가는 기운과 노력이라도 보여지게 함이 출판측의 뜻과 배짱이어야 한다. 하나에서 열까지 될 것 안될 것 그 모든 것에 대해서 일률적 방법으로 하라는 것은 아니나 가능한 정도에서부터 차차 미쳐가는 격식도 있는 것이니— 가령 작품 본위로 해서 작가를 불문하고 노작 역작에 대하여서는 수단數段 후대의 방법을 취하게 한다면 작가의 분발은 눈에 보이게 현저해질 것이며 따라서 문학의 질도 날로 향상될 것이다. 작가의 주의와 노력을 자여自餘의 모든 것에서 완전히 빼앗아다가 문학으로 쏠리게 하는 방편은 그 외에는 없는 것이다.

일반 대접의 방법과 아울러 연내로 운위되어오는 소위 문학상 제도도 물론 이런 관점에서 나왔을 것이요 시기도 익은 듯한 이 때 출판 측의 용단과 분발이 있기는 고대되고 있는 바일 듯하다.

신인 발견의 소리도 작금 높은 듯하나 벌써 문단에 발을 들여놓은 신인만으로도 이미 많은 듯하다. 새로운 분야와 방법의 발견— 신인 요망의 뜻은 여기에 있는 것이다. 신인도 여위고서야 어찌 새로운 분야의 개척을 능히 담당할 수 있을 것인가. 기성작가에겐들 자격과 힘만을 준다면 신지新地 발견에 힘쓰지 못함이 없는 것이다.

아무리 작금 출판계가 왕성은 하다 하더라도 수많은 기성작가에게도 아직 균등한 기회를 못 주고 이를 다 포섭하고 삭이지 못하는 형편에 부질없이 신인을 들추어내서는 나중에 그 많은 일군—群을 어쩌자는 뜻인가. 출판계가 더 자라서 포섭력과 실력이 참으로 충실해질 때 등장하는 인물은 자연히 늘어갈 것이다. 그렇게 조바심을 해가면서까지 애매한 많은 청춘들을 기아지대로 유인해넣을 필요는 아직 없을 듯하다.

문단의 문호는 언제든지 그 스스로 해방되어 있는 것이다. 참으로 기백이 있고 역량이 있는 신인이라면 진고陳鼓를 둥둥 울리고 헛고함을 쳐주지 않아도 그 어느 귀퉁이든지를 비집고 어느 틈엔지 자연스럽게 나타나게 되는 법이다.

그렇게 해서 참으로 실력 있는 작가를 얻는다면 그것이 자타를 위해서 더 자연스럽고 보람 있는 것이 아닐까. 신인 문제에 관한 한 자연 생장법에 맡기는 것이 가장 떳떳한 일일 듯하다.

현금의 문운이 결코 비판할 정도로 침체된 것은 아니다. 모르는 결에 어느덧 상당한 면목과 체제를 갖추고 있는 것이 눈에 뜨이며 앞으로 출판 측의 적극적 아량이 있다면 찬란한 황금 시대도 멀지 않아 올 듯한 예감이 들지 않는 바도 아니다.

(1939. 1)

문학 진폭 옹호의 변

여행같이 즐겁고 동시에 슬픈 것은 없는 것이 가는 곳마다 여러 인간의 비천함을 실감하게 되는 까닭이다. 인간의 천함을 실감함은 즐겁고도 슬픈 일이다.

사람이 고귀하고 신령스러운 것이라고 누가 말했는지 마을에서나 거리에서나 사람의 씨는 너무도 많고 천하다. 대개가 쭉정이요 가난하고 추잡하다. 사치한 복장을 발명해내서 야성을 감추기에 급급해 하나 욕심스럽고 교활한 동물의 천성을 어찌 이루 막을 수 있으랴.

문화와 문명이 무엇을 가져왔는지 대체 그것이 세상 어느 구석에다 발라놓은 것인지 헌출하고 가난한 벌판과 거리를 지날 때 그런 것이 눈꼽만큼의 혜택을 어느 구석에 베풀어놓았노 하고 의아해진다. 인간은 언제나 어디서나 추잡한 것이다. 전 세기의 노인들이 들려준 이 진리가 지금엔들 조금이나 나아지고 다를 리 있으랴.

동무도 좋고 내노라고 뽐내는 고명인도 좋다. 하나 얼굴들을 눈앞에 떠올리고 노려보면 눈동자의 움직임이며 얼굴의 표정이 어쩌면 그렇게 개나 고양이와 똑같은가에 놀라지 않을 수 없다. 의젓하면 의젓할수록 더 그렇게 보이는 것이다.

여행을 하면 일상 주위에서 못 볼 그런 새로운 얼굴들이 백으로 천으로 만으로 눈앞에 놓인다. 그것은 물론 인간의 인간된 전제이요 숙명이기는 하나 역시 슬픈 것이다. 요행 지성이니 정신이니 양심이니 하는 제목을 발명해냈으니 망정이지 비록 장식품일지라도 그런 곳조차 없었더라면 인간은 얼마나 괴로운 것이었을까.

여행은 즐겁고 슬픈 것이다. 이 인간적 현상과 근성에 대한 숙명적인 깊은 감상을 구해주는 것은 문학임을 새삼스럽게 다시 인식한다. 문학의 지성이 아니라 문학의 심미역審美役(문학의 지성은 곧 심미역으로 통하거니와)이야말로 환멸에서 인간을 구해내는 높은 방법인 것이다. 인간이 아무리 천하고 추잡해도 문학은 그것을 아름답게 보여주는 마력을 지녔다.

이상주의 문학뿐이 아니라 자연주의 문학 역시 그러하다. 자연주의 문학의 아무리 추잡한 한 구절일지라도 실 인간의 그것보다는 아름답게 어리우고 읽힌다. 실감을 문자로 한바탕 바꾸어내는 까닭일는지도 모른다. 표현의 신비성이다. 여행의 감격이 소설 속에서는 더욱 커지고 여행의 환멸이 소설 속에서는 완화되고 덜어진다.

아무리 놀라운 사실주의 소설을 읽어도 현실에서 우리가 하는 것 같이 눈썹을 찌푸리고 구역질을 하고 소름이 끼치는 경우는 없다. 소설은 현실의 충동을 알맞게 바쳐서 곱과 찌끼는 버린다. 심미감과 쾌快의 감동을 떠나서 소설은 없다. 문학의 공은 크고 소설가의 임무는 장하다. 아무리 하찮은 소설가라도 다른 뭇 예술가와 함께 이런 점에서만도 사회인의 누구보다도 맡은 일의 뜻이 귀하다 하지 않을 수 없다. 이것을 새삼스럽게 느끼게 한 것은 여행이다.

이 문학 본래의 효용과 임무의 견지에서 볼 때 그것은 될 수 있는 대로 다양하고 진폭은 될 수 있는 대로 넓음이 마땅하다. 문학의 내용과 방법의 세계가 넓을수록 실 인간에 주는 재미도 풍부할 것이니까 말이다. 주조는 시대마다 다른 것이기는 하나 한 시대의 문학으로서 한 주조의 문학만을 허용한다는 것은 너무도 고루固陋한 것이다. 흔히 자기류의 주조를 세우고는 자여의 뭇 방향을 힐난 질타하는 일이 있으나 개성과 독창을 귀히 하는 예술의 세계에서는 이같이 어리석은 짓은 없다.

갑이 갑의 입장에서 쓰는 문학을 을이 을의 입장에서 논란할 바 못 됨은 을이 을의 입장에서 쓰는 문학을 갑이 갑의 입장에서 논란할 바 못 됨과 일반이다.

이 그릇된 우행을 문학사가 반복해 옴은 일종의 불가사의이다. 자연주의 문학이 낭만주의 문학을 왜 배격해야 하며 이상주의 문학이 자연주의 문학을 왜 멸시해야 하는가. 시대의 필연이라면 피차의 시대의 필연인 것이며 한 시대의 필연이라 해도 그 필연의 내포의 한계는 인간 생활의 면모가 넓은 것과 같이 넓은 것이다. 어느 때나 한 사상의 문학, 한 방향의 문학만을 내세우고 배타적 껍질 속에 웅크리고 들어앉음은 무지와 오만의 사연使然 이외의 아무것도 아니다.

메주 내 나는 문학이니 버터 내 나는 문학이니 하고 시비함같이 주제넘고 무례한 것이 없다. 메주를 먹는 풍토 속에 살고 있으므로 메주 내나는 문학을 낳음이 당연하듯, 한편 서구적 공감 속에 호흡하고 있는 현대인의 취향으로서 버터내 나는 문학이 우러남도 이 또한 당연한 것이아닌가. 메주 문학을 쓰든 버터 문학을 쓰든 같은 구역, 같은 언어의 세계에서라면 피차에 다분의 유통되는 요소가 있을 것도 또한 사실이다.

종교문학 물론 좋으며 애욕문학 또한 좋고 자연문학 또한 필요한 것이다. 국민문학이 나올 추세라면 그 탄생이 물론 기쁜 일이다. 건망증에 걸려 한 가지 제목에만 오물하다 문학의 다양한 품질과 향기를 힐난함은 과분한 욕심이요 쓸데없는 명예욕이다. 문학 상호의 방향과 양식에 대해서는 관대하고 겸허함이 문학자의 진정한 태도일 듯하다. 문학의 진폭은 될 수 있는 대로 넓어야 함이로다.

새해에도 여행을 많이 하고 인간이 천함을 지천으로 보고 그것을 표현할 다양한 방식을 찾아내게 되기를 바라는 바이다.

(1940. 1)

문학과 국민성
―한 개의 문학적 각서

　서구의 신화에서는 제신의 신격보다도 오히려 인간의 지위와 매력을 숭찬崇讚하고 소중히 여긴다. 철저한 인간 중심주의 사상은 드디어 신화의 신비성과 위엄성까지도 그 배하配下에 놓아버리고 만 것이다. 주신主神 주피터는 신계의 단조로운 경영에 권태를 느껴 하루는 머큐리를 이끌고 인간계로 산책을 떠난다. 거기에서 이 전지전능의 조물주가 발견한 것은 인간의 미와 매력이었다.

　장사將士의 아내의 사랑을 얻으려고 전능의 지혜와 능력을 빌어 쉽사리 청춘을 회복하고 장사의 용모로 가장하여 구애에 성공한다. 여신 주노는 부신夫神 주피터의 뒤를 미행해 내려와 그 소행에 분노하고 질투한다. 그 무서운 질투의 모양은 신계의 풍속이 아니라 그대로가 인간계의 모방이요 주노의 찌그러지고 불타는 얼굴에는 한 점의 신엄성도 없고 계정군의 험상궂은 표정 그것일 뿐이다. 주노 앞에서 설설 기면서 고분고분 그의 말을 쫓는 주피터의 자태도 어찌 그다지 인간의 그것과 흡사한가.

　―이것이 서구의 신화이요, 동시에 소설인 것이다. 인간이 신성을 모방하려는 것이 아니라 신격이 도리어 인간을 모방하려 한다. 지상신至上神은 그가 만들어놓은 인간의 체취에 연연한 향수를 느끼면서 스스로 하

계로 내려와 그의 사랑을 갈망하는 것이다. 인간 지상의 개념과 전제를 떠나서는 신화도 민요도 없는 것이며 우주의 일체의 상태象態가 부정된다.

　인간의 체취와 생태의 예찬에서부터 서구의 문학은 탄생되고 발달되었다. 나는 언제인가 그것을 육체 문학이라고 명명한 적이 있었다. 희랍의 고전에서부터 르네상스를 거쳐 20세기까지 흘러온 서구 문학의 주장은 정히 육체 문학의 전통의 계승 발전이었던 것이다.

　소포클레스나 호머나 단테나 초서나 괴테나 플로벨이나 보들레르나 로렌스나 다 같이 차례차례로 한 계열을 이어 내려오는 적손들이요 라신도 톨스토이도 지드까지도 이 족보 속에 소속되는 외에는 없다. 인간의 형상적 심미에 지상 선善을 보고 그것의 충실 달성에 용의하고 부질없이 그것을 배상하고 갈망하는 데서부터 예술과 문학이 지어졌다. 제2제국도 아니요 제3제국도 아닌 것이며 참으로 이 본원적이요 구상적인 제1제국이야말로 바로 희랍 시대부터의 그들의 이데아였다. 에덴 낙원의 상실은 곧 지상 낙원의 건설을 의미했다. 이 새로운 낙원에의 한층의 동경과 원망감이 사상을 냈고 문학을 배이게 했던 것이다.

　정신이란 것은 형상을 위한 것이요, 그것의 완성을 전제로 함으로써 뜻을 가지는 것이었다. 형이하形而下의 안일과 유락을 변호하려고 함으로써 정신은 발동하는 것이었다. 개체와 인문의 옹호— 여기에 정신의 동기가 있다.

　육체 문학에 대해서 정신 문학이라는 제목을 생각해본다. 물론 문학은 정신 활동의 소산이요, 그 내용에는 형상적 요소와 정신적인 요소가 함께 있는 것이다. 육체 전제의 상념에서 떠나서 단순히 인간 정신의 고도의 고양高揚을 동기로 한 문학— 그런 것을 생각해볼 때 정신 문학의 용어는 반드시 묘망渺茫하고 모호한 것만도 아닐 듯싶다. 정신주의 문학에서는 개체의 애정을 떠나서 정신만의 환희와 쾌락의 숭상이 있어야 할 것이다. 인간 생활의 이 엄격한 반면— 반드시 처녀지도 아닌 이 지경에 문학의 다른 커다란 여지가 놓여 있는 것이 아닐까. 이제 일례로 복종의 정신을 들어보면 여기에 놀라운 하나의 문학의 가음이 있음을 안다. 사람에게는 지배의 본능이 있는 동시에 확실히 복종의 천성이 있는 것이니 사랑하는 사람에게 조건 없이 머리를 숙이고 어른의 말을 흔연히 쫓고 커다란 권능에 두말 없이 복종하는 인간성의 일면이란 것이 참으로 있는 것이다. 지배의 의욕을 즐겨함에 반해서 이런 면의 인간 진실의 개척은 종래의 문학에서는 드물게 보아오는 터이다. 여기에 작가의 구미는 바짝 동하지 않으면 안 된다.

이타利他의 정신이라든지 희생 혹은 협력의 정신에 관해서도 같은 말을 할 수가 있다. 이런 것은 물론 모두 새로운 정신은 아닌 것이나 지금까지의 문학에서는 그 취급을 등한시해온 것이 사실이다. 지상적인 행복을 버리고 개個를 몰각하고 오로지 정신적 연마에 살려고 한 알리사의 정신을 다시 한 번 회상해보는 것은 시의時宜를 얻은 가당한 일일 듯하다.

국민문학의 정신과 주제의 일단을 생각해볼 때 이런 방면에서 그 실마리를 잡는 것도 한 방법이 아닐까 한다. 국민문학의 새삼스런 제창의 동기와 원인을 살핀다면 이런 높은 정신생활의 면에 주의를 보내봄도 일책인 것이다.

넓은 뜻으로 보면 모든 문학을 다 각기 일종의 국민문학이라고 할 수가 있다. 한 국민으로서의 풍토와 습속 속에 살아 있을 때 세계인으로서의 공감 속에 호흡하고 있다고는 하더라도 스스로 소속된 국민적 지역적 특질을 벗어날 수는 없는 노릇이므로 그 문학 속에는 자연 다른 지역의 문학과는 구별되어야 할 소인素因이 내포되어 있는 까닭이다. 그러나 단순한 지역적인 요소의 구별이라면 반드시 이것을 국민문학의 칭호로 부르지 않더라도 외에 얼마든지 구분적 명칭은 준비되어 있는 것이니 특히 이것을 국민문학으로 부르는 곳에는 그런 단순한 구별 외에 한층 의식적이요 가치적인 내심과 뜻이 포함되어 있어야 할 것이다. 한 국민의 다른 국민과 구별되어야 할 각오와 자랑— 이것이 없이는 국민문학의 소이는 없다. 이 각오와 자랑을 선양하려는 곳에 국민문학 제창의 동기가 있는 듯 짐작된다. 국민문학이란 당초부터 언제든지 있어온 것이니 오늘 이것이 새삼스럽게 운위되는 데는 반드시 그것이 필요한 까닭으로의 시대적이요, 역사적인 의의가 내재되었음을 이해함으로써 비로소 그 제기의 이유를 수긍할 수 있다. 각오와 자랑이 평소엔들 없는 바아니나 그것을 의식시키고 국민성의 교양을 꾀하는 곳에 시대적인 적극성이 엿보인다. 국민문학의 이해는 여기에서부터 시작된다.

종래에 국민문학의 제목을 거들어온 것은 한 국민의 문학을 전체적 개괄적으로 고찰할 때 그 특질을 추상해 내서 자여自餘의 것과 구별하고 그 값을 칭송할 때였다. 러시아 문학을 말할 때 우리는 옳든 그르든 얼핏 톨스토이의 이름을 불러 그의 문학 속에서 전 러시아 문학의 특질을 보려고 하며 불란서 문학에서 발자크를, 독일 문학에서 괴테를 들어서 그들을 각각 국민문학의 대변자로 삼으려 한다.

이것이 일반의 통념인 것이니 타당한 반면에 위험한 일이기도 하다. 공연스리 거대한 인상을 두는 이들의 단지 그 거대성에 현혹되어 각각 그들 하나로서 국민문학의 대표적인 선수로 족하다는 착각을 주기 쉬운 까닭이다. 이렇게 국민문학이란 극히 방편적이요 편의적인 때가 있다. 그들의 그 거대성을 엄밀히 검토해보면 단순히 양의 기만일 때가 많다. 내용적으로는 통속적이요, 상식적이요, 계몽적이요, 교육적인 그들의 문학을 국민문학이라 할 때, 거꾸로 국민문학이란, 통속적이요, 상식적이요, 계몽적인 그런 문학을 일컬음이라고 볼 수도 있는 것이다. 확실히 국민문학의 이념 속에는 그런 상식적인 성격이 다분히 섞여 있음을 간과할 수는 없다.

지드나 헉슬리의 문학을 국민문학의 선봉이라고 부르기가 어색한 것은 '세계문학이라고 부르면 불렀지' 이런 통념의 소치인 것이다. 즉 고도의 지성이나 비판성보다도 상식적인 이상이나 '건전한' 시민성이 더 많이 국민문학의 타당한 내용으로 생각되어온 것이다. 국민문학의 가치의 높이로 보아 반드시 그런 속성만이 소중한 전부가 아님을 생각할 때 종래의 통념이 너무 단순하고 통속적이었음도 사실이다. 어찌 톨스토이 한 사람 뿐이랴. 푸슈킨과 고골리로부터 치리코프나 숄로호프에 이르기까지 한 사람이나 국민문학자 아님이 있으랴. 그들의 문학이 모두 국민문학인 것이다. 다만 용어의 방편상 손쉽게 톨스토이나 괴테를 끌어올 뿐이다.

이렇듯 국민문학의 용어는 방편적이요 기회적이어서 필요에 응해서 등장하곤 하는 것이니, 이 시기에 이것이 운위되게 된 것도 역시 시대적인 필요성의 편연便然임은 전술한 바와 같다. 우리는 이 시대성의 의의와 성격을 바로 이해하고 수긍하는 것이나 여기에서도 국민문학의 권주圈疇의 이해를 지나치게 조급하고 협착하게 규정해서는 안 되는 것이다. 넓고 유구한 금도襟度로서 그 이해에 힘써야 할 것이다.

국민문학의 단 하나의 표본이라는 것은 없는 것이다. 현재 각 작가가 힘쓰고 있는 문학이라면 그 모두가 일종의 국민문학이어야 한다. 시국의 움직임을 그리고 국책을 논한 문학도 좋은 것이요, 그 외 광범한 인간생활을 깊이 밝히고 옳게 파악한 문학이라면 두말 없이 국민문학의 칭호에 값가는 것이다.

작가는 각각 자기 자신의 문학적 품질稟質과 소양素養에 사력을 다해서 의거하는 외에 다른 길이 없는 것이다. 문학의 우열은 단지 그가 진지하게 생을 탐구 파악했나 못 했나에 준해서 결정될 뿐이다. 요행 작품의 규모가 웅대하고 생을 강렬히 파악해서 훌륭한 걸품을 낳는다면 그것은 그 작가의 행복일 뿐이지 그것으로 말미암아 자여自餘의 작가의 작품이 국민문학으로서 말살되어야 하는 법은 없는 것이다.

생을 옳게 파악하려면 진실을 보는 눈이 맑아야 할 것이다. 인생의 진실 외에는 작가의 임본臨本이 없으며 진실을 그리는 외에 작가의 길은 없다. 눈이 맑을수록 진실을 옳게 잡을 것이며 흐린 눈앞에는 진실도 그 자태를 감출 것이다. 맑은 눈을 가지고 있다는 자각이야말로 언제나 귀중하고 필요한 일이다. 어느 것이 진실이고 어느 것이 허위인가를 가려냄은 곧은 직관과 이성의 작가의 품질이다. 이 품질稟質은 작가적 양심의 인도引導로 바르게 발동한다. 맑은 눈이란 이 양심을 가리키는 것이다. 양심을 내놓고는 작가의 나침반과 키는 없다.

작가가 보는 것은 인생적 진실이나 그것이 작가의 주관을 거쳐서 문학으로 나타날 때 문학적 진실로 변한다. 문학적 진실은 인생적 진실의 복사는 아니다. 흡사 표현이 모사가 아닌 듯이 인생적 진실이란 반드시 유일적의 것이 아니요 같은 인생적 진실도 작가에 따라서 그 번역되는 자태가 달라진다. 슬플 때의 우는 것도 진실이려니와 웃는 것도 진실이다. 웃는다고 표현했다고 진실을 잃었다고 생각함은 도리어 진실을 모르는 소치이다. 우는 줄만을 알고 웃는 줄을 모름은 진실의 일면밖에를 모르는 좌증左證이다. 문학적 진실에는 참으로 허다한 버라이어티와 변호가 있다.

같은 인생적 진실에 처해서도 어떤 작가는 사건의 진실을 보고 어떤 작가는 분위기의 진실을 보고 또 어떤 작가는 향기의 진실을 보아서 각자의 소질을 따라 보는 진실의 면이 다르다. 도스토예프스키적 진실도 진실이려니와 플로벨적 진실도 진실인 것이고 모파상의 진실과 체흡의 진실 헉슬리의 진실과 로렌스의 진실이다. 일점 객탁客啄할 여지가 없는 문학적인 진실임에 틀림없다. 그들은 진실을 찾아냄에 다 같이 엄격하고 냉정했지 조금도 소홀한 태도를 가지지는 않았다. 그럼에도 진실의 면이 각각 다른 것이며 다르면서도 다 같이 진실한 것이다.

문학적 진실이란 실 인생 속에 있는 것이며 동시에 없는 것이다. 있는 듯이 짐작되면서 실상은 아무데도 없는 것이다. 작품 속에 나오는 임의의 싸움의 장면을 취해보면 그런 장면은— 그런 인물들과 그런 동작과 그런 회화는 실상은 아무 데에도 없는 것이다. 작가의 주관 속에서 창조되어서 다만 실 인생을 이럴 법도 하다고 그것을 방불시킬 따름이다. 그 방불의 긴밀한 태도에 따라서 문학의 진실성도 측량되고 결정될 따름이다.

문학적 진실에 다양성이 있을 뿐 아니라 인생적 진실에도 변화가 있다. 객관적 형태와 사정이 관념의 형태를 결정하므로 새로운 현상과 사태는 관념의 습관에 스스로 개혁을 가져오게 한다. 객관의 사실이 변할 때 그것을 규정하는 신념의 기능도 자연 변해야 하며 진리에도 변동이 생긴다. 사실의 증명이 있을 때 코페르니쿠스적 신념의 변동은 어찌는 수 없이 엄연히 생기고야 만다. 인생적 진실은 위대한 사실과 함께 변하는 것이며 그것을 반영하는 작가의 주관도 부동의 총세總勢로 정지靜止되어 있을 수는 없는 노릇이다. 환경과 경험이 변해올 때 작가의 눈도 그 영향을 받지 않을 수 없는 노릇이다.

현대의 문학은 대체로 리얼리즘을 기조로 삼아온 것이나 막다른 골목에 다다른 리얼리티는 제 숨에 막혀서 허덕이다가 급기야 찾아낸 안식처가 이상이었다. 이상주의 문학의 출현은 여기에서 시작되었다.

세기의 동향이 그 어떤 것이든지 간에 조선 작가에게 주어진 과제는 별 수 없이 자기 앞의 현실을 그리는 그것뿐이다. 지방의 특수성도 생각하며 아울러 움직여가는 조선의 현실을 그리는 외에 길이 없는 것이다. 유기체의 변화와도 같아서 고정된 총세라는 것이 없는 것이니 움직이는 동動의 총태總態에 있어서 파악하는 것이다.

지방적 소재라고 해도 그 면은 광범해서 다취 다양多趣多樣한 전 범위는 한 사람의 작가로서 족히 담당 지파指破할 바가 아니다. 현재의 모든 작가를 요구하고도 오히려 부족하다. 다시 말하면 현역의 뭇 작가를 요구하고도 오히려 부족하다. 다시 말하면 현역의 뭇 작가는 다 각각 있어야 함으로써 있는 것이요, 그 존재 이유는 스스로 당연하다. 작가가 많아서 걱정되는 것은 없는 것이요, 그들은 소질에 의거해서 각기의 면을 개척하되 그것은 전부 조선의 면인 것이다. 농촌과 민속을 그리는 기영箕永과 동리東里들이 있으면 도회와 세태들을 그리는 진오鎭午와 만식萬植 들이 있는 것이요, 다시 시대의 유동을 그리는 석훈石薰과 인택人澤들도 있어야 하는 것이다. 그 외 뭇 작가가 다 질과 색채를 조금씩 달리하면서 각자의 소재에 면려勉勵하되 그것은 그대로 한 커다란 종합적인 유기체 속에 연계된다. 기영에게 조선문학을 전부 걸머지우고 유일의 대변자라고 내세우는 것도 가없은 일이요, 진오를 꼭 한 사람으로 후들겨 보내는 것도 즐기는 바 아닐 것이다. 싱 한 사람만이 애란 문학을 대표하는 것이 아니라 예이츠도 있어야 하고 오케이시도 섞여야 되고 아니 던세이니까지도 한 몫을 넣어야 비로소 그 문학의 전모가 솟아오르는 것과 마찬가지이다. 싱만을 추려내라고 하고 혹은 예이츠만을 내세우려고 함은 다만 비평가적 명목주의요 편집자적 방편주의일 따름이다.

　내가 말하려는 것은 작가는 각각 좌고우면左顧右眄 부질없이 한눈을 팔 것이 없이 자기의 발견한 길에 안심하고 신뢰하고 나아가야 한다는 것이다. 지방색을 탐구해서 지방적인 대표작을 써야겠다는 성의의 나머지 누구나가 일률로 향토적인 것, 지방적인 것 하고 눈알을 붉히는 것은 무의미하다는 것이다. 꽃신을 신고 긴 치마를 끄는 여인을 그리는 것, 물론 무관한 일이나 그가 치마 대신에 양장을 해도 역시 여인麗人이요, 지방적 현실이라는 것을 잊어서는 안 되고 아니 장차 같은 그가 몸빼를 입고, 게다가 신고 나서려는 것이 아닌가. 이것은 조선적 현실이 아니라고 부정하고 그 표현을 거부할 수 있단 말이다.

　지방적인 것을 찾을 때, 작가들은 흔히 향토로 눈을 보내 즐겨서 원시적인 것, 토속적인 것, 미속적迷俗的인 것을 숭상하고 샅샅이 들쳐내왔다. 애란을 그리려는 싱이 아란도 주민의 원시생활을 들쳐낸 것과 같은 태도였다. 물론 그런 방면도 한 번은 응당 표현을 힘입어야 할 것은 사실이나 그것을 능사로 삼음은 도리어 협착한 아량이다. 고도기古陶器와 무기無妓와 담뱃대를 문 상투장이의 모양을 색판으로 박은 그림엽서가 순전히 외지에서 온 관광객의 호기심에 영합하려는 목적에서 나온 것이라면 부질없는 토속적 문학의 숭상은 외지의 편집자의 비위를 맞추려는 심산의 소치로 추단推斷 받아도 하는 수 없는 노릇이다.

같은 향토 면이라고 해도 한층 우아하고 목가적인 면도 많은 것이요, 또 향토 면과 맞서서 도회 면의 커다란 부문이 있음을 잊어서는 안 된다. 인구의 대다할大多割이 지방의 주민이라는 이유로 향토를 그린다는 것도 이부당리不當한 일이다.

조선의 움직임은 오히려 도회에 있다. 이 면의 숭상이 없이는 주체적인 파악은 드디어 불능한 것이다. 개화 면이라고 해도 좋고 세계 면이라고 해도 좋다. 세계적인 생활 요소가 거기에서는 지방적인 것과 합류 융합되어 있는 까닭이다. 이 세계 면의 표현이 없이는 언제까지나 향토를 원시의 미간지未墾地 속에 버려두고 박아두는 점밖에는 안 된다. 문화를 높이고 생활을 향상시킴이 문학의 공리적인 목적의 하나라면 작가의 노력은 차라리 이곳에 경주되어야 할 것이다.

세계 면을 그리거나 향토 면을 그리거나 간에 문학의 우열은 순전히 작품의 됨됨에 따라서 결정될 것은 물론이다. 국민문학의 입장으로 보아도 이 두 면의 문학이 다 그 소성素性을 갖추어 있는 것도 물론이다. 더욱 한 걸음 뛰어서 우수한 문학이라면 그대로 바로 세계문학으로도 편입되는 것이다. 문학 속에 세계적인 요소가 있어야만 세계문학이 되는 것이 아니다. 인간성에 깊이 뿌리박은 국민성의 우수한 창조라면 그대로 세계문학에 놀라운 플러스를 용이하게 되는 것이다. 폴란드 문학이나 핀란드 문학이 세계문학으로 통용되는 것은 그러한 이유로서다.

(1942. 3)

현실에 대한 환멸과 심미적 자연의 세계
— 이효석의 생애와 문학

1. 이효석 문학을 보는 시각

이효석은 이태준과 함께 식민지 시대의 대표적인 단편 작가로 거론된다. 1907년에 태어나 1942년 서른여섯의 이른 나이에 세상을 떠났으니 길지 않은 생애를 살았지만, 15년 내외의 창작 기간에 '현대 단편문학의 빼어난 봉우리'로 꼽히는 〈메밀꽃 필 무렵〉을 비롯한 60여 편의 중·단편소설, 3편의 장편소설 및 80여 편의 수필 등 적지 않은 성과를 후대에 남겼다. 이 책에 수록되지는 않았으나 희곡과 시나리오까지 쓴 왕성한 필력의 소유자였다.

이런 이효석에 대한 지배적인 견해 중 대표적인 것을 꼽아보자면 이효석은 '시대와 무관한 탐미주의자', '서구 취향의 모더니스트'였다는 것이다. 이러한 견해는 같은 시기에 활동했던 이태준, 김유정, 최서해 등과 구별되는 이효석만의 고정된 이미지를 만들었다고 할 수 있다. 그런데 이효석 문학에서 탐미주의적 요소가 강하게 드러나고 있긴 하나 그의 작품들을 곰곰이 들여다보면 그런 문맥으로 단일화하기엔 좀 더 다양한 스펙트럼이 분포되어 있음을 알 수 있다. 〈도시와 유령〉, 〈행진곡〉 등 이른바 동반자 계열의 작품이 있는가 하면, 〈산협〉, 〈개살구〉와 같이 농촌을 소재로 한 작품들이 있고, 또 만년에 발표한 〈은은한 빛〉과 〈소복과 청자〉에서처럼, 기존에 보였던 서구적 취향과는 다르게 조선적 가치에 대한 인식을 완곡하게 보여주는 작품도 존재한다. 문학적 연륜이 깊어지면서 나타나는 이런 변화상을 지켜볼 때 한때 '버터 문학'이라고 불릴 정도로 이국 정조를 내세웠던 이효석이 사실은 부단한 변화를 겪고 있었다는 것을 알 수 있지만, 아쉽게도 젊은 나이에 사망한 관계로 그의 문학은 그 지점에서 멈추고 말았다.

후대의 평가는 대체로 〈도시와 유령〉 등의 초기와 〈산협〉 등이 발표된 1930년대 중후반 작품으로 대상이 한정되어 있는데, 이때에도 논의의 거점을 어디에 두느냐에 따라 평가가 양극으로 엇갈리는 것을 볼 수 있다. 정명환은 〈위장된 순응주의〉에서 이효석은 '서양을 통해 받아들인 미의 관념에 의거해서 지성의 고행을 송두리째 내던진 가면을 쓴 순응주의자'라는 혹평을 가했고, 이상옥은 《이효석—문학과 생애》에서 이와는 달리 순수문학의 견지에서 '이효석의 문학의 심미주의'를 분석하고 미적 가치를 구현한 경우로 그를 평가하고 있다. 또 김상태는 〈이효석 문체〉에서 효석 소설의 문체는 '자연을 분석하려는 것을 거부하고 자연 속으로 자신을 용해하여가려는 작가적 태도의 표현'이라고 설명하고 있다. 이런 평가들은 이후 후대 연구자들에게 영향을 미처 최근까지 이효석을 보는 고정 관념으로 굳어져 있다고 해도 과언이 아니다.

이효석의 삶을 구성하고 소설 전반을 해설하려는 이글은 기존의 견해를 수용하면서 다음과 같은 측면에 주목해서 효석의 소설을 이해해보고자 한다. 먼저, 동반자 시절의 소설이 갖고 있는 진정성의 내용이 무엇인가 하는 점이다. 흔히들 동반자 시기의 작품은 진정성을 갖지 못한 단순한 시류 순응에 불과하다는 견해를 보여준다. 문제의식도 진지하지 못하고, 또 인물의 성격이나 행동 역시 이념성이 약하다는 이유 때문이다. 타당한 면이 없는 것은 아니지만, 한 인간의 행위를 단순히 모방과 시류 편승의 측면에서만 설명할 수는 없을 것이다. 더구나 이효석의 60여 편의 중·단편 중에서 약 30%에 해당하는 작품들이 이른바 동반자 계열의 작품이거나 후일담 소설의 형태로 되어 있다. 1931년도를 절정으로 점차 사라지는 모습을 보이지만, 1938년 이후의 〈부록〉, 〈장미 병들다〉, 〈해바라기〉 등에서도 사회운동에 관여한 경력이 있는 인물들을 통해 현실에 대한 관심이 여전히 견지되고 있다. 이들 작품에서 인물들은 이른바 '마르크스주의자'이고, 하는 행동 또한 주의자다운 변혁과 운동의 형태를 취하고 있다. 그런 점에서 이들 작품을 통해서 표출된 이효석의 관심사와 문제의식의 핵심이 무엇인가를 진진하게 고찰하지 않을 수 없다. 다음으로, 이효석의 생애를 면밀하게 살피면서 그가 궁극적으로 지향했던 문학 세계가 무엇인가를 살피고자 한다. 어떤 하나의 경향으로 작가를 규정할 경우 작가의 특성은 단면적으로만 조망될 가능성이 많고, 그래서 중요한 것은 작가의 내면을 진지하게 추적하고 그것이 어떻게 작품으로 연결되었는가를 살피는 일이다. 이효석의 경우, 대표작으로 거론되는 이른바 순수 서정의 세계를 다루고 있는 작품들의 특성을 다시금 살펴야 한다. 가령 성과 토속적 자연의 세계라고 했으나, 그것의 구체적 특성이 무엇인지, 나아가 그것이 초기작과 어떻게 연결되어 있는지 등이 구명되어야 한다. 미리 말하자면, 이들 작품에서 보이는 성과 자연은 현실에 대한 환멸을 전제한 상태에서, 거기서 벗어나려는 인물들의 순수한 꿈과 자유에 대한 갈망을 담고 있다. 식민치하의 현실에서, 그것도 사회 전반이 물화되고 속화되는 현실에서 효석은 자연과 성을 통해서 그런 현실에 맞서 인간이면 누구나 갖기 마련인 본능적인 꿈과 염원을 표현하고자 했던 것이다. 이들 작품에서 목격되는 애잔한 분위기는 그런 사실과 관계된다.

이효석 문학의 성과와 실패 모두는 한국 문학사에서 의미 있는 실험으로 이해할 수 있다. 외견상 현실 도피라는 부정적 면모를 지니고 있더라도 그것은 그 자체로 당대의 특수성을 반영한 역사의 산물이고, 또 문학사의 전개 과정에서도 겪어야 할 일종의 통과의례와도 같은 것이었다. 이효석에 대한 이해와 평가는 이런 사실을 전제로 이루어져야 할 것이다.

2. 생애와 삶의 편력

이효석 문학을 이해하기 위해서 먼저 그의 성장 환경을 살펴볼 필요가 있다. 이효석은 1907년 2월 23일 강원도 평창군 봉평면에서 아버지 이시후와 어머니 강홍경 사이에서 1남 3녀 중 외아들로 태어났다.

네 살 무렵, 한성사범학교 출신의 부친이 서울에서 교편을 잡게 되어 모친과 함께 상경해서 2년을 살다가 다시 가족 전부가 평창으로 내려왔다. 이효석의 부친은 이때부터 10년간 진부 면장을 지내는 등 그 지역에서는 알려진 인물이었는데, 고향에 내려온 직후 어린 효석을 일찌감치 서당에 보내서 한학을 익히게 했다. 효석은 이때부터 총기를 보여서 신동이라는 소리를 들었다. 일곱 살을 전후해서 가정과 사숙에서 소학을 배울 때 운문과 오언 절구를 짓느라 애를 썼고, 경물을 묘사할 적당한 문자를 고르기에 골몰하여 이미 '표현의 선택'이라는 것을 알았다고 훗날 수필 〈나의 수업 시대〉에서 고백한 바 있다.

이효석의 출생지이자 소설 〈메밀꽃 필 무렵〉의 무대가 되는 봉평은 역사적으로 오랫동안 영서지방 중심지의 하나였다. 14살 이후 서울에서 반생을 보낸 까닭에 어른이 되어서도 이효석은 고향에 대한 의식이 미미했다. 그러다가 우연히 백석의 시집 《사슴》을 읽게 되면서 잃었던 고향에 대한 느낌을 회복하게 된다. 시집에 나오는 모든 소재와 정서가 영서의 것과 유사했고, 그래서 자신의 고향과 함께 '귀하고 아름다운 조선의 목가적 풍경'을 느꼈던 것이다.

　　영서는 산과 들과 수풀과 시내의 고장이요, 자연은 더한층 풍성하다. 영동에서는 달이 바다에서 뜨나 영서에서는 달이 영에서 뜨므로 그 조화는 한층 복잡하다. 영서의 기억이라고 하여도 나에게는 읍내의 기억이 있고 마을의 기억도 있고 산골의 기억도 있으나 가을 기억으로는 산과와 청밀과 곡식과 농산물품평회의 기억이 가장 또렷하다.

—⟨영서의 기억⟩

　　이러한 고향 영서에서의 자연 체험은 훗날 단편소설 ⟨메밀꽃 필 무렵⟩, ⟨개살구⟩, ⟨산협⟩의 창작에 영향을 미쳤을 것으로 짐작할 수 있다. 1914년, 8살 되던 해에 이효석은 평창 공립보통학교에 입학하였다. 이 시절에 처음으로 문학이라는 것을 생각해보고 '이야기의 맛'을 알게 되었는데, 예컨대 벽장 속에는 《사씨남정기》 등 갖가지 소설책이 있었고 그 중에서 특히 《추월색》을 읽으면서 깊은 감동을 받아 되풀이해서 읽었다고 한다. 1920년 14살 때 평창 보통학교를 1등으로 졸업하고, 무시험 전형으로 경성 제일고보에 입학하여 열네 살의 나이에 강원도 산골에서 혼자 서울로 올라오고 이때부터 서울 생활을 시작한다. 그 후 대학을 졸업한 뒤 고향에는 잠깐 들렀을 정도였고, 경성이나 평양 등지를 전전하며 살았으므로 유아기를 제외한 5~12살까지를 평창에서 보냈을 뿐, 감수성 형성의 결정적 시기인 청·장년기를 대부분 도시에서 생활했다고 할 수 있다. 이러한 도시 생활에다 나중에 영문과를 통해서 접하게 된 서양문학은 그의 감수성을 점차 도시적이고 서구적인 것으로 변화시킨 것으로 보인다.

　　이효석은 서양문학에 심취한 것은 경성고보를 다니면서였다. 경성고보 1학년 때 젊은 영어 교사가 시간마다 '소설을 안 읽는 건 바보'라는 소리를 했던 까닭에 소설이 귀중한 것이라는 사실을 알게 되었다고 한다. 당시 학생들 사이에는 문학열이 대단해서 책꽂이에 두세 권의 소설이 꽂혀 있는 것이 일반적이었고 특히 러시아 문학을 많이 읽는 분위기였다. 이효석은 학생들이 널리 탐독하던 러시아 작가들 외에도 토마스만, 캐서린 맨스필드 등의 심미주의 계열 작가들의 작품에 빠져 문학적 감수성을 길러 나갔다. 4학년 때는 체호프의 작품을 거의 다 통독했고, 5학년 때는 셸리와 예이츠의 시를 읽었다. 경성제대에 들어가서도 영문학을 전공하면서 영국 문학을 위시한 외국 문학을 섭렵하는데, 훗날 '버터 냄새나는 작가'라는 별칭은 이 같은 독특한 독서 편력에서 비롯된 것으로 이해할 수 있다. 특히 로렌스나 케셀 등에게서 받은 영향이 훗날 〈들〉 등의 작품에서 보이는 성性에 대한 탐미적 모습으로 드러났다고 할 수 있다.

이효석이 문단의 주목을 받기 시작한 것은 1928년 본과 2학년 시절에 《조선지광》에 단편 〈도시와 유령〉을 발표하면서부터다. 이 작품에서 이효석은 건축 공사장의 미장이인 주인공을 통해서 거지들만 득실거리는 서울의 비참한 현실을 신랄하게 비판하는데, 이를 계기로 이효석에게는 '동반작가'라는 호칭이 따라붙게 되고, 이후로도 이효석은 〈행진곡〉, 〈노령근해〉, 〈북국점경〉 등 동반자 계열의 작품을 줄곧 발표하여 유진오와 더불어 대표적 동반작가의 대열에 들어선다. 이후 이효석은 문단에서 이름을 얻고 장래가 촉망되는 작가의 길을 걷는다. 당시 신예작가로서 이효석의 인기가 어떠했던가는 1930년 여름에 《조선일보》에서 가장 인기 있는 '5대 작가'의 단편을 연재했는데, 거기에 이효석이 〈마작철학〉을 발표했다는 사실에서 단적으로 드러난다. 그러나 인기작가로서의 화려했던 시절은 오래 가지 못했다. 학교 졸업 후 마땅한 일자리를 찾지 못했던 효석은 일본인 은사의 주선으로 잠시 조선총독부 경무국 검열계에 취직하는데, 이것이 빌미가 되어 주변 사람들로부터 '변절자'라는 맹렬한 비난을 받게 되었던 까닭이다. 이런 비난 속에서 효석은 "졸도를 할" 만큼 큰 충격을 받았고 그의 문학적 진로도 큰 변화를 겪는다. 유진 오는 〈이효석과 나〉에서 이 시기에 대해서 회고한 바 있는데, 그에 의하면 효석은 이 사건 이후 종래의 '동반자적 태도에서 순수문학으로 발길을 돌렸다' 는 것이다. 검열계에 취직한 사건은 그때까지 별다른 상처 없이 순탄하게 성장해온 이효석에게 하나의 트라우마(trauma)를 형성한 것으로 보인다. 이효석은 한동안 실의에 빠져서 이렇다 할 작품도 쓰지 못하고 지내다가 처가가 있는 함북 경성으로 낙향하는데, 당시 효석은 대학 3학년 때 만난 18세의 처녀 이경원과 결혼한 직후였다.

경성에서 이효석은 운동과 독서로 소일하면서 서울에서의 치욕스런 기억에서 벗어나 자신을 돌아보는 시간을 가졌던 것으로 보인다. 농업학교 영어 교사를 하면서 점차 마음의 안정을 되찾고, 관념적 세계에서 벗어나 자신이 잘 알고 있는 세계를 소재로 글을 쓰기 시작했다. 소설은 과작이었으나 〈6월에야 봄이 오는 북경성의 춘정〉, 〈고요한 '동' 의 밤〉 등 많은 양의 수필들을 썼다. 경성에서 1935년 평양 숭실 전문학교로 자리를 옮기면서 이효석 문학은 바야흐로 활짝 꽃피게 된다. 잔디가 깔린 마당에 화초가 많이 피어 있는 창전리의 '푸른 집' 으로 이사한 그는 1남 2녀와 함께 안정된 생활을 하면서 창작에만 몰두, 역작들을 연이어 내놓았다. 그러니까 이 집에서의 6년간이 이효석의 절정기였던 셈이다. 〈화분〉, 〈계절〉, 〈성서〉 외에도 〈분녀〉, 〈산〉, 〈들〉과 같은 순수 서정소설들이 1935, 6년에 발표되었고, 바로 그 해에 대표작 〈메밀꽃 필 무렵〉이 탄생하였다. 이밖에도 수많은 수필과 중요한 중·단편, 장편들을 써내니 〈삽화〉, 〈개살구〉, 〈거리의 목가〉(37), 〈장미 병들다〉, 〈해바라기〉(38), 〈여수〉, 〈산정〉, 〈황제〉(39), 〈벽공무한〉(40) 등이 모두 이 시기에 쏟아져 나온 작품들이다.

1938년 숭실 전문학교가 폐교되면서 잠시 교단을 떠났던 그는 1939

년 대동공전의 교수로 다시 취임하였으나, 1940년에 아내와 사별하고 뒤이어 차남 영주를 잃는 등 시련을 겪으며 한동안 방황하기도 했다. 건강도 안 좋았고, 창작의 기력도 쇠퇴해가고 있었던 그에게 어느 날 느닷없는 병마가 덮쳤다. 결핵성 뇌막염이라는 무서운 병이었다. 친우 유진오가 '위급'을 알리는 전보를 받고 도착했을 때, 그의 병실은 붉은 카네이션, 흰 글라디오라스 등 서양 화초가 화려하게 어우러져 있었다고 한다. 이효석다운 병실 분위기였던 셈이다. 끝내 그 상태에서 회생을 못 하고 25일 마침내 세상을 뜨고 만다. 이때 그의 나이 서른여섯이었다.

3. 동반자 소설과 작가의 진정성

이효석이 문학사에 첫 모습을 드러낸 것은 이른바 동반자 계열의 소설을 통해서였다. 언급한 대로 1928년 〈도시와 유령〉을 발표하면서부터 이효석은 1920년대 말 조선 사회의 비참한 현실에 관심을 돌리면서 사회비판적인 내용의 작품을 발표하기 시작하였다. 이후 〈기우〉, 〈행진곡〉, 〈추억〉, 〈북국점경〉, 〈노령근해〉, 〈상륙〉, 〈북국사신〉 등의 작품을 통해서 문단의 주류가 된 프롤레타리아 문학과 보조를 맞추면서 현실 모순에 대한 비판과 분노 그리고 급진적 구호들을 거침없이 드러내면서 동반자 작가라는 호칭을 부여받게 된다. 그런데 아쉽게도 이들 작품에 대한 그 동안의 평가는 그리 긍정적이지 않았다. 《노령근해》(1931)를 중심으로 이루어진 그간의 평가는 작품집에 수록된 단편들이 대부분 감상적이고 작위적인 모습을 갖고 있다는 것을 지적한다. 사회 현실에 대한 인식이나 지향하는 이념이 구체성을 갖고 있지 못하고, 또 그런 의식의 한편에는 여성에 대한 탐미와 관능적 욕망이 어색하게 혼재하고 있어서 미적구조가 파괴된 경우가 많고, 그래서 그것은 기껏 시류 편승에 불과

하다는 평가였다. 실제로 이들 작품은 그렇게 평가될 만한 충분한 소지를 갖고 있다. 현실에 대한 구조적 인식에 기반을 둔 것도 아니고 인물의 행위 역시 실존적 고민과 결부되어 있지도 않기 때문에 작품은 사실감이 떨어지고 완성도 또한 미흡한 게 사실이다. 그렇지만 주목할 점은 이들 작품에는 당대 현실에 대한 효석의 진지한 고민이 담겨 있고 또 그런 현실을 어떤 식으로든 극복하려는 의지가 두드러진다는 사실이다. 그것은 두 가지 사실을 통해서 확인이 되는데, 하나는 작품의 상당수가 미적 거리를 확보하지 못하고 작가가 일방적으로 개입한 경우가 많다는 점이고, 다른 하나는 그럼에도 작품 곳곳에 산재된 현실에 대한 묘사는 매우 구체적이고 사실적이라는 점이다.

미적 거리(aesthetic distance)란 어떤 대상을 보고 순수한 미적 경험을 느낄 수 있는 심리적 거리를 뜻하는 말로, 대상을 유용성이나 개인의 이해관계에 결부시키지 않는 무관심의 상태에서 볼 때 획득될 수 있다. 작품에서 그것은 서사의 개연성을 부여하는 중요한 요건이 되는데, 주로 작가와 화자 사이의 거리를 통해서 나타난다. 작가가 화자의 사고와 행동에 일정한 거리를 둠으로써 화자는 작품 내적 논리에 의해 움직이는 자율적인 존재가 되고 서사는 개연성을 부여받는 것이다. 이런 사실을 염두에 둘 때 효석의 초기작에는 미적 거리가 제대로 유지되지 못한 경우가 많다. 〈도시와 유령〉에서처럼 작가의 실제 모습이 작중화자의 그것과 혼란스럽게 뒤섞여 있는 형국이다.

〈도시와 유령〉은 거지들만 득실거리는 서울의 비참한 현실을 신랄하게 비판하는 내용이다. 도시소설로 분류될 수 있는 이 작품에서 작가는 '문명의 도시'인 서울이 날로 번창하지만 그와는 정반대로 비인간적인 공간이 되어가고 있음을 고발한다. 주인공은 건축공사장에서 일하는 일용 노동자이지만 뚜렷한 거처가 없는 노숙자이다. 하룻밤을 보내기 위해서 우연히 들른 동묘에서 유령을 발견하고 혼비백산 한 뒤 다음날 그 정체가 가난한 거지 모자라는 것을 확인한다. 교통사고로 다리가 절단된 여인이 약을 바르기 위해서 성냥불을 켰던 것. 이런 내용을 서술하면서 작가는 '도시의 유령'들은 "살기는 살았어도 기실 죽어 있는 셈이나 마찬가지인 비참한 사람들"이라는 것을 강조하고 "이런 비논리적 유령은 결코 있어서는 안 될 것"이라고 독자들에게 호소한다. 그리고 작품 끝 부분에 이르면 "현명한 독자여! 무엇을 주저하는가. 이 중하고도 큰 문제는 독자의 자각과 지혜와 힘을 기다리고 있지 않은가!"와 같은 선동성 구호를 덧붙여, 작가의 시대적 울분을 거침없이 토로하고 있다.

독자여, 이만하면 유령의 정체를 똑똑히 알았겠지. 사실 나도 이제는 동대문이나 동관이나 종묘나 또 박서방 말한 빈 집터에 더 가볼 것 없이 박서방의 뼈 있는 말과 뜻있는 웃음을 명백히 이해하였다.
그리고 나는 모두 나와 같은 운명을 가진 애매한 친구들을 유령으로 생각하고 어리석게 군 나를 실컷 웃어도 보고 뉘우쳐보기도 하였다.
독자여, 뭐? 그래도 유령이라고? 그래, 그럼 유령이라고 해두자. 그렇게 말하면 사실 유령일 것이다. 살기는 살았어도 기실 죽어 있는 셈이니!
어떻든 유령이라고 해두고 독자여 생각하여보아라. 이 서울 안에 그런 유령이 얼마나 많이 늘어가는가를!

—〈도시와 유령〉

일용 건축노동자의 언술이라고는 도저히 생각할 수 없는 이런 내용의 진술을 통해서 효석은 참담한 현실에 대한 울분을 직설적으로 드러내고 있고, 그로 인해 작품은 이전까지 유지되던 미적 거리가 파괴되어 작가의 순진한 모습만을 드러내는 식이 되고 만다. 이런 점은 작품 곳곳에서 발견되거니와 주인공이 이유도 없이 장안을 헤매고 다니면서 떠올리는 생각 역시 사실은 작가의 그것이다. 화자는 잠자리를 찾아 밤거리를 헤매는 노숙자임에도 불구하고 그의 의식은 도시의 야경을 즐기는 한량의 심경에서 벗어나지 못한다. 그의 머리를 사로잡고 있는 것은 "고무풍선 같이 떠다니는 파라솔"과 "땀을 식혀주는 선풍기", "타는 목을 식혀주는 맥주 거품"과 "은 접시에 담긴 아이스크림"이다. 화자의 처지와는 너무나 동떨어진 이런 진술로 인해 작품은 기껏 푸념의 수준을 벗어나지 못하는 것이다.

이런 사실은 이 작품 외에도 초기작의 상당수에서 목격된다. 〈기우〉는 작중화자인 '나'가 계순과 세 번의 만남을 통해서 그녀의 비참함을 목격한다는 줄거리를 갖고 있는데, 만남은 모두 우연한 계기에 의해서 이루어진다. 첫 번째 만남은 매춘을 중개하는 역할을 하는 노파에 의해서 이루어지며, 두 번째는 로맨틱한 마음에서 항구에서 항구로 떠돌던 시절에 카페에서 술을 마시다가 우연히 계순을 발견하고 놀라는 식이다. 그리고 세 번째는 밤거리를 걷다가 우연히 들린 '마굴'에서 관능에 사로잡혀 한 소녀를 끌어안는데 그녀가 갑자기 계순이로 변하는 것이다. 이런 사실을 서술하면서 작가는 작중 화자의 것이라고는 전혀 생각할 수 없는 자신의 고유한 모습을 거침없이 드러낸다. 작품의 결말 부분에서 "빌어먹을 놈의 00이다. 어금니로 바작바작 씹고 씹고 또 씹어도 시원치 않을 놈의 00이다. 나의 새빨간 심장에는 무서운 저주와 굳은 신념의 연륜이 또 한 바퀴 새겨졌다."는 말을 덧붙이는데, 이 역시 화자의 생각은 아니다. 〈북국사신〉 역시 동일한 모습을 보여준다. 〈북국사신〉은 '운동'을 위해 한반도를 떠나 러시아로 가는 청년이 밀항 끝에 블라디보스톡 항구에 상륙한 후 정착하기까지의 이야기를 고국에 있는 친구에게 보내는 편지 형식의 작품이다. 작중 화자는 '제삼 인터내셔널의 비범한 활동'이니 '새 시대의 풍경'이니 하면서 사회주의 러시아에 대한 동경과 찬사를 보내지만, 실제 내용이란 러시아 선장과 경합을 벌인 끝에 자기가 이겨서 카페 주인의 딸과 키스를 하게 되었다는 것인데, 이 역시 작가의 탐미적 기질과 뒤엉켜 있다. 이들 작품은 당시의 상황을 반영하듯 현실 모순에 대한 비판과 분노 그리고 과격한 구호들로 채워져 있고, 화자 역시 끊임없이 사회주의를 동경하는 모습을 보이지만, 미적 거리가 파괴된 관계로 작품의 완성도는 떨어진다.

그렇지만 주목할 점은 작가의 이런 거침없는 개입에도 불구하고 거기에는 당대 현실에 대한 효석의 비판적 인식과 울분이 내재되어 있다는 점이다. 〈도시와 유령〉에는 건축공사 현장의 모습과 도시의 세태 풍경이 매우 사실적으로 묘사되어 있다. 일인 감독의 지휘를 받고 건축공사를 하는 장면이나, 일을 끝내고 일인 감독의 집에 들러 삯전을 받는 모습, 기생을 태우고 도시를 휘젓고 다니는 부자들의 행태, 공원을 가득 메우다시피 한 가난한 노숙자들의 풍경은 효석이 숨 쉬고 있던 당대의 생생한 보고서라 해도 지나친 말이 아니다. 또 〈기우〉에서 보이는 유복한 신여성의 몰락 과정은 당대 중산층의 몰락을 상징하는 것으로 이해할 수 있다. '장안에서 손꼽히는 여관'을 경영하던 부모의 전락으로 인해 창녀가 되고, 이후 더욱 심한 구렁텅이에 빠져 회복할 수 없는 병을 얻고 끝내 자살하는 계순의 모습은, 비록 작가의 감상적인 어조에 의해 사실성이 반감되긴 하지만, 한 여성의 운명에 가해진 가난이라는 구조적 폭력의 실상을 실감케 하기에 부족함이 없다. 그래서 이들 작품에서 현실은 매우 '답답한' 것으로 제시된다. 마굴에 갇혀 있는 계순의 상황이나 석탄 창고에 숨어 밀항하는 밀항자들의 상황 등은 모두 '답답함'으로 표현되는데, 이것은 당시 이효석이 식민지 현실을 매우 '답답한 것'으로 인식하였음을 말해준다. "여호의 밥이 다 되어버린 해골 덩이가 딸딸구는 무덤" 혹은 "몇백 년이나 묵은 듯한 우중충한 늪가" 등으로 비춰진 당대 현실은 막연하게나마 이효석의 욕망과 꿈을 억압했을 것이고, 어떤 식으로든 현실에 대한 의사 표명을 요구하기에 이르렀을 것이다. 그래서 이효석은 '가난뱅이 로숙자', '가난한 거지 모자', '××총동맹위원',

'빈민굴', '마굴' 등으로 관심을 돌리고, 거침없이 자신의 울분을 토로
한 것이다.

  그런데 초기작 중에는 이런 작품들과는 달리 미적 거리가 엄정하게 유
지되고 높은 완성도를 보여주는 작품들이 많다는 것을 주목할 수 있다.
이 책에 수록한 〈깨트러진 홍등〉, 〈약령기〉, 〈마작철학〉 등은 동반자소
설로서 당대 어느 작가에게도 뒤지지 않는 완성도를 보여준다. 1930년
에 《대중공론》에 발표된 〈깨트러진 홍등〉은 창기娼妓의 고통스러운 생활
상을 소개하면서 포주와 창녀들의 대립과 투쟁을 서술하고 있다. 이효
석은 이 작품에 대해 "예술적 묘기를 겨누지 않고 아무 과장도 고조도
없이 다만 한 사건을 담담하게 그렸다"고 자평한 바 있는데, 무엇보다
눈에 띄는 것은 인물들의 투쟁이 추상적이지 않고 구체성을 갖고 있다
는 점이다. 사창가의 창부들을 주인공으로 포주의 혹독한 착취에 맞서
매춘을 거부한다는 내용은 당시 프로작품에서 흔히 목격되었던 관념적
인 투쟁과는 다른 구체적인 현실을 소재로 한 것이어서 마치 최서해 소
설에서 보이는 '자연발생적인 투쟁'을 연상케 한다. 부영과 봉선 등의
창부는 지식의 세례를 받지 못한 평범한 인물들이지만, 하루도 쉴 틈이
없는 매춘 생활 속에서 자연스럽게 포주의 가혹한 행태를 알게 되고, 파
업이라는 투쟁 대오를 형성하는 것이다. 염상섭에 의해 "프롤레타리아
작가로 출현하려고 하나 프롤레타리아 의식이 몽완하고 제작상의 수련
이 매우 부족하여 초기 습작일 뿐"(염상섭, 〈사월의 창작단〉, 《조선일보》,
1930, 4. 13)이라고 혹평을 받았음에도 불구하고 이 작품은 완성도나 개
연성에서 당대 어느 작품에 뒤지지 않는 수준을 보여주며, 특히 창기들
의 생활이 매우 실감나게 포착되어 있다. 몇 푼의 돈에 팔려 지옥과 같은
생활을 하게 된 것이라든지 1년 내내 하루도 거르지 않고 몸을 팔면서
체력이 고갈되어 결국 병이 든다는 대목, 그럼에도 미음은커녕 약 한 첩
달여주지 않는 포주의 비인간적 행태 등은 이들 창기에 대한 증언담이

라 해도 지나치지 않을 정도다.

《삼천리》에 발표된 〈약령기〉 또한 일정한 수준을 보여주는 작품이다. 가난한 농민의 아들인 학수는 농업학교의 공납금을 번번이 미납하고 있는 실정이고, 한편으론 첫사랑인 금옥이 팔려가듯 혼인하는 것을 막지 못하는 상황에 처해 있다. 학수는 혼인날에 하이네의 시를 읽는 것으로 무력감을 달래고 있다가, 뜻하지 않게 신방을 뛰쳐나온 금옥이 순정을 간직한 채 자살했다는 소식을 전해 듣는다. 금옥의 자살을 계기로 학수는 학교를 그만둔 뒤 식구들마저 뒤로 하고 '먼 곳'으로 떠날 결심을 굳힌다는 내용이다. 이효석이 "이 소설을 통해 리얼리즘을 시험코자 했다"고 말한 것처럼, 작품에는 당대 농촌의 실상이 구체적인 모습으로 그려져 있다. 농사지을 땅이 없는 상태이기 때문에, 농업학교는 학생들에게 희망을 주기보다는 절망과 울분만을 제공한다는 것. 그런 인식을 바탕으로 주인공은 "어디로든지 먼 곳으로 가고 싶"다는 심경을 토로하는 것이다. 그렇지만 그 동경은, 그렇게 하지 않을 수 없는 암담한 현실에 의해 촉발된 것이라는 점에서 결코 추상적이지 않다. 어느 곳을 가나 괴롭기는 마찬가지라는 점, 하지만 그럼에도 불구하고 어디로든지 떠나지 않을 수 없는 현실이라는 것으로, 이는 이태준이 〈농군〉에서 묘사한 것처럼, 막연한 희망을 안고 만주로 이주하지 않을 수 없는 당대인들의 절박한 상황을 단적으로 보여주는 것이다.

이런 작가의 생각이 한층 심화된 형태로 제시된 작품이 〈마작철학〉이다. 작품은 서울과 동해안이라는 두 개의 배경을 바탕으로 유산계층의 몰락과 주인공의 새로운 각성을 보여주는데, 주목할 점은 당대 현실에 대한 사실적인 인식과 함께 이효석이 지향하는 본원적 삶의 형태가 단적으로 드러난다는 점이다. 그런 사실은 서울과 동해의 대비적 서술을 통해서 나타나는데, 가령 서울은 비참한 삶의 공간이지만 동해는 건강한 노동의 기쁨이 넘치는 곳이다. 서울은 "실업자인 노동자의 얼굴이 노랗게 여위어가고 나흘 동안이나 굶은 아이가 도둑질할 도리를 궁리하고 뒷골목에서는 분바른 기녀가 몸을 파는" 비참한 곳으로, '정주'는 그런 서울에서 마작을 하면서 맥주와 유흥으로 소일하고 있다. 반면 동해는 그의 아들 '정구태'가 정어리 공장을 하면서 '일확만금의 성공'을 꿈꾸는 곳이다. 그런데 유한층의 생활을 즐기던 정주사와 정구태가 점차 시름에 빠지는 것은 정어리 공장이 '막대한 손해'를 입었기 때문이다. 그것은 두 가지 이유 때문이다. 하나는 노동자 파업, 노동자들의 단결이 굳었고 그들을 대신할 인부를 구할 수 없었던 관계로 그들의 요구를 들어주지 않을 수 없게 된 때문이고, 또 하나는 일본에 있는 대자본의 농간 때문이다. 어유魚油의 시세가 폭락한 것은 "일본에 있는 대자본의 회사 합동 유지 글리세린 회사의 임의의 책동"이 작용했기 때문이다.

이런 사실을 알게 되면서 정구태는 절망하지만, 자신의 실패를 소중한 체험으로 받아들이면서 새로운 철학을 깨닫는다. 정구태는 자신이 대재벌과 노동자 사이에 낀 애매한 처지라는 것을 자각하고, 대재벌에게 대항하는 것은 불가능하기에 노동자의 편이 되어 살겠다는 결심을 굳히는 것이다. 다소 작위적으로 보이는 대목이지만, 그런 결단이 결코 공허하지 않은 것은 작품에서 토로된 작가가 지향하는 삶의 형태와 그것이 연결되어 있기 때문이다. 이를테면, 정구태가 일하는 '동해'는 땀 흘려 일하는 노동과 생산의 기쁨이 있는 건강한 삶의 공간으로 제시된다.

"그들 사이에는 형언하기 어려운 기쁨이 떠돌았다. 그것은 배가 들어오기 때문이다. 날마다 몇 차례씩 당하는 일이지만 이 기쁨만은 언제든지 변치 않고 일어나는 것이니 해변 사람 아니면 맛볼 수 없는 기쁨이다. ─그것은 서로 이해관계가 다를지라도 뱃사람 자신들에게나 공장주에게나 부녀 노동자에게나 똑같은 기쁨을 가져왔다. 생산의 기쁨이라고 할까─속일 수 없는 기쁨이다.

노동자들의 투쟁으로 인해 정구태는 사업에 실패했지만, 작가는 그런 사실보다는 투쟁의 결과로 인해 조성된 생산과 화해의 측면을 강조한다. 그리고 그 기쁨은 단지 생산자만의 것이 아니라 공장주와 함께 나눌 수 있는 기쁨이라는 것을 말해주고 있다.

프로 문학과는 다른 이런 견해는 효석 문학을 이해할 수 있는 중요한 단서라 하겠는데, 가령 프로작가들은 노동자와 자본가의 대립을 통해서 후자를 부정하는 평등 사회를 꿈꾸었다면, 효석은 그 둘이 공존하면서 노동의 즐거움을 함께 나누는 공간을 꿈꾸었다는 것을 알 수 있다. 이효석에게 중요했던 것은 인간 일반의 문제였지 결코 노동자나 부르주아와 같은 계급적 인간의 문제는 아니었다. 자연과 성을 제재로 한 작품에서 목격되는 인물들이 대부분 머슴, 농민, 학생, 남편을 감옥에 보낸 주부, 장돌뱅이, 농촌 처녀, 빠에서 일하는 여급, 극단의 여배우, 젊은 골동품상, 고등 실업자, 부농 등 특정 계급에 국한되지 않는 다양한 계층의 인물들로 나타나는 것은 그런 사실과 관계될 것이다. 효석은 계급적 시각과는 거리가 먼 지점에다 자신의 위치를 정하고 있었고, 그것이 곧 자연 속의 삶과 성의 세계로 드러난 것이다.

4. 자연의 세계와 건강한 삶

효석은 식민치하의 현실에 극도의 반감을 가졌고, 그것을 돌파하기 위해서 과격한 구호를 토로하거나 현실에서 벗어나 '먼 곳'을 동경하기도 하였다. 그렇지만 그런 노력에 의해서 완고한 현실이 변화될 수는 없고, 더구나 식민치하의 현실은 1930년대 중반으로 접어들면서 더욱 암담하게 변해가는 상황이었다. 일제는 1931년 만주 침략을 감행하여 다음 해에 만주 전역을 점령하고 괴뢰국 만주국을 설립하였으며, 1933년에는 만주 침략을 성토하는 국제 여론을 외면하고 국제연맹을 탈퇴한 뒤 통치 방식을 파시즘 체제로 전환하였다. 이러한 침략 행위는 1937년의 중일전쟁과 1941년의 태평양전쟁으로 확대되었고, 이 과정에서 식민지 조선 또한 전시체제로 편입되어 가혹한 수탈을 겪지 않을 수 없었다. 작가들은 이제 더 이상 사회적 모순에 대해서 말할 수 없는 상태에 처한 것이다. 그런 상황에서 이효석만이 외롭게 프로문학의 언저리를 맴돌 필요는 없었을 터, 더구나 효석은 "문학의 지성이 아니라 심미역審美役이야말로 환멸에서 인간을 구해내는 높은 방법"(〈문학 진폭 옹호의 변〉에서)이라고 생각하였다. 인간의 실제 생활이라는 것은 "물 위에 뜬 해꺼운 쭉정이"에 불과하다는 것이다.

효석이 평양 시절에 부근의 주을 온천의 이국적 분위기에 젖어들었던 것은 그러한 심리와 관계될 것이다. 주을 온천에는 백계 러시아인의 별장지대인 '노비나촌'이 있었다. 소설 〈화분〉이나, 수필 〈주을의 지협〉, 〈주을 가는 길에〉에서 이 주을 온천의 이국적 정취가 그려지는데, 효석은 그곳의 이국적 분위기에 흠뻑 빠져든다. 그는 그곳에서 바닷바람을 쏘여가며 자기만의 문학세계에 정진하고, "극도로 생략된 아름다운 문체를 수득"하는 것이다. 그렇게 보자면 1933, 4년을 경과하면서 이효석이 본격적으로 몰입한 자연 속의 삶과 성의 세계는 단순한 소재의 변화가 아니라 현실에 대한 절망과 환멸의 심리와 깊게 연루된 것임을 알 수 있다. 다음에서 살피겠지만, 그런 지향을 담고 있는 작품들에는 자유에 대한 갈망과 인간이면 누구나 갖는 본능적인 향수가 짙게 표현되어 있다. 현실에서 더 이상의 희망을 찾을 수도 없고 또 그러한 모색이 현실에서 허용되지도 않았기에 효석은 심미적 공간을 통해 환멸에서 벗어난 자족과 평화를 꿈꾼 것이다. 그렇지만 그것이 현실에서는 실현될 수 없는 관계로 이들 작품에는 비감한 정서가 담겨 있다.

〈돈〉(33)은 동반자적 태도에서 완전히 벗어난 이효석 문학의 분기점으로 꼽히는 작품이다. 여기서 작가는 가난한 생활에서 벗어나고자 하는 인물의 간절한 소망과 그것의 좌절을 아이러니(irony)를 통해서 그리고 있다. 주인공 식이에게 돼지는 가난을 면할 수 있는 소중한 도구였다. 한 마리를 1년 동안 충실히 기르면 세금을 내고도 잔돈푼의 가용돈은 훌륭히 우러나오는 상태였기에 애지중지 자신의 밥그릇에 물을 받아 먹이기까지 했던 것이다. 그런데 종묘장에서 씨를 붙이고 돌아오는 길에 불행하게도 기차에 치여 돼지를 잃게 된다는 내용이다. 이런 사실을 서술하면서 작가는 가난에서 벗어나고자 하는 청년의 소박하고 간절한 꿈을 보여주는데, 그의 꿈이란 기실 가난으로 여직공이 된 분이를 만나 함께 살면서 아버지를 경제적으로 도와주는 것이었다. 돼지는 거기에 필요한 노자였던 것. 효석이 이 작품에 대해 말하면서 "리얼리즘의 작품임에는 틀림없다고 생각한다"(〈낭만 리얼 중간의 길〉에서)고 했던 것은 그런 내용을 염두에 둔 것이고, 실제로 그런 측면에서 보자면 이 작품은 큰 무리가 없다. 그런데 분이에 대한 식이의 욕망이 돼지의 교미 장면과 병치되어 삽입된 관계로 후대의 논자들은 인간의 성욕을 '대담하고 간결하고 속도감 있는 문체'로 표현해낸 작품이라고 평하는데, 물론 틀린 지적은 아니지만, 작품의 중심은 어디까지나 농촌 청년의 소박한 꿈과 그 좌절에 있다는 점에서 단순한 성 문학으로 치부할 수는 없을 것이다. 작품에서 무엇보다 주목되는 것은 청년의 꿈을 앗아간 존재가 '기차'로 상징되는 문명적 현실이라는 사실과 주인공의 욕망이 좌절되어 작품이 비감한 분위기를 자아낸다는 점이다. 흔히 이효석을 도시적이고 문명적인 것을 선호하는 취향의 소유자라고 말하지만, 작품 속에 제시된 도시와 문명은 결코 긍정적인 모습으로 드러나지 않는다. 위 작품에서 암시된 것처럼 인간의 욕망을 파괴하거나 억압하고, 한편으론 앞의 동반자 계열 작품에서 표현된 것처럼 가난뱅이 노숙자가 득실거리고, 부자들이 분별없이 욕망을 발산하는 공간이다. 그래서 도시와 접촉한 인물들은 위의 식이처럼 큰 상처를 입는 것이다.

대표작으로 거론되는 〈산〉, 〈수탉〉, 〈산협〉, 〈메밀꽃 필 무렵〉 등은 대부분 농촌이나 자연을 배경으로 하는 것은 그런 작가의 취향과 관계될 것이다. 이들 작품은 대체로 자연과 결합된 인간의 욕망을 소재로 하고 있는데, 가령 〈산협〉에서는 강원도 산골을 무대로 촌민들의 토착적인 삶이 제시되고, 〈개살구〉에는 오대산에 임야를 갖고 있던 김형태가 졸부가 되어 첩을 들이고 후사後嗣를 도모하는 내용이 서술된다. 〈메밀꽃 필무렵〉에서는 봉평을 중심으로 평창 일대의 아름다운 자연 경관이 묘사되면서 허생원의 기이한 사랑이 그려지는데, 특히 주목되는 작품은 그런 인간의 욕망이 시적 경지로까지 승화된 〈산〉이다.

작품에서 주인공 중실이 산을 찾았던 것은 무엇보다 그곳은 "사람을 배반할 것 같지는" 않았기 때문이다. 7년간 머슴살이를 해온 중실은 주인으로부터 첩과의 관계를 의심받아 빈털터리로 쫓겨났지만 별다른 분노나 환멸감을 표시하지 않고 대신 산으로 들어가서 생활하기로 마음먹는다. "걱정 없이 무럭무럭 잘들 자라는 산속은 고요하나 웅성한 아름다운 세상"이고, "과실같이 싱싱한 기운과 향기, 나무 향기, 흙 냄새, 하늘 향기, 마을에서는 찾아볼 수 없는 향기"를 갖고 있는 까닭이다.

낟가리같이 두두룩하게 쌓인 낙엽 속에 몸을 송두리째 파묻고 얼굴만을 빠끔히 내놓았다.

몸이 차차 푸근하여온다.

하늘의 별이 와르르 얼굴 위에 쏟아질 듯싶게 가까웠다 멀어졌다 한다.

별 하나 나 하나, 별 둘 나 둘, 별 셋 나 셋…….

어느 결엔지 별을 세고 있었다. 눈이 아물아물하고 입이 뒤바뀌어 수효가 틀려지면, 다시 목소리를 높여 처음부터 고쳐 세곤 하였다.

별 하나 나 하나, 별 둘 나 둘, 별 셋 나 셋······.

세는 동안에 중실은 제 몸이 스스로 별이 됨을 느꼈다.

―〈산〉

중실에게 '산'은 인간의 세계에서 받았던 고통이나 갈등을 치유하는 화해와 자족의 공간이다. 그곳에는 7년 동안이나 일을 부려먹고도 사경을 떼먹는 것과 같은 '사람을 배반하는 일'이 존재하지 않으며, 오로지 개인의 욕망과 자연이 합일된 화해와 평화만이 존재한다. 그래서 '산'은 현실의 공간이라기보다는 관조의 대상과도 같은 낭만적이고 환상적인 곳으로 드러나고, 중실은 생활인이라기보다는 한 사람의 시인으로 나타난다.

시의 경지로까지 승화된 이런 대목은 〈메밀꽃 필 무렵〉에 삽입된 허생원의 사랑에서도 동일하게 목격된다. 허생원이 성서방네 처녀와 인연을 맺은 것은 순전히 "달이 너무나 밝은" 때문이었다. 돌밭에 벗어도 좋을 것을 달이 너무나 밝아서 물방앗간으로 들어갔고, 거기서 뜻하지 않게 성서방네 처녀를 만나 "무섭고도 기막힌 밤"을 보낸 것이다. 이들의 사랑은 인력과는 무관한 '자연의 조화'에 의한 것이고, 따라서 이효석에게 있어서 자연은 가혹한 현실과의 접점을 피해서 작가가 임의로 구축한 시적 공간, 관념적 공간이라 해도 틀린 말은 아니다.

성을 제재로 한 작품에서 보이는 인물들의 과격한 행동 또한 그런 사실과 관계될 것이다. 현실과의 접점이 부재하는 까닭에 인물들의 행위에는 사회적 도덕이나 윤리가 존재하지 않는다. 더구나 이효석은 "사랑의 감정은 아무리 진보되어도 야만과 그다지 거리가 멀지 않은 까닭에 스스로 야만을 부르고 요구하는 것"(〈화분〉)이라고 생각하였다. 그래서 남녀 간의 성은 원시적이고 충동적이다. 사랑을 위해서는 아버지와도 연적이 되며(〈개살구〉), 숙모와 종질 간에도 사랑 행위가 이루어지고(〈산협〉), 때로는 동성애적인 모습을 보이기도 한다(〈화분〉). 그런 점에서 효석 소설에 보이는 성은, 효석이 동경해 마지않았던 D. H. 로렌스와는 사뭇 다른 모습을 보여준다.

이를테면 로렌스의 《채털리 부인의 사랑》에서 그려진 분방한 성은 1920년대 영국의 억압적 사회구조에 대한 저항의 의미를 갖고 있다. 기존의 가치관에 비추자면, 미천한 신분의 정원사와 애정 행각을 벌이는 차타레 부인(즉 코니)의 행위는 도저히 용납 받을 수 없는 것이다. 하지만, 그녀의 행위에는 정상적이지 못한 부부관계에 대한 거부와 함께 위선적인 상류사회의 도덕관에 대한 도전이 숨어 있다. 남자 주인공 클리포드 남작은 현대적 인간성 상실의 표본과도 같은 인물이다. 그는 자신이 성 불구자라는 사실로 인해 아내가 겪고 있을 삶의 갈망에 대해 무감각한 채 광산회사 경영에 골몰하는 비정한 인물이고, 그의 문명文名을 떨치게 한 문학작품들 역시 그의 구체적인 삶과는 동떨어진 거짓과 위선의 산물이었다. 이런 남편과의 질식할 듯한 생활 속에서 코니는 속화되는 사회 현실에 휩쓸리지 않고 진정한 삶을 추구하는 산지기 멜러즈와 깊은 사랑에 빠져든다. 로렌스의 말대로, 코니의 사랑은 "사회적인 세계의 거대한 허위로부터 자기 자신의 해방"을 의미하는 것이었다(D. H. 로렌스, 김정환 역, 《채털리 부인의 사랑》, 육문사, 1995). 로렌스는 현대사회의 문제는 사람과 사람 사이의 관계가 사물의 소유관계처럼 물화되어서 도구화한 데 있고, 그것을 개선하기 위해서는 무엇보다 인간관계의 근원이 되는 남녀 간의 애정 문제를 제대로 풀어야 한다고 생각했고, 그런 시각에서 코니의 사랑과 성을 대담하게 묘사한 것이다.

그런데 효석 소설은 그와 같은 사회 비판이 약하다는 점에서 로렌스와는 구별된다. 현실에 대한 환멸에서 '심미역'으로 관심을 돌렸고 그것을 성을 통해서 표현했지만, 작품에 나타난 성은 단지 '성을 위한 성'이라는 지극히 충동적이고 자족적인 수준에 머물러 있다. 〈분녀〉나 〈독백〉에서 목격되는 성은 그 자체가 쾌락과 탐닉의 대상이고, 작가는 그것을 심미적으로 보여줄 뿐 어떤 비판의식을 드러내지는 않는다. 남편의 감옥살이를 뒷바라지 하던 정숙한 여인이 어느 날 돼지의 교미 장면을 보고 그 동안 잊고 있었던 성적 욕망에 사로잡혀 괴로워한다는 내용의 〈독백〉은 그런 작가의 특성을 전형적으로 보여준다.

〈독백〉에서 화자의 남편은 3년째 감옥살이를 하는 중이다. 서대문 형무소에서 묵은 지 두 해이고 또 거기서 대전 형무소로 넘어간 지 반년인데, 서울에서 차입 시중을 들던 여인은 대전까지 좇아갈 수 없어서 이 고장으로 내려온 것이다. 문맥상으로 보아 남편은 사회운동을 하다가 투옥된 사상범으로 짐작된다. 그런데 현재 여인에게 절박한 것은 "삼 년 동안이나 손가락 하나 대어보지 못한 남편의 육체에 대한 열정"이다. 여인에게 자극을 준 것은 낮에 종묘장에서 남 몰래 훔쳐본 돼지들의 교미 장면이었다. 그것을 목격한 순간 여인은 도덕이라든가 윤리라는 것은 한낱 가면에 지나지 않으며, 성행위야말로 인간들의 "생활의 최고 노력의 표현"이라고 생각한다. '남편에게 쉽게 가까이할 수 없는 영웅의 모습이기보다는 살을 마주 대할 수 있는 천한 지아비로 머물러주기'를 욕망하는 화자의 고백은 진솔하면서 인간적인 무게를 담고 있는 것으로 작가는 서술한다.

지금의 나의 감정 같아서는 삼 년 전에 그가 수군거리고 돌아다닐 때에 그를 붙들고 말렸더면 하는 안된 생각조차 난다. 동무들이 이 소리를 들으면 얼마나 나를 비웃고 꾸짖을까. 그러나 이것은 거짓 없는 마음인 것이다. 나는 지금 어색한 투갑을 입은 영웅 되기보다도 한 사람의 천한 지어미 됨에 만족하는 것이다. 그리운 남편에게도 이것을 원하는 것이다. 어색한 영웅과 천한 지아비—어느 것이 더 뜻있고 값있는 것인가는 다른 문제다. 뜻과 값의 문제를 떠나서 지금의 나의 심회는 솔직하게 똑바로 솟아오른다. 사람이란 진실을 말하기가 하늘의 별을 따기보다도 어렵다. 마음속과 입 밖에 내놓는 말과의 사이에는 항상 거리가 있다. 이제 천한 지어미에 만족하는 나의 고백은 영웅의 투갑을 버릴 때에 사람의 마음이 이렇게까지 진실하게 됨은 대체 무슨 까닭인고.

—〈독백〉

"어색한 투갑을 입은 영웅 되기보다도 한 사람의 천한 지어미 됨에 만족하는 것이다"라는 진술은 도덕이나 윤리와 같은 가면을 벗겨냈을 때만이 인간의 진실한 모습이 드러난다는 생각이다. 그렇지만 그런 말을 하는 자체가 "하늘의 별을 따기보다도 어렵다"고 토로한 데서 그 말이 갖는 당대적 과격함을 짐작할 수 있다.

〈분녀〉(1936. 1~2)의 주인공은 이런 생각을 현실에서 몸소 실천하는 인물이다. 분녀는 한 밤중에 묘포苗圃 인부인 명준으로부터 기습적으로 강간을 당한 뒤, 가게주인인 만갑, 가게의 점원인 천수, 드팀전의 중국인 왕가, 그리고 불온서적 독서사건으로 수감되었다가 풀려난 상구로부터 차례차례 강간을 당한다. 그녀의 경험은 결혼이나 연애의 차원이 아닌 성폭행의 수준이다. 그런데 그런 연속된 경험을 통해서 분녀는 치욕에 시달리기보다는 정반대로 애욕에 눈을 뜨게 된다. 여자로서 가질 법한 정조 관념이라든가 수치심이 사라지면서 자신을 강간한 사내들에 대한 어떤 원한도 보이지 않고 오히려 그들 중의 하나와 짝이 되리라고 생각하는 것이다. 그녀에게 남자는 누구나 동일한 존재이고, 또 누가 싫은 것도 아니고 무서운 것도 아니다. 그래서 급기야 "명준에게 준 몸을 만갑에게 못 줄 것도 없고, 만갑에게 허락한 것을 천수에게 거절할 것이 없다. 문만 들어서면 세상의 사내는 다 정답다."는 충격적인 고백을 하기에 이른다. 도덕이나 비판의식이 부재하는 까닭에 그녀의 행위는 오직 욕망에만 집중되고 그 양태 또한 이렇듯 과격하고 충동적인 모습을 취하는 것이다.

비슷한 시기에 발표된 〈들〉(1936)에서 옥분은 도덕률에 매이지 않고 본능적인 욕구에 끌려 사내들과 애욕을 나누는데, 그것은 들판에서 한 자웅의 개가 교미를 하는 것과 다름없이 자연스럽고 본능적인 것으로 묘사된다. 인물들은 죄의식이 전혀 없는 개방된 의식을 보여주며, 인간의 본능적인 행위는 자연적 욕구의 일부분이자 도덕적 가치 이전의 근원적인 성격을 가진 것으로 제시되는 것이다. 〈들〉에 이어 1년 뒤에 발표된 〈성찬〉(1937)의 경우도 흡사하다. 소설 속에서 나오는 보배라는 인물은 〈들〉에 나오는 옥분과 크게 다르지 않다. '들'이라는 자연의 공간에서 '바(bar)'라는 도시의 공간으로 장소가 바뀌었을 뿐이지, 보배는 직업상 많은 남자들을 상대해왔고 성욕과 식욕은 다를 바 없는 것이라고 생각한다. 보배에게 있어서 성이란 마치 '잔칫상의 음식'과 같아서 식욕이 동할 때 언제든지 맛 좋은 음식을 골라 먹을 수 있는 것과 마찬가지로 성욕이 동할 때는 누구와도 성행위를 할 수 있는 것이었다. 그러기에 아무런 양심의 거리낌도 없이 민자와 결혼을 약속한 신문기자 준보를 계획적으로 유혹하여 관계를 맺을 수 있었던 것이다.

이런 점에서 효석은 과격하고 급진적인 성개방론자의 모습을 보여준다. 그런 점에서 성에 대한 대담하고 파격적인 묘사는, 전근대적이고 유교적인 미망에서 벗어나지 못했던 당대 현실에서 근대적 성에 대한 인식을 확장시킨 일종의 계몽 담론으로 이해할 수도 있다. 우리 문학에서 성 담론이 본격적으로 등장한 것은 6·25 전쟁 이후였고, 그런 점에서 효석 소설에서 보이는 성에 대한 묘사는 매우 선구적인 것으로 볼 수 있다. 효석이 당대에 심한 비판을 받았던 것이나, 한때 문학사에서 폄훼되었던 중요한 이유의 하나는 이처럼 식민치하의 암울한 현실과의 접점을 외면한 채 성 자체의 탐미만을 추구하는 모습을 보였기 때문이다. 만일

효석이 사회성과 함께 새로운 윤리관을 바탕으로 인간 본연의 성을 탐구했더라면 그에 대한 평가는 훨씬 달라졌을 것이다.

5. 고전의 세계와 탐미적 시각

이런 과정을 거치면서 효석이 마지막으로 정착한 곳은 뜻밖에도 '고전'과 '조선적인 것'이다. 이러한 변화는 작가의 안목이 깊어지고, 또 한편으로는 한글 사용이 금지되는 등 현실의 상황이 악화되자 더 이상 고답적인 자연과 성의 문제를 다룰 수 없었던 시대 상황에 의한 것일 수도 있다. 실제로 문학사에서 '고전'과 '조선적인 것'에 대한 관심이 본격적으로 일어난 것은 1932년부터 《동아일보》를 중심으로 전개된 '고전부흥운동'에서부터였다. 신간회가 해소되면서 민족운동의 새로운 활로를 찾고 있던 상황에서 《동아일보》에 의해 주도된 문화혁신운동은 부르주아적 의식과 '조선적인 것'의 결합을 통해서 조선의 지도 원리를 창출하자는 데 목표가 있었고, 그 구체적인 방안이 바로 '조선적인 것'의 선양이었다. 그래서 조선의 정신사를 재구하고, 역사 문화 회화 건축 등 문화적 산물을 보존·발달시키는 사업이 권장되고, 특히 한글에 대한 연구와 보급, 브나로드 운동 등이 활발하게 추진되었다. 이를 계기로 작가들은 고전을 소재로 한 다양한 작품을 창작하는데, 그 근본 취지는, 재래의 상식을 가지고는 현재를 이해할 수 없게 되고 또 미래를 투사할 수 없게 된 상황에서, 과거의 지혜를 빌어서 현실을 타개해보려는데 있었다(임화, 《문학의 논리》, 학예사, 1940, 726면). 그런 까닭에 이들의 관심 속에는 현실에 대한 문제의식이 강하게 내재되어 있고, 그 현재적 관심사를 어디에 두느냐에 따라 고전에 대한 이해 방식이 각기 다르게 나타나는데, 고전에 대한 이효석의 관심 역시 이런 흐름의 연장에서 이해할 수 있다.

그런데 이 부류 작품에서도 이효석의 본원적 성향이 근본에서 관철되고 있음을 알 수 있다. 그런 사실은 〈은은한 빛〉(40)과 〈소복과 청자〉(40) 등과 같은 이 부류에서 보이는 '고전'에 대한 관심이 심미적이고 고답적인 차원의 완상과 연결되어 있는 데서 드러난다. 일어로 발표된 관계로 이들 작품은 그 동안 주목을 끌지 못했지만, 여기서 이효석은 문명화된 현실에 대한 반감을 내보이고 그것을 옛것에 대한 탐미와 동경으로 제시하는 수완을 보여준다.

〈은은한 빛〉은 욱이라는 젊은 골동품상을 주인공으로 내세운 작품이다. 이 작품은 이태준의 〈영월영감〉을 떠올리게 하는데, 이태준이 작품에서 형형한 눈빛을 가진 영월영감의 기상을 골동 취미에 사로잡힌 젊은 조카 '성익'과 대비한 뒤 성익의 고답성을 비판하는 것과는 달리, 〈은은한 빛〉에서는 주인공 '욱'이 자신의 골동 취미를 비판하는 아버지에 맞서 완고하게 자신의 취향을 고수한다는, 고전에 대한 한층 집요한 집착을 보여준다. 즉, 골동품상을 하는 젊은 '욱'이는 낙랑과 고구려, 고려, 조선 시대의 유물을 수집하는 것을 보람으로 여겨 자신이 가치를 두는 대상에 대해서는 끝까지 집착을 버리지 않는다. '고도古刀'는 그 구체적 대상이었다. 그런데 돈이 아쉬운 아버지는 그것을 아들 몰래 팔아넘기고, 그것을 안 욱은 격한 흥분을 보이면서 끝내 되찾아온다는 내용이다. 이런 내용을 통해서 골수에 이른 욱의 골동 취미가 제시되는데, 주목할 점은 욱에게 있어서 골동품은 물질적 가치를 초월한, 정신과 영혼이 교감하는 대상으로 설정되어 있다는 사실이다.

먼지 냄새라는 걸 처음 맡아보기나 하듯 욱은 진열장을 만지작거리고는 거머쥔 손가락을 코끝으로 가져가는 것이었다. 비좁고 퀴퀴한 가겟방 가득한 고물古物들 뒤에 훔치고 닦고 하는 동안에 어느 틈엔가 먼지는 쌓이고 쌓여 그 자체가 하나의 가치를 주장하거나 하는 것 같았다. 낙랑과 고구려를 주로 하여 고려, 이조 시대 것을 합쳐서 500점은 착실히 되는 도자기 이외에 수백 장의 기와 등속이 줄줄이 늘어선 장 속에 그득히 진열되어 있었다. 흙 속에서 주워낸 이들 고대의 정물은 제각각 예대로의 의지를 지닌 듯 욱은 며칠이고 시골을 나가 돌다가 가겟방으로 돌아오면 조용한 벽 속에 영혼의 숨소리를 듣는 것만 같아서 냄새가 유난히 다정스러웠다.

—〈은은한 빛〉

욱에게 있어서 골동품은 단순한 취미의 대상이 아니라 생활의 전부이자 영혼의 안식처와도 같은 것이었다. 그것은 현재의 안식뿐만 아니라 '천년 뒤에까지 남아서 옛 자랑을 말하려 하는 것'이고, 그래서 그것의 값어치를 알지 못한다면 "이 땅에 태어난 걸 수치로 알아야" 한다고 말할 정도다. 그런 생각을 갖고 있었던 까닭에 그는 '고구려 고도'를 탐내는 일본인 수집가 후쿠다 영감에게 맞서고 아버지의 속물적 욕심마저 과감히 뿌리쳤던 것이다.

앞에서 살핀 〈들〉에서 중실이 인간 세상과 대비되는 공간으로 '산'을 설정하고 그 속에서 평화와 행복을 느꼈던 것처럼, 이 작품에서는 욱이가 외부 현실과 완강하게 담을 쌓고 골동품이라는 자족적 공간에 파묻혀 영혼의 안식과 기쁨을 누리는 식이다.

그런데 작가는 욱이의 골동 취미만을 단순히 강조하는 것이 아니라, 한편으론 당대의 속물화된 현실을 비판하는 모습을 보여주기도 한다. 고도를 손에 넣기 위한 후쿠다의 의도에서 마련된 술자리에서 작가는 박물관장의 입을 빌어, 요즘은 조선 음식의 격이 점점 떨어진다는 것, 먹는 것뿐만 아니라 건축이나 복색도 마찬가지인데, 이를테면 언덕에다 양관을 세울 것은 꿈꾸어도 기와나 통나무로 멋진 조선식 건축을 지으려는 생각은 하지 않는다는 것, 자기 자신에 관한 건 아무것도 아는 것이 없으면서 남의 흉내 내기에만 열중한다는 것을 비판한다. 벤야민의 표현을 빌자면, 아우라(aura)는 사라지고 그것의 앙상한 형체만이 남아 있는 형국으로, 사회 전반이 속화되어 '고래의 물건'은 천덕꾸러기로 변한 세태를 암시하고 있다. 이런 생각을 주인공의 완강한 골동 취미를 통해서 표현한 관계로 작품은 속물화된 현실에 대한 완미한 비판성을 갖는 것이다.

〈소복과 청자〉와 〈봄 의상〉 등에서 목격되는 것도 이런 사실이다. 여기서도 작가는 소복, 조선 옷, 고대의 것에 대한 찬사를 여과 없이 내보인다. 주인공 은실은 다방에서 일하는 여자로, 그 동안 이효석 소설에서 보였던 도회풍의 전형적인 외모를 지니고 있다. 날씬한 몸집에 착 가라앉은 눈매, 애처로운 몸짓, 마치 외국 배우 '실비아 시드니'를 연상케 하는 수려한 용모의 인물로 뭇 사람의 사랑을 한 몸에 받고 있는데, 흥미롭게도 그녀는 서구 취향에 사로잡혔던 기존의 여성들과는 달리 전통과 고전에 대해 깊은 조예를 갖고 있다. 사람들은 좋은 것이 모두 외국에만 있는 줄 생각하지만, '파랑새는 뜻밖에도 바로 가까이 있' 듯이, '우리 발 밑에 지극히 아름다운 보석이 마구 굴러 있다'는 것, 그래서 '우선 자신을 좀 더 잘 알고 아끼지 않으면 안 된다'고 말한다. 그런 생각에서 그녀는 할아버지 적부터 가보로 전해오는 '고려 시대의 자기'를 가장 소중히 여기고, 다방에서도 소다수 대신에 화채를, 커피 대신에 수정과를, 홍차에 필적할 음료로 식혜와 보리수단자 등을 내놓고, 가야금을 능숙하게 타는 것이다. 그런 그녀를 그려내면서 작가는 이전에서 볼 수 없었던 우리 것에 대한 깊은 애정을 표현한다.

"조선 된장보다두 좋은 게 있어. 여자의 옷 복색이야. 신여성의 짧은 치마도 좋지만 자락을 질질 끌 정도로 긴 치마도 좋거든. 여름의 엷은 것도 좋거니와 춘추의 무색 겹옷을 입는 시절두 좋구 밤색 저고리와 파랑 치마에 이 꽃신을 신은 우아로운 양자는 아마 천하일품이 아닐까 생각하네. 어디다 내놓

아두 손색이 없을 거야. 태평하고 아취 있는 품은 바로 독창 그것이란 말일
세."

—〈은은한 빛〉

"우선 자신을 좀 더 알고 아끼지 않으면 거짓부리야."라는 은실의 말
은 늘 먼 곳을 그리워하고 낭만적 동경과 향수에 젖어 살았던 작가의 이
전 모습과는 사뭇 다르다.

이런 데서 서구 지향적 모더니스트라는 꼬리표를 붙이고 있던 이효석
의 문학이 변화를 꾀하고 있다는 것을 시사 받을 수 있다. 물론 이효석은
옛것을 역사적 실체로써가 아니라 그로부터 받는 미적(혹은 정신적) 가치
의 차원에서 수용하고 있다. 모든 가치 척도의 기준을 심미성에 두고 물
질이나 권력 등을 인간의 비본질적인 요소로 보았고, 그래서 고전을 통
해서 포착할 수 있는 삶의 지혜라든가 가치에 대해서는 그리 큰 관심을
두지 않고 있다. '아취 있는 품'을 완상하고 즐기거나 '영혼의 기쁨'을
음미하는 식이다. 하지만 그럼에도 이러한 경향이 좀더 지속되었더라면
그의 문학은 새로운 경지를 개척했을 것이 틀림없다. 고전과 현실을 대
비하면서 고전을 미적으로 승화시키는 이런 태도는 미적 근대성을 바탕
으로 사회적 근대성에 맞서는, 식민정책에 대한 비판으로 연결될 수 있
기 때문이다. 하지만 아쉽게도 이효석의 문학은 이 지점에서 멈추고 말
았다.

이효석의 낭만적이고 탐미주의적 기질은 그의 작품에 전방위적으로
드러나고 있으나, 문학적 성장 과정을 보면 딱히 하나로만 규정될 수 없
는 소재상의 다양함과 진폭을 보여준다. 그래서 한편으론 산만하다는
인상과 함께 수필적이라는 느낌을 주기도 한다. 그러나 동반자 계열의
작품에서 농촌을 소재로 한 작품들, 또 만년에 발표한 〈은은한 빛〉과

〈소복과 청자〉에서처럼, 기존에 보였던 서구적 취향과는 다르게 조선적 가치에 대한 인식을 완곡하게 보여주는 작품들에 이르기까지, 이효석의 문학은 부단한 변화과정에 있었다. 이러한 문학적 편력은 봉평에서 서울로, 서울에서 경성으로, 평양과 만주로 떠돌다가 끝내 봉평에 묻히고 만 그의 생애와 궤를 같이 하고 있으며, 이는 그의 문학적 주인공, 즉 〈메밀꽃 필 무렵〉에서 장터와 장터를 떠돌던 장돌뱅이의 삶과 흡사한 측면도 있다.

우리는 그의 생애와 문학을 통해서 식민지 시대를 살면서 이국을 동경하는 열망 속에서 고향에 대한 그리움을 역설적으로 표출해야 했던 식민지 시대의 한 우울한 영혼을 만날 수 있다. 이효석의 문학에 역사와 사회가 존재하지 않고 오직 현실 도피의 안일한 환상만이 존재한다는 비판이 있는 것도 사실이다. 그러나 이효석이 단편소설에서 매우 뛰어난 실력을 발휘했다는 것, 그리고 문학이 언어예술의 한 형태라는 그 순수성을 의식하기 시작한 대표적인 작가였다는 것, 그가 포착해낸 성과 자연의 세계는 당대 현실에 대한 비판과 함께 성문학에 대한 근대적 인식을 확장시켰다는 점 등에서 그 의의를 찾을 수 있을 것이다. 이효석 문학은 그 자체로 당대의 특수성을 반영한 역사의 산물이고, 또 문학사의 다양한 범주 속에서 구체적 터전을 갖고 있는 아담한 실체였다.

이효석

이효석의 친필

이효석 문학비

1907년　2월 23일 강원도 평창군 진부면 하진부리 196번지에서 진부 면장을 지 낸 이시후와 강원도 홍천군 기린면 진동리 출신의 강홍경 사이에서 1 남 3녀 중 장남으로 태어남. 호는 가산可山. 필명은 아세아亞細兒, 효석曉 晳.

1910년　부친이 서울에서 교편을 잡아서 모친과 함께 서울로 이주.

1912년　가족과 함께 강원도 진부로 내려가 서당에서 한문 공부를 함.

1914년　평창공립보통학교에 입학.

1920년　평창공립보통학교를 졸업하고, 경성제일고보(현 경기고)에 무시험 입 학.

1923년　고보 4, 5학년 무렵에 체홉을 비롯한 토마스 만과 맨스필드, 사샤 기트 리의 희곡집 등을 읽음.

1925년　경성제일고보 졸업, 유진오와 함께 경성제대 예과에 입학. 처음으로 《매일신보》(1. 18)에 시 〈봄〉과 콩트 〈여인〉(2. 1)을 발표.

1927년　《청년》(3월)에 단편 〈주리면〉 발표. 예과를 걸쳐 법문학부 영문과에 진 학.

1928년　《조선지광》(7월)에 단편 〈도시와 유령〉 발표. 유진오와 함께 '동반자 작가'로 불리어짐.

1929년　《조선지광》(6월)에 단편 〈기우〉, 《조선문예》(6월)에 단편 〈행진곡〉, 《중 외일보》에 시나리오 〈화륜〉 발표.

1930년　경성제대 졸업. 《대중공론》(4월)에 단편 〈깨트러진 홍등〉, 《신소설》(5 월)에 단편 〈추억〉, 《대중공론》(6월)에 단편 〈상류〉, 《조선일보》(8. 9~20)에 단편 〈마작철학〉, 《신소설》(9월)에 단편 〈북국사신〉, 《삼천리》 에 단편 〈약령기〉 발표.

1931년　《동아일보》(3. 3~4. 1)에 시나리오 〈출범시대〉, 《대중공론》(6월)에 단편 〈노령근해〉 발표. 첫 창작집 《노령근해》 발간. 《신흥》(7월)에 단편 〈오 후의 해조〉, 《동광》(12~1932. 2)에 단편 〈프렐류드〉 발표. 7월에 함북 경성 출신으로 나진고등여학교를 졸업한 6년 연하의 이경원과 결혼. 일본인 은사(草深常治)의 소개로 총독부 경무국 검열계에 취직했으나 주 위의 비판이 거세자 그만두고 부인의 고향인 경성으로 낙향.

1932년 《삼천리》(3월)에 단편 〈북국점경〉 및 〈오리온과 능금〉 발표. 함북 경성
 농업학교의 영어교사로 취직.
1933년 《신여성》(3월)에 미완의 장편 〈주리야〉 발표. '구인회' 창립에 참여.
 《조선문학》(10월)에 단편 〈돈〉 발표, 《삼천리》(11월)에 단편 〈수탉〉 발
 표.
1934 《매일신보》(1. 3~8)에 단편 〈마음의 의장〉, 《삼천리》(11월)에 단편 〈일
 기〉, 《중앙》(12월)에 단편 〈수난〉 발표. 평양 창전리 48번지로 이사.
1935년 《중앙》(7월)에 단편 〈계절〉, 《조선일보》(10. 11~31)에 중편 〈성화〉, 《조
 선문단》(8월)에 단편 〈성수부〉 발표.
1936년 《중앙》(1월~2월)에 단편 〈분녀〉, 《삼천리》(1월)에 단편 〈산〉, 《신동아》
 (3월)에 단편 〈들〉, 《사해공론》(4월)에 단편 〈천사와 산문시〉 발표. 숭
 실전문학교 교수 취임. 《조광》(7월)에 단편 〈인간 산문〉, 《여성》(8월)에
 단편 〈석류〉, 《사해공론》(9월)에 단편 〈고사리〉, 《조광》(10월)에 대표작
 〈모밀꽃 필 무렵〉 발표.
1937년 《백광》(1월)에 단편 〈낙엽기〉, 《여성》(4월)에 단편 〈성찬〉, 《백광》(6월)
 에 단편 〈삽화〉 발표. 《조광》(10월)에 단편 〈개살구〉, 《여성》(10~1938.
 4)에 중편 〈거리의 목가〉, 《조선문학》(12월)에 단편 〈마음에 남는 풍
 경〉 발표.
1938년 《삼천리문학》(1월)에 단편 〈장미 병들다〉, 《동아일보》(5. 5~14)에 단편
 〈막〉, 《광업조선》(9월)에 단편 〈공상구락부〉, 《사해공론》(9월)에 단편
 〈부록〉, 《농민조선》(9월)에 단편 〈소라〉, 《조광》(10월)에 단편 〈해바라
 기〉, 《야담》(12월)에 단편 〈가을과 산양〉 발표. 평양 대동공업전문학교
 교수로 부임.
1939년 《조광》(1월)에 단편 〈여수〉, 《문장》(2월)에 단편 〈산정〉 발표. 장편 《화
 분》을 《조광》에 연재. 단편집 《해바라기》 발간. 《문장》(7월)에 단편
 〈황제〉, 《여성》(9월)에 단편 〈향수〉, 《인문평론》(10월)에 단편 〈일표의
 공능〉, 《문장》(12월)에 희곡 〈역사〉를 발표. 작품집 《성화》 발행, 《화
 분》 발행.
1940년 《매일신보》(1. 25~7. 2)에 장편 《창공》(후에 '벽공무한'으로 개제) 연
 재. 일본 잡지 《문예》(7월)에 일어로 된 단편 〈은은한 빛〉, 《문장》(10월)
 에 단편 〈하르빈〉 발표. 부인과 차남(영주)의 연이은 사망. 만주 일대를
 방랑하다가 귀국해서 기림리 정착.
1941년 《문장》(2월)에 단편 〈라오콘의 후예〉, 《춘추》(5월)에 단편 〈산협〉, 《국

민문학》(11월)에 일어로 된 단편 〈엉겅퀴의 장〉 발표. 박문서관에서
《이효석단편선》과 장편 《벽공무한》 발행.

1942년 《삼천리》(1월)에 단편 〈일요일〉, 《춘추》(1월)에 단편 〈풀잎〉 발표. 평양
도립병원 입원. 결핵성 뇌막염으로 치료가 불가능해서 퇴원. 5월 25일
기림리 자택에서 36세로 영면. 진부면 하진부리 논골 매장.

1943년 단편 〈만보〉가 유고로 《춘추》 7월호에 발표. 작품집 《황제》 발행.

1960년 '춘조사' 에서 5권의 《효석 전집》 간행.

1973년 묘소를 평창군 용평면 장평리로 이장.

1983년 '창미사' 에서 《이효석 전집》 전 8권 출간.

1998년 묘소를 경기도 파주로 이장.

2003년 '창미사' 에서 《새롭게 완성한 이효석 전집》 전 8권 출간.

2005년 '해토' 에서 일본어 작품집 《은빛 송어》(김남극 편) 출간.

소설

〈여인〉,《매일신보》, 1925. 2. 1

〈황야〉,《매일신보》, 1925. 8. 2

〈누구의 죄〉,《매일신보》, 1925. 8. 23

〈나는 말 못했다〉,《매일신보》, 1925. 9. 13

〈달의 파란 웃음〉,《매일신보》, 1926. 1. 1

〈홍소〉,《매일신보》, 1926. 1. 10

〈맥진〉,《매일신보》, 1926. 1. 24

〈필요〉,《매일신보》, 1926. 2. 7

〈노인의 죽음〉,《매일신보》, 1926. 2. 14

〈가로의 요술사〉,《매일신보》, 1926. 4. 4

〈주리면〉,《청년》, 1927. 3

〈도시와 유령〉,《조선지광》, 1928. 7

〈행진곡〉,《조선문예》, 1929. 6

〈기우〉,《조선지광》, 1929. 6

〈노령근해〉,《조선강단》, 1930. 1

〈깨트러진 홍등〉,《대중공론》, 1930. 4

〈추억〉,《신소설》, 1930. 5

〈상륙〉,《대중공론》, 1930. 6

〈마작철학〉,《조선일보》, 1930. 8. 9~20

〈약령기〉,《삼천리》, 1930. 9

〈북국사신〉,《신소설》, 1930. 9

〈오후의 해조〉,《신흥》, 1931. 7

〈프렐류드〉,《동광》, 1931. 12~1932. 2

〈북국 점경〉,《삼천리》, 1932. 3

〈오리온과 능금〉,《삼천리》, 1932. 3

〈주리야〉,《신여성》, 1933. 4~(미완성 장편소설)

〈돈〉,《조선문학》, 1933. 10

〈수탉〉,《삼천리》, 1933. 11

〈가을의 서정〉,《삼천리》, 1933. 12(《이효석 단편선》에서 〈독백〉으로 개제)
〈마음의 의장〉,《매일신보》, 1934. 1. 3~8
〈일기〉,《삼천리》, 1934. 11
〈수난〉,《중앙》, 1934. 12
〈성수부〉,《조선문단》, 1935. 7
〈계절〉,《중앙》, 1935. 7
〈성화〉,《조선일보》, 1935. 10. 11~31
〈데생〉,《조선일보》, 1935. 12. 25
〈산〉,《삼천리》, 1936. 1
〈분녀〉,《중앙》, 1936. 1~2
〈들〉,《신동아》, 1936. 3
〈천사와 산문시〉,《사해공론》, 1936. 4
〈인간 산문〉,《조광》, 1936. 7
〈석류〉,《여성》, 1936. 8
〈고사리〉,《사해공론》, 1936. 9
〈메밀꽃 필 무렵〉,《조광》, 1936. 10
〈낙엽기〉,《백광》, 1937. 1
〈성찬〉,《여성》, 1937. 4
〈마음에 남는 풍경〉,《조선문학》, 1937. 5
〈삽화〉,《백광》, 1937. 6
〈개살구〉,《조광》, 1937. 10
〈거리의 목가〉,《여성》, 1937. 10~1938. 4
〈장미 병들다〉,《삼천리문학》, 1938. 1
〈막〉,《동아일보》, 1938. 5. 5~14
〈공상 구락부〉,《광업조선》, 1938. 9
〈부록〉,《사해공론》, 1938. 9
〈해바라기〉,《조광》, 1938. 10
〈가을과 산양〉,《야담》, 1938. 12
〈화분〉,《조광》, 1939.1, 9월 인문사에서 장편《화분》출간.
〈산정〉,《문장》, 1939. 2
〈은빛 송어〉(일문),《외지평론》, 1939. 2
〈황제〉,《문장》, 1939. 7
〈향수〉,《여성》, 1939. 9

〈일표의 공능〉,《인문평론》, 1939. 10
〈사냥〉, 미상.
〈여수〉,《동아일보》, 1939. 11 .29~12. 28
〈녹색의 탑〉,《국민신보》, 1940. 1. 14(일어로 연재)
〈창공〉,《매일신보》, 1940.1. 25~7. 28,《벽공무한》(박문서관, 1941)으로 개제되
어 출간.
〈괴로운 길〉,《삼천리》, 1940. 7
〈은은한 빛〉(일문),《문예》, 1940. 7
〈소복과 청자〉, 미상
〈하얼빈〉,《문장》, 1940. 10
〈가을〉(일문),《조선화보》, 1940. 10
〈라오콘의 후예〉,《문장》, 1941. 2
〈산협〉,《춘추》, 1941. 5
〈봄옷〉(일문),《주간조일》, 1941. 5. 18
〈엉겅퀴의 장〉(일문),《국민문학》, 1941. 11
〈일요일〉,《삼천리》, 1942. 1
〈풀잎〉,《춘추》, 1942. 1
〈황제〉(일문),《국민문학》, 1942. 8
〈만보〉,《춘추》, 1943. 7

소설집
《노령근해》, 동지사, 1931
《해바라기》, 학예사, 1939
《성화》, 삼문사, 1939
《화분》, 인문사, 1939
《벽공무한》, 박문서관, 1941
《이효석단편선》, 박문서관, 1941
《황제》, 박문서관, 1943

시
〈봄〉,《매일신보》, 1925. 1. 18
〈겨울 시장〉,《청량》, 1926. 3. 16
〈겨울 식탁〉,《청량》, 1926. 3. 16

〈겨울 숲〉,《청량》, 1926. 3. 16
〈거머리 같은 마음〉,《청량》, 1926. 3. 16
〈야시〉,《학지광》, 1926. 5
〈오후〉,《학지광》, 1926. 5
〈저녁때〉,《학지광》, 1926. 5
〈6월의 아침〉,《청량》, 1927. 1. 31
〈마을 숲에서〉,《청량》, 1927. 1. 31
〈집으로 돌아가자〉,《청량》, 1927. 1. 31
〈빨간 꽃〉,《청량》, 1927. 1. 31
〈노인의 죽음〉,《청량》, 1927. 1. 31
〈임이여 어디로〉,《문우》, 1927. 11
〈살인〉,《문우》, 1927. 11

시나리오 및 희곡
〈화륜〉,《중외일보》, 1929
〈출범 시대〉,《동아일보》, 1931. 2. 28~4. 1
〈역사〉,《문장》, 1939. 12

김동리, 〈산문과 반산문〉, 《민성》, 1948. 7~8

정한모, 〈효석과 엑조티시즘〉, 《국어국문학》 15, 1956

정창범, 〈투신의 의미〉, 《문학춘추》, 1964. 11

김 현, 〈이효석과 '화분'〉, 《사상계》, 1966. 3

임종국, 《친일문학론》, 평화출판사, 1966

정명환, 〈위장된 순응주의〉, 《창작과비평》, 1968 겨울~1969 봄

주종연, 〈문학에 있어서의 성의 문제〉, 《국어국문학》 48, 1970

명계웅, 〈이효석 연구〉, 《현대문학》, 1970. 11

정한숙, 〈성의 유형과 그 매체〉, 《아세아연구》 42, 1971

유종호, 《한국인과 문학사상》, 일조각, 1973

박철희, 〈엑조티시즘의 수사학—이효석의 문체〉, 《문학사상》, 1974. 2

김우종, 〈화려한 '순수'에의 미몽〉, 《문학사상》, 1974. 2

이상섭, 〈애욕문학으로서의 특질—이효석의 작품세계〉, 《문학사상》, 1974. 2

김교선, 〈조화미의 정점—이효석의 작품세계〉, 《현대문학》, 1975. 3

윤병로, 〈이효석론—향수의 모더니스트〉, 《현대작가론》, 이우출판사, 1975

주종연, 〈에로티시즘의 의미—이효석론〉, 《현대한국작가연구》, 민음사, 1976

김윤식, 〈모더니즘의 정신사적 기반—이효석의 경우〉, 《문학과 지성》, 1977 겨울

주종연, 〈창조적 상상력과 창작의 프로세스—이효석의 '메밀꽃 필 무렵'〉, 《문학사상》, 1977. 12

유기룡, 《현대작가론》, 형설출판사, 1979

송하춘, 〈'메밀꽃 필 무렵'과 '삼포 가는 길'의 구조 대비〉, 《인문논집》(27), 고대 문과대학, 1982.

이태동, 〈이효석과 D. H. 로렌스〉, 《현대문학》, 1983. 6

김상태, 〈이효석의 문체〉, 《이효석전집》 8, 창미사, 1983

채 훈, 〈전기 이효석 작품고〉, 《이효석 전집》 8, 창미사, 1983

주종연, 〈효석문학의 원천에 대한 고찰〉, 《이효석전집》 8, 창미사, 1983

김종철, 〈교외 거주인의 행복한 의식—이효석의 작품세계〉, 《문학사상》, 1984. 2

조남현, 《한국 지식인 소설 연구》, 일지사, 1984

한상무, 〈이효석론〉, 《한국현대작가론》, 민음사, 1984

이재선, 〈분열과 화해〉, 《한국현대문학전집》 5, 1985

곽 근, 〈유진오과 이효석의 전기소설 연구〉, 성균관대 박사논문, 1989

권정호, 〈이효석 소설 연구〉, 성균관대 박사논문, 1989

이상신, 〈이효석 문체의 기호론적 연구〉, 이화여대 박사논문, 1989

이우용, 〈D. H.로렌스와 이효석의 에로티시즘 비교연구〉, 《우리문학연구》(8), 1990.

유순영, 〈이효석 소설의 인물유형 연구〉, 한양대 박사논문, 1992

이상옥, 《이효석 문학과 생애》, 민음사, 1992

김영숙, 〈이효석 소설 연구〉, 건국대 박사논문, 1992

정경임, 〈이효석의 댄디즘〉, 이화여대 박사논문, 1992

김해옥, 〈이효석 소설 연구〉, 연세대 박사논문, 1993

조남현, 〈유진오와 이효석 소설의 거리〉, 《인문논총》(34), 서울대 인문학연구소, 1995.

강진호, 〈이효석―식민지 시대의 탐미주의자〉, 《문화예술》, 문예진흥원, 1996.

윤재천, 〈이효석의 수필세계―자연 예찬에 바탕한 문학」, 《문예운동》(55), 문예운동사, 1996.

김종구, 〈이효석의 성장소설과 초점자〉, 《한국언어문학》(36), 한국언어문학회, 1996.

홍경표, 〈이효석 소설의 동·식물적 상상력과 담론화〉, 《어문학》(65), 한국어문학회, 1998.

안미영, 〈이효석 장편소설에 드러난 성性과 예술의 교호관계〉, 《문학과 언어》(20), 문학과언어학회, 1998.

이남호, 〈교과서에 실린 문학작품을 어떻게 가르칠 것인가〉, 《현대문학》(534), 현대문학사, 1999.

이재춘, 〈문학작품 원본의 오류와 변개 양상―이효석의 '모밀꽃 필 무렵'을 중심으로〉, 《우리말글》(16), 우리말글학회, 1998.

최익현, 〈이효석의 미적 자의식에 관한 연구〉, 중앙대 박사논문, 1999

손종업, 〈1930년대 후반기 반근대주의 담론의 진정성〉, 《어문논집》(27), 중앙어문학회, 1999.

서준섭, 〈이효석 소설에 나타난 고향과 근대의 의미〉, 《강원문화연구》(19), 강원대 강원문화연구소, 2000.

박헌호, 《한국인의 애독작품》, 책세상, 2001

김윤식, 〈이효석 문학과 하얼빈〉, 《현대문학》(571호), 2002

권정호, 《이효석 문학 연구》, 월인, 2003.

신희교, 〈이효석의 ‘산협’에 나타난 초점화 연구〉, 《한국언어문학》(51), 한국언어문학회, 2003.

조정래, 〈1930년대 서정소설론 재고〉, 《현대문학의 연구》(20), 한국문학연구학회, 2003.

김주리, 〈이효석 문학의 서구 지향성이 갖는 의미 고찰〉, 《민족문학사연구》(24호), 민족문학사학회, 2004.

김해옥, 〈이효석의 서정소설과 생태적 상상력〉, 《현대소설연구》(23), 한국현대소설학회, 2004.

조명기, 〈이효석 소설의 변화양상 연구〉, 《현대소설연구》(23), 한국현대소설학회, 2004.

김미영, 〈‘벽공무한’에 나타난 이효석의 이국 취향〉, 《우리말글》(39), 우리말글학회, 2007.

서준섭, 〈이효석 소설과 강원도〉, 《메밀꽃 필 무렵》, 강원대 출판부, 2005.

책임편집 강진호

문학박사.
문학평론가, 미국 미주리대학교 초빙교수(2006).
현 성신여대 국문과 교수
저서로 〈한국근대문학 작가연구〉〈탈분단시대의 문학논리〉〈한국문학의 현장을 찾아서〉
〈현대소설사와 근대성의 아포리아〉〈고교 독서〉(교과서) 등이 있음.

입력·교정 강혜숙

논문 〈최명희 '혼불'의 서사구조 연구〉(석사학위, 2004).
현재 성신여대 국문과 박사과정 재학.

범우비평판 한국문학·42-❶

분녀(외)

초판 1쇄 발행 2007년 8월 30일

지은이   이효석
책임편집 강진호
펴낸이   윤형두
펴낸데   종합출판 범우(주)
기 획   임헌영·오창은
편 집   박광순
등 록   2004. 1. 6. 제406-2004-000012호
주 소   413-756 경기도 파주시 교하읍 문발리 출판도시 525-2
전 화   (031) 955-6900~4
팩 스   (031) 955-6905
홈페이지 http://www.bumwoosa.co.kr
이메일   bumwoosa@chol.com
ISBN   978-89-91167-32-2 04810
         978-89-954861-0-8 (세트)

* 책값은 뒤 표지에 있습니다.
* 잘못된 책은 바꾸어 드립니다.

근대 개화기부터 8·15광복까지

잊혀진 작가의 복원과 묻혀진 작품을 발굴, 근대 이후 100년간 민족정신사적으로

범우비평판 한국문학

범우비평판 한국문학의 특징

▶ 문학의 개념을 민족 정신사의 총체적 반영으로 확대.
▶ 기존의 문학전집에서 누락된 작가 복원 및 최초 발굴작품 수록.
▶ '문학전집' 편찬 관성을 탈피, 작가 중심의 새로운 편집.
▶ 학계의 전문적인 문학 연구자들이 직접 교열, 작가론과 작품론 및 작가·작품 연보 작성.

1차분 전40권 완간

범우 종합출판 범우(주) 경기도 파주시 교하읍 문발리 파주출판도시 525-2

집대성한 '한국문학의 정본'

평가한 문학·예술·종교·사회사상 등 인문·사회과학 자료의 보고─임헌영(한국문학평론가협회 회장)

• 크라운 변형판 | 반양장 | 각권 350~620쪽
• 각권 값 10,000~18,000원 | 전40권 낱권 판매
• 책값을 입금해주시면 우송료는 본사부담으로 보내드립니다.
• 입금계좌 : 국민 054937-04-000870 종합출판 범우(주)
• 주문전화 : 031-955-6900 팩스 : 031-955-6905

▶ 계속 출간됩니다

(031) 955-6900~4 F. (031)955-6905 www.bumwoosa.co.kr ●공급처 : (주)북센 (031)955-6777

온고지신(溫故知新)으로 21세기를!

현대사회를 보다 새로운 시각으로 종합진단하여
그 처방을 제시해주는

범우사상신서

범우사
경기도 파주시 교하읍 문발리 525-2 출판문화정보산업단지 전화) 031-955-6900~4
http://www.bumwoosa.co.kr (이메일) bumwoosa@chol.com

범우고전선

시대를 초월해 인간성 구현의 모범으로 삼을 만한 책을 엄선

▶ 계속 펴냅니다

범우사
경기도 파주시 교하읍 문발리 525-2 출판문화정보산업단지 전화 031-955-6900~4
http://www.bumwoosa.co.kr 이메일 : bumwoosa@chol.com

배낭속의 친구
「범우문고」
각권 값 2,800원

▶전국 서점에서 낱권으로 판매합니다
▶계속 출간됩니다

* 범우문고가 받은 상
제1회 독서대상(1978), 한국출판문화상(1981), 국립중앙도서관 추천도서(1982), 출판협회 청소년도서(1985), 새마을문고용 선정도서(1985),
중고교생 독서권장도서(1985), 사랑의 책보내기 선정도서(1986), 문화공보부 추천도서(1989), 서울시립 남산도서관 권장도서(1990), 교보문
고 선정 독서권장도서(1994), 한우리독서운동본부 권장도서(1996), 문화관광부 추천도서(1998), 문화관광부 책읽기운동 추천도서(2002)